Sandra Brown

Nachtglut

Sandra Brown

Nachtglut

Roman

Deutsch von Mechtild Sandberg-Ciletti

Blanvalet

Die Originalausgabe erschien unter dem Titel
»Unspeakable« bei Warner Books, New York.

Umwelthinweis:
Dieses Buch und der Schutzumschlag wurden auf
chlorfrei gebleichtem Papier gedruckt.
Die Einschrumpffolie (zum Schutz vor Verschmutzung) ist aus
umweltschonender und recyclingfähiger PE-Folie.

Der Blanvalet Verlag
ist ein Unternehmen der Verlagsgruppe Bertelsmann

2. Auflage

Satz: Uhl+Massopust, Aalen
Druck und Bindung: Wiener Verlag
Printed in Austria
ISBN 3-7645-0084-0

1

Myron, hörst du mir überhaupt zu?« fuhr Carl Herbold seinen Mithäftling gereizt an. Er schüttelte ungeduldig den Kopf und brummte: »Blödmann!«

Myron Hutts, offenbar taub für die Beleidigung, grinste weiter leer vor sich hin.

Carl schob sein Gesicht näher an seines heran. »Hey, hör auf, so dämlich zu grinsen, Myron! Die Sache ist ernst. Ist davon irgendwas bei dir angekommen? Hast du auch nur ein gottverdammtes Wort kapiert?«

Myron biß in seinen Schokoriegel. »Klar, Carl. Du hast gesagt, ich soll genau zuhören und gut aufpassen.«

»Okay.«

Carl beruhigte sich etwas, auch wenn er ziemlich sicher war, daß Myron nicht einmal einen Bruchteil dessen, was er ihm zu sagen hatte, verstehen würde. Myron war nicht gerade der Hellsten einer; genau gesagt, war er total unterbelichtet.

Trotz seiner Kraft und ständigen Beflissenheit stellte er mit seinem Spatzenhirn ein Risiko für Carls wohldurchdachte Pläne dar. So ein Komplize hatte seine Nachteile.

Andererseits benötigte Carl Myron Hutts' Hilfe. Er brauchte einen, der nicht fähig war, selbständig zu denken, und tat, was man ihm sagte – ohne lange zu überlegen, ohne Fragen, Widerreden oder Skrupel. Eben deswegen war Myron zuletzt doch der perfekte Partner. Selbst wenn er ein gottverdammter Einstein gewesen wäre – aber er hatte kein Gewissen.

Gewissen, das war ›innerer Dialog‹. Klasse, der Ausdruck, was? Carl hatte ihn aus einem Artikel in einer Zeitschrift. Er hatte ihn sich eingeprägt und schwups aus dem Hut gezogen, als er das letztemal vor dem Ausschuß für bedingte Haftentlassung antanzen mußte. Fünf Minuten lang hatte er sich des langen und breiten über seine inneren Dialoge bezüglich seiner vergangenen Missetaten und des Unheils ausgelassen, das er in seinem eigenen Leben und dem anderer angerichtet hatte. Aus diesen Dialogen habe er erkannt, auf dem falschen Weg gewesen zu sein; sie hätten ihn ins Licht der Selbsterkenntnis und des Verantwortungsbewußtseins geführt. Er bereue, was er getan habe, und wünsche, dafür zu büßen.

Die Ausschußmitglieder hatten sich von den großen Worten nicht beeindrucken lassen. Sie hatten gemerkt, daß er ihnen nur einen Haufen Mist auftischte, und seinen Antrag auf bedingte Haftentlassung abgelehnt.

Aber mal angenommen, das Gewissen war tatsächlich ein innerer Dialog. Das verlangte abstrakte Vorstellungen, die Myron in seiner Beschränktheit nicht einmal in Erwägung zog. Doch Carl war es sowieso egal, ob Myron ein Gewissen hatte oder nicht. Der Typ tat, was ihm gerade in den Kopf kam, und basta. Genau deshalb hatte Carl ihn ausgewählt. Myron würde keine Muffen kriegen, wenn es unappetitlich wurde.

Der Kerl war selbst ein ziemlich unappetitlicher Typ, um nicht zu sagen grottenhäßlich mit seiner beinahe haarlosen, weißen Haut. Nur die wulstigen Lippen leuchteten unnatürlich rot; die Iris seiner Augen hingegen waren praktisch ohne Farbe. Spärliche helle Augenbrauen und Wimpern ließen seinen ohnehin einfältigen Blick noch einfältiger wirken. Sein Haar war dünn, aber von grober Beschaffenheit, und stand, fast weiß, drahtartig von seinem Kopf ab.

Einen besonders unappetitlichen Anblick bot er gerade jetzt, wo ihm der zähe Saft der Nougatfüllung des Schokoladenriegels aus den Mundwinkeln troff. Carl mußte wegschauen, als Myron mit langer Zunge nach dem Zeug leckte.

Manch einer fragte sich wahrscheinlich, wieso ausgerechnet er und Myron Kumpel waren – bei dem auffallenden Kontrast, der zwischen ihnen bestand –, Myron und der große, dunkle, gutaussehende Carl. Wenn es ihn packte, arbeitete er mit Gewichten, aber mit strenger Regelmäßigkeit absolvierte er täglich in seiner Zelle Liegestützen und andere Leibesübungen, um seinen kräftigen Torso fit zu halten. Er besaß ein absolut umwerfendes Lächeln, das an den jungen Warren Beatty erinnerte. Hatte man ihm jedenfalls gesagt. Er persönlich fand, er sähe besser aus als der Schauspieler, den er als Schwuchtel betrachtete. Aber eine tolle Frau hatte er, ja, Mrs. Beatty, eine total scharfe Nummer!

An Grips war Carl seinem Kumpel Myron eindeutig weit überlegen. Was Myron zu wenig hatte, das hatte er im Überschuß. Im Planen war er unschlagbar. Die genialsten Einfälle kamen ihm ganz von selbst. Außerdem besaß er ein echtes Talent dafür, eine Idee, die zunächst noch ganz nebelhaft war, anzureichern und zum großen Entwurf zu verdichten.

Wäre er beim Militär gewesen, so wäre er General geworden. Aber selbst die hochrangigsten Offiziere brauchten die gemeinen Soldaten, um ihre Strategien umzusetzen. Daher Myron.

Er hätte jeden Kerl in dem Schuppen hier haben können. Myron war den meisten Leuten unheimlich, sogar abgebrühten Kriminellen. Sie blieben ihm aus dem Weg. Aber Carl, der geborene Führer, zog die Leute an wie ein Magnet. Er gehörte mit zu den Alteingesessenen, und das hatte ihm unter der Zuchthausbevölkerung eine Menge Einfluß verschafft. Hinzu kam sein angeborenes Charisma. Er hätte jeden beliebigen unter den Insassen zum Partner wählen können, allesamt cleverer und bösartiger als Myron – der war nämlich trotz seinen gewalttätigen Tendenzen ein gutmütiger Mensch. Aber jeder mit ein bißchen mehr Grips würde Carl Probleme verschaffen.

Er wollte keinen Partner, der seinen eigenen Kopf hatte und meinte, ihm dreinreden zu müssen. Meinungsverschiedenheiten lenkten einen ab und führten direkt in die Katastrophe, nämlich dazu, wieder geschnappt zu werden. Alles, was er für seinen Fluchtplan brauchte, war ein zusätzliches Paar Augen und Ohren sowie jemanden, der schießen konnte und keine Angst hatte, es im Notfall auch zu tun. Myron Hutts erfüllte diese Voraussetzungen, brauchte also nicht schlau zu sein. Carl war schlau genug für beide.

Außerdem würde er mit Cecil schon Scherereien genug kriegen. Cecil dachte *zuviel.* Der analysierte jeden Furz bis zum Gehtnichtmehr. Und während er die Möglichkeiten hin und her drehte, verpaßte er die Gelegenheiten. Er war so wie der Typ auf der Witzpostkarte, die Carl einmal gesehen hatte: Der hatte dagestanden und den Fotoapparat vor die Augen gehalten, um den Eiffelturm zu fotografieren, während direkt vor seiner Nase eine nackte Französin vorbeimarschierte. Das war Cecil.

Aber Carl wollte jetzt nicht über seinen älteren Bruder nachdenken. Später, wenn er allein war, würde er dafür Zeit haben.

Er lehnte sich an den Maschendrahtzaun und ließ seinen Blick über den Hof schweifen. Ständige Wachsamkeit war ihm in Fleisch und Blut übergegangen. Zwanzig Jahre im Zuchthaus hatten ihn gelehrt, immer auf der Hut zu sein, um gleich beim ersten Anzeichen von Ärger reagieren zu können. Er hatte eine Menge Einfluß und einen großen Kreis von Freunden, aber war nicht bei allen beliebt.

Drüben auf der anderen Seite des Hofs tummelte sich ein Trupp schwarzer Gewichtheber, die ihre gutgeölten Muskeln spielen ließen und ihn mit blankem Haß anstarrten, bloß weil er nicht einer von ihnen war. Da regten sich die Leute draußen über Bandenkriege, Straßenkämpfe und Vendettas auf. Lachhaft! Keiner, der nicht im Knast gewesen war, hatte von Banden auch nur einen blassen Schimmer. In keiner Gesellschaft auf der ganzen beschissenen Welt gab es Ausgrenzung, Polarisierung und Diskriminierung wie in der Zuchthausgesellschaft.

Er hatte Meinungsverschiedenheiten mit den schwarzen Häftlingen gehabt, die zum Austausch von Beschimpfungen und Handgreiflichkeiten geführt und zwangsläufig disziplinarische Maßnahmen nach sich gezogen hatten.

Aber weder heute noch an irgendeinem anderen Tag in absehbarer Zukunft würde er sich mit irgend jemandem hier anlegen. Bis zu dem Tag, an dem er und Myron zum Straßenbautrupp abkommandiert würden, wollte Carl Herbold sich vorbildlich benehmen. Das Arbeitsprogramm war eine Neueinführung im Rahmen der Gefängnisreform, die es sich zum Ziel erklärt hatte, den Häftlingen das Gefühl zu vermitteln, wieder nützliche Mitglieder der Gesellschaft zu werden. Die sozialen Aspekte interessierten ihn natürlich einen Dreck. Ihn interessierte einzig, was es für ihn persönlich bedeutete. Wenn die ihn aufriefen, den Bau hier zu verlassen, um draußen zu arbeiten, würde er als erster im Bus sitzen.

Und deshalb verhielt er sich ruhig und tat nichts, wodurch er sich bei den Wärtern auffällig gemacht hätte. Keine Regelverstöße, keine Prügeleien, nicht einmal Widerspenstigkeit. Wenn er ein Schimpfwort aufschnappte, das gegen ihn gerichtet war, überhörte er es. Was ihm nicht paßte, übersah er. Neulich nachts hatte er untätig zuschauen müssen, wie Myron einem Kerl einen blies. Der andere, ein dreckiger Weißer, der seine Frau umgebracht und zwei Jahre seiner lebenslänglichen Strafe abgesessen hatte, hatte Myron mit einer Belohnung gelockt, woraufhin der sich sofort breitschlagen ließ.

Die aggressiveren Häftlinge versuchten häufig, Myrons Schwachsinn auszunutzen. Im allgemeinen pflegte Carl dann einzugreifen. Aber so kurz vor dem geplanten Ausbruch hatte er das Risiko eines Zusammenstoßes nicht eingehen wollen. Außerdem litt Myron wohl nicht allzuviel dabei. Für seine Dienste hatte er eine lebendige Maus bekommen, der er später mit dem langen spitzen Nagel seines kleinen Fingers den Bauch aufschlitzte.

»Also, merk dir, was ich dir gesagt hab, Myron«, mahnte Carl jetzt. Die Hofpause würde gleich vorüber sein, und danach würden sie kaum noch Gelegenheit finden, allein miteinander zu sprechen. »Wenn wir zum Straßenbautrupp eingeteilt werden, darfst du dir keine Aufregung anmerken lassen.«

»Okay«, sagte Myron, schon wieder abgelenkt von der blutenden Nagelhaut an seinem Daumen.

»Es wäre vielleicht sogar gut, wenn wir so täten, als wären wir sauer, daß wir da raus müssen. Meinst du, du schaffst das? So zu tun, als wärst du sauer?«

»Klar, Carl.« Er lutschte mit dem gleichen Genuß, wie vorher an dem Schokoriegel, an seiner Nagelhaut.

»Wenn die nämlich glauben, wir wären scharf darauf...«

Der Schlag traf ihn aus heiterem Himmel. Er riß ihn von der Holzbank, auf der er gesessen hatte. Eben noch blickte er Myron ins grinsende, schokoladenverschmierte Gesicht, und im nächsten Moment lag er mit dröhnenden Ohren im Dreck, während alles rundherum vor seinen Augen verschwamm und seine Nieren mit Tritten bearbeitet wurden, daß sich ihm der Magen umdrehte.

Er vergaß seinen Vorsatz, allen Ärger zu vermeiden. Der Überlebensinstinkt gewann die Oberhand. Sich auf den Rücken rollend, schwang er sein Bein in die Höhe und trat seinen Angreifer mit aller Kraft in die Hoden. Der schwarze Gewichtheber, der sich offensichtlich nur auf seine Muskeln verließ, ohne an Taktik zu denken, hatte den Gegenangriff nicht erwartet. Laut aufheulend fiel er auf die Knie, die Hände an seiner zartesten Körperstelle. Natürlich konnten da die anderen Schwarzen nicht untätig bleiben. Die ganze Meute fiel über Carl her und hieb mit Fäusten auf ihn ein.

Die Wärter kamen mit schwingenden Schlagstöcken angerannt. Andere Häftlinge versuchten entweder den Kampf zu beenden oder anzuheizen. Sehr schnell war das Handgemenge beigelegt. Nach Wiederherstellung der Ordnung wurde der Schaden begutachtet, und er erwies sich als minimal. Nur zwei Häftlinge wurden mit Verletzungen ins Krankenhaus gebracht.

Einer war Carl Herbold.

2

»Ich fand den Abend sehr nett.«

Die Bemerkung seiner Frau veranlaßte Ezra Hardge zu einem geringschätzigen Prusten. »Das war das zäheste Stück Fleisch, das ich je auf dem Teller hatte, und die Klimaanlage hat aus dem letzten Loch gepfiffen. Ich dachte schon, ich zerfließe in diesem schwarzen Anzug.«

»Dir hätte man heute abend sowieso nichts recht machen können. Du wolltest unbedingt der Miesmacher sein!«

Ezra Hardge war seit fünfzig Jahren Sheriff von Blewer County und seit zweiundfünfzig Jahren mit Cora verheiratet. Zum erstenmal hatte er sie bei einer Wiedererweckungsversammlung gesehen, an der er und seine Freunde nur zum Jux teilnahmen. Beinahe wie den Worten des Wandergeistlichen zum Trotz, der unter dem Zeltdach Hölle und Verdammnis predigte, hatte Cora eine freche rote Schleife im Haar und knalliges Rot auf den Lippen getragen. Während die Gemeinde sang, wanderte ihr Blick vom Gesangbuch über den Gang und traf Ezzy, der sie mit unverhohlenem Interesse und Wohlgefallen anstarrte. Was in ihren Augen blitzte, war nicht religiöser Eifer, sondern reiner Übermut. Sie hatte ihm zugezwinkert.

Die Aufmüpfigkeit war ihr geblieben, und ihm gefiel sie nach diesen langen Jahren immer noch.

»Die Leute hier haben es sich eine Menge Mühe und Geld kosten lassen, dir dieses Essen zu geben. Du hättest wenigstens ein bißchen Dankbarkeit zeigen können.« Sie schlüpfte aus ihrem Morgenrock und kam zu ihm ins Bett. »Man kann immerhin höflich sein!«

»Ich hab nicht um ein großartiges Essen mir zu Ehren gebeten… kam mir vor wie ein Affe…«

»Ach, es geht gar nicht um das Essen. Du bist wütend, weil du aufhören mußt.«

Cora nahm meistens kein Blatt vor den Mund. Mürrisch zog Ezzy die Bettdecke hoch.

»Glaub ja nicht, daß ich mich auf deinen Ruhestand freue«, fuhr sie fort, während sie völlig unnötig ihr Kopfkissen zurechtklopfte. »Oder meinst du vielleicht, ich find's lustig, dich in Zukunft den ganzen Tag zu Hause haben und ständig dein brummiges Gesicht sehen zu müssen? Ich seh's schon, du wirst mir dauernd in die Quere kommen.«

»Dir wär's wohl lieber gewesen, wenn mich irgendein besoffener Randalierer abgeknallt hätte, was? Dann müßtest du dir jetzt keine Gedanken darüber machen, wie du mich in Zukunft ertragen sollst.«

Cora kochte. »Du versuchst schon den ganzen Abend, mich zu reizen, und jetzt hast du's endlich geschafft! Du weißt genau, daß solches Gerede mich wütend macht, Ezra Hardge.«

Sie riß am Messingkettchen der Nachttischlampe und tauchte das Schlafzimmer in Dunkelheit, rollte sich auf die Seite und drehte ihm den Rücken zu. Normalerweise schliefen sie einander zugewandt ein.

Zweifellos hatte er die Bemerkung absichtlich gemacht, weil er wußte, daß sie sie in Rage bringen würde. Offen gestanden hatte er während seiner Amtszeit als Sheriff jeden Tag darum gebetet, daß er nicht im Dienst draufgehen und als blutige Leiche zu Cora heimkehren würde.

Aber wenn man es einmal vom praktischen Standpunkt aus betrachtete, wäre es tatsächlich besser gewesen, er hätte in Ausübung seines Amtes das Zeitliche gesegnet. Es wäre sauberer und einfacher für alle Beteiligten gewesen. Den Gemeindevätern wäre die Peinlichkeit erspart geblieben, ihm *nahezulegen,* sich nicht noch einmal um das Sheriffsamt zu bewerben. Sie hätten sich die Ausgaben für die Fete heute abend sparen oder das Geld zumindest für lohnendere Dinge verwenden können. Wenn er früher abgetreten wäre, brauchte er jetzt nicht einer Zukunft entgegenzublicken, in der er sich ungefähr so nützlich fühlen würde wie ein Paar Skier in der Sahara.

Zweiundsiebzig Jahre alt, auf die Dreiundsiebzig zugehend. Arthritis in allen Gliedern. So fühlte es sich jedenfalls an. Und sein Verstand war wahrscheinlich auch nicht mehr das, was er einmal gewesen war. Nein, er selbst hatte kein Nachlassen bemerkt; aber andere lachten wahrscheinlich bereits hinter seinem Rücken über die Anzeichen vorrückender Senilität.

Am schlimmsten war es, sich eingestehen zu müssen, daß sie möglicherweise recht hatten. Er war alt und abgewirtschaftet und hatte in diesem Amt nichts mehr zu suchen. Okay, das sah er ein. Auch wenn es ihm nicht gefiel – diese Sache mit dem Ruhestand –, er konnte ihn akzeptieren, weil den Leuten der Gemeinde mit einem Jüngeren besser gedient sein würde.

Er wünschte nur, er hätte die Arbeit nicht niederlegen müssen, bevor sie abgeschlossen war. Und sie würde so lange nicht abgeschlossen sein, bis er wußte, was Patsy McCorkle zugestoßen war.

Seit zweiundzwanzig Jahren teilte das Mädchen das Bett mit ihm und Cora. Natürlich nur im übertragenen Sinn. Vom schlechten Gewissen getrieben, gerade auch im Licht ihres Streits, drehte er sich herum und legte Cora die Hand auf die Hüfte. Er tätschelte sie liebevoll.

»Cora?«

»Ach, laß mich in Frieden«, fauchte sie. »Ich bin zu wütend.«

Als Ezra ein paar Stunden später sein altes Amt betrat, hob der diensthabende Deputy verschlafen den Kopf und sprang auf. »Hey, Ezzy, was, zum Teufel, machen Sie denn hier?«

»Tut mir leid, daß ich Sie aus Ihrer Nachtruhe gerissen hab, Frank. Lassen Sie sich von mir nicht stören. Ich hab noch ein paar Akten da, die raus müssen.«

Der Deputy sah zur großen Wanduhr auf. »Um diese Zeit?«

»Ich konnte nicht schlafen. Und deshalb hol ich noch meine restlichen Sachen, wo ich jetzt offiziell weg bin. Sheriff Foster wird sicher gleich morgen einziehen wollen.«

»Ja, wahrscheinlich. Was halten Sie von ihm?«

»Guter Mann. Er wird ein tüchtiger Sheriff werden«, antwortete Ezzy aufrichtig.

»Kann sein, aber Ezzy Hardge ist er nicht.«

»Danke, Frank.«

»Tut mir leid, daß ich gestern abend nicht zu dem Essen kommen konnte. Wie war's denn?«

»Sie haben nichts verpaßt. Ich hab mich noch nie in meinem Leben so gelangweilt.« Ezzy ging in sein Büro und machte Licht, wahrscheinlich zum letztenmal. »Endlose Reden! Man braucht den Leuten nur ein Mikrofon in die Hand zu drücken, und sie können gar nicht mehr aufhören zu quasseln.«

»Na, Sie sind schließlich eine lebende Legende, Ezzy. Über so jemanden gibt's viel zu sagen.«

Ezzy räusperte sich laut und nachdrücklich. »Ich bin nicht mehr Ihr Chef, Frank – aber wenn Sie weiter so reden, werd ich handgreiflich. Haben Sie vielleicht eine Tasse Kaffee für mich? Die könnte ich jetzt gebrauchen.«

»Klar. Kommt sofort.«

Unfähig, nach Coras grober Zurückweisung und diesem Abend, der ihn doch sehr aufgewühlt hatte, Schlaf zu finden, war er wieder aufgestanden, hatte sich angezogen und aus dem Haus geschlichen. Cora verfügte über ein Radarsystem wie eine Fledermaus, mit der sie jede Bewegung und jedes Geräusch, das er machte, unweigerlich aufnahm. Er hatte keine Lust gehabt, sich von ihr vorhalten zu lassen, wie albern es sei, mitten in der Nacht loszuziehen, um etwas zu erledigen, wofür er sich eine Woche Zeit lassen durfte.

Aber da man ihn nun einmal in den Ruhestand versetzt hatte, sagte er sich, wollte man ihn bestimmt auch nicht mehr sehen – ganz gleich, wie oft man ihm versicherte, daß er im Sheriffsamt von Blewer County jederzeit willkommen sei. Und den anderen auf die Nerven zu fallen oder so ein jämmerlicher alter Knacker zu werden, der sich an den Glanz vergangener Tage klammerte und nicht wahrhaben wollte, daß er weder gebraucht wurde noch erwünscht war – das kam keinesfalls in Frage.

In Selbstmitleid wollte er sich wirklich nicht suhlen, aber genau das tat er wohl jetzt gerade.

Er dankte dem Deputy, als dieser ihm einen dampfenden Becher Kaffee auf den Schreibtisch stellte. »Machen Sie bitte die Tür zu, wenn Sie rausgehen, Frank. Ich möchte Sie nicht stören.«

»Sie stören mich nicht. Ist eine ruhige Nacht.«

Trotzdem zog Frank die Tür hinter sich zu.

Ezzy ging es in Wirklichkeit nicht darum, den Deputy nicht zu stören. Er selbst wollte bei seiner Arbeit unbehelligt sein. Die amtlichen Akten waren selbstverständlich keine Geheimsache, sondern allen anderen Vollzugsbehörden – wie zum Beispiel der städtischen Polizei, dem Ministerium für Innere Sicherheit, den Texas Rangers – zugänglich, mit denen sein Amt zusammenarbeitete.

Aber die Aktenschränke in Ezzys Büro enthielten auch persönliche Aufzeichnungen – Listen von Fragen, die einem Verdächtigen zu stellen waren; Angaben zu Zeiten, Daten, Personen in Verbindung mit einem Fall; Aussagen von zuverlässigen Informanten oder Zeugen, die anonym zu bleiben wünschten. Größtenteils waren diese Aufzeichnungen in einer Art Kurzschrift niedergelegt, die er selbst entwickelt hatte und die nur er lesen konnte – meist mit einem Zweierbleistift auf irgendeinen Fetzen Papier gekritzelt, der zum betreffenden Zeitpunkt gerade zur Hand gewesen war. Ezzy sah sie so privat an wie ein Tagebuch. Weit anschaulicher als die blumigen Reden, die er sich am vergangenen Abend im Gemeindezentrum hatte anhören müssen, dokumentierten sie sein Arbeitsleben.

Er trank einen Schluck Kaffee, rollte in seinem Sessel zu dem Aktenschrank aus Stahl hinüber und zog die unterste Schublade auf. Die Hefter waren nach Jahren geordnet. Die frühesten entnahm er zuerst, blätterte sie durch, fand sie nicht wert, aufgehoben zu werden, und versenkte sie in dem häßlichen braunen Metallpapierkorb voller Beulen, der schon so lange hier Dienst tat wie er selbst.

Systematisch leerte er eine Schublade nach der anderen und näherte sich unerbittlich dem Jahr 1975. Als er dort anlangte, war der Kaffee in seinem Magen sauer geworden und stieß ihm auf.

Eine Akte unterschied sich deutlich von den anderen; sie war umfangreicher und noch abgegriffener, ein Packen brauner Hefter, die ein breites Gummiband zusammenhielt. Die schmutzgrauen, an vielen Stellen eingerissenen oder welligen Ränder der Hefter erzählten ihre eigene Geschichte: wie oft die Unterlagen herausgenommen und durchgeblättert worden waren, wie oft Ezzy bei ihrem Studium seinen Kaffee über sie verschüttet hatte, wie oft sie wieder zwischen die weniger bedeutsamen Akten in die Schublade hineingequetscht worden waren, nur um sehr bald wieder herausgezogen und neuerlichem Studium unterworfen zu werden.

Er streifte das Gummiband ab und schob es über sein dickes Handgelenk. Dort befand sich bereits ein Kupferarmband, weil Cora behauptete, Kupfer sei gut gegen Arthritis – bis jetzt hatte er allerdings nichts davon gemerkt.

Nachdem er die Hefter in einem Stapel auf seinem Schreibtisch aufgebaut hatte, trank er von dem frischen Kaffee, den der Deputy ihm freundlicherweise gebracht hatte, und schlug dann den obersten auf. Das erste Blatt war eine Seite aus dem Jahrbuch der High-School von Blewer County. Ezzy erinnerte sich genau an den Tag, an dem er sie aus dem Buch herausgerissen hatte. Abschnitt ›Oberklassen‹, dritte Reihe von oben, zweites Bild links: Patricia Joyce McCorkle.

Sie blickte direkt ins Objektiv, mit einem Ausdruck, als wollte sie sagen, sie hätte ein Geheimnis, das der Fotograf bestimmt liebend gern wissen würde. Unter der Rubrik ›Wahlfächer‹ stand neben ihrem Namen: Chor, Spanisch, Hauswirtschaft. Ihr Tip an die Mitschüler der unteren Klassen lautete: ›Feiern, feiern, feiern!‹

Schulabschlußfotos, bei denen man sich in Barett und Talar präsentieren muß, schmeicheln selten; Patsy jedoch sah extrem unattraktiv aus, schon deshalb, weil sie ohnehin keine Schönheit war. Sie hatte kleine Augen, eine breite, flache Nase, und der schmallippige Mund saß über einem fliehenden Kinn.

Aber beliebt war sie trotzdem gewesen, besonders bei den Jungen. Sehr schnell hatte Ezzy herausbekommen, daß Patsy McCorkle mehr Verehrer um sich versammelte als alle anderen Mädchen ihres Jahrgangs. Weil sie, wie eine ihrer Mitschülerinnen – die jetzt die Texaco-Tankstelle in der Crockett Street betrieb – ihm verlegen erklärt hatte, »jeden rangelassen hat, Sheriff. Sie verstehen, was ich meine?«

Ezzy verstand. Diese Mädchen, die ›jeden ranließen‹, hatte es auch zu seiner Schulzeit schon gegeben, und jeder wußte, wer sie waren.

Aber Patsys zweifelhafter Ruf hatte es ihm nicht leichter gemacht, an jenem heißen Morgen im August ihre Eltern aufzusuchen und ihnen jene Nachricht zu überbringen, die keine Mutter und kein Vater hören wollen.

McCorkle war Angestellter der Versorgungsbetriebe. Ezzy kannte ihn flüchtig, befreundet waren die beiden Männer nicht. McCorkle kam ihm entgegen, noch ehe er die vordere Veranda erreicht hatte. Er stieß die Fliegengittertür auf und sagte gleich als erstes: »Was hat sie angestellt, Sheriff?«

Ezra bat, eintreten zu dürfen. Auf dem Weg durch die sauber aufgeräumten Zimmer zur Küche, wo schon Kaffee aufgesetzt war, berichtete McCorkle ihm, daß seine Tochter in letzter Zeit völlig außer Rand und Band sei.

»Es ist überhaupt nichts mit ihr anzufangen. Sie hat ihren Wagen demoliert, weil sie viel zu schnell und rücksichtslos fährt. Sie kommt jede Nacht erst in den frühen Morgenstunden nach Hause, trinkt bis zum Umfallen, steht dann morgens im Bad und reihert. Sie raucht Zigaretten, und ich möchte nicht wissen, was sonst noch. Patsy hält sich an keine unserer Regeln und versucht nicht einmal, es zu verheimlichen. Sie weigert sich, ihrer Mutter und mir zu sagen, mit wem sie ausgeht; aber ich habe gehört, daß sie sich mit diesen Herbolds rumtreibt. Als ich ihr deswegen Vorhaltungen machte und ihr verbieten wollte, sich mit solchen Kriminellen einzulassen, sagte sie, das ginge mich verdammt noch mal rein gar nichts an. Genau das waren ihre Worte. Sie könne ausgehen, mit wem sie wolle, auch mit verheirateten Männern, wenn es ihr Spaß mache. Wirklich, so, wie sie sich in letzter Zeit benimmt, Sheriff, traue ich ihr fast alles zu.«

Er reichte Ezzy eine Tasse frischgebrühten Kaffee. »Es konnte gar nicht ausbleiben, daß sie irgendwann mit dem Gesetz in Konflikt geraten würde. Und da sie heute nacht überhaupt nicht nach Hause gekommen ist, habe ich Sie eigentlich schon erwartet. Was hat sie angestellt?« wiederholte er.

»Ist Ihre Frau da?«

»Sie ist oben… schläft noch.«

Ezzy nickte, sah zu seinen schwarzen Stiefeln hinunter, dann hinauf zu den gerüschten weißen Vorhängen am Küchenfenster, hinüber zu der roten Katze, die um ein Bein des Tisches strich, auf dem sein Kaffeebecher stand.

»Ihre Tochter ist heute morgen tot aufgefunden worden, Mr. McCorkle.«

Diesen Teil seiner Arbeit haßte er. Zum Glück kam es nicht allzu häufig vor, daß er den Leuten solche Hiobsbotschaften ins Haus bringen mußte – sonst hätte er sich wahrscheinlich schon längst nach einer anderen Tätigkeit umgesehen. Es ging verdammt an die Nieren, einem Menschen ins Auge zu blicken, dem man soeben eröffnet hatte, daß sein Kind oder Partner nie wieder nach Hause kommen würde. Und es war doppelt schwer, wenn der Betroffene sich noch Augenblicke zuvor im Zorn über den oder die Verstorbene geäußert hatte.

Alle Muskeln im Gesicht des Mannes schienen zu erschlaffen – wie durchgeschnitten. Nach diesem Tag sah McCorkle nie wieder aus wie früher. Die Leute im Ort machten ihre Bemerkungen über die Veränderung. Ezzy konnte auf den Moment genau sagen, wann sie stattgefunden hatte.

»Ein Autounfall?« stieß McCorkle hervor.

Ezzy wünschte, es wäre so. Er schüttelte den Kopf. »Nein, Sir. Sie – äh – sie wurde kurz nach Tagesanbruch gefunden, draußen im Wald, am Fluß.«

»Sheriff Hardge?«

An der Küchentür stand Mrs. McCorkle in einem leichten Morgenrock mit Gänseblümchenmuster. Ihr Haar war aufgedreht, und ihre Augen waren vom Schlaf verquollen.

»Sheriff Hardge? Entschuldigen Sie, Ezzy?«

Ezzy drehte den Kopf zur Tür seines Büros und zwinkerte verwirrt den Deputy an. Er hatte vergessen, wo er war. Seine Erinnerung hatte ihn zweiundzwanzig Jahre in die Vergangenheit katapultiert. In der Küche der Familie McCorkle hörte er nicht Frank, sondern Mrs. McCorkle seinen Namen sagen, fragend und mit einem Anflug von Angst.

Er rieb sich die müden Augen. »Ja, Frank. Was ist denn?«

»Ihre Frau ist am Telefon. Sie wollte wissen, ob Sie hier sind.« Er zwinkerte. »Was soll ich ihr sagen?«

»Schon gut, Frank. Danke.«

Kaum meldete er sich, fiel Cora umgehend zornig über ihn her. »Was ist das für eine Art, dich aus dem Haus zu schleichen, während ich schlafe, und mir nicht zu sagen, wo du hin willst?«

»Ich hab dir doch einen Zettel geschrieben.«

»Ja, da steht drauf, du wärst im Büro. Wie sollte ich das verstehen? Schließlich bist du gestern offiziell in den Ruhestand getreten.«

Er mußte lächeln. Vor sich sah er sie zu ihrer vollen Größe von einem Meter fünfundfünfzig aufgerichtet, kerzengerade, als hätte sie ein Lineal im Rücken, die Hände in die Hüften gestemmt, mit blitzenden Augen. Es war ein Klischee, aber es paßte: Im Zorn war Cora noch hübscher als sonst.

»Ich wollte dich eigentlich zum Frühstück im IHOP einladen, aber wenn du so ungenießbar bist, such ich mir vielleicht eine andere.«

»Als ob irgendeine andere sich überhaupt mit dir abgeben würde!« Nach einer gekränkten Pause fügte sie hinzu: »Ich bin in zehn Minuten fertig. Laß mich nicht warten.«

Er räumte auf, bevor er ging, und verstaute, was er aufbewahren wollte, in Kartons, die die Gemeinde aufmerksamerweise bereitgestellt hatte. Frank half ihm, die Kartons zum Wagen hinauszutragen. Als alles im Kofferraum untergebracht war, gab er Ezzy die Hand. »Wir sehen uns, Ezzy!«

»Machen Sie's gut, Frank!«

Erst nachdem der Deputy wieder hineingegangen war, legte Ezzy die McCorkle-Akte zu den anderen. Er würde den Kofferraum nicht in Coras Beisein auspacken. Ein Blick auf die Akte, und sofort wüßte sie, was ihn mitten in der Nacht aus dem Bett getrieben und die vergangenen Stunden beschäftigt hatte. Dann würde sie wirklich sauer sein.

3

Morgen ist es soweit, denk dran«, flüsterte Carl Myron zu.

»Klar, Carl. Ich denk dran.«

»Mach also bloß keinen Quatsch. Nicht daß du am Ende passen mußt!«

»Bestimmt nicht, Carl.«

Total behämmert, dachte Carl, Myron in die wasserhellen Augen blickend, hinter denen sich nichts als geistige Öde dehnte.

Obwohl es eigentlich nicht ganz fair war, Myrons Verhalten in Zweifel zu ziehen, wo er selbst doch beinahe alles verpfuscht hätte. Zwar hatte er nur seine Haut retten wollen; aber wenn er noch einmal in so eine Situation geriete, würde er sich nicht mehr wehren.

Als dieser Nigger sich auf ihn gestürzt hatte, hatte er rotgesehen. Es hatte vier Männer gebraucht, ihn ins Krankenhaus zu befördern und im Bett festzuschnallen. Und selbst da noch hatte er es geschafft, den Pfleger in den Arm zu beißen. Ein Beruhigungsmittel hatten sie ihm nicht geben können, weil sie seinen Kopf noch nicht untersucht hatten, um das Ausmaß seiner Verletzung festzustellen.

Von mörderischen Kopfschmerzen geplagt, hatte er den Rest des Tages und die ganze Nacht getobt und gewütet. Er hatte gebrüllt wie ein Wahnsinniger und gegen Gott, den Teufel und die Nigger gewettert, die ihn womöglich seine einzige Chance auf Flucht gekostet hatten.

Rückblickend war ihm klar, daß es gescheiter gewesen wäre, still im Dreck liegenzubleiben und sich von diesem

Gewichtheber dreschen zu lassen, bis die Wärter angerückt wären und ihn weggezogen hätten. Wieviel mehr Schaden hätte er in den paar Sekunden schon anrichten können?

Man hatte eine leichte Gehirnerschütterung bei ihm festgestellt. Carl hatte sich ein paarmal übergeben, etwas unscharf gesehen; aber bis zum Spätnachmittag des folgenden Tages war das ausgestanden. Er hatte Kopfschmerzen gehabt, gegen die alle Schmerzmittel nichts ausrichteten. Schließlich waren sie von selbst vergangen. Seine Nieren taten ihm zwar weh, aber der Arzt hatte gesagt, es werde kein dauernder Schaden bleiben.

Ein paar unangenehme Tage folgten, aber er war dankbar gewesen für die Verletzungen. Sie zeigten dem Wärter, daß er das Opfer war und nur versucht hatte, sich zu verteidigen, indem er nach dem anderen Häftling trat.

Es war Carl höchste Genugtuung gewesen, das Krankenhaus heil und auf eigenen Füßen verlassen zu können, während der Nigger sich immer noch mit seinen geschwollenen Eiern quälte. Sie waren zu so grotesker Größe aufgegangen, daß das ganze Krankenhaus darüber witzelte; genauso wie über den Katheter, den man ihm in den Schwanz gesteckt hatte. Und bei der kleinsten Bewegung flennte er wie ein Säugling.

Letztendlich war also doch noch alles gutgegangen. Der Arzt hatte ihn gesund geschrieben – das hieß, daß er auch für den Straßenbau einsatzfähig war. Einmal mit knapper Not am Scheitern seiner Pläne vorbeigeschrammt, wollte er nun auf keinen Fall mehr ein Risiko eingehen.

Seit er aus dem Krankenhaus entlassen war, hatte er von den anderen Häftlingen außer Myron Abstand gehalten. Er redete mit niemandem, sah keinen schief an, schon gar nicht die Schwarzen. Mit Genuß hätte er vor seinem Verschwinden aus dem Bau noch einen von ihnen umgelegt, zum Dank für alles, was sie ihm im Lauf der Jahre angetan hatten; aber man mußte in größeren Zusammenhängen denken, und da war es die Sache einfach nicht wert. Die Kerle bluten zu sehen würde ihm vielleicht ein paar flüchtige Momente schadenfroher Befriedigung bringen, aber hinterher wär's aus und vorbei. Er würde nie mehr rauskommen. Und er hatte eine Riesensehnsucht, die Sonne Mexikos zu sehen und die exotischen Genüsse zu kosten, die dieses Land bot.

Aber zuerst mußte er hier raus.

Heute hatten sein und Myrons Name auf der Liste gestanden. Morgen war der große Tag. Nur auf ihn hatte er gewartet, auf ihn hin alles geplant. In wenigen Stunden würde er ein freier Mann sein. Wenn alles glattging. Es konnte immer noch alles mögliche schieflaufen. Deswegen hatte er auch solches Magenflattern, daß er kaum die Wurst und das Sauerkraut auf seinem Teller runterbrachte.

Aber er aß das Zeug, um nicht aufzufallen, um keinen Verdacht zu erregen.

»Myron, bevor du heut abend einschläfst, versuch, den Plan noch mal genau durchzugehen.«

Ein Löffel voll Sauerkraut verschwand in Myrons Mund. »Welchen Plan, Carl?«

»Ach, Scheiße«, knurrte Carl. Das war ja hoffnungslos. Wie oft hatten sie die Sache durchgesprochen? Wenn dieser Idiot ihm alles kaputtmachte, würde er ihn mit bloßen Händen erwürgen. Mit einem tiefen Seufzer der Resignation sagte er: »Schon gut, Myron. Laß mal. Bleib morgen einfach wie 'ne Klette an mir dran.«

»Okay, Carl.«

»Wenn ich dir sag, was du tun sollst, dann tust du's, okay?«

»Okay.«

»Keine Widerreden und keine Diskussion, du tust es einfach, okay?«

»Okay.«

Los, schieb deinen Schwanz in den Fleischwolf, Myron, okay? Okay, Carl.

Carl, der vor Frust am liebsten laut gebrüllt hätte, rief sich ins Gedächtnis, daß dies genau die blinde Ergebenheit war, die er wollte und brauchte. Er war der Boß, er hatte das Sagen. Er war der verwegene, gutaussehende, mit allen Wassern gewaschene Ladykiller und Stratege. Bei so einem Unternehmen konnte nur einer die Befehle geben. Die anderen mußten spuren.

Also eine ideale Voraussetzung, daß Myron nichts im Kopf hatte und ihm sklavisch ergeben war! Mal angenommen nämlich, er würde zu Myron sagen, schneid dem Scheißwärter die Kehle durch, dann würde Myron das brav erledigen.

Er hatte Carl ohne Scham und Reue Geschichten aus seiner Kindheit erzählt, denen man nur entnehmen konnte, daß der kleine Myron Hutts ein total kranker Typ gewesen war: ein Junge, der nach Art eines Ein-Mann-Vernichtungskommandos sämtliche kleinen Haustiere in seiner Heimatgemeinde und den umliegenden Gebieten abgemurkst hatte, ehe die Polizei ihn schnappte und in die Psychiatrie verfrachtete. Familienangehörige hatten die Behörden mit Anträgen und Gesuchen bombardiert, bis er schließlich aus der Klapsmühle entlassen wurde. Ihre Freude darüber währte nicht lange.

Myron hatte ganz sachlich von dem Massaker berichtet. »Plop hat's gemacht, und Oma ist die Perücke vom Kopf geflogen. Direkt in die Suppenschüssel.«

Diesen Teil erzählte Myron besonders gern, weil Oma mit Vorliebe Myrons Kopf als Perückenkopf benutzt hatte, wenn sie ihr Kunsthaar frisch ondulieren wollte. Die anderen hatten sich kaputtgelacht über den Anblick des langen, schlaksigen Myron in Großmutters grauer, mit rosaroten Schaumgummiwicklern gespickter Perücke.

Sein Kopf hatte außerdem als Punchingball herhalten müssen, wenn sein Vater im Suff ausgeflippt war. Von einem dieser Exzesse hatte Myron einen Hirnschaden davongetragen. Sein liebender Vater hatte den Kopf seines zweijährigen Sohnes wiederholt gegen den Heizkörper gedonnert. Es war Sommer gewesen und der Heizkörper kalt, aber das hatte den Schaden nicht gemindert.

Mit diesem Tag war Myron zum billigen Ziel verbaler und körperlicher Gewalt geworden. In der Schule wurde er gehänselt, von den Klassenrowdys regelmäßig mißhandelt. Aber viel schlimmer war, daß seine eigene Familie – Dad, Mam, Schwester und Oma – den Jungen zu ihrem Amüsement quälte und demütigte.

An dem Abend, an dem Myron mit einer Axt und einer Flinte zum Essen kam, verging ihnen das Lachen.

Er schlachtete seine ganze Familie ab. Es war ein Wunder, daß er angesichts dieses Gemetzels nicht wegen Geisteskrankheit für unzurechnungsfähig erklärt und in eine psychiatrische Anstalt eingewiesen worden war. Höchstwahrscheinlich hatte irgendein scharfer Staatsanwalt argumentiert, Myron wäre helle genug für den Knast; wenn man ihn in eine Anstalt einwiese, anstatt ihn auf Lebenszeit in einem Hochsicherheitsgefängnis in Verwahrung zu nehmen, bestünde die Gefahr, daß irgendein Schlaffi von einem Psychiater ihn für ›geheilt‹ erklären und wieder auf die ahnungslose Menschheit loslassen würde. Und tatsächlich zeigte Myron nicht die geringsten Skrupel, zu töten. Ob es Tiere oder Menschen waren, ganz gleich, Carl hatte oft genug zugesehen, wie Myron kleine Tiere stundenlang quälte, ehe er sie tötete.

O ja, Carl brauchte einen Myron. Man konnte natürlich auch argumentieren, daß er Myron genauso gnadenlos mißbrauchte, wie es früher die Rowdys in der Schule getan hatten. Aber auf dem Ohr war Carl taub.

In einem plötzlichen Anfall von Zuneigung für den Mann, der ihn offensichtlich vergötterte, beugte sich Carl über den Tisch und lächelte seinem Verbündeten zu. »Hab ich dir schon mal gesagt, was ich tu, wenn ich hier raus bin, Myron?«

»Du suchst dir ’ne scharfe mexikanische Tussi.«

Carl lachte. »Das hast du nicht vergessen, was, Myron?«

»Ne, hab ich nicht vergessen.« Myron grinste, den Mund voll halbgekauter Wurst.

»Und was noch?« fragte Carl. »Was tu ich noch?«

Myron schluckte geräuschvoll sein Essen hinunter. »Du legst die Arschlöcher um, die dich in den Knast gebracht haben.«

4

Jack Sawyer stieg aus dem Fahrerhäuschen seines Pick-up. »Braucht ihr Hilfe?«

Der lose Kies der Einfahrt knirschte unter seinen Füßen. Die aufsteigenden Staubwölkchen setzten sich auf seine abgestoßenen Schlangenlederstiefel – Stiefel, die vor mehr als zehn Jahren von einem mexikanischen Sattelmacher gearbeitet worden waren. Der Alte hatte bei der Arbeit gern ein paar Tequilas gekippt, darum war Jacks linker Stiefel etwas größer als der rechte. Er hatte den Schuhmacher nie um eine Korrektur gebeten. Sein Fuß hatte sich ganz einfach dem kleinen Fehler angepaßt.

Der Junge, an den seine Frage gerichtet war und der ihn mit unverhohlener Neugier betrachtete, als er näher kam, schien fasziniert von den Stiefeln. Jack hatte wenig Erfahrung mit Kindern, aber er schätzte den Jungen auf etwa fünf Jahre. Der Kleine puffte seine Mutter in den Oberschenkel, um ihre Aufmerksamkeit zu gewinnen; doch sie schob nur seine Hand weg. Kopf und Schultern blieben unter der Motorhaube des Wagens.

Der Junge ging ihm entgegen. Sie trafen sich etwa auf halbem Weg zwischen dem stehengebliebenen Auto und Jacks Pick-up. Der Kleine legte den Kopf in den Nacken, um zu Jack aufsehen zu können, und blinzelte gegen die grelle Mittagssonne.

»Hallo«, sagte Jack.

»Weißt du, daß ich ein Buch über Dinosaurier habe?«

»Ehrlich?«

»Und ein Video auch.«

»Hm.«

»Am liebsten mag ich den Velociraptor.«

»Na, so was! Ich auch«, sagte Jack.

»Wirklich?«

»Ja.«

»Cool. Magst du auch den Pterodactylus?«

»Der kann einem ganz schön Angst einjagen.«

Der Junge lachte beifällig und zeigte dabei vorne eine Zahnlücke. Der neue Zahn, der bereits ein Stück durchgestoßen war, bildete einen zackigen kleinen Gebirgskamm in der Lücke.

Er war ein niedliches Kind, in Shorts, Turnschuhen und einem T-Shirt mit dem Konterfei einer Zeichentrickfigur aus dem Fernsehen – die Jack zwar kannte, ohne sich jedoch ihres Namens zu entsinnen. Der Junge hatte ein frisches Gesicht mit ein paar Sommersprossen auf der Nase. Einige Strähnen dunklen Haares klebten ihm schweißfeucht in der Stirn.

»Wie heißt du?«

»Jack. Und du?«

»David.«

»Freut mich, dich kennenzulernen, David.« Er wies mit einer kurzen Kopfbewegung zum Wagen. »Was habt ihr denn für Schwierigkeiten?«

Der Junge zuckte die Achseln, wobei er beide Schultern bis fast zu den Ohren hochzog und gleichzeitig die Arme ausbreitete. »Ich weiß nicht. Meine Mama und ich wollten in die Stadt, aber wie wir ins Auto gestiegen sind, hat's nur so gemacht.« Er gab ein Röcheln von sich und zuckte mit dem ganzen Körper, wie von Krämpfen geschüttelt. »Dann ist der Motor ausgegangen, und jetzt springt er nicht mehr an.«

Jack nickte und machte sich auf den Weg zum Wagen und zu der Frau, die nicht halb so entgegenkommend war wie ihr Sohn. Vielleicht wollte sie keine Einmischung. Vielleicht hatte sie auch Angst vor Fremden und glaubte, wenn sie ihn ignorierte, würde er wieder verschwinden.

»Äh – Madam? Kann ich Ihnen behilflich sein?«

Der Junge trat zu seiner Mutter, legte seinen Handballen an ihren Oberschenkel und drückte ein paarmal dagegen. Diesmal richtete sie sich auf und drehte sich ungeduldig herum. Erst da bemerkte sie offenbar Jack; sie fuhr zurück, als hätte sie sich verbrannt.

»Meine Mama ist gehörlos«, erklärte der Junge. »Sie hat dich nicht kommen gehört. Ich glaub, du hast sie erschreckt.«

Den Eindruck hatte Jack auch. Ihr Blick flog hastig von ihm zu seinem Wagen, dann wieder zurück zu ihm – als versuchte sie festzustellen, ob von ihm Gefahr drohe.

Der Kleine sagte: »Wenn man sich anschleicht, wird sie wütend.«

»Ich wußte nicht, daß ich mich anschleiche.« Jack bot ihr die Hand, um sich zu entschuldigen.

Ihre Reaktion bestand darin, den Jungen an sich zu reißen und sich an den Kühlergrill ihres Wagens zu pressen.

»Ma-ma!« protestierte David und entwand sich ihr. Er sprach mit Zunge und Händen. »Du brauchst keine Angst zu haben. Er ist nett. Er heißt Jack. Er –«

Mit erhobener Hand gebot sie ihm zu schweigen.

»Sag ihr, daß es mir leid tut. Ich wußte nicht –«

»Sie kann dir alles von den Lippen ablesen«, unterbrach ihn der Junge. »Ich zeig ihr mit Zeichen, was du sagst – aber sie kann gut von den Lippen lesen.«

Jack sah sie an und sagte mit übertriebenen Mundbewegungen: »Können Sie mich verstehen?«

Ihre Augen verengten sich ein wenig. Aus Ärger, vermutete Jack. Er hatte allerdings keine Ahnung, was an ihm sie so verstimmte. Sie nickte einmal kurz und ziemlich heftig, wobei sich ihr langes Haar aus dem Knoten am Oberkopf löste. Es hatte die gleiche dunkle Farbe wie das des Jungen, doch die Sonne brachte kupferrote Strähnen zum Vorschein.

»Ich wollte Sie nicht erschrecken, Madam. Eigentlich wollte ich zu Mr. Corbett. Aber da ich nun schon mal hier bin, würde ich Ihnen gern helfen, Ihren Wagen wieder in Gang zu bringen.«

Der Junge stieß sie an. »Okay, Mama?«

Verneinend schüttelte sie den Kopf.

Enttäuscht sagte der Junge zu Jack: »Ich glaube, sie will nicht.«

»Ich möchte wirklich nur helfen, Madam«, versicherte Jack.

Sie behielt ihn mißtrauisch im Auge, während sie dem Jungen Handzeichen machte, die dieser übersetzte. »Sie sagt, vielen Dank, aber wir rufen die Werkstatt an.«

»Ja, das können Sie natürlich tun. Aber vielleicht ist es gar nicht nötig.« Jack wies auf den Wagen. »Es ist am Ende nur eine Kleinigkeit.«

Ihre Finger bewegten sich rasend schnell, und ihre Lippen bildeten lautlos Wörter dazu. Ihre Mimik verriet, was sie sagte; dennoch sah Jack zu David, um es sich übersetzen zu lassen.

»Sie sagt, wenn es nur eine Kleinigkeit ist, kann sie's auch selbst richten. Sie sagt, sie ist gehörlos und nicht – das hab ich nicht mitgekriegt, Mama. Was bedeutet das Zeichen?« Er tippte sich mit zwei Fingern an die Stirn.

Die junge Frau buchstabierte das Wort mit den Fingern, und David übersetzte die einzelnen Buchstaben. »Was für ein Wort kommt dabei raus, Jack?«

»Dumm«, gab der Auskunft.

»Ach so. Sie wird immer sauer, wenn die Leute denken, nur weil sie nichts hört, ist sie dumm.«

»So hab ich das wirklich nicht gemeint.« Jack, der jetzt selbst etwas ungeduldig wurde, rieb sich das Kinn. »Soll ich mir nun den Wagen anschauen oder nicht? Wenn nicht, such ich mir nämlich schleunigst ein schattiges Plätzchen. Die Hitze ist ja die H-ö-Doppel-l-e.«

Mit seinen kurzen, kleinen Fingern buchstabierte David das Wort nach. »Was heißt das, Jack? Hölle?«

Ohne dem Jungen zu antworten, sagte Jack: »Also, wie machen wir's, Madam?«

David übersetzte ihre Antwort. »Danke, aber Mr. Corbett wird sich darum kümmern.«

»Ist er da?«

»Da hinten.« David zeigte mit dem Finger in die Richtung. »Die Stiere haben einen Teil vom Zaun eingerissen. Mein Opa ist gerade dabei, ihn wieder zu richten.«

»Dein Opa?«

»Ja.«

»Warum nicht dein Dad?«

»Er ist tot.«

»Tot?«

»Ja. Er ist vor meiner Geburt gestorben.«

Jack sah die Frau an, deren Blick zornig auf ihren Sohn gerichtet war. Sobald sie die Aufmerksamkeit des Jungen hatte, begann sie zu gestikulieren.

»Sie sagt, ich rede zuviel.«

»Mein Angebot steht. Müssen Sie dringend in die Stadt?«

Vielleicht zermürbte seine Hartnäckigkeit sie schließlich, obwohl sie nicht den Eindruck machte, als gäbe sie leicht klein bei. Oder es gefiel ihr die Aussicht auf ein schattiges Plätzchen. Wie auch immer, sie war nahe daran, sein Angebot anzunehmen, als ihr Blick sein Gürtel streifte.

David, der den Blick bemerkte, sagte: »Kann sein, daß dein Messer ihr angst macht.«

»Ach so. Wenn das alles ist.« Jack öffnete die lederne Scheide. Die Frau erstarrte. Er zog das Messer langsam heraus und legte es auf seine offene Hand. Dann ging er vor David in die Hocke, um den Jungen das Messer genauer betrachten zu lassen.

»Das hat ein indianischer Krieger gemacht, David. Ein Comanche. Vor langer, langer Zeit.«

»Wau!« rief der Junge ehrfürchtig. Er streckte die Hand aus, um die Waffe zu berühren, zog sie aber gleich wieder ängstlich zurück.

»Du kannst es ruhig anfassen.«

»Wieso ist es so holprig?«

»So haben die Indianer damals ihre Messer gemacht.«

David strich mit dem Finger über die bläuliche, gewellte Klinge. »Cool«, sagte er im gleichen andächtigen Ton.

Jack richtete sich langsam auf. Ohne seinen Blick von der Frau zu wenden, schob er das Messer wieder in die Scheide. Dann hob er kapitulierend beide Hände.

Sie fand die spielerische Gebärde nicht witzig; doch sie trat zur Seite, wenn auch mit abweisendem Blick, und bedeutete ihm, er könne sich den Motor ansehen.

Er nahm seinen Cowboyhut aus Strohgeflecht und seine Sonnenbrille ab, deponierte die Sonnenbrille in der Höhlung seines Huts und legte diesen auf den Kotflügel. Dann kroch er unter die Kühlerhaube und beugte sich über den Motor. Ein Schweißtropfen fiel von seiner Stirn auf das heiße Gehäuse und verdampfte mit einem kurzen Zischen.

Das war ja mal eine ganz neue Erfahrung! Noch nie hatte er mit einer Gehörlosen zu tun gehabt. Obendrein mit einer, die so einen Riesenkomplex hatte.

Er drehte sich kurz um und bat sie, den Motor anzulassen und aufs Gas zu treten. Jack war kein großer Automechaniker, aber in diesem Fall lag die Diagnose auf der Hand. Die Benzinleitung war verstopft. Er machte sich an die Arbeit.

David bezog Posten an seiner Seite. Offensichtlich in dem Bestreben, Jack zu beeindrucken, prahlte er: »Wir haben eine ganze Ranch.«

»Ja, das sehe ich.«

»Nur wir drei. Mama, Opa und ich. Ich hätte gern einen

Bruder oder eine Schwester – aber Mama sagt immer, ich mach ihr allein schon genug zu schaffen, und außerdem kann man ohne einen Daddy keine Kinder bekommen. Magst du Pfirsichkuchen, Jack? Meine Mama kann prima Pfirsichkuchen backen. Und Opa macht Vanilleeis, und ich darf auf dem Faß sitzen, wenn er kurbelt. Das Eis kann man zum Pfirsichkuchen essen, aber ohne alles schmeckt's auch gut. Kannst du schwimmen? Opa hat gesagt, wenn er mal Zeit hat, lernt er's mir. Aber Mama hat Angst, daß im Fluß Schlangen sind. Wir haben hier einen Fluß, und ich hab schon viele Fische gefangen. Opa und ich haben sie ausgenommen, und Mama hat sie dann gekocht, und wir haben sie gegessen. Ein bißchen paddeln kann ich schon, so wie ein Hund, weiß du. Magst du dir nachher mal mein Zimmer anschauen? Ich habe ein Poster von den Dallas Cowboys an der Schranktür. Hast du auch einen Sohn?«

»Nein, ich habe nie einen Sohn gehabt. Und auch keine Tochter.« Er lächelte zu dem kleinen Jungen hinunter, während er einen Filter aus der Benzinleitung entfernte.

Die Frau wartete in ihrer Nähe. Sie machte irgendwelche Zeichen. David übersetzte mit bekümmerter Miene: »Sie sagt, du hast wahrscheinlich schon ganz heiße Ohren, weil ich so viel – das letzte hab ich nicht mitgekriegt.«

»Quaßle?« meinte Jack.

»Vielleicht«, gestand David. »Opa nennt mich manchmal Quasselstrippe.«

»Mich stört's nicht, wenn du mir was erzählst. Ich hab gern Leute um mich.«

»Zu uns kommt nie jemand.«

»Und warum nicht?« Jack richtete die Frage an David, sah aber die Frau dabei an.

»Ich glaub, weil meine Mama nicht hören kann.«

»Hm.« Jack hob den Filter an seinen Mund und blies kräftig hindurch. Dann setzte er ihn wieder ein und bedeutete ihr, den Wagen noch einmal anzulassen. Sie stieg ein und drehte den Zündschlüssel. Nachdem sie mehrmals das Gaspedal durchgetreten hatte, sprang der Motor an.

Jack ließ die Kühlerhaube herunter und wischte sich die Hände. »Na also.« Er setzte Hut und Sonnenbrille wieder auf. »Jetzt müßte er eigentlich laufen wie geschmiert. Ihr hattet ein bißchen Dreck im Filter.«

»Du bist echt gescheit!«

»So gescheit auch wieder nicht, David. Mir ist das gleiche mal mit meinem Auto passiert. Ich mußte fünfzig Dollar dafür blechen, daß ein Mechaniker den Schmutz rausgeblasen hat.« Er wandte sich der Mutter des Jungen zu. »Jetzt würde ich gern mit Mr. Corbett sprechen.«

»Darf ich ihm zeigen, wo Opa ist, Mama?«

Sie schüttelte den Kopf und bedeutete dem Jungen einzusteigen.

»Wenn du mir nur die Richtung verrätst, dann find ich ihn schon«, sagte Jack.

»Er ist da drüben, an den Bäumen vorbei«, erklärte David. »Aber ich bring dich hin. Es ist nicht weit.«

Davids Mutter stampfte mit dem Fuß, um ihn auf sich aufmerksam zu machen. Mit blitzschnell fliegenden Fingern erteilte sie ihm einen Befehl.

»Ach, Mama, bitte! Warum darf ich nicht hierbleiben, bei Opa und Jack? Ich mag nicht zum Einkaufen fahren.«

Den Arm in Schulterhöhe pfeilgerade ausgestreckt, wies sie auf die Mitfahrertür des Wagens.

Jack klopfte David auf die Schulter. »Folg lieber.«

»Bist du noch hier, wenn ich zurückkomme?«

»Mal sehen.«

»Hoffentlich. Also dann, tschüs, Jack!«

»Tschüs!«

David trottete hinten um den Wagen herum. Als er an seiner Mutter vorbeikam, senkte er den Kopf, so daß sie seinen Mund nicht sehen konnte, und schimpfte leise: »Du bist eine ganz gemeine Mama.«

Jack hatte Mühe, sich ein Lächeln zu verkneifen. Er tippte sich an die Hutkrempe. »Auf Wiedersehn, Madam!«

Sie setzte sich hinter das Steuer und schlug die Tür zu. Nachdem sie ihren Gurt festgemacht und sich vergewissert hatte, daß auch David angeschnallt war, wandte sie sich Jack zu. Durch das offene Fenster teilte sie ihm mit Fingerzeichen etwas mit, was vermutlich ›Danke‹ hieß.

Er sah dem davonfahrenden Wagen nach, der an der Hauptstraße in Richtung zum Ort abbog. Schmiedeeiserne Lettern, die sich zu dem Namen ›Corbett Ranch‹ zusammenfügten, überspannten in einem Bogen die Einfahrt. Nicht sehr originell, dachte Jack, aber Hinweis genug.

Er drehte sich herum und musterte das Haus, einen adretten einstöckigen Holzbau, weiß, mit dunkelgrünen Läden an den vorderen Fenstern. Zu beiden Seiten der Haustür standen auf Podesten Farne; Schalen mit blühenden Blumen zierten rechts und links die drei Treppenstufen, die zur breiten Veranda unter dem von stabilen Säulen getragenen Dach hinaufführten. Es war ein hübsches Haus; aber es unterschied sich durch nichts von Tausenden anderer solcher Ranchhäuser, die man überall in den mittleren Südstaaten antraf.

Jack überquerte den Hof und trat durch ein Tor, ging an einem langen Stallgebäude und einer Pferdekoppel vorüber, wo mehrere Pferde an einer Krippe Heu fraßen und mit ihren Schweifen nach Fliegen schlugen. Hinter der Koppel öffnete er das Tor zu einer Weide und achtete auf seinem Weg durch das Gras sorgsam auf Kuhfladen.

Es gab, dachte er, eigentlich genug Gründe, auf der Stelle umzukehren, zum Wagen zurückzulaufen und wieder abzuhauen.

Die Nachricht von dem Gefängnisausbruch in Arkansas war bis nach Corpus Christi hinunter gedrungen. Presse, Funk und Fernsehen der gesamten Region hatten darüber berichtet. Das Interesse der meisten, die davon hörten, war wahrscheinlich nur flüchtiger Natur gewesen, ihn aber hatte die Story aufgeschreckt wie ein Donnerschlag. Beinahe ehe er sich's versah, war er auf dem Weg nach Blewer. Er war um Mitternacht angekommen und hatte sich ein Zimmer in einem Motel genommen.

In bezug auf Hotels war er nicht anspruchsvoll, und das Zimmer erwies sich als durchaus komfortabel; trotzdem hatte er den Rest der Nacht wach gelegen und sich auf einem Kabelsender das John-Wayne-Filmfestival angesehen, während er innerlich mit sich und dem zwanghaften Impuls haderte, der ihn einen guten Job hatte hinwerfen und hierherkommen lassen.

Aber so lebte er im Grund genommen seit dem Tag, an dem er erwachsen geworden war – immer auf Abruf, stets auf dem Sprung. Er war ein Einzelgänger, ein Abenteurer, ein unsteter Wanderer ohne Bindungen. Seine gesamte irdische Habe hatte in seinem Lieferwagen Platz. Er ging, wohin er wollte, und machte halt, wann und wo es ihm beliebte. Wenn ihm ein Ort gefiel, blieb er. Wenn er ihn leid war, zog er weiter. Jack hatte einen Führerschein und eine Sozialversicherungsnummer, aber kein Bankkonto und keine Kreditkarte. Das Geld, das er verdiente – durch Jobs, die ihn gerade reizten –, reichte ihm.

Bei Tagesanbruch, als *Rio Bravo* sich dem Ende näherte, war er aufgestanden, hatte sich rasiert und geduscht und in der Doughnutbäckerei gegenüber vom Motel gefrühstückt. Bei einer Tasse gutem Kaffee hatte er seinen inneren Streit mit einem Kompromißentscheid beigelegt: Es war eine Schnapsidee und riskant obendrein; aber er würde trotzdem an ihr festhalten und tun, wozu es ihn trieb.

Er mußte es tun.

Im Lauf der Jahre war er viele Male in diese Gegend gekommen, immer auf der Durchfahrt, interessiert und neugierig, aber nie bereit anzuhalten. Und jedesmal, wenn er an der Corbett-Ranch vorübergefahren war, hatte er sich gefragt, was das für Leute waren, die hinter dem schmiedeeisernen Tor lebten. Aber seine Frage schien ihm nicht so wichtig, daß er haltgemacht hätte, um sich Antwort zu holen.

Dies war, bei allen Heiligen, der letzte Ort auf Erden, an dem er etwas zu suchen hatte. Wieso hatte er nur das Gefühl, hier sein zu müssen?

Sicher, Carl Herbolds Gefängnisausbruch. Aber das war nur der Auslöser gewesen. Irgend etwas in seinem Inneren trieb ihn immer wieder hierher. Er hatte versucht, die Verbindung zu vergessen, ihr davonzulaufen, aber sie holte ihn stets erbarmungslos ein. Genauer gesagt, er trug sie mit sich, wohin er auch ging.

Seine Reisen hatten ihn mit den unterschiedlichsten religiösen Überzeugungen bekanntgemacht. Mit einem Schamanen eines der Stämme in Arizona, der glaubte, im Drogenrausch zeigten sich ihm die Götter, hatte er Peyote probiert. Einen Sommer hatte er als Caddie für einen golfspielenden Rabbi gejobbt, der ihm vom Bund Gottes mit den Menschen und dem verheißenen Messias erzählte. Bei einem Freilicht-Rockkonzert hatte er mit einer Gruppe Theologiestudenten über das Evangelium diskutiert.

Alle waren tief davon überzeugt gewesen, daß ein höherer Wille ihr Schicksal bestimme; daß ein höherer Wille ihnen zumindest helfe, den rechten Weg zu wählen.

Jack wußte nicht, welche Religion – ob überhaupt eine – Gültigkeit besaß. Er war nicht imstande, sich einen allmächtigen Gott vorzustellen, der den Kosmos geschaffen hatte, nur um dann die Geschicke der Menschen mit solcher Verdrossenheit und Launenhaftigkeit zu lenken. Ihm war rätselhaft, warum sich Naturkatastrophen ereignen mußten. Er verstand nicht, warum guten Menschen Schlimmes widerfuhr, warum die Menschheit Seuchen, Hunger und Krieg leiden mußte. Und er hatte seine Zweifel an der Erlösung.

Aber er wußte, daß es die Sünde gab. Und die Schuld, die sie begleitete.

Man konnte es Vorsehung oder Schicksal oder Gott oder auch schlicht Gewissen nennen. Irgend etwas – ein höherer Wille – hatte ihn getrieben, alles aufzugeben und hierherzukommen, als er erfuhr, daß Carl Herbold auf freiem Fuß war.

Was als nächstes geschehen würde, stand in den Sternen. Jack wußte es jedenfalls nicht. Selbst in dem Moment, als er unter dem schmiedeeisernen Torbogen hindurchgefahren war, hatte er nicht gewußt, was er an dem ihm unbekannten Ort sagen oder tun würde. Jack hatte keinen konkreten Plan. Er hatte nicht damit gerechnet, in der Einfahrt von Delray Corbetts Ranch auf eine Frau und ein Kind zu treffen. Von jetzt an würde er es nehmen, wie es kam.

So oder so, in wenigen Sekunden würden die Würfel fallen.

Als er den Rancher entdeckte, der, im Gras kniend, mit einem widerspenstigen Stück Stacheldraht kämpfte, zögerte er nur einen Augenblick. Dann legte er die Hände um den Mund und rief: »Mr. Corbett?«

5

Delray Corbett drehte sich herum, als er seinen Namen hörte. Widerwillig richtete er sich auf. Er war ungefähr einen Meter fünfundsiebzig groß, ein Mann Mitte Sechzig, ein wenig schwammig um die Taille, mit stämmigen Beinen und strengem Gesicht. Sein Unmut darüber, einen Fremden auf seinem Weideland zu sehen, war offenkundig. Aber Jack wollte sich von der finsteren Miene nicht abschrecken lassen.

»Mr. Corbett«, sagte er, dem Mann seine Rechte bietend. »Jack Sawyer.«

Betont gemächlich zog Corbett den Arbeitshandschuh von seiner Rechten und gab Jack anstandshalber die Hand. Unter dem Schirm seiner Mütze hervor musterte er Jack mit unfreundlichem Blick.

Jack wies mit einer Kopfbewegung zum Zaun. »Ich habe gehört, daß ein paar Stiere Ihren Zaun eingerissen haben.«

»Und woher wissen Sie das?«

»Von Ihrem Enkel.« Er deutete auf Corbetts Unterarm, durch den sich ein langer blutiger Riß zog. »Sind Sie am Stacheldraht hängengeblieben?«

Corbett wischte mit einer wegwerfenden Bewegung über die Verletzung. »Das ist nichts. Wo haben Sie meinen Enkel getroffen?«

»Vor dem Haus.«

»Und Sie haben versucht, ihn auszuhorchen«, fragte er aufgebracht. »Verdammt noch mal. Ich hab Ihren Leuten doch schon gesagt, daß ich nichts weiß. Lassen Sie uns in Ruhe.«

»Entschuldigen Sie, Mr. Corbett, Sie scheinen mich mit jemandem zu verwechseln. Ich habe keine Ahnung, wovon Sie sprechen.«

Das war geflunkert. Natürlich gehörte Delray Corbett zu den Leuten, die man nach Herbolds Gefängnisausbruch als erste befragen würde. Und anscheinend hatten sich die Behörden schon bei ihm gemeldet. Er war wütend über die Belästigung. Oder fürchtete die Auswirkungen. Beides verständlich.

»Ich weiß nicht, was Sie glauben, aber Sie täuschen sich«, versicherte Jack ihm. »Ich habe mit Ihren Angehörigen nur gesprochen, weil Ihre Schwiegertochter Schwierigkeiten mit ihrem Wagen hatte.«

Corbett warf einen besorgten Blick zum Haus.

»Es war nichts weiter«, erklärte Jack. »Nur ein bißchen Dreck in der Benzinleitung. Der Wagen läuft wieder.«

Corbetts Blick kehrte zu ihm zurück. »Sie sind also von niemandem geschickt worden?«

»Nein.«

»Dann entschuldigen Sie!«

»Schon gut.«

Immer noch mißtrauisch, zog Corbett ein Taschentuch aus der Hüfttasche seiner Jeans und nahm einen Moment seine Mütze ab, um sich den Schweiß von der Stirn zu wischen. Er hatte sehr dunkles Haar, fast ohne Grau.

»Hat Anna Ihnen was gegeben?«

Anna. Sie hieß Anna. Diese Neuigkeit beschäftigte Jack so sehr, daß er nicht hörte, was Corbett weiter sagte. »Wie bitte?« fragte er.

»Sind Sie hergekommen, weil Sie Geld von mir haben wollen? Ich meine, dafür, daß Sie den Wagen wieder in Ordnung gebracht haben«, ergänzte er, als er sah, daß Jack nicht verstand, was er meinte.

»Nein, Sir«, entgegnete Jack beinahe schroff. »Das hab ich gern getan. Ich bin hier, weil ich mit Ihnen sprechen möchte.«

Sofort war Corbett wieder auf der Hut. »Wollen Sie was verkaufen?«

»So könnte man sagen.«

»Tja, dann verschwenden Sie nur Ihre Zeit. Ich habe nichts nötig.«

»Auch mich nicht?«

»Was?«

»Ich brauche Arbeit. Sie brauchen einen Helfer. Meine Arbeitskraft ist zu verkaufen.«

Corbett machte ein Gesicht, als warte er auf die Pointe. Schließlich sagte er: »Soll das Ihr Ernst sein?«

»Aber sicher. Ich könnte gleich jetzt anfangen und Ihnen mit dem Zaun da helfen.«

Corbett trat einen Schritt nach rechts, genau zwischen Jack und die bereitliegende Rolle Stacheldraht, entweder um sie Jacks Blick zu entziehen oder vor seinem Zugriff zu schützen; es war nicht zu erkennen. Offenkundig war hingegen, daß Corbett Jacks Angebot nicht für bare Münze nahm.

Er sagte mit frostiger Höflichkeit. »Bemühen Sie sich nicht, Mr. Sawyer. Trotzdem vielen Dank!« Er schob das Taschentuch ein, setzte seine Mütze auf und wandte sich wieder seiner Arbeit zu.

»Sie haben mich gar nicht bis zu Ende angehört.«

»Ich beschäftige keine Leute.«

»Das sieht man.« Die Bemerkung traf, genau wie Jack gehofft hatte. »Nichts für ungut, Mr. Corbett! Aber hier gibt's ganz schön was zu tun, soweit ich sehen kann. Wenn Sie mich fragen, muß der ganze Zaun erneuert werden, nicht nur das Stück da. Das heißt, Löcher ausheben, Pfosten aufstellen …«

»Ich weiß, was es heißt«, fuhr Corbett ihn gereizt an.

»Dann wissen Sie auch, daß das alles für einen allein zuviel ist, besonders da ja die täglichen Arbeiten auch erledigt werden müssen. Ihre Stalltür hängt. Die Krippe auf der Pferdekoppel ist kurz vor dem Zusammenbruch, und zwei von den Pferden müssen beschlagen werden. Das nur mal für den Anfang. Einen Betrieb von dieser Größe können ja kaum zwei Männer schmeißen.«

»Mein Sohn und ich sind gut zurechtgekommen.«

»Aber Ihr Sohn ist nicht mehr hier, richtig?« Corbett warf ihm einen finsteren Blick zu. Ruhig fügte Jack hinzu: »Der Junge hat mir erzählt, daß er tot ist.«

»Stimmt.« Corbetts Gesicht nahm einen endgültig zugeknöpften Ausdruck an. »Wenn Sie mich jetzt entschuldigen würden, Mr. Sawyer, ich muß wieder an die Arbeit. Ich stelle niemanden ein. Auch Sie nicht.«

Einen Moment ratlos, blickte Jack zu Boden und zog mit dem schmalen Absatz seines Stiefels einen kleinen Graben in die Erde. Er hatte bei seiner Ankunft hier keine Ahnung gehabt, wie er sich Corbett nähern wollte. Der Gedanke, ihn um Arbeit zu bitten, war ihm praktisch erst in dem Moment zugeflogen, als er sein Angebot vorbrachte. Jetzt erschien dies der logische Weg. Ein Glück, daß ihm so manche Mängel auf dem Hof aufgefallen und im Gedächtnis geblieben waren. Wäre auf der Ranch alles tipptopp gewesen, so hätte es ihm an Argumenten gefehlt.

»Ich möchte Ihnen trotzdem gern mit dem Zaun helfen«, sagte er. »Ohne jede Verpflichtung.«

Corbetts Blick war immer noch unfreundlich. Der alte Mann schien drauf und dran, Jack vom Hof zu weisen.

»Ich bin ein guter Arbeiter«, beteuerte Jack.

Mit einem Achselzucken gab Corbett nach. »Na schön, wie Sie wollen. Haben Sie Handschuhe?«

Jack zog ein Paar lederne Arbeitshandschuhe aus seiner Hüfttasche und trat an den Zaun. »Was soll ich machen – die Pfosten halten oder den Draht ziehen?«

Der Stolz erlaubte Corbett nicht, sich die leichtere Arbeit zu gönnen. »Der Draht ist meine Sache.«

Sie arbeiteten schweigend. Jack hielt den Pfosten fest,

während Corbett ihn mit dem stramm gezogenen Stacheldraht umwickelte und dann ein paar Nägel einschlug, um diesen zu fixieren. Sie gingen weiter zum nächsten Pfosten. Und zum nächsten.

»Wieviel Grund haben Sie hier?«

»Zweihundertsechzig Hektar.«

Jack pfiff durch die Zähne. »Wie lange besitzen Sie die Ranch schon?«

»Mein ganzes Leben. Ich hab sie von meinem Vater geerbt.«

»Wieviel Stück Vieh?«

»Mehrere hundert.«

»Wo sind die jetzt?«

»Auf einer anderen Weide. Drüben überm Fluß.«

»Herefords?«

»Und ein paar Angus. Erste Qualität. Der Haken ist nur...« Er ächzte in angestrengtem Bemühen, den Draht straff zu ziehen.

»Soll ich das machen?«

»Ich schaff's schon.«

Jack sah, daß der alte Mann vor Anstrengung einen roten Kopf bekam, aber er schwieg. »Der Haken ist nur...?«

»Zu viele Vegetarier heutzutage.« Er schlug den letzten Nagel ein.

»Ja, die Geißel des Rinderzüchters.« Jack ließ den Pfosten los, nahm seinen Hut ab und fächelte sich mit ihm das Gesicht.

Corbett griff nach einem Thermoskrug, den er zuvor in den Schatten einer Balsampappel gestellt hatte. Ehe er trank, bot er Jack einen Schluck an.

»Trinken Sie erst«, sagte dieser.

Corbett trank direkt aus dem Schnabel, dann kam Jack an die Reihe. »Woher stammt Ihre Berufserfahrung?« Corbett hatte wieder sein Taschentuch gezogen, um sich das Gesicht zu trocknen.

Jack schraubte den Thermoskrug zu und stellte ihn unter den Baum zurück. »Ach, von überall.«

»Sie haben schon mal auf einer Ranch gearbeitet?«

»Ich hab so ziemlich alles schon mal ausprobiert.«

»Na, dann können Sie ja Zeugnisse in Massen vorweisen.«

»Nein, Sir. Nicht eines.«

Corbett verzog amüsiert das Gesicht. Näher kam er einem Lächeln wahrscheinlich nie, dachte Jack. »Nerven haben Sie, Mr. Sawyer! Das muß man Ihnen lassen.«

»Nennen Sie mich Jack. Warum sagen Sie das?«

»Na, Sie wollen einen Job bei mir – ohne ein einziges Zeugnis.«

»Sie werden mir einfach vertrauen müssen.«

»Bestimmt nicht«, gab Corbett brüsk zurück und bückte sich, um seine Werkzeuge einzusammeln. Nachdem er sie ordentlich in einem Metallkasten verstaut hatte, nahm er seinen Thermoskrug, richtete sich auf und sah Jack an. »Ich danke Ihnen, daß Sie Annas Wagen wieder flottgemacht haben. Und ich danke Ihnen für Ihre Hilfe mit dem Zaun. Aber ich stelle sie nicht ein.«

Er machte sich auf den Weg über die Weide. Jack blieb an seiner Seite. »Darf ich fragen, warum nicht?«

»Bitte. Ich sag's Ihnen gern: Ich kenne Sie nicht. Woher weiß ich, daß Sie mir nicht das ganze Haus ausplündern?«

»Na, wenn ich so was vorhätte, dann hätte ich mich bestimmt nicht vorher mit Ihnen bekannt gemacht.«

»Ich muß an die Sicherheit von David und Anna denken.«

»Für Ihre Familie bin ich bestimmt keine Gefahr.«

»Und woher soll ich das wissen?« entgegnete Corbett.

Jack legte ihm eine Hand auf den Arm. Corbett blieb stehen. Schweigend sah er zu seinem Arm hinunter. Jack zog rasch seine Hand wieder weg. »Okay, Sie kennen mich nicht. Ich bin ein wildfremder Mensch, der aus heiterem Himmel hier auftaucht. Gestern habe ich einen Job in Corpus aufgegeben. Wenn Sie eine Referenz wollen, dann rufen Sie dort an und sprechen sie mit meinem vormaligen Chef.«

»Warum sind Sie gegangen?«

»Weil ich wollte.«

»Einfach so?«

»So lebe ich nun mal.«

»Eine Garantie für Zuverlässigkeit ist das nicht gerade, Mr. Sawyer.«

Er setzte sich wieder in Bewegung. Jack ließ sich nicht abwimmeln. »Solange ich hier bin, können Sie von mir jeden Tag ganze Arbeit erwarten. Ich habe auf vielerlei Gebieten Erfahrung. Um mir meinen Lebensunterhalt zu verdienen, hab ich nämlich so ziemlich alles gemacht, was nicht verboten ist:

Ich war Koch in einem Schnellrestaurant und Fremdenführer. Ich hab auf Ölfeldern und am Fließband gearbeitet. Ich habe Pferde zugeritten, Ziegen gemolken, Geschirr gespült, Toiletten gereinigt und einmal, als es mir wirklich dreckig ging, hab ich für eine Fünfdollarnutte den Zuhälter gemacht.«

Corbett blieb abrupt stehen und starrte ihn an.

»Ganz recht, Mr. Corbett, ich hab vieles getan, worauf ich nicht stolz bin. Zeigen Sie mir den, der das nicht von sich sagen muß. Aber ein Dieb bin ich nicht. Niemals würde ich Sie bestehlen. Und ebensowenig würde ich Ihnen, Ihrer Schwiegertocher oder Ihrem Enkel etwas Böses tun. Im Gegenteil, es wäre für Sie vielleicht eine Beruhigung, wenn noch ein Mann hier wohnt, der ein Auge auf den Hof hat«, schloß Jack, seine Trumpfkarte ausspielend.

Und sie stach, wie es schien. Er hatte den Eindruck, daß Corbett in seiner Entschlossenheit wankend wurde. Daher war es eine Überraschung und eine Riesenenttäuschung, als der den Kopf schüttelte. »Tut mir leid, Mr. Sawyer. Es bleibt bei meinem Nein.«

»Was kann ich tun, um Sie umzustimmen?«

»Nichts. Tatsache ist nämlich, daß ich Sie mir nicht leisten kann.«

Jack lachte. »Wahrscheinlich nicht. Ich bin ziemlich teuer. Aber ich denke, wir könnten uns einigen.«

»Wie denn?«

»Ich brauche ein Dach über dem Kopf.«

Corbett ließ etwas hören, das tatsächlich wie ein Lachen klang. »Sie müssen mich für verrückt halten.«

»Ich erwarte nicht, daß Sie mich in Ihr Haus einladen. Aber wie wär's mit dem alten Wohnwagen, der nördlich vom Stall steht? Der würde mir reichen.«

Corbett blickte in die angegebene Richtung. »Der steht seit Jahren dort rum. Meine Frau und ich haben eine Weile dort gehaust, als wir das Haus bauten. Wir ließen das alte damals abreißen, wollten aber wieder an derselben Stelle eins haben. Das ist jetzt fast vierzig Jahre her. Ich hätte das Ding an einen Autoverwerter verkaufen sollen, aber ich hab's nicht fertiggebracht. Es ist, wie man sieht, nur noch ein Wrack.«

»Hat es Strom und Wasser?«

»Die Anschlüsse sind da, ja. Der Herd arbeitet mit Butan.«

»Ich mach den Kasten sauber. Er reicht mir völlig.« Corbett musterte ihn mit einem langen prüfenden Blick, dem Jack ohne ein Zucken standhielt – eine Fähigkeit, die er sich in einem Spielkasino in Reno erworben hatte, wo er als Geber am Blackjacktisch fungierte. »Also, Mr. Corbett, was meinen Sie?«

6

Cecil Herbold hatte den Nagel seines Zeigefingers bis aufs Fleisch abgekaut, als die Beamten der Arkansas State Police in das Büro der Autowerkstatt traten, bei der er arbeitete. Es waren zwei. Scharfe Hunde ihrem Aussehen nach.

Es war vorauszusehen gewesen, daß sie aufkreuzen würden. Den ganzen heißen Vormittag hindurch hatten sie ihn in ängstlicher Erwartung des Unvermeidlichen schmoren lassen. Inzwischen war es Nachmittag geworden, und obwohl er mit dem Besuch gerechnet hatte, war ihm mehr als mulmig, als einer der beiden Kerle einen Papierkorb umdrehte und sich ihm gegenüber darauf niedersetzte, keine fünfzehn Zentimeter von seiner Nasenspitze entfernt.

»Also, Cecil«, begann der Typ, »Mr. Reynolds hat uns netterweise sein Büro für dieses Gespräch mit Ihnen zur Verfügung gestellt, und wir möchten sein Entgegenkommen nicht mißbrauchen. Machen wir's also kurz und schmerzlos, okay?«

Diese Typen waren doch nichts weiter als Hillbillys mit blitzenden Dienstabzeichen, gestärkten Uniformen und schnellen Autos. Cecil kannte sie nicht persönlich, aber er hatte sein Leben lang mit ihresgleichen zu tun gehabt, und er haßte sie alle miteinander. Ihre Gesichter waren so haarscharf rasiert, daß die Haut wund schien. Nirgends ein Fältchen in den Uniformen. Trotz der Glut nicht einmal der Ansatz eines Schweißrings unter den Armen.

Aber sie sahen so dämlich aus, wie der Tag lang war. Denen brauchte man nur die Uniformen und die Abzeichen, die schnellen Autos und die Waffen nehmen, und er und Carl würden im Handumdrehen Hackfleisch aus ihnen machen.

Bald. Aber später. Jetzt war das noch nicht angesagt. Jetzt mußte er erst einmal den dummen Schisser spielen. Kein Problem. Die Rolle paßte ihm. Nicht daß er dumm war – aber Schiß hatte er schon ein bißchen.

»Wenn Sie hergekommen sind, um mit mir über die Nummer zu reden, die mein Bruder gestern abgezogen hat, kann ich Ihnen gleich sagen, daß ich nichts darüber weiß.«

Der Typ auf dem Papierkorb warf seinem Partner, der mit verschränkten Armen und gekreuzten Füßen an der Wand lehnte, einen Blick zu. Er schob ein Streichholz von einer Seite seines Mundes in die andere und sagte: »Der glaubt anscheinend, wir hätten Dreck im Hirn.«

»Ich schwör's«, rief Cecil eindringlich. »Ich sag die Wahrheit.« Schlimmstenfalls würden sie ihn unter irgendeinem Vorwand einbuchten, um ihn unter Beobachtung zu haben. Er mußte sie von seiner unbedingten Kooperationsbereitschaft überzeugen.

»Ehrlich, ich hab von dem Ausbruch das erstemal gehört, als ich gestern abend von der Arbeit heimgekommen bin und mir die Nachrichten angeschaut hab. Ich hab mich mit einem Pepsi vor die Glotze gesetzt, und da seh ich plötzlich meinen Bruder. Ich hätte mir fast in die Hose gemacht.« Er legte eine Pause ein, um die Reaktion der beiden zu prüfen, aber sie rührten sich nicht.

»Ich weiß nicht mehr als alle anderen«, fuhr er fort, »nur das, was sie im Fernsehen gebracht haben.«

Der mit dem Streichholz im Mund lupfte sein Pistolenholster. Der andere starrte Cecil mit vorgeschobenem Mund unverwandt an, bis der das Schweigen nicht mehr aushielt. »Was ist denn?«

»Sie halten uns wohl für blöd, Cecil, hm?«

»Nein, Sir.«

»Kennen Sie Myron Hutts?«

»Nein, Sir.«

»Sie sind ihm nie begegnet?«

»Nein, Sir. Er und mein Bruder haben sich in Tucker kennengelernt. Ich war nie in Tucker.«

»Nein, Sie waren in Cummins.«

Da Cummins kein Hochsicherheitsgefängnis war, hielt Cecil es für angebracht, ein wenig selbstgerechte Entrüstung zu zeigen. »Stimmt genau. Ich war in Cummins.«

»Wegen bewaffneten Raubüberfalls, richtig?«

»Genau. Ich hab nie jemanden getötet.«

»Klar, klar. Das hätte ich beinahe vergessen. Das Töten haben Sie Ihrem kleinen Bruder Carl überlassen, stimmt's? Darum sind Sie weit billiger davongekommen als er.«

Das war ein heikles Thema. Cecil konnte dem Beamten nicht widersprechen, sonst hätte er jenen Mord gestehen müssen, den tatsächlich Carl verübt hatte. Andererseits wollte er aber auch keine Schwäche eingestehen, nämlich daß ihm bei der Vorstellung, einen Menschen zu töten, fast übel wurde, während Carl sich überhaupt nichts dabei zu denken, ja, es sogar zu genießen schien, das Blut eines anderen zu vergießen.

Von diesem inneren Widerstreit vorübergehend aus der Ruhe gebracht, stieß er erregt hervor: »Ich war im Knast und hab meine Schuld an die Gesellschaft abbezahlt. Jetzt hab ich zu Jesus gefunden und mich bekehrt.«

Der mit dem Streichholz erstickte fast, ehe er das Hölzchen aus dem Mund nahm, um loszuwiehern.

»Ich bin bedingt entlassen«, erklärte Cecil. »Glauben Sie vielleicht, ich hab Lust, so was Idiotisches abzuziehen wie mein Bruder? Nie im Leben. Cummins war kein Honiglecken. Jetzt bin ich raus und bleib draußen.«

»Hm.« Der auf dem Papierkorb war nicht beeindruckt. »Haben Sie gehört, was den Wärtern in Tucker passiert ist?«

»Ich hab gehört, daß sie – umgekommen sind.«

Der Beamte beugte sich so weit vor, daß seine Nasenspitze beinahe die Cecils berührte. »Die sind nicht *umgekommen,* Sie Scheißkerl. Die sind ermordet worden. Ihr Bruder hat einem mit einer Eisenstange das Herz durchbohrt. Und ihm gleich auch noch das Auge ausgestochen. Und dem anderen hat Hutts die Kehle durchgeschnitten. Er hat praktisch den Kopf vom Rumpf getrennt!«

Er lehnte sich zurück und zupfte an seinem Ohrläppchen, scheinbar in Gedanken bei dem Gefängnisausbruch, der sämtliche Vollzugsbehörden in Arkansas und seinen Nachbarstaaten auf die Beine gebracht hatte. Unverzüglich begann eine Großfahndung nach Carl Herbold und Myron Hutts, die als gefährliche und schwerbewaffnete Verbrecher ausgewiesen wurden. Alle Bürger waren für den Fall, daß sie das saubere Paar irgendwo sichten sollten, zu äußerster Vorsicht ermahnt worden.

»Eins muß man dem alten Carl lassen, er hat das erstklassig geplant«, sagte der Beamte. »Dieser Myron, der gehört in die Klapse. Der hat vom lieben Gott ungefähr soviel Grips mitgekriegt wie eine Gummiente. Aber Ihr Bruder ist ein verdammt schlauer Bursche. Der hat sich sogar was einfallen lassen, um die elektronischen Piepser loszuwerden, mit denen sie verkabelt waren. Die sind gefunden worden – aber Carl und Myron waren nicht mehr dran. O nein! Das einzige, was man von ihnen aufgestöbert hat, sind ihre Sträflingsanzüge, ihre Hundemarken und diese High-Tech-Dinger, die sich als völlig nutzlos erwiesen haben. Weil die beiden Kerle nämlich längst über alle Berge waren.«

Sie hatten die Behörden überlistet und die Spürhunde ins Leere laufen lassen. Trotz Hubschrauberpatrouillen, Suchtrupps und Straßensperren gab es in der Nacht keine Spur mehr von ihnen.

Cecil war stolz auf seinen kleinen Bruder.

Nur mit Mühe konnte er sich ein befriedigtes Lächeln verkneifen, als der Beamte Carls Verbrechen schilderte: In Cecils Augen Heldentaten, die denen seiner Idole Jesse James, John Dillinger und Clyde Barrow gleichkamen.

Um seine wahren Gefühle zu verbergen, spielte er den weinerlichen Jammerlappen. »Ich hoff nur, ihr bringt ihn nicht um. Wir beide waren unser Leben lang immer nur auf uns allein gestellt.«

»Na, das stimmt doch wohl nicht ganz, Cecil? Ihr hattet eine Mutter. Sie hat einen anständigen Mann geheiratet, der sich die größte Mühe gab, euch ordentlich großzuziehen. Ich hab die Unterlagen. Also, lügen Sie mich nicht an, Cecil!«

»Ach, Mensch, unser Stiefvater hat uns doch von Anfang an gehaßt wie die Pest. Und wir ihn! Er hat keinen Piep gesagt, wie sie uns damals, als Carl gerade mal fünfzehn war, in die Besserungsanstalt eingewiesen haben.«

»Wahrscheinlich weil ihr Besserung nötig hattet.«

»Und als unsere Mutter gestorben ist, hat er uns noch härter angepackt. Mir persönlich hat's nicht soviel ausgemacht«, fügte er vorsichtshalber hinzu, »aber Carl, der war ja jünger als ich – den hat's richtig gebeutelt. Der ist so was von bösartig und gemein geworden, nur weil er nie einen Funken Liebe bekommen hat. Der ist wirklich durch und durch böse. Glauben Sie vielleicht, ich weiß nicht, daß er total verdorben ist? Der will sich gar nicht bessern. Und von Jesus will er schon gleich überhaupt nichts wissen.« Er wischte sich eine Krokodilsträne aus dem Auge. »Aber er ist mein Bruder – das einzige, was mir von meiner Familie geblieben ist. Er darf nicht sterben.«

»Na bitte«, sagte der Polizist und versuchte, es sich auf seinem Papierkorb bequem zu machen. »Genau das haben wir uns gedacht, Cecil. Wenn Carl und sein Freund Myron eines Abends bei Ihnen aufkreuzten, würden Sie aus lauter brüderlicher Liebe wahrscheinlich noch Beihilfe leisten.«

»Nein, Sir.« Cecil schüttelte mit größter Entschiedenheit den Kopf. »Ich würd sofort die Polizei anrufen.«

»Ach was, tatsächlich?«

»Ja!«

Der Polizist wandte sich seinem Partner zu. »Was meinst du, lügt er?«

Der andere gähnte. »Klar lügt er. Alle Herbolds sind geborene Lügner. Das weiß doch jeder.«

»Ich schwöre bei unserem Herrn Jesus ...«

»Lassen Sie den aus dem Spiel, Cecil!« Der Polizist sprang so heftig auf, daß der Papierkorb umstürzte. »Ihnen steht's nicht zu, den Namen des Herrn in den Mund zu nehmen. Sie können mir so schön tun, wie Sie wollen, Sie bleiben trotzdem ein Knastjünger. Sie und Ihr Bruder waren unzertrennlich, bis Sie in verschiedene Anstalten gekommen sind. Und deshalb werd ich Ihnen sagen, wie's ab heute läuft.« Er beugte sich vor und stemmte die Hände auf die Knie, sein Gesicht wieder auf einer Höhe mit dem Cecils. »Wir weichen Ihnen nicht mehr von der Pelle. Haben Sie das kapiert?«

Entrüstet richtete Cecil sich auf. »Denken Sie doch, was Sie wollen, Officer! Ich kann Ihnen nur eins sagen: Ich würde Carl der Polizei übergeben, ich schwör's. Um zu verhindern, daß er umgebracht wird, der verrückte Hund.«

»Das wollen wir Ihnen auch geraten haben, Cecil.«

»Jawohl, Mann«, echote der mit dem Streichholz im Mund. »Das wollen wir Ihnen auch geraten haben!«

Damit gingen sie hinaus, sprachen kurz mit Mr. Reynolds, dem Werkstattbesitzer, stiegen in ihre blitzenden Wagen und brausten davon. Cecil schlich zu dem Lieferwagen zurück, an dem er gearbeitet hatte, als die Bullen gekommen waren.

Im Nu war Reynolds an seiner Seite. »Haben Sie ihnen die Wahrheit gesagt?« knurrte er ihn an. »Wenn's nämlich auch nur so aussieht, als hätten Sie wieder mal Mist gebaut, fliegen Sie hier raus. Ist das klar?«

»Ja, Mr. Reynolds. Ich brauch den Job ... will mit meinem Bruder nichts mehr zu tun haben ... hab meine Lektion gelernt!«

Reynolds warf ihm noch einen drohenden Blick zu, dann trampelte er hinaus und ließ die Tür hinter sich krachen.

Dieses kleinliche Arschloch konnte ihm gestohlen bleiben. Cecil unterdrückte den Impuls, seinem Chef den Finger zu zeigen. Das wäre zu gefährlich. Unter den Kollegen hier waren einige, die Reynolds am liebsten in den Arsch kriechen würden. Er traute keinem von ihnen. Lauter Feiglinge und Schleimer.

Brav kroch er wieder unter die offene Kühlerhaube des Lieferwagens und machte sich an die Arbeit. Es war nur eine Reparatur, bei der kein Hirn nötig war – da konnte er sich auf andere Dinge konzentrieren.

Er hatte gewußt, daß die Bullen sich bei ihm melden würden. Klar, daß sie erwarteten, Carl würde zuerst zu seinem Bruder rennen. Aber Carl hatte das natürlich bedacht und Cecil beim letzten Besuchstag deswegen gewarnt. »Die werden deine Bude und die Werkstatt überwachen. Du wirst sie wahrscheinlich nicht zu Gesicht kriegen, aber die Schweine sind bestimmt da. Paß also auf!« Auch das Telefon würde man sicher anzapfen, hatte Carl gemeint. Seine Warnungen waren überflüssig. Cecil hatte längst gelernt, vorsichtig zu sein.

Natürlich ahnten die Bullen etwas. Die Brüder würden sich zusammentun. Und wenn es soweit war, dann nicht heimlich! Die Behörden sollten augenblicklich von ihrer Wiedervereinigung erfahren. Das würde ein Tag werden!

Cecil konnte seine Erregung schwer im Zaum halten. Ihm war schleierhaft, wie er die Wartezeit überstehen sollte, ohne sich vor lauter Ungeduld zu verraten. Bedingte Entlassung war kaum besser als Haft. Er mußte regelmäßige Besuche von seinem Bewährungshelfer über sich ergehen lassen, der in seinem Privatleben herumschnüffelte. Er mußte jeden Tag zur Arbeit gehen, nur um sich von einem Arsch wie Reynolds beschimpfen zu lassen. Das war doch kein Leben. Er war viel zu clever und zu talentiert, um seine Zeit an ein Leben zu verschwenden, das jeder Idiot führen konnte.

Außerdem gehörten er und Carl zusammen. Und bald würden sie auch wieder zusammensein und das tun, was sie am besten konnten, was sie seit ihrer frühen Jugend getan hatten – die Puppen tanzen lassen.

Den Rest des Nachmittags brachte Cecil damit zu, ihren Plan zu überprüfen. Immer wieder ging er ihn im Geist durch, drehte und wendete ihn nach allen Seiten, um sich zu vergewissern, daß sie auch nicht das kleinste Detail übersehen hatten. Es wurmte ihn ein bißchen, daß Carl immer noch der große Macker war, der in allem den Ton angab. Sogar im Gefängnis war er der Anführer geblieben, obwohl diese Rolle von Rechts wegen Cecil zustand – als dem Älteren. Aber Carl, der nie große Umstände machte, hatte diesen Part schon früh an sich gerissen und nie wieder hergegeben.

Eines mußte ein für allemal geregelt werden: Von jetzt an würde Cecil gleichberechtigt mitreden. Das würde er Carl deutlich klarmachen. Der dürfte mit einer demokratischen Zusammenarbeit eigentlich keine Probleme haben. Sie waren schließlich keine Kinder mehr. Cecil brauchte keine Anweisungen. Er war selbst im Knast gewesen. Die Erfahrung hatte ihn gestählt. Zwar spielte er für die Bullen das Weichei, aber er war härter, als sein Bruder ihn in Erinnerung hatte.

Diesmal würde es keine Fehler geben. Alles war vorbereitet. Er hatte ein Ding ausbaldowert, bei dem nichts schiefgehen konnte, und einen noch besseren Fluchtplan ausgearbeitet. Und er besaß sogar eine Geheimwaffe, von der Carl keine Ahnung hatte.

Über seine Arbeit gebeugt, lachte er leise bei dem Gedanken an Carls Verblüffung, wenn er ihm diese Überraschung auftischen würde.

7

Jack hat gesagt, daß ein indianischer Krieger sein Messer gemacht hat. Ein Comanche, Opa!« David unterbrach kurz sein aufgeregtes Geplapper über Jack Sawyer, um sich eine Gabel voll Kartoffelpüree in den Mund zu schieben. »Der weiß lauter spannende Sachen.«

Jack Sawyer war derzeit Davids bevorzugtes Gesprächsthema. Bei ihrer Rückkehr aus dem Ort hatte David sofort den Pick-up gesehen, der noch in der Einfahrt stand, und hatte kaum gewartet, bis der Wagen stand, ehe er hinausgesprungen war.

Delray erwartete sie an dem Tor, das den Garten von der Weide trennte. »Hast du Jack getroffen, Opa?« Atemlos vor Aufregung schoß David so viele Fragen mit solcher Geschwindigkeit ab, daß Anna die meisten nicht mitbekam. Delray mußte den Jungen ermahnen, sich zu beruhigen.

Das war nichts Ungewöhnliches. Der Alte liebte seinen Enkel, aber der Junge stellte mit seiner überschüssigen Kraft seine Geduld oft auf eine harte Probe. Ungewöhnlich fand Anna vielmehr, daß Delray selbst irgendwie verändert schien. Er war ein Mensch, der starke Überzeugungen hegte und eisern an ihnen festzuhalten pflegte. Wenn er sich einmal eine Meinung gebildet hatte, kannte er keine Unschlüssigkeit. Was er tat, das tat er mit Entschiedenheit und ohne große Rechtfertigungsreden.

Deshalb war es ungewöhnlich, ihn so unsicher, ja, beinahe zaghaft zu sehen, als er ihr mitteilte, daß er Jack Sawyer als Hilfskraft eingestellt hatte.

In dem Bemühen, ihre Bestürzung nicht zu zeigen, fragte

sie mit schnellen Handzeichen: »So Hals über Kopf? Was weißt du von ihm?«

»Er ist in Ordnung – kann zupacken.« Ihr Schwiegervater sah sie nicht direkt an, als er hinzufügte: »Jack zieht in den alten Wohnwagen.«

Das war eine weitere Überraschung, aber bevor sie einen Kommentar abgeben konnte, sprach er eilig weiter.

»Herrichten will er ihn selbst, du brauchst dich also nicht darum zu kümmern. Du wirst nicht mal merken, daß er da ist. Ich hab ihn schon im Stall an die Arbeit geschickt. Du sollst nur Bescheid wissen, daß er eine Weile bleiben wird. So, und jetzt muß ich selber wieder an die Arbeit. Wir sehen uns beim Abendessen.«

Ohne weitere Erklärung war er davongegangen.

In den Jahren seit Deans Tod hatte sie den Haushalt geführt und Delray sich um die Ranch gekümmert. Immer allein. Er hatte sich starrköpfig geweigert, eine Hilfskraft einzustellen, obwohl sie ihm das oft genug vorgeschlagen hatte.

Aber allmählich wurde er zu alt für soviel körperliche Arbeit, und das war ein Teil des Problems. Sein Stolz hinderte ihn daran, sich Hilfe zu holen. Er wollte nicht einmal sich selbst eingestehen, daß er den Anforderungen dieses Betriebes, dem sein Leben gehörte, nicht mehr gewachsen war.

Vielleicht empfand er es auch als illoyal seinem toten Sohn gegenüber, einen anderen auf die Ranch zu holen. Niemand konnte Deans Platz in seinem Herzen einnehmen. Niemand sollte versuchen, ihn auf der Ranch zu ersetzen.

Während Anna beim Abendessen über ihrem Teller saß, fragte sie sich, was den plötzlichen Sinneswandel bewirkt hatte. War es Einsicht? Hatte er sich plötzlich eingestanden, daß er Hilfe auf dem Hof brauchte? Oder war Sawyer einfach ein geschickter Selbstdarsteller? Vielleicht. Aber es gab noch eine andere Möglichkeit – bei der ihr angst wurde.

Die Nachrichten vom vergangenen Abend.

Sie klopfte auf den Tisch, um ihren Schwiegervater auf sich aufmerksam zu machen. »Hast du Angst, er wird hierherkommen?« bedeutete sie ihm.

»Nein.«

Sie las ihm die kurze Antwort von den Lippen ab. Er fügte ein energisches Kopfschütteln hinzu. Dennoch glaubte Anna ihm nicht ganz.

»Hast du deshalb diesen Mann eingestellt? Damit jemand hier ist, falls…«

»Das eine hat nichts mit dem anderen zu tun. Dieser Sawyer kam her, weil er Arbeit sucht. Und ich hatte sowieso schon an einen Ranchhelfer gedacht. Das ist alles.« Erregt beugte er sich wieder über seinen Teller und aß weiter. Sie ließ ihn nicht aus den Augen. Schließlich legte er die Gabel weg und sagte, ohne den Blick zu heben: »Er wird nicht hierherkommen, Anna. Das wäre viel zu gefährlich für ihn. Außerdem werden sie ihn bestimmt bald schnappen.«

»Wen werden sie schnappen, Opa?« fragte David.

»Niemanden. Und sprich nicht mit vollem Mund.« Das Wort wieder an Anna richtend, sagte er: »Heute war jemand von der State Police hier. Sie haben gefragt, ob sie uns jemanden rausschicken sollen, um das Haus zu bewachen. Nur vorsichtshalber. Ich hab nein gesagt.«

Sie senkte ihren Blick zum Teller. Delray klopfte auf den Tisch. Sie spürte die Schwingungen und sah wieder zu ihm auf.

»Ich glaube wirklich nicht, daß irgendeine Gefahr besteht«, fuhr er fort. »Aber wenn es dir lieber ist, rufe ich zurück und sag ihnen, daß ich ihr Angebot annehme.«

Wenn er seine Familie bewachen ließe, käme das einem Eingeständnis seiner eigenen Befürchtungen im Zusammenhang mit Carl Herbolds Gefängnisausbruch gleich. Delray würde es als Schwäche betrachten, so drastische Maßnahmen zu ergreifen. Er würde nachgeben, wenn sie ihn darum bat – aber es würde ihm nicht recht sein.

Sie schüttelte den Kopf. Der alte Mann sah erleichtert aus.

Seine Entscheidung war gefallen und das Thema damit erledigt. Dennoch bezweifelte Anna, daß Delray Jack Sawyer eingestellt hätte, wenn nicht am Tag zuvor Carl Herbold aus dem Gefängnis geflohen wäre.

»Ich möcht wissen, was Jack zum Abendbrot ißt.« David beugte sich vor, um durchs Fenster zum Wohnwagen hinüberspähen zu können.

Die Tage auf der Ranch liefen so geregelt ab, daß jede Abweichung vom täglichen Einerlei aufregend war, schon gar für einen Fünfjährigen mit grenzenloser Wißbegier. Ihr Sohn hatte mit dem Sprechen die Zeichensprache gelernt und seit er seine kleinen Finger zur Verständigung gebrauchen konnte, stellte er, wie jedes andere Kind, täglich unzählige Fragen. Annas Hände waren abends oft ganz verkrampft vom vielen Gestikulieren.

»Vielleicht hat Jack gar nichts zu essen. Kann er überhaupt kochen, Opa?«

»Was und wie er ißt, geht uns nichts an«, erklärte Delray. »Er arbeitet hier, das ist alles.«

»Vielleicht kann er auch manchmal mit mir spielen.«

»Laß ihn in Ruhe, David. Hast du mich verstanden?«

Enttäuscht maulte David: »Aber er ist doch so nett. Und er mag Dinosaurier, genau wie ich.«

»Jack ist hier, um zu arbeiten, nicht um mit dir zu spielen.«

Anna mischte sich ins Gespräch. »Hat er gesagt, woher er kommt?« fragten ihre Hände.

»Er war viel auf Achse.«

Sie sah ihren Schwiegervater fragend an. »Ist er ein Landstreicher? Ein Gammler?«

»Nein, er arbeitet. Er zieht nur viel rum. Bleibt nie sehr lange an einem Ort. Heute hier, morgen dort.«

Erschrocken rief David: »Glaubst du, daß er morgen wieder fortgeht, Opa? Mama, glaubst du?«

Nein, gab sie ihm zu verstehen, sie glaube nicht, daß er so bald wieder gehen würde.

Delray befahl David, seinen Teller leerzuessen, und der Junge gehorchte schweigend. Insgeheim wünschte sie, David würde seinen Großvater ein wenig gründlicher nach Jack Sawyer ausfragen. Sie wollte mehr über diesen Mann wissen, jedoch fürs erste ihre Neugier nicht zeigen.

Nach dem Essen deckte David wie immer das Geschirr ab, während Anna und Delray noch bei einer Tasse Kaffee am Tisch sitzen blieben. Delray war kein gesprächiger Mann, deshalb störte ihn ihre Stummheit nicht. Heute abend jedoch schien er besonders schweigsam. Nach einer Weile fragte sie: »Hast du in der Zeitung den Bericht über Ezzy Hardges Abschiedsbankett gelesen?«

»Das war längst fällig, wenn du mich fragst«, erwiderte er. »Der Mann muß doch an die Achtzig sein.«

Anna lächelte vor sich hin. Der Sheriff war nicht wesentlich älter als Delray. »Du hättest hingehen sollen. Es waren eine Menge Leute dort. Bestimmt hättest du viele Bekannte getroffen.«

»Keine zehn Pferde bringen mich zu so was! Die Eintrittskarten haben zwanzig Dollar gekostet.«

Aber ganz sicher hatte ihn nicht dieser Preis davon abgehalten, an dem Festessen teilzunehmen. Er wäre auch bei freiem Eintritt nicht hingegangen. Und auf den Gedanken, daß sie vielleicht gern teilgenommen hätte, war er natürlich gar nicht gekommen. Ezzy Hardge indessen war Sheriff gewesen, solange sie lebte. Sie fand, er verdiente einen würdigen Abgang. Aber wenn sie vorgeschlagen hätte, sie sollten ihm diese Ehre erweisen, hätte Delray zweifellos abgelehnt.

Als Dean sie das erstemal mit nach Hause genommen hatte, um sie seinem Vater vorzustellen, hatte er sie im voraus gewarnt: Delray sei kein besonders umgänglicher

Mensch. Es war, wie sie festgestellt hatte, eine Untertreibung. Deans Mutter Mary war Delrays zweite Frau gewesen. Bevor er mit seiner neuen Familie glücklich geworden war, hatte Delray schwere Zeiten durchgemacht. Diese schlimmen Jahre hatten ihre Spuren hinterlassen.

Das bißchen Geselligkeit, das er gepflegt hatte, war mit Marys und Deans Tod versiegt. Nach und nach gab es zu seinen wenigen Freunden überhaupt keinen Kontakt mehr. Er schien es gar nicht zu bemerken.

Anfangs hatte Anna geglaubt, ihre Behinderung sei ihm peinlich, und er geniere sich, in der Öffentlichkeit die Gebärdensprache zu gebrauchen; oder er wolle sie so frisch verwitwet abends nicht allein lassen, erst recht nicht nach Davids Geburt.

Aber mit der Zeit war ihr klargeworden, daß seine Zurückgezogenheit sehr wenig mit ihr zu tun hatte. Er mochte die Menschen nicht, haßte ihre Neugier und den Klatsch. Jede freundliche oder gutgemeinte Geste wies er zurück, weil er dem Motiv dahinter mißtraute. Er zog es vor, für sich zu leben. Ihre Behinderung lieferte ihm dafür einen guten Vorwand und machte es ihm leicht.

»Hast du deine Besorgungen heute alle erledigen können?«

Seine Frage riß sie aus ihren Gedanken und erinnerte sie an etwas. Sie hielt einen Finger hoch, um ihn wissen zu lassen, daß sie gleich wieder zurück sei. Sie holte eine Geschäftskarte aus ihrer Handtasche und brachte sie Delray.

»Emory Lomax.« Seine Lippen formten erst den Namen, dann eine Verwünschung. Sie hoffte Davids wegen, daß er sie nur leise ausgesprochen hatte.

»Ich war auf der Bank«, berichtete sie ihm mit raschen Zeichen. »Mr. Lomax ist eigens herübergekommen, um mich zu begrüßen.«

»Dieser schmierige Kerl!«

Anna verstand genau, was er meinte. ›Schmierig‹ war das

treffende Wort, um den Leiter der Kreditabteilung der örtlichen Bank zu beschreiben. Immer wenn er sie berührte, und das geschah jedesmal, wenn sie ihm begegnete, hatte sie das Gefühl, sich sofort waschen zu müssen.

»Er hat die Schalterangestellte, die die Gebärdensprache kann, gebeten, für ihn zu übersetzen.«

»Was hatte er denn Tolles auf Lager?«

»Er hat mich dran erinnert, daß eine Zinszahlung überfällig ist…«

»Die hab ich gestern überwiesen.«

»Das hab ich ihm gesagt. Er meinte, ihr beide müßtet euch mal zusammensetzen und besprechen, wie und wann du mit der Rückzahlung des Darlehens anfangen willst. Er hat angeboten, hierherzukommen.«

»Kann ich mir denken.«

»Um dir die Fahrt zu ersparen, meinte er.«

»Ach was, der will doch nur hier rumspionieren.« Delray zog einen Zahnstocher aus dem Glasbehälter in der Mitte des Tisches und schob ihn sich zwischen die Zähne. Dann stand er auf. »Ich setz mich jetzt ein bißchen vor den Fernseher. Vielleicht gibt's heute abend zur Abwechslung mal gute Nachrichten.«

Er war erbost über das Gespräch des Bankmenschen mit ihr. Vielleicht auch ein wenig besorgt, was aus Arkansas zu hören sein würde. Delray glich, als er schwerfällig aus der Küche stapfte, einem alternden Bären, der seine Krallen verloren hatte und fürchtete, sich nicht mehr schützen zu können.

»Ist Opa böse auf mich?« fragte David.

Anna zog ihren Sohn an sich und drückte ihn. »Warum sollte er das sein?«

»Weil ich zuviel rede.«

»Er ist nicht böse, sondern macht sich Sorgen, weißt du.«

»Wegen dem Mann von der Bank?«

Sie nickte.

David schnitt eine Grimasse. »Den mag ich überhaupt nicht. Er riecht wie Mundwasser.«

Lachend bedeutete sie ihm: »Opa mag ihn auch nicht.«

»Und du?«

Sie schauderte. »Hu – nein!«

Jedesmal wenn sie Emory Lomax zum Gruß die Hand reichte, hielt er diese viel zu lange fest; bei jedem Gespräch, das er mit ihr führte, mußte er ihr ausdauernd den Arm tätscheln. Sie hatte ihn bestimmt nie zu solchen Aufdringlichkeiten ermutigt. Anna verhielt sich stets nur höflich. Aber Lomax war in seiner Eitelkeit offenbar unfähig, zwischen schlichten guten Manieren und Anmache zu unterscheiden. Wenn er sie das nächstemal anfaßte, sollte sie ihm den Namen geben, den er verdiente – Kotzbrocken –, und ihm sagen, er solle gefälligst aufhören, sie zu betatschen.

Würde die Frau am Schalter bereit sein, das zu übersetzen?

»Marsch in die Wanne«, wies sie David jetzt an und scheuchte ihn die Treppe hinauf.

Während er, von seiner Flotte Plastikschiffchen umgeben, im warmen Wasser planschte, begann sie, wie jeden Abend ihr Gesicht zu reinigen – eine Prozedur, die für sie normalerweise nichts weiter als ein notwendiges Übel bedeutete, das man hinter sich bringen mußte.

An diesem Abend jedoch nahm sie sich einige Momente Zeit, um im Spiegel über dem Waschbecken ihr Gesicht zu betrachten. Die verhaßten Sommersprossen gediehen prächtig in dieser Jahreszeit. Sie mußte daran denken, sich mit Sonnencreme einzureiben, wenn sie ins Freie ging. Die tiefblauen Augen hatte sie von ihrem Vater, die kleine Nase von ihrer Mutter. Von beiden hatte sie das Beste mitbekommen.

Leider waren sie viel zu früh gestorben, innerhalb von Monaten nach ihrer Heirat mit Dean – ihre Mutter an Leberkrebs, ihr Vater an einer Herzkrankheit. Sie wünschte, sie hätten lange genug gelebt, um sich an ihrem wohlgeratenen Enkel zu freuen, der ein absolut gesundes Gehör besaß. Und noch viel mehr wünschte sie natürlich, Dean hätte seinen Sohn erleben können.

Ungeduldig mit sich und ihren trüben Gedanken, hob sie David aus der Wanne. Er brauchte ewig, um sich abzutrocknen, seinen Schlafanzug anzuziehen und sich die Zähne zu putzen, reine Verzögerungstaktik, um möglichst lange aufzubleiben. Am Ende mußte sie sogar ein wenig mit ihm schimpfen.

Als er endlich unter der Decke lag, setzte sie sich zu ihm aufs Bett, um mit ihm zu beten. Er schloß die Augen und faltete die Hände unter dem Kinn. Sie beobachtete seine Lippen, die die vertrauten Wörter bildeten. »Lieber Gott, beschütze Daddy, der schon bei dir im Himmel ist, beschütze meinen Opa; beschütze meine Mama. Und beschütze Jack.«

Anna war nicht sicher, daß sie ihn richtig verstanden hatte. David änderte seine frommen Worte nur selten. Seit sie dieses abendliche Ritual aufgenommen hatten, schloß er bis auf zwei Ausnahmen immer nur Vater, Mutter und Großvater in das Nachtgebet ein. Die eine Ausnahme war ein Waschbär gewesen. Sie hatten den kleinen Räuber wie ein Haustier behandelt, ihm jeden Abend Cornflakes auf die Veranda geworfen und dann von drinnen zugesehen, wie er schmauste. Eines Morgens hatte Delray ihn tot auf der Straße vor ihrer Einfahrt gefunden. Er war überfahren worden. David hatte mehrere Abende für ihn gebetet.

Die andere Ausnahme war ein Teddy gewesen, den er bei McDonald's vergessen hatte. Als sie den Verlust des Spielzeugs entdeckt hatten und es wieder holen wollten, war es schon fort gewesen. Den Teddy empfahl er ungefähr eine Woche lang Gottes Fürsorge.

Nur an diese beiden Ausnahmen konnte sie sich erinnern. Aber überraschte es sie wirklich, daß David Jack Sawyer in sein Gebet einschloß? Seine Ankunft auf der Ranch war das aufregendste Ereignis seit einer Ewigkeit.

Einem Jungen in Davids Alter mußte Sawyer wie eine Gestalt aus einer Abenteuergeschichte erscheinen. Er war lange nicht so alt wie Delray… auch nicht so schwabbelig und blaß wie der Kinderarzt, der David seit seiner Geburt behandelte, wenn ihm etwas fehlte. Genausowenig besaß er die sanft betuliche Art des Geistlichen, der sie manchmal aufsuchte – obwohl sie das letztemal bei Deans Beerdigung in seiner Kirche gewesen waren. Jack Sawyer unterschied sich von allen Männern, die in der kleinen Welt ihres Sohnes eine Rolle spielten.

Kein Wunder, daß er mit seinen Stiefeln, seinem indianischen Messer, seinen Kenntnissen über Dinosaurier und seinem klapprigen Pick-up – einem orangefarbenen Chevrolet, der seine Narben so stolz trug wie ein alter Krieger – einen so starken Eindruck auf das Kind machte.

Nachdem David sein Amen gesprochen hatte, öffnete er die Augen. »Glaubst du, daß er mich mag, Mama?«

Es wäre albern von ihr gewesen, sich dumm zu stellen und so zu tun, als wüßte sie nicht, daß er von Jack Sawyer sprach. »Ganz bestimmt. Wer würde dich nicht mögen?« Sie beugte sich über ihn und kitzelte seinen Bauch.

Im allgemeinen liebte er die abendlichen Kitzelorgien und konnte kaum genug bekommen; aber an diesem Abend blieb das gewohnte Quietschen und Kichern aus. Sich ihr entziehend, drehte er sich auf die Seite und schob beide Hände unter seine Wange.

»Wenn ich mal groß bin, werd ich dann auch so groß wie Jack?«

»Vielleicht sogar größer.«

»Ich möcht ihm so gern mein Buch von den Dinosauriern zeigen.« Dann gähnte er tief und schloß die Augen.

Anna blieb auf dem Bettrand sitzen und streichelte sein Haar. Voll Trauer dachte sie, während sie ihn betrachtete, wie schön es gewesen wäre, wenn Dean ihn hätte aufwachsen sehen können. Dean wäre ein wunderbarer Vater gewesen. Um diese kostbare Erfahrung hatte das Schicksal David betrogen.

Delray war der einzige erwachsene Mann in seinem Alltag. Delray war ein guter Mensch. Er hatte ein weiches Herz, auch wenn er nach außen schroff und streng wirkte. Aber er konnte David kein Vater sein. Es fiel ihm schwer, Zuneigung zu zeigen. Nie alberte er herum, und er lachte selten. Davids Drang nach Bewegung und Tätigkeit fiel ihm auf die Nerven. Schlimmer – er ließ es sich anmerken.

Delray Corbett sprach nie von seiner ersten Ehe und den Schwierigkeiten, die sie mit sich gebracht hatte. Er sprach nie von jenem Sommer, als all diese Probleme den kritischen Punkt erreichten. Es war, als hätte sein Leben erst im Jahr 1976 begonnen und die Jahre davor hätten einem anderen gehört. In dem Wunsch, dieses erste Leben zu vergessen, hatte er alle Erinnerungen daran tief in sich vergraben. Zweifellos gab es Tage, an denen er sie tatsächlich vergaß.

Unglücklicherweise kamen sie durch Carl Herbolds gestrigen Gefängnisausbruch wieder an die Oberfläche.

8

Zur Zeit beißen sie schlecht an, Ezzy. Das macht die verdammte Hitze.« Burl Mundy warf einen Beutel Chips und einen Schokoriegel in die braune Papiertüte.

»Sie haben wahrscheinlich recht, aber ich muß was unternehmen.«

»Sie haben sich wohl noch nicht an den Ruhestand gewöhnt?«

»Ich glaub, das wird nie passieren.«

»Kann ich verstehen. Ich sitz praktisch mein Leben lang in dem Anglerladen hier. Die werden mich mit den Füßen voraus wegtragen müssen.«

»Von den Grillen brauch ich auch noch welche«, sagte Ezzy. »Und tun Sie mir da ein paar Dosen Cola mit rein.« Er stellte eine Kühltasche auf die Glastheke.

»Wollen Sie nicht lieber Bier nehmen?«

»Bloß nicht. Ich muß schließlich heut abend nach Hause.«

Mundy lachte. »Cora hält wohl immer noch nichts vom Alkohol, was?»«

»Baptistin bis in die Knochen!« Ezra bezahlte bar. »Da ist der Sprit auch dabei.« Er hatte den Motor seines kleinen Boots aufgetankt, bevor er in den Laden getreten war. Er ergriff die Tüte mit seinem Proviant, den Karton mit den Ködergrillen und die Kühltasche, die jetzt zwei Dr. Peppers enthielt. »Danke, Burl.«

»Guten Fang, Ezzy!« Noch bevor Ezzy zur Tür hinaus war, hatte Burl seinen Schwingventilator umgestellt und sich in seinem Sessel niedergelassen, um sich wieder der Lektüre eines eselsohrigen Louis-L'Amour-Taschenbuchs zu widmen.

Ezra verfrachtete seine Enkäufe ins Boot, wo er bereits sein Angelzeug verstaut hatte. Die Ausrüstung war weder teuer noch raffiniert, und Ezzy kein großer Angler. Notfälle gab es jeden Tag im Jahr und zu den unerwartetsten Zeiten; da konnte der Sheriff eines Landkreises, der außerdem nicht gerade ein Vermögen verdiente, unmöglich seine Freizeit planen. Ezzys Revier war immer unterbesetzt gewesen, das Budget ständig überzogen. Folglich litt er dauernd an Überarbeitung und verbrachte dreihundertfünfundsechzig Tage im Jahr praktisch ununterbrochen im Dienst.

Selbst wenn er mehr Freizeit gehabt hätte, hätte er sich vermutlich nicht mit Leidenschaft aufs Fischen, Golfspielen, Jagen oder eines der anderen Hobbys verlegt, die anderen Männern soviel bedeuteten. Es interessierte ihn einfach nicht genug. Ihn hatte nie etwas stärker fesseln können als seine Arbeit. Sein ganzes Leben hatte sich um sie gedreht. Sogar im Schlaf waren seine Gedanken mit ihr beschäftigt gewesen.

Und als er jetzt seine Schleppangel durch den Fluß zog, dachte er mit Sehnsucht an sie.

Das Frühjahr war ungewöhnlich trocken gewesen, der Wasserstand also niedrig, die Strömung träge. Der Fluß schien es nicht eilig zu haben, den Golf ein paar hundert Kilometer weiter südlich zu erreichen. Das Sonnenlicht machte aus der stillen Oberfläche einen blendenden Spiegel, da war die dunkle Brille dringend nötig.

An den Stellen, wo der Fluß sich verengte, bildeten ausladende Äste von Bäumen ein schattenspendendes Dach. Diese Momente dämmriger Kühle taten unendlich wohl. Es wehte nicht einmal ein Lüftchen. Kein Blatt regte sich. Die Pflanzen an den Ufern waren in der drückenden Hitze welk geworden und verliehen der Landschaft ein tristes Aussehen. Schildkröten und Wasserschlangen waren nur zu entdecken, wenn hin und wieder ihre Köpfe im trüben Wasser nahe dem Ufer durch die Oberfläche brachen. Auch sie waren zu lethargisch, um sich zu bewegen. Selbst das Zirpen der Zikaden klang halbherzig.

Ezzys Hemd war schweißnaß, als er sein Boot etwas später zum Ufer steuerte. Nach einem kühnen Sprung an Land zog er es in das hochstehende trockene Schilf. Er hatte die Stelle nicht einmal zu suchen brauchen. Sie war ihm so vertraut wie sein eigenes Gesicht. Tatsächlich hatte er mit der Erforschung dieses Gebiets weit mehr Zeit zugebracht als je mit der Betrachtung seines Spiegelbilds.

In den vergangenen zweiundzwanzig Jahren war er unzählige Male allein hierhergekommen. Wie ein Pilger zu einer heiligen Gedenkstätte kehrte er immer wieder getreulich zurück. Er unterließ es, diesen zwanghaften Impuls genauer unter die Lupe zu nehmen, da er fürchtete, ihn als krankhaft zu erkennen – eine fixe Idee, an der nur ein Besessener festhielt.

Aber trotzdem kam er immer wieder her, als könnte er diesen verdammten Ort zwingen, irgendwann sein Geheimnis preiszugeben.

Oft, wenn er hier war, ging er sogar auf die Knie – nicht um zu beten, sondern um auf allen vieren jeden Zentimeter Boden abzusuchen nach einer Spur, nach einem noch so geringen Hinweis darauf, was Patricia McCorkle damals zugestoßen war.

Dieses im Gang der Welt so unbedeutende Ereignis hatte sich zu Sheriff Ezra Hardges Lebensmittelpunkt entwickelt.

Und darum haßte Cora den Fall, verwünschte ihn, weil er ihren Mann so stark beschäftigte, daß ihm kaum Zeit blieb, ein normales Leben zu führen. Zunächst hatte er sämtliche rechtlichen Möglichkeiten verfolgt, um diejenigen, die er an dem Tod des Mädchens schuldig glaubte, ihrer gerechten Strafe zuzuführen. Als sich herausstellte, daß er dieses Ziel nicht erreichen würde, war er in einer Depression versunken, die beinahe ihre Ehe zerstört hatte.

Cora drohte, ihn zu verlassen und die Kinder mitzunehmen, wenn er sich nicht endlich zusammenreiße. Er riß sich zusammen. Oder tat jedenfalls so. Die tägliche Arbeit, die er in seinem Amt zu leisten hatte, hielt ihn die meiste Zeit auf Trab. Aber wenn er tatsächlich mal frei war, um abzuschalten und das Familienleben zu genießen, grübelte er weiter über das nie aufgedeckte Ende von Patsy nach.

Durch die ständige innere Beschäftigung mit dem Fall McCorkle hatte er seine Pflichten als Vater vernachlässigt. Cora hatte Sohn und Tochter praktisch allein großgezogen, ohne Rat und Hilfe von ihm. Er erinnerte sich kaum ihrer Kindheit, allenfalls der schwierigen Zeiten. Am schlimmsten war es gewesen, als ihr Sohn anfing, mit Drogen zu experimentieren. Zum Glück hatten sie es rechtzeitig genug bemerkt, um zu verhindern, daß der Drogenmißbrauch zur Sucht wurde, die so viele Leben zerrüttete. Heute war er verheiratet, mit zwei Töchtern, Direktor einer High-School, eine Stütze der Gesellschaft.

Ihre Tochter, zwei Jahre jünger als der Bruder, hatte Blewer nach dem High-School-Abschluß verlassen. Sie ging aufs College, um einen Mann zu finden, den sie als ihrer würdig betrachtete, und das gelang ihr auch. Bald heiratete sie einen Börsenmakler aus Dallas, blieb kinderlos und war damit sehr zufrieden. Sie fungierte als Vorsitzende eines halben Dutzends gemeinnütziger Gesellschaften und Vereine und brachte ihre Tage damit zu, Wohltätigkeitsbasare und Spendenveranstaltungen zu organisieren. Ezzy fand das Leben, das sie an der Seite ihres spießigen, versnobten Mannes führte, entsetzlich. Aber sie schien glücklich zu sein, und das, sagte sich Ezzy, war wohl die Hauptsache.

Er beanspruchte keine Anerkennung dafür, daß seine Kinder Erfolg hatten. Die gebührte einzig Cora. Auf ihn angewiesen – wären die beiden wahrscheinlich völlig mißraten.

Seine Verranntheit, dieses unablässige Grübeln über Patsy McCorkles Tod, belastete das Familienleben seit zweiundzwanzig Jahren und tat es noch. Cora war glücklich über die Freiheit, die sie mit seinem Eintritt in den Ruhestand gewonnen hatten. Aber Ezzy wußte, daß er niemals frei sein würde, solange dieser Fall ungelöst blieb. Für die meisten war er Schnee von gestern. Kaum einer erinnerte sich, niemand interessierte sich. Außer Ezzy. Und wenn er sich vorgemacht hatte, er könnte ihn endlich auf sich beruhen lassen, so zerstörte die Nachricht von Carl Herbolds Gefängnisausbruch vor zwei Tagen diese Selbsttäuschung aufs neue.

Er hatte seine Frau nie belogen und wollte jetzt nicht damit anfangen. Oft hätte eine Lüge die Dinge erleichtert und die Harmonie erhalten; aber Ezzy war der Überzeugung, daß Betrug in einer Ehe nichts zu suchen hatte. Außerdem besaß Cora die Fähigkeit, selbst die harmloseste kleine Lüge sofort zu durchschauen.

Sie wußte wahrscheinlich ganz genau, daß er an diesem glühendheißen Nachmittag nicht auf den Fluß hinausgefahren war, um zu fischen.

Das Angelzeug und den Kasten mit den lebenden Grillen ließ er im Boot, nahm nur die Kühltasche und die Provianttüte mit zu dem umgestürzten Baum. Gott allein wußte, wie lange er schon hier lag – was ihn gefällt hatte. Der Stamm war von Flechten und wildem Gerank überzogen. Insekten hatten ihn ausgehöhlt, aber er trug noch Ezzys Gewicht, als dieser sich auf ihm niedersetzte. Ezzy öffnete eine der Coladosen und trank durstig. Mit seinen Gedanken ganz woanders, begann er, von den Maischips zu essen.

Immer wenn sein Blick auf die Stelle fiel, wo Patsy McCorkle gestorben war, erinnerte er sich jenes Entsetzens, als er am Morgen nach ihrem Tod ihre Leiche erblickte.

»Hat irgend jemand sie angerührt?«

Das war das einzige, was ihm zu sagen einfiel, als er dem jungen, sichtlich erschütterten Deputy gegenüberstand, der als erster zur Stelle gewesen war, nachdem ein Fischer die grausige Entdeckung gemeldet hatte.

»Nein, Sir, Ezzy!«

»Auch nicht der Mann, der sie gefunden hat?«

»Was glauben Sie denn? Der war zu Tode erschrocken. Er hat nicht mal angelegt. Er ist mit seinem Boot vorbeigekommen und als er sie da liegen sah, jagte er mit Volldampf nach Mundy's Point zurück, um uns anzurufen. Und ich bin ja nicht blöd – ich weiß, daß man am Tatort eines Verbrechens nichts berühren darf… hab das Gebiet gleich abgesperrt.«

Es kam äußerst selten vor, daß sie einen Tatort absperren mußten, um zu verhindern, daß Spuren verlorengingen. Ihre Arbeit bestand größtenteils aus routinemäßigen Streifenfahrten und permanenten Aktionen zur Wahrung von Gesetz und Ordnung. Sie wurden zu Kneipenprügeleien oder gewalttätigen Familienstreitigkeiten geholt, oder um einen randalierenden Betrunkenen über Nacht in eine Zelle zu sperren.

Es kam selten zu Ausbrüchen von Gewalt, bei denen es Tote gab; wenn doch, waren die Hintergründe immer klar. Bewaffneter Raubüberfall. Gewaltanwendung mit einer tödlichen Waffe. Eheliche Zwistigkeiten. Der Täter hatte im allgemeinen ein Motiv, das, wenn auch nicht entschuldbar oder rechtens, doch wenigstens klar zu erkennen war.

Sinnlose Verbrechen, die einzig aus Böswilligkeit begangen wurden, geschahen woanders. In den großen Städten. In den städtischen Ghettos. In Blewer County, Texas, gab es so etwas nicht. Weder der Deputy noch Ezzy, der zu der Zeit bereits ein erfahrener Polizeibeamter war, hatte je etwas so Erschreckendes gesehen.

Sie lag bäuchlings im niedergetrampelten Gras. Ihr Gesicht war in den Boden gedrückt, der Kopf nicht einmal zur Seite gedreht. Ein Arm lag abgewinkelt unter ihr, der andere halb ausgestreckt an ihrer Seite, die Handfläche aufwärts gedreht, die Finger leicht gekrümmt. Ihre Beine waren gespreizt. Sie trug Sandalen. Sonst nichts. Es war Sommer, sie war braun gebrannt bis auf das helle Gesäß und einen Streifen Weiß, der sich quer über ihren Rücken zog.

Es schien Ezzy unanständig, so zu ihrem nackten Körper hinunterzustarren. Sie taten es in ihrer Eigenschaft als Polizeibeamte, aber mit Blicken waren sie so schuldig wie ihr Mörder – Ezzy hatte augenblicklich vermutet, daß sie einem Verbrechen zum Opfer gefallen war –, der sie aller Würde beraubt hatte.

»Schlecht für uns, die ganzen Regenfälle gestern nacht!« bemerkte der Deputy mit einem Blick zu der Wasserlache, die sich in der Mulde unter dem Mädchen gesammelt hatte. »Der Regen hat wahrscheinlich einen Haufen Spuren weggespült.«

»Wir müssen eben mit dem arbeiten, was wir haben.«

»Ja, Sir.« Der Deputy tupfte sich die feuchte Oberlippe mit einem gefalteten Taschentuch. »Was glauben Sie – ist sie ermordet worden?«

»Nach einem natürlichen Tod sieht's, weiß der Himmel, nicht aus!«

Das Kreischen eines Blauhähers über den Bäumen holte Ezzy in die Gegenwart zurück. Er stopfte den leeren Chipsbeutel in die Papiertüte und ließ auf das salzige Zeug den süßen Schokoriegel folgen. An der klebrigen rosaroten Füllung lutschend, stand er auf und ging zu der Stelle, wo Patsy McCorkle gelegen hatte.

»Gütiger Himmel! Was haben wir denn hier, Ezzy?«

Verblüfft sah Ezzy sich um. Beinahe erwartete er, den alten Harvey Stroud aus dem Wald treten zu sehen. Der Coroner lag seit fünfzehn Jahren unter der Erde; aber Ezzy hörte seine Stimme in diesem Moment so deutlich wie damals, als Stroud neben der toten Patsy McCorkle niedergekniet war und seine Brille aufgesetzt hatte, um besser sehen zu können.

Ezzy fragte: »Haben Sie Ihren Fotoapparat dabei?«

»Unser Freund vom *Banner* ist schon unterwegs. Er muß gleich hier sein.«

Ezzy hatte gehofft, die Sache unter Verschluß halten zu können, bis er Gelegenheit gehabt hatte, Patsys engsten Freunden erste Fragen zu stellen. Außerdem hatte er den McCorkles die Zeit gönnen wollen, sich vom ersten Schock zu erholen und gegen die Flut von Spekulationen zu wappnen, die der Tod ihrer Tochter auslösen würde. Doch da Stroud den Zeitungsfotografen zugezogen hatte, würde die schreckliche Neuigkeit bis spätestens Mittag in aller Munde sein.

»Können Sie mir schon was sagen, Harvey?«

»Drängen sie mich nicht. Ich bin doch eben erst eingetroffen.« Ohne den Leichnam zu berühren, musterte er ihn prüfend aus verschiedenen Blickwinkeln, ganz auf seine Arbeit konzentriert. Schließlich bemerkte er: »Am Hals ist eine Quetschung.« Er deutete mit der Spitze seines Kugelschreibers auf den blauroten Fleck.

»Stranguliert?«

»Könnte sein.«

»Ist sie vergewaltigt worden?«

»Möglicherweise. Dieser Rückstand auf ihren Oberschenkeln sieht aus wie Sperma.«

»Mein Gott!«

»Ja.«

Dann kam der Fotograf, ganz versessen darauf, seine Fotos zu schießen. Als er sich der grausigen Realität gegenübersah, schaffte er es gerade noch ins Gebüsch, wo er sein Frühstück von sich gab. Danach hockte er mit dem Kopf zwischen den Knien auf dem Boden und beteuerte ihnen wiederholt, er habe schon häufiger nackte Frauen gesehen – aber noch nie eine tote. Er brauchte eine Weile, um sich soweit wieder zu fangen, daß er die Fotos machen konnte, die Stroud brauchte.

Nicht weit von der Toten entfernt, stand ein Wagen, der auf Patsy zugelassen war. In seiner Nähe fand Ezzy ein Häufchen Kleider. Mit einer Pinzette hob er jedes einzelne Kleidungsstück auf und musterte es aufmerksam, bevor er es vorsichtig in einen Plastikbeutel schob: Bluse, Rock, Büstenhalter, Schlüpfer. Die Kleider waren vom Regen durchnäßt, jedoch, soweit Ezzy feststellen konnte, völlig unversehrt – was vermuten ließ, daß sie Patsy McCorkle nicht mit Gewalt vom Leib gerissen worden waren. Aber sie mußten natürlich noch eingehend untersucht werden.

Fahrer- und Mitfahrertür des Autos standen offen. Daraus schloß er, daß jemand sie hierher begleitet hatte. Die leeren Schnapsflaschen, eine im Wagen auf dem Fußboden, die andere nicht weit entfernt draußen im Matsch, legten nahe, daß es ein ausgelassener Abend gewesen war.

»Wie sehen ihre Fingernägel aus, Harvey?«

»Rotlackiert. Keiner abgebrochen oder eingerissen, kein Blut. Scheint sich auch kein Gewebe unter ihnen zu befinden. Ich werd sie natürlich im Labor prüfen lassen.« Der Coroner wies ferner darauf hin, daß weder an Hand- noch Fußgelenken Schrammen oder Quetschungen waren; nichts wies darauf hin, daß das Mädchen gefesselt oder geknebelt worden war oder ein Kampf stattgefunden hatte.

Offensichtlich hatte Patsy McCorkle ihrem Begleiter vertraut und überhaupt nicht daran gedacht, daß er ihr etwas antun könnte.

Als Ezzy sein Funkgerät rumoren hörte, lief er zu seinem Streifenwagen und ergriff das Handmikrofon. »Ja, Jim?«

»Die McCorkle war gestern abend im *Wagon Wheel*«, berichtete Deputy Jim Clark.

Cora und ihre Abstinenzlertruppe versuchten seit Jahren, einen Antrag auf striktes Alkoholverbot im gesamten Landkreis durchzusetzen, und hatten eine Niederlage nach der anderen einstecken müssen. Immerhin aber hatten sie erreicht, daß der Alkoholverkauf innerhalb des Ortes selbst untersagt worden war. Im Gefolge davon pflasterten nun unmittelbar jenseits der Ortsgrenzen Spirituosengeschäfte und Kneipen beide Seiten des Highway. Das *Wagon Wheel* war eines dieser Lokale.

»Mit wem haben Sie dort gesprochen?«

»Mit dem Wirt. Heißt Parker Gee. Er hat gestern abend selbst an der Bar gestanden. Patsy McCorkle sei mehrere Stunden dagewesen und gegen Mitternacht gegangen.«

»Allein?«

»Nein, mit den Herbold-Brüdern.«

9

Als das Telefon auf seinem Schreibtisch zu läuten begann, drücke Emory Lomax, gereizt über die Störung, auf den Knopf der Sprechanlage. »Wer ist denn das nun wieder, Mrs. Presley?«

»EastPark Development.«

Sofort stand er innerlich stramm. »Gut, verbinden Sie.«

Zwar steckte er bis über beide Ohren in Papierkram, aber das Zeug konnte warten. Seine Zukunft hing nicht von diesem Bankjob ab. Die Bank war Pipifax im Vergleich zu den Riesenprojekten, die EPD in Houston durchzog. Diese Leute konnten den Krämerladen hier hundertmal schlucken, ohne auch nur eine Magenverstimmung davon zu bekommen.

»Hallo, Glen«, sagte er vollmundig. »Wie läuft's denn so in ...«

»Ich verbinde mit Mr. Connaught.«

Verärgert über die brüske Abfertigung durch die Sekretärin und die Tatsache, daß Connaught ihn nicht direkt angerufen hatte, runzelte Emory die Stirn.

Er mußte sich beinahe drei Minuten lang von Musik berieseln lassen, ehe Connaught endlich an den Apparat kam und ohne ein Wort der Begrüßung oder höflicher Erkundigung fragte: »Lomax, haben Sie die Aufstellung bekommen, die wir Ihnen zugeschickt haben?«

»Gestern, ja. Sie sieht phanta ...«

»Wie hat Corbett reagiert?«

»Ich – also, ich hatte noch keine Gelegenheit, mit ihm zu sprechen. Wie schon gesagt, ich habe die Unterlagen ja selbst erst gestern erhalten. Bis jetzt konnte ich sie mir noch nicht genau ansehen.« Das Schweigen am anderen Ende der Leitung war beklemmend. »Aber ich habe mit seiner Schwiegertochter geredet. Sie war mit einer persönlichen Besprechung einverstanden. Ich werde noch heute abend das gesamte Material studieren. Und auswendig lernen, wenn es sein muß. Alle sechsundvierzig Seiten.«

Wenn diese Typen ernstlich glaubten, er würde einen ganzen Abend seiner Zeit dafür opfern, diesen ganzen Quatsch über Planungen, Bauphasen, Kostenanalysen und dergleichen mehr durchzuackern, waren sie auf dem Holzweg. Er konnte ihnen diesen Deal easy an Land ziehen, ohne all die langweiligen Einzelheiten wissen zu müssen.

»Sie verstehen, was ich meine, Glen«, sagte er in seinem beredsamsten Ton. »Es ist besser, Corbett keinen Spielraum zu lassen. Ehe ich mit der Sache an ihn herantrete, möchte ich den Sachverhalt von A bis Z kennen. Dann kann ich jedem Einwand, den er vielleicht vorbringt, mit Fakten begegnen, die ihm den Wind aus den Segeln nehmen.«

»Wenn Sie der Angelegenheit nicht gewachsen sind, dann sagen Sie's lieber gleich!«

Emory erschrak. »Aber davon kann keine Rede sein.«

»Wir haben uns an Sie gewandt, weil das für uns das Bequemste war. Sie betreuen Corbetts Konten. Sie sind mit seinen finanziellen Angelegenheiten bestens vertraut. Mit anderen Worten, wir wollten uns einen Umweg sparen, indem wir Sie beauftragen. Aber wenn Sie damit nicht fertig werden, müssen wir Sie ersetzen.«

»Bitte, Glen. Die Sache ist für mich ebenso wichtig wie für Sie.«

»Das bezweifle ich. Wann werde ich also von Ihnen hören?«

»Bald.« Nicht gut genug. »Sehr bald.« Immer noch nicht gut genug. »Sobald ich mit Corbett gesprochen habe.«

»Ich erwarte Ihren Anruf.« Und damit war Schluß.

Emory starrte einen Moment den Hörer an, aus dem kein

Piep mehr kam; dann legte er ärgerlich auf, schwang seinen Drehsessel herum und blickte zum Fenster hinaus zur Hauptstraße von Blewer.

Das Bankgebäude hatte ein oberes Stockwerk, aber sein Büro war im Erdgeschoß, und das paßte ihm. Die Fensterscheiben erlaubten den Blick hinaus, ohne daß man selbst gesehen wurde. Wenn er draußen die Fußgänger beobachtete, amüsierte er sich damit, Leuten, die er nicht mochte, obszöne Zeichen zu machen und hübsche Frauen mit Blicken zu entkleiden. Fast keine schaffte es vorüberzugehen, ohne ihr Spiegelbild im getönten Glas zu mustern. Und wenn sie attraktiv war, bildete er sich gern ein, sie sähe ihn an.

Gestern hatte er schon von weitem Anna Corbett mit ihrem kleinen Jungen kommen sehen. Auf ihrem Weg die Straße hinunter waren sie immer wieder vor Schaufenstern stehengeblieben, und der Kleine hatte gelacht, wenn sie mit den Händen mit ihm redete.

Emory hatte sie beim Überqueren der Straße und beim Sichnähern beobachtet. Es war ein Kinderspiel für ihn gewesen, sie im Foyer zu erwarten. Klasse, die Frau! Stramme kleine Figur. Knackiger Hintern. Mit den Titten war nicht viel los, aber auf die Kälte der Klimaanlage im Inneren der Bank hatten sie erfreulich sichtbar reagiert.

Und das alles hatte sich der Alte unter den Nagel gerissen. Jeder wußte, daß er mit ihr schlief. Die beiden lebten jetzt seit sechs Jahren da draußen unter einem Dach. Klar, daß er sie bumste.

Er wär ja blöd, wenn er's nicht täte. Aber wieso gab sie sich mit diesem knurrigen alten Knacker zufrieden? Wahrscheinlich weil sie taub war, überlegte Emory. Ja, das mußte der Grund sein. Sie meinte, was Besseres als ihren Schwiegervater hätte sie nicht zu erwarten. Na, er – Emory – würde ihr da schon ein Licht aufstecken.

Bei dem Gedanken mußte er grinsen.

Aber lange hielt das Grinsen nicht. Die Braut mußte erst

mal warten. Vorher mußte er EastPark Development liefern, was er versprochen hatte. Mit Freundlichkeit war das nicht zu schaffen. Das hatte er versucht. Seine Bemühungen, sich zu Corbetts Finanzberater und Vertrautem aufzuschwingen, hatten keinen Erfolg gehabt.

Connaught und die anderen begannen, ungeduldig zu werden. Die Zeit wurde knapp. Aber solange Corbett regelmäßig die Zahlungen auf seinen Kredit leistete, konnte er ewig durchhalten. Emory fürchtete, daß die Leute von EastPark Development sich entweder einen anderen Vermittler suchen oder das Projekt ganz aufgeben und ihr Angebot zurückziehen würden. Wenn das passierte, wäre er erledigt. Dann würde er als kleiner Angestellter in der Kreditabteilung dieser Kleinstadtbank endgültig versauern.

Da sie zu den wenigen Banken gehörte, die noch Familienbetriebe waren, wären seine Aussichten auf ein Vorwärtskommen gleich null. Der Direktor hatte zwei Söhne, beide so humorlos wie er. Sture Prinzipienreiter. Keiner von ihnen mochte ihn besonders. Sie konnten ihn jederzeit feuern.

Fazit: Er mußte dieses Geschäft mit EastPark über die Bühne bringen, das hieß Corbett überreden, seine Ranch zu verkaufen. Aber alle Anläufe waren bisher steckengeblieben. Der Alte zeigte sich nicht bereit, darüber zu reden, geschweige denn zuzuhören.

Er brauchte einen neuen Angriffsplan. Ja. Etwas Kühnes.

Kühn! Ein tolles Wort. Wenn die Leute später drüber redeten – und Emory war sicher, daß sie das tun würden –, würden sie sagen: »Da wär nie was draus geworden, wenn Lomax nicht diesen kühnen Schachzug gewagt hätte. Der hat sich was getraut.«

Geistesabwesend starrte er durch das getönte Glas und wünschte sich Inspiration.

Aber statt großer Visionen sah er nur einen klapprigen alten Pick-up, der langsam die Main Street hinunterfuhr.

10

Er schien ja auch in Ordnung zu sein«, sagte Delray am Telefon. »Aber heutzutage kann man nicht vorsichtig genug sein.«

»Besonders in Ihrer Situation, Mr. Corbett. Ich meine, jetzt wo…«

»Ich weiß, was Sie meinen«, unterbrach Delray schroff.

Der Mann am anderen Ende der Leitung merkte wohl, daß er ins Fettnäpfchen getreten war, denn er ergänzte hastig: »Vergessen Sie nicht, daß ich das nur aus Gefälligkeit für Sie getan habe. Solche Detektivarbeit ist eigentlich nicht die Spezialität meiner Firma.«

»Ja, das weiß ich.«

»Ich würde vorschlagen, ich schicke ihnen einen unserer bewaffneten Wächter raus. Nur bis diese – äh – Geschichte vorbei ist.«

»Nein, danke!« Delray ließ keine Zweifel an seiner Entscheidung. »Ich bin Ihnen dankbar für Ihre Hilfe, zumal solche Nachforschungen also eigentlich nicht Ihre Spezialität sind! Aber mehr brauche ich nicht. Wiedersehen.«

Mit zornrotem Gesicht legte er auf. Er hatte den Inhaber eines ortsansässigen Sicherheitsunternehmens, Sohn eines inzwischen verstorbenen Freundes, mit dem er früher regelmäßig Domino gespielt hatte, gebeten, Jack Sawyer zu überprüfen.

Das war alles. Aber so wenig wie alle anderen in der Gegend hatte der Junge es lassen können, sogleich die Verbindung zu Carl Herbold herzustellen.

Er holte mehrmals tief Atem, um sich zu beruhigen. Die

Bemerkungen des Burschen waren keinen erhöhten Blutdruck wert. Deshalb redete er sich gut zu und konzentrierte sich auf die angenehmen Nachrichten. Der Bericht über Sawyer klang tadellos.

Bei der Sicherheitsfirma hatte man seinen Namen, seine Sozialversicherungsnummer, die Daten seines Führerscheins und das Kennzeichen seines Wagens in den Computer eingegeben. Der Mann hatte sich in seinem bisherigen Leben nichts zuschulden kommen lassen: kein Offenbarungseid, keine Schulden, keine ungedeckten Schecks. Er schuldete keinen Kindesunterhalt, war nicht vorbestraft. Nicht einmal ein Verkehrsdelikt hatte sich gezeigt.

Während Delray sich diese Fakten durch den Kopf gehen ließ, trat er zum Wohnzimmerfenster und sah in den Hof hinaus. Sawyer hatte David versprochen, an einem der großen Pekanbäume eine Schaukel für ihn anzubringen. Gestern war er in den Ort gefahren, um zu besorgen, was er dafür brauchte. Am Abend, nach der Arbeit, in seiner Freizeit, hatte er das Brett für den Sitz zugeschnitten, geschliffen und lackiert. Die Kette hatte er im Geräteschuppen entdeckt und Delray gefragt, ob er sie verwenden dürfe.

Jetzt war er dabei, die Kette auf die richtige Länge zu bringen, damit der Junge bequem auf die Schaukel klettern konnte. David sprang aufgeregt um ihn herum und plapperte noch wilder drauflos als sonst.

Natürlich war Delray froh über die Gewißheit, daß er keinen Kriminellen oder Penner angeheuert hatte. Es sprach für seine Menschenkenntnis, daß der Bericht über Sawyer nichts Nachteiliges erbracht hatte.

Wieso war er dann irgendwie enttäuscht? Hatte er insgeheim zu hören gehofft, daß Davids neuer Held ein Gauner war, daß er vom FBI, vom Finanzamt und diversen anderen staatlichen Behörden gesucht wurde? Hatte er auf einen triftigen Vorwand gehofft, Sawyer doch weiterzuschicken?

Auf der einen Seite würde ihm das schon jetzt sehr

schwerfallen. Selbst nach nur drei Tagen würde er den Verlust spüren. Es war natürlich noch zu früh, um sich ein vernünftiges Urteil zu bilden – aber bisher durfte er sich über Sawyers Arbeitseinstellung nicht beklagen. Der Mann leistete, genau wie er versprochen hatte, jeden Tag ganze Arbeit und tat noch einiges dazu. Es war schon verdammt weniger anstrengend, die Arbeit auf dem Hof mit Hilfe eines zusätzlichen Paars Hände zu bewältigen. Delray konnte sich nicht länger vormachen, daß er allein zurechtkam: Sawyer hatte ihn davon überzeugt, daß das nicht stimmte.

Trotzdem störte ihn Sawyers Anwesenheit, seine tägliche Nähe. Es paßte ihm nicht, andere Menschen auf der Ranch zu haben; schon gar nicht andere Männer, noch dazu solche, von denen er praktisch nichts wußte.

Er, Anna und David lebten seit langem alleine hier – und zwar nach festen Gewohnheiten. Ein Tag unterschied sich kaum vom nächsten. Er wußte schon morgens beim Aufstehen, was von dem jeweiligen Heute zu erwarten war. Jeder Tag lief nach einem festen Muster ab, das sich mit der Zeit herausgebildet hatte und allen dreien behagte. Ihr Leben besaß Struktur, und Delray mochte es so. Er brauchte es für seine innere Ruhe.

Jack Sawyer würde den geordneten Ablauf ihres Lebens durcheinanderbringen. Wie jeder Eindringling das täte. Sein Bleiben müßte unweigerlich Wirkung zeitigen. Vor allem die Frage, welcher Art diese Wirkung sein würde, beunruhigte Delray. David vergötterte den Mann offensichtlich. Aber Kinder konnte man leicht beeindrucken. Die Interessen des Jungen waren flüchtig, wechselten ständig und schnell. Heute ging es um Dinosaurier. Morgen würden es vielleicht Raketen, Vulkane oder Urwälder sein. Davids Schwärmerei für Sawyer bereitete Delray keine allzu großen Sorgen.

Aber wie stand es mit Anna?

Er warf einen Blick über seine Schulter. Sie saß mit hochgezogenen Beinen in einem Sessel, neben sich ein Glas Eistee, im Schoß einen Roman. Aber sie las nicht. Sie blickte durch ein anderes Fenster hinaus zu dem Baum, der Schaukel, dem Jungen und dem Mann. Als spürte sie Delrays Blick, sah sie ihren Schwiegervater kurz an und senkte die Augen rasch wieder auf ihr Buch.

Ihre schuldbewußte Reaktion irritierte ihn und traf genau den Punkt, wo seine schlimmsten Befürchtungen saßen.

Nichts wie raus und zur Beruhigung einen Priem kauen, dachte er und ging zur Haustür. Kaum war er auf die Veranda getreten, winkte David ihm aufgeregt. »Komm und schubs mich an, Opa«, rief er. »Jack hat gesagt, ich darf am Anfang noch nicht zu hoch schaukeln. Erst wenn ich's richtig raus hab. – Glaubst du, daß ich's bis morgen raus hab, Jack?«

Auf dem Weg über den Hof schob Delray sich ein Stück Kautabak in den Mund. Dann trat er hinter die Schaukel und versetzte ihr einen leichten Stoß.

»Ein bißchen mehr kannst du schon anschubsen, Opa«, beschwerte sich David. »Ich bin doch kein Baby.«

Jack lehnte am Baumstamm und lachte. »Ich warne Sie, Delray. Er wird Sie in Null Komma nichts ausgepowert haben.«

David produzierte Flugzeuggeräusche. Delray schob die Schaukel jedesmal, wenn sie zu ihm zurückschwang, mit sachtem Stoß an.

Den Kopf nach Sawyer drehend, sagte er: »Haben Sie sich gestern gleich zurechtgefunden? Im Ort, mein ich.«

»Ich bin immer der Nase nach gefahren und hab's geschafft, mich nicht zu verfransen.«

Delray nickte. Er stieß die Schaukel noch ein paarmal an. »Sie brauchen übrigens abends nicht hier rumzusitzen. Nach der Arbeit können Sie kommen und gehen, wie es Ihnen paßt. Sie müssen nur das Tor absperren, wenn Sie heimkommen.«

»Danke, aber ich wüßte nicht, was ich groß unternehmen sollte.«

»In Blewer gibt's ein ganz neues Kinocenter, auf das die Handelskammer riesig stolz ist.«

»Kino kann ich mir nicht leisten. Was die da für eine Karte verlangen, ist ja Wahnsinn.«

»Dann schauen Sie doch mal in eine Kneipe. Hier gibt's, soweit ich gehört habe, einige, wo's ganz munter zugeht.«

Sawyer lachte leise. »Mit der Munterkeit hab ich's nicht so.«

»Na ja, es gibt auch noch andere Möglichkeiten, Leute kennenzulernen. Meine Schwiegertochter und ich sitzen am liebsten zu Hause; aber als Mann so ganz allein hier draußen, wo sich Fuchs und Hase gute Nacht sagen – da hat man bestimmt mal Verlangen nach – Gesellschaft.«

»Möglich«, stimmte Sawyer zu und rieb sich den Nacken, »aber mir fehlt die Energie, mich auf die Suche zu machen. Ich bin abends nach der Arbeit immer total fertig.«

»Es gab hier mal eine Bibelforschungsgruppe für Singles. Ich weiß nicht, ob sie noch existiert – aber Sie könnten sich ja mal erkundigen.«

»Na, so *fertig* bin ich nun auch wieder nicht!«

Delray lachte, aber es kam nicht von Herzen, und Sawyer merkte offenbar, daß ihn etwas umtrieb. Er fragte: »Macht Ihnen irgendwas Sorgen, Delray?«

Sawyer hatte ihn gleich vom ersten Tag an beim Vornamen genannt. Er hatte keinen Anlaß gesehen, eine Staatsaffäre daraus zu machen. »Warum fragen Sie?«

Sawyer zuckte die Achseln. »Ich habe so den Eindruck.«

Scharfes Gespür, dachte Delray. Aber sie hatten natürlich auch die letzten drei Tage beinahe ununterbrochen Seite an Seite gearbeitet. Da lernte man einen Menschen kennen, und es schweißte zusammen. Wie es ihn und Dean zusammengeschweißt hatte. Die Bindung zu seinem Sohn war ungewöhnlich eng gewesen, gefestigt von der Arbeit und der

Anstrengung, die jeder von ihnen in das Betreiben der Ranch gesteckt hatte. Obwohl Dean ein begeisterter Sportler und unternehmungslustiger Junge gewesen war, hatte er seine ganze Schul- und Studienzeit hindurch, bis zu dem Tag, als er zum Militär ging, in seiner Freizeit und den Ferien immer auf der Ranch geholfen.

Unvermittelt sagte er: »Es gibt da ein paar Leute, die die Ranch kaufen wollen.«

Er spürte eine plötzliche Spannung bei Sawyer, obwohl er keine Bewegung machte. »Ich wußte gar nicht, daß Sie verkaufen wollen.«

»Will ich auch nicht. Das ist es ja gerade. Dieser Kerl liegt mir seit Wochen in den Ohren. Er vertritt irgendein Unternehmen. Ich hab ihm klipp und klar gesagt, daß es nicht in Frage kommt. Aber er läßt nicht locker.«

»Höher, Opa!«

»Jetzt übernehm ich das mal für eine Weile.« Jack winkte Delray zur Seite und trat selbst hinter die Schaukel. »Halt dich gut fest, David.«

»Okay, Jack. Schubs mich richtig fest an!«

Sawyer gab der Schaukel einen Stoß. »Was ist das für ein Unternehmen, Delray?«

Delray spie einen dünnen Strahl Tabaksaft aus. »Eine Bauträgergesellschaft. Sitzt in Houston. Dieser Kerl – Lomax – hat mir gestern abend einen piekfeinen Prospekt mit einem Haufen Tabellen und Schaubildern in den Briefkasten gesteckt. Ich hab ihn mir nach dem Abendessen angeschaut.«

»Und?«

»Grob gesagt wollen sie die Ranch in Parzellen aufteilen und Wochenendhäuser für reiche Leute draufstellen. Natürlich mit Golfplatz, Klubhaus, Schwimmbad und allem Drum und Dran.«

»Es ist überall das gleiche, egal, wo man hinkommt«, bemerkte Jack. »Kaum wird irgendwo ein Stück offenes Land gesichtet, muß sofort ein Einkaufscenter oder ein Schnellrestaurant drauf hochgezogen werden. Manche Leute glauben anscheinend, wo Platz ist, gehört Beton hin.«

»Dieser Lomax will in ein paar Tagen vorbeikommen und mit mir reden.«

»Wieso ist der so scharf drauf?«

»Keine Ahnung. Völlig egal! Meine Antwort bleibt die gleiche. Ich verkaufe nicht. Diese Besprechung ist nichts als Zeitverschwendung, für mich wie für ihn – aber er wollte unbedingt herkommen, da hab ich eben zugesagt. Irgendwie schuld ich's ihm, mir wenigstens anzuhören, was er zu sagen hat.«

»Sie schulden ihm gar nichts!«

Delray sah ihn scharf an. Sawyers Gesicht lag im Schatten, er konnte seinen Ausdruck nicht erkennen. Doch sein Ton war klar und deutlich. Jack Sawyer schreckte nicht vor einer Auseinandersetzung zurück. Vielleicht war sein neuer Helfer gar nicht so locker, wie es zuerst geschienen hatte.

Delray sagte: »Wenigstens kann ich Lomax dann ins Gesicht sagen, daß er sich seine tollen Pläne in den na, Sie wissen schon wohin, schieben kann.«

»Wohin kann er sie sich schieben, Opa?«

Jack sah Delray mit einem verständnisinnigen Lächeln an.

Delray hätte es gern erwidert, aber er fürchtete, das würde die Beziehung zwischen ihnen aus dem Lot bringen. Er war der Arbeitgeber dieses Mannes, nicht sein neu gewonnener Freund. Im Grunde verband ihn überhaupt nichts mit ihm. Es tat ihm bereits leid, so offen mit Sawyer gesprochen zu haben. Damit hatte er ihm einen Platz eingeräumt, der ihm nicht zustand.

Er spie seinen Tabak aus und sagte: »Ich geh schlafen. Wir sehen uns morgen, Sawyer. Komm, David.«

»Ich hab doch grade erst angefangen zu schaukeln, Opa«, quengelte der Junge. »Nur noch ein bißchen, ja? Bitte?«

»Ich bring ihn dann rein«, erbot sich Jack.

Der Junge war glücklich auf seiner Schaukel, und es gab für Delray wirklich keinen Grund, ihn ins Haus zu beordern. »Na gut. Anna wird ihn sowieso bald holen.«

»Gute Nacht, Opa«, rief David, wieder vergnügt.

»Gute Nacht, David.«

An der Tür blieb Delray stehen und warf einen letzten Blick zur Schaukel. David erzählte irgend etwas. Sawyer hörte ihm geduldig zu. Er schien sich in seiner Rolle als Babysitter ganz wohl zu fühlen.

Jack Sawyer war dem Bericht des Sicherheitsunternehmens zufolge ein unbescholtener Mann. Er wirkte ruhig und ausgeglichen, war intelligent und belesen. Delray hatte noch kein Thema entdeckt, zu dem Sawyer nichts zu sagen hatte. Nur über sich selbst sprach er nie. Meistens hörte er zu. Der neue Helfer war ein guter Zuhörer, der zu schweigen, aber im angebrachten Moment auch seine Meinung zu sagen wußte.

Außerdem war er ein guter Cowboy und verstand eine Menge von Rinderzucht sowie vom Betrieb einer Ranch. Wenn er etwas nicht wußte, fragte er. Er arbeitete hart, gönnte sich kaum Pausen, besaß Eigeninitiative. Geräte und Werkzeuge behandelte er pfleglich und räumte alles wieder auf, was er gebraucht hatte. Er war eine verdammt gute Kraft.

Wie kam es jedoch, daß ein intelligenter, umgänglicher Mensch wie er in einem alten Pick-up durch die Gegend gondelte, immer unterwegs, ohne festen Wohnsitz, ohne feste Arbeit, ohne feste Bindungen, sei es an Familie oder Freunde?

Außerdem war er praktisch unmittelbar nach Carls Flucht aus dem Gefängnis wie aus dem Nichts hier aufgetaucht.

Aber wenn es zwischen Jack Sawyer und Carl eine Verbindung gab, dann hätte sich das doch bei der Überprüfung seiner Person gezeigt?

Delray war Zufällen gegenüber mißtrauisch. Er glaubte,

von Natur aus argwöhnisch und vorsichtig, nicht an sie. Zwar mochte er den Jüngeren, aber traute ihm nicht ganz über den Weg.

Delray hatte es gern, wenn alles paßte.

Bei Jack Sawyer paßte irgendwas nicht.

11

Das ist ein ›J‹. Zeichne es einfach mit deinem kleinen Finger in die Luft.«

Jack folgte Davids Anweisung, aber der Junge schüttelte den Kopf.

»Nein, erst mußt du ein ›I‹ machen. Siehst du? Dann..«

»Ach so. Okay, ich hab's.« Jack versuchte es noch einmal.

»Genau. Das ist prima, Jack. Bald kannst du die Zeichensprache.«

»Ich hab einen guten Lehrer. Wie geht das ›A‹?«

Die Zunge in den Mundwinkel geklemmt, bildete David mit seiner kleinen Faust den Buchstaben.

Jack ahmte das Zeichen nach. »So?«

»Ja, genau. Und weiter?«

»›C‹.«

»›C‹ ist einfach. Es schaut genauso aus wie der Druckbuchstabe. Ich kann Druckbuchstaben. Meine Mama hat sie mir beigebracht, da war ich erst drei.«

»Hey, du bist ganz schön gescheit.«

»Das sagt meine Mama auch.«

»Okay. ›J-a-c‹.« Jack bildete die Buchstaben mit der rechten Hand, während er sie aussprach. »Als nächstes kommt das ›K‹.«

»Das ist ziemlich schwer. Es geht so.«

»So?«

»Nein. Du mußt – warte! Mama kann's dir zeigen. Hallo, Mama. Ich zeig Jack, wie sein Name in Zeichensprache geht.«

Jack, der in der Hocke vor der Schaukel gekauert hatte, richtete sich auf und lächelte etwas verlegen. »Hallo!«

Anna Corbett maß ihn mit einem so kühlen Blick, daß er sich fragte, womit er sie diesmal verprellt hatte. Er hatte geglaubt, der unbeabsichtigte Schnitzer bei ihrer ersten Begegnung sei ihm verziehen worden. Immerhin hatte er den Wagen gerichtet und ihr eine Reparaturrechnung erspart. Daraufhin war ein ›Danke‹ erfolgt.

Aber vielleicht hatte er das Zeichen falsch gedeutet. Es konnte ja auch etwas ganz anderes meinen. ›Verpiß dich‹ vielleicht?

Seit er in den Wohnwagen gezogen war, hatte er sie immer nur flüchtig zu Gesicht bekommen; einmal, als sie die Blumentöpfe auf der Vordertreppe goß; ein andermal, als sie mit David nach vorn zur Straße ging, um die Post zu holen; und heute morgen, als er gerade eines der Pferde beschlug, hatte er sie an der Hintertür stehen sehen. Aber sie war im Nu wieder weg gewesen – unter Umständen hatte sie ihn überhaupt nicht auf der Koppel bemerkt.

Freundlich aufgenommen von ihr fühlte er sich jedenfalls nicht. Er hatte eher den Eindruck, daß sie ihm aus dem Weg ging. Es war natürlich möglich, daß er in ihre Zurückhaltung weit mehr hineininterpretierte, als sie bedeutete.

Sie machte David einige Zeichen, auf die er sofort mit Protest antwortete. »Hier draußen sind überhaupt keine Mücken, Mama. Ich bin kein einzigesmal gestochen worden.«

Sie sagte noch mehr. Was immer es auch war, David hielt es für klüger zu gehorchen. Er rutschte von der Schaukel und sagte zu Jack: »Ich muß jetzt rauf in die Wanne.«

»Tja, um gewisse Dinge kommt man eben nicht herum. Je früher du in die Wanne hüpfst, desto früher schaffst du es ins Bett – und desto früher kannst du morgen aufstehen und wieder schaukeln.«

»Schubst du mich morgen höher?«

»Mal sehen.« Er reichte David die Hand.

Seine Mutter drehte den Jungen an den Schultern herum

und gab ihm einen liebevollen Klaps auf den Po, um ihn in Richtung zur Veranda in Bewegung zu setzen. Dann winkte sie Jack zu seiner Überraschung, ebenfalls mitzukommen.

Er tippte sich mit dem Finger auf die Brust. »Ich? Ich soll mit reinkommen?«

Sie nickte kurz und ging los, ohne sich weiter darum zu kümmern, ob er ihr folgte oder nicht. Neugierig marschierte Jack ihr nach. »Sehr wohl, Madam«, sagte er laut.

Drinnen schickte sie David nach oben.

»Und was macht ihr noch, du und Jack? Kann ich nicht noch ein bißchen unten bleiben?«

Sie hielt den Zeigefinger hoch, ihre Lippen bildeten das Wort ›eins‹. Dann richtete sie den Mittelfinger auf. ›Zwei‹.

»Wenn sie anfängt zu zählen, wird sie gleich sauer«, murmelte David.

»Dann lauf mal lieber.«

Der Junge trödelte die Treppe hinauf. »Gute Nacht, Jack«, rief er von oben herunter.

»Nacht!«

Anna winkte Jack den Mittelflur entlang. Zu beiden Seiten des breiten Gangs waren Zimmer, deren Türen offenstanden; aber sie ließ ihm keine Zeit, einen Blick hineinzuwerfen, sondern führte ihn schnellen Schritts nach hinten, in einen kleinen Raum unter der Schräge des Treppenaufgangs.

In der einen Wand befand sich ein Fenster mit Läden. An zwei Wänden standen Bücherregale, vor der vierten sah er einen Schreibtisch mit zwei Tastaturen, die eine zu einem Spezialtelefon für Annas Gebrauch gehörig. Der Staat stellte ein Netz zur Verfügung, über das von Gehörlosen eingetippte Nachrichten und Informationen an eine Vermittlungsstelle weitergegeben und von dort aus dem anderen Gesprächsteilnehmer mündlich zugeleitet wurden. Umgekehrt funktionierte das System auf gleiche Weise.

Das zweite Keyboard gehörte zu einem Computer. Über

den Bildschirmschoner, der einen gestirnten Himmel zeigte, sausten Planeten und Meteore.

Sie wies ihn zu einem großen Ledersessel. Er setzte sich und sah erwartungsvoll zu ihr auf. »Und jetzt?« Sie hob den Arm wie ein Verkehrspolizist. »Halt? Warten? Bleiben?«

Sie nickte.

»Bleiben.« Er wiederholte das Wort, und sie nickte noch einmal. Dann ging sie aus dem Zimmer und ließ ihn allein. »Nenn mich einfach Bello«, brummte er, während er ihren Schritten auf der Treppe lauschte. Wahrscheinlich wollte sie nach David sehen, der oben in der Wanne saß. Delray lag vermutlich schon in seinem Bett.

Er stand aus dem Sessel auf und drehte eine gemächliche Runde durch den Raum. Neugierig, gewiß, aber wenn ihr das nicht paßte, hätte sie ihn nicht hereinbitten sollen.

Die Möbel waren nicht neu, aber gut gepflegt. Die Blätter des üppig gedeihenden Efeus glänzten. Alles stand ordentlich an seinem Platz. Das Zimmer war gemütlich, aber nicht überladen. Anna Corbett schien Stil zu besitzen.

Die Bücher auf den Borden verrieten vielseitige Interessen. Es gab zahlreiche Biographien und Sachbücher zu allen möglichen Themen, neben ledergebundenen Klassikern und Taschenbuchbestsellern der letzten Jahre.

Auf einem der unteren Borde entdeckte er ein Lexikon der Zeichen- und Gebärdensprache. Neugierig zog er es heraus und überflog die einführenden Seiten. Mit Erstaunen las er, daß zwischen amerikanischer und englischer Gebärdensprache ein großer Unterschied bestand. Er hatte immer geglaubt, Zeichensprache wäre gleich Zeichensprache. Aber das traf offensichtlich nicht zu.

Dem Vorwort des Lexikons zufolge wurde in der englischen Zeichensprache jeweils ein Zeichen für ein Wort verwendet. Andere Zeichen, sogenannte Markierungszeichen, zeigten Plural, Tempus, Vor- und Nachsilben und andere Sprachelemente an.

Die amerikanische Zeichensprache hatte mit der englischen kaum etwas gemein. Sie war eine eigene Sprache. Ein Zeichen konnte für mehrere englische Wörter mit synonymer Bedeutung stehen. Einige der in der englischen Zeichensprache verwendeten Zeichen waren der amerikanischen entnommen, so daß eine Verständigung zwischen den Anwendern der beiden Sprachen möglich war. Dennoch unterschieden sich beide Sprachen von Grund auf, und die Frage, welche Vorteile die eine vor der anderen auszeichneten, war Gegenstand hitziger Debatten unter den Fachleuten.

Jack las gerade genug, um gründlich in Verwirrung zu geraten. Aber er lächelte, als er sich eine Tafel des Fingeralphabets ansah und feststellte, daß David ihm die richtigen Zeichen gezeigt hatte, um seinen Namen zu bilden.

Es gab auch mehrere Seiten mit Abbildungen geläufiger Redewendungen. Er probierte einige von ihnen aus und lächelte wieder, als er sah, daß Anna in der Tat ›Danke‹ angezeigt hatte und nicht irgendeine Beschimpfung.

Er war dabei, einige der grundlegenden Zeichen zu üben, als Anna zurückkam. Sie ging schnurstracks auf ihn zu, nahm ihm das Buch aus der Hand, klappte es energisch zu und stellte es wieder ins Regal.

Mehr verwundert als verstimmt über ihre Unhöflichkeit, blieb er einen Moment ratlos stehen, während sie sich an den Schreibtisch setzte und mit der Computermaus herumfuhrwerkte, bis sie einen leeren Bildschirm hatte. Dann begann sie zu tippen. Da er vermutete, daß sie ihm etwas mitteilen wollte, zog er einen Stuhl an den Schreibtisch heran und setzte sich so, daß er den Bildschirm und sie sein Gesicht sehen konnte, um von seinen Lippen abzulesen.

Auf dem Bildschirm stand: »Warum haben Sie sich von David die Zeichensprache zeigen lassen?«

Er zuckte die Achseln. »Ich wollte sie lernen.«

Sie tippte so schnell, daß sein Blick ihren Fingern nicht folgen konnte. »Warum?«

Die Antwort war doch naheliegend. Wieder zog er die Schultern hoch. »Was ist daran so schlimm?«

»Sie brauchen die Zeichensprache nicht zu lernen. Wenn Sie mir etwas zu sagen haben, können Sie es mir über David oder Delray mitteilen.«

Sein Blick wanderte vom Bildschirm zu ihr. »Ach so, jetzt versteh ich. Sie wollen mich wissen lassen, daß wir einander wirklich nichts zu sagen haben.«

Sie nickte knapp.

»Wieso das? Wann sind Sie denn zu dem Schluß gekommen, daß ich zum Gespräch nicht tauge?«

Ihre Finger flogen über die Tasten. »Reden Sie nicht mit mir, als wäre ich blöd. Ich bin taub, nicht...«

Jack hielt ihre Hände an. Dann machte er das Zeichen, das er bei ihr gesehen und das David nicht verstanden hatte. ›Dumm‹. »Ich weiß.«

Er spürte die Turbulenzen hinter dem Blick der erstaunlichen blauen Augen. Immerhin hatte er genug Ahnung von Psychologie, um zu begreifen, daß Anna Corbett eine Frau war, die anzugreifen pflegte, bevor sie selbst angegriffen werden konnte. Es war ein verständlicher Schutzmechanismus. So wie die Menschen nun einmal sind, war Anna in der Schule zweifellos von ihren Mitschülern gehänselt worden. Selbst wohlmeinende Erwachsene konnten tölpelhaft und taktlos sein. Sie wehrte sich gegen Ignoranz und Grausamkeit, indem sie zuerst zuschlug.

»Kein Mensch würde Sie für dumm halten«, sagte er zu ihr. »Sie sind was ganz anderes. Sie sind ein...« Er streckte den Arm aus und tippte mit zwei Fingern das Wort ›Snob‹.

Sie stieß seine Hand weg und wollte den Computer ausschalten.

»Kommt nicht in Frage!« Wieder hielt er ihre Hände fest. »Das ist zu einfach. Sie werden mir jetzt zuhören... ich meine, Sie werden Ihre Ohren aufsperren und – ach, verflixt, Sie wissen, was ich meine!«

Er machte eine Pause, um Luft zu holen und seine Gedanken zu ordnen. Sie sah ihn mit offener Feindseligkeit an – aber er fand, ihre Gehörlosigkeit gebe ihr noch lange nicht das Recht, unhöflich zu sein. Oder sollte es ihr erlaubt sein, ihn unter Beschuß zu nehmen, nur weil sie nicht hören konnte?

»Sie fühlen sich anscheinend ständig angegriffen, weil Sie gehörlos sind. Ich war immer freundlich zu Ihnen, vom ersten Moment an. Und Sie behandeln mich wie den letzten Dreck. Können Sie mir mal erklären, warum? Weil ich hören kann und Sie nicht?«

Zornig schüttelte sie den Kopf.

»Warum dann?«

Sie tippte: »Weil ich Angst habe.«

Jack war bestürzt. Kaum etwas hätte ihn mehr überraschen oder tiefer verletzen können. »Sie haben Angst?«

Ihr Blick löste sich von seinen Lippen und glitt zu seinen Augen hinauf. Dann sah sie wieder auf den Bildschirm. »Ich habe Angst, daß es für David sehr schlimm sein wird, wenn Sie wieder fortgehen. Und für Delray auch.«

Jack lächelte ein wenig ironisch. »Ich bin doch gerade erst angekommen – und denke nicht ans Fortgehen.«

»Aber eines Tages *werden* Sie gehen«, tippte sie.

Sie sah ihn mit irritierender Intensität an, doch er antwortete aufrichtig. »Ja, eines Tages schon.«

Sie tippte einen kurzen Satz. »Und wenn Sie gehen, sind die beiden traurig.«

»Warum sollten sie traurig sein?« fragte er.

Ihre Finger hingen ein paar Sekunden über den Tasten, ehe sie tippte. »Sie füllen ein ...« Sie suchte nach dem nächsten Wort. Schließlich blätterte sie in einem abgegriffenen Wörterbuch, das neben dem Keyboard lag. Sie tippte ›Vakuum‹ und sah ihn fragend an.

»Das paßt«, sagte er. »Ich denke, es ist das richtige Wort. Allerdings bin ich mir nicht sicher, ob Sie das auch wirklich meinen.«

Sie nickte nachdrücklich und formte mit den Lippen das Wort ›doch‹. Dann tippte sie weiter. »Delray war sehr unglücklich, bevor er Mary kennenlernte, die Mutter meines Mannes. Mary war seine zweite Frau. Seine erste Frau hatte schon zwei Söhne, als er sie heiratete. Seine Stiefsöhne waren schlimm. Sie haben ihm viel Ärger gemacht. Große Sorgen. Nach dem Tod seiner Frau hat er sie...« Wieder hielt sie inne, um nach einem Wort zu suchen. Sie sah Jack an und machte eine herrische Handbewegung.

»Verstoßen? Er wollte nichts mehr mit ihnen zu tun haben? Hat sie rausgeworfen?«

Nickend fuhr sie fort zu schreiben: »Das ist lange her. Delray tut so, als wäre es nie gewesen. Mit Mary hat er ein neues Leben angefangen. Er hat sie sehr geliebt. Aber sie ist gestorben. Und dann Dean. Als Dean gestorben ist, hat Delray sich völlig in sich zurückgezogen.«

»Woran ist er gestorben?«, fragte Jack.

Während sie tippte, las er mit. Dean Corbett war Soldat gewesen. Er hatte sich zu einer Fortbildung gemeldet, ohne zu ahnen, daß die Vereinigten Staaten noch während seiner Dienstzeit in einen Krieg eintreten würden. Von Fort Hood in Texas aus war er während der Operation Wüstensturm an den Golf geschickt worden. Nach der Kapitulation blieb seine Einheit in Kuwait, um bei der Beseitigung der Kriegsschäden zu helfen. Er kehrte ohne Verwundung nach Hause zurück, dennoch aber ein Opfer des Krieges.

»Dean hatte einen Lungenschaden. Durch die Ölbrände«, schrieb sie dann. »Er bekam eine Lungenentzündung nach der anderen, bis er schwer krank wurde und starb.«

Sie hielt inne. »Das tut mir sehr leid«, sagte Jack.

Kurz blickte sie auf und sah dann zu ihren Fingern hinunter, die noch auf den Tasten lagen. Die Standuhr im Vestibül schlug die Stunde. Jack fuhr leicht zusammen. Sie nicht. Anna ging so selbstverständlich mit ihrer Behinderung um, daß man leicht ihre geräuschlose Welt vergessen konnte.

Er klopfte an den Computer, um ihre Aufmerksamkeit zu erhalten, und fragte: »David war da noch nicht geboren?«

Sie lächelte wehmütig und tippte: »Er kam drei Monate nach Deans Tod zur Welt.«

Jack rieb sich mit dem Handrücken den Mund. O ja, es gab Schlimmeres, als sich allein durchs Leben schlagen zu müssen – wie er das tat, seit er erwachsen war. Wie mußte das für sie gewesen sein, den Vater ihres Kindes zu verlieren, noch ehe es geboren war? Er wollte sie fragen, ob sie auf David verzichtet hätte, wenn sie gewußt hätte, daß sie so früh Witwe werden würde. Aber er tat es nicht, denn er wußte die Antwort schon. Sie hätte David auf jeden Fall haben wollen.

Nun begann sie wieder zu tippen. »Delray hat sich zum zweitenmal ein Leben aufgebaut. Ich will nicht, daß er noch mal verletzt wird.«

»Sie messen mir mehr Bedeutung bei, als ich verdiene, Anna. Ich werde niemanden verletzen.«

Sie schüttelte den Kopf, noch ehe er zu Ende gesprochen hatte. »Es ist ja auch nicht Ihre Schuld. David wünscht sich einen Vater. Delray vermißt seinen Sohn.« Sie sah ihn an und zuckte die Achseln. Die Folgerung lag auf der Hand.

Jack verkniff es sich, sie darauf hinzuweisen, daß sie selbst mit Deans Tod einen Ehemann verloren hatte. Er überlegte, ob es in ihrem Leben wohl einen Mann gab, der diese Lücke füllte.

Deutlich fragte er: »Sieht David seinem Vater ähnlich?«

Sie hob leicht die Hand und drehte sie hin und her. Dann stand sie auf und holte aus dem Regal ein in Leder gebundenes Fotoalbum, das sie ihm reichte.

Das erste Bild zeigte Anna und Dean an ihrem Hochzeitstag. Sie trug das traditionelle weiße Kleid mit Schleier und sah strahlend aus. Dean war ein stämmiger junger Mann gewesen, kräftig und gesund, mit einem offenen Gesicht, das an das Delrays erinnerte – aber mehr Heiterkeit ausstrahlte. In seinen lebhaften Augen blitzte Humor, und auf seinem Gesicht lag ein breites Lächeln. Wahrscheinlich, weil er bis über beide Ohren in seine junge Frau verliebt gewesen war.

»Sie waren ein schönes Paar«, sagte Jack, als er umblätterte. »Glücklich!«

Anna nickte.

Es folgten Fotos, wo sich die beiden an einem Strand tummelten. »Flitterwochen?« fragte er.

Wieder nickte sie.

Mehrere Bilder zeigten sie zusammen, Cocktailgläser in den Händen, die mit bunten Papierschirmchen dekoriert waren. Eines zeigte Dean in Bodybuilder-Pose. Ein anderes Anna im Bikini. Sie sah aus wie ein Pin-up-Girl.

Jack betrachtete das Bild, neigte den Kopf erst nach rechts, dann nach links, als wollte er es sachlich begutachten. Als er zu ihr hinaufsah, lachte er und zog die Augenbrauen hoch. Sie errötete und hielt die Lider gesenkt.

Dann schlug er zur nächsten Seite um und war augenblicklich gefesselt von dieser letzten Serie Fotos, die sich völlig unterschieden von den früheren. Sie hatten mit den typischen gestellten Hochzeitsbildern und den Schnappschüssen aus den Flitterwochen nichts gemein. Es waren lauter große Schwarzweißaufnahmen.

Auf der ersten sah man Dean Corbett. Dunkel wie ein Schattenriß saß er an einem offenen Fenster und blickte hinaus. Die Stimmung, die das Bild vermittelte, war eine ganz andere als die auf den Hochzeitsfotos. Da gab es kein strahlendes Lächeln und keine Lebendigkeit mehr. Auf diesem Foto sah Dean Corbett gealtert aus, grüblerisch und sehr traurig.

Anna tippte: »Er war krank. Wir wollten gerade ins Krankenhaus.« Dann fügte sie hinzu: »Zum letztenmal.«

Und eben das war es, was das Bild so beredt ausdrückte: Dean Corbett hatte gewußt, daß er sterben und seine junge Frau und sein ungeborenes Kind zurücklassen mußte.

Der arme Kerl, dachte Jack. Er hatte vor Augen, was ihm durch seinen frühen Tod genommen wurde. Und Jack fragte sich, ob es ein Fluch oder ein Segen war, etwas zu lieben, nur um es dann verlieren zu müssen. Shakespeare hatte seine Meinung dazu niedergeschrieben, aber Jack mochte ihm da nicht so einfach zustimmen. Wer weiß – wenn der Dichter dieses Bild von Dean Corbett gesehen hätte, hätte er vielleicht einen anderen Vers geschrieben.

Anna wartete auf eine Reaktion von ihm. »Es ist traurig«, sagte er, »aber trotzdem ein wunderbares Bild. Man spürt genau, was er fühlt.«

Er blätterte um. Das zweite Foto berührte ihn noch stärker als die Aufnahme von Dean. Sein Anblick traf ihn wie ein Schlag, und einen Moment stockte ihm der Atem.

Der Film war überbelichtet, aber gerade der dadurch entstandene extreme Kontrast zwischen Hell und Dunkel machte das Bild so eindrucksvoll. Dieser Kontrast und der Gegenstand des Bildes.

Den Hintergrund bildete ein rein weißer Himmel, der Vordergrund war tiefschwarz. Am Horizont, wo beide zusammentrafen, dehnte sich ein Stacheldrahtzaun, sehr ähnlich dem, bei dessen Reparatur er Delray an seinem ersten Tag auf der Ranch geholfen hatte. Die Zaunpfähle aus rohem Holz standen in unregelmäßigen Abständen voneinander, manche ein wenig schief. Einer der Drähte war gerissen und hing stachelig und abschreckend lose herab. Aber diese kleinen Unvollkommenheiten schmälerten die Wirkung des Bildes nicht. Sie verliehen dem Zaun Charakter, erzählten von jahrelangem Widerstand gegen Wind und Wetter und anrennendes Vieh.

Doch der Zaun war nur Kulisse. Den Mittelpunkt der Aufnahme stellte die Frau dar, die an einem der Pfähle lehnte, die Hände hinter ihrem Kopf, flach zwischen dem Pfosten und ihrem Rücken. Ihr Gesicht war von der Kamera abgewandt, ihr leicht gebogener Hals dem harten Licht ausgesetzt, das zwischen die schlanken Sehnen und in die Mulde ihres Schlüsselbeins tiefe Schatten legte.

Der Wind hatte ihr das Haar ins Gesicht geblasen. Derselbe starke Wind – er mußte stark gewesen sein, um eine solche Wirkung hervorzubringen – hatte ihr das Kleid an den Körper gepreßt, dessen Formen sich durch den leichten Stoff hindurch so genau und vollkommen abzeichneten, daß sie ebensogut hätte nackt sein können.

Vor der weißen Wand des Himmels traten die Erhebungen ihrer kleinen, hohen Brüste herausfordernd vor. Das Grübchen ihres Nabels hatte etwas rührend Unschuldiges, doch das dunkel umschattete Dreieck an jener Stelle, wo ihre Oberschenkel sich trafen, lag jenseits von Unschuld. Der Stoff des Kleides schien wie über sie ausgegossen.

Es war ein unglaublich verführerisches Bild. Jack schluckte trocken.

Anna riß ihm das Album aus der Hand und stand auf, um es wegzustellen.

»Moment, warten Sie! Wer war das? Waren das Sie?« Als er sich bewußt wurde, daß er zu ihrem Rücken sprach, wartete er, bis sie sich umdrehte und zurückkam. Er wiederholte die Fragen – aber sie beachtete ihn nicht, sondern setzte sich an den Schreibtisch, beendete ihr Programm und schaltete den Computer aus.

Entschlossen, sich nicht abwimmeln zu lassen, berührte er ihren Arm. »Waren Sie das?«

Sie zeigte auf ihre Armbanduhr, legte ihre Hände aneinander, hielt sie schräg und neigte ihren Kopf zu ihnen hinunter.

»Ah ja, husch ins Körbchen«, sagte er verdrossen. »Sie machen sich's leicht! Nur damit Sie meine Fragen nach der Frau auf dem Foto nicht beantworten müssen. Von der ich hoffentlich heute nacht die geilsten Träume haben werde.«

Natürlich bekam sie, genau wie von ihm beabsichtigt, nichts von alledem mit. Sie brachte ihn hinaus zur Haustür, wo sie zur Seite trat, um ihn zu verabschieden und dann hinter ihm abzusperren.

Jack ging an ihr vorbei, doch bevor sie die Tür schließen konnte, sagte er: »Beinahe hätte ich den Anlaß dieser Sitzung vergessen. Sie möchten nicht, daß David mir die Zeichensprache beibringt, richtig?«

Sie nickte.

»Weil das Ihre Geheimsprache ist. Wenn die anderen nicht verstehen, was Sie sagen, haben Sie die Kontrolle. Sie fühlen sich überlegen. Und Sie reiben es den Leuten gern unter die Nase, daß Sie gehörlos sind. Das macht Sie zu etwas Besonderem.«

Empört schüttelte sie den Kopf und widersprach mit zornigen Gebärden, die, vermutete er, mit Anwürfen gegen ihn gespickt waren.

»Ja, genau das hab ich mir gedacht«, sagte er, obwohl er nichts verstanden hatte. »Na schön, ich werde David nicht mehr darum bitten… schließlich soll er ja nicht meinetwegen Ärger kriegen.«

Sie nickte kurz, zufrieden, daß sie gesiegt hatte.

Aber gerade als sie die Tür schließen wollte, klopfte Jack mit dem Absatz seines Stiefels leicht auf den Holzboden der Veranda und sagte in perfekten Handzeichen: »Gute Nacht, Anna!«

12

Ezzy erwachte um halb fünf wie immer. Der Ruhestand hatte seine innere Uhr nicht umgestellt und seine Schlafgewohnheiten nicht geändert. Doch die Tage, die früher von Arbeit ausgefüllt gewesen waren, dehnten sich jetzt leer und endlos. Die meisten Leute rackerten sich jahrzehntelang ab, um endlich diesen Punkt im Leben zu erreichen – Ezzy konnte nicht verstehen, warum. Es ging über seinen Horizont, daß irgend jemand nach Nutzlosigkeit streben sollte.

Cora hatte es sich in den Kopf gesetzt, daß sie sich einen Winnebago kaufen und auf große Fahrt quer durchs Land begeben sollten. Es gab ja auch einige Punkte auf der Karte, die lockten: der Grand Canyon, die Tetons, die Niagarafälle. Neuengland im Herbst. Aber er hatte nicht die geringste Lust auf die ewige Fahrerei, die so eine Reise mit sich brachte.

Sie hatte auch von einer Kreuzfahrt gesprochen. Er konnte sich nichts Grausigeres vorstellen, als mit einem Haufen fremder Leute auf einem Schiff festzusitzen und sich von einer hyperaktiven Crew, die auf Teufel komm raus die Passagiere beglücken wollte, zu Aktivitäten animieren zu lassen, die ihm überhaupt keinen Spaß machten. Er hatte die farbenprächtigen Kataloge, die Cora ihm immer wieder unter die Nase hielt, demonstrativ ignoriert.

Aber mit der Zeit würde sie ihn doch mürbe machen. Das schlechte Gewissen würde ihn zwingen, klein beizugeben. Urlaub war ihm nicht wichtig, darum hatte er ihn nie vermißt. Aber Cora legte Wert darauf. Früher oder später würde er mit ihr den Traumurlaub machen müssen, nach dem sie sich immer schon sehnte.

Jedenfalls hoffte er, es möglichst lange hinauszögern zu können. Er bildete sich ein – was wirklich lächerlich war –, daß er Blewer jetzt noch nicht verlassen dürfe. Obwohl er offiziell im Ruhestand war, bereits ein neuer Mann seinen Posten übernommen hatte und im Sheriff's Office von Blewer County auch ohne ihn alles bestens zu laufen schien, bedrängte ihn das beinahe unheimliche Gefühl, daß seine Arbeit noch nicht getan war.

Natürlich machte er sich etwas vor. Er suchte nach Zeichen und Omen, die er sich nach Belieben zurechtbiegen konnte. »Verrückt bin ich, sonst nichts«, brummte er auf dem Weg in die Küche vor sich hin.

Nachdem er sich Kaffee gemacht hatte, setzte er sich mit seiner Tasse hinaus auf die Rotholzveranda, ein Geschenk, das ihnen die Kinder vor einigen Jahren zu Weihnachten gemacht hatten. Selbst so früh am Morgen, noch vor Sonnenaufgang, stand das Außenthermometer schon auf fast siebenundzwanzig Grad. Der Mond hing tief über dem westlichen Horizont. Kein Wölkchen trübte den Himmel. Es würde wieder ein glühendheißer Tag werden.

In jenem Sommer damals war er auch ungewöhnlich heiß gewesen.

Besonders an dem Augustmorgen, an dem man Patsy McCorkles Leiche gefunden hatte. Die Hitze hatte wahrscheinlich mit dazu beigetragen, daß dem forschen Zeitungsfotografen gleich das Frühstück wieder hochgekommen war. Nach dem Gespräch mit Deputy Jim Clark hatte Ezzy ihn und den Coroner Harvey Stroud am Tatort zurückgelassen und war auf schnellstem Wege zu der Kneipe gefahren, wo Patsy zuletzt lebend gesehen wurde.

Clark und ein anderer Beamter hatten bereits mehrere Leute zusammengetrommelt, die am Abend zuvor anwesend gewesen waren. Als Ezzy ankam, hatte man sie schon vernommen; aber er befragte sie selbst noch einmal und notierte sich ihre Aussagen auf Cocktailservietten mit einem aufgedruckten Wagenrad.

»Ja, das stimmt, Sheriff. Cecil und Carl waren fast den ganzen Abend mit Patsy zusammen. Die hatten einen Heidenspaß miteinander.«

»Patsy hat immer abwechselnd mal mit Carl, mal mit Cecil getanzt. Aber wie! Rangeschmissen hat sie sich an die Jungs, Sie verstehen schon. War echt scharf! Sie hat die beiden ganz schön herausgefordert. Ich kam schon beim Zuschauen ins Schwitzen.«

»Mit ›herausfordernd‹ meinen Sie, sie hat die beiden aufgestachelt?«

»Ja, Sir. Eindeutig. Und ich glaub, ihr hat's Spaß gemacht, daß sie dabei Publikum hatte.«

»Ich will ja nichts Schlechtes über die Toten sagen, aber Patsy… also, ehrlich, die hat jeden rangelassen.«

»Sie und Cecil haben da draußen auf der Tanzfläche eine Riesenschau abgezogen. Wie die getanzt haben! So was von aufreizend! Hab gedacht, sie und Carl würden's gleich da drüben auf dem Billardtisch treiben. Vor versammelter Mannschaft.«

»Eifersucht? Nein, Sheriff, davon hab ich nichts gemerkt. Die beiden haben sie sich brüderlich geteilt, gerade recht war's ihnen. Sind ja auch der letzte Dreck, die Herbolds.«

Der einzige Zeuge, der sich nicht bemühte, ihnen weiterzuhelfen, war der Wirt des Lokals, Parker Gee. Er ärgerte sich über die Invasion von ›Bullen‹ in seiner Kneipe, die seine Gäste wie Kriminelle verhörten. Auf alle Fragen, die man ihm stellte, antwortete er verdrossen: »Ich hab gestern abend zu tun gehabt… kann mich nicht erinnern.«

Nachdem Ezzy mehrere seiner Beamten beauftragt hatte, die Aussagen zu Protokoll zu nehmen, gab er die Fahndung nach den Herbolds durch, wobei er betonte, daß sie vorläufig lediglich als Zeugen gesucht würden. Er selbst fuhr direkt von der Kneipe zu dem Wohnwagenplatz hinaus, wo die Brüder zusammen in einem heruntergekommenen Caravan hausten. Ihr Auto war nicht da, und auf sein Klopfen rührte sich nichts. Er widerstand der Versuchung, den Wohnwagen ohne Durchsuchungsbefehl zu inspizieren. In diesem Fall mußte alles genau nach Vorschrift gehen. Wenn die Brüder wirklich wegen Mordes angeklagt wurden, sollte das Verfahren nicht womöglich wegen eines Formfehlers eingestellt werden.

Als er die Nachbarn befragte, warfen diese verächtliche Blicke auf den Wohnwagen und erklärten ihm, sie hofften von Herzen, er würde Carl und Cecil festnehmen und für immer hinter Gitter bringen. Sie seien Rowdys und Störenfriede, machten die ganze Nacht Krach, rasten mit ihrem Auto über den Platz, ohne auf die spielenden Kinder Rücksicht zu nehmen, belästigten junge Frauen mit Pfiffen und obszönen Bemerkungen. Der Wohnwagen sei ein Schandfleck in dieser gepflegten Gegend. Die Nachbarn waren sich einig – fort mit ihnen!

Danach fuhr er zu der Ölbohranlage hinaus, wo die Herbolds beschäftigt waren.

»Die sind heut morgen nicht gekommen«, berichtete der Vorarbeiter auf Ezzys Frage. »Ich hab gewußt, daß sie vorbestraft sind, aber jeder verdient eine zweite Chance. Jetzt fehlen mir zwei Leute. Das hat man von seiner Nettigkeit. Was haben sie denn angestellt?«

Diese Frage beantwortete Ezzy nicht. Wenn er es getan hätte, hätte er nicht gewußt, wo anfangen mit seiner Schilderung, die lang und kompliziert ausgefallen wäre. Die Herbolds waren schon im Kindesalter auf die schiefe Bahn geraten, als sie noch bei ihrem Stiefvater lebten.

Delray Corbett hatte ihre verwitwete Mutter geheiratet, als die Jungen die Grundschule besuchten. Sie war eine hübsche Frau, schüchtern und still, ihren beiden wilden Söhnen offensichtlich nicht gewachsen. Sie hatte sie niemals an die Kandare genommen. Kein Wunder, daß die Strenge ihres neuen Stiefvaters die beiden Jungen erbitterte und noch aufmüpfiger machte. Nach dem Tod ihrer Mutter hatte ihre Feindseligkeit gegen Delray, der nun ihr Vormund war, sich weiter verstärkt. Und als dieser sich wieder verheiratete, gerieten sie vollends außer Rand und Band und machten ihm und Mary das Leben zur Hölle.

Das erstemal kamen sie mit der Polizei in Berührung, als sie verdächtigt wurden, im Spirituosengeschäft ein Sechserpack Bier gestohlen zu haben. »Wir haben sie nicht mit der Ware geschnappt, Delray, wir können also nichts beweisen.«

Ezzy erinnerte sich an Delray Corbetts Zorn und Verlegenheit, als er die beiden angetrunkenen Jungen bei ihm abgeliefert hatte. »Ich werde mich darum kümmern, Sheriff. Vielen Dank, daß Sie sie nach Hause gebracht haben. Ich geb Ihnen mein Wort, das war das erste- und letztemal.«

Aber Delray hatte sein Wort nicht halten können. Die Jungen wurden mit jedem Jahr aufsässiger, und nach Deans Geburt waren sie überhaupt nicht mehr zu bändigen. Der Kleine war ›Daddys Engelchen‹. Cecil und Carl führten sich entschlossen wie die Teufel auf.

Ihre Vergehen wurden ernster und schwerer, bis in Cecils zweitem High-School-Jahr – Carl war eine Klasse tiefer – ein Mädchen die Brüder beschuldigte, sich im Schulbus vor ihr entblößt und sie gezwungen zu haben, sie anzufassen. Die Jungen behaupteten, sie löge, so etwas wäre nie geschehen, das wäre reines Wunschdenken des Mädchens. Da ihr Wort gegen das der Jungen stand, kamen sie ohne Strafe davon. Die Eltern des Mädchens waren empört und gaben öffentlich Delray die Schuld am Verhalten seiner Stiefsöhne.

Es folgten eine Serie kleiner Diebstähle, Anklagen wegen mutwilliger Zerstörung, Festnahmen wegen Trunkenheit am Steuer. Aber die Jungen waren durchtrieben. Man konnte ihnen nie etwas nachweisen. Bis sie eines Nachts auf dem Gelände einer Autoverwertungsfirma, wo sie Zubehörteile stahlen, auf frischer Tat ertappt wurden. Sie wurden zu einer Jugendstrafe von achtzehn Monaten verurteilt, jedoch schon nach einem Jahr wieder in die Obhut ihres Stiefvaters entlassen.

Delray stellte drakonische Maßnahmen in Aussicht: Noch eine einzige Verfehlung, und sie flögen hinaus. Zwei Tage später stahlen sie betrunken ein Auto vom Ausstellungsgelände eines Gebrauchtwagenhändlers und brausten damit nach Dallas, wo sie einen Frontalzusammenstoß mit einem Lieferwagen verursachten, dessen Fahrer schwere Verletzungen erlitt. Sie wurden nach dem allgemeinen Strafrecht abgeurteilt und kamen nach Huntsville. Für Delray waren sie erledigt.

Als sie auf Bewährung freigelassen wurden, kehrten sie nicht nach Blewer zurück. Erst im Frühjahr 1976 tauchten sie eines Tages wieder auf.

Zu Beginn des Jahres war eine Bohrgesellschaft auf Öl gestoßen und hatte in schneller Folge drei neue Quellen entdeckt. Das lockte weitere Bohrunternehmen an, es entstand Bedarf an Arbeitskräften. Ölbohrarbeiter, die Arbeit suchten, strömten ins Gebiet, unter ihnen auch die Herbolds.

Eines Abends kam es in einem Motel, in dem die Leute untergebracht waren, zu einer Massenprügelei. Als Ezzy am Schauplatz eintraf, fand er zu seiner Überraschung die beiden Brüder mitten im Getümmel.

Sie waren immer schon gutaussehende Burschen gewesen, und der Gefängnisaufenthalt hatte daran nichts geändert. Die blutende Platzwunde über seiner Augenbraue verlieh Carl sogar noch eine Art draufgängerischen Charmes.

»Ich werd verrückt! Sheriff Hardge!« lachte Carl, als Ezzy ihn von dem Mann wegriß, den er gerade mit Fausschlägen traktierte. »Lang, lang ist's her!«

»Immer noch der alte Tunichtgut, Carl? Haben Sie oben in Huntsville nichts gelernt?«

»Doch, doch. Klar, Sheriff.« Cecil schob seinen Bruder mit den Ellbogen zur Seite, um an Ezzy heranzukommen. Sie waren beide verdorben bis in die Knochen, aber Cecil war weniger aggressiv. Ezzy bezweifelte, daß Cecil auch nur einen Deut mehr Anstand besaß als sein jüngerer Bruder – aber er ließ mehr Vorsicht walten. »Dies hier war ein Unfall.«

»Unfall? Ihr Bruder hat diesen Mann halbtot geprügelt.«

Ein Deputy versuchte, den Bewußtlosen mit Klopfen an die Wange wieder zu sich zu bringen.

»Mein Bruder hat sich nur verteidigt«, behauptete Cecil. »Wir haben an der Prügelei nicht mehr schuld als alle anderen hier. Wenn Sie uns festnehmen, müssen Sie alle festnehmen. Ich glaub kaum, daß Ihre Zellen dafür reichen.«

Natürlich hatte er recht. Wenn Ezzy alle diese Männer die ganze Nacht durch vernahm, würde er Dutzende widersprüchlicher Versionen über den Ausbruch des Kampfes zu hören bekommen. Jeder Versuch, die Wahrheit zu ergründen, wäre nichts als eine Verschwendung von Zeit und Arbeitskraft. Er begnügte sich deshalb damit, den Leuten zu befehlen, sich in ihre Zimmer zu begeben und ihren Rausch auszuschlafen.

Cecil wollte Carl wegschleppen, aber Carl wehrte sich. »Hey, Sheriff, sehen Sie ab und zu mal unseren Stiefvater?«

»Hin und wieder.«

»Dann sagen Sie ihm nächstesmal, er kann mich am Arsch lecken.« Carl stach mit dem Finger in die Luft, um seinen Worten Nachdruck zu verleihen. »Ja, richten Sie diesem Scheißkerl aus, daß ich das gesagt hab.«

»Halt die Klappe, Carl.« Mit einem entschuldigenden Lächeln zerrte Cecil seinen Bruder über den Parkplatz.

Am folgenden Tag hatte Ezzy Delray angerufen. Carls Botschaft richtete er ihm nicht aus; er fragte nur, ob er wisse, daß seine Stiefsöhne wieder im Lande seien.

»Ich hab's gehört, ja, aber gesehen hab ich sie nicht. Die

wissen, wie ich zu ihnen stehe. Mit denen will ich nichts mehr zu tun haben!«

Ezzy hatte sie danach nur noch einmal gesehen. Wieder hatten sie mitten im Getümmel eines Kampfes gesteckt, den sich im *Wrangler,* einem der wenigen noch verbliebenen Autokinos in Osttexas, eine Bande Jugendlicher lieferte. Alkohol war auf dem gesamten Kinogelände verboten, trotzdem wurden dort im Sommer jeden Abend Unmengen getrunken.

Der Eintritt kostete einen Dollar pro Fuhre, ein billiges Vergnügen also für die Teenager aus Blewer und den umliegenden Ortschaften. Ganz gleich, was für ein Film gegeben wurde, die jungen Leute tummelten sich da zu Hunderten, wanderten von Auto zu Auto, um Freunde zu begrüßen, ein bißchen zu knutschen und zu trinken.

An diesem besonderen Abend hatte sich die Menge aus Gründen, die später nicht mehr festgestellt werden konnten, in zwei feindliche Lager gespalten. Die Kids, die auf der Nordseite parkten, bekriegten die Gruppe auf der Südseite. Mitten über den großen kiesbestreuten Platz zog sich eine Markierungslinie wie die Mason-Dixon-Line.

Als es vorbei war, gab es ein paar Verletzte, mehrere zerstörte Autos und einen ausgebrannten Vorführraum. Alle fünf Streifenwagen des Sheriff's Office waren zur Stelle.

Als Ezzy Carl entdeckte, versuchte der gerade, das Blut zu stillen, das aus seiner Nase quoll, und gleichzeitig eine volltrunkene Frau auf den vorderen Sitz eines Kombis zu bugsieren. »Sie können's nicht lassen, was, Carl?«

»Hey, ich hab nicht angefangen«, gab Carl Herbold aggressiv zurück.

»Das stimmt. Ehrlich. Er hat nur sein Mädchen verteidigt. Dafür können Sie ihn nicht verhaften.«

Ezzy wandte sich Cecil zu, der sich wieder einmal schützend vor seinen Bruder gestellt hatte. »Er hat gegen die Bewährungsauflagen verstoßen«, entgegnete der Gesetzeshüter. »Dafür kann ich ihn sehr wohl festnehmen.«

»Mensch, Sheriff, geben Sie ihm ’ne Chance. Was hätt’ er denn tun sollen? Irgendein Arschloch hat seine Freundin eine beschissene Nutte genannt.«

Ezzy erkannte die Frau, die vorn im Sitz hing. Sie war in der Tat eine stadtbekannte Prostituierte, die er schon ein paarmal hatte festnehmen müssen, weil sie ihrem Gewerbe ganz frech auf dem Parkplatz vor dem Piggly-Wiggly-Spielzeuggeschäft nachgegangen war.

»Verschwindet, ihr zwei! Das war der zweite Streich. Von jetzt an behalt ich euch im Auge.«

»Ach ja?« höhnte Carl. »In welchem denn?«

Später machte Ezzy sich Vorwürfe, daß er die beiden an diesem Abend nicht in Handschellen gelegt und abgeführt hatte. Er hätte sie ihrem Bewährungshelfer melden sollen. Auch die kleinste Verfehlung hätte er zum Vorwand nehmen sollen, sie in eine Zelle zu stecken. Hätte er das getan, dann wäre Patsy McCorkle vielleicht heute noch am Leben.

Die beiden Begegnungen mit den Herbolds quälten Ezzy viele Jahre immer wieder. Nie aber erinnerte er sich ihrer mit solchen Gewissensqualen wie an dem Morgen drei Tage nach Patsy McCorkles Tod.

Harvey Stroud, elegant in einem cremefarbenen Leinenanzug, war in sein Büro gekommen und hatte ihm einen braunen Umschlag auf den Schreibtisch geworfen. »Das wär’s.«

»Wurde auch langsam Zeit«, brummte Ezzy, während er den Umschlag öffnete.

»So was kann man nicht überstürzen, Ezzy.« Der Coroner nahm seinen Hut ab und benutzte ihn, um sich Luft zuzufächeln. »Haben Sie vielleicht eine kalte Cola da?«

Ein Deputy brachte ihm das Getränk. Er hatte ungefähr die Hälfte getrunken, als Ezzy den Kopf hob. »Sie ist an einem Genickbruch gestorben.«

»Ruckzuck, abgeknickt wie ein trockener Ast. Sie war auf der Stelle tot.«

»Und was glauben Sie, hat sich da abgespielt?«

»Also, zunächst einmal«, begann Stroud, »hatte sie Geschlechtsverkehr mit mindestens zwei Partnern.«

»Erzwungen?«

»Es gibt keinerlei Hinweise auf eine Vergewaltigung, keine Spuren. Wär also schwer nachzuweisen. Außerdem scheint die Kleine, nach allem, was ich über sie gehört habe, recht willig gewesen zu sein.«

»Hier geht's doch nicht um Moral. Diese Bemerkung ist Ihrer wirklich unwürdig, Harvey!«

»Kann schon sein«, erwiderte der Coroner unerschüttert. »Aber Sie wissen auch, daß es stimmt.«

Das war richtig, und aus diesem Grund ließ er die Sache auf sich beruhen. »Was ist mit der Quetschung am Hals?«

»Das war ein Knutschfleck. Auf der linken Brust hatte sie auch noch einen.«

»Hier steht, daß Sperma in ihrer Vagina und ihrem – äh – Rektum gefunden wurde.«

»Richtig. Im Rektum nur von einer Person. Ich habe die Proben, die ich dort entnehmen ließ, mehrmals überprüft. Es war nur ein Mann.« Stroud rülpste und stellte die leere Colaflasche auf Ezzys Schreibtisch. »Am After waren Abschürfungen und Risse festzustellen. Spuren leichter Blutungen. Sie war also bei der Penetration am Leben. Ich vermute – wenn meine Vermutung Sie interessiert, Ezzy?«

Er bedeutete Stroud, fortzufahren, obwohl sich ihm bei jedem Wort aus dem Mund des Coroners fast der Magen umdrehte.

»Ich vermute, daß sie aus freien Stücken mitgemacht hat. Die drei haben sich eine kleine Orgie geleistet.«

»Und dann hat einer der Kerle sie anal vergewaltigt.«

Der Coroner runzelte die Stirn und zupfte nachdenklich an seinem Ohrläppchen. »Auch das ist fraglich, Ezzy. Kann genausogut sein, daß sie einverstanden war. Vielleicht war es was Neues für sie – was sie bisher noch nie ausprobiert hatte. Wir wissen nicht mal, ob nicht sie diejenige war, die den Anstoß gegeben hat.«

Ezzy dachte an Mrs. McCorkle in ihrem Morgenrock mit dem Gänseblümchenmuster und hoffte aus tiefstem Herzen, sie würde dies nie erfahren müssen.

»Wie es dann weiterging, ist völlig offen«, fuhr Stroud fort. »Vielleicht hat sie in letzter Minute einen Rückzieher gemacht, und der Junge hat sie festgehalten. Aber es sind weder Quetschungen noch Kratzer vorhanden, die auf einen Kampf hindeuten würden.«

»So würden Sie es auch vor Gericht aussagen?«

»Wenn es soweit käme, ja, Ezzy. Selbst unter Eid könnte ich nichts anderes sagen. Vielleicht war sie zuerst einverstanden und wollte nicht mehr, als es anfing weh zu tun. Sie hat sich gewehrt; er hat sie umgebracht. Ganz einfach... Aber es ist ebensogut möglich, daß das Mädchen überhaupt nichts dagegen hatte. Selbst bei Leuten, die diese Art des Geschlechtsverkehrs häufiger praktizieren, kann es zu Irritationen und Blutungen kommen.«

Ezzy rieb sich die Schläfe. Mit gesenktem Kopf fragte er: »Wie erklären Sie sich dann den Genickbruch?«

»Sie wollen hören, was ich glaube? Es ist gewissermaßen im Sturm der Leidenschaft passiert. Der junge Mann geriet ein bißchen außer sich und hat ihr, ohne es zu wollen, das Genick gebrochen.«

»Sie können nicht mit Sicherheit sagen, ob es ein Unfall war?«

»Nein. Aber ich kann auch nicht mit Sicherheit sagen, daß es Vorsatz war. Mit Sicherheit weiß ich nur, daß der Akt vollzogen wurde.«

Ezzy stand auf und reckte seinen Rücken. Er ging zum Fenster und machte sich völlig überflüssigerweise an der Jalousie zu schaffen. »Mal angenommen, es war ein Unfall – warum hat er ihn nicht gemeldet?«

»Na, hören Sie mal! Dann hätte er zugeben müssen, daß

er sie zu Tode gebumst hat.« Der Coroner schnaubte vor lauter Skepsis. »Aber Gründe und Motive sind Ihr Ressort, Ezzy. Ich hab mein Teil getan.« Stroud setzte seinen Hut auf und stemmte sich von seinem Stuhl hoch. »Es geht das Gerücht, daß die beiden Herbolds Ihre Hauptverdächtigen sind.«

»Zuletzt ist sie in ihrer Begleitung gesehen worden.«

»Hm. Tja, dann würd ich sagen, es kann so oder so sein. Unfalltod, der nicht gemeldet wurde, oder Vergewaltigung und Totschlag.«

»Oder Mord.«

»Auch möglich. Was sagen denn die Jungs?«

»Die haben sich verdrückt.«

»Verschwunden?«

»Sie sind zuletzt gesehen worden, als sie mit Patsy das *Wagon Wheel* verließen.«

»Ah ja? Delray kann einem leid tun, was? Na, dann mal fröhliches Jagen! Danke für die Cola.«

Der Wunsch, Delray die Peinlichkeit zu ersparen, war einer der Gründe gewesen, warum Ezzy die Herbolds nicht festgenommen hatte, als die Gelegenheit dazu da war. Aber er hatte, wie sich jetzt herausstellte, Delray keinen Gefallen damit getan. Als er ihn diesmal aufsuchte, mußte er ihm mitteilen, daß nach seinen Stiefsöhnen in Verbindung mit dem Tod Patsy McCorkles gefahndet wurde.

»Wissen Sie, wo die beiden sind, Delray?«

»Wenn ich das wüßte, hätte ich sie schon zu Ihnen gebracht«, hatte Delray geantwortet, und Ezzy hatte ihm geglaubt.

»Das bringt dich eines Tages noch um!«

Ezzy war so tief in Gedanken gewesen, daß er Coras Kommen nicht gehört hatte. Ihre Stimme riß ihn mit einem Ruck in die Gegenwart zurück. Aber es war ein Kampf, aus der Vergangenheit herauszufinden, als müßte er sich aus einem Spinnennetz bedrückender Erinnerungen befreien.

Als er es endlich geschafft hatte, sah er lächelnd zu seiner Frau auf. »Ja, dir auch einen schönen guten Morgen!«

Cora fand den Morgen offenbar weder gut noch schön. Mit eisigem Schweigen füllte sie aus der Kanne, die sie mit herausgebracht hatte, seine Kaffeetasse auf, schenkte sich dann selbst ein und setzte sich neben ihn. Er konnte ihren Körperpuder riechen. Solange sie verheiratet waren, rieb sie sich nach jedem Bad damit ein.

»Was wird mich noch umbringen?« fragte er.

»Diese fixe Idee.«

»Meine einzige fixe Idee bist du.« Er griff über den schmalen Raum, der die beiden Liegestühle voneinander trennte, und legte seine Hand auf ihr Knie.

Sie schob sie unwirsch weg. »Dieses Mädchen ist seit mehr als zwanzig Jahren tot.«

Ohne einen weiteren Versuch, ihr etwas vorzumachen, seufzte er. Eine Weile sah er stumm in den Garten hinaus und nippte an seinem Kaffee. »Ich weiß, wie lange sie tot ist, Cora.«

»Eben! Ihr Vater ist tot. Und ihre Mutter vielleicht auch.«

McCorkle war fünf Jahre nach seiner Tochter gestorben. Man hatte ihn tot an seinem Schreibtisch gefunden, wo er dabei gewesen war, irgend jemandes Stromrechnungen zu überprüfen. Seine Witwe lebte seit langem in Oklahoma. Nie wieder war sie nach Blewer zurückgekehrt, nicht einmal, um die Gräber ihrer Tochter und ihres Mannes zu pflegen. Ezzy konnte es ihr nicht verargen. Sie hatte hier nicht viel Gutes erfahren.

»Kein Mensch außer dir selbst gibt dir Schuld am Schicksal dieser Familie«, sagte Cora mit Nachdruck. »Wann willst du endlich loslassen, Ezzy? Wann willst du aufhören, ständig darüber zu grübeln?«

»Woher weißt du, was in meinem Kopf vorgeht?«

»Es reicht, wenn du mich wütend machst. Du brauchst mich nicht auch noch zu beleidigen«, fuhr sie ihn an. »Ich weiß genau, daß du dich neulich nacht nur rausgeschlichen hast, weil du in den alten Akten kramen wolltest. Und daß dein Angelausflug nur Vorwand war, hab ich schon gewußt, als du zur Tür raus bist.«

»Ich war *angeln*«, entgegnete er lahm.

»Du warst an der Stelle am Fluß, wo sie umgekommen ist.« Sie stellte ihre Kaffeetasse auf den kleinen Tisch zwischen den Liegestühlen und faltete ihre Hände im Schoß. »Gegen eine andere Frau könnte ich kämpfen, Ezzy. Da wüßte ich, was ich zu tun hätte. Aber das hier… Ich weiß nicht, wie ich dagegen ankommen soll. Und…« Sie hielt inne und holte tief Atem. »Und ich bin den Kampf leid.«

Er wandte sich ihr zu, sah das trotzig vorgeschobene Kinn, und plötzlich lag ihm sein Herz wie Blei in der Brust.

»Ich verlaß dich, Ezzy, bleib du bei deinen verdammten Gespenstern, mit denen ich dich all die Jahre teilen mußte.« Sie begann zu weinen.

»Cora.«

»Nein, sag lieber nichts. Wir haben tausendmal geredet und geredet. Es hat nie was geholfen. Wir haben gestritten, aber das hat auch nichts geändert.«

»Es ist doch nur wegen dem Gefängnisausbruch. Die Zeitungsberichte über Carl haben alles wieder lebendig gemacht. Sobald er gefaßt ist –«

»Nein, Ezzy. Als er in Arkansas verurteilt wurde und ins Gefängnis kam, hast du zu mir gesagt, es wäre Schluß. Aber so war's nicht. Jahrelang hast du mir immer wieder versprochen, du würdest dir die Geschichte aus dem Kopf schlagen. Und jetzt bist du im Ruhestand, hast Zeit, bist frei, könntest das Leben endlich genießen… mit mir zusammen«, ergänzte sie mit brüchiger Stimme. »Aber du genießt gar nichts. Du bist trübsinnig. Du steckst in der Vergangenheit fest. Gut, das ist deine Entscheidung. Aber meine ist es nicht. Und drum geh ich. Ich bin schon weg, wie die jungen Leute heutzutage sagen.«

Er bemühte sich, ruhig zu sprechen. »Das kann nicht dein Ernst sein.«

»O doch!« Sie wischte sich die Augen mit dem Ärmel ihres Morgenrocks und stand auf. »Ich habe dich immer geliebt, seit dem Abend, als wir uns das erstemal sahen. Und ich werde dich bis zu meinem letzten Atemzug lieben. Aber ich werde nicht weiter mit dir zusammenleben, Ezzy. Ich weigere mich zuzusehen, wie diese Geschichte dich langsam auffrißt, bis nichts mehr von dir übrig ist. Ich habe lang genug zugesehen!«

13

Delray war verstummt, seit er die toten Kühe entdeckt hatte.

Ganz langsam richtete er sich auf. Er nahm seine Schirmmütze und benutzte sie, um den Staub von den Knien seiner Hosenbeine zu klopfen. Dann wischte er sich mit dem Hemdsärmel über die schweißfeuchte Stirn und starrte schweigend, in Gedanken verloren, über die Weide hinweg ins Leere.

Schließlich fragte Jack: »Was glauben Sie, Delray?«

»Tot«, antwortete er kurz, das Offenkundige feststellend.

»Ich meine, haben Sie eine Ahnung, was sie umgebracht hat?«

Corbett setzte seine Mütze wieder auf. Dann drehte er sich um und sah Jack an. »Einige. Alle ungut.«

Jack trat voll Unbehagen von einem Fuß auf den anderen. Es war schwer, unter einem so anklagenden Blick kein schuldbewußtes Gesicht zu machen. »Könnte es ein Kojote gewesen sein? Oder ein Luchs?« Jack suchte krampfhaft nach einer plausiblen Erklärung für den Tod der drei Kühe, deren Kadaver in der Morgenhitze langsam starr wurden. Aber er glaubte nicht daran, daß hier ein Tier angegriffen hatte. An den Kühen war nichts zu sehen, keine Bisse oder andere Wunden. Ein hungriges Raubtier hätte eine Kuh gerissen und sich sattgefressen, die blutigen Überreste den Bussarden überlassen. Doch die drei Hereford-Kühe schienen unberührt.

Als hätte Delray seine Gedanken gelesen, verneinte dieser: »Ein Vierbeiner war's nicht.«

Womit er zweifellos sagen wollte, daß ein Zweibeiner die Tiere auf dem Gewissen hatte. Jack hätte sich gern gegen die unterschwellige Beschuldigung gewehrt, hielt es aber für klüger, den Mund zu halten. Wenn er seine Unschuld beteuerte, noch bevor er angeklagt worden war, würde ihn das nur um so verdächtiger machen. Er wagte eine weitere Vermutung. »Eine Krankheit?«

»Vielleicht«, meinte Corbett. »Das werd ich erst mit Sicherheit wissen, wenn der Tierarzt sich diesen Schlamassel angeschaut hat.«

»Wenn es eine Krankheit sein könnte, wär's dann nicht besser, wir treiben den Rest der Herde auf eine andere Weide?«

Corbett nickte auf seine brüske Art. »Ich fang schon mal damit an. Gehen Sie rauf ins Haus und rufen Sie den Tierarzt an. Anna hat die Nummer.«

»Ich bleib gern hier und treib…«

»Tun Sie, worum ich Sie bitte«, fiel Corbett ihm ins Wort, offensichtlich nicht bereit, eine Widerrede zu dulden.

»Gut, ich laß den Wagen hier bei Ihnen und geh zu Fuß.«

Jack eilte mit großen Schritten über den holprigen Boden an Corbetts Pick-up, den sie beim Tor zur Weide abgestellt hatten, vorbei. Gewissenhaft hakte er das Tor hinter sich ein. Als er die Straße erreichte, begann er zu rennen und war schon nach wenigen Minuten schweißdurchnäßt.

Was er kaum zur Kenntnis nahm. In Gedanken war er immer noch bei den toten Kühen und Corbetts argwöhnischem Blick. Er hatte Corbett geschworen, ihn weder zu bestehlen, noch seiner Familie Böses anzutun. Allerdings hatte er nicht eigens versprochen, der Herde nicht zu schaden. Vielleicht hätte er das tun sollen.

Vor der Haustür angekommen, drückte er auf den Knopf, mit dem nicht nur die Klingel bedient wurde, sondern auch mehrere Blinklichter im Haus, die Anna signalisieren sollten, daß jemand draußen war. Sechzig Sekunden verstrichen, aber es kam niemand. Versuchsweise drehte er den Türknauf. Die Tür war unverschlossen.

»David?« rief er, nachdem er eingetreten war; aber er hörte nichts als den Fernsehapparat und folgte dem Geräusch in ein großen Wohnzimmer, das er zwei Abende zuvor vom Vestibül aus flüchtig gesehen hatte.

Es war ein heller Raum, sehr einladend. Zeitschriften lagen sauber gestapelt auf Beistelltischen. Weiche Kissen warteten in jedem Sessel. Eine Schale mit grünen Äpfeln stand auf dem Couchtisch. Vom Fernsehschirm her grinste einfältig Gomer Pyle, der gerade von seinem Sergeant eine kräftige Abreibung verpaßt bekam. Der Film war untertitelt.

David schlief auf dem Sofa.

Von Anna sah und hörte man nichts.

Schon wollte Jack den Jungen wecken und ihn bitten, seine Mutter zu holen, da überlegte er es sich anders. Mußte der Kleine wirklich von den toten Kühen erfahren?

Er zog sich wieder ins Vestibül zurück und ging von Zimmer zu Zimmer, um Anna zu suchen. Zuerst sah er in dem kleinen Arbeitsraum nach, in dem ihr Computer stand, dann in der Küche und schließlich im Waschraum, wo die Waschmaschine rumpelte.

Dann kehrte er in den Flur zurück. Am Fuß der Treppe machte er halt. Vielleicht sollte er es noch einmal mit der Glocke versuchen. War ja möglich, daß sie das Licht diesmal bemerkte. Oder sollte er David wecken?

Ja, das sollte er.

Aber er tat es nicht. Er ging nach oben.

Bis zu diesem Moment hatte er nie daran gedacht, wie gefährlich es für Anna sein konnte, ganz allein im Haus zu sein. Wie sollte sie merken, wenn jemand einbrach?

Er kam an einem Badezimmer vorüber. Die Tür stand offen, der Raum war leer. Weiter den Flur hinunter warf er einen Blick in eine Schlafkammer, offensichtlich die von David. Das erwähnte Poster der Dallas Cowboys hing an der

Schranktür und das Buch über die Dinosaurier lag auf dem Nachttisch.

Hinter der nächsten offenen Tür war eine schmale Stiege, die zum Speicher hinaufführte. »Anna?« rief er unwillkürlich. Macht der Gewohnheit!

Also stieg er die Treppe hinauf und blieb auf der vorletzten Stufe stehen. Sie war dort oben. Mit dem Rücken zu ihm saß sie mit gekreuzten Beinen auf dem Boden und spielte mit irgend etwas in ihrem Schoß. Sie schien völlig vertieft.

Sie glaubte sich allein. Jack fühlte sich unwohl. Es war nicht recht, sich ihr so unbemerkt zu nähern. Es war nicht recht, sie heimlich zu beobachten.

Aber er konnte sich nicht gleich von ihrem Anblick losreißen. Das Hemd mit den dünnen Trägern schmiegte sich um ihren schlanken Oberkörper. Ein paar Haarsträhnen lagen lose in ihrem Nacken, wo die Haut um einige Schattierungen heller war als an Armen und Schultern. Zwischen dem Saum des Hemds und dem Bund ihrer Shorts war ein schmaler Streifen nackter Haut zu sehen. Jack starrte dieses Stück Haut länger an, als seinem Gewissen guttat.

Er nahm seinen Cowboyhut ab und räusperte sich laut, ehe ihm wieder einfiel, daß sie ihn ja nicht hören konnte. David hatte ihm erzählt, daß sie es haßte, wenn Leute sich ihr näherten, ohne sich bemerkbar zu machen – aber Jack sah keine Möglichkeit, sie auf seine Anwesenheit aufmerksam zu machen. Nur etwas fester auftreten konnte er, wenn er die letzte Stufe erklomm – dann würde sie vielleicht die Schwingung spüren.

Aber er trat wohl um einiges zu fest auf.

Denn sie zuckte zusammen.

Im nächsten Moment sprang ihm ein blendender Lichtblitz in die Augen.

Er fuhr zurück, verlor das Gleichgewicht und wäre die Treppe hinuntergestürzt, hätte er es nicht in letzter Sekunde geschafft, sich am Türrahmen festzuklammern.

Sie hatte auf ihn geschossen!

Das war sein erster Gedanke. Obwohl er auf den Schmerz wartete, spürte er nichts. Kein Brennen, kein Pochen, kein dumpfes Dröhnen wie nach einem schweren Schlag – nichts von alledem, was man angeblich empfand, wenn einen ein Schuß getroffen hatte. Zwinkernd, um seinen Blick wieder zu klären, sah er an sich hinunter und entdeckte nirgends Blut.

»Was zum ...?«

Jack schaute sie an. Sie stand jetzt, die Augen auf ihn geheftet. In der einen Hand hielt sie einen Fotoapparat, in der anderen ein Blitzlichtgerät.

»Was, zum Teufel, soll das heißen?« schrie er sie an. »Sie haben mich zu Tode erschreckt!«

Sie legte die Fotosachen auf den Boden und begann zu gestikulieren. Er verstand nicht, was sie sagte, aber ihr zorniges Gesicht war Botschaft genug.

»Moment! Moment mal!« rief er und hob beide Hände.

Anna hielt inne, aber ihre heftigen Atemzüge verrieten, daß sie immer noch stark erregt war. Sein unerwartetes Erscheinen hatte sie ebenso überrascht wie ihn der grelle Lichtblitz.

»Ich wollte mich wirklich nicht anschleichen.«

Sie bedeutete ihm etwas, das er nicht mitbekam; aber er las Davids Namen von ihren zuckenden Lippen.

»David ist unten. Er schläft.« Ihr Blick blieb mißtrauisch. »Hören Sie, wenn ich Sie erschreckt habe, tut mir das leid – aber Ihr Gerät hat mir auch einen ganz schönen Schock versetzt. Ich seh immer noch rote Ufos.«

Da sie das letzte Wort nicht verstand, neigte sie fragend den Kopf zur Seite.

»Unwichtig«, brummte er und sagte, deutlicher sprechend: »Delray hat mich geschickt. Ich brauche die Telefonnummer des Tierarztes. Tierarzt«, wiederholte er und buchstabierte das Wort mit den Fingern, froh, daß er die

Zeichen geübt hatte. Dann drückte er seine Hand an seine Wange, den Daumen am Ohr, den kleinen Finger zum Mund ausgestreckt – das Zeichen für ›Telefon‹, das überall auf der Welt gebraucht und verstanden wurde.

Wieder sagte ihm ihre Mimik mehr als ihre Gebärden.

»Sie meinen, was geschehen ist?« fragte er.

Sie nickte.

»Wir haben heute morgen drei tote Kühe auf der Weide gefunden. Delray muß wissen, was ihnen passiert ist.«

Sofort begriff sie die Dringlichkeit der Situation. Ohne Umschweife drängte sie sich an ihm vorbei und rannte die Treppe hinunter. Er hob rasch seinen Hut auf, der ihm beim Rückwärtsstolpern entglitten war, und eilte ihr nach. Als er sie einholte, war sie schon in der Küche im Erdgeschoß und blätterte in einem privaten Telefonverzeichnis.

»Danke«, sagte er, als sie es ihm reichte und auf einen Eintrag wies. Er wählte die Nummer. Während er wartete, ließen er und Anna einander nicht aus den Augen. Sein Blick schien sie nervös zu machen. Verlegen zupfte sie am Saum ihres Hemdchens. Sie schob sich eine Haarsträhne hinters Ohr. Dann schien sie nicht weiter zu wissen und ließ ihre Arme schließlich einfach seitlich herabfallen.

»Tierklinik.«

»Äh – ja. Ich rufe im Auftrag von Mr. Corbett an.«

»Delray?«

»Ja. Ist Dr. Andersen da? Wir haben hier draußen ein paar tote Kühe.«

Die Telefonistin bat ihn, einen Moment zu warten.

Jack sagte zu Anna: »Ich hab doch gleich gewußt, daß Sie diese Fotos gemacht haben. Und ich hab auch gleich gesehen, daß die Frau vor dem Zaun Sie sind.«

Sie schüttelte den Kopf, als verstünde sie nicht, was er meinte.

Aber er wußte es besser.

Spät am Abend stieg Anna noch einmal zum Speicher hinauf. Das letztemal war sie vor Monaten hier oben gewesen, und da nur, um die Winterkleider hinaufzubringen und die Sommersachen herunterzuholen.

Sie hatte nichts gegen Ordnung, Delray jedoch bestand sogar pingelig auf ihr – darum war im Speicher alles ebenso sauber aufgeräumt wie unten im Haus. Der Weihnachtsschmuck wurde in gewissenhaft etikettierten Kartons aufbewahrt, Wollsachen in mottensicheren Plastiksäcken. Dean Corbetts Sportsachen – mehrere Rugbybälle und ein verbeulter Helm, Baseballhandschuhe und Schläger, ein Basketball ohne Luft, ein Tennisschläger – lagen akkurat geordnet auf Metallborden. Schwärzlich angelaufene Siegerpokale, zum Teil noch aus seiner Grundschulzeit, standen in Reih und Glied wie Zinnsoldaten. Seine Trikots ruhten gewaschen und gefaltet in Kartons. Andenken an Mary waren ebenfalls in Kartons untergebracht, auf deren Deckeln man den Inhalt Stück für Stück lesen konnte.

Andenken an Delrays erste Frau und ihre beiden Söhne gab es nicht.

Anna selbst war keine Sammlerin. Nach dem Tod ihrer Eltern hatte sie nur einige persönliche Dinge behalten, den Großteil der Sachen jedoch an verschiedene wohltätige Organisationen verteilt. Ihr Hochzeitskleid lag in einer gesonderten Schachtel, abgesehen davon gehörte ihr nur noch eine Kiste auf dem Speicher. Sie enthielt ihre Fotoausrüstung.

Ihre Kamera und das Blitzlichtgerät lagen dort auf dem Boden, wo sie sie niedergelegt hatte, als Jack Sawyer sie am Morgen hier überrascht hatte. In der schwarzen Tasche daneben befanden sich verschiedene Objektive und anderes Zubehör.

Seit sie Jack Sawyer ihre Fotos gezeigt hatte, waren sie ihr nicht mehr aus dem Kopf gegangen. Jahrelang hatte sie sich vorgemacht, die Fotografie interessiere sie nicht mehr, und sich in der Folge innerlich von ihren Arbeiten distanziert; doch als sie neulich wieder diesen einen Blick auf die alten Bilder warf, da hatte ein Gefühl sie überkommen wie Heimweh. Erst zu dem Zeitpunkt war ihr bewußt geworden, wie sehr ihr diese Beschäftigung, der sie einmal mit solcher Leidenschaft nachgegangen war, fehlte. Plötzlich lechzte sie danach, wieder eine Kamera zur Hand zu nehmen.

Darum war sie am Morgen, als David vor dem Fernseher döste, in den Speicher hinaufgegangen, um sich ein paar ungestörte Minuten zu stehlen. Aber dann war die Sache mit den Kühen dazwischengekommen.

Den Rest des Tages hatte sie keinen Moment mehr für sich gehabt. Nachdem Jack Sawyer mit dem Tierarzt gesprochen hatte, war er sofort wieder zur Weide hinausgelaufen, wo Delray wartete. Sie spürte, daß er, trotz seiner herausfordernden Bemerkungen über die Fotos, im Moment nichts anderes im Kopf hatte als dies momentane Dilemma. Da Delray nicht zum Mittagessen kam, machte sie ein paar Brote und fuhr damit zur Weide hinaus.

Sie hatte ein wenig Angst davor, wie David auf den Anblick der toten Kühe reagieren würde, aber er schien eher neugierig als bekümmert. Es wäre anders gewesen, wenn eines der Pferde gestorben wäre. Die Pferde sah er jeden Tag, fütterte sie manchmal mit der Hand. Sie hatten Namen. Die Herde war etwas Unpersönliches.

Aber Delray war sehr aufgewühlt. Er dankte ihr für das Mittagessen, blieb aber schroff. Hätte sie nicht selbst Jack Sawyer ein Brot angeboten, wäre der leer ausgegangen. Delray hatte keinen Blick für seine Umgebung; seine ganze Aufmerksamkeit galt Dr. Andersen, der soeben die Kadaver untersuchte.

Anna war mit David zum Haus zurückgefahren, bevor der Transporter kam, um die toten Tiere abzuholen. Delray kehrte erst zum Abendessen zurück. Er schien todmüde, war gereizt und kurz angebunden. Sie versuchte gar nicht, ein Gespräch anzufangen. Und sie riet David, seinen Großvater in Ruhe zu lassen. Sobald sie gegessen hatten, ging Delray nach oben in sein Schlafzimmer.

Jetzt, da auch David im Bett lag und sie etwas Zeit für sich hatte, war sie unter dem Vorwand, die Fotosachen aufräumen zu wollen, noch einmal in den Speicher hinaufgestiegen.

Sie hob den Apparat vom Boden auf und hatte das Gefühl, er läge schwerer in ihrer Hand, als sie ihn in Erinnerung hatte. Prüfend betrachtete sie ihn, drehte ihn erst auf die eine, dann auf die andere Seite, blies ein Stäubchen vom Objektiv, hob ihn dann ans Auge, um durch den Sucher zu blicken.

Es war zu dunkel hier oben, man konnte kaum etwas sehen; trotzdem spielte sie mit der Belichtung und der Schärfeeinstellung. Sie stellte die Filmempfindlichkeit ein, als wäre ein Film im Apparat, hob ihn dann wieder an ihr Auge und knipste.

Es war ein wunderbares Gefühl. Sie knipste noch einmal.

Sollte sie – *konnte* sie – wieder damit anfangen? Anna hatte den Apparat seit Deans Krankheit nicht mehr angefaßt. Damals war sie praktisch den ganzen Tag mit dem Haushalt und seiner Pflege beschäftigt gewesen. Sie hatte ihm nicht dafür gegrollt, daß seine Krankheit sie so stark forderte. Voller Hingabe pflegte sie ihn – um nichts hätte sie diese Zeit, die sie noch miteinander zu verbringen hatten, missen wollen.

Aber es war natürlich nicht daran zu rütteln, daß sie die Fotografie geopfert hatte, zuerst Deans Pflege, dann Davids Betreuung. Und als David selbständiger geworden war und sie sich etwas Zeit hätte nehmen können, hatten ihr Gewohnheit und Übung gefehlt. Jetzt war soviel Zeit vergangen, daß sie wahrscheinlich alles vergessen hatte, was sie einmal über die Kunst und die Technik der Fotografie gelernt hatte. Zudem gab es technische Entwicklungen. Wenn sie wieder anfangen wollte, dann ganz von vorne, als blutige Amateurin.

Doch diese Erkenntnis konnte ihre Erregung nicht dämpfen. Allein schon das Gefühl, wieder einen Apparat in den Händen zu halten! Es würde sicher nicht einfach werden, aber sie hatte Lust zu lernen. Sie konnte sich mit den neuen Produkten und Techniken vertraut machen. Ihre Gehörlosigkeit war vielleicht ein Handicap, aber nur soweit sie selbst es zuließ. Denn darin steckte auch Motivation statt Behinderung.

Wenn schon sonst nichts, sollte sie wenigstens anfangen, sich nicht mehr mit bloßen Schnappschüssen von David zu begnügen. Ihr Sohn wäre ein wunderbares Sujet. Sie könnte mit verschiedenen Objektiven und Belichtungen experimentieren… könnte den Stil vervollkommnen, den sie seinerzeit angestrebt hatte, bevor sie ihre Fotosachen weggepackt hatte.

Nach fleißiger Übung könnte sie ihr Repertoire vielleicht erweitern, auch anderes fotografieren als David. Andere Menschen. Nicht unbedingt schöne Menschen. Interessante Physiognomien. Menschen mit Fehlern und Unvollkommenheit – oder Charakterköpfen.

Jack Sawyer zum Beispiel. Sein Gesicht wäre ein dankbares Sujet für einen Fotografen. Aus Fleisch und Knochen und dennoch eine Landschaft, aus ebenen Flächen, Kanten und Furchen gebildet. Von Wind und Wetter geformt. Von den Jahren gezeichnet und dennoch zeitlos. Ein Gesicht, das Geschichten ohne Worte erzählte.

Worte wären ohnehin verschwendet gewesen, da sie ja nicht gehört werden konnten.

Anna hatte die Bedeutung der Wörter gelernt. Sie besaß einen ungewöhnlich großen Wortschatz und hatte kaum Schwierigkeiten, ihre Gedanken in die geschriebene und gesprochene Sprache zu übertragen, die liebevolle Eltern und ausgezeichnete Spezialisten sie gelehrt hatten. Ihre Kommunikationsfertigkeiten waren glänzend ausgebildet für eine völlig Gehörlose.

Aber sie dachte nicht in Worten. Sie verließ sich bei ihren Eindrücken von Situationen, Orten und Menschen auf Bilder; so entstand denn auch, wenn sie an Jack Sawyer dachte, ein lebhaftes Bild vor ihrem inneren Auge.

Die Intensität davon beunruhigte sie allerdings ein wenig, und um sich abzulenken, packte sie rasch ihre Fotoausrüstung zusammen. Aber sie legte die Tasche nicht wieder aufs Regal, sondern nahm sie mit hinunter.

Es war unerträglich heiß im Stall. Obwohl die Türen an beiden Enden des Gebäudes offenstanden, regte sich drinnen kein Luftzug. Jack hatte diese unangenehme Arbeit aus zwei Gründen auf sich genommen: Einmal machte die Klimaanlage im Wohnwagen einen Krach wie ein Propellerflugzeug, den er höchstens aushalten konnte, wenn er hundemüde und nahe am Einschlafen war; und zweitens hoffte er, sich Corbetts Wohlwollen zu erhalten, indem er den Pferdestall ausmistete.

Er hatte Corbett kaum zu Gesicht bekommen, nachdem die Kadaver abtransportiert worden waren. Der Alte hatte den ganzen langen Nachmittag auf seinem Traktor gesessen und die Weide gemäht. Jack kümmerte sich um andere Dinge.

Nur einmal hatten sie ein paar Worte gewechselt. Am späten Nachmittag, als Corbett den Traktor hinter dem Stall abstellte, war Jack zu ihm gegangen und hatte gefragt: »Wann bekommen Sie vom Tierarzt Bescheid?«

»Frühestens morgen.«

»Hm. Tja, solange wir nicht wissen, was da passiert ist, können wir nicht viel tun.«

»Nein.«

Das war alles gewesen. Seit Corbett am Morgen die verendeten Rinder entdeckt hatte, war er Jack aus dem Weg gegangen, und dieser nahm das als schlechtes Omen.

Er bemerkte Anna erst, als er sich umdrehte. Sie stand am

Eingang zu der Box, in der er arbeitete. »Scheiße«, sagte er unterdrückt und hätte vor Verblüffung beinahe die Mistgabel fallen lassen. Dann: »Tut mir leid. Der Kraftausdruck, mein ich. Ich hab Sie nicht gehört.« Frustriert über seine Gedankenlosigkeit, verdrehte er die Augen. »Ich brauch nur den Mund aufzumachen, und schon steh ich bis zu den Knien im Fettnäpfchen.«

Um sich etwas Kühlung zu verschaffen, hatte er sein Hemd ausgezogen und an einem Nagel aufgehängt. Dort nahm er es jetzt herunter und zog es über. Eigentlich handelte es sich um einen Lumpen. Die Ärmel waren seit langem herausgerissen, die Armlöcher von unzähligen Wäschen ausgefranst. Der Stoff wies kaum mehr Farbe auf als ein paar ausgeblichene Karos. Die meisten Knöpfe fehlten, die beiden mittleren schloß er jetzt.

Er musterte sie zurückhaltend. Ihr Erscheinen hier konnte nur eine schlechte Nachricht bedeuten. »Was kann ich für Sie tun?«

Sie hielt ihm eine Flasche Bier hin.

Das kam so unerwartet, daß er die Flasche anstarrte, als hätte er noch nie dergleichen gesehen. Dann flog sein Blick verwundert zu ihr. Ein wenig ungeduldig stieß sie ihm die Flasche entgegen.

»Oh, danke!« Er zog seine Arbeitshandschuhe aus gelbem Leder aus, nahm die Flasche, schraubte den Deckel ab und trank einen tiefen Zug. Selten hatte etwas so köstlich geschmeckt. Lächelnd wischte er sich den Mund mit dem Handrücken. »Das tut gut!«

Während er getrunken hatte, kritzelte sie etwas auf einen kleinen Block. Sie hielt ihn ihm jetzt hin. »Als ich hinten abgeschlossen habe, sah ich Licht im Stall und dachte mir, daß Sie noch arbeiten. Da kriegt man natürlich Durst.«

»Stimmt. Vielen Dank. Trinken Sie nichts?«

Sie schüttelte mit einer Grimasse den Kopf. Er lachte. »Sie mögen kein Bier?«

Anstatt zu schreiben, machte sie ein Zeichen. »Nein.«

»Das heißt nein?« Als sie nickte, stellte Jack die Bierflasche auf einen Getreidekasten, legte die Handschuhe daneben und klemmte die Mistgabel unter den Arm, um die Hände frei zu haben. Dann versuchte er, das Zeichen nachzuahmen. »So?«

»Ja.«

»Und das heißt ja?«

Wieder nickte sie. Er probierte die Zeichen mehrmals, um sie sich einzuprägen, und sie lächelte beifällig. Dann sah sie ostentativ zu dem frischen Stroh hinunter, das er in der gereinigten Box ausgebreitet hatte.

Als sie wieder ihn anblickte, zuckte Jack etwas verlegen die Achseln. »Wahrscheinlich glaubt Delray, ich hätte die Kühe getötet.«

Er wußte, daß er richtig vermutet hatte, als sie den Blick senkte. Nun tippte er ihr auf den Arm. »Glaubt er wirklich, ich hätte sie umgebracht?«

Sie schrieb auf den Block. »Er weiß es noch nicht.«

»Aber er verdächtigt mich?«

Ihr Blick wich ihm aus.

»Schon gut«, winkte Jack ab. »Ich spür's ja.«

Er trank die Flasche aus und warf sie in einen leeren Mülleimer, wo sie mit lautem Scheppern landete. Jack zuckte zusammen. »Tut mir leid.«

Sie hob die Hände an ihre Ohren und hob die Achseln.

Ärgerlich sagte er: »Es ist zum Verrücktwerden. Ich weiß, daß Sie nichts hören, aber ich vergesse es andauernd.«

Mit einem verständnisvollen Nicken schrieb sie auf ihren Block: »Das geht allen so. Bei meinen Eltern und Dean war es auch so. Und Delray geht es nicht anders. Sogar die Menschen, mit denen ich lebe, vergessen es.«

Er las das Geschriebene. Zwar hätte er gern mehr über ihre Gehörlosigkeit erfahren, aber er wollte sie mit seinen Fragen nicht vor den Kopf stoßen. »Anna«, begann er vorsichtig, »es geht mich nichts an, ich weiß. Ich bin nur neugierig. Und wenn Sie nicht darüber reden wollen, dann versteh ich das.«

Sie bedeutete ihm fortzufahren.

»Na ja, ich hätte gern gewußt – waren Sie Ihr Leben lang gehörlos? Sind Sie ohne Gehör geboren?«

»Ja.«

»Oh!«

Jack senkte den Kopf und rieb mit dem Daumen über die senkrechte Falte zwischen seinen Augenbrauen. Es war eine Geste reiner Verlegenheit, weil er nicht wußte, wie er reagieren sollte.

Schließlich hob er den Kopf wieder und lächelte zaghaft. »Tut mir leid, ich weiß nicht, was ich sagen soll. Glauben Sie mir, ich will Sie nicht bemitleiden. Es interessiert mich einfach nur.«

Sie schrieb: »Ich merke es genau, wenn jemand mich ansieht und denkt, ach, die arme kleine Taubstumme. Und ich merke es auch, wenn jemand mich für blöd hält. Sie verhalten sich nicht so wie diese dummen Leute.«

Er seufzte auf. »Das ist eine Erleichterung. Ich mach mich nämlich nicht gern lächerlich.«

Lächelnd schüttelte sie den Kopf.

Einen Moment lang sah er sie an, dann blickte er zu seinen Stiefeln hinunter. »Neulich abend...« Als ihm bewußt wurde, daß er zum Boden sprach, hob er den Kopf und setzte noch einmal neu an. »Warum waren Sie neulich abend so dagegen, daß ich die Zeichensprache lerne?«

Sie bedachte sorgfältig ihre Antwort, ehe sie sie niederschrieb. Als sie fertig war, hielt sie ihm den Block hin. »Ich war erstaunt, daß Sie sie lernen wollten. Erst mal lehnte ich Sie ab, weil ich nicht wußte, wie ich mich verhalten sollte. Niemand außer Dean hat sich je bemüht, meine Sprache zu lernen.«

Jack hätte ihre Worte kein zweitesmal zu lesen brauchen

– aber er tat es, weil das, was sie geschrieben hatte, nicht stimmte. Delray hatte die Zeichensprache erlernt und ebenso David. Doch sie hatte Dean Corbett und Jack Sawyer herausgehoben, und er konnte nicht umhin, sich zu fragen, was er mit ihrem einstigen Gatten gemeinsam hatte. Welche Verbindung sah sie zwischen ihm und ihrem verstorbenen Mann?

Die Frage verlangte intensives Nachdenken – aber nicht jetzt, da sie, knöcheltief in frischem Stroh, einander von Angesicht zu Angesicht gegenüberstanden und sie ihm so nahe war, daß er ihre Wimpern hätte zählen können.

Auch sie war sich offenbar dieser Nähe bewußt; plötzlich schien sie verwirrt und begann vor ihm zurückzuweichen. Gewiß, daß sie ihm gleich gute Nacht wünschen würde, hob er die Hand, um sie aufzuhalten.

»Warten Sie! Schauen Sie mal.« Nachdem er die Gabel an die Stallwand gelehnt hate, buchstabierte er stolz seinen Namen im Fingeralphabet.

Sie lächelte, bis er das letzte Zeichen bildete. Da schüttelte sie leicht den Kopf. Mit erhobener Hand, um es ihn deutlich sehen zu lassen, bildete sie das Zeichen für ›K‹.

Er versuchte es noch einmal. »So?«

Noch immer nicht recht einverstanden, ergriff sie seine Rechte. Gewissenhaft nahm sie sich jeden einzelnen seiner Finger vor, krümmte den kleinen und den Ringfinger abwärts zu seiner Handfläche, knickte den Mittelfinger, stellte seinen Zeigefinger aufrecht und legte dann seine Daumenspitze genau abgezirkelt an den Mittelfinger. Sein Handgelenk locker umfaßt haltend, musterte sie ihr Werk, ließ es gelten und sah lächelnd zu ihm auf.

Aber Jack lächelte nicht.

Hastig ließ sie seinen Arm los und trat zurück.

Ebenso hastig zog er seine Hände zurück und schob sie in die Gesäßtaschen seiner Jeans.

Die Luft schien plötzlich dichter, machte das Atmen

schwer, und seine Stimme klang spröde vor Trockenheit, als er sagte: »Ich glaub, jetzt hab ich's.«

Sie wünschte ihm mit einem kurzen Zeichen gute Nacht und lief wie gejagt den Mittelgang des Stalls hinunter. Jack folgte ihr bis zum breiten Tor und blieb dort stehen, während sie den Hof überquerte, als säße ihr der Teufel im Nacken.

Er lehnte sich an den Torpfosten und wünschte sich inbrünstig einen kühlen Luftzug. Ein Schweißtropfen rollte von seiner Schläfe hinunter zu seiner Augenbraue. Sein Herz klopfte zum Zerspringen. Obwohl er gerade ein kaltes Bier getrunken hatte, waren seine Kehle und sein Mund wie ausgedörrt. Um keinen Preis hätte er jetzt auch nur ein Tröpfchen Speichel erzeugen können.

Seine Hände und Finger waren von jahrelanger schwerer körperlicher Arbeit so schwielig, daß es ihn nicht gewundert hätte, wenn die Nerven dort abgestorben wären. Aber sie jagten Empfindungen in sein Gehirn hinauf, die prickelnde Erinnerung an ihre Berührung waren und ihn bedauern ließen, daß das Alphabet nur sechsundzwanzig Buchstaben hatte. Sie hätte die ganze Nacht lang mit seiner Hand spielen können, und ihm wäre nicht ein Laut des Protests entschlüpft.

Er war erregt und atmete keuchend, und die Frau, die ihn in diesen Zustand versetzt hatte, war Delray Corbetts Schwiegertochter. Letzte Woche um diese Zeit hatte er noch nicht einmal gewußt, daß sie existierte. Heute aber schien sie ihm die begehrenswerteste Frau der Welt. Anna Corbett. Delray Corbetts Schwiegertochter.

Jack schloß die Augen und atmete einmal ganz tief durch, ließ auf dem Luftstrahl eine Verwünschung mit ausströmen. Immer noch an den Torpfosten gelehnt, hämmerte er seinen Kopf einmal hart gegen das alte Holz.

Verdammt, hatte das Schicksal doch wieder zugeschlagen!

Als er schließlich die Augen öffnete und sich aufmachen wollte, wieder in den Stall zu gehen, sah er zufällig zum ersten Stock des Hauses hinauf.

Einen Moment lang blieb er still stehen und schaute nur. Dann flüsterte er: »Ach, du Scheiße!«

14

Auf dem Briefkasten hieß es ›Mr. und Mrs. G. R. Bailey‹. Das Haus stand ein gutes Stück von der Straße zurück unter dichten Bäumen. Es war ein großes Haus mit zwei Schornsteinen, einem Blitzableiter und einer Satellitenschüssel auf dem Dach. Mehrere Nebengebäude, unter ihnen ein Stall und ein Pumpenhaus, umgaben es. Es war zwar stockdunkel, aber Carl Herbold hatte den Eindruck, es sehe alles sehr sauber und gepflegt aus und zeuge von ländlichem Wohlstand.

Er warf Myron einen Blick zu. »Was meinst du?«

»Wozu?«

»Heiliger Strohsack!« brummte Carl gereizt. Ohne sich weiter um Myron zu kümmern, steuerte er den Wagen in die Einfahrt.

Man mußte es Cecil lassen: Der Fluchtwagen hatte genau am vereinbarten Ort gewartet. Er hatte ihn in erstklassigem Zustand vorgefunden, vollgetankt und startbereit. Im Kofferraum lagen ein Koffer mit Kleidern und vierzig Dollar in bar, mehrere Handfeuerwaffen mit reichlich Munition und ein paar Flaschen Whisky, die er und Myron zur Feier ihrer gelungenen Flucht geleert hatten.

Einige Tage lang kampierten sie an einem See und erholten sich von ihrem Kater. Sie hatten im Auto übernachtet und sich tagsüber draußen in die Sonne gelegt. Carl jedenfalls. Myrons Haut vertrug keine Sonne, er zog deshalb den Schatten von Bäumen vor.

Nach Jahren im Bau, wo man jeden Tag nur kurze Zeit in den Hof hinaus durfte, war es ein Hochgenuß gewesen, wieder in der freien Natur zu sein. Aber alle Begeisterung hatte ihre Grenzen, und die von Carl hatte die ihren an diesem Morgen erreicht, als ihn das Rumoren eines Gürteltiers unter ihrem Auto aufweckte und er dann auch noch eine Zecke in seinem Schamhaar entdeckte.

Es war Zeit, sich ein Dach über dem Kopf zu suchen. Gleich morgens hatten sie sich auf den Weg gemacht, waren den ganzen Tag herumgekurvt, immer auf kleinen Straßen, wo die Gefahr, einer Streife auf der Suche nach den entflohenen Häftlingen zu begegnen, geringer war als auf den großen Durchgangsstraßen.

Für Carl bedeutete es jedesmal einen Kitzel, wenn er seinen Namen im Autoradio hörte.

Er wünschte, seine Mutter lebte noch und bekäme das alles mit. Die Augen würde sie sich ausheulen. Das hatte sie immer am besten gekonnt. In seinen frühesten Erinnerungen sah er sie unweigerlich mit rot verschwollenen Augen und Schniefnase, ein durchweichtes Kleenex an den Mund gepreßt, ewig jammernd, sie wisse nicht, wie sie mit ihnen fertig werden solle – mit ihm und Cecil.

An seinen Vater konnte er sich nicht erinnern. Er war gestorben, als Cecil gerade laufen lernte und Carl noch in den Windeln lag. Wenn er je gewußt hatte, woran sein Vater gestorben war, so hatte er es vergessen. Aber er vermutete, sein Alter hatte sich ein frühes Grab herbeigewünscht, um sich ihr ständiges Geflenne nicht mehr anhören zu müssen.

Sie hatte in einem Frisiersalon gearbeitet. Carl erinnerte sich an den Ammoniakgeruch der Dauerwellenmittel, der ihr anhaftete, wenn sie abends nach Hause kam. Und er erinnerte sich an ihr wehleidiges Gewinsel, daß sie todmüde sei. Abend für Abend hatte sie ihn und Cecil angefleht, Ruhe zu geben und keine Dummheiten zu machen, weil sie eine Verschnaufpause brauche. Aber wenn sie nicht gehorchten, kam sie leider nie auf eine erzieherische Maßnahme.

Irgendwann fiel ihm und Cecil auf, daß sie sich veränderte. Sie wurde munterer, gab sich mehr Mühe mit ihrem Haar, schminkte sich und begann, hohe Absätze zu tragen. Samstag abends ging sie aus. Carl erinnerte sich lebhaft an den Tag, als sie einen Mann mit nach Hause brachte und ihren Söhnen erklärte, das sei Delray Corbett, der bald ihr neuer Daddy werden würde.

Carl nahm den Fuß vom Gaspedal und ließ den Wagen den Rest des Wegs zum Haus rollen. Er knipste die Scheinwerfer aus, noch bevor er den Motor abschaltete. Dann schob er sich eine Pistole in den Hosenbund und sagte zu Myron: »Du bleibst hier draußen, wo dich keiner sieht, bis ich drinnen bin, okay?«

»Okay.«

Er öffnete die Wagentür und stieg aus. Gerüche nach Heu und Jauche weckten augenblicklich Erinnerungen an den erzwungenen Umzug von der Stadt aufs Land.

Jahrelang waren die Straßen und Hinterhöfe von Blewer sein und Cecils Revier gewesen. Jeden Tag hatten sie sich nach der Schule an einem festen Treffpunkt mit ihren Freunden zusammengerottet und waren auf Abenteuer ausgegangen. Es gab immer etwas auszuprobieren, was neu war, an Herausforderungen fehlte es nie.

Von den älteren Jungen lernten sie Rauchen, Trinken und Stehlen. Bei Prügeleien waren sie meistens obenauf. Sie ahmten die Rowdys nach und verachteten die Schwächlinge. Was es mit Mädchen auf sich hatte, begriffen sie schnell und holten sich, was sie wollten – mit Nötigung, wenn Charme nicht wirkte. Carl lernte schneller als Cecil, aber Cecil war auch nicht von gestern.

Und dann fanden sie sich unversehens aus allem herausgerissen, was ihnen vertraut war: aus ihrer Clique, ihrer gewohnten Umgebung, dem freien Leben, das sie genossen hatten. Carl hatte die Ranch gehaßt. Er haßte den Gestank und die tägliche Schufterei, die Vorschriften, die ständigen Ermahnungen, die Bibelstunden. Außerdem haßte er Corbett, der ihn und Cecil streng zu bestrafen pflegte, wenn sie seinen Befehlen nicht folgten.

Er war wütend auf seine Mutter, die ihnen dieses Leben mit Corbett angetan hatte, und empfand nichts als Erleichterung und Triumph, als sie an dem Blutgerinnsel, das von ihrem Bein in ihre Lungen hinaufgewandert war, starb. Am Tag ihres Begräbnisses feierten er und Cecil: Nie wieder würden sie sich ihre flehentlichen Beschwörungen anhören müssen, doch brav zu sein, sich zu bemühen, mit Delray auszukommen – der ihnen ein so guter Vater sein könnte, wenn sie es nur zuließen.

Die Erinnerung an ihr Gejammer und an Corbetts Härte brachte Carl heute noch zur Weißglut.

Er hob die Faust und klopfte heftiger als beabsichtigt an die Tür. Wenige Augenblicke später ging das Licht auf der Veranda an. Da er vermutete, daß er durch den Spion beobachtet wurde, schnitt er eine komische kleine Grimasse und schirmte seine Augen gegen das grelle Licht ab. Die Haustür wurde geöffnet.

»Guten Abend, Mrs. Bailey«, sagte er in gewinnendem Ton. »Das ist ja ein Wahnsinnslicht, das Sie hier auf Ihrer Veranda haben. Sind doch bestimmt tausend Watt!«

»Kann ich Ihnen irgendwie behilflich sein, junger Mann?«

Sie war eine kleine, schmächtige Frau um die Siebzig, mit Brille, blaugetöntem Haar und einem entgegenkommenden Lächeln. Mit anderen Worten, ein Kinderspiel.

»Wer ist es denn, Schwesterchen?«

Eine zweite Frau erschien an der Tür, ein wenig runder, ein wenig hübscher und noch entgegenkommender.

Carl lächelte entwaffnend.

15

Jack war ziemlich sicher, daß Delray ihn irgendwo auf dem Weg zwischen der Ranch und dem Futtermittelgeschäft feuern würde.

Am frühen Morgen hatte der Rancher ihm eine Arbeitsliste in die Hand gedrückt und war dann in seinem Pick-up weggefahren. Er hatte nicht gesagt, wohin er wollte; aber Jack vermutete, daß er nach der Herde sehen würde, um festzustellen, ob er weitere Tiere verloren hatte. Jack erledigte die Besorgungen, die Delray ihm aufgetragen hatte, und suchte sich danach zusätzliche Beschäftigung, um sich abzulenken.

Er sah Delray rechtzeitig zum Mittagessen zurückkommen, doch der Alte ging sofort ins Haus und sprach kein Wort mit ihm. Erst gegen drei Uhr erschien er in der Sattelkammer, wo Jack gerade ein Geschirr reparierte, und sagte: »Wir müssen Futter einkaufen.«

Als Jack aus der kleinen Toilette im Stall kam, wo er sich die Hände gewaschen hatte, saß Delray schon in seinem Wagen. Er nahm keine Notiz von Jack, als dieser einstieg. Schweigend fuhren sie los.

Jack hätte gern gewußt, ob Delray inzwischen mit dem Tierarzt gesprochen und was dieser ihm über die Todesursache der Kühe gesagt hatte; aber es war eindeutig klüger, den Mund zu halten. Sie fuhren also in eisernem Schweigen nach Blewer. Jack sagte sich, er könne froh sein, daß Delray nichts redete. Solange er nicht redete, war ihm sein Job noch sicher.

Verrückterweise wollte er diesen Job behalten.

Er hatte es sich zur Regel gemacht, niemals Bindungen zuzulassen, die ihn daran hätten hindern können, von heute auf morgen seine Sachen zu packen. Es war nicht sein Wunsch gewesen, so zu leben. Dieses Einzelgängerleben hatte ihn erwählt, nicht umgekehrt. Aber mittlerweile hatte er sich daran gewöhnt. In jede Situation begab er sich mit dem Wissen, daß sie flüchtig war. Längst hatte er ein Gespür dafür entwickelt, wann der rechte Zeitpunkt gekommen war, sich zu verabschieden und weiterzuziehen. Gewöhnlich tat er es ohne einen Blick zurück.

Doch dies war kein normaler Job. Er hatte sich die Corbett-Ranch nicht blind ausgesucht und den Zeitpunkt seiner Ankunft nicht selbst bestimmt. Den hatte ihm Carl Herbolds Flucht aus dem Gefängnis diktiert.

Das gewohnte Muster war diesmal durchbrochen. Seine üblichen Verhaltensweisen hatten hier keine Geltung. Er konnte nicht einfach auf und davon gehen, wann es ihm ratsam erschien. Der Vernunft nach wäre er gar nicht erst hierhergekommen. Aber jetzt wollte er bleiben, bis Carl Herbold gefaßt war.

Wenn natürlich Delray ihm befahl zu verschwinden, konnte er nichts dagegen tun.

Im Futtermittelgeschäft angekommen, übergab Delray dem Verkäufer seine Bestellung. Seine Wortkargheit grenzte an Ungezogenheit. Jack war es, der dem Mann dankte, als er Delray seine Quittung reichte. Der Verkäufer erbot sich nicht, ihnen beim Aufladen der schweren Säcke zu helfen; Jack konnte es ihm in Anbetracht von Delrays Verhalten nicht krummnehmen.

Dennoch entging ihm nicht, wie schwer Delray sich tat. »Diese Hitze ist fürchterlich. Lassen Sie den Motor an und schalten Sie die Klimaanlage ein. Ich mach hier fertig.«

»Glauben Sie vielleicht, ich bin dafür nicht Manns genug?«

Jack nahm den Anpfiff wortlos hin. Delray war wütend,

und nicht weil Jack sich erboten hatte, ihm die schwere Arbeit abzunehmen; wahrscheinlich auch nicht allein wegen der toten Kühe. Jack vermutete vielmehr, daß es mit Anna und dem Bier im Pferdestall zu tun hatte.

Delray sicherte die Heckklappe, und sie stiegen wieder in den Wagen. Sein Gesicht war hochrot. »Jetzt könnt ich was zu trinken gebrauchen.«

»Da hätte ich auch nichts dagegen«, antwortete Jack, erstaunt, daß der Alte einmal eine Schwäche eingestand.

Delray fuhr zum *Dairy Queen*. Sie betraten den angenehm kühlen Raum, bestellten bei dem jungen Mädchen am Tresen, suchten sich dann eine Nische und setzten sich einander gegenüber. Über seine Schulter hinweg musterte Delray das Mädchen mit geringschätzigem Blick. Ihr ganzes Gesicht war gepierct, überall blitzten Stecker und Ringe. Selbst die Zunge war durchstochen und mit einer schwarzen Perle verziert.

»Warum tun diese jungen Dinger so was?«

»Wahrscheinlich um alte Knacker wie uns auf die Palme zu bringen.«

Delray sah Jack an. Beinahe hätte er gelacht. »Da haben Sie wahrscheinlich recht.«

In den folgenden Minuten schlürften sie mit Genuß ihre eisgekühlte Zitronenlimonade. Delray hatte seinen Becher zuerst geleert und schob ihn beiseite. Er starrte zum Fenster hinaus auf ein Beet staubiger Sonnenblumen und machte keinen Versuch, ein Gespräch anzufangen. Jack mutmaßte, daß er sich gerade überlegte, wie er ihm seine Kündigung mitteilen wollte, und beschloß, den Stier bei den Hörner zu packen.

»Also, was hat er gesagt?«

Delray tat gar nicht erst so, als verstünde er nicht. »Gift«, sagte er.

Das war ein Schlag. Jack hatte gehofft, die Kühe wären an irgendeinem seltenen Rindervirus eingegangen oder auf sonst eine Weise verendet, die keinen Verdacht gegen ihn erzeugt hätte. Schlimmer hätte es nicht kommen können. »Was bedeutet das für den Rest der Herde?«

»Ich hab heute morgen noch zwei tot gefunden. Das Gift war auf der Salzlecke. Es kann natürlich noch Tage dauern, bevor wir wissen, wie viele was davon erwischt haben, bevor es entfernt worden ist.« Er schnaubte voller Verachtung. »Nicht gerade besonders schlau. Der Kerl hätte mir viel mehr antun können, wenn er das Gift in den Teich gekippt hätte.«

»Vielleicht war es als Warnschuß gemeint.«

»Vielleicht.«

»Ich war's jedenfalls nicht.«

»Das hab ich auch nicht behauptet.«

»Nein, aber Sie glauben es.«

Delrays gerötetes Gesicht färbte sich dunkler, aber das war alles. Jack mußte seine Selbstbeherrschung bewundern, um so mehr wenn er tatsächlich glaubte, sein neuer Helfer wolle ihn ruinieren. Er beugte sich über den Tisch und fragte: »Warum sollte ich so was tun?«

»Warum stehen sie eines Tages wie aus dem Boden gewachsen bei mir vor der Tür und fragen nach einem Job?«

»Ich hab Arbeit gebraucht.«

»Blödsinn! Ich hab in Corpus angerufen. Der Mann, bei dem Sie dort angestellt waren, hat Sie in den Himmel gelobt. Am liebsten hätte er Sie nicht gehen lassen, hat er mir gesagt, und er wünschte, es gäbe mehr von Ihrer Sorte. Sie hatten einen guten Job und haben ihn hingeschmissen, um fürs halbe Geld bei mir zu arbeiten.« Er schüttelte den Kopf. »Das ergibt doch keinen Sinn.«

»Für mich schon. Ich hab eine Abwechslung gebraucht.«

»Eine Abwechslung.« Delray brütete einen Moment finster vor sich hin, dann stach er mit aggressivem Zeigefinger nach Jack. »Ich trau Ihnen nicht.«

»Warum haben Sie mich dann genommen?«

»Weil ich Sie im Auge behalten wollte, um rauszukriegen, was Sie im Schilde führen.«

»Und – haben Sie's rausgekriegt?«

»Ich glaub schon.«

Jack breitete einladend die Hände aus und wartete.

»Sie arbeiten für diese Leute in Houston. EastPark.«

Jack starrte ihn verblüfft an, dann begann er zu lachen. »Sie halten mich für einen Agenten dieser Immobilienhaie?«

»Okay, Sie schauen vielleicht nicht so aus. Aber gerade deshalb sind Sie der ideale Mann für so was.«

»Jetzt hören Sie aber auf«, meinte Jack, noch immer ungläubig grinsend. »Ich hab Ihnen meine Meinung über diese Leute gesagt.«

»Ja, weil Sie wußten, daß ich genau das hören wollte. Das war nichts als Taktik.«

Der Jüngere schüttelte den Kopf. »Okay, nehmen wir an, Sie haben recht – wie erklären Sie dann den Job in Corpus?«

»Da haben Sie das gleiche getrieben. EastPark ist doch nur ein Teil von einem Riesenunternehmen. Diese Leute mischen überall mit – Öl, Gas, Immobilien, Computer – was Sie wollen. Die haben sogar einen Vertrag mit der NASA. Das steht alles in der Broschüre, die Lomax mir eingeworfen hat. Was übrigens auch ein Punkt ist, der mich hätte stutzig machen müssen. Genau als Sie aufkreuzten, hat er angefangen, mich akut zu bedrängen. Er macht Druck von außen, Sie bohren von innen. Die schleusen Sie ein, wo sie Sie gerade brauchen. Und Sie haben immer das entsprechende Kostüm parat«, fügte er mit einem Blick auf Jacks Cowboyhut hinzu.

Seufzend lehnte sich Jack zurück und zog ratlos die Schultern hoch. »Sie irren sich, Delray. Sie sind völlig auf dem Holzweg.«

»Das glaube ich nicht.«

»Ja, glauben Sie denn im Ernst, wenn ich wirklich der raffinierte Maulwurf wäre, würde mir nichts Schlaueres einfallen, als wenige Tage nach meiner Ankunft Ihre Herde zu vergiften? Und weil wir schon dabei sind: Wenn ich drauf aus wäre, Sie zu ruinieren, weil ich Ihre Ranch haben will, würde ich bestimmt keine halben Sachen machen. Dann hätte ich gleich das Wasser vergiftet.«

Delray musterte ihn lange und aufmerksam, als hoffte er, ihn zu durchschauen. Jack hielt der Prüfung mit ruhigem Blick stand. So beschäftigt, bemerkte keiner von beiden den Mann, der zu ihnen an den Tisch getreten war.

»Hallo, Delray!«

Überrascht drehte dieser den Kopf. »Oh, hallo, Sheriff! Ich hab Sie gar nicht reinkommen sehen.«

»Wie geht's?«

»Kann mich nicht beklagen. Und Ihnen?«

»Soso lala. Aber Sheriff bin ich nicht mehr.«

»Stimmt, ja, stimmt«, sagte Delray zerstreut. »Wie schmeckt denn der Ruhestand?«

»Ich kann mich nicht an die viele Freizeit gewöhnen.« Er sah stirnrunzelnd auf den klebrigen Bananensplit hinunter, den er sich am Tresen geholt hatte. »Wenn ich so weitermache, werd ich bald kugelrund sein.« Er lachte ein wenig bitter und warf dann einen neugierigen Blick auf Jack.

»Ach so«, sagte Delray und wies über den Tisch. »Ich hab mir Hilfe gesucht. Das ist mein neuer Mann.«

»Jack«, sagte Jack, dem Sheriff die Hand bietend.

»Ezzy.«

»Freut mich.«

»Ganz meinerseits.«

Die Hand des großen, langgliedrigen Mannes, dessen einst breite Brust vom Alter leicht eingefallen war, war rauh wie Baumborke. Unter dem Cowboyhut spitzte graugelocktes Haar hervor. Das Gesicht darunter war so faltig wie das eines Bassett und ebenso traurig.

Nachdem der Höflichkeit Genüge geleistet war, wandte

sich der Sheriff wieder Delray zu. »Haben Sie was aus Arkansas gehört?«

»Nichts. Ich erwarte es auch nicht.«

»Nein, da haben Sie sicher recht. Der Junge ist zu schlau, um sich in diese Gegend zu wagen.«

Delray faltete seine Hände auf dem Tisch. »Das sind doch alte Geschichten, Ezzy!«

»Stimmt. Seitdem ist eine Menge passiert.« Nach einem kurzen, aber gespannten Schweigen wechselte der Sheriff das Thema. »Eine Bruthitze, was?«

Delray löste seine Hände, und seine Schultern lockerten sich ein wenig. »Ja, ein kräftiger Guß wäre nicht schlecht.«

Der Sheriff begutachtete wieder seinen Bananensplit, der zu schmelzen begann. »Wenn ich das Zeug nicht bald esse, wird es Suppe. Also dann – schönen Tag noch!«

Mit Interesse sah Jack dem alten Mann nach, der draußen in einen zehn Jahre alten Lincoln stieg. »Er sieht aus wie ein Sheriff.« Sein Blick kehrte zu Delray zurück. »Sie glauben, ich hätte Ihre Kühe vergiftet. Warum haben Sie mich nicht gleich angezeigt?«

»Er ist nicht mehr Sheriff.«

»Das beantwortet nicht meine Frage.«

Delray rutschte zum Ende seiner Sitzbank und stand auf. »Ich nehm David und Anna noch Eis mit.«

Er ging zum Tresen und bestellte. Jack wartete an der Tür auf ihn. Gemeinsam gingen sie zum Wagen, stiegen ein und fuhren zur Ranch zurück.

War das alles? dachte Jack. Vorläufig nur angeklagt, aber noch nicht verurteilt? Oder hatte er seine Sache so gut vertreten, daß Delray die Anklage fallengelassen hatte?

Jack warf einen Blick auf Delrays strenges Profil. Die Hände des Alten lagen ruhig auf dem Lenkrad, sein Blick war geradeaus gerichtet, er hielt die Geschwindigkeitsbegrenzung gewissenhaft ein. Nein, so leicht würde ein Mann, der auf Disziplin und Ordnung hielt, seine Meinung nicht ändern. Die Geschworenen, dachte Jack, waren am Beraten.

Nun, immerhin hatte er seinen Job noch. Am besten ließ er die Sache jetzt erst einmal ruhen. Aber es galt noch eine andere Angelegenheit zu bereinigen.

»Ich hab mich übrigens gestern abend mit Anna unterhalten«, bemerkte er wie beiläufig.

»Sie haben sich richtig mit ihr unterhalten?«

»So in etwa. Hauptsächlich war's so, daß ich Fragen gestellt hab und sie mit Ja oder Nein antworten konnte. Hin und wieder hat sie auch mal was auf einen Block geschrieben.«

»Und worüber haben Sie sich unterhalten?«

»Über ihre Gehörlosigkeit. Sie hat mir gesagt, daß sie schon seit ihrer Geburt taub ist.«

»Ja, soviel ich weiß, ist es ein genetischer Defekt.«

»So was muß schlimm sein, sowohl für das Kind als auch für die Eltern.«

»Ihre Eltern hab ich nicht gekannt. Ich hab Anna erst kennengelernt, als Dean sie mitbrachte.«

Jack sah ihn abwartend an. Delray warf ihm einen kurzen Blick zu, begann aber erst zu sprechen, als er wieder die Straße im Auge hatte. »Ich war nicht übermäßig erfreut, als mein Sohn eines Tages nach Hause kam und mir gar nicht genug von diesem gehörlosen Mädchen erzählen konnte, das er im College kennengelernt hatte. Natürlich hab ich's bewundernswert gefunden, daß sie studierte. Ein Studium ist ja nicht einfach für Behinderte. Für jemanden wie Anna ist es sicher ein täglicher Kampf. Sie hatte eine Dolmetscherin, aber Mut braucht's trotzdem.«

Jack streckte einen Arm auf der Rückenlehne aus. »Junge Leute, die mehr dafür tun müssen, wissen es wahrscheinlich auch eher zu schätzen und leisten vielleicht gerade deshalb manchmal mehr als andere.«

»Bei Anna war's so, das weiß ich. Sie hat fleißig studiert

und bekam gute Noten. Aber man kann jemanden für seine Leistungen bewundern, ohne ihn gleich in die eigene Familie aufnehmen zu wollen. Ich gebe zu, daß ich mit Deans Wahl überhaupt nicht einverstanden war. Jedenfalls anfangs nicht. Aber dann hab ich sie kennengelernt und gesehen, wie vernarrt Dean in sie war, und…«

»Und wenn Dean ein Mann war, der zu seinen Entscheidungen gestanden hat – und ich denke, das war er –, dann wird Ihre Meinung wohl keine Rolle gespielt haben.«

Delray drehte den Kopf mit einer Miene, als wollte er Jacks Bemerkung angreifen – aber dann wurden seine Züge weich, und er schüttelte den Kopf. »Nein, meine Meinung hat überhaupt keine Rolle gespielt. Die beiden haben geheiratet und waren beneidenswert glücklich. Bis er dann eines Tages beschloß, zum Militär zu gehen.«

Jack ließ Delray den Rest der Geschichte erzählen, obwohl er den schon von Anna gehört hatte.

»Während Dean in Übersee war, hat Anna weiterstudiert. Ihre Eltern hatten ihr genug Geld hinterlassen, um die Ausbildung zu bezahlen. Nach dem Grundstudium ist sie jeden Tag fünfzig Kilometer gefahren, um ihre Kurse zu machen. Ihr Fach war Fotografie.« Delray räusperte sich.

»Aber als Dean nach Hause kam und krank wurde, hat sie das Studium aufgegeben, um ihn zu pflegen. Nach seinem Tod und Davids Geburt hatte es wahrscheinlich keinen Sinn für sie, die Ausbildung weiterzumachen.«

Jack war anderer Meinung, aber es stand ihm nicht zu, das zu äußern.

»Zu der Zeit hat sie auch aufgehört zu sprechen.«

Jack, der damit beschäftigt gewesen war, im Geiste alle Gründe aufzufahren, warum Anna ihr Studium hätte abschließen sollen, brauchte einen Moment, um Delrays letzte Bemerkung aufzunehmen. Als er begriff, was der Alte da gesagt hatte, zog er seinen Arm von der Rückenlehne. »Wie war das? Haben Sie gesagt, daß Anna früher gesprochen hat?«

»Sie hatte Hemmungen, besonders im Beisein von Fremden – aber Dean hat sie immer darin bestärkt, den Sprechunterricht nicht aufzugeben.«

Jack kämpfte immer noch mit Ungläubigkeit. »Sie konnte sprechen?«

»Nicht wie Sie und ich, aber doch ziemlich gut – einigermaßen verständlich. Es ist genau besehen toll gewesen – wenn man sich's mal überlegt. Ich meine, daß sie Laute bilden konnte, die sie selbst nie gehört hatte.«

Jack war wie vom Donner gerührt. Immer wenn Anna die Gebärdensprache gebrauchte, formte sie gleichzeitig mit den Lippen die bezeichneten Wörter. Aber niemals hatte sie den Wörtern Stimme gegeben.

»Warum hat sie aufgehört? Warum spricht sie jetzt nicht mehr?«

Delrays Achselzucken hatte etwas Abwehrendes. Er rutschte auf seinem Sitz hin und her, als wäre ihm nicht recht behaglich. »Sie hat es nicht nötig. Tatsache ist, daß manche Gehörlose gar nicht sprechen *wollen* und die anderen, die meinen, sie sollten es lernen, verachten. Sie verlassen sich ausschließlich auf die Gebärdensprache.«

»Aber gibt es nicht auch solche, die – wie Anna – beides verbinden?«

»Hin und wieder, ja.«

»Sie verwenden die Gebärdensprache, lesen von den Lippen *und* sprechen selbst, richtig?«

»Ich bin da kein Experte.«

Jack ließ nicht locker. »Sie muß doch Jahre gebraucht haben, um sich diese Fertigkeit anzueignen. Warum hat sie plötzlich aufgehört, sich ihrer zu bedienen?«

»Weiß ich nicht.« Delrays Ton war gereizt, seine Stimme laut. »Warum fragen Sie sie nicht selbst? Das nächstemal, wenn Sie zu einem kleinen Schwatz mit ihr zusammenkommen?«

Also stimmte seine Vermutung. Delray war wütend über

das, was er am vergangenen Abend von seinem Fenster aus beobachtet hatte. Jack hatte ihn dort stehen sehen, eine dunkle Silhouette vor schwachem Licht.

Die Dunkelheit und der räumliche Abstand hatten verhindert, daß ihre Blicke sich trafen; aber Jack hatte gemerkt, daß Delray ihn direkt ansah. Außerdem hatte er den Eindruck gehabt, daß Delray schon lange dort am Fenster gestanden und gesehen hatte, wie Anna aus dem Stall gelaufen kam.

Ein paar Sekunden lang hatte keiner der beiden Männer sich gerührt, bevor Delray sich schließlich abwandte und vom Fenster verschwand.

Jetzt saß er verkrampft über dem Lenkrad und starrte so verbissen zur Straße hinaus, als wäre sie sein Feind und er sei entschlossen, sie zu besiegen. Sein Gesicht war wie aus Beton gegossen. Hätte man Jack aufgefordert, eine Vermutung zu äußern, so hätte er gesagt, daß der Mann litt – an seinem Zorn und an seelischem Schmerz.

Leise fragte er: »Wie lange lieben Sie sie schon, Delray?«

16

Natürlich wollten die Mexikaner sofort bezahlt werden.

Emory Lomax war fünfzig Dollar ärmer; aber auch wenn es ihn das Doppelte gekostet hätte, Delray Corbett Feuer unterm Hintern zu machen, hätte er nicht gezögert. Jesse Garcia und sein ständig wechselnder Anhang diverser Verwandter waren genau in dem Moment durch die Main Street gedonnert, als Emory sie brauchte. Hätte er nicht zufällig aus seinem Bürofenster gesehen, säße er jetzt immer noch da und versuchte, einen Plan auszutüfteln, um Corbett seine Ranch madig zu machen.

Das Glück hatte ihm in Gestalt von Jesse Garcia gelächelt.

Er war im ganzen Ort als der Mann bekannt, der alles richten konnte. Fliegengitter, Sprinkleranlagen, Versitzgruben. Und unerwünschte Situationen. Man brauchte ein neues Schloß an der Haustür – her mit Garcia. Die Bäume im Garten mußten beschnitten werden – Garcia und seine Sippe erledigten das an einem Nachmittag und fuhren auch noch das tote Holz ab. Man wünschte dem Arsch von Nachbarn mal so richtiges Pech mit seinem funkelnagelneuen Wagen – für fünfzig Eier verschaffte einem Garcia das Vergnügen, den Mann nebenan in der Einfahrt toben zu sehen.

Ja, die Bekanntschaft mit Garcia war was wert, wenn es einen juckte, dem lieben Nächsten eins auszuwischen. Er scheute sich nicht, sich die Hände schmutzig zu machen, weder im wörtlichen noch im übertragenen Sinn. Die Grenze zog er allerdings bei schwerer Körperverletzung und

Mord; aber ansonsten war er ausgesprochen kreativ. Wenn man selbst keinen passenden Einfall hatte, präsentierte er einem ein ganzes Menü an Möglichkeiten.

Er besaß keine Vorurteile und arbeitete für jeden, der bereit war, seine Tarife zu bezahlen. Man konnte leicht heute abend sein Auftraggeber sein und morgen abend schon sein Opfer. Aber das war eben Garcias System. Und niemand protestierte, weil niemand sich *ihn* zum Feind machen wollte. Schließlich ist ja allgemein bekannt, daß alle Mexikaner Messer tragen.

Emory hatte Garcia den Auftrag gegeben, ein bißchen Chaos in Corbetts Herde anzurichten. »Nichts allzu Katastrophales. *Comprende* katastrophal, Jesse?«

Der hatte verstanden, und schon am folgenden Tag wußte die ganze Gegend, daß Corbett mehrere Stück Vieh unter mysteriösen Umständen verloren hatte – so ziemlich das Schlimmste, was einem Rancher passieren konnte. Ganz schlecht fürs Geschäft. So gut wie eine Brandmarkung. Kein Rancher wollte so etwas erleben. Man brauchte nur daran zu denken, wie sich in England BSE auf den Verkauf von Rindfleisch ausgewirkt hatte.

Emory war daher von sicherer Zuversicht beschwingt, als er die Bank verließ, um zu seinem Treffen mit Corbett hinauszufahren. Jetzt würde der Alte bestimmt zu Verhandlungen bereit sein. Aber auf der Ranch erwartete ihn eine böse Überraschung. So unglaublich es war, Corbett wies sein Angebot mit der gleichen Sturheit zurück wie zuvor.

»Haben Sie sich die Unterlagen angesehen?« fragte er völlig frustriert nach einer halben Stunde ergebnislosen Hin und Hers.

»Ja, hab ich.«

»Und finden Sie nicht auch, daß diese Leute einiges vorzuweisen haben?«

»Vermutlich.«

War es wirklich möglich, daß der alte Knacker von der

eleganten Broschüre und den darin enthaltenen Informationen nicht beeindruckt war? Oder stellte er sich nur stur, um den Preis hochzutreiben?

»Sie machen Ihnen ein sehr großzügiges Angebot, Mr. Corbett. Wirklich, ausgesprochen großzügig.«

Nicht halb so selbstgewiß, wie er zu sein vorgab, lehnte Emory sich in seinem Sessel zurück und schlug ein Bein über das andere. »Die EastPark Development hat ein Rieseninteresse an diesem Grundstück. Ihr Angebot übersteigt bei weitem den Marktwert dafür. Aber es ist schließlich Ihr Geld, stimmt's?« Er sah zu Anna hinüber und zwinkerte.

Sie hatte ihm höflich ein Glas Eistee gebracht, als er gekommen war; aber angesehen hatte sie ihn, als wäre er der letzte Dreck. Wo nahm sie die Berechtigung her, ihn so hochnäsig zu behandeln?

Er war von Anfang an höflich und entgegenkommend gewesen, hatte immer wieder zu ihr hingesehen, damit sie sich nicht von der Diskussion ausgeschlossen fühlte; obendrein begleitete Corbett das ganze Gespräch um ihretwillen mit Handzeichen. Immer, wenn sie in die Bank kam, gab er sich die größte Mühe, nett zu ihr zu sein – aber sie blieb steif und frostig.

Die reinste Eiskönigin. Trotzdem würde er sie sich gern mal vornehmen. Er würde sie schon zum Schmelzen bringen.

Corbett klappte die Broschüre zu und warf sie auf den Couchtisch.

»Lassen Sie mich eines klären, Lomax. Diese Leute erwarten von mir, daß ich mich von einem Riesenbesitz trenne, der mir bereits gehört, und mich dafür mit einer Parzelle von der Größe eines Schnupftuchs zufriedengebe?«

Emroy lächelte jovial. »Das ist natürlich ein bißchen sehr simpel ausgedrückt; aber es stimmt schon, man ist bereit, Ihnen als Anreiz zum Verkauf bei der Verteilung der Grundstücke die erste Wahl zu überlassen – selbstverständlich unter Verzicht auf alle Gebühren, um Ihnen Klubmitgliedschaft auf Lebenszeit zu gewähren.«

»Ah, Klubmitgliedschaft auf Lebenszeit!«

»Ganz recht«, antwortete Emory aufmunternd. »Was sagen Sie dazu?«

»Nichts zu machen.«

Corbett stand auf.

Emory sprang in die Höhe. »Mr. Corbett, wir haben das Angebot eigens für Sie so abgefaßt, daß es für einen Laien verständlich ist, aber ich habe den Eindruck, Sie begreifen noch immer nicht…«

»Ich kann lesen, Mr. Lomax.«

»Es lag mir fern… Sie dürfen nicht glauben…« Wenn Corbett glaubte, er halte ihn für dumm, konnte er die ganze Sache vergessen. Jetzt mußte er vorsichtig sein. »Es ist nur so, daß man die Komplexität der Dinge leicht übersieht, wenn man nicht regelmäßig mit derartigen Transaktionen zu tun hat.«

»Das mag schon sein. Aber meine Antwort ist ganz einfach. Ich bin nicht interessiert.«

Mit beinahe überschnappender Stimme rief Emory: »Diese Leute sind bereit, Ihnen weit mehr zu bezahlen, als Ihr Besitz wert ist.«

»Dann sind sie schön dumm.«

Emory senkte die Stimme und bemühte sich, ruhiger zu sprechen. »Sie könnten über eine große Menge Geld verfügen. Sie könnten sich auf Ihrem Grundstück jedes Haus bauen, das Ihnen gefällt.«

»Mir gefällt dieses Haus auf diesem Grundstück.«

Emory merkte, daß ihm gleich die Nerven durchgehen würden. Plötzlich meldete sich sein Handy. Ungeduldig schaltete er es aus und versuchte es in seiner Verzweiflung mit einer anderen Taktik. »Meinen Sie nicht, daß Ihre Schwiegertochter bei dieser Entscheidung auch ein Wörtchen mitzureden hat? Was hält *sie* denn von unserem Angebot?«

Noch ehe er zum Ende seiner Frage gekommen war, gab sie mit kurzen Gesten ihre Antwort.

»Sie sagt, die Ranch gehört mir«, übersetzte Delray. »Der Hof ist das Erbe ihres Sohnes. Sie unterstützt mich in meiner Entscheidung.«

»Ich bin froh, daß sie von ihrem Sohn gesprochen hat. An ihn sollten Sie denken. An seine Ausbildung. Wenn er einmal studieren möchte...«

»Das Geld dafür haben wir schon auf die Seite gelegt.«

»Aber...«

Delray hob die Hand. »Ich habe mir Ihre Argumente angehört, Mr. Lomax. Es war von Anfang an Zeitverschwendung für uns beide, aber ich wollte nicht unhöflich sein. Jetzt ist die Besprechung zu Ende. Auf Wiedersehen!«

Als Delray sich abwandte, um aus dem Zimmer zu gehen, grapschte Lomax nach dem letzten Strohhalm. »Und was ist mit Ihren Darlehen?«

Corbett blieb abrupt stehen. Langsam drehte er sich herum und sah Lomax an. Sein Gesicht war zornrot. »Was soll damit sein?«

Emory verzog wie bedauernd den Mund und schüttelte bekümmert den Kopf, als wollte er sagen, es täte ihm leid, diese Sache zur Sprache bringen zu müssen – aber Corbett habe ihm ja keine Wahl gelassen. »Sie waren dieses Quartal mit der Zinszahlung in Rückstand, Mr. Corbett.«

»Lediglich ein paar Tage.«

»Ja, aber wie sieht es im nächsten Quartal aus? Und im übernächsten?«

»Ich bin meinen finanziellen Verpflichtungen immer nachgekommen.«

»Daran zweifle ich nicht. Aber Ihre Situation war auch nie so schwierig wie in letzter Zeit. Und ich glaube offen gestanden nicht, daß sich daran in der nahen Zukunft etwas ändern wird. Die Preise für Rindfleisch geben ständig nach. Sie sind Rinderzüchter. Verstehen Sie, was ich sagen will?«

Er breitete die Arme aus. »Die Bank war bereit, Ihnen einen großzügigen Kredit einzuräumen, weil Sie immer ein guter Kunde waren. Aber wir können nicht ewig auf die Rückzahlung warten.«

»Sie verdienen doch daran, Mr. Lomax. Solange ich die Zinsen zahle…«

»Aber wir hängen von den Bankprüfern ab, und die fangen an, nervös zu werden… nicht ich!« Um seine Redlichkeit unter Beweis zu stellen, faltete er die Hände vor der Brust. »Auf Veranlassung der Prüfer muß ich Sie leider auffordern, mit der Rückzahlung des Darlehens zu beginnen.«

»Na schön. Das schaff ich auch noch.«

»Wie denn? Ich kenne Ihre Konten, ich weiß, daß Ihre Umsätze stark zurückgegangen sind. Ihre Betriebskosten hingegen haben sich nicht verringert, ganz im Gegenteil. Rechnen Sie nach. Ihre Bilanz sieht immer unerfreulicher aus. Und jetzt, angesichts dieser anderen – Geschichte…«

Das saß. Es riß Corbett den Kopf zurück, als hätte Emory ihm einen gewaltigen Kinnhaken versetzt. Ach was, dachte Emory, das hier ist viel besser. So eine Verbalattacke ist doch weit befriedigender als körperliche Gewalt.

»Kaum hatten Sie Dr. Andersen angerufen, da legten die Buschtrommeln schon los. Es hieß, in Ihrer Herde wäre möglicherweise eine tödliche Seuche ausgebrochen. Jeder Rancher in kilometerweitem Umkreis weiß von ihrem Pech.«

»In meiner Herde gibt es keine Krankheiten. Das war ein Einzelfall.«

»Es scheint so, ja, aber es war ein teurer Verlust für Sie.«

»Ich habe nur fünf Tiere verloren. Das kommt bestimmt nicht noch einmal vor.«

»Aber eine Garantie gibt es nicht. Die Sache kann Nachwirkungen haben, auch wenn Ihr Stiefsohn gefaßt werden sollte.«

Dieser zweite verbale Faustschlag war noch wirkungsvoller als der erste. Er schien Corbett direkt in den Magen getroffen zu haben. Emory hatte Mühe, sich das Lächeln zu verkneifen. Mann, das war ja Spitze! Er war in Hochform. Schade, daß Connaught und die anderen Kerle von EastPark nicht hier waren, um das mitzuerleben. Wenn Connaught sehen könnte, wie geschickt er Corbett manipulierte, würde er ihn wahrscheinlich schnurstracks zum Vizepräsidenten des Unternehmens befördern.

»Was hat Carl Herbolds Flucht mit...« Corbett brach ab und holte pfeifend Luft – »mit dieser Angelegenheit zu tun?«

Emory warf einen zerknirschten Blick auf Anna. Sie war bleich geworden; aber wenn ihr Gesicht ihre Gefühle richtig wiedergab, war er vom letzten Dreck zum Nazikiller abgerutscht.

»Tut mir wirklich leid, Mr. Corbett. Ich dachte, Sie wüßten, wie – na, wie die Leute hier das sehen. Für die sind Sie so schuldig wie Ihr Stiefsohn. Sie wissen doch, mitgefangen, mitgehangen! Die Leute brauchen immer einen Sündenbock. Ich vermute mal, viele sind der Meinung, daß Sie an der Entwicklung dieser Jungs schuldig sind. Die Geschichte mit ihren Rindern – na ja, ich denke, das zeigt, was unsere Mitbürger hier von Ihnen halten. Eine Zeitlang haben sie es vergessen, aber der Gefängnisausbruch hat alles wieder aufgerührt – ist allgemeines Tagesgespräch.«

»Entschuldigen Sie, darf ich fragen, wer Sie sind?«

Emory fuhr herum. Er war wütend über die Störung, wo er doch gerade mit solchem Erfolg den Teufel an die Wand malte. Und er war überrascht. Er hatte geglaubt, Anna und Delray seien allein auf der Ranch, abgesehen natürlich von dem Jungen, den sie bei seiner – Emorys – Ankunft in sein Zimmer geschickt hatten.

Der Mann, der in der breiten Tür zum Vestibül stand, war ungefähr einen Meter achtzig groß und mager. Er trug verwaschene Bluejeans und Stiefel wie ein Cowboy. In der

Hand hielt er einen zerfledderten Strohhut, den er gegen seinen Oberschenkel schlug. Das sandblonde Haar war vom Hut plattgedrückt und von Schweiß ein wenig gedunkelt. Die Armlöcher seines Arbeitshemds sahen aus, als hätte ein Rottweiler sie abgekaut. Die sehnigen, muskulösen Arme waren braun gebrannt, die Farbe seiner Augen entzog sich dem Blick, weil er sie zusammengekniffen hatte, um Emory ins Visier zu nehmen.

Emory widerstand dem unangenehmen Impuls, sich unter diesem Blick zu winden, und fragte statt dessen: »Und wer sind Sie?« Aber laut ausgesprochen klang seine Frage bei weitem nicht so herablassend, wie er sich das gewünscht hätte. Sie klang eher quengelig.

Der Cowboy lachte. »Lassen Sie mich raten. Sie sind Lomax. Delray hat mir gesagt, daß Sie heute nachmittag rauskommen wollten.« Er musterte Emory in aller Gemächlichkeit von Kopf bis Fuß. Als sein Blick auf das Handy fiel, lachte er wieder, dann verlor er das Interesse an Emory und wandte sich Corbett zu. »Ich brauch noch ein Ersatzteil, ehe ich die Wasserpumpe reparieren kann. Aber ich muß nach Nacogdoches fahren, um es zu besorgen. Wahrscheinlich bin ich bis zum Abend weg.«

Corbett nickte. »In Ordnung.«

Der Cowboy setzte seinen Hut wieder auf und ging, nicht ohne einen letzten spöttischen Blick auf Emory geworfen zu haben.

»Wer war das? Arbeitet er bei Ihnen?«

»Ganz recht.«

»Seit wann?«

»Ich hab ihn vor ein paar Tagen eingestellt.«

Emory sah sofort die Gelegenheit, sich noch weiter von dem Anschlag auf Corbetts Herde zu distanzieren. »Haben Sie ihn überprüft? Könnte er Ihre Kühe vergiftet haben?«

»Lomax, ich denke, zwischen uns ist alles gesagt. Machen Sie sich wegen des Darlehens keine Gedanken. Die Bank läuft nicht die geringste Gefahr, ihr Geld zu verlieren. Sie hat reichlich Sicherheiten von mir.«

Emory setzte sein gewinnendstes Lächeln auf. »Keiner von uns bräuchte sich zu sorgen, wenn Sie das Angebot von EastPark annähmen.«

Corbetts Gesicht lief rot an. »Anna, bitte führ den Herrn hinaus.«

»Ich würde meine Pflicht als Ihr finanzieller Berater versäumen, wenn ich Sie nicht darauf hinwiese, daß Sie im Begriff sind, einen schweren Fehler zu machen, Mr. Corbett.«

»Danke der Fürsorge. Auf Wiedersehen, Mr. Lomax. Richten Sie Ihren Freunden bei EDP aus…«

»EPD.«

»Meinetwegen. Richten Sie ihnen aus, daß meine Ranch nicht zu verkaufen ist. Und belästigen Sie mich nicht wieder.«

Er ging aus dem Zimmer und stieg die Treppe zum Obergeschoß hinauf. Emory verfluchte jeden seiner Schritte, bis er im oberen Flur verschwand. Dann sagte er zu Anna: »Er wird sich's schon noch anders überlegen.«

Sie schüttelte den Kopf.

Lächelnd trat er auf sie zu. »Was würden *Sie* denn tun, wenn es Ihre Entscheidung wäre?« fragte er und tippte ihr mit dem Zeigefinger leicht auf die Brust.

Prompt kehrte sie ihm den Rücken zu und nahm den Weg zur Haustür. Er folgte ihr, aber an der Tür machte er halt, ohne sich darum zu kümmern, daß sie sie bereits weit geöffnet hatte – die deutliche Aufforderung an ihn, endlich zu verschwinden.

Bei dem Alten war er nicht vorwärts gekommen. Der hatte sich überhaupt nicht erschüttern lassen. Eine andere Taktik mußte her.

Sich nochmals an Jesse Garcia zu wenden wäre riskant. Garcia wäre längst nicht mehr im Geschäft, wenn nicht jedermann ihm vertraute. Um den Preis von fünfzig Dollar kaufte man nicht nur seine Dienste, sondern auch sein Schweigen. Aber Garcia war auch noch nie geschnappt worden. Er delegierte die Aufträge im allgemeinen an irgendeinen bettelarmen Verwandten, der sich nur vorübergehend am Ort aufhielt und für die schmutzige Ausführung kaum mehr als einen freundlichen Händedruck bekam – während Garcia sicher und mit Alibis wohlversehen zu Hause saß und den Löwenanteil kassierte.

Aber irgendwann konnte immer mal was passieren. Brauchte nur einer seiner Verwandten leichtsinnig zu werden. Wenn er gefaßt wurde, würde er Garcia hinhängen – dieser hingegen schien Emory ein Mann zu sein, der nicht davor zurückschrecken würde, seine eigene Mutter zu verkaufen, wenn es um seine Freiheit ging. Emory hatte überhaupt keine Lust darauf, das Opfer von Garcias erstem Patzer zu werden. Nein, er würde den Mexikaner nicht noch einmal einschalten.

Allerdings wußte er auch nicht, was es mit diesen Schmonzes von Carl Herbold auf sich hatte. Bis heute morgen, als seine Sekretärin ihn an den bevorstehenden Termin mit Corbett erinnerte, war ihm nicht einmal bekannt, daß zwischen dem alten Rancher und dem entflohenen Sträfling eine Verbindung bestand. Erst als Mrs. Presley sagte: »Der arme alte Delray – dem werden sie's nie verzeihen, daß er der Stiefvater dieser mißratenen Burschen ist!« war er aufmerksam geworden.

In der folgenden halben Stunde hatte er sich von ihr die ganze Geschichte von Cecil und Carl Herbold erzählen lassen. Er hatte ein trauriges Gesicht gezogen und kummervoll die Brauen gerunzelt. Dazu kam an der richtigen Stelle ein ›Du meine Güte‹ oder ›Das ist ja furchtbar‹; dabei rieb sich diese Ratte im stillen die Hände und nahm die Informationen in das Arsenal von Geschützen auf, die er gegen den obstinaten Rancher ins Feld zu führen gedachte.

Es war ihm als genialer Schachzug erschienen, den

Namen Carl Herbolds fallenzulassen, um den sturen Delray Corbett matt zu setzen. Aber wenn Herbold zu früh wieder eingefangen wurde, würde der geniale Schachzug keinen Pfifferling mehr wert sein, und er würde wieder im Regen stehen.

Der Schlüssel zum Erfolg wäre vielleicht Anna Corbett...

Er trat näher an sie heran. »Anna, Sie können doch von meinen Lippen ablesen, was ich sage, nicht?«

Sie nickte.

Er lächelte. »Gut. Ich möchte nämlich, daß Sie sich klarmachen, wie wichtig dieses Geschäft für Ihre Zukunft ist. Überlegen Sie mal, was dieses Geld für Ihren Sohn bedeuten könnte. Wenn ich Sie wäre«, sagte er, ihr die Hand auf den Arm legend, »eine Frau und gehörlos dazu, würde ich alles daransetzen, meinem Kind und mir eine gewisse Sorgenfreiheit zu sichern.« Ganz leicht streichelte er ihren Arm. »Eine Gelegenheit wie die hier kommt vielleicht nie wieder. Und ich freue mich, daß ich derjenige bin, der sie Ihnen bietet!« Nun tätschelte er sie bereits. »Wollen wir beide uns nicht bald mal zusammensetzen und darüber reden?«

Manchmal war er so clever, daß er vor sich selbst einen Heidenrespekt bekam. Es war genauso, wie er vermutet hatte – die Frau war total ausgehungert nach ein bißchen Wärme. Er hatte das von Anfang an gemerkt. Hinter der abweisenden Fassade lechzte sie geradezu nach der Aufmerksamkeit eines Mannes. Eines *jungen* Mannes. Ihr Schwiegervater konnte ihr nicht genügen. Hey, das waren aufregende Aussichten. An den spießigen alten Corbett gewöhnt, würde sie im Bett wahrscheinlich total ausrasten, wenn sie mal was Junges, Knackiges zwischen die Beine kriegte.

Unter seiner Berührung schwand ihre kalte Hochnäsigkeit. Sie sah plötzlich unschuldig und ängstlich, scheu und sexy zugleich aus, wie sie da stand und ihre Zähne in die Unterlippe grub. Sie schaute die Treppe hinauf wie ein

Teenager, der Angst hat, von den Eltern ertappt zu werden, und senkte die Lider. Sie zitterte ein wenig.

Dann entzog sie ihm ihren Arm und machte ihm lächelnd irgendwelche Zeichen.

Emory neigte sich näher. »Leider weiß ich nicht, was Sie gesagt haben, aber es hat verdammt gut ausgesehen.« Er drückte ihr noch einmal den Arm und zwinkerte. »Ich melde mich.«

17

Jack kam erst nach Einbruch der Dunkelheit von seiner Besorgung zurück. Delray und David waren erstaunlicherweise trotz der Hitze draußen auf der Veranda. Er wollte sie nicht stören. Zumal er kaum glauben konnte, daß er seinen Job noch hatte.

Gestern nachmittag war er wirklich zu weit gegangen. Er hatte sich Hals über Kopf in die turbulenten Gewässer eines moralischen Konflikts gestürzt, vorgeblich um einen Ertrinkenden zu retten, der gar nicht gerettet werden wollte. Jetzt noch, vierundzwanzig Stunden später, machte er sich Vorwürfe, Delray gefragt zu haben, wie lange er seine Schwiegertochter schon liebte.

Was, zum Teufel, ging ihn das an? Gar nichts. Aber Delray hatte sich darüber aufgeregt, daß er und Anna allein im Pferdestall gewesen waren. Und Delray verdächtigte ihn, seine Rinder vergiftet zu haben. Das, dachte Jack, gab ihm doch ein gewisses Recht, kein Blatt vor den Mund zu nehmen. Dennoch war es eine ungehörige Frage gewesen – das hatte er schon gewußt, während er sie stellte.

Delrays Reaktion war hellste Empörung, und das mit Recht. Er hatte den Kopf so schnell gedreht, daß er versehentlich das Lenkrad mit herumriß. Der Pick-up war ins Schleudern geraten und von der Straße abgekommen. Delray hatte gerade noch rechtzeitig auf die Bremse getreten, um zu verhindern, daß sie im Straßengraben landeten.

Als er sich Jack zuwandte, waren seine Stirnadern zum Bersten angeschwollen vor Zorn. »Ich weiß nicht, aus was für einem Sumpf Sie gekrochen sind, aber Ihre dreckigen

Phantasien ...« Er hatte so schwer geatmet, daß er innehalten mußte, um Luft zu schöpfen. »Merken Sie sich eins: Ich habe Anna nie angerührt. Nichts, aber auch gar nichts, woran irgend jemand Anstoß nehmen könnte, ist je zwischen uns vorgefallen.«

»Das glaube ich Ihnen ja«, antwortete Jack. »Ich hab doch nicht gefragt, wie lange Sie schon mit ihr schlafen; ich hab gefragt, wie lange Sie sie lieben!«

Delray starrte ihn noch ein paar Sekunden lang wütend an, aber Jack ließ sich davon nicht einschüchtern. Er wußte, daß er recht hatte. Delrays Verhalten hatte es bestätigt.

Schließlich ließ der Rancher sich in seinem Sitz zurückfallen und drückte die Hände fest auf seine Augen. So blieb er bestimmt eine Minute. Jack rührte sich nicht, wagte kaum zu atmen. Die Minute schien ewig zu dauern.

Als Delray endlich seine Hände senkte, tat er es mit einer Bewegung, als würden sie von Zentnergewichten herabgezogen. Leblos fielen sie in seinen Schoß, während er blind durch die Windschutzscheibe starrte – ein alter Mann, zutiefst niedergeschlagen und unendlich traurig.

»Weiß sie es?«

Delray schüttelte den Kopf. »Nein. Nein. Nein!«

Jack sagte nichts weiter. Er wußte, daß es jetzt absolut reichte.

Nach einer Weile lenkte Delray den Lieferwagen wieder auf die Straße, und sie fuhren zur Ranch zurück. Es hätte Jack nicht gewundert, wenn Delray ihm bei ihrer Ankunft befohlen hätte, seine Sachen zu packen und zu verschwinden. Er hatte zwei sehr gute Gründe, ihn hinauszuwerfen.

Aber Delray hatte ihn nicht hinausgeworfen, weder gestern noch heute morgen, als er sich wieder zur Arbeit meldete. Seinen Job hatte er noch.

Aber er erwartete definitiv keine Einladung ins Haus. Darum zögerte er, als David ihm von der Veranda aus zuwinkte und rief: »Hey, Jack! Komm doch! Wir machen Eis.«

Na ja, guten Tag sagen kann ich wenigstens. Er hielt seinen Wagen an und stieg aus.

»Hallo, Jack!«

»Hallo, David!« Er stieg die Stufen zur Veranda hinauf und wies mit einer Kopfbewegung auf die altmodische Eismaschine. »Ich dachte, alle Eismaschinen wären heutzutage elektrisch. Komisch, daß die alten Holzdinger noch gemacht werden!«

»Werden Sie auch nicht.« Delray schwitzte vor Aufregung, aber die Arbeit schien ihm Vergnügen zu bereiten. »Wir haben eine elektrische, aber irgendwie schmeckt das Eis da nicht so gut, wie wenn man selbst kurbelt.«

Delray brauchte seine ganze Kraft dazu. David hockte, zur Polsterung ein gefaltetes Handtuch unter dem Po, oben auf dem Antrieb des Rührwerks. Der Eiskübel aus vertikalen Holzleisten stand in einem Plastikbehälter, in dem die Salzbrühe, die aus einem Loch in seiner Seite rann, aufgefangen wurde, damit sie nicht in die Blumenbeete unter der Veranda lief.

»Es gefriert schneller, wenn ich drauf sitze«, erklärte David.

»Deswegen bist du hier so eine wichtige Person.«

David zeigte lachend seine Zahnlücke.

»Haben Sie das Teil bekommen?« fragte Delray.

»Ja, ich fang gleich morgen früh mit der Pumpe an. Außer Sie möchten, daß ich's noch heute abend mache.«

»Unsinn! Setzen Sie sich.«

Angenehm überrascht setzte er sich auf die oberste Stufe.

»Haben Sie schon was gegessen?«

»Ja, ich hab mir unterwegs einen Burger genehmigt.«

»Das Eis muß gleich fertig sein.«

Wie auf Kommando kam Anna mit einem Tablett mit Schalen, Servietten und Löffeln aus dem Haus. Jack sprang auf und nahm ihr das Tablett ab. Das schien sie verlegen zu machen. Aber vielleicht war es ihr auch peinlich, daß sie für ihn kein Gedeck mitgebracht hatte und noch einmal hineingehen mußte, um eines zu holen. Als sie zurückkam, meldete Delray, das Eis sei fertig.

David sprang von der Maschine. Das Handtuch wurde weggenommen. Jack sah interessiert zu, wie das salzige Eis vom inneren Stahlbehälter abgeschabt wurde, ehe man diesen heraushob. Anna nahm den Deckel ab und zog das Rührwerk heraus. Dann füllte sie mit einem langstieligen Löffel die erste Schale und reichte sie Jack.

Erstaunt nahm er sie mit einem gemurmelten ›Danke‹ entgegen. Er wartete, bis jeder ein gefülltes Schälchen hatte, ehe er zu essen begann. Das Eis war sahnig und süß und hatte einen betörenden Vanillegeschmack. Köstlich.

»Anna macht die Creme nach einem alten Familienrezept von Mary«, bemerkte Delray. »Ich wette, es ist das beste selbstgemachte Eis, das Sie je gegessen haben.«

»Es ist das erste selbstgemachte Eis, das ich esse«, korrigierte er, ohne zu überlegen, und konnte danach nur hoffen, daß die Bemerkung unbeachtet blieb. Aber Delray hob prompt den Kopf und sah ihn an. Jack zuckte die Achseln. »Meine – äh – bei meiner Familie hatten sie für so was keinen Sinn. Wie ist die Besprechung mit Lomax gelaufen?«

Delray runzelte die Stirn, und Jack freute sich über das geglückte Ablenkungsmanöver.

»Ich hab ihn an die Luft gesetzt«, berichtete Delray, »und ihm gesagt, er solle mich nicht wieder belästigen. Daraufhin hat er's bei Anna probiert.«

Jack sah zu ihr hinüber. Sie hatten bisher beide jeden Blickkontakt vermieden, obwohl er jede Bewegung, die sie machte, gewahr gewesen war und das Gefühl hatte, daß sie sich seiner Nähe ebenso bewußt war. Warum sollte sie nervös sein? Sie waren erwachsene Leute, keine Kinder mehr – und hatten schließlich nichts Verbotenes getan.

Aber jetzt, wo er Delrays Gefühle kannte, würde er natürlich niemals fähig sein, sie anzusehen, ohne daran zu denken.

Er warf ihr einen neugierigen Blick zu, und Delray sagte: »Erzähl's ihm, Anna. Das wird ihn amüsieren.«

Mit Delray als Übersetzer berichtete sie von ihrem Gespräch mit Emory Lomax. Als sie zum Ende gekommen war, sagte Jack: »Ich dachte, er wär nur ein Schnösel. Aber offensichtlich ist er ein echter Widerling.«

Jack hatte im Vestibül genug von dem Gespräch mitbekommen, um sich eine Meinung über den Banker zu bilden. Wäre Lomax ein redlicher Geschäftsmann gewesen, ein Mensch mit Integrität, so hätte er nicht versucht, Delray mit seiner Verbindung zu Carl Herbold unter Druck zu setzen. Die Art und Weise, wie er sich Anna gegenüber verhalten hatte, bewies zusätzlich, daß der Typ völlig gewissenlos war und ein egozentrisches Arschloch dazu. Eine gefährliche Kombination.

»Erzähl Jack, was du zu ihm gesagt hast«, forderte Delray seine Schwiegertochter mit einem leisen Lachen auf. Sie wandte sich Jack zu. Delray übersetzte ihre Zeichen in Worte. »Ich hab so getan, als fühlte ich mich geschmeichelt. Als er vorschlug, wir sollten uns treffen, habe ich ihn – ich habe ein häßliches Wort gebraucht«, übersetzte Delray mit Rücksicht auf David. »Ich hab gesagt, er soll seine Schleimerhände wegnehmen, sonst tret ich ihn in die Sie-wissen-schon-was.«

David spitzte sofort die Ohren. »Wohin sollte Mama ihn treten, Opa?«

»Ich kann's mir lebhaft vorstellen!« Jack schnitt eine Grimasse. »Sie hätten es tun sollen, Anna.« Sie lächelte ihm zu. Er hielt ihr seine leere Schale hin und sagte: »Darf man um einen Nachschlag ersuchen? Bitte?«

Er schaute zu, wie sie das Eis aus dem Stahlbehälter löffelte. Das Licht, das aus dem Inneren des Hauses durch die Fenster fiel, erhellte nur eine Seite ihres Gesichts. Die andere verschmolz mit den Schatten. So heiß der Abend war, ihre Haut wirkte kühl. Sie machte keine überflüssigen

Bewegungen. Als etwas Eis auf ihren Finger tropfte, leckte sie es unbefangen ab.

Dann merkte Jack, daß Delray ihn bei seiner Betrachtung Annas beobachtete. Er aß seine zweite Portion Eis in Rekordzeit, sagte gute Nacht und trat den Rückzug an.

Lange stand er unter dem dünnen Wasserstrahl der kleinen Dusche im Wohnwagen und sagte sich immer wieder: »Mach jetzt bloß keinen Quatsch und verpatz alles, Jack. Verpatz es nicht!«

18

Es war ein gottverlassenes Nest, stockfinster, ohne Leben. Eine einsame Verkehrsampel hing leise schwankend über der Kreuzung der beiden Hauptstraßen; aber sie war ausgeschaltet und blinkte nicht einmal. Aus keinem Fenster schien mehr Licht. Nicht einmal eine streunende Katze strich durch die verlassenen Straßen.

Doch Carl Herbold war auf Raubzug.

Die Bailey-Farm in Nordwestlouisiana war der ideale Unterschlupf gewesen. Eine komfortablere Unterkunft hätte Carl sich nicht wünschen können. Speisekammer und Tiefkühlschrank waren wohlgefüllt gewesen mit Nahrungsmitteln. Es gab mehr Fernsehprogramme, als er und Myron sich anschauen konnten. Die zentrale Klimaanlage hielt die Temperatur im Haus auf angenehmen zwanzig Grad.

Carl überkam beinahe etwas wie Wehmut, als es Zeit wurde, sich von diesem Idealquartier zu verabschieden. Die verwitwete Mrs. Bailey und ihre unverheiratete Schwester hatten seit G. R.'s Tod allein in dem Haus gelebt. Es war anzunehmen, daß die Nachbarn von Zeit zu Zeit nach den beiden alten Damen zu sehen pflegten – darum hatte Carl an diesem Morgen beschlossen weiterzuziehen. Es empfahl sich nicht, zu lange an einem Ort zu verweilen, wenn die gesammelten Polizeibehörden – Stadt, Staat, Bund – hinter einem her waren.

Die Schwestern Bailey hatten sie, in Frieden ruhend, mit ein paar Kugeln in den Köpfen auf dem Grund ihres Brunnens zurückgelassen.

Carl war nie einer gewesen, der gut warten konnte – sondern ein Mann der Tat. Den Gedanken allerdings, sich gleich nach der gelungenen Flucht aus dem Knast zusammenzutun, hatten er und Cecil verworfen. Da würden die Bullen erst mal voll Druck machen. Cecil würde Tag und Nacht beobachtet werden, bis die Behörden überzeugt waren, daß die Brüder Herbold zu schlau waren, etwas so Vorhersehbares zu tun und damit zu riskieren, daß Carl gleich wieder geschnappt wurde. Deshalb hatten sie eine Wartezeit vereinbart, um die Wogen sich erst einmal glätten zu lassen. Aber allmählich begann Carl kribbelig zu werden.

Und Geld war inzwischen auch ein Problem geworden. Der verblichene Mr. Bailey hatte seiner Gemahlin zwar ein Haus mit allem Komfort hinterlassen, doch die beiden alten Weiber fürchteten anscheinend jämmerlich um ihre Kröten. Sie hatten kein Bargeld im Haus aufbewahrt. Selbst als Carl die gute Mrs. Bailey an Myron weitergereicht hatte, damit er sich mit ihr amüsierte, hatte die Schwester, die alte Jungfer, schluchzend beteuert, sie könne ihnen nicht mehr Geld geben als das bißchen, was sie in ihrer Geldbörse habe. Siebenundzwanzig lumpige Dollar.

Carl war der Gelackmeierte gewesen. Nachdem er sie beide umgebracht hatte, hatte er die Tage damit zugebracht, das Haus vom Keller bis zum Speicher zu durchsuchen. In keinem der üblichen Verstecke tauchte auch nur ein Penny auf. Wer hätte gedacht, daß die blöden Hexen die Wahrheit sagten, als sie um ihr Leben gefleht hatten?

Der größte Teil der vierzig Dollar, die Cecil ihnen in den Wagen gelegt hatte, war für Alkohol, Essen und Benzin draufgegangen. Sie brauchten schnellstens Geld. Also mußte welches beschafft werden, möglichst ohne allzuviel Wirbel. Ideal wäre ein fixer Einbruch, so nach dem Motto ›rein und gleich wieder raus‹.

»Die Bude da sieht doch gut aus, Myron«, sagte Carl, als sie unter der toten Ampel hindurchfuhren. »Was meinst du?«

»Klar, Carl.«

»Wir holen uns ein bißchen Knete und nehmen dir ein paar PayDays mit. Na, was sagst du?«

Er war froh, daß Myron nicht widersprach; aber er wünschte, der Kerl würde sich dieses breite Grinsen sparen. Wenn Myron auf diese Art das schwammige rosa Zahnfleisch entblößte, war er wirklich abstoßend häßlich.

Die Tankstelle war nichts weiter als ein Wellblechschuppen. Sie sah aus, als stünde sie schon seit mindestens einem halben Jahrhundert dort. Die Zapfsäulen auf dem Vorplatz waren das einzig halbwegs Moderne, sie schienen erst etwa zwei Jahrzehnte auf dem Buckel zu haben. Die Äste eines ausladenden Baums überspannten das Dach und tauchten das ganze Geschäft in tiefen Schatten. Sehr günstig, fand Carl. Je tiefer die Dunkelheit, desto besser. Er fuhr hinter den kleinen Bau, stellte den Wagen ab und stieg aus.

Die Hintertür war nur mit einem billigen Vorhängeschloß gesichert. Mit dem Bolzenschneider, den Cecil ihnen umsichtigerweise für solche Notfälle in den Wagen gelegt hatte, knackte Carl es im Nu. Durch einen Lagerraum, in dem es nach Gummi und Motoröl roch, gelangte er, gefolgt von Myron, der wie ein Hund hinter ihm herzottelte, in den Verkaufsraum.

»Scheiße!«

Die Hände in die Hüften gestemmt, starrte Carl wütend auf die Registrierkasse. Er hatte ein Museumsstück erwartet, so ein Metallungetüm mit numerierten Tasten und einem Glöckchen, das bimmelte, wenn die Geldschublade aufsprang. Vielleicht sogar etwas so Primitives wie eine mit Geld vollgestopfte Zigarrenschachtel.

Wer hätte in so einem Laden in einem Kuhdorf wie diesem eine supermoderne elektronische Registrierkasse erwartet, wie sie da auf dem Tresen stand? Er hatte aber auch dauernd Pech. Erst die alten Weiber, die ihr Geld auf der Bank horteten. Und jetzt das!

»Wie soll ich denn das Ding aufkriegen?«

Es war eine rhetorische Frage; aber Myron, der im Süßwarenregal bereits die PayDays gesichtet hatte, antwortete: »Weiß ich auch nicht, Carl. Brich's einfach auf.«

»Das kann man nicht aufbrechen, du Idiot. Da braucht man einen Code, eine ganz bestimmte Zahlenkombination, die man eintippen muß – ach, Scheiße, wieso versuch ich, einem Schwachsinnigen so was zu erklären? Lang mir mal 'ne Tafel Schokolade rüber.«

»Mit Mandeln, Carl?«

»Ist mir egal.«

Myron warf ihm die Schokolade zu. Carl hob den Arm, um sie aufzufangen.

»Keine Bewegung, ihr Mistkerle!«

Carl fuhr herum. Die Zwillingsmündung einer Flinte mit abgesägten Läufen starrte ihm ins Gesicht. Die Tafel Schokolade fiel zu Boden.

»Nicht schießen!« greinte er jämmerlich. »Nein!« schrie er, als er aus dem Augenwinkel bemerkte, daß Myron im Begriff war, sich auf den Mann mit der Waffe zu stürzen. Wenn die Kanone losging, wäre sein Kopf Hackfleisch, noch ehe Myron den Mann erreichte. »Es tut uns echt leid, Mister. Ehrlich. Wir wollten nur was...«

»Halten Sie den Mund. Und Sie«, sagte er zu Myron, »halten Sie die Hände vor Ihren Körper und kommen Sie hierher, neben Ihren Kumpel.«

»Was soll ich tun, Carl?«

Na prima, Myron, sag doch auch gleich noch meinen Nachnamen. Aber Carl war auch wütend auf sich selbst, auf seinen eigenen Leichtsinn. Er hatte seine Pistole auf den Tresen gelegt. Jetzt stand er mit dem Rücken zu ihr und konnte sie nicht erreichen. So was Blödes! Sie hatten höchstens eine Chance, wenn sie vor diesem Bauerntrottel erst mal die Angsthasen spielten.

»Tu, was der Mann sagt. Er hat uns geschnappt.«

Myron schlurfte auf seinen großen Füßen über den Linoleumboden. »Müssen wir jetzt wieder in den Knast?«

Carl schwor sich, daß er Myron eigenhändig die Zunge herausreißen würde, wenn sie hier lebend wieder herauskommen sollten.

»Seid ihr die Kerle, die in Arkansas aus dem Gefängnis ausgebrochen sind?«

»Schießen Sie nicht«, flehte Carl, einen Schluchzer vortäuschend. »Wir sind …«

»Heiliger Himmel!« flüsterte der Mann. »Ein Glück, daß ich vorbeigekommen bin. Ich hab euer Auto gesehen.«

Carl fragte: »Gehört die Tankstelle Ihnen?«

»Ganz recht. Zuerst dachte ich, ihr wärt nur ein paar Jugendliche. Ich hätte mir nicht träumen lassen …«

»Daddy?«

Was dann geschah, ging so blitzschnell, daß selbst Carl, der der Handelnde war, später nur eine nebelhafte Erinnerung daran hatte.

Der Tankstellenbesitzer fuhr herum wie angestochen, um seine Tochter anzufahren, der er offensichtlich befohlen hatte, im Wagen zu bleiben. Mehr als diese Sekunde brauchte Carl nicht, um dem Mann den Kolben der Flinte in den Bauch zu rammen. Das Gewehr ging nicht los, ein Wunder, das Carl nie begriff. Myron, der sich, auch das ein Wunder, ausnahmsweise intelligent verhielt, schnappte sich das Mädchen und klatschte ihr seine Riesenpranke aufs Gesicht, um sie am Schreien zu hindern.

In weniger als fünf Sekunden war der Spieß umgedreht. Nun waren wieder Carl und Myron im Besitz der Waffen und hatten die Oberhand, während der Mann, der gehofft hatte, sie hinter Schloß und Riegel zu bringen, schmerzgekrümmt um sein Leben bettelte.

»Wau!« Carl hob die Schokolade vom Boden auf und riß die Verpackung auf. »Jetzt geht's mir doch gleich wieder viel besser. Dir nicht auch, Myron?«

»Doch, Carl.«

Carl biß ein Stück Schokolade ab. »Nimm lieber die Hand von ihrer Nase, Myron, sonst erstickt sie noch. Aber halt ihr schön weiter den Mund zu.«

»Bitte tun Sie ihr nichts«, röchelte der Mann, nach Luft schnappend.

»Wär mir nie in den Sinn gekommen«, sagte Carl, den Gekränkten spielend. »Dir, Myron?«

»Nein, Carl.«

»Sehen Sie?« höhnte Carl. »Wir wollen niemandem was tun. Bestimmt nicht.« Er stieß dem Mann den Flintenkolben ins Gesicht, daß blutspritzend das Nasenbein splitterte und mehrere Zähne brachen.

Der Mann fiel zu Boden und flehte stöhnend zu Gott, ihm zu helfen.

»Das Geflenne und Gejaule kannst du dir sparen. Der liebe Gott hilft dir nicht«, sagte Carl. »Der einzige, der dir helfen kann, bist du selber. Du brauchst nur die Kasse hier aufzumachen. Dann lassen wir euch in Frieden. Ist das nicht ein fairer Vorschlag?«

»Okay, okay. Ich mach ja alles. Nur tun Sie uns nichts.«

Mit reiner Willenskraft richtete der Mann sich auf und schleppte sich zum Tresen. Dem armen Hund zitterten die Hände so stark, daß er das Ding kaum einschalten konnte. Aber er schaffte es. Er gab den Code ein, und die Geldschublade öffnete sich.

»Na, war doch ganz einfach.« Carl klopfte ihm beifällig auf den Rücken und stieß ihm den Eisenschaft, den er im Gefängnis geschliffen hatte, bis er scharf und spitz war, in die Niere. Drei kräftige Stöße. Als Carl das selbstgemachte Messer das letztemal herauszog, brach der Mann zusammen.

»Ohne daß auch nur ein Schuß gefallen ist«, stellte Carl mit einem befriedigten Grinsen fest. »Wurde aber auch Zeit, daß mal wieder was glattgeht.«

Das Mädchen wimmerte vor Todesangst. Carl hatte sie bisher kaum beachtet: Er hatte anderes im Kopf gehabt. Aber während er jetzt das Geld aus der Kassenschublade in seine Taschen stopfte, sah er sie sich genauer an.

Sie trug Shorts und das Trikot irgendeines Sportvereins. Kniestrümpfe. Turnschuhe. Seiner Schätzung nach mußte sie ungefähr vierzehn sein. Kein Kind mehr, noch nicht ganz Frau. Aber Frau genug. Wenn sie nicht so in Zeitdruck wären …

»Weißt du was, Myron, jetzt kannst du mal eine Weile fahren. Hast du Lust?«

»Au ja, Carl, klasse. Kann ich noch 'n paar PayDays haben?«

»So viele du willst. Ich nehm sie dir mit. Bring du die Kleine schon mal raus zum Wagen und setz sie hinten rein. Paß auf, daß sie nicht schreit.«

Und der gute Myron folgte aufs Wort. Natürlich drückte er der Kleinen die Luft ab, um sie ruhig zu halten, so daß sie bewußtlos war, als Carl nachkam, und die Rolle Isolierband, die er im Lager gefunden hatte, überflüssig. Er verklebte ihr trotzdem den Mund, vorsichtshalber.

Als Myron am Ortsschild vorbei aus dem Nest hinausbrauste, hatte Carl hinten auf dem Rücksitz schon seinen Spaß.

19

Carl Herbold soll's gewesen sein. Zusammen mit dem Kerl, mit dem er ausgebrochen ist. Sie sagen, daß die beiden es getan haben.«

»Kein Mensch sagt das. Sie sagen, daß die beiden *verdächtig* sind.«

»Ist doch das gleiche.«

»In was für einem Land lebst du eigentlich? Wir sind hier in Amerika. Mit einer Verfassung, die unsere Rechte schützt. Unschuldig, solange die Schuld nicht erwiesen ist, oder hast du das vergessen? – Morgen, Ezzy.«

Die Stammgäste im *Busy Bee* am Stadtplatz hechelten wie üblich die heißeste Nachrichtenstory des Tages durch. Ganz gleich, welcher Art die Neuigkeit war – sie pflegten sie so gründlich zu zerpflücken wie die Gourmetköche im Fernsehen einen Salatkopf. Und immer auch pflegten sie über gewisse Punkte der jeweiligen Meldung zu streiten, sei es über allgemeingültige Prinzipien, abstrakte Vorstellungen oder irgendwelche faktischen Nebensächlichkeiten. An diesem Tag schien sich die Diskussion auf die Nebensächlichkeiten zu konzentrieren.

Jeden Morgen versammelte sich eine Clique alter Männer in dem Café. Namen und Gesichter änderten sich von Generation zu Generation, ebenso wie die Themen, die zur Debatte standen. Kriege waren geführt, gewonnen und verloren worden. Kontroversen waren aufgebrochen und begraben worden. Staatsmänner und Berühmtheiten waren gepriesen, beschimpft und vergessen worden. Aber die rituelle Morgenrunde überdauerte alles. Es war beinahe so, als erwüchse jedem Mann, wenn er ein bestimmtes Alter erreicht hatte, die Pflicht, sich im *Busy Bee* einzustellen. Sobald der eine das Zeitliche segnete, nahm der nächste seinen Platz ein. Die Aufrechterhaltung der Tradition war lebenswichtig für die soziale Ordnung in Blewer.

Manchmal saßen sie, die meisten von ihnen Ruheständler mit zuviel Zeit, noch mittags da, nachdem sie von Kaffee auf Eistee umgestiegen waren, und vertraten hitzig ihre Standpunkte.

Ezzy hatte diese alten Männer immer ziemlich erbärmlich gefunden. Sie hatten in seinen Augen nichts Besseres zu tun, als ihre Meinung, um die sie keiner gebeten hatte, zu Fragen, die sie nichts angingen, Leuten aufzudrängen, die keinen Deut besser informiert waren als sie selbst. Kurz und gut: Übriggebliebene, die sich einzureden versuchten, sie wären nützliche Mitglieder der Gesellschaft – der es zur Ehre gereichte, sie zu unterhalten, bis sie starben.

Als er sie jetzt begrüßte, wurde ihm bewußt, daß die meisten jünger waren als er.

»Was führt Sie denn heute morgen hierher?« fragte einer.

»Kaffee, bitte, Lucy«, sagte er zur Bedienung, bevor er auf die Frage einging. »Coras Schwester in Abilene ist krank. Sie will sie für eine Weile pflegen.«

Mehr noch als diese alten Männer, die täglich im Café herumlungerten und Ansichten zum besten gaben, die keinen interessierten, haßte Ezzy Lügner. Mochte kommen, was da wollte, niemals würde er sich der Clique im *Busy Bee* anschließen. Aber er war zum Lügner geworden. Er belog sogar sich selbst. *Vor allem* sich selbst.

Denn er konnte es drehen und wenden, wie er wollte – die nackte Wahrheit war, daß Cora ihn nach über fünfzig Jahren Ehe verlassen hatte. Hilflos mußte er zusehen, wie sie ihren Koffer packte, ihn zusammen mit einigen Fotos von Kindern und Enkelkindern im Wagen verstaute und davonbrauste. Sie war fort.

Aber er versuchte unaufhörlich, sich einzureden, es sei nur eine vorübergehende Trennung. Wie sollte er den Rest seines Lebens ohne sie verbringen?

»Sie sind also Strohwitwer?«

»Sieht so aus«, antwortete er.

»Möchtest du auch ein Frühstück zum Kaffee, Ezzy?«

Er kannte Lucy schon seit der Grundschule. In der High-School war er mit ihrem späteren Mann, den sie ziemlich früh durch einen grauenhaften Unfall beim Holzfällen verloren hatte, in einer Footballmannschaft gewesen. Er hatte der Beerdigung ihres Sohnes beigewohnt, der in Vietnam fürs Vaterland gefallen war.

Mit den Jahren waren Lucys Hüften breiter geworden und die toupierten Haare höher; aber unter der dicken Schminke, die sie jeden Morgen auftrug, um die Spuren des Schmerzes und des Alters zu verbergen, war sie immer noch dieselbe Lucy, der er in der dritten Klasse gezeigt hatte, wie man einen Baum hinaufkletterte.

Zwei Tage hintereinander hatte er Cornflakes zum Frühstück gegessen. Das Wasser lief ihm vom Duft des warmen Essens, der aus der Küche kam, im Mund zusammen. »Hast du vielleicht Brötchen und Soße da?«

»Hab ich doch immer.«

Er setzte sich auf einen Hocker am Tresen und wandte dem Tisch mit den alten Männern den Rücken zu, in der Hoffnung, sie würden dann nicht versuchen, ihn ins Gespräch zu ziehen. Aber das schlug fehl.

»Haben Sie schon von der Entführung und den zwei Morden gehört, Ezzy?«

»Wie soll er nicht davon gehört haben? Im Radio und im Fernsehen bringen sie doch nichts anderes.«

»Hab ich mit dir geredet?« fragte der erste Mann aufgebracht. »Also, wie ist es, Ezzy? Sie als ehemaliger Sheriff, was halten Sie davon?«

»Ein unglaublich gemeines Verbrechen.« Mit einem Blick

dankte er Lucy für das Essen, das sie ihm hinstellte. Er hatte immer den Verdacht gehabt, daß sie ihn recht gern sah. Direkt geflirtet hatte sie nie. Er war ein verheirateter Mann, und sie war nicht der Typ, der es darauf anlegte, einer anderen Frau den Gatten auszuspannen. Er seinerseits hatte nie etwas gesagt oder getan, um sie zu ermutigen. Es war nur ein Gefühl von ihm, weil sie immer ein wenig aufgekratzter zu werden schien, wenn er ins Café kam. Sie bediente ihn besonders zuvorkommend, geizte nie mit Extraportionen und kleinen Gefälligkeiten. So wie jetzt; auf seinem Teller lagen zwei knusprig gebratene Schweinswürste.

»Glauben Sie, daß Herbold es getan hat?«

Ezzy hielt den Blick auf seinen Teller gerichtet. »Dazu kann ich nichts sagen. Es ist drüben in Louisiana passiert – also weit außerhalb meiner Zuständigkeit.«

»Man kann sich schon vorstellen, warum sie den Mann umgebracht haben«, meinte einer nachdenklich. »Sie haben ihn ausgeraubt.«

»Das mit dem kleinen Mädchen ist die wahre Tragödie!«

»Da hast du ausnahmsweise mal recht, Clem. Wie konnten die nur so was Gemeines tun!«

»Im Fernsehen haben sie gesagt, daß sie unten ganz aufgerissen war.«

»Herrgott noch mal!« rief Lucy. »Müßt ihr unbedingt darüber reden? Habt ihr überhaupt keinen Respekt vor den Toten?«

»Jetzt reg dich nicht auf, Lucy. Ich sag doch nur, daß der Kerl, der das getan hat, von Grund auf gemein ist. Er hat's aus Gemeinheit getan. Das war der einzige Grund.« Sein Zeigefinger stach auf die Tischplatte ein. »Reine Gemeinheit!«

»Genau wie damals bei der kleinen McCorkle. Wie lang ist das jetzt her? Erinnern Sie sich, Ezzy?«

Dieser hatte gerade gedacht, wieviel besser Coras Fleischsoße war als die im *Busy Bee,* und hatte das Gespräch an seinem Ohr vorbeiplätschern lassen, ohne richtig hinzuhören. Aber nun war es plötzlich, als bohrten sich tausend Angelhaken in sein Fleisch und zerrten ihn aus den kühlen, dämmrigen Gewässern stillen Sinnens an die Oberfläche, wo Überleben ein Kampf um jeden Atemzug war.

»Klar erinnert er sich«, sagte einer geringschätzig. Dann zu Ezzy: »Sie haben nie beweisen können, daß die Herbolds das Mädchen getötet haben, stimmt's? Sie wissen eigentlich bis heute nicht, was ihr zugestoßen ist, richtig, Ezzy?«

Er räusperte sich und trank einen Schluck Kaffee. »Leider.«

»Nur der Fluß kennt das Geheimnis«, sagte Lucy.

Ezzy sah sie erstaunt an. Erst gestern hatte er einen zweiundzwanzig Jahre alten Zeitungsausschnitt gelesen, genau den, aus dem dies Zitat stammte.

Sie wurde rot, als wäre es ihr peinlich, daß sie sich so genau seiner damaligen Worte erinnerte. »Ich weiß noch, daß ich deinen Ausspruch damals in der Zeitung gelesen hab.«

Einer der Stammgäste erlöste sie aus der Verlegenheit, indem er meinte: »Das können nur diese Burschen gewesen sein. Sie waren die letzten, die mit ihr zusammen gesehen worden sind.«

»Ja, aber sie kann sie irgendwo abgesetzt und einen anderen Kerl aufgegabelt haben.«

»Wen denn?« fragte der andere verächtlich.

»Jeden. Alle sagen, daß sie's mit jedem getrieben hat.«

»Und *ich* sage, daß das verdammt unwahrscheinlich ist. Jeder weiß, daß die Herbolds in die Sache verwickelt waren.«

»Ach ja? Und wie sind sie dann so schnell nach Arkansas gekommen? Kannst du mir das vielleicht verraten? Haben Sie das jemals rausbekommen, Ezzy? Die Sache in Arkansas, das war doch deren Alibi, oder?«

»Richtig.« Ohne sein Frühstück aufgegessen zu haben, rutschte er vom Hocker. »Was schulde ich dir, Lucy?«

Sie stellte ihm die Rechnung, die so lächerlich niedrig war, daß er den Betrag verdoppelte und das Geld unter seinen Teller schob.

»Danke, Ezzy.« Sie bedachte ihn mit einem Lächeln, das einen goldenen Backenzahn zeigte.

»Hör mal«, sagte einer der Männer hinter ihm. »Ich hab mir gerade gedacht…«

»Na, das ist doch mal was ganz Neues.«

»Ach, Scheiß auf dich und…«

»Hey, Jungs, nun macht mal halblang«, rief Lucy. »Ihr kennt die Regeln hier.«

»Entschuldige, Lucy. Also, wie ich sagte, bevor ich unterbrochen wurde…«

Mehr hörte Ezzy nicht. Er öffnete die Tür, brachte damit das Glöckchen über ihn in bimmelnde Bewegung und trat hinaus. Er setzte seinen Hut auf, um seine Augen vor der Morgensonne abzuschirmen. Die Hitze des Betons brannte unter seinen Stiefeln, als er zu seinem Lincoln ging. Die Flagge am Mast vor dem Rathaus hing schlaff in der heißen, windstillen Luft. Auf der Grünanlage vor der alten Kanone aus dem Bürgerkrieg spie mit rhythmischem Klicketi-Klack ein Rasensprinkler einen dünnen Sprühregen, der verdampfte, noch ehe das Wasser zur Erde fiel.

Im Wagen war es so heiß wie in einem Backofen. Ezzy schaltete die Zündung ein, um die Klimaanlage in Gang zu bringen. Das erste, was er aus dem Radio hörte, waren die Nachrichten. Immer noch lief die Großfahndung nach Carl Herbold und Myron Hutts, die kürzlich aus dem Hochsicherheitsgefängnis in Tucker, Arkansas geflohen waren. Sie wurden jetzt der Morde an einem Tankstellenbetreiber und seiner Tochter verdächtigt.

»… eine Spur blutiger Gewalt, deren erste Opfer zwei Gefängniswärter waren. Alles deutet darauf hin, daß der Doppelmord, der vergangene Nacht in dem Dorf Hemp in Louisiana verübt wurde, auch auf ihr Konto geht.«

Ezzy drehte das Radio leiser. Er wollte nicht noch einmal von der Vergewaltigung und der Ermordung eines vierzehnjährigen Mädchens hören. Die ganze Geschichte hatte er schon im Fernsehen mitgekriegt. Der Mann war in der Tankstelle von seiner Frau gefunden worden. Sie hatte sich auf die Suche nach ihm gemacht, als er und die Tochter nach einem abendlichen Schlagballspiel in einem Nachbardorf nicht nach Hause gekommen waren.

Die Leiche des Mädchens wurde erst bei Tagesanbruch entdeckt. Ein Lieferwagenfahrer auf der ersten Etappe seiner täglichen Route hatte sie in einem Straßengraben liegen sehen. Vorläufigen Berichten zufolge war sie vergewaltigt worden, ehe sie durch einen Schuß in den Hinterkopf starb.

Ezzy fuhr ziellos durch die Straßen, weil er nicht in sein leeres Haus zurückwollte. Er fragte sich, ob wirklich Carl diesen Mann und seine Tochter auf dem Gewissen hatte, und wenn ja, ob er so stolz auf seine Tat war wie damals, als Ezzy vor mehr als zwanzig Jahren in dem Gefängnis in Arkansas mit ihm gesprochen hatte. –

»Na so was! Ezzy, der barmherzige Samariter«, hatte Carl hinter Gittern gespottet. »Haben Sie die weite Fahrt gemacht, nur um mich zu besuchen?«

In dem leuchtendorangeroten Overall hatte er so blendend ausgesehen wie eh und je. Sein Lächeln hatte sogar noch draufgängerischer gewirkt – möglicherweise fand er seine Untaten besonders schneidig.

Ezzy hatte sich von dem falschen Charme nicht ködern lassen. »Sie sind drauf und dran, im Morast zu versinken, Carl, und um Ihren Hals hängt ein Mühlstein.«

»Ja, gut, ich geb zu, ich hab schon bessre Tage gesehen, Sheriff. Die haben echt beschissene Gefängnisse hier oben, in Arkansas, das kann ich Ihnen sagen! Das Essen ist saumäßig. Die Latrine stinkt. Die Matratze ist klumpig. Überhaupt nicht lustig.«

»Daran werden Sie sich wohl gewöhnen müssen, Carl.«

»Ne, ich hab 'n guten Anwalt. Pflichtverteidiger, aber echt auf Draht. Irgendwo aus dem Norden. Hat 'n Pferdeschwanz und 'n Ohrring. Dem stinkt das System auch. Besonders hier unten im schönen Süden. Für den sind alle Beamten blöd und korrupt, und ich denke, er hat recht. Er sagt, die können mich vielleicht wegen dem Überfall drankriegen, aber nicht wegen Mord. Da haut er mich raus. Das war ein Unfall.«

»Ach, tatsächlich?«

»Hören Sie mal, der Kerl hätt meinen großen Bruder umlegen können. Entweder ich knall ihn ab, oder ich schau zu, wie Cecil stirbt.«

»Sparen Sie sich das für die Geschworenen, Carl.«

Carls Gesicht war hart und wütend geworden. Die braunen Augen sprühten. »Ich geh nicht wegen Mord in den Knast, Sheriff! Das können Sie sich hinter die Ohren schreiben. Ich bin nicht in den Laden rein, um jemanden umzulegen.«

»Tja, selbst wenn es den Leuten hier in Arkansas nicht gelingt, Sie zu überführen, werden Sie für lange Zeit hinter Gitter bleiben.«

»Wie kommen Sie denn darauf?«

»Wenn Sie hier davonkommen, werden Sie sich in Texas wegen Patsy McCorkle verantworten.«

»Was? Wegen dieser dicken Kröte?« –

Lautes Hupen holte Ezzy in die Gegenwart zurück. Als er sah, daß die Ampel auf Grün geschaltet hatte, winkte er dem anderen Fahrer entschuldigend zu. Des Herumirrens müde, schlug er den Weg zu dem Viertel ein, in dem er und Cora fast ihr ganzes gemeinsames Leben lang gewohnt hatten.

Ihn bedrückte die dumpfe Leere, die ihm entgegenströmte, als er ins Haus trat. Cora war eine kleine Person; seltsam, daß ihre Abwesenheit ein solches Vakuum hinterlassen konnte. Er nahm den Hut ab und hängte ihn an den

Haken neben der Hintertür. In der Küche sah er, daß er vergessen hatte, die Kaffeemaschine auszuschalten. Das holte er jetzt nach.

Was, fragte er sich auf dem Weg in den Flur, sollte er mit dem Rest des Tages anfangen? Fernsehen? Die Auswahl an Seifenopern, Talk-Shows und Verkaufswerbung war nicht berauschend. Im Garten arbeiten? Zu heiß. Außerdem hatte er sowieso keine Begabung dafür. Cora behauptete, eine Pflanze brauche ihn nur kommen zu sehen und ginge lieber von selbst ein, als von ihm gemordet zu werden.

Diese ganze innere Debatte war nichts als Theater, das darauf abzielte, sein schlechtes Gewissen zu beschwichtigen. Er wußte ja längst, was er tun würde.

Ohne weiter gegen die Versuchung zu kämpfen, ging er in sein Arbeitszimmer und setzte sich an das große Rollpult, das er von seinem Vater geerbt hatte. Der war Eisenbahner gewesen und hatte jeden Tag an diesem Pult gesessen. Cora pflegte das gute Stück gewissenhaft mit wöchentlicher Politur. Ezzy sperrte die Rollklappe auf und schob sie hoch. Auf der Schreibplatte lag die Akte McCorkle.

Er schlug sie auf und starrte auf das Schulabschlußfoto hinunter. Damals hatte er es ziemlich gemein gefunden, als Carl Herbold das Mädchen als eine »dicke Kröte« bezeichnete.

– »Ehe ihr sauberen Brüder hier raufgefahren seid, um den Laden auszurauben und nebenbei noch einen Polizisten außer Dienst zu töten, habt ihr unten am Fluß Patsy McCorkle umgebracht.«

Carl starrte durch das Gitter, als wäre er die personifizierte Unschuld. Dann warf er den Kopf zurück und lachte. »Ich weiß nicht, was Sie geraucht haben, Ezzy – aber Sie sind ja total durchgeknallt!«

»Alle, die an dem fraglichen Abend im *Wagon Wheel* waren, haben euch beide mit ihr weggehen sehen. Es gibt Dutzende von Zeugen.«

»'n Scheißdreck gibt's«, zischte Carl wütend.

»Die Herren Herbold waren nicht mit ihr zusammen?«

»Doch, klar – oder genauer gesagt, *sie* war mit *uns* zusammen. Die hat sich an uns drangehängt, sobald wir reinkamen. Sie war blau. Und wir waren auf dem Weg dazu. Wir haben ein bißchen Spaß gehabt. Na und?«

»So wie ich's gehört hab, habt ihr mehr als Spaß miteinander gehabt, Carl. Ihr habt angeblich die reinste Sexschau zum besten gegeben.«

Carl grinste und zwinkerte. »Tut Ihnen wohl leid, daß Sie's verpaßt haben, Sheriff? Tja, wenn wir gewußt hätten, daß Sie interessiert sind! Wir hätten Patsy schon mit Ihnen geteilt. Läßt Ihre Frau Sie nicht ran?«

Hätte Ezzy Carl Herbold durch das Gitter erreichen können, er hätte ihm in diesem Moment vielleicht den Hals umgedreht und dem Staat Arkansas die Ausgaben für einen Prozeß und jahrelange Inhaftierung des Burschen in einem seiner Gefängnisse erspart. So aber unterdrückte er seinen Zorn und ging einfach davon, den höhnisch lachenden Carl Herbold zurücklassend.

Er hatte gehofft, aus Cecil, der nicht halb so frech war wie sein jüngerer Bruder, mehr herauszubekommen. Aber der bestätigte nur Carls Aussage.

»Ja, stimmt, wir haben mit Patsy getanzt und so, aber wir sind nicht mit ihr zum Fluß runter. Wir sind fast die ganze Nacht gefahren und haben morgens um zwanzig nach sieben den Laden überfallen.«

Das entsprach den Tatsachen. Ezzy hatte den Polizeibericht über das Verbrechen gelesen, das den Herbolds ironischerweise ein Alibi für den Mord an Patsy McCorkle lieferte. Aber er war den gleichen Weg gefahren wie in jener Nacht die beiden Burschen. Es handelte sich um etwas mehr als vierhundert Kilometer. Sie hätten es seinen Berechnungen nach dennoch schaffen können, mit Patsy zum Fluß zu fahren, dort mit ihr ihre Spielchen zu treiben und vor sieben

Uhr zwanzig in Arkadelphia zu sein. Auch der Zeitpunkt von Patsys Tod, wie er von Stroud festgestellt worden war, sprach nicht dagegen.

»Cecil, alle in der Kneipe haben Sie und Carl mit dem Mädchen gesehen. Soweit ich hörte, habt ihr drei selbst für diese Spelunke eine ziemlich aufsehenerregende Vorstellung gegeben. Ihr wollt mir doch nicht weismachen, daß ihr nach dem ganzen Theater, dem vielen Alkohol, der Tanzerei, dem Geknutsche, keinen Sex mit ihr hattet.«

Cecils Blick huschte unstet durch die Zelle. Der Junge kaute einen Moment auf seiner Unterlippe. »Okay, okay«, sagte er dann, »sie hat's mir – äh – sie hat's mir gemacht. Mit der Hand. Unter dem Tisch.« Er senkte den Kopf und unterdrückte mit Mühe ein Lachen. »Mann, das war echt irre. Rundherum ein Haufen Leute, und sie massiert mir unter dem Tisch den Schwanz. Aber so war Patsy. Spaß, Spaß, Spaß!«

»Und später?«

»Wie später?«

»Was habt ihr später so zum Spaß getrieben mit ihr?«

Jetzt wurde Cecil nervös. Er begann an seinem Daumennagel zu knabbern. »Was hat Carl gesagt?«

»Carl hat gesagt, ihr hättet euch draußen vor der Kneipe getrennt.«

»Das stimmt«, bestätigte er eilig. »Wir sind nach Arkansas gefahren, und dann haben wir Hunger gekriegt und weil wir keine Kohle hatten, sind wir in den Laden eingebrochen.«

»Wo ihr einen Polizeibeamten getötet habt.«

»Wir haben doch nicht gewußt, daß es ein Bulle war. Der blöde Hund hat gleich die Kanone gezogen. Was hätt' Carl denn tun sollen? Der mußte uns doch schützen, sonst hätt's uns ja erwischt, Sheriff. Hey, Sheriff?«

Aber Ezzy war schon auf dem Weg hinaus, um mit dem Staatsanwalt zu sprechen, der sich mit dem Fall befaßte. Er war ein breiter, rothaariger Mann mit roten Pausbacken. »Entschuldigen Sie, Sheriff – äh – wie?«

»Hardge.«

»Sheriff Hardge, ich verstehe natürlich Ihre Situation. Wirklich. Ich weiß, Sie würden Ihren Fall da unten gern klären. Aber wenn ich diese Burschen einem solchen Vergleichstest zu dem von Coroner Stroud unterziehe, um Ihnen zu helfen, muß ich damit rechnen, daß ich meinen Prozeß hier verliere. Mindestens wäre es für die Verteidigung ein Grund, in die Berufung zu gehen. Diese könnte Verletzung der Persönlichkeitsrechte geltend machen. Sie kennen doch Anwälte! In Texas sind sie bestimmt so schlimm wie hier. Die arbeiten mit allen Tricks. Wenn ich Ihnen in dieser Sache entgegenkomme, wird das Verfahren gegen die beiden Kerle vielleicht überhaupt eingestellt.« Er zündete sich eine Camel ohne Filter an und löschte das Streichholz mit einem Schwenken der Hand. »Tut mir leid. Wir haben sie zuerst erwischt. Sie haben einen von unseren Leuten getötet. Wir werden sie für lange Zeit in Arkansas behalten.«

»Aber ich brauch doch nur zwei Spermaproben. Wieso soll das ein Verstoß gegen ihre Rechte sein?«

Er lachte amüsiert. »In eine Flasche abspritzen? Also, wenn das von mir jemand verlangen würde, würde ich das sehr wohl als Verstoß gegen meine Persönlichkeit betrachten.«

20

Okay, aber du darfst nicht weiter zurückgehen.«

»Ich versprech's.«

»Du bleibst genau da stehen?«

»Ja, genau hier. Denk nur dran, richtig fest mit den Beinen zu arbeiten, so wie du's geübt hast.«

Das Wasser reichte David bis zu den Hüften. Trotzdem war ihm der Abstand von vielleicht anderthalb Metern, der ihn von Jack trennte, nicht ganz geheuer. Er holte tief Luft und stürzte sich vorwärts. Einige kräftige Schwimmzüge später berührte er aufatmend Jacks Hände. Jack zog ihn hoch und half ihm, im kühlen, sandigen Flußbett wieder Halt zu finden.

»Prima hast du das gemacht!« Jack klatschte dem Jungen auf die Schulter. »Du hast es geschafft!«

»Darf ich noch mal?«

»Jederzeit.«

David watete zu seinem Startplatz zurück. »War doch lustig gestern abend, wie wir Eis gegessen haben, oder, Jack?«

»Ja, sehr.«

»Ich wollte, du würdest für immer bei uns bleiben. Du könntest in meinem Zimmer schlafen.«

»Meinst du nicht, das wär ein bißchen eng für uns beide?«

David strich mit den Händen über das Wasser, während er überlegte. Dann hellte sein Gesicht sich auf. »Du könntest bei meiner Mama schlafen. Die hat ein großes Bett.«

Jack verbarg sein Lächeln. »Ich glaube nicht, daß das geht.«

»Warum nicht? Es würde ihr sicher nichts ausmachen.«

»Nein, das geht wirklich nicht.«

»Aber warum nicht?« beharrte der Junge.

»Weil ihr eine Familie seid. Du, deine Mama und dein Opa. Ich gehöre nicht dazu.«

»Ja, aber…«

»Hey, was ist denn das?« Jack hob eine Hand, um David zum Schweigen zu bringen. »Klingt wie ein Triangel.«

»Ach ja, das Ding!« David machte mit geschlossener Faust eine Bewegung, als schwenkte er einen Zauberstab. »Das hat Mama extra, damit sie bimmeln kann, wenn was passiert ist.«

»Wenn was passiert ist?«

Jack packte David bei der Hand und rannte mit ihm durch das seichte Wasser zum Ufer. »Schnell, zieh deine Schuhe an. Hol deine Sachen.« Jack stieg hastig in seine Jeans und ergriff seine Stiefel. Der Triangel bimmelte nicht mehr, aber nur zum Spaß hatte Anna ihn zuvor sicher nicht angeschlagen.

Jack nahm David wieder bei der Hand, und sie hasteten durch den Wald zum Haus. Es begann zu dämmern. Sie mußten durch Mückenschwärme hindurch; aber sie liefen so schnell, daß die Insekten nicht dazu kamen, auf ihnen zu landen. Jack stolperte über eine Wurzel und zog David beinahe mit sich zu Boden.

»Alles in Ordnung?« rief er dem Jungen zu, als er wieder auf den Füßen stand.

»Ja, alles in Ordnung.«

Die schwere, feuchte Luft machte das Laufen nicht leichter. Als sie die Lichtung erreichten, rang Jack um Atem. Er blieb stehen und sah voll Sorge zum Haus hinüber. Kein Rauch. Vielleicht ein Feuer im Haus oder Stall? Nach den langen Tagen ohne Regen war alles strohtrocken. Ein einziger Funke konnte da einen gefährlichen Brand entfachen.

Er war erleichtert, als seine erste Befürchtung sich nicht bewahrheitete – aber irgend etwas Erschreckendes mußte geschehen sein, und er wußte immer noch nicht, was. Nun ließ er Davids Hand los und sprintete den Rest des Wegs zum Haus, rannte die kurze Treppe hinauf und stürzte durch die Tür.

»Anna? Delray? Wo seid ihr? Was ist passiert?«

Er lief zum Wohnzimmer, aber es war leer. Als er sich umdrehte, stieß er so heftig mit Anna zusammen, daß sie beinahe gefallen wäre. Im letzten Moment hielt er sie bei den Schultern fest.

»Was ist los?«

Sie wies ihn nach oben.

Jack rannte zurück, um das Treppengeländer herum und sprang, jeweils zwei Stufen auf einmal nehmend, hinauf. Innerhalb von Sekunden war er im ersten Stock. Delray lag im Flur, einige Schritte von der Tür zu seinem Schlafzimmer entfernt.

Jack kniete neben ihm nieder. Der alte Mann war bewußtlos. Jack suchte die Halsschlagader. Kein Puls.

»Scheiße! Stirb uns jetzt bloß nicht weg!« Er hockte sich rittlings über Delrays Hüften und begann mit Wiederbelebungsversuchen. Er hörte Anna und David durch den Flur kommen.

»David?«

»Was ist mit Opa?« Der kleine Junge weinte.

»Frag deine Mutter, ob sie neun-eins-eins angerufen hat.«

»Sie sagt, ja, Jack.«

Anna kniete auf Delrays anderer Seite nieder. Jack sah sie an. »Der Notruf?«

Sie nickte.

»Gut. Gott sei Dank!«

Denn wenn nicht sehr schnell Hilfe kam, würde Delray es nicht schaffen.

Der Arzt war vorsichtig. Er wollte Delrays Zustand nicht beschönigen, aber wollte die Angehörigen auch nicht unnötig beunruhigen.

»Die ersten Untersuchungen zeigen mehrere Verschlüsse, von denen jeder für sich sehr ernst genommen werden muß. Der Blutdruck ist kritisch. Unsere erste Aufgabe ist es, ihn zu senken und Ihren Schwiegervater zu stabilisieren.«

Seine Diagnose wurde Anna von einer Dolmetscherin übermittelt. Sie hieß Marjorie Baker. Ihre beiden Eltern waren gehörlos gewesen, so daß sie als allererstes die Gebärdensprache erlernt hatte. Sie war ausgebildete Dolmetscherin und Erzieherin für Gehörlose. Daher kannte sie Anna. Sie hatte sie unterrichtet und war später ihre Freundin geworden.

Neben ihrer Lehr- und Verwaltungstätigkeit an den staatlichen Schulen setzte sich Marjorie Baker für die Belange der Gehörlosen in den ländlichen Gemeinden von Osttexas ein. Im Gegensatz zu den Krankenhäusern in den größeren Städten hatte dieses hier noch keine Fernschreibanlage für Gehörlose. Deshalb wurde gleich nach Delrays Einlieferung Marjorie Baker benachrichtigt. Sie war sofort gekommen, ruhig und voll Anteilnahme. Jack mochte sie auf Anhieb.

»Was geschieht, wenn es gelungen ist, seinen Zustand zu stabiliseren?« fragte sie jetzt, Annas Handzeichen übersetzend.

Taktvollerweise richtete der Arzt das Wort direkt an Anna. »Dann muß unbedingt ein Bypass gelegt werden. Alternativen zu einer Operation, wie Angioplastik, kommen leider nicht mehr in Frage.«

»Können Sie das hier machen?« fragte Marjorie.

»Die Operation?« Als Anna nickte, sagte er: »Nein, Madam. Ich bin Kardiologe, nicht Herzchirurg. Aber ich kann Ihnen mehrere hervorragende Chirurgen in Houston oder Dallas empfehlen. Ganz gleich, für wen Sie sich entscheiden, wir werden dem Kollegen einen genauen Krankheitsbericht und alle anderen Unterlagen umgehend zukommen lassen. So handhaben wir das immer. Wir werden Ihnen die

Formalitäten einer Überweisung soweit wie möglich erleichtern.«

»Machen Sie sich wegen eventueller Ungelegenheiten für mich keine Gedanken«, übersetzte Marjorie Annas Zeichen. »Ich möchte, was für meinen Schwiegervater das Beste ist.«

»Natürlich«, sagte der Arzt.

»Wird Opa wieder gesund, Jack?«

»Daran arbeiten wir gerade.«

Sich seiner Tränen schämend, drückte David sein Gesicht an Jacks Oberschenkel. »Können Sie schon etwas darüber sagen, wie seine Chancen stehen?« fragte Jack den Arzt.

»Nein, dazu ist es noch zu früh. Wirklich«, fügte der Arzt hinzu, als er die Skepsis in Annas Blick bemerkte. »Im Moment befindet er sich in einem kritischen Zustand. Ich müßte lügen, wenn ich etwas anderes sagen wollte. Er liegt auf der Intensivstation. Wir werden ihn die ganze Nacht hindurch genau beobachten. Morgen früh ist dann vielleicht eine genauere Prognose möglich.«

»Könnte man ihn nicht heute abend noch mit einem Hubschrauber nach Houston oder Dallas fliegen?« Die Frage kam von Marjorie, und sie erhielt dafür ein beifälliges Nikken von Anna.

»Zu dem gegenwärtigen Zeitpunkt wäre das gefährlich«, gab der Arzt Auskunft. »Wenn er mein Vater wäre, würde ich das Risiko nicht eingehen. Ich würde mit einer Verlegung warten, bis sich seine Werte etwas günstiger zeigen.« Er sah Anna mit einem teilnehmenden Lächeln an und legte ihr eine Hand auf die Schulter. »Selbstverständlich würden Sie viel lieber etwas anderes hören, aber im Moment kann ich Ihnen einfach nur zu Geduld raten.«

Ehe er sich verabschiedete, sagte er noch, daß eine Schwester Anna Bescheid geben würde, sobald sie Delray sehen könne. Die Schwester kam eine halbe Stunde später. Ihr folgend, eilte Anna aus dem Warteraum. Marjorie begleitete sie. Jack blieb mit David zurück.

»Warum darf ich nicht zu Opa?« jammerte der Kleine.

»Weil auf einer Intensivstation sehr kranke Menschen liegen. Das ist kein Ort für kleine Jungs.«

»Und warum nicht?«

»Es könnte sein, daß du Lärm machst und die Patienten störst.«

»Ich würde überhaupt keinen Lärm machen!«

»Soll ich dir eine Geschichte vorlesen?« Mit verheißungsvoller Miene hielt Jack ein Buch hoch.

»Das ist ein blödes Buch. Es hat nicht mal Bilder.«

Der Junge ließ sich nicht ablenken. Jack war erleichtert, als Anna etwa zehn Minuten später wiederkam. Sie sah blaß und erschüttert aus; aber um Davids willen lächelte sie und erklärte ihm, sein Opa schlafe sich jetzt richtig aus.

»Ich möcht aber zu ihm.« Davids Unterlippe bebte.

»Er hat Schläuche in der Nase und in den Armen, David«, sagte Marjorie Baker.

»Wie in den Krankenhaussendungen im Fernsehen?«

»Ja, aber im richtigen Leben ist das was anderes. Du würdest deinen Opa so nicht sehen wollen, und er würde nicht wollen, daß du ihn so siehst. Außerdem wäre es nicht gut für ihn, wenn du ihn jetzt aufwecktest.«

»Soll ich ihn nach Hause bringen?« wandte sich Jack an Anna.

»Nein!« wehrte sich David sofort. »Ich will hierbleiben, bei meinem Opa.«

Er begann zu weinen, und Anna nahm ihn auf den Schoß. Sie drückte seinen Kopf an ihre Brust und streichelte seine Stirn, strich ihm das Haar zurück, das, wie Jack bemerkte, noch naß war von ihrem Badevergnügen. Sie wiegte ihn hin und her, während sie ihn an sich gepreßt hielt und immer wieder seine Stirn küßte. Nach einer Weile hörte er auf zu weinen, klammerte sich aber weiterhin an seine Mutter.

»Er kann wohl dableiben«, sagte Marjorie mit einem Lächeln zu Jack. »In der ganzen Aufregung haben wir uns noch gar nicht miteinander bekannt gemacht. Ich weiß nur, daß Sie Jack heißen.«

»Sawyer«, stellte er sich vor und gab ihr die Hand. »Vielen Dank, daß Sie gekommen sind. Anna freut sich bestimmt über Ihren Beistand.«

»Sie war froh, daß *Sie* heute abend da waren, als es passiert ist.«

»Gott sei Dank konnte ich ihr helfen.«

Marjorie warf ihm einen interessierten Blick zu, ehe sie sich neben Anna setzte und gestikulierend ein Gespräch mit ihr begann. Eine Stunde später durfte Anna noch einmal fünf Minuten zu Delray. Sein Zustand war unverändert.

Der Arzt und die Schwestern drängten sie, für die Nacht nach Hause zu fahren, aber das kam für sie nicht in Frage. Von der Ranch zum Krankenhaus war es fast eine halbe Stunde Fahrt. Vielleicht würde man sie, kaum zu Hause angekommen, wieder zurückrufen. Unter Umständen besserte sich Delrays Zustand ganz plötzlich – oder verschlechterte sich. Wie auch immer, sie wollte in der Nähe sein.

Marjorie erbot sich, ebenfalls zu bleiben, aber davon mochte Anna nichts hören.

»Gut, ich fahre – aber nur wenn du mir versprichst, mich anzurufen, sobald sich etwas ändert.«

Das tat Anna.

Jack wußte nicht, was von ihm erwartet wurde. Sollte er gehen oder bleiben? Wollte sie ihn an ihrer Seite wissen oder wünschte sie, er würde verschwinden? Unsicher nahm er auf einem Sofa Platz, das in rechtem Winkel zu Annas und Davids Sitzgelegenheit stand. Aus einem wenig verlockenden Stapel alter Zeitschriften auf einem Beistelltisch suchte er sich ein Heft über Barschfischerei heraus und versuchte zu lesen.

Um Mitternacht wurden die Neonleuchten an der Zimmerdecke ausgeschaltet; nur einige Tischlampen brannten noch, deren gedämpftes Licht dem Schlaf förderlicher war.

Im Wartezimmer befand sich außer Anna, David und Jack nur noch ein älteres Ehepaar. Der Mann hatte sich auf einem Liegesessel ausgestreckt. Leises Schnarchen drang hin und wieder aus seinem geöffneten Mund. Die Frau hatte sich auf einem Sofa in den Schlaf geweint. Jack überlegte flüchtig, was für eine Krise die beiden in dieser Nacht hier wohl festhielt.

Nach einer Weile schlief David in Annas Armen ein. Sie trug ihn zu einer Liege und deckte ihn mit einer Wolldecke, die ihr jemand vom Personal brachte, zu. Jack bemerkte, daß sie sich die Oberarme rieb, und berührte kurz ihren Ellbogen, um sich bemerkbar zu machen.

»Ist Ihnen kalt?«

Sie wies zum Luftschlitz der Klimaanlage. Er holte eine zweite Decke und legte sie Anna um die Schultern.

»Danke.«

»Gern geschehen. Möchten Sie etwas zu trinken? Kaffee? Cola? Einen Saft?«

Kopfschüttelnd ließ sie sich nach rückwärts in die Polster sinken und schloß erschöpft die Augen.

Jack versuchte, es sich auf seinem Sofa bequem zu machen. Schnell hatte er festgestellt, daß die Barschfischerei ihn wenig interessierte. Auch die zweite Zeitschrift, die er sich heraussuchte, vermochte ihn nicht lange zu fesseln.

Tatsache war, daß er nicht lesen konnte, weil er immer Anna anstarren mußte. Ihre Haltung, der Kopf zurückgelegt, der Hals gewölbt und bloß, erinnerte ihn an das Schwarzweißfoto, das sie am Zaun stehend zeigte. Sie mußte es selbst aufgenommen haben.

Ganz schön raffiniert, der Blickwinkel, den sie gewählt hatte. Ganz schön begabt, sich so eine Pose einfallen zu lassen. Ganz schön clever, dieser Einsatz von grellem Licht und tiefem Schatten. Ganz schön schön!

War sie schön? Nicht im landläufigen Sinn, nicht wie ein Model oder ein Filmstar. Anders als klassische Schönheit war die ihre – eher überraschend. Interessantere Gesichtszüge wies sie auf, von starkem Ausdruck, mit jeder Stimmung wechselnd. Sie hatte ein Gesicht, das man immer ansehen konnte, oder zumindest so lange, bis man endlich dahintergekommen war, warum, zum Teufel, man den Blick nicht abwenden wollte.

Er fragte sich, wie sie den Moment im Pferdestall empfunden hatte. Als sie an dem Abend über den Hof gerannt war, als würde sie von allen Hunden der Hölle verfolgt – was war ihr da durch den Kopf gegangen?

Eventuell gar nichts. Oder sie hatte überlegt, warum es nicht endlich regnete oder was sie am nächsten Morgen zum Frühstück machen wollte oder ob sie das Paar Schuhe kaufen sollte, das sie in der Stadt gesehen hatte. Vielleicht war es für sie gar nicht ein *Moment* in dem Sinn gewesen wie für ihn? Der seine Welt erschüttert, aber in ihrer womöglich nicht einmal ein leichtes Beben ausgelöst hatte.

Jack war nahe daran gewesen, sie an sich zu ziehen und auf den Mund zu küssen. Ihre Flucht sah aus, als hätte sie genau davor Angst gehabt. Aber hatte sie Angst gehabt, weil sie sich gewünscht hatte, von ihm geküßt zu werden, oder weil der Gedanke an einen Kuß von ihm sie abstieß?

Er hatte sich eingebildet, das erstere sei zutreffend. Aber er konnte sich irren. Vielleicht war sie davongelaufen, weil er aus dem Mund roch. Oder sein Körper ihr unangenehm war. Oder weil sie ihn nicht attraktiv fand.

Man konnte ihn weiß der Himmel nicht als gutaussehend bezeichnen. Sein Gesicht war nicht unbedingt von Meisterhand modelliert; eher von einem blutigen Dilettanten, der mit einer Kettensäge an einem Holzklotz herumgefuhrwerkt hatte. Nein, mit seinem Äußeren war kein Blumentopf zu gewinnen.

Aber bisher hatten sich die Frauen davon nicht abschrecken lassen. Im Gegenteil, viele hatten ihm erklärt, seine Ecken und Kanten besäßen eine unheimlich erotische

Ausstrahlung. Vielleicht war's das – vielleicht hatte er eine zu starke erotische Ausstrahlung.

Anna war aus Angst davongelaufen. Es gab viele Frauen, die völlig kopflos reagierten, wenn sie sich von starker Männlichkeit bedroht fühlten. Vielleicht hatte sie befürchtet, er würde einfach seinen Trieben nachgeben, sie ins Heu werfen und mit Gewalt nehmen.

Ach, zur Hölle, er hatte keine Ahnung, was sie dachte!

Er wußte nur, daß er an dem Abend neulich ewig nicht einschlafen konnte. Und als er es schließlich doch geschafft hatte, war er wenige Stunden später wieder aufgewacht, schweißgebadet – obwohl die ratternde Klimaanlage eiskalte Luft auf seinen nackten Körper blies – und mit einer Erektion, die ihm mehr als einen Blumentopf eingebracht hätte.

Anna fuhr aus dem Schlaf. Sie brauchte ein paar Sekunden, um sich zu orientieren. Dann erinnerte sie sich, wo sie war und warum – und die schreckliche Realität stürzte sie in tiefe Beklommenheit.

In Deans letzten Lebenswochen hatte sie täglich Stunden im Warteraum des Krankenhauses gesessen. Ihr Wachen hatte seinerzeit nichts am Ausgang der Dinge geändert und würde es auch heute nicht tun – aber sie konnte Delray ebensowenig im Stich lassen wie damals Dean.

Sie sah zu dem Sofa hinüber, auf dem David schlief. Ja, er war noch da, ihm fehlte nichts. Sie gähnte, streckte sich und ließ ihren Kopf um die Schultern kreisen, um ihre Nackenmuskeln zu lockern. Sie sah auf ihre Uhr; bis zur nächsten Besuchszeit waren es noch Stunden.

Dann blickte sie zu Jack Sawyer hinüber. Er schlief, seine Brust hob und senkte sich in regelmäßigen Zügen. Seine Beine waren leicht gespreizt, das eine Knie gebeugt, das andere durchgestreckt. Die Hände hingen lose gefaltet zwischen seinen Oberschenkeln.

Sie betrachtete diese Hände und erinnerte sich ihrer Berührung. Als sie David die Zeichensprache gelehrt hatte, hatte sie für jeden einzelnen Buchstaben mit eigner Hand seine Finger in Stellung gebracht. Die gleiche Methode hatte sie bei Jack Sawyer angewandt. Aber seine Hände hatten sich ganz anders angefühlt als die ihres Sohnes.

Jacks Finger waren lang und kräftig, die Spitzen schwielig. Auf den Fingerrücken sprießten feine sonnengebleichte Härchen. Seine Nägel waren sauber geschnitten, aber die Nagelhaut wies an manchen Stellen Risse auf.

David hatte die weichen Hände eines Kindes. Jacks waren die eines Mannes, der Wind und Wetter und harte Arbeit kannte. Sie hatte seinen Atem auf ihrem Gesicht gespürt, als sie vor ihm gestanden hatte, und bei seinem Blick war ihr innerlich warm geworden.

Plötzlich öffnete er die Augen und sah, daß ihr Blick auf ihm ruhte. Hastig setzte er sich gerade. »Alles in Ordnung?«

»Ja.«

»Was Neues vom Arzt?«

»Nein.«

Er warf einen Blick auf David. Als er sich wieder ihr zuwandte, lächelten sie beide. David lag auf dem Rücken, einen Arm leicht abgewinkelt über dem Kopf, den anderen schräg ausgestreckt, so daß er über die Sofakante herabhing.

»Muß wunderbar sein, so schlafen zu können«, meinte Jack. »Er war wahrscheinlich todmüde von der Schwimmerei.«

Schwimmerei? Ihre Miene übermittelte die Frage.

»Ach, Mist! Jetzt hab ich die Katze aus dem Sack gelassen.«

Sie folgte den Bewegungen seiner Lippen; aber die Worte, die sie auf ihnen las, verwirrten sie nur noch mehr.

Er sah es. »Das heißt, ein Geheimnis verraten«, erklärte er ihr. »Ich bin gerade dabei, David das Schwimmen beizubringen. Wir üben jeden Tag ein bißchen. Tun Sie überrascht, wenn er es Ihnen vorführt.«

Sie nickte, zum Zeichen, daß sie jetzt verstanden hatte.

»Wir waren am Fluß, als Sie gebimmelt haben.«

Jack hatte weder Hemd noch Schuhe angehabt, als er ins Haus gerannt war. David war in seiner Unterwäsche gewesen, die Kleider unter dem Arm. Erst jetzt fiel es ihr wieder ein. Jack mußte sich und David angezogen haben, während die Sanitäter Delray die Treppe hinuntertrugen und in den Rettungswagen brachten. Sie hatte ihre Handtasche gesucht, sich vergewissert, daß die Versicherungskarte drinsteckte, und ein paar Sachen für Delray gepackt. Es waren hektische Momente gewesen – aber mit Jacks Hilfe halb so schlimm, weil der sich um David kümmerte.

Anna zog einen kleinen Spiralblock aus ihrer Handtasche und schrieb ihm ein paar Worte, zum Dank für seine Hilfe.

»Das hätte doch jeder getan«, sagte er, nachdem er sie gelesen hatte.

Eigensinnig schüttelte sie den Kopf. »Sie haben nicht nur geholfen«, schrieb sie, »Sie haben Delray das Leben gerettet.«

Er zog verlegen die Schultern hoch. »Ich bin froh, daß ich nützlich sein konnte.« Vorgebeugt stützte er die Ellbogen auf seine Knie. Einen Moment schien er in Nachdenken versunken, dann sah er auf und fragte: »Wie ist es eigentlich passiert?«

Sie schrieb mehrere Seiten ihres kleinen Blocks voll. Delray hatte sich im Fernsehen die Fünf-Uhr-Nachrichten angesehen. Nach dem Bericht über die Entführung und den Doppelmord in Louisiana hatte er sich entschuldigt und war nach oben gegangen. Ein paar Minuten später war Anna, die ein ungutes Gefühl hatte, ihm gefolgt, um nach ihm zu sehen – und hatte ihn oben im Flur gefunden.

»Gott sei Dank haben Sie gespürt, daß was nicht in Ordnung war.«

Sie schrieb: »Ich habe gemerkt, daß ihn diese Meldung sehr aufregte.«

»Weil Carl Herbold verdächtigt wird, dieses Verbrechen begangen zu haben«, bemerkte Jack.

Es überraschte sie offensichtlich, daß Jack den Grund für Delrays Erschütterung kannte. Neugierig sah sie ihn an.

»Ich weiß, daß es da eine Verbindung gibt«, begann er zu erklären. »Delray und ich haben neulich im *Dairy Queen* Sheriff Hardge getroffen. Er sagte was von Arkansas und daß der Junge zu schlau wäre, sich hier in die Gegend zu wagen. Er sagte, Delray solle sich keine Sorgen machen. Den Rest hab ich mir selbst zusammengereimt. Dieser Gefängnisausbruch in Arkansas macht ja seit Tagen Schlagzeilen. Aber Delray und ich hatten über anderes zu reden, darum hab ich ihn nicht weiter danach gefragt. Und gestern hab ich dann diese Anspielung von Lomax mitgekriegt. Wie der am Ende auch noch behauptete, daß die Leute hier Delray die Schuld an Herbolds Verbrechen geben.«

Anna schrieb: »Carl ist der Stiefsohn, von dem ich Ihnen erzählt habe.«

»Ich verstehe.«

Obwohl er es aufnahm, als wäre es ihm neu, hatte Anna eher den Eindruck vom Gegenteil. Bei ihren Gesprächen mit anderen verließ sie sich großenteils darauf, die Gesichter und Körpersprache ihrer Gesprächspartner zu beobachten. Sie war darauf angewiesen, die Mimik zu deuten, weil sie ja den Tonfall der Stimme nicht hörte.

Jack log. Er hatte zwar nichts Unwahres gesagt, verschwieg jedoch etwas. Aber wenn er von der Beziehung zwischen Delray und Carl Herbold bereits gewußt hatte, warum gab er es dann nicht zu? Und wenn er wirklich ein Wanderleben führte und nirgends zu Hause war, woher wußte er überhaupt davon? Carl und Cecil verschwanden vor mehr als zwanzig Jahren im Gefängnis. Dean war noch ein Kind gewesen. Selbst er hatte seine Stiefbrüder nur mehr dem

Namen nach gekannt. Aber Jack, ein Fremder von nirgendwo, wußte von den beiden, von denen Delray sich längst distanziert hatte…

Jack Sawyer war am Tag nach Carl Herbolds Flucht plötzlich auf der Ranch erschienen. Zufall?

Es stimmte sie einigermaßen nachdenklich.

21

Cecil Herbold fand, er hätte allen Grund, paranoid zu sein.

Es war sein freier Tag. Aber anstatt das zu genießen und einmal richtig auszuschlafen, war er schon in aller Frühe wach und das reinste Nervenbündel, ehe er überhaupt aus dem Bett fand. Am liebsten wollte er sich in seiner Wohnung verkriechen, obwohl er das Gefühl hatte, die Decke stürze ihm auf den Kopf. Er konnte keinen Moment stillsitzen, aber ihm fiel auch nichts ein, was er hätte tun können, um seine überschüssige Energie loszuwerden. Vor lauter Nervosität konnte er nicht einmal essen.

Dieses ewige Nachdenken! Das war sein Problem. Er hatte zuviel Zeit zum Nachdenken, und wenn er nachdachte, bekam er die galoppierende Paranoia.

Er schlurfte von Zimmer zu Zimmer, spähte durch die Ritzen der Jalousien, um zu sehen, ob das Haus überwacht wurde; doch war ihm die ganze Zeit klar, daß er die Bullen nicht zu Gesicht kriegen würde, wenn sie ihn wirklich beschatteten.

Mehrere Minuten lang beobachtete er die Straße und sah nichts Ungewöhnliches. Der Verkehr bewegte sich wie immer. Kein verdächtig aussehender Lieferwagen parkte am Bordstein, nirgends ein Unbekannter, der tatenlos herumlungerte, überhaupt nichts Auffälliges. Aber diese Typen waren natürlich drauf gedrillt, mit der Landschaft zu verschmelzen. Die verstanden es, sich unsichtbar zu machen, selbst wenn sie einem direkt vor der Nase rumtanzten.

Okay, er konnte sie vielleicht nicht sehen – aber er wußte,

daß sie da draußen lauerten. Er wurde überwacht, das war so sicher wie das Amen in der Kirche.

Wenn sie ihn nicht schon vorher beobachtet hatten, dann jetzt ganz bestimmt.

Gestern morgen hatte er in den Nachrichten von dem brutalen Mord an dem Tankstellenbesitzer und seiner Tochter irgendwo in einem Nest in Louisiana gehört. Noch ehe die Polizei bekanntgab, daß sein Bruderherz der Tat verdächtigt wurde, ahnte Cecil die Zusammenhänge. So wie das Ding gelaufen war, klang es typisch nach Carl.

Dieser Idiot! Er sollte sich doch ruhig verhalten, keinen Wirbel machen, nichts tun, was den Bullen dazu dienen konnte, seine Spur aufzunehmen. So hatte es der vereinbarte Plan vorgesehen.

Aber Carl hatte noch nie den vernünftigen oder sicheren Weg eingeschlagen. Sein ganzes Leben nicht. Der war schon als Irrer zur Welt gekommen und hatte immer getan, was ihm gerade in den Kopf schoß.

Sich tatsächlich an einer Vierzehnjährigen zu vergreifen! Er hatte ja immer schon die ganz Jungen gemocht, aber eine Vierzehnjährige – Scheiße, das war echt krank. Gestern in der Arbeit hatte der alte Reynolds bei jedem einzelnen Blick praktisch vor ihm ausgespuckt. Die Kollegen behandelten ihn wie einen Aussätzigen. Lauter Arschlöcher! Er war gar nicht scharf auf ihre Freundschaft; aber verdammt noch mal, sie sollten auch nicht glauben, ihm wär's recht, wenn Carl Kinder vergewaltigte.

Das Telefon läutete. Cecil fuhr zusammen. Er packte den Telefonhörer beim zweiten Läuten. »Hallo?«

»Hallo, Schatz!«

»Oh, du bist's«, sagte er aufatmend. Es war seine Freundin. »Von wo rufst du an?«

»Münztelefon.«

Anders als sein Bruder hielt sie sich an die Anweisungen. »Braves Mädchen.«

»Was tust du gerade?«

»Ach, bißchen faulenzen, fernsehen.«

»Klingt nicht besonders lustig.«

»Ist es auch nicht.«

»Soll ich nach der Arbeit rüberkommen?«

Er war versucht, ja zu sagen. Sie kannten einander noch nicht sehr lange, aber er war total verknallt. Es hieß, wenn man sich wirklich verliebte, dann wüßte man es. Jetzt wußte er, daß der Spruch stimmte. Noch nie war er so weg gewesen von einer Frau.

Sie sah klasse aus. Blond. Mochte er sowieso am liebsten. Eine Figur, daß sich alle Männer nach ihr umdrehten. Er genoß es, mit ihr unter Leute zu gehen und zu sehen, wie sämtliche anwesenden Typen vor Neid erblaßten.

Aber es war nicht ihr Aussehen allein. Sie war gescheit. Gescheiter als er wahrscheinlich. Und sie war taff – ließ sich von niemandem was gefallen. Außerdem war sie im Bett immer bereit, was Neues auszuprobieren. Daß er mal im Knast gesessen hatte, störte sie nicht. Im Gegenteil, sie schien es aufregend zu finden. Er brauchte nur an sie zu denken, und schon kriegte er einen Ständer, aber Vorsicht war die Mutter der Porzellankiste.

»Ich würd dich wahnsinnig gern sehen, Süße – bloß diese Geschichte mit meinem Bruder… Der verdammte Idiot, der legt's ja förmlich drauf an, daß sie ihn abknallen.« Und für den Fall, daß die Leitung angezapft sein sollte, fügte er hinzu: »Solang sie ihn nicht wieder eingefangen haben, muß ich einfach allein sein.«

»Du Armer!«

»Aber unsere Verabredung Ende nächster Woche steht, oder?«

»Klar, Schatz. Bis dahin muß es eben der Vibrator tun.«

Cecil stöhnte laut.

Lachend sagte sie: »Aber so gut wie du ist er nicht, Schatz. Du fehlst mir.«

»Du mir auch. Bis bald!«

Er legte auf und rannte durchs Zimmer zum Fenster. So ein dünnarschiger Rennradler in Latexshorts und einem Stromlinienhelm sauste vorbei. Ein Briefträger ging, seinen Karren vor sich her schiebend, die Straße runter und stopfte Post in die Kästen. Cecil sah nichts Beunruhigendes.

Wenn es den Bullen gelang, ihren Anruf zurückzuverfolgen, würde sie längst weg sein, bis sie kamen. Cecil hatte sie in die Schule genommen. Er hatte ihr erklärt, daß man, wenn man nur bedingt entlassen war, nicht vorsichtig genug sein konnte – auch wenn ihr alle diese Maßnahmen vielleicht albern und übertrieben vorkämen.

Er war vorsichtig bis ins kleinste gewesen. Jede Winzigkeit hatte er beachtet, damit nur ja nichts schiefgehen konnte. Aber Carl schien alles dranzusetzen, Sand ins Getriebe zu bringen. Sie hatten ausgemacht, sich strikt an den Plan zu halten. Na, wenn er Carl erst vor sich hatte, würde er ihn zur Schnecke machen.

Inzwischen mußte er was tun ... den Bullen ein falsches Signal geben. Er konnte nicht hier in der Bude rumhängen, von einem Fenster zum anderen rennen und sich von der Paranoia auffressen lassen. Am besten brachte er sie durcheinander, führte sie in die Irre, veranlaßte sie, an der Richtigkeit ihres Verdachts zu zweifeln und, hoffentlich, in ihrer Wachsamkeit nachzulassen.

Aber wenn das Manöver Sinn machen sollte, mußte es was Gewagtes sein, was Unerwartetes, irgendwas Verrücktes – um sie davon zu überzeugen, daß er nicht mit seinem Bruder unter einer Decke steckte.

Aber was?

Ezzy hatte sich noch nicht daran gewöhnt, den Lincoln zu fahren.

Vor zwölf Jahren hatte er ihn gekauft, weil Cora behauptete, sie bräuchten ein geräumiges Auto. Wozu, war ihm schleierhaft. Bis vor wenigen Wochen war ein Streifenwagen sein Transportmittel gewesen. Der Lincoln besaß alle Schikanen, die für dieses Baujahr lieferbar gewesen waren; aber Ezzy vermißte das Knistern und Rauschen der Polizeifunkanlage.

Er hatte die Klimaanlage voll aufgedreht, ein Luxus, den er sich in Coras Beisein nicht erlauben dürfte, sie fror noch, wenn es draußen fünfunddreißig Grad hatte. Aber heute wäre sicher nicht einmal ihr kalt. Die Sonne lag glühend auf dem Beton des Highway, auf dem er nach Norden fuhr.

Als er gestern zum tausendstenmal die Akte McCorkle durchstudiert hatte, war er auf den Namen des Mannes gestoßen, der in der Nacht von Patsy McCorkles Tod im *Wagon Wheel* an der Bar bedient hatte. Seinen Aufzeichnungen und seiner Erinnerung zufolge war Parker Gee den ermittelnden Beamten gegenüber mürrisch und abweisend gewesen. Er fragte sich, ob seine Laune sich vielleicht im Lauf der vergangenen zweiundzwanzig Jahre gebessert hatte. Der Haken war nur, er wußte nicht, wo er den Mann suchen sollte.

Warum nicht in der Kneipe anfangen? Seit jenem Sommer hatte sie mehrmals den Besitzer und den Namen gewechselt. Jetzt hieß sie schlicht *Blowhard,* wie er sah, als er auf dem verlassenen Parkplatz anhielt. Komischer Name, dachte er.

Drinnen war es jetzt, um die Mittagszeit, so dunkel wie Mitternacht – aber weit ruhiger. Der derzeitige Barkeeper schaute sich im Fernsehen eine Seifenoper an, während er Gläser polierte, die dringend gebraucht werden würden, wenn gegen vier Uhr die Gäste in Scharen zur Happy Hour hereinströmten.

»Parker Gee?« sagte er, nachdem er Ezzy ein Glas Eistee auf Kosten des Hauses hingestellt hatte. »Mann, das liegt lange zurück. Zuletzt hab ich gehört, daß er aus Blewer weg ist. Aber ich glaub, er hat noch Familie hier.«

Ezzy fuhr nach Hause und schlug das Telefonbuch auf. Damit, dachte er, hätte er auch gleich anfangen können, aber na ja… Der Abstecher in die Kneipe war eine willkommene Abwechslung gewesen; schließlich konnte er sich nicht den ganzen Tag um Coras Usambaraveilchen sorgen, die am Küchenfenster standen und die Köpfe hängen ließen.

Nach einigen Fehlversuchen erreichte er schließlich einen Vetter. »Parker Gee liegt oben in Big Sandy im Krankenhaus.«

Und nun war Ezzy also auf der Fahrt dorthin. Er traf kurz nach elf ein. Der Patient besaß nur noch eine Restlunge. Ihr größerer Teil war dem Krebs und einer Verzweiflungsoperation zum Opfer gefallen. Ezzy hätte den einstmals bulligen Wirt des *Wagon Wheel* nicht wiedererkannt, wenn nicht eine Schwester ihn zu ihm geführt hätte.

Er nannte Parker Gee seinen Namen. Die Nähe des Todes hatte keine wesentliche Charakteränderung bewirkt.

»Ja, ich erinner mich«, sagte Gee, »… hab gedacht, Sie wären längst unter der Erde.«

Ezzy unterließ es, ihn darauf hinzuweisen, daß er – Ezzy – zwar zwanzig Jahre mehr auf dem Buckel hatte, jedoch Gee derjenige war, der sich mit einem Fuß im Grabe befand. »Nein, nur im Ruhestand!«

»Was wollen Sie dann hier oben? Eine Touristenattraktion ist dieses verdammte Krankenhaus bestimmt nicht.«

In der Befürchtung, Gee würde den Geist aufgeben, ehe er seine Fragen beantworten konnte, kam Ezzy ohne Umschweife zur Sache. »Ich wollte mich mit Ihnen über Patsy McCorkle unterhalten.«

»Haben Sie das immer noch nicht aufgegeben?«

»Nein.«

Gee hustete in ein Taschentuch. »Was wollen Sie denn wissen?«

»Alles.«

»Ich hab nicht mehr viel Zeit. Warum sollt ich das bißchen Luft, das ich noch hab, an solche alten Geschichten verschwenden?«

Ezzy sah ihn nur an und drehte dabei seinen Strohhut zwischen den Fingern.

Schließlich stieß Gee einen unterdrückten Fluch aus und trank einen Schluck Wasser. »Die war 'ne Schlampe.«

»Das weiß ich.«

»Sonst gibt's da nichts zu sagen. Ich hab's mir auch ein paarmal von ihr besorgen lassen. Wollen Sie wissen, ob sie gut war?« Er lachte, bis das Geschepper in einen Hustenanfall überging.

Normalerweise hätte es Ezzy bedrückt, einen Todkranken so gequält zu sehen, und er hätte ihn wahrscheinlich in Ruhe gelassen; aber Gee war ein so unerfreulicher Zeitgenosse, daß es schwerfiel, Mitgefühl aufzubringen.

Als der Husten nachließ, fuhr Ezzy mit seinen Fragen fort. »Was haben Sie von den Herbolds noch in Erinnerung?«

»Nur daß sie völlig irre waren. Gutaussehende Jungs, aber böse wie die Hölle. Wenn die bei mir rausgegangen sind, waren sie jedesmal stockbesoffen. Aber das traf bei den meisten von meinen Gästen zu: das waren rauhe Burschen, Ölbohrarbeiter, Holzfäller, LKW-Fahrer – die Sorte.«

Er tauschte das Taschentuch gegen ein Handtuch und hielt sich dieses vor den Mund, während er röchelte und spie. Ezzy schaute zum Fenster hinaus auf den Parkplatz, über dem flirrend die Hitze stand.

Die nächsten Worte kamen keuchend. »Was glauben Sie? Daß Carl hinter Ihnen her ist und demnächst aufkreuzen wird, weil er sich dafür rächen will, daß Sie ihm dieses Verbrechen anhängen wollten?«

»Sie haben also von seiner Flucht gehört?«

»Na, klar, wer hat das nicht?«

Gee hatte kaum noch genug Luft zum Sprechen. Es schien ihm von Minute zu Minute schlechter zu gehen. Wenn er jetzt tatsächlich gleich abkratzen würde, wollte Ezzy wenigstens noch soviel wie möglich aus ihm herausholen.

»Merkwürdig, daß Sie sagen, ich hätte den Herbolds das Verbrechen anhängen wollen. Glauben Sie denn, die beiden hätten mit Patsys Tod nichts zu tun gehabt?«

»Wer weiß? Kann sein, kann auch nicht sein. Woher, zum Teufel, soll ich das wissen?«

»Ich frage Sie ja nur um Ihre Meinung.« Ezzy war entschlossen, sich von der Grobheit des Mannes nicht beeindrucken zu lassen.

»Hören Sie, Patsy hat jedem schöne Augen gemacht.«

»Sie haben gesagt, sie wär eine Schlampe gewesen.«

»Ist doch das gleiche.«

»Das find ich nicht.«

Gee starrte Ezzy an und holte mehrmals mühsam Luft. »Sie hat Männer gemocht, okay? Je mehr, desto besser. Sie ist rumgereicht worden, und es hat ihr Spaß gemacht. Aber es gibt ja auch Männer, die nicht gern teilen. Verstehen Sie, was ich sagen will?«

»Sie sprechen von Eifersucht.«

Gee wehrte einen neuerlichen Hustenanfall ab, indem er wieder einen Schluck Wasser trank. »Wenn einer eifersüchtig gewesen wär, hätt' dem das, was er an dem Abend zu sehen gekriegt hat, bestimmt nicht gefallen.«

»Und Ihnen?«

»Was?«

»Hat es Ihnen auch nicht gefallen?«

Gees Lachen klang gräßlich. Es rief den nächsten Hustenanfall hervor, der in röchelndes Würgen überging. Gee griff nach dem kleinen Plastikbecken auf dem Nachttisch. Nachdem er allen Schleim losgeworden war, fragte er mit einem heiseren Krächzen: »Sind Sie hergekommen, um mich festzunehmen, Hardge?«

»Nein. Ich weiß, daß Sie die Kneipe an dem Abend nicht verlassen haben.«

»Ach, Sie haben sich erkundigt?«

»Natürlich. Aber wenn Sie sich mal konzentrieren, erinnern Sie sich vielleicht an einen eifersüchtigen Liebhaber von Patsy, der an dem Abend da war.«

»Die hatte es praktisch mit jedem, der da war, schon mal getrieben. Und jeder von denen hätte 'ne Wut kriegen können, als er sehen mußte, was sie da mit Cecil und Carl abgezogen hat.«

»Aber an einen bestimmten Mann erinnern Sie sich nicht?«

»Nein.«

»Da war keiner, den sie wegen der Herbolds hatte abblitzen lassen?«

Das Handtuch an den Mund gedrückt, schüttelte Gee den Kopf.

»Keiner, mit dem sie Streit hatte?«

Er überlegte einen Moment und winkte nochmals ab – ungeduldig jetzt. »Nein. Es war schon so, wie alle Ihnen gesagt haben. Sie war mit den Herbolds da. Und sie ist mit ihnen abgezogen. Also haben die sie wahrscheinlich auch umgebracht. Würden Sie jetzt endlich gehen und mich in Frieden sterben lassen?«

Ezzy stand auf. »Danke, daß Sie mich reingelassen haben. Ich hab mir von dem Gespräch mit Ihnen gleich nichts versprochen, aber es war einen Versuch wert. Auch der kleinste Hinweis hätte gutgetan.«

»Wem?«

»Meinem Seelenfrieden.«

»Hey, was ist los, Hardge? Haben Sie Angst, daß Sie zwanzig Jahre lang auf dem Holzweg waren?« Er begann so heftig zu husten, daß es ihm die Tränen in die Augen trieb; und obwohl es gemein war, so etwas zu denken, dachte Ezzy, ihm geschehe ganz recht.

»Wenn Ihnen noch was einfallen sollte«, sagte er auf dem Weg zur Tür, »meine Nummer steht im Telefonbuch. Alles Gute!«

Es war eine lange, deprimierende und erfolglose Fahrt gewesen. Ein Wunder hatte er ja gar nicht erwartet. Aber es hätte doch wenigstens einmal einen kleinen Lichtblick geben können in diesem Fall.

Von jenem Morgen an, als die Leiche gefunden worden war, hatte man ihm sämtliche Türen vor der Nase zugeschlagen. Die Polizei von Blewer hatte den ganzen Fall auf ihn abgewälzt, weil das Verbrechen außerhalb der Stadtgrenze verübt worden war. Vom FBI hatte er nur vorübergehend halbherzige Unterstützung bekommen, weil man Patsys Tod offiziell nicht als Mord einstufte und keine Hinweise auf eine Entführung vorlagen. Andere Vollzugsbehörden, die er um Mithilfe bat, hatten ihn im Stich gelassen, als die Herbolds in Arkansas wegen bewaffneten Raubüberfalls und Mordes vor Gericht standen.

Die Hauptverdächtigen waren hinter Gittern und sahen einer langen Gefängnisstrafe entgegen. Was wollte er da noch? Was war an seinem Fall schon so dringend? Jeden Tag wurden Frauen überfallen, vergewaltigt und getötet, und die Kerle, die sich an ihnen vergriffen hatten, blieben auf freiem Fuß. Seine Täter hingegen befanden sich in Gewahrsam. Die Gesellschaft war vor ihnen sicher. Vergessen Sie's, Mann!

Das war der letzte Bescheid des Staatsanwalts in Arkansas, als er Ezzy aus seinem Büro hinausbegleitet hatte. »Wir haben Ihnen die Arbeit abgenommen und die Kerle geschnappt. Jetzt werden sie ihre Strafe schön absitzen. Preisen Sie sich glücklich und vergessen Sie's, Mann!«

Dieser pausbäckige Fettwanst von einem Staatsanwalt war wahrscheinlich schon vor Jahren einer Herzattacke erlegen; aber Ezzys Fall stand immer noch zur Klärung an, und er hatte ihn nicht vergessen. Die entsprechende Akte lag in dem Rollpult, das einst seinem Vater gehörte. Wegen dieses Falls hatte seine Frau ihn verlassen und prophezeit, die Geschichte würde ihn eines Tages noch umbringen.

Und trotzdem kehrte er wie ein Süchtiger immer wieder

dazu zurück. Manche Männer hatten eine Schwäche für Alkohol. Andere konnten dem Glücksspiel nicht widerstehen. Viele rannten den Frauen hinterher.

Ezzys Versuchung – ja, seine Leidenschaft – war der Krimi McCorkle.

22

Magst du Rühreier?«

»Klar, Jack. Ich hab gar nicht gewußt, daß du kochen kannst.« David war dabei, den Frühstückstisch zu decken.

»Ich wollte essen, also mußt ich's lernen.«

»Hast du keine Mama gehabt, die für dich gekocht hat?«

»Die ist schon ganz früh gestorben. Als ich noch klein war.« Jack schlug mehrere Eier in eine Schüssel und zog auf der Suche nach einem Rührstab eine Schublade auf.

»Hast du einen Daddy?«

»Nein.«

»Ist er auch gestorben, wie meiner?«

»Hm.«

»Muß Opa jetzt sterben, Jack?«

Jack drehte sich herum. Die Frage des Jungen verdiente ungeteilte Aufmerksamkeit. »Das weiß ich nicht, David. Hoffentlich nicht. Aber er ist sehr krank.«

Mit gekrauster Stirn ließ David sich das durch den Kopf gehen. »Ach, wenn die Menschen doch nicht sterben müßten!«

»Ja, das wünschte ich auch.«

»Schau mal, Mama!« Davids Gesicht wurde wieder fröhlicher, als er an Jack vorbei zur Tür blickte. »Jack kann kochen. Er macht mir Rühreier.«

Anna wirkte erfrischt von der Dusche, die sie gerade genommen hatte. Ihr Haar war noch feucht. Sie hatte sich umgezogen und trug Rock und Bluse. Im Laufe der Nacht hatte sie ab und an ein wenig geschlafen, aber ausgeruht war sie nicht. Um ihre Augen lagen dunkle Schatten.

Als um sieben Uhr die Tagschicht den Dienst übernommen hatte, hatten die Schwestern gleich nach Delray gesehen und Anna im Wartezimmer berichtet, daß sein Befinden unverändert sei.

Der Arzt hatte ihnen nach der Visite Genaueres gesagt. »Sein Zustand hat sich in der Nacht nicht verschlechtert. Das ist gut. Wir werden heute morgen einige Untersuchungen vornehmen, für die wir ihn ganz leicht narkotisieren müssen. Jetzt wäre für Sie die richtige Zeit, eine Pause zu machen und ein bißchen Schlaf nachzuholen. Frühestens können Sie ihn nach dem Mittagessen wieder besuchen.«

Selbst da wollte Anna das Krankenhaus nicht verlassen. Erst nachdem die Schwester auf der Intensivstation ihr versprochen hatte, daß man sie sofort anrufen würde, wenn Delrays Zustand sich veränderte, hatte sie eingewilligt, nach Hause zu fahren. Sie sah jetzt frischer aus als am frühen Morgen im Krankenhaus; aber ihr Gesicht trug immer noch Spuren der seelischen Belastung. Und sie schien ziemlich verärgert, daß die beiden Männer sich einfach in ihrer Küche breitgemacht hatten.

»David hatte Hunger«, erklärte Jack. »Er brauchte sein Frühstück, darum haben wir ohne Sie angefangen. Der Kaffee ist fertig.«

Die Aussicht auf frischen, heißen Kaffee versöhnte sie. Sie schenkte sich eine Tasse ein, während Jack noch zwei Eier in die Schüssel schlug. Ein paar Minuten später servierte er Anna und David ihr Rührei.

David schob eine Riesenladung in den Mund und kauderwelschte: »Das sind die besten Eier, die ich in meinem Leben gegessen habe.«

Anna tat, als wäre sie beleidigt – aber David merkte, daß sie nur Theater spielte, und alle lachten.

»Darf man mitfeiern?«

Erstaunt drehte Jack sich um. In der Tür zur Waschküche stand ein Mann, irgendwo in den Vierzigern. Mittelgroß.

Gutaussehend. Ein zaghaftes, entschuldigendes Lächeln. »Ich hab vorn geläutet – aber weil niemand aufgemacht hat, bin ich hintenrum gegangen.«

Sofort wußte Jack, daß er log. Selbst wenn sie die Glocke nicht gehört hätten, hätten sie auf jeden Fall Annas Signalleuchte blinken sehen. Unfreundlich fragte er: »Kann ich Ihnen behilflich sein?«

»Ist Delray Corbett da? Wohnt er noch hier? Sein Name steht am Tor.«

»Er wohnt hier, ja. Aber er ist nicht zu Hause.«

»Mein Opa ist im Krankenhaus«, berichtete David, der aufgestanden war und den Fremden unverhohlen musterte.

Jack wünschte, ihm würde etwas einfallen, um den Jungen zum Schweigen zu bringen, ohne viel Zirkus darum zu machen.

»Im Krankenhaus?« Der Mann verzog bekümmert das Gesicht. »Ach, du lieber Himmel! Es ist doch hoffentlich nichts Schlimmes.«

»Vielleicht muß er sterben ...«

»Nichts allzu Ernstes.«

Jack und David gaben ihre widersprüchlichen Antworten gleichzeitig.

Der Mann starrte Jack mit einer Mischung aus Vorwurf und Neugier an.

Jack starrte zurück.

Und siegte. Der Mann gab klein bei und sagte: »Mein Name ist Cecil Herbold. Ich bin Mr. Corbetts Stiefsohn.«

Anna hatte sich hinter David gestellt und ihm instinktiv schützend die Hände auf die Schultern gelegt. Jack fühlte sich ihr und dem Jungen gegenüber zu ähnlicher Fürsorge getrieben. Er trat halb vor sie, als wollte er sie und David gegen Cecil Herbold abschirmen.

»Was wollen Sie?«

»Ich möcht gern meinen Stiefvater sehen.«

»Er darf keinen Besuch empfangen. Im übrigen bezweifle ich, daß er große Lust darauf hätte, mit Ihnen zu sprechen.«

Der andere geriet spürbar in Rage.

»Ach, und wer sind Sie, daß Sie das so genau wissen?«

»Sie brauchen mir nicht zu glauben. Fragen Sie Anna.«

»Anna?« Herbold musterte sie von Kopf bis Fuß.

»Dean Corbetts Witwe.«

Jack hatte den Eindruck, daß Herbolds Verblüffung echt war. »Witwe? Dean ist tot?«

»Seit sechs Jahren.«

»Nicht zu glauben! Was ist ihm denn passiert?«

Kurz erklärte Jack die bittere Geschichte.

»Ich kann mir vorstellen, daß das Delray fast umgebracht hat. Der Junge war ja sein Augapfel. Ganz im Gegensatz zu Carl und mir. Na ja, wir haben ihm das Leben auch ganz schön sauer gemacht.« Mit einem Blick zu Anna sagte er: »Tut mir echt leid, das mit Dean, Madam. Wirklich traurig.«

Anna nickte kurz.

»Und wen haben wir hier?« fragte Herbold und sah lächelnd auf David hinunter. »Ist das Deans Sohn?« Er kauerte vor dem Jungen nieder. »Na, wie läuft's, Kleiner? Ich bin dein – tja, was zum Teufel bin ich eigentlich?« Er lachte. »Dein Stiefonkel, nehm ich an.«

David war plötzlich gar nicht mehr gesprächig, Cecil Herbold schien ihm nicht geheuer zu sein. Ohne ein Wort zu sagen, drängte er sich an Annas Bein.

Herbold stand auf und wandte sich mit einem breiten Lächeln an Anna. »Niedlicher kleiner Bursche. Sieht Dean ähnlich.«

Sie zögerte einen Moment, bildete dann das Zeichen für ›Danke‹.

Cecil fiel die Kinnlade herunter. Er sah Jack an. »Sie ist…«

»Taub.«

Wieder faßte Herbold Anna ins Auge. »So was! Aber sie hat verstanden, was ich gesagt hab.«

»Sie hat es von Ihren Lippen abgelesen.«

»Ich werd verrückt. Ist ja toll. Sie kann von den Lippen ablesen? Ehrlich, Leute wie Sie bewundere ich, Anna. Ja, wirklich.«

Jack glaubte nicht ein Wort des höflichen Gefasels, mit dem Cecil sie einwickeln wollte. Der Kerl sollte aus dem Haus, weg von Anna und David! »Wir richten Delray aus, daß Sie da waren.«

Mit einem liebenswürdigen Lächeln Richtung Jack versetzte er: »Sagten Sie nicht, ich soll Anna fragen, ob Delray mich sehen will?«

Der Kopf von Jack wies nach rückwärts. »Bitte sehr.«

Cecil zog fragend die Augenbrauen hoch. »Was meinen Sie, Madam?«

Sie schüttelte verneinend den Kopf.

Immer noch das liebenswürdige Lächeln im Gesicht, sagte er: »Na, ich hab sowieso nichts andres vor – ich werd einfach ins Krankenhaus fahren und mein Glück versuchen.«

»Ich glaube nicht, daß er sich über Ihr Kommen freuen wird«, wandte Jack ein.

Herbold musterte ihn mit abschätzigem Blick. »Danke für die Warnung, Mr. – äh – wie war doch gleich Ihr Name?«

»Jack Sawyer.«

»Kenn ich Sie?«

»Nein.«

»Aha. Sind Sie jetzt mit ihr – mit Anna, mein ich – verheiratet?«

»Ich bin der Ranchhelfer.«

»Ah – der Ranchhelfer«, wiederholte er gedehnt in einem Ton, der an seiner Geringschätzung keinen Zweifel ließ. Er spazierte gemächlich durch die Küche, wobei er alles genau musterte, von der Tapete bis zum Geschirr, das ordentlich gestapelt in den Glasschränken stand. »Alles anders als früher. Hast du gewußt, daß ich mal hier gewohnt hab, David?«

Der Junge schüttelte den Kopf.

»Hat dir dein Opa nie von mir und meinem Bruder Carl erzählt?«

Neuerliches Kopfschütteln.

»Nein? O ja, Carl und ich haben hier auf der Ranch rumgetobt wie die Indianer.« Er kehrte zu den dreien zurück, die dicht beieinander standen. »Es bricht mir echt das Herz, wenn ich dran denke, wie Delray sich von uns abgewandt und uns so mir nichts dir nichts aus seinem Leben gestrichen hat.«

Der ungebetene Gast seufzte traurig, dann klatschte er in die Hände. »Aber deswegen bin ich gekommen, weil ich das ändern möchte. Hoffentlich kann ich den Bruch wieder kitten. Also, dann mach ich mich jetzt mal auf den Weg und laß Sie weiterfrühstücken.«

Rückwärts ging er zur offenen Tür der Waschküche. »Hat mich gefreut, Sie kennenzulernen, Anna.« Er sprach übertrieben laut, als meinte er, so ihre Taubheit durchdringen zu können. »Bis später mal, David«, sagte er und zwinkerte dem Jungen zu. Jack überging er.

Sobald er das Haus verlassen hatte, setzte Jack sich in Bewegung. Durch das Fenster in der Tür sah er Herbold in einen zehn Jahre alten Mustang einsteigen. Er war allein. Bedachtsam wendete er den Wagen und fuhr um das Haus herum nach vorn. Jack verriegelte die Hintertür, lief durch die Küche zur Haustür und beobachtete durch die Scheibe Herbold, bis dieser das Tor passiert hatte und nicht mehr zu sehen war. Dann verriegelte er auch den Vordereingang.

Als er sich herumdrehte, stand Anna hinter ihm im Flur, offensichtlich so besorgt wie er. Herbolds Besuch hatte ihnen allen den Appetit geraubt. Das Frühstück war vergessen. Um Davids willen zwang er sich zu lächeln.

»Hey, Rocket Ranger, hast du dein Bett schon gemacht?«

»Ich hab doch gar nicht in meinem Bett geschlafen, Jack.«

»Ach ja, stimmt!«

Ratlos sah er Anna an, die ihrem Sohn mit kurzen Gesten etwas mitteilte.

»Aber meine Sendungen kommen jetzt noch gar nicht, Mama«, quengelte er. Weitere Gesten folgten. »Ach, Mensch, *Sesamstraße* ist für Babys!« Sie scheuchte ihn mit den Händen davon. David verdrehte die Augen, tappte ins Wohnzimmer und schaltete den Fernsehapparat ein.

Jack zog Anna neben sich auf die unterste Treppenstufe. Er sah ihr ernst in die Augen. »Sie sollten mit David verschwinden.«

Entsetzt starrte sie ihn an.

»Fahren Sie einfach. Nach Galveston. Oder San Antonio. Irgendwohin, wo es David gefallen würde.«

Sie wollte aufstehen, aber er hielt sie fest. »Hören Sie mir zu, Anna, bitte.« Er nahm ihre Hände in die seinen, bevor sie wieder auf ihren Defekt hindeuten konnte. »Ach, Sie wissen schon, was ich meine«, sagte er ungeduldig. »Was glauben Sie, warum Cecil Herbold heute morgen hier aufgekreuzt ist?«

Anna zuckte die Achseln und schüttelte den Kopf.

»Ich weiß es auch nicht, aber es gefällt mir gar nicht. In den Zeitungen steht genug über diese Typen. Sie sind gefährlich. Delray würde es bestimmt nicht passen, daß der Kerl sich hier rumtreibt, besonders jetzt, wo Carl auf der Flucht ist. Ich werd im Krankenhaus anrufen und denen sagen, daß sie Cecil auf keinen Fall zu Delray lassen sollen. Einverstanden?«

Sie nickte.

»Dann gehen Sie jetzt packen. Sie können noch kurz bei Delray im Krankenhaus vorbeischauen, und dann fahren Sie gleich von dort aus weiter.«

Sie gestikulierte. Er wußte, daß es Protest gegen seinen Vorschlag war.

»Hier sind sie nicht sicher, Anna«, wiederholte er. »Delray hatte Angst, daß Carl hierherkommen würde. Ich vermute, das ist ein Grund, warum er mich eingestellt hat. Als zusätzlicher Schutz. Er würde Sie und David außer Gefahr wissen wollen. Ich vertrete ihn nur, indem ich Ihnen das sage, was meiner Überzeugung nach Delray selbst Ihnen raten würde.«

Rasch erhob sie sich und ging in das kleine Arbeitszimmer unter der Treppe. Jack folgte ihr. Sie war dabei, auf einen Block zu schreiben. »Ich lasse Delray nicht allein hier. Das kommt nicht in Frage.«

»Diese Männer sind Killer, Anna.«

Sie schrieb: »Ich bin nicht von vorgestern.«

»Nein. Bloß taub.«

Sie schleuderte den Block weg und wollte an ihm vorbei, aber er hielt sie an der Schulter fest. »Es tut mir leid, es tut mir leid! Entschuldigen Sie, das war blöd und gedankenlos von mir!« Ihr Gesicht blieb zornig und verschlossen. Er drückte seine Finger fester um ihre Schultern. »Delray würde sich niemals verzeihen, wenn Ihnen und David etwas zustieße. Und ich würde es mir auch nie verzeihen. Glauben Sie mir doch bitte!«

Unvermittelt riß sie sich von ihm los und hob den Block vom Boden auf. Als sie fertig geschrieben hatte, hielt sie ihm das Papier hin. »Delray hat Ihnen nicht getraut. Warum sollte ich das tun?«

23

Carl war stocksauer.

Die leerstehende Fischerhütte, in der er und Myron sich verkrochen hatten, stank nach brackigem Wasser und Moder. Wahrscheinlich, sagte er sich, konnten sie von Glück sagen, daß sie sie überhaupt entdeckt hatten – aber das einzig Annehmbare an ihr waren die abgeschiedene Lage und ein Dach, das vor der brutalen Sonne schützte.

Die drei kleinen Fenster und die eine Tür ließen kaum Luft herein, hier kochte man wie in der Hölle. Die Matratze auf der schmalen Pritsche stellte die reinste Achterbahn dar. Myrons Fürze waren so giftig, daß man sie als chemischen Kampfstoff hätte verwenden können.

Kein Wunder, daß er fast die Wände hochging!

Er war so genervt, daß er sogar an seinem Entschluß, Cecil in seinen Plan einzubeziehen, Zweifel bekam. Vielleicht hätte er das hier auf eigene Faust durchziehen sollen. Schließlich war es die Krönung seiner Karriere, sein Meisterwerk. Ja, genau, sein Meisterwerk. Das große Finale!

Wenn sie nicht hier rumhängen und warten müßten, könnten sie längst über den Rio Grande sein und unter tropischen Palmen liegen, im einen Arm eine Flasche Tequila und im anderen eine Señorita, die das Wörtchen nein nicht kannte. Statt dessen hockte er hier, mitten in der finstersten Prärie, wo es von Ungeziefer und Schlangen wimmelte, und briet in seinem eigenen Schweiß.

Aber von Cecil und seiner Hilfe hing es ab, was für ein Leben sie künftig in Mexiko würden führen können. Auf lange Sicht lohnten sich wahrscheinlich das Warten und die Unannehmlichkeiten, die damit verbunden waren.

Aber dieses Nichtstun zermürbte ihn. Wenn man den ganzen Tag nichts anderes machen konnte, als Mücken zu erschlagen und die Minuten zu zählen, mußte man ja auf dumme Gedanken kommen. Und die Zweifel nagten an ihm mit der gleichen Gefräßigkeit, mit der sich jeden Abend die Ratten über die Abfälle hermachten, die er und Myron aus der Hütte kippten.

Zum Beispiel dachte er immer wieder, daß er den Kerl in der Tankstelle besser nicht hätte umlegen sollen. Er hatte keinen Zeugen zurücklassen wollen. Aber, was zum Teufel, die Polizei hatte sowieso im Handumdrehen eine ganze Palette Fingerabdrücke auf der Theke entdeckt – vielen Dank, Myron! Der Mann von der Tankstelle hätte sie ein paar Stunden früher identifiziert, aber das wär auch schon alles gewesen. Sie hätten immer noch einen gesunden Vorsprung gehabt. Vielleicht hätten sie den Typen einfach fesseln und liegenlassen sollen.

Wenn er es noch mal tun müßte, würde er sich lieber auch nicht an der Kleinen vergreifen.

Aber er kriegte schon einen Ständer, wenn er nur an dieses Abenteuer dachte – natürlich hätte er sich das frische Fleisch auf jeden Fall geschnappt, ganz gleich, wie sonst alles gelaufen wäre. Und es war ja auch kein Wunder, oder? Seit zwanzig Jahren die erste Frau! Seit zwanzig Jahren, verdammt noch mal! Bei Mrs. Bailey und ihrer Schwester hatte er keinen hochgebracht. Bei deren Hängebäuchen war's ihm restlos vergangen, obwohl Myron fehlende Jugend und Straffheit offenbar nicht gestört hatten.

Aber dieses knackige junge Gemüse in den Shorts und den Kniestrümpfen … hm, eine Delikatesse!

War aber vielleicht nicht das Schlaueste gewesen, sie hinterher umzulegen. So was brachte alle auf. Die Bullen, die Gerichte, die Öffentlichkeit, sogar andere Kriminelle. Sämtliche Polizeibehörden in drei Staaten und dazu das FBI schäumten wegen der Kleinen. Die setzten alle Hebel in Bewegung, um ihren Schänder und Mörder zu fassen. Carl begann, den Druck zu spüren. Ganz klar, er wär ja kein Mensch, wenn ihn das kaltließe.

Gefaßt zu werden war seine schlimmste Angst. Leute, die kleine Mädchen vergewaltigten und hinterher umbrachten, kriegten nämlich nicht nur die Höchststrafe – sie wurden im Knast zum Freiwild für die anderen Häftlinge, und die Wärter schauten weg. Den Rest seines Lebens würde er entweder zum eigenen Schutz in Einzelhaft verbringen müssen oder jeden Tag vergewaltigt werden. Tolle Aussichten!

Aber niemals würde er in den Bau zurückgehen. Eher machte er Schluß. Dann ließe er sich besser von irgendeinem popligen kleinen Landpolizisten, der ganz scharf drauf war, sich mit dem Ruhm zu bekleckern, einen entflohenen Häftling geschnappt zu haben, eine Kugel in den Kopf schießen. Aber in den Knast kriegte ihn keiner mehr rein. Erschossen zu werden war wenigstens eine schnelle und schmerzlose Angelegenheit. Anders als jeden Tag vergewaltigt zu werden, bis man an Verletzungen oder Krankheit einging.

Natürlich wär's am schönsten, wenn er weder gefaßt noch umgelegt würde, sondern gesund und munter in Mexiko anlangte. Aber zwischen ihm und Mexiko lag Texas, fast achtzehnhundert Kilometer eines gottverdammten Staats, der ihm seit seiner ersten Jugendstrafe nichts als Unglück gebracht hatte.

Es wäre eine Hilfe gewesen, jemanden da zu haben, mit dem man über diese Ängste reden konnte. Aber Myron – hörte einem genauso interessiert zu wie ein Baumstumpf. Insofern freute er sich darauf, mit seinem Bruder zusammenzutreffen – auch wenn diese Warterei einen total verrückt machte. Cecil würde ihn wenigstens verstehen.

»Morgen ist der große Tag, Myron.«

»Hm.« Myron zupfte an einem Stück Schorf an seinem Ellbogen.

»Wird mal wieder Zeit für ein bißchen Action, was?«

»Klar, Carl.«

»Laß uns ganz früh aufstehen, damit wir es in Ruhe anpacken können. Wir wollen zwar nicht allzubald antanzen und Aufmerksamkeit erregen. Aber auf keinen Fall dürfen wir zu spät eintreffen.«

»Auf keinen Fall zu spät, nein!«

»Ich hoffe nur, Cecil hat alles im Griff. Wenn er das hier in den Sand setzt, bring ich ihn um, auch wenn er mein großer Bruder ist.« Er gab Myron, der ganz mit seinem neuerlich blutenden Ellbogen beschäftigt war, einen Puff, um ihn aufzurütteln. Die farblosen Augen richteten sich auf ihn, schienen aber kaum etwas wahrzunehmen. »Eines mußt du dir merken, Myron!«

»Was denn, Carl?«

»Wenn's eine Diskussion oder einen Streit darüber gibt, wie was gemacht werden soll, dann tust du, was *ich* sag. Kapiert?«

»Ja, Carl. Was ich sag.«

»*Ich*, Myron.«

»*Ich*.«

»Ach, Scheiße…« Carl warf sich auf die harte Pritsche und starrte zum spinnwebverhangenen Dach empor. Seine Komplizen waren ein hoffnungslos Schwachsinniger und ein Bruder, mit dem immer mal wieder die Feigheit durchging. Hoffentlich war Cecil mittlerweile davon geheilt. Um Cecils willen hoffte er es. Wenn nämlich was schiefginge, würde Cecil diesmal selbst sehen müssen, wie er fertig wurde. Er – Carl – würde nicht noch mal den Kopf für ihn hinhalten. Bestimmt nicht.

Also, Cecil, reiß dich gefälligst zusammen!

24

Anna konnte nicht verstehen, daß man einen schwerkranken Patienten auf die Intensivstation legte. Wie sollte sich bei dem Betrieb, der hier herrschte, bei diesen grellen Lichtern und dem ständigen Lärm, jemand erholen?

Schwestern und Ärzte rannten hin und her, es wurde telefoniert und lautstark verhandelt, eine Putzfrau wischte den Boden, während eine andere die Mülleimer leerte; und durch das ganze Getümmel manövrierte eine unglaublich dicke Frau wie einen Panzer einen hohen Servierwagen aus Metall mit dem Essen für die Patienten.

Als Anna Delrays kleine, von Vorhängen abgeschlossene Kabine betrat, überprüfte eine Schwester gerade den Tropf. Delray war wach. Die Schwester machte eine Eintragung auf seinem Krankenblatt und zog sich zurück.

Anna trat an Delrays Bett. »Ich bin so froh, daß es dir bessergeht«, bedeutete sie ihm.

»Aber sehen tut man's nicht.« Sein Blick flog über all die Geräte und Schläuche, an die er angeschlossen war.

»Der Arzt sagt, deine Chancen steigen. Du gefällst mir jetzt auch besser als bei meinem Besuch heute morgen.« Sie sah seine Überraschung. »Du hast geschlafen, da wollte ich dich nicht stören. Waren die Untersuchungen unangenehm?«

»Halb so schlimm.«

Mehr sagte er nicht, und Anna drängte ihn nicht zu Erklärungen. Sie wußte, daß es ihm wesentlich leichter fiel, Unannehmlichkeiten zu ertragen als Hilflosigkeit. Das Schlimmste für ihn an dieser Krankheit war die Schwäche, die mit ihr einherging. Er empfand sie als zutiefst demütigend.

Im übrigen hatte der Arzt sie bereits unterrichtet. »Mr. Corbett geht es den Umständen entsprechend«, hatte er gesagt. Angiographie und Sonogramm hatten die erste Diagnose bestätigt. Delrays Herz war schwer geschädigt von diesem und früheren Infarkten, die er ignoriert oder irrtümlich für Verdauungsbeschwerden oder Sodbrennen gehalten hatte.

»Ein großer Teil seines Herzens weist Dauerschäden auf, die nicht mehr repariert werden können.«

Auf die Blutdruckmittel sprach Delray indessen positiv an. Abgesehen von der Herzschwäche, war er bei guter Gesundheit und für sein Alter ungewöhnlich kräftig und zäh. Zum Schluß hatte der Arzt gesagt, verhaltener Optimismus sei erlaubt.

»Wie geht es David?« fragte Delray jetzt.

Sie berichtete ihm, daß der Junge im Moment mit Marjorie Baker im Wartezimmer sitze und ein Bild für seinen Opa male, das sie ihm bei ihrem nächsten Besuch mitbringen würde.

»Wie lieb von ihm. Auf der Ranch alles in Ordnung?«

Sie versicherte ihm, er brauche sich keine Sorgen zu machen. Von Cecil Herbolds Besuch sagte sie nichts. Das hätte ihn nur aufgeregt, und in seinem derzeitigen Zustand konnte solch eine Beunruhigung tödlich sein.

Außerdem hatte Cecil die Stadt verlassen. Die Gründe seines Kommens waren immer noch unbekannt; aber die zuständige Polizei hatte ihr versichert, man habe ihn bis über die Grenze des Landkreises hinaus unter Beobachtung gehalten.

»Sawyer kümmert sich um alles?«

»Ja.«

Delray kratzte sich nachdenklich am Kinn. »Du weißt, daß ich ihm anfangs nicht getraut habe.« Er schwieg, als wartete er auf einen Kommentar von ihr. Als sie nicht reagierte, sprach er weiter. »Ich meine, wie soll man jemandem trauen, der plötzlich wie aus dem Nichts auftaucht? Er wirkte ja ganz harmlos. Und auch sympathisch. Aber ich hatte trotzdem das Gefühl, da stimmt was nicht. Eine Zeitlang dachte ich, er sei schuld an den toten Kühen.«

»Aber das glaubst du jetzt nicht mehr?«

»Nein, jetzt nicht mehr. Weshalb sollte er meine Kühe vergiften und mir dann das Leben retten? Denn das hat er getan. Er hat mir das Leben gerettet, Anna!«

Jack hatte unermüdlich gearbeitet, um Delrays Herz und Atmung wieder in Gang zu bringen und dann durch kräftige Massage zu unterstützen. Obwohl er in Schweiß gebadet war vor Anstrengung, überließ er nicht Anna das Feld. Er hatte mit einem Willen und einer Entschlossenheit gehandelt, als hinge seine eigene Existenz davon ab, Delray das Leben zu erhalten.

»Wenn es seine Absicht gewesen wäre, mir was anzutun, hätte er mich sterben lassen können. Und trotzdem«, sagte Delray mit zusammengezogenen Brauen, »hab ich immer noch das Gefühl, daß mir irgendwas an ihm entgeht. Daß ich was nicht sehe. Was kann das nur sein?«

Vielleicht stand Jack Sawyer genau wie Delray in einer Beziehung zu Cecil Herbold. In einer anderen, sicher. Aber in einer, die genauso konkret war.

Jack hatte Herbold augenblicklich erkannt. Das wußte sie mit Sicherheit. Möglicherweise deshalb, weil alle Zeitungen die Fotos der Brüder veröffentlichten – aber er hatte ihn erkannt. Er war so wach und mißtrauisch gewesen wie ein Tier, das Gefahr witterte; und zwar gleich vom ersten Moment an, nicht erst, nachdem Herbold sich vorgestellt hatte.

»Was hältst du von ihm, Anna?«

Sie log, weil ihre Gefühle in bezug auf Jack Sawyer sie verwirrten. »Ich weiß nicht, was ich von ihm halten soll«, antwortete sie mit knappen Gebärden und fügte gleich noch eine Lüge hinzu. »Viel habe ich ja auch nicht mit ihm zu tun.«

Immerhin hatte sie praktisch die ganze Nacht an Jack Sawyers Seite verbracht. Sie hatte genau gewußt, wann er wirklich schlief und wann er Schlaf vortäuschte – wie auch sie ihn ab und zu vorgetäuscht hatte. Was trieb sie zu diesem dummen Versteckspiel?

Weil es einfacher war vorzugeben, er wäre gar nicht da – als sich vorzumachen, seine Nähe berührte sie nicht. Diese Schutzstrategie wandte sie an, weil sie nicht verletzt werden oder sich lächerlich machen wollte.

Augenblickliche Abwehr war immer schon ihre Taktik gewesen, besonders Männern gegenüber. Sie hatte sie entwickelt, um sich vor aufdringlichen jungen Burschen zu schützen, die es reizte, zur Abwechslung einmal mit einem gehörlosen Mädchen zu schlafen.

Schon in der Schulzeit fing das an und verlief jedesmal nach demselben Muster. Ein Junge flirtete mit ihr, führte sie aus und erwartete dann gewisse Gegenleistungen für seine huldvolle Aufmerksamkeit. Nicht fähig, mit der Zurückweisung umzugehen, brüsteten sich die Jungen danach mit Eroberungen, die sie nie gemacht hatten. Einer versuchte, mit seinen Heldentaten den anderen zu übertrumpfen, und immer tollere Geschichten über sie gerieten in Umlauf. Ihr schlechter Ruf blühte und gedieh, obwohl er jeder Grundlage entbehrte. Aber wer glaubte schon den stummen Beteuerungen einer Gehörlosen? Jedenfalls nicht die Jungen, die ganz scharf darauf waren, in dieses sexuelle Schlaraffenland vorzudringen – von dem sie im Duschraum der Schule soviel gehört hatten. Und erst recht nicht die Mädchen, die sie als Flittchen verachteten und es ihr insgeheim neideten, daß sie bei den Jungen so begehrt war.

Ihre Eltern drängten sie, mit den Jungen auszugehen, die anriefen. Sie wünschten sich ein möglichst normales Leben für sie. Ihnen erschien es logisch, daß junge Männer sich für sie interessierten – sie sahen es als willkommenes Zeichen dafür, daß sie sich von anderen Teenagern nicht wesentlich unterschied. Die armen hatten keine Ahnung, warum die Jungen in Wirklichkeit anriefen, und Anna brachte es nicht über sich, ihnen ihre Illusionen zu zerstören.

Es dauerte nicht lange, da wurde Kummer zu Haß. Sie legte sich einen Panzer aus Hochnäsigkeit und Bissigkeit zu, der Freundschaften mit Männern wie Frauen nicht zuließ. Beinahe hätte sie auch Dean Corbett mit ihrer Haltung abgeschreckt. Überzeugt, er sei nicht anders als die übrigen, hatte sie anfangs seine Einladungen abgelehnt. Aber er ließ nicht locker, bis sie sich schließlich doch mit ihm verabredete. Er schien als Gegenleistung für die Einladung nichts zu erwarten als das Versprechen, sie wiedersehen zu dürfen.

Monatelang trafen sie sich beinahe jeden Abend, ehe er den Mut aufbrachte, ihren Busen zu streicheln, und auch da nur, nachdem er stammelnd um ihre Erlaubnis gebeten hatte. Vielleicht war das der Moment, als sie erkannte, daß sie ihn liebte.

Gleich nachdem sie das erstemal miteinander geschlafen hatten, machte er ihr einen Heiratsantrag. Sie sagte neckend, soweit brauche er nicht gleich zu gehen – sie habe durchaus die Absicht, wieder mit ihm zu schlafen, ob er sie heirate oder nicht. Er hatte ihr versichert, es ginge ihm nicht um den Sex. Er wollte Anna als Lebensgefährtin.

Leider war sein Leben viel zu kurz gewesen. Nach seinem Tod sanken ihre Chancen, Männer kennenzulernen, auf den Nullpunkt. Sie war gehörlos, hatte ein kleines Kind und lebte mit ihrem Schwiegervater zusammen auf einer Ranch weit außerhalb der Stadt. Jede dieser Besonderheiten hätte für sich schon abschreckend gewirkt. In Kombination verhinderten sie endgültig jedes gesellschaftliche Leben oder gar die Entfaltung einer neuen Liebe.

Die häßlichen Gerüchte über sie und Delray machten ihr das Leben nicht leichter. Sie bemerkte genau die taxierenden Blicke der Leute, wenn sie irgendwo mit ihm auftrat. Dann trug sie den Kopf doppelt so hoch und setzte eine Miene kühler Unzugänglichkeit auf, wie sie sich das schon früh im Leben angewöhnt hatte, um Mitleid und grausame Neugier abzuwehren.

Der Klatsch über ihre Beziehung zu ihrem Schwiegervater weckte bei einigen Männern ein lüsternes Interesse an ihr – sie waren vom gleichen Schlag wie die eingebildeten Schuljungen damals. Einer von ihnen hieß Emory Lomax.

Trotz all ihrer abschreckenden Erfahrungen hatte sie sich eine positive Einstellung zur Liebe und zum Sex bewahrt. Dean war nun schon lange tot; aber sie konnte sich genau erinnern, wie es gewesen war, verliebt zu sein. Die aufgeregte Erwartung. Die Atemlosigkeit. Das Herzklopfen. Das Kribbeln im Bauch.

Die Erinnerungen meldeten sich gerade jetzt mit großer Lebhaftigkeit.

Ähnliches spürte sie jedesmal, wenn sie sich in Jack Sawyers Nähe befand.

Sie hatte nicht geglaubt, daß sie sich jemals wieder zu einem Mann hingezogen fühlen könnte; und ganz gewiß hatte sie nicht damit gerechnet, daß ein Streuner mit Dreck an den Stiefeln, mit einem von Draufgängertum gezeichneten Gesicht, ein Mann, der voller Widersprüche steckte, in ihr Gefühle wecken würde, die denen eines verliebten Teenagers glichen.

Jack hegte große Zuneigung für David. Er hatte angenehme Umgangsformen und arbeitete hart. Aber irgend etwas an ihm stimmte nicht, und genau wie Delray machte sie das mißtrauisch. Der Gedanke, daß es da eine Verbindung zwischen ihm und den Herbolds geben könnte, ängstigte sie.

Keinesfalls würde sie in Panik die Flucht ergreifen. Aber sie würde aufatmen, wenn Carl Herbold erst wieder in Gewahrsam war und sie endlich wußte, ob Jack Sawyers plötzliches Erscheinen auf der Ranch damit zusammenhing – oder auch nicht.

Was Cecil anging – warum war er heute auf die Ranch gekommen? Delray berührte ihre Hand, um sie auf sich aufmerksam zu machen, und sie schüttelte die quälenden Gedanken ab. »Was ist los, Anna?«

Nichts, bedeutete sie ihm.

»Na hör mal, das kannst du mir nicht weismachen! Du warst meilenweit fort. Ich weiß...«

»Natürlich machst du mir Kummer. Du sollst ganz schnell wieder gesund werden.«

»Ich werd mich bemühen, Anna«, gelobte er. »Aber wenn ich es nicht schaffe...« Sie wollte ihn unterbrechen, was er jedoch nicht zuließ. Einen Moment hielt er ihre Hände fest und sagte: »Hör mal, Anna, wir müssen einiges besprechen für den Fall, daß es nicht so gut läuft.«

Anna hoffte, es käme jetzt nicht zu Geständnissen, die sie beide später bedauern würden. Zu ihrer Erleichterung begann er von geschäftlichen Angelegenheiten zu sprechen.

»Verwende das Geld, das wir für Davids Ausbildung auf die Seite gelegt haben, auf keinen Fall für etwas anderes. Ganz gleich, wie schwierig das Leben vielleicht wird oder wieviel Druck dieser Lomax macht, laß das Sparkonto unangetastet.«

Sie versprach es ihm und bat ihn, sich nicht mit solchen Dingen zu belasten. »Bitte, ruh dich jetzt aus!«

Er runzelte die Stirn. »Ausruhen kann ich mich noch lange genug, wenn wir alles besprochen haben.« Er sah ihr ins Gesicht. »Anna«, sagte er. »Ach, Anna!«

Sie las ihren Namen auf seinen Lippen und spürte, daß er ihn mit tiefer Liebe sprach. Es machte sie nervös, aber sie konnte ihn nicht daran hindern auszusprechen, was er auf dem Herzen hatte.

»Ich habe mich unmöglich benommen, als Dean mir damals eröffnete, er wolle dich heiraten. Dafür möchte ich dich jetzt um Verzeihung bitten.«

Sie hätte am liebsten gelacht vor Erleichterung. »Delray, das ist ewig her. Darüber sind wir doch längst hinaus und reden nicht mehr davon.«

»Ich weiß, aber trotzdem möchte ich dich um Verzeihung bitten. Du hast Dean gutgetan. Und mir auch. Besonders nach seinem Tod.«

Zum Zeichen ihres Verständnisses lächelte sie.

»Es fällt mir entsetzlich schwer, dich allein lassen zu müssen. Ich vererbe dir und David einen Haufen Probleme.«

»Du wirst uns nicht verlassen. Mach dir keine Gedanken – Hauptsache, du wirst gesund und kommst wieder nach Hause.«

»Ich muß mir Gedanken machen, Anna. Für den Fall, daß ich nicht wieder gesund werde.«

Ihre Augen wurden naß. »Du mußt gesund werden, Delray. Sonst enttäusche ich Dean so furchtbar. Bevor er gestorben ist, habe ich ihm nämlich versprochen, für dich zu sorgen. Und das möchte ich auch einhalten.«

Er griff wieder nach ihrer Hand. Diesmal drückte er sie an seine Brust. Selten berührte er sie. Ja, er pflegte jeden physischen Kontakt bewußt zu meiden. Diese zutiefst persönliche Geste zeigte, wie wichtig ihm dieses Gespräch war. Er unterließ es sogar, in Gebärdensprache mit ihr zu sprechen – weil er dann ihre Hand hätte loslassen müssen. Sie las ihm die Worte von den Lippen ab.

»Du hast dein Versprechen gehalten, Anna, und es hat dich einen hohen Preis gekostet. Nein, ich weiß das«, sagte er, als sie ihm ihre Hand entziehen wollte, um zu widersprechen. »Das Zusammenleben mit mir war nicht leicht für dich. Und – und nicht besonders heiter. Ich war egoistisch.«

Sie schüttelte den Kopf.

»Doch, doch. Von diesem Leben habe ich viel mehr gehabt als du und David.«

Anna hatte Delray noch nie weinen sehen, nicht einmal am Grab seines Sohns. Die Tränen in seinen Augen unterstrichen jetzt zusätzlich, wie tief die Gefühle gingen, mit denen er sich plagte.

»Als Dean starb, hatte ich Angst, du würdest mit David von der Ranch weggehen und irgendwo anders ein neues Leben anfangen. Das hättest du tun können – vielleicht sogar tun sollen. Wie dem auch sei, ich danke dir, daß ihr bei mir geblieben seid.«

Wieder wollte sie ihre Hand wegziehen, um ihm zu antworten, aber er hielt sie unbeirrt fest.

»Bitte, laß mich aussprechen. Jetzt, wo ich schon mal angefangen habe. Ich habe kein großes Talent dafür – ich meine, es fällt mir ungeheuer schwer, meine Gefühle in Worten auszudrücken. Aber ich hoffe, du weißt… du mußt wissen, daß ich…«

Sie hoffte, er würde ihr jetzt nicht die Liebe gestehen, die sie die Jahre über immer in seinem Blick gesehen hatte. Es war unmöglich auf den Punkt genau zu sagen, wann sie begriff, daß Delray sie liebte. Es hatte keinen Moment blitzartiger Erleuchtung gegeben, der ihr seinerzeit die zweifelsfreie Gewißheit brachte. Die Gewißheit war im Laufe von Monaten und Jahren ganz allmählich und still entstanden, bis sie es eines Tages einfach gespürt hatte.

Weder sie noch er verloren je ein Wort darüber. Sie hatte ihm durch keinen noch so kleinen Hinweis zu verstehen gegeben, daß sie seine Gefühle kannte. Es wäre grausam gewesen, das zu tun. Weil es zu nichts geführt hätte.

Sie erwiderte Delrays Liebe nicht. Anna liebte ihn dafür, daß er sie trotz seiner anfänglichen Bedenken akzeptiert hatte. Er hatte weder Zeit noch Mühe gescheut, die Gebärdensprache zu erlernen, auch dafür liebte sie ihn. Verbunden durch ihre gemeinsame Liebe zu Dean und zu David, war sie ihm eine ergebene und treue Schwiegertochter. Aber weiter ging es nicht.

Seine Liebe zu ihr sah anders aus.

Hätte er sich ihr je erklärt, so hätte sie gehen müssen. Sie hatte inbrünstig gehofft, daß es dazu nicht kommen würde. Die Ranch war ihr Zuhause geworden. Aber noch mehr bedeutete sie für David. Außer Delray gab es keine Vaterfigur in seinem Leben, keine andere Familie. Den kleinen Jungen aus allem, was ihm vertraut und wichtig war, herauszureißen, hätte bleibende Verletzungen hinterlassen. Offenbar hatte Delray geahnt, wie sie reagieren würde. Die Ironie seines Dilemmas mußte ihm klar gewesen sein – sich ihr zu erklären, hätte bedeutet, sie und seinen Enkel zu verlieren.

So war es also zu einem stillschweigenden Einvernehmen gekommen: Seine Gefühle blieben unausgesprochen, und Anna gab vor, nichts von ihnen zu wissen.

Auch jetzt wahrte sie den Schein, als sie sich zu ihm hinunterbeugte und ihn liebevoll auf die Stirn küßte. Als sie sich aufrichtete und ihn anschaute, tauschten sie einen Blick stummen Respekts, der weit beredter war als alle Worte. Mit diesem Blick dankte sie ihm dafür, daß er sie nicht durch das Geständnis seiner Liebe fortgetrieben hatte. Und er dankte ihr dafür, seine Liebe nie lächerlich gemacht zu haben. Beiden blieb ihre Würde erhalten.

25

Manche Geistesblitze sollten wirklich für die Nachwelt aufgezeichnet werden. Es sollte eine Enzyklopädie großartiger Einfälle geben, um künftigen Generationen die Möglichkeit zu bieten, ihre Urheber zu bewundern.

Allerdings, wenn es ein solches Nachschlagewerk gäbe, würde das Element der Überraschung auf der Strecke bleiben. Und genau das war ja das Entscheidende bei jedem Geistesblitz, der auch nur einen Pfifferling taugte. Nur darum war dieser besondere Einfall so irre gewesen. Kein Mensch hatte erwartet, daß Cecil Herbold seinem fiesen alten Stiefvater einen Besuch abstatten würde.

Er trommelte im Takt mit dem röhrenden Gesang aus den Lautsprechern auf das Lenkrad seines Mustang. Klar, auf seinem Gebiet galt Springsteen als Genie. Aber Cecil Herbold war auf seinem auch nicht gerade eine Niete, haha! Er besaß ein echt kreatives Talent, es war nur niemals richtig gefördert worden.

Vielleicht hatte Carl mehr Schneid – trat waghalsiger und frecher auf. Aber Cecil war der Klügere – der Stratege! Der Denker. Der Planer.

Es juckte ihn, das Gaspedal bis zum Boden durchzutreten. Er hatte die größte Lust, wie der Teufel den Highway runterzudonnern. Das täte sein leichtsinniger jüngerer Bruder. Vom Erfolg berauscht, wäre Carl dumm genug, sich eine Verwarnung wegen zu schnellen Fahrens einzufangen; dumm genug, den Bullen genau das zu liefern, worauf sie warteten, einen Vorwand nämlich, ihn rauszuwinken und unter Beschuß zu nehmen.

Aber Cecil passierte so was nicht. Er hielt sich genau an die Geschwindigkeitsbegrenzung. O nein, keine Verwarnung, besten Dank!

Außerdem würde er vielleicht seinen Schatten verlieren, wenn er jetzt auf die Tube drückte. »Dieser Witzbold«, knurrte er voller Geringschätzung, als er die Coladose zum Mund führte. Was glaubten die Bullen eigentlich, mit wem sie es hier zu tun hatten? Die wußten wohl nicht, daß er ein Genie war?

Während er darauf achtete, daß die Tachonadel immer schön unter sechzig Meilen blieb, ließ er die letzten Stunden noch einmal Revue passieren.

Es hätte nicht besser laufen können. Ein absolut perfekter Tag, wie aus dem Bilderbuch! Das Hauptglück war die Krankheit des Alten, womit er niemals gerechnet hatte. Einem anderen wäre diese verblüffende Neuigkeit vielleicht wie ein schlechtes Omen vorgekommen. Einer mit weniger Phantasie hätte daraufhin sicher unverzüglich das Handtuch geworfen und den Rückzug angetreten.

Aber nicht er. Er hatte die Gunst der Stunde erkannt und gründlich ausgeschlachtet.

Nur mit der Absicht war er nach Blewer gefahren, mal bei dem alten Mistkerl auf der Ranch vorbeizuschauen, damit die Bullen, die ihn überwachten, es weitermelden konnten – um dann gemütlich wieder nach Hause zu gondeln. Bei der späteren Befragung würde Delray die Wahrheit sagen, weil Delray Corbett niemals log. (Wie oft hatten er und Carl sich das anhören müssen, wenn sie ihn um ein Alibi gebeten hatten: »Fällt mir nicht ein, für euch jämmerliche Burschen zu lügen.«)

»Cecil ist nach Hause gekommen, weil er mich um Verzeihung bitten wollte«, würde Delray sagen. Ob er sie gewährt hatte oder nicht, würde nichts zur Sache tun. Zählen würde einzig Delrays Aussage, daß Cecil da gewesen war, um all seine Schuld einzugestehen.

Damit allein wäre der Tag schon ein Erfolg gewesen.

Aber dank Delrays Krankheit hatte er noch einen draufsetzen können, indem er sämtliche Leute im zweiten Stock des Memorial Krankenhauses an seinem Schmerz und seiner Bekümmerung, seiner Reue und Zerknirschung teilhaben ließ.

Als ihm der Zutritt zur Intensivstation verwehrt worden war, hatte er eine Riesenszene hingelegt. Aber freilich nicht mit Gebrüll oder Toben, wie Carl das getan hätte! Das wäre die falsche Taktik gewesen. Kummer und Tränen wirkten da viel ergreifender. Alle im Warteraum vor der Intensivstation hatten sich voller Mitgefühl mit ihm gezeigt, als die knallharte Stationsschwester ihn frostig abfertigte: »Tut mir leid, Mr. Herbold, auf Wunsch der Familie sind keine Besuche bei Mr. Corbett gestattet.«

»Aber ich gehör doch zur Familie«, hatte er mit einem trockenen Schluchzer gestammelt und es dann sogar geschafft, ein paar Tränen herauszupressen. »Wo ich doch dazugehör...« Seine Stimme war direkt ein bißchen brüchig geworden, und da hatte er den Leuten natürlich noch mehr leid getan. »Ich gehe erst, wenn ich meinen Stiefvater gesehen habe. Bevor er stirbt, muß ich ihm unbedingt noch etwas sagen. Weiß er, daß ich hier bin? Haben Sie *ihn* gefragt, ob er mich sehen will?«

Tatsächlich wäre der Alte wahrscheinlich auf der Stelle krepiert, wenn er einen Herbold in der Nähe vermutet hätte.

Cecil war der alte Knacker scheißegal, ob er nun lebte oder starb. Im Grund fand er es recht angenehm, einem Zusammentreffen mit ihm entgangen zu sein. Er war bereit gewesen, zu Kreuze zu kriechen und vor Delray auf die Knie zu fallen – wenn das nötig gewesen wäre, um seinem Auftritt mehr Überzeugungskraft zu verleihen. Aber glücklicherweise mußte er nicht bis zu diesem Extrem gehen. Außerdem war Delray nicht so leicht hinters Licht zu führen. Der hätte sicher schroffer reagiert als der Sicherheitsmensch vom Krankenhaus, der schließlich geholt wurde.

Brösel von dem Muffin, das er gerade zum zweiten Frühstück vertilgt hatte, hingen noch in seinem Schnurrbart, als er Cecil entgegengewatschelt kam, um sich nach dessen Begehr zu erkundigen.

Cecil hatte es ihm erklärt.

»Na ja, ich kann verstehen, daß Sie das mitnimmt«, lautete dann sein Bescheid. »Aber Sie stören andere, und hier im Krankenhaus können wir solchen Tumult nicht dulden.« Er schlug Cecil vor, zu einer günstigeren Zeit wiederzukommen.

Als Cecil sich weigerte, sah der Wächter ratlos die Schwester an, die daraufhin die zuständige Polizei anrief.

Der Polizist war alt und müde, und es interessierte ihn im Grunde einen Dreck, ob Cecil zu seinem Stiefvater durfte oder nicht. Aber über die Brüder Herbold wußte er Bescheid.

»Sie verstoßen gegen die Auflagen der bedingten Haftentlassung«, sagte er streng.

»Nein, Sir. Ich hab die Genehmigung, meinen Stiefvater zu besuchen. Unter der Bedingung, daß ich heut abend wieder zurück bin und mich melde. Hier haben Sie die Nummer von meinem Bewährungshelfer. Rufen Sie ihn an und fragen Sie.«

Der Beamte hatte die Geschäftskarte genommen, die Cecil ihm hinhielt, und die darauf angegebene Nummer gewählt. Auf seine Frage erfuhr er, daß Cecil tatsächlich den Staat Arkansas verlassen durfte, um seine Familie zu besuchen – wenn er bis spätestens um sieben Uhr abends wieder zurück sei. Und wenn Cecil sich nicht täuschte, wurde ihm außerdem mitgeteilt, daß Cecil überwacht werde und sich folglich unerlaubte Seitensprünge – wie zum Beispiel eine heimliche Zusammenkunft mit seinem flüchtigen Bruder, um diesem zu helfen – nicht leisten könne, ohne geschnappt zu werden. Wahrscheinlich erklärte man ihm auch noch, daß man hoffe, dieser Besuch beim Stiefvater sei nur ein Vorwand, und Cecil werde die Polizei direkt zu Carl Herbold und Myron Hutts führen.

Der alte Polizist aus Blewer fixierte Cecil mit scharfem Blick, während er sich anhörte, was man aus Arkansas berichtete. Am Schluß bedankte er sich, legte auf und reichte Cecil die Karte zurück. »Sie haben sich die Mühe umsonst gemacht, Mr. Herbold, denn Sie sind hier nicht willkommen. Die Familie Ihres Stiefvaters ist der Meinung, daß Ihr Besuch Mr. Corbett aufregen würde. Es heißt, Sie seien nicht gerade in Freundschaft auseinandergegangen.«

»Deswegen bin ich ja hier. Mein Bruder Carl und ich haben schlimme Sachen angestellt, als wir noch bei ihm lebten. Wir haben ihm das Leben echt zur Hölle gemacht. Und Carl hat ihm mit den übelsten Dingen gedroht, als er sich damals weigerte, ihm bei seinem Berufungsprozeß zu helfen«, mimte Cecil Erschütterung.

»Ich möchte Delray sagen, daß ich damit nie was zu tun gehabt hab. Für meine Vergehen hab ich reichlich bezahlt. Was ich getan hab, tut mir leid. Aber Carl ist jetzt total durchgedreht. Ich meine, die Flucht aus dem Gefängnis und alles. Und die Vergewaltigung von dem kleinen Mädchen. Den kann keiner mehr retten. Delray sollte ja nur sehen, daß wenigstens einer von uns ein halbwegs ordentlicher Mensch geworden ist.«

Er quetschte einen Schluchzer aus der Kehle. »Das ist alles. Ich wollte ihm mitteilen, daß ich im Gefängnis auf den rechten Weg gefunden hab. In Calgary bin ich ein anderer geworden – nicht so wie mein Bruder!«

»Oh, zweifellos wäre Delray stolz auf Sie, Cecil«, sagte der Polizist kurz angebunden. »Aber jetzt müssen Sie trotzdem gehen. Kommen Sie, ich bring Sie raus!«

»Okay, Officer«, sagte er, sich die Augen wischend. »Ich will ja keinen Ärger machen.«

Und damit war er aufgebrochen. Mission ausgeführt. Sämtliche Behörden, die nach Carl fahndeten, würden erfahren, daß Cecil ein reuiger, gesetzestreuer Bürger war. Er hatte eine Pilgerfahrt nach Texas unternommen, um seinen sterbenden Stiefvater um Vergebung zu bitten. Für all seine Sünden wollte er Wiedergutmachung leisten – das war eine Wendung, die die Seelenklempner im Knast ständig gebrauchten. Er wollte nicht mit seinem kleinen Bruder in einen Topf geworfen werden. Cecils Zeiten als Krimineller waren vorbei. Sie würden ihre Aufmerksamkeit endgültig auf anderes richten.

Und in diesem Punkt hatte er wirklich recht.

Er bemerkte den Kerl, der sich ihm an die Fersen geheftet hatte, ungefähr hundertfünfzig Kilometer hinter Blewer, als er anhielt, um zu tanken und sich eine Cola und eine Portion Hühnchenhappen zu kaufen. Frech wie Dreck und ohne sich was zu scheißen, ob er entdeckt werden würde, war er auf den Parkplatz für LKWs hinter Cecil gefahren und hatte angehalten.

Allerdings stieg er nicht aus seinem Fahrzeug, sondern wartete drinnen, während Cecil tankte, reinging, zahlte und dann mit seinen Hühnchenhappen zu seinem Wagen zurückkehrte. Cecil hatte ihn demonstrativ angestarrt, und er hatte den Blick so herausfordernd erwidert, als wünschte er, Cecil würde ihn ansprechen. Aber das tat Cecil natürlich nicht, dazu war er zu schlau. Der Kerl blieb noch ungefähr achtzig Kilometer an ihm dran, ehe er abschwirrte.

»Ranchhelfer, daß ich nicht lache«, brummte Cecil, als er die Staatsgrenze zwischen Arkansas und Texas überfuhr. Keine schlechte Tarnung – aber ein Blinder konnte sehen, daß dieser Typ, der rumlief wie ein Cowboy und sich Jack Sawyer nannte, ein Bulle war. Die Idee mit dem Pick-up hatte echt Pfiff! Der Typ war zweifellos auf Draht.

Aber wer Cecil Herbold verarschen wollte, mußte schon ein bißchen früher aufstehen.

26

Jack schlief auf dem Bauch, den Kopf in sein Kissen gewühlt, das Laken verwurstelt um die Beine. Lautes Klopfen an der Tür des Wohnwagens weckte ihn augenblicklich. Er stolperte über die Menge Stoff, als er aus dem Bett sprang und ohne zu zögern die Tür aufstieß.

Anna hatte ein langes weißes Baumwollnachthemd an. Ihr Haar hing ihr wirr um das vom Schlaf gerötete Gesicht. Sie war außer Atem und bedeutete ihm, schnell zu kommen, wobei sie das Zeichen für Telefon bildete.

»Ich bin gleich da.«

Er lief nur noch einmal nach hinten, um zu pinkeln und in die abgeschnittene Jeans zu steigen, die er am Abend zuvor getragen hatte. Dann rannte er los und holte Anna ein, noch bevor sie das Haus erreicht hatte. Endlich drinnen, winkte sie ihn durch den Flur in das kleine Arbeitszimmer.

David, noch im Schlafanzug, sprach am Telefon: »… weil nämlich wenn man zu hoch schaukelt, bevor man's richtig kann, fällt man leicht runter, und dann schlägt man sich vielleicht ein Loch in den Kopf und muß genäht werden. Jack hat gesagt, ich kann's schon ganz gut und darf mich bald richtig gescheit abstoßen, aber meine Mama hat immer noch Angst. Sie ist jetzt wieder da. Sie hat Jack mitgebracht, damit er mit Ihnen reden kann. Tschüs.«

Er reichte Jack den Hörer. »Ich hab's läuten gehört und bin ganz allein rangegangen. Dann hab ich Mama geweckt, wie die Frau es wollte.«

»Das hast du gut gemacht.« Jack fuhr dem Kleinen durchs

Haar. Dann nahm er den Hörer und nannte seinen Namen. »Tut mir leid, daß es so lange gedauert hat.«

Am anderen Ende der Leitung war eine Schwester von der Intensivstation. »Ich habe versucht, über die Gehörlosenvermittlung zu telefonieren, um mit Mrs. Corbett selbst zu sprechen. Aber leider habe ich keine Verbindung bekommen«, erklärte sie. »Die Nummer, die hier steht, muß falsch sein. Danach wollte ich Mrs. Baker erreichen, aber sie hat sich nicht gemeldet.«

»Ich werde dolmetschen, so gut ich kann«, versprach Jack.

Anna beobachtete voll ängstlicher Besorgnis sein Gesicht und achtete nicht auf David, der an ihrem Nachthemd zupfte und sein Frühstück verlangte.

»Sicherlich geht es um Delray?« Das Schlimmste erwartend, hielt Jack den Atem an. »Ist er – wie schaut es aus?«

»Es geht ihm heute morgen viel besser. Genauer gesagt, es *ging* ihm besser. Dann hat die Hilfsschwester, während sie ihn wusch, den gestrigen Besuch seines Stiefsohns im Krankenhaus erwähnt, und daraufhin wurde er sehr erregt. Wenn wir ihn nicht zurückgehalten hätten, wäre er aufgestanden und hätte das Krankenhaus verlassen. Er droht auch jetzt noch damit. Wir hielten es für besser, seine Schwiegertochter zu verständigen. Vielleicht kann sie ihn beruhigen.«

»Ja, vielen Dank für Ihren Anruf! Sie kommt so schnell wie möglich.«

Jack legte auf und sah Anna an. David quengelte immer noch, er sei hungrig und sie solle ihm sein Frühstück machen.

»Hey, Rocket Ranger«, sagte Jack und salutierte. »Bist du mutig genug, eine schwierige Mission zu übernehmen? Was meinst du, kriegst du das mit deinen Cornflakes heute morgen selber hin?«

»Darf ich Capt'n Crunch haben?«

»Warum nicht?«

»Okay!« Er salutierte schief zurück und rannte hinaus.

Anna sah Jack mit banger Miene an. Er spannte sie nicht länger auf die Folter. »Delray geht es gut, aber er ist sehr erregt. Jemand hat ihm nichtsahnend von Cecils Besuch im Krankenhaus erzählt.«

Mit beiden Fäusten an ihren Schläfen fluchte sie leise vor sich hin.

»Sie haben mir das Wort aus dem Mund genommen«, sagte Jack, obwohl sie ihn nicht ansah und nicht wahrnahm, daß er sprach.

Er hatte den ganzen gestrigen Tag keine ruhige Minute gehabt bis zu dem Moment, als sie gegen Mitternacht mit David aus dem Krankenhaus zurückgekommen war. Ohne ihr Wissen war er den beiden gefolgt, als sie nach Cecil Herbolds Überraschungsbesuch ins Krankenhaus gefahren waren. Jack wollte sich überzeugen, ob der Mann tatsächlich versuchen würde, zu Delray vorzudringen. Es hatte ihn nicht überrascht, Herbolds Mustang auf dem Parkplatz des Krankenhauses vorzufinden.

Einige Reihen entfernt hatte er in seinem Pick-up gewartet, bis Cecil Herbold aus dem Krankenhaus gekommen war, in Begleitung eines Polizeibeamten aus Blewer. Kaum war Herbold losgefahren, da hatte sich ihm ein Polizeifahrzeug an den Auspuff geheftet und war ihm bis zur Staatsgrenze von Texas gefolgt. Von da hatte Jack übernommen und war Herbold weitere dreihundert Kilometer auf den Fersen geblieben.

Aber mit jedem Kilometer hatte ihn der Gedanke daran, daß die Ranch so lange unbewacht war, nervöser gemacht. Als er schließlich umdrehte und – sämtliche Geschwindigkeitsbegrenzungen mißachtend – tief erleichtert bei der Ranch anlangte, waren Anna und David noch nicht zurück. Solange sie sich im Krankenhaus aufhielten, befanden sie sich einigermaßen in Sicherheit. Carl Herbold, dessen Foto mittlerweile zum festen Bestand jeder Nachrichtensendung im Fernsehen gehörte, würde nicht so leichtsinnig sein, sich an einem öffentlichen Ort zu zeigen.

Bald ging die Sonne unter, und alle Arbeiten auf der Ranch waren liegengeblieben. Er hatte sich beeilt, das absolut Notwendige zu erledigen, dabei jedoch ständig das Haus und seine Uhr im Auge behalten. Neue Besorgnis stellte sich ein, als Anna und David auch nach Stunden noch nicht wieder auftauchten.

Die Luft war trotz beginnender Nacht drückend und heiß geblieben. Die ausgedörrte Erde strahlte die gespeicherte Sonnenwärme ab wie ein Heizkörper. In regelmäßigen Abständen machte er Kontrollgänge über das Grundstück, alle Sinne angespannt, um augenblicklich auf jedes ungewohnte Geräusch, jeden fremden Schatten reagieren zu können. Dazwischen zog er sich in den Wohnwagen zurück und stellte sich vor die lärmende Klimaanlage, um sich abzukühlen. Die Sorge um Anna und David machte ihn reizbar, und die Hitze verschlimmerte es noch.

Mit jeder Stunde, die verging, malte er sich eine neue Katastrophe aus, in der Anna und David steckten. Der Wagen hatte wieder gestreikt, und sie saßen irgendwo in der Finsternis fest. Er war kein Mechaniker. Sie hätte die Benzinleitung von einem Fachmann überprüfen lassen müssen. Oder sie und David hatten einen Unfall gehabt. Man hatte sie in die Notaufnahme des Krankenhauses gebracht und nach dem Namen ihres nächsten Angehörigen gefragt. Und sie hatte gesagt, ihr nächster Angehöriger liege oben auf der Intensivstation. Keiner dachte daran, den Farmhelfer zu benachrichtigen, der draußen auf der Ranch saß und vor Sorge beinahe den Verstand verlor.

Hinzu kam die nagende Unruhe wegen der Herbolds. Gut, er war Cecil fast bis nach Arkansas gefolgt. Aber was besagte das schon? Hier handelte es sich nicht um kleine Gauner, sondern um skrupellose Verbrecher, abgebrüht durch jahrelangen Knastaufenthalt. Cecils Überraschungsbesuch konnte ein Verschleierungsmanöver gewesen sein, um von Bruder Carl abzulenken, der bereits Anna und David im Visier hatte – die beiden einzigen Menschen, die Delray Corbett etwas bedeuteten. Ja, genau, das war's. Die Herbolds hatten sie entführt!

Gerade als er nach dem Schlüssel zu seinem Pick-up griff, um auf der Stelle zum Krankenhaus zu fahren und sich zu vergewissern, daß Anna und David nichts zugestoßen war, sah er die Scheinwerfer ihres Wagens im Tor.

Als das Auto neben dem Haus anhielt, stand Jack im Schatten der Glyzinie an der Verandaecke. Er hätte sich bemerkbar machen und ihr anbieten sollen, den schlafenden David ins Haus zu tragen. Wenigstens hätte er aus den Schatten heraustreten und fragen sollen, wie es Delray ging.

Aber eingedenk ihrer harten Worte vom Morgen und immer noch ein wenig verärgert trotz aller Sorge, die er sich um sie gemacht hatte, war er als stummer Zuschauer im verborgenen geblieben, wie sie ihren Sohn vom Rücksitz des Wagens gehoben und ins Haus gebracht hatte.

Erst als er wußte, daß die beiden in Sicherheit waren, und sah, wie oben die Lichter ausgingen, war er in den Wohnwagen zurückgekehrt. Erschöpft von stundenlanger nervöser Anspannung und der langen Fahrt, hatte er sich auf sein Bett fallen lassen, um sofort tief einzuschlafen.

Jetzt berührte er kurz ihren Arm, um ihre Aufmerksamkeit zu gewinnen. »Was war im Krankenhaus los? Hat Herbold Ihnen oder Delray gedroht?«

Sie griff nach einem Schreibblock. »Ich aß mit David grade in der Kantine zu Mittag, als er da war. Aber Marjorie Baker hat alles miterlebt. Herbold kam in den Warteraum der Intensivstation und wollte zu Delray. Man sagte ihm, das ginge nicht. Er hat eine Szene gemacht. Man holte die Polizei, und er wurde hinausgebracht. Ende der Vorstellung.«

»Es hat gereicht, um Delray heftig aufzuregen, als er davon hörte.« Jack rieb sich den Nacken. »Was, zum Teufel, wollte der Kerl? Was hatte das alles zu bedeuten?«

Aber Anna wußte darauf keine Antwort. Nur darauf bedacht, sich schnellstens anzukleiden und ins Krankenhaus zu fahren, hatte sie sich schon von ihm abgewandt. Sie kam allerdings nur bis zur Tür des Arbeitszimmers. Dort stolperte ihr David weinend entgegen.

»Ich hab die Milch verschüttet«, schluchzte er, »aus Versehen, Mama! Es ist einfach so passiert.«

Anna sah aus, als wäre sie fix und fertig mit ihren Nerven, als sie zur Tür hinausrannte und Kurs auf die Küche nahm. Jack lief ihr nach, packte sie beim Nachthemd und hielt sie fest.

»Gehen Sie rauf und ziehen Sie sich an«, sagte er ruhig, als sie gereizt herumfuhr. »Ich mach das hier schon. Kümmern Sie sich um Delray. David kann heute hier bei mir bleiben. Okay?«

»Oh, darf ich, Mama? Ja?« Schon waren die Tränen getrocknet. David hüpfte aufgeregt von einem Fuß auf den anderen. »Ich finde das Krankenhaus scheußlich. Da riecht's wie beim Zahnarzt. Darf ich bei Jack bleiben, ja?«

»Ich möchte, daß ihr verreist. Du und David. Noch heute.«

Jack hatte gesagt, daß Delray das wünschen würde. Und er hatte recht gehabt. Jack schien immer recht zu haben – einerseits beruhigend, andererseits auch wieder nicht.

Anna hatte sein Angebot angenommen, auf David aufzupassen, wenn nötig den ganzen Tag. Vielleicht hätte sie ein schlechtes Gewissen gehabt, ihren Sohn so lang allein zu lassen und Jack diese Verantwortung aufzubürden; aber die beiden verstanden sich offensichtlich so glänzend, daß sie selbst die verschüttete Milch in Heiterkeit aufwischten. Auf allen vieren liegend, die Hintern in die Höhe gestreckt, Jacks in ausgewaschenem Köper, Davids im Supermanpyjama, hatten sie ihr zum Abschied nur zerstreut nachgewinkt.

Sobald Anna an Delrays Bett trat, begann dieser ihr zuzureden, wegzufahren und David mitzunehmen. Er sah besser aus, hatte Farbe in den Wangen, aber die Farbe war vor allem seiner Erregung zuzuschreiben. Sie mußte ihn unbedingt beruhigen.

»Wir sind hier völlig sicher, Delray.«

»Ihr wärt aber anderswo sicherer.«

»Ich gehe hier nicht weg, solange du im Krankenhaus liegst. Wie kannst du nur glauben, ich packe gerade jetzt einfach meine Sachen und fahre weg?«

»Unter normalen Umständen würde ich das ja auch nicht verlangen. Aber Cecil Herbold war gestern hier. Und das macht mir Sorge.«

Er wußte nicht, daß Herbold vorher auf der Ranch gewesen war. Ihm das zu sagen könnte seinen Tod bedeuten.

»Ich fahre nirgendwohin. Es wird hiergeblieben und basta!«

»Bitta, Anna. Tu es mir zuliebe. Du und David seid das einzige, was mir wichtig ist. Ich habe versucht, Dean vor diesen Burschen zu schützen, so gut es ging. Niemals habe ich sie in seine Nähe gelassen. Für Cecil und Carl bin ich verantwortlich, ich trag die Schuld an der ganzen Katastrophe. Du sollst da nicht mit hineingezogen werden. Bitte, Anna, ich möchte nicht in der Angst sterben...«

»Na, wie geht es denn unserem Patienten?« Der Arzt kam mit fliegendem Kittel ins Zimmer und unterbrach Delrays Beschwörungen.

Anna schrieb ihm schnell einige Worte: »Er hat sich heute morgen ziemlich aufgeregt.«

»Ja, das hörte ich schon.«

»Hat das seinem Herzen geschadet?«

Der Arzt sah die Aufzeichnungen durch, die er in einem Hefter bei sich trug. »Hier sehe ich etwas auf seinem EKG. Das war wahrscheinlich die erhöhte Frequenz, als er drohte, uns zu verklagen.« Stirnrunzelnd betrachtete er Delray, der ihn seinerseits mit finsterer Miene musterte. Dann klappte er lachend den Hefter mit den Unterlagen zu. »Ich nehme seine Kraft und Energie als ein gutes Zeichen.« Sich an Delray wendend, fragte er: »Wie wär's, hätten Sie Lust auf einen Flug mit dem Hubschrauber?«

27

»Kann ich mal rasch über die Straße laufen und meinen Lohnscheck einlösen?«

Russell, der, die Füße hochgelegt, an seinem Schreibtisch saß, senkte die Zeitung und sah Cecil unfreundlich an. »Gilt als Kaffeepause. Fünfzehn Minuten.«

»Aber vielleicht ist am Schalter eine Schlange.«

»Fünfzehn Minuten.« Er verschwand wieder hinter seiner Zeitung.

So ein Arschloch, dachte Cecil, als er seine Sonnenbrille aufsetzte und in die drückende Hitze hinaustrat. Schließlich hatte er nicht um eine besondere Gefälligkeit gebeten. Freitags ging er immer schnell rüber zur Bank und löste seinen Lohnscheck ein. Das hatte er sich zur Gewohnheit gemacht, seit er in der Werkstatt arbeitete. Russell schikanierte die Leute nur zum Spaß.

Durch die getönten Gläser der Sonnenbrille musterte Cecil die Straße und entdeckte nichts Ungewöhnliches. Die Bullen zerbrachen sich wahrscheinlich immer noch die Köpfe über seinen gestrigen Ausflug nach Blewer. Bei der Vorstellung, wie das diese Typen aus dem Takt gebracht hatte, mußte er grinsen. Gern hätte er gewußt, ob Delray benachrichtigt wurde, daß sein Stiefsohn ihn besuchen wollte. Wenn ja, war er hoffentlich am Schock krepiert.

Er ging in den Drugstore, bestellte sich eine Cola mit Zitrone und bat die Bedienung, ihm das Getränk in einem Pappbecher zu geben, damit er es mit hinausnehmen konnte. An der Kasse zahlte er für die Cola, eine Rolle Drops und eine Autozeitschrift. Wieder draußen auf dem Gehweg, schlenderte er bis zur nächsten Ecke und wartete – während er mit einem Strohhalm das kalte Getränk schlürfte –, bis die Ampel auf Grün schaltete.

Nach dem Überqueren der Straße marschierte er Richtung Bank. Im Schatten des Gebäudes blieb er stehen, um seine Cola auszutrinken und den leeren Becher in den zuvorkommenderweise von den örtlichen Rotarieren gestifteten Abfallkorb zu werfen, wie sich das für einen ordentlichen Bürger gehörte.

Im Vergleich zu der glühenden Hitze draußen war es im klimatisierten Schalterraum der Bank so kalt wie in Klondike. Er nahm seine Sonnenbrille ab und schob sie mit den Bonbons zusammen in die Brusttasche seines Arbeitshemds, auf der sein rotgestickter Name stand.

Die Zeitschrift rutschte ihm unter den Arm heraus und fiel zu Boden. Als er sich bückte, um sie aufzuheben, warf er einen Blick zur Tür und ortete den Bankwächter. Höchstens neunzehn, karottenrotes Haar und ein pickeliges Gesicht. Gerade öffnete er die Tür für eine junge Frau mit einem kleinen Kind, das in einem Sportwagen saß.

Cecil trat zu dem Schreibpult in der Mitte des Schalterraums. Er hatte einen Einzahlungsschein aus seinem Scheckbuch bei sich. Mit dem Kugelschreiber, der mittels eines dünnen goldenen Kettchens am Pult befestigt war, füllte er das dazugehörige Formular aus und unterzeichnete seinen Scheck. Er bemühte sich, nicht an die Kameras zu denken, die in Abständen oben unter der Decke angebracht waren.

Jetzt verglich er die beiden Schlangen vor den Schaltern. In der einen stand ein dicker Mann mit einem Riesenschlüsselbund am Gürtel und Schweißringen unter den Armen. Die Frau mit dem Kinderwagen wartete hinter ihm. Sie scherzte mit dem Kleinen, um ihn bei Laune zu halten, während sie warteten.

Die Angestellte am zweiten Schalter bediente ein altes

Paar. Hinter den beiden Alten stand ein Motorradfahrer mit Schnauzer und Lederweste. Seine bloßen Arme waren von oben bis unten mit Tätowierungen bedruckt.

Während Cecil noch überlegte, in welcher Reihe er am schnellsten vorwärtskommen würde, ging ein Mann in grauem Anzug und Hornbrille um ihn herum und stellte sich direkt vor ihn hinter die junge Mutter.

»Arschloch.«

Der Mann drehte sich um. »Sagten Sie etwas?«

»Schon gut«, brummte Cecil. Er stellte sich hinter dem Motorradfahrer an.

Die beiden Alten kapierten einfach nicht, wozu Reiseschecks gut waren. Der Motorradfahrer trat in seinen dicksohligen Stiefeln ungeduldig von einem Fuß auf den anderen und verschränkte die Arme über dem Bauch.

In der Reihe nebenan hatte der Dicke seine Geschäfte erledigt und schlurfte mit klirrendem Schlüsselbund hinaus. Die junge Mutter trat ans Fenster. Der Yuppie im grauen Anzug zog sein Scheckbuch heraus.

Endlich machte die Angestellte an dem Schalter, vor dem Cecil wartete, den beiden Alten den Vorschlag, sich von einem Mitarbeiter erklären zu lassen, was es mit Reiseschecks auf sich hatte. Sie winkte einen Kollegen herbei, der die Alten zu seinem Schreibtisch führte. Der Motorradfahrer trat an den Schalter. Cecil rückte nach. Er spürte, daß jemand hinter ihn getreten war, und drehte sich um.

»Hallo, Cecil!«

»Hallo, Pepe!«

Es war einer der Mechaniker, mit denen Cecil bei Russell zusammenarbeitete. Pepe, der Mexikaner, verkehrte, soweit Cecil hatte feststellen können, nur mit Landsleuten. Sie wechselten nie mehr als einige Worte miteinander, aber der Typ schien in Ordnung zu sein.

»Hat Russel sich bei dir auch so aufgeführt, weil du hier rüber wolltest?«

»Klar. Wie immer«, antwortete Pepe.

Der Motorradfahrer steckte das Geld ein, das die Bankangestellte ihm hingeblättert hatte, wünschte ihr einen schönen Tag und ging. Cecil trat zum Fenster und schob seinen Lohnscheck samt ausgefülltem Formular über den kalten Marmortresen.

»Guten Morgen«, sagte die Angestellte und warf einen Blick auf den Scheck. »Fünfzig in bar, richtig?«

»Ja, bitte.«

»Wie hätten Sie's gern? Zehner, Zwanziger?«

Die junge Mutter in der Schlange nebenan dankte der Angestellten und schob mit ihrem Kinderwagen ab. Der Yuppie trat an den Schalter. Die Angestellte wünschte ihm einen guten Morgen.

Plötzlich war die Pistole da.

Wie durch Zauber erschien sie in Carls Hand.

»Denken Sie lieber gar nicht erst dran, auf den Alarmknopf zu drücken«, rief er im gleichen höflichen Ton, in dem er zuvor seinen Bruder gefragt hatte: »Sagten Sie etwas?« Wenn die Situation nicht so angespannt gewesen wäre, hätte Cecil sich über die Maske und das Yuppie-Getue seines Bruders kaputtgelacht.

»Leeren Sie einfach ruhig und ohne Aufsehen Ihre Geldschublade aus, dann passiert niemandem was.«

Zu der Angestellten, die ihn bediente, sagte Cecil: »Ich nehme das gleiche wie er«, und zog die Pistole, die unter seinem Hemd im Hosenbund steckte, seit er am Morgen seine Wohnung verlassen hatte.

Hinter sich hörte er seinen Kollegen »Scheiße!« knurren.

»Ich möchte alles Geld, das Sie freitags da haben«, sagte Cecil zu der Angestellten.

Freitags war Zahltag bei der Reifenfabrik außerhalb des Orts. Die Arbeiter und Angestellten pflegten hier ihre Schecks einzulösen. Darum verfügte die Bank freitags immer über besonders viel Bargeld.

»Oh, mein Gott«, wimmerte die Frau hinter Carls Schalter.

»Schnauze oder ich knall dich ab«, knurrte Carl.

Die Angestellte, die Cecil bediente, war entgegenkommender. Sie brachte einen Leinensack zum Vorschein, der mit Scheinen vollgestopft war. »Danke«, sagte Cecil höflich, als sie ihn über die Theke schob.

»Connie, bist du verrückt?« zischte ihre Kollegin.

»Ich laß mich doch wegen diesem blöden Bankjob nicht umbringen.«

»Du vermasselst dir die Bewährung, Mann«, mahnte Pepe.

»'tschuldigung, Kumpel, ich bin gleich wieder weg.« Der Motorradfahrer war zurückgekommen. Er schob sich vor Cecil an den Schalter. »Hören Sie, ich hab draußen mein Geld nachgezählt und – was zur Höl...«

Cecil rammte dem Motorradfahrer den Kolben seiner Pistole in den Mund und nahm dabei mehrere seiner Zähne mit. Das Blut, das auf Cecils Hemd spritzte, hatte die gleiche Farbe wie die Stickerei auf seiner Brusttasche.

Dann geschahen mehrere Dinge gleichzeitig.

»Du bist ja total durchgeknallt, Mann«, sagte Pepe, und Cecil fuhr ihn an, er solle das Maul halten.

Die Angestellte hinter Carls Schalter begann zu schreien und duckte sich unter den Tresen.

Carl fluchte. »Scheiße!«

Der Motorradfahrer taumelte unter der Wucht des Schlags nach rückwärts. Aber als er begriff, in was er da hineingeraten war, sprang er mutig nach Cecils Waffe.

Es war Carl, der ihn in den Hals schoß.

Nun brach die Hölle los. Bis zu diesem Moment hatte niemand, der nicht direkt betroffen war, gemerkt, daß sich da ein Raubüberfall abspielte. Jetzt begannen Männer und Frauen wild durcheinander zu schreien und Deckung zu suchen. Die junge Mutter kreischte entsetzt und warf sich über ihr Kind, um es mit ihrem Körper zu schützen. Das Kind begann zu weinen.

»Myron!« brüllte Carl.

»Ja, Carl?«

»Her mit dem Sack.«

Myron hatte als Verkleidung eine strähnige schwarze Perücke und eine Baseballmütze auf dem Kopf. Seine auffallenden Albinoaugen waren hinter dunklen Gläsern verborgen. Wäre der Bankwächter nicht durch den momentanen Tumult am Schalter abgelenkt gewesen, wäre Myron vielleicht mit dem Matchsack, aus dem er eine Flinte mit abgesägten Läufen zog, bevor er ihn Cecil zuwarf, gar nicht an ihm vorbeigekommen.

Mit der Pistole in der Hand sprang Carl auf den Tresen und befahl den Leuten, unten zu bleiben, während Cecil mit dem Matchsack nach hinten ging und die Geldschubladen leerte.

Myron hielt den Bankwächter in Schach, der aussah, als würde er sich jeden Moment auf seine blank gewichsten Schuhe übergeben.

»Hey, du da«, brüllte Carl ihn an. »Hast du ’ne Waffe?«

»Ja, Sir«, antwortete der junge Wächter zähneklappernd.

»Nimm ihm die Waffe ab, Myron.«

Myron gehorchte. »Wenn er sich rührt, leg ihn um«, befahl Carl.

»Okay, Carl.«

Aber Myron verlor die Übersicht und ballerte blind drauf los, als unversehens zwei Polizisten in die Bank stürmten. Später hieß es in einem Artikel der örtlichen Zeitung, die beiden Streifenbeamten seien von einem Passanten darauf aufmerksam gemacht worden, daß in der Bank etwas nicht mit rechten Dingen zugehe.

Mutig, aber unbedacht warteten sie nicht auf Verstärkung, sondern drangen dort auf eigene Faust ein. Augenblicklich erfassend, was los war, griff der eine nach seiner Pistole.

Aber noch ehe er sie ziehen konnte, schoß Myron ihn mit der Flinte nieder. Als der andere seinen Kollegen, von Schrotkugeln durchsiebt, zusammenbrechen sah, fiel er auf die Knie und schlug die Arme über dem Kopf zusammen. In einer Anwandlung lobenswerter Tapferkeit zum falschen Zeitpunkt, sprang der Bankwächter auf. Myron mähte ihn mit der Ladung aus dem zweiten Lauf nieder.

»Gottverdammich!« zischte Carl, offensichtlich angewidert von den Blutströmen, die über den Marmorboden flossen. »Los, lad nach, Myron.«

»Okay, Carl.«

Cecil zog den Reißverschluß des Matchsacks zu. »Fertig. Jetzt nichts wie raus hier.«

»O nein!«

Connie, die Bankangestellte, hielt plötzlich eine Pistole in beiden Händen – aber ihre Worte waren nicht an Cecil, Carl oder Myron gerichtet, sondern an den zweiten Polizisten, der seinen Mut wiedergefunden hatte und zur Waffe greifen wollte.

Connie, die Bankangestellte, schoß ihn mitten ins Herz.

28

Ezzy goß die Grünpflanze am Wohnzimmerfenster. Die Usambaraveilchen hatte er aufgegeben. Die waren hinüber. Was die Wohnzimmerpflanze anging, so hatte er nicht die blasseste Ahnung, wie sie hieß und wieviel Wasser sie brauchte. Vielleicht hatte er sie schon zu Tode gegossen. Aber Cora würde bei ihrer Heimkehr das Verscheiden der Usambaraveilchen vielleicht gelassener hinnehmen, wenn wenigstens eine ihrer Pflanzen überlebt hatte.

Nie gestattete Ezzy sich den Gedanken, Cora könnte *nicht* heimkehren.

Insgesamt versuchte er, positiv zu denken. So hatte er sich auch kaum Niedergeschlagenheit über die gestrige vergebliche Fahrt zu Parker Gee gestattet. Mit dem Besuch bei dem Sterbenskranken war ein Tag herumgegangen; insofern hatte er sich für Ezzy gelohnt.

Und auch insofern, als er nun endlich zu einem Entschluß gelangt war: Er würde den Fall McCorkle ad acta legen. Weg damit. Aus und vorbei. Zweiundzwanzig Jahre lang hatte er sich im Kreis gedreht. Das müßte, verdammt noch mal, genügen. Er wollte sein Leben zurückhaben – und seine Frau auch. Also, vergiß Patsy McCorkle!

Heute morgen war er mit frischer Entschlossenheit erwacht, sich die ganze Geschichte ein für allemal aus dem Kopf zu schlagen. Natürlich bildete er sich nicht ein, daß das so einfach werden würde. Sich von einer Sucht zu befreien, die man zweiundzwanzig Jahre lang genährt hatte, würde Kraft kosten. Am besten, man sorgte dafür, ständig beschäftigt zu sein. Deshalb war er von Zimmer zu Zimmer gewandert und hatte versucht, sich der tausend kleinen Aufträge auf Coras »Schatz, könntest du mal«-Liste zu erinnern, zu deren Erledigung er nie gekommen war.

Bisher hatte er das Kabel der Stehlampe im Wohnzimmer repariert; die Scharniere der Hintertür geölt; die Rollen unter den Sofabeinen ausgetauscht; und festgestellt, daß er es nie im Leben schaffen würde, das Klappern des Deckenventilators im Schlafzimmer zu beseitigen. Er hatte einen Elektriker bestellt, um das richten zu lassen.

Leider war Cora eine äußerst gewissenhafte Hausfrau, so daß ihm bald die Arbeit ausging.

Nachdem er die namenlose Pflanze gegossen hatte, schlug die Langeweile gnadenlos zu. Hatte er Hunger? Vielleicht. Sollte er zum Mittagessen ins *Busy Bee* rübergehen? Immer dieselben Leute. Immer dieselben neugierigen Fragen. Nein, danach war ihm wirklich nicht zumute.

Er machte sich eine Dose Chili warm und setzte sich mit wohlgefülltem Teller und einer Handvoll Kräckers ins Wohnzimmer. Damit es nicht ganz so still und tot war, schaltete er den Fernsehapparat ein; dann nahm er eine alte Ausgabe von *Reader's Digest* zur Hand.

Mitten in der Geschichte von einem Mann, den ein Wal verschluckt hatte wie einst den biblischen Jona, begannen die Mittagsnachrichten. Das zentrale Thema bildete ein Banküberfall, bei dem zwei Polizeibeamte, ein Bankwächter und ein Kunde der Bank getötet worden waren. Die Räuber seien mit einem hohen Geldbetrag, der nicht näher angegeben wurde, entkommen. Bei der Bank, die zu einer kleinen Gemeinde gehörte, hatten an diesem Freitag die Lohngelder der nahe gelegenen Reifenfabrik auf ihre Abholer gewartet.

Dank den Überwachungskameras war es gelungen, die Räuber als die flüchtigen Sträflinge Myron Hutts und Carl Herbold sowie dessen Bruder Cecil zu identifizieren, der, bedingt haftentlassen, in der kleinen Stadt lebte und arbeitete.

Mitbeteiligt an dem Raubüberfall war eine Bankangestellte namens Connie Skaggs. Die zweiunddreißigjährige geschiedene Frau ohne Kinder, die von einem Mitarbeiter als ›ganz normale Person‹ beschrieben wurde, hatte, wie das Videoband zeigte, eigenhändig einen der Beamten erschossen.

»Wir werden diese Killer fassen und vor Gericht bringen«, versicherte der aufgewühlte Leiter der örtlichen Polizeidienststelle, der die Hälfte seiner Truppe verloren hatte, als zwei seiner vier Beamten die Verbrecher stellen wollten. »In dieser Stadt erschießt niemand ungestraft einen Polizisten.«

Die Herbolds und ihre Komplizen, hieß es, seien bewaffnet und äußerst gefährlich.

Ezzys Chili wurde kalt, während er sich Einzelheiten über die Großfahndung anhörte, die sich über ganz Arkansas, den Nordwestzipfel von Louisiana und das nordöstliche Texas erstreckte.

Danach gab der Berichterstatter vor Ort zurück zum Moderator der Nachrichtensendung, der einen Psychologen einführte. Dr. Soundso hielt den Zuschauern einen monotonen Vortrag über die traumatische Wirkung, die derartige Gewalttaten bei Zeugen und den Angehörigen der Opfer zu hinterlassen pflegten.

Ezzy schaltete den Ton ab und starrte auf die stummen Bilder, während er mechanisch das kalte Essen löffelte. Auf den Vortrag des Psychologen folgte ein Werbespot für Windeln, danach führte eine strahlende Frau Saubermann der neidischen Nachbarin ihre wiesenfrische Toilette vor.

In Ezzy rumorte es. Er schnaubte und stampfte innerlich wie ein altes Schlachtroß. Vergessen war sein jüngster Entschluß. Binnen Sekunden wurde er vom potentiellen Stubenhocker zum energiegeladenen Mann der Tat.

Er war der erste Gesetzesvertreter gewesen, der mit den Herbolds zu tun bekommen und sie hinter Gitter gebracht hatte. Jetzt suchte man sie in einem Nachbarstaat wegen eines Gewaltverbrechens, und sie befanden sich auf der Flucht.

Carl und Cecil waren üble Burschen gewesen. Psychologen würden ihre Bosheit wahrscheinlich dem Fehlen des Vaters während ihrer Entwicklungsjahre zuschreiben, der Schwäche und Passivität der Mutter, der unerbittlichen Strenge des Stiefvaters – der sich zwar bemüht hatte, sie zu erziehen, aber ohne Liebe. War es ein Wunder, daß sie schon als Jungen den Teufel im Leib gehabt hatten?

Aber jetzt waren sie Männer. Für sich und ihr Handeln verantwortlich... böse und gemein, weil es ihnen gefiel. Nach dem heutigen Raubüberfall und den Morden hatten sie nichts mehr zu verlieren. Und solche Leute waren die allergefährlichsten. Die Herbolds mußten gefaßt werden, bevor sie zusätzliches Unheil anrichten konnten.

Mit einem Sprung war Ezzy auf den Beinen. Er trug seinen Teller in die Küche und ließ kaltes Wasser darüberlaufen. Die fettige Chilisoße gerann augenblicklich zu orangefarbenem Wachs, aber Ezzy ließ den Teller so im Spülbecken stehen.

Er nahm seinen Hut und saß Sekunden später in seinem Wagen, so entschlossen und zielbewußt wie nie mehr, seit man ihm nahegelegt hatte, in den Ruhestand zu treten.

Der Dienstraum im Sheriff's Department war leer bis auf einen Beamten, der das Telefon bediente. Er begrüßte Ezzy lächelnd, als dieser hereinkam. »Hallo, Ezzy! Was führt Sie denn her?«

»Hallo, Souder. Wie läuft's denn so?«

»Und wie schmeckt das Rentnerdasein?«

»Geht so.«

»Muß man sich wahrscheinlich erst dran gewöhnen.«

»Stimmt. Ist Ihr neuer Chef da?«

»Ja – gerade vom Mittagessen zurück«, informierte Souder ihn. »Mit einem Stück Kokoscremekuchen.«

»Meinen Sie, ich stör, wenn ich mal kurz bei ihm reinschaue?«

»Sie wissen ja, wo die Tür ist.«

Ezzy klopfte höflich. Sheriff Ronald Foster sah von seinem Stück Kuchen auf, leckte sich Creme aus dem Mundwinkel und winkte Ezzy herein. Er war einer dieser Studierten, die immer aussahen wie aus dem Ei gepellt. Die Wahl zum Sheriff hatte er mit großer Mehrheit gewonnen, weil er wie ein Ringer gebaut war und ein entschlossenes, vertraueneinflößendes Auftreten besaß. Foster war ein aufrechter Bürger, Familienvater mit einer hübschen Frau und drei Kindern; er leistete Gemeindearbeit bei den Baptisten, denen er angehörte. Die scharfen blauen Augen funkelten zweierlei zugleich: ›Ich liebe Jesus‹ und ›Legen Sie sich mit mir nicht an‹. Er hatte einen Haarschnitt wie ein Marine, und wenn Ezzy sich nicht täuschte, bildete er sich ein, weit taffer zu sein, als er tatsächlich war.

Wenn Ezzys unangemeldeter Besuch ihn störte, so ließ er sich jedoch aus Höflichkeit nichts anmerken. Sein Händedruck war fest und herzlich.

»Setzen Sie sich, Ezzy. Setzen Sie sich. Möchten Sie was von dem Kuchen?«

»Nein, danke. Aber er sieht gut aus.«

»Ich hab noch nie erlebt, daß Lucy einer mißlungen ist.«

Nachdem Ezzy sich gesetzt hatte, fragte er, wie Foster sich in seinem neuen Amt fühle, und erhielt die Auskunft: »Ich kann nicht klagen.« Als er sich seinerseits nach Ezzys Ruhestand erkundigte, gab dieser lügnerisch die gleiche Antwort.

»Sie haben doch bestimmt schon von dem Bankraub oben in Claredon in Arkansas gehört«, begann Ezzy dann.

»Natürlich. Bei uns laufen die Drähte heiß. Die Fahndung nach den Kerlen geht bis hier runter.«

»Deswegen bin ich hier, Ron. Ich dachte mir, Sie könnten vielleicht einen zusätzlichen Deputy gebrauchen.«

Der junge Mann, der auf dem Stuhl saß, den Ezzy immer

noch als sein eigen betrachtete, starrte ihn an. »Wozu denn?«

Das war der heikle Teil: seinen Standpunkt zu vertreten, ohne dem anderen das Gefühl einzuflößen, er halte ihn bei dieser Aufgabe für überfordert. »Nur falls diese Burschen wieder hier runterkommen.«

»Sie haben also von gestern gehört?«

Gestern? Gestern? Was war denn gestern gewesen? »Ja«, log Ezzy. »Drüben im *Busy Bee.* Da haben sie heute morgen drüber geredet.«

Der neue Sheriff schüttelte den kurzgeschorenen Kopf. »Mir ist immer noch schleierhaft, was Cecil hier unten zu suchen hatte. Ich kann nur vermuten, daß er eine falsche Spur legen wollte. Er und Carl müssen diesen Raubüberfall seit Monaten geplant haben, wenn nicht seit Jahren. Er war viel zu gut organisiert. Ich schätze mal, es war von Cecil als Ablenkungsmanöver gedacht, hier aufzukreuzen, um seinen Stiefvater zu besuchen.«

»Ja, schlau waren die Halunken immer schon.«

Cecil war gestern hier gewesen, um Delray zu besuchen? Gleich anschließend würde er zu Delray fahren und ihn nach Details aushorchen. Aber schon die nächste Bemerkung des Sheriffs machte diesen Plan zunichte.

»Cecil war zuerst draußen auf der Ranch, dann hat er im Krankenhaus ein Riesentheater veranstaltet. Hat alle völlig aus dem Häuschen gebracht.«

Ezzy nickte, obwohl er keine Ahnung hatte, worum es ging. »Ja, ja, schon gehört…«

»Das hat die arme junge Frau, Delrays Schwiegertochter, natürlich gerade noch gebraucht. Wo sich Delray in einem so kritischen Zustand befindet.«

»Ja, es ist wirklich eine Schande!« Während Ezzy all diese überraschenden Informationen speicherte, die Foster ihm da unbeabsichtigt zukommen ließ, fragte er sich: Seit wann bin ich so ein abgefeimter Lügner?

»Na ja, wie dem auch sei, das ist jetzt Arkansas' Problem. Cecil hat anderes im Kopf als Blewer und die Leute, die hier leben. Ich habe jedenfalls nichts davon gehört, daß er und Carl auf dem Weg hierher sind.«

»Aber Sie hatten gestern auch keine Vorwarnung, daß Cecil hier aufkreuzen würde.«

»Die Freunde vom FBI halten ständig Kontakt mit uns, Ezzy. Beim ersten Anzeichen, daß diese Gesellen in unsere Richtung fahren, wird es hier von FBI-Leuten wimmeln.«

»Um so mehr Grund, so viele einheimische Männer wie möglich einzuziehen.«

»Aber es gibt ja keinerlei Anzeichen…«

»Bei diesen Irren weiß doch kein Mensch, was sie als nächstes tun werden.« Ezzy merkte, daß Foster ungeduldig wurde. Er zwang sich zu einem kleinen Lachen und zuckte mit gespielter Nonchalance die Achseln. »Schaden würde es doch bestimmt nicht, wenn noch ein paar zusätzliche Posten die Augen offen halten.«

»Nein, *schaden* würde es nicht. Ich halte es nur einfach nicht für notwendig.« Fosters Lächeln war so falsch wie zuvor Ezzys Lachen. »Sie wissen besser als jeder andere, wie knapp bei Kasse die Behörde ist.«

»Mir würden Sie doch nichts zu bezahlen brauchen.« Herr im Himmel, zwing mich nicht, diesen Rotzlöffel anzubetteln! Aber die Bitten eines Mannes, der wie er als Lügner auftrat, würden beim Herrn im Himmel wahrscheinlich auf taube Ohren stoßen.

Um nicht ganz so gierig zu wirken, lehnte er sich in seinem Sessel zurück, stützte einen Fuß auf sein Knie und stülpte seinen Hut über die Stiefelspitze. »Es war ja nur ein Vorschlag. Ich wollte Sie wissen lassen, daß ich da bin, wenn noch ein paar Nasen gebraucht werden.«

Der junge Sheriff stand auf und kam um den Schreibtisch herum – eindeutiges Zeichen dafür, daß seiner Ansicht nach das Gespräch beendet war. Er schickt mich einfach weiter, dachte Ezzy. Genau wie mich damals der Staatsanwalt in Arkadelphia weitergeschickt hat. Die Welt gehörte den Jungen und Starken.

»Ich weiß Ihr Angebot wirklich zu schätzen, Ezzy – aber es würde mir nicht einfallen, Sie in den Dienst zurückzurufen. Sie haben sich Ihren Ruhestand redlich verdient. Sie sollten jede freie Minute genießen. – Außerdem«, fügte er mit einem leisen Lachen hinzu, »würde Ihre Frau mir nie verzeihen, wenn ich Sie wieder aktiv einsetzte.« Mit einem herzhaften Schlag auf die Schulter drängte er Ezzy zur Tür hinaus, die er bereits geöffnet hatte. »War ein Vergnügen, Sie zu sehen! Danke, daß Sie vorbeigekommen sind.«

Mit gedämpftem Knall wurde die Tür geschlossen. Ezzy sah zu dem Mann am Telefon hinüber. Der senkte hastig den Blick auf seine Papiere, als genierte er sich für den alten Mann, der nicht wußte, wann Schluß war.

Mit aller Würde, die er noch aufbringen konnte, setzte Ezzy seinen Hut auf. »Wir sehen uns, Souder.«

»Klar, Ezzy. Bis bald mal!«

Niedergeschlagen trottete Ezzy den Bürgersteig entlang, wünschte, er könnte die Uhr zurückdrehen und seinen Entschluß, hierherzukommen und sich als Helfer anzubieten, noch einmal überdenken.

Klar hätte es das träge alte Blut wieder in Wallung gebracht, bei einer Großfahndung über drei Staaten dabeizusein. Mit den Jungs auf der Lauer zu liegen, dumme Witze zu reißen, um die Langeweile und den Schiß zu vertreiben, becherweise scheußlichen Kaffee zu trinken – es war ein verlockender Traum gewesen.

Aber das war's gar nicht, was ihn so beflügelt hatte. Vor allem flüsterte eine Stimme in seinem Innersten, wenn er jetzt dazu beitrüge, die Herbolds zu schnappen – mochte sein Beitrag auch noch so geringfügig sein –, könnte er vielleicht wiedergutmachen, was er beim erstenmal vermasselt hatte.

Aber so lief das nicht im Leben. Er hätte es besser wissen müssen. Wenn man das eigene Team um die Meisterschaft brachte, weil man den entscheidenden Ball nicht fing, konnte man sich später auch als Held entpuppen: Man würde den Leuten trotzdem vor allem wegen dieses Patzers in Erinnerung bleiben.

Mit seinem Besuch bei Foster hatte er sich nur selbst gedemütigt. Er konnte es seinem Nachfolger nicht verübeln, daß er seinen Vorschlag abgelehnt hatte. Der war ja wirklich nicht praktikabel. Und der neue Sheriff hatte sich mit äußerstem Takt ausgedrückt, aber im wesentlichen doch gemeint: Sie werden nicht mehr gebraucht, Ezzy.

Schluß, aus, Amen.

29

In Six Flags gibt's eine Achterbahn, wo man zweimal richtig auf dem Kopf steht. Mama findet, daß ich noch zu klein bin, um damit zu fahren... aber das stimmt gar nicht, was sagst du, Jack?«

»Die haben da sicher ein Schild mit einem Hinweis, wie groß man sein muß.«

»Ich bin bestimmt groß genug.«

»Du wirst eine Menge Spaß haben.«

»Kannst du nicht auch mitkommen, Jack?«

»Nein, leider nicht. Möchtest du dein Dinosaurierbuch mitnehmen? Für die Zeit, wo du nicht in Six Flags bist.«

»O ja, gut!«

Jack legte das Buch auf die gefalteten Shorts und T-Shirts im Koffer. Er überflog die Liste, die Marjorie Baker ihm am Telefon diktiert hatte. »So, das ist alles. Aber wir machen ihn erst zu, wenn deine Mama wieder da ist. Vielleicht fällt ihr in letzter Minute noch was ein.«

Marjorie Baker hatte in Annas Auftrag mit der guten Nachricht angerufen, daß man Delray noch an diesem Abend mit dem Hubschrauber nach Dallas fliegen werde. Anna und David wollten am Morgen mit dem Wagen nachfahren. Marjorie hatte sich entgegenkommenderweise angeboten, Anna zu begleiten, um ihr über eventuelle Verständigungsschwierigkeiten im Krankenhaus hinwegzuhelfen und gegebenenfalls auf David aufzupassen.

David erwartete sich ein großes Abenteuer. Wenn er im Krankenhaus geduldig sei und nicht quengle, hatte Anna gesagt, würde sie mit ihm zur Belohnung einen Ausflug in den

Vergnügungspark im benachbarten Arlington machen, dessen Attraktionen David durch Fernseh- und Zeitungsreklame bereits bestens vertraut waren. Natürlich hatte David den ganzen Nachmittag und Abend von nichts anderem mehr gesprochen.

Jacks Achtung vor Müttern war im Laufe dieses Tages beträchtlich gestiegen. Wer es schaffte, bei dieser Aufgabe Tag für Tag Liebe und Geduld zu bewahren, verdiente wirklich einen Heiligenschein! Er war müde und besorgt um Anna, die nach Einbruch der Dunkelheit allein vom Krankenhaus nach Hause fahren mußte. Deshalb schlug er David vor, zeitig zu Bett zu gehen. »Dann bist du morgen für die Fahrt richtig fit.«

»Aber ich bin überhaupt nicht müde«, protestierte der Junge. »Ich muß immer erst ins Bett, wenn der kleine Zeiger auf der Acht steht.«

Jack gab klein bei. Er hätte sich jetzt liebend gern aufs Ohr gelegt. Die gestrige lange Fahrt auf Cecil Herbolds Spuren war anstrengend gewesen, genauso wie die Arbeit heute, weil alles liegengeblieben war – ganz zu schweigen von David, diesem Energiebündel.

Aber der kleine Zeiger hatte die Acht noch nicht erreicht. »Na schön. Dann spielen wir eben noch was. Wie wär's mit Schwarzer Peter?«

Sie spielten am Küchentisch und aßen Eis mit Schokosirup dazu. David gewann drei Partien hintereinander. Jack konnte sich nicht konzentrieren, weil er in Gedanken ständig bei Anna war. Die Herbolds hatten sich heute in einem kleinen Städtchen in Arkansas selbst übertroffen. Cecil war nach der langen Fahrt nach Blewer offenbar nicht zu müde gewesen, bei einem Banküberfall mitzumachen, der vier Menschenleben gefordert hatte.

Trotz der großangelegten und gutorganisierten Fahndung waren er und sein Bruder immer noch auf freiem Fuß. Cecil wußte, daß Delray im Krankenhaus lag und seine Schwiegertochter mit ihrem Sohn allein auf der Ranch war, bis auf den Farmhelfer. Jack konnte sich nicht vorstellen, daß die Kerle es riskieren würden, hierherzukommen. Aber Cecils gestriges Auftauchen hier hatte ja auch keinen Sinn gemacht. Ihm war die Situation nicht geheuer.

»Wieso haben die kein Metall genommen?«

»Wer?«

»Du hörst mir überhaupt nicht zu, Jack.«

»Aber natürlich höre ich zu. Ich hab nur gerade überlegt, wie ich dir den Schwarzen Peter andrehen könnte.«

»Ich spiel gut, nicht?«

»Das kann man wohl sagen.«

»Wieso haben die Indianer für solche Messer wie deines kein Metall genommen?«

»Sie hatten keines. Sie haben die Materialien benutzt, die da waren, Stein und Obsidian zum Beispiel.«

»Was ist Obsidian?«

»Vulkanisches Glas.«

»Glas von einem Vulkan? Cool.«

»Hm.«

»Wie kann ein Vulkan Glas machen, Jack?«

Und wenn Cecil oder Carl tatsächlich hierherkamen, wie würde er sich dann verhalten? Was konnte er tun, ohne sich selbst in Riesenschwierigkeiten zu bringen?

»Jack?«

»Ja? Äh – ich weiß nicht, David.«

»Ich hab gedacht, du weißt alles.«

»O nein, bei weitem nicht.«

David gewann auch dieses Spiel, und sie mischten neu. Der Junge teilte aus. »Weißt du noch, als ich neulich pinkeln mußte, da hast du gesagt, ich könnt's ausnahmsweise auch mal draußen tun – Hauptsache, ich mach's nicht zur Gewohnheit.«

»Hm.«

»Und dann haben wir beide gepinkelt.«

»Hm.«

»Meine Mama hat gesagt ...«

»Du hast deiner Mama davon erzählt?«

»Klar.«

»Na prima«, grunzte Jack unterdrückt.

»Sie hat das gleiche gesagt wie du. Im Notfall wär's okay, aber nicht wenn Mädchen dabei sind.«

»Ja, siehst du, hör nur auf deine Mutter.« Er hatte den Schwarzen Peter schon wieder.

»Ich hab sie gefragt, ob mein Penis auch mal so groß wird wie deiner.«

Mit einem Ruck hob Jack den Kopf. »Was?«

»Sie hat gesagt, ganz sicher, aber erst muß ich noch wachsen.«

»Was war das?«

»Ach, du weißt schon, Jack.« David verdrehte die Augen. »Dein *Penis.*«

»Nein«, sagte Jack und hob die Hand, um David zum Schweigen zu bringen. »Ich hab was gehört.«

»Das ist Mamas Auto.«

Beide rannten durch die Waschküche und zur Hintertür hinaus. David hatte es eilig, weil er glaubte, es sei seine Mutter. Jack rannte, weil er fürchtete, sie sei es nicht.

Aber es war Annas Wagen. David sprang plappernd und gestikulierend die Treppe hinunter. »Mama, hallo! Ich hab schon ganz fertig gepackt. Wir brauchen den Koffer nur noch zuzumachen. Wann fahren wir morgen? Gleich nach dem Aufstehen, oder müssen wir erst noch frühstücken? Jack hat mich heute reiten lassen. Er hat die Zügel gehalten und hat mich auf der Koppel rumgeführt, aber ich hab ganz allein im Sattel gesessen. Du brauchst keine Angst zu haben, ich hab mich richtig festgehalten und bin nicht runtergefallen. Mein Dinosaurierbuch hab ich auch eingepackt. Ich hab schon gebadet, und jetzt spielen wir gerade Schwarzer Peter.«

Wieviel von alledem Anna mitbekam, konnte Jack nicht erkennen. Sie stieg aus dem Wagen und kniete nieder, um ihren Sohn in die Arme zu nehmen. Dann hob sie ihn hoch und drückte ihn noch fester an sich. David schlang seine Beine um ihre Hüften und klopfte ihr mit seiner kleinen Hand auf den Rücken.

Über die Schulter des Jungen hinweg sah Anna Jack an.

Und da wußte er es.

Nach einer Weile wand David sich aus ihren Armen, und sie ließ ihn auf den Boden. »Wir haben Eis mit Schokosirup gegessen, und ich hab den Sirup ganz allein drüber gegossen. Ich hab gar nichts verschüttet. Wenn du magst, mach ich dir auch so ein Eis!«

Anna antwortete ihm mit kurzen Zeichen.

»Sie sagt, ein andermal«, übersetzte David für Jack. »Heute abend nicht mehr. Weil sie müde ist.«

»Dann gehen wir wohl besser rein.« Jack versuchte, noch einmal Blickkontakt mit Anna aufzunehmen, aber sie sah ihn nicht an.

In der Küche nahm sie einen Krug Orangensaft aus dem Kühlschrank und goß sich ein Glas ein.

David plapperte immer noch aufgeregt weiter. »Weißt du, was wir heute abend gegessen haben, Mama? Hot dogs. Die kann Jack wirklich gut. Er hat versprochen, daß er mir Damespielen lernt – dann überrasche ich Opa, wenn er heimkommt.«

Annas Lächeln erlosch. Rasch wandte sie sich ab, um ihr leeres Glas ins Spülbecken zu stellen.

»Weißt du was, David?« sagte Jack. »Ich glaub, deine Mama ist todmüde. Ich jedenfalls könnte eine Mütze voll Schlaf gebrauchen. Warum gehen wir jetzt nicht alle ins Bett? Du bringst deine Mama rauf, und ich sperr hier hinter mir ab.«

»Wenn ich früher ins Bett geh, hab ich auch früher ausgeschlafen, stimmt's, Jack?«

»Stimmt genau.«

David nahm seine Mutter bei der Hand. »Komm, Mama. Ich geh mit dir nach oben.«

Anna streichelte seine Wange, aber David schien die Tränen in ihren Augen nicht zu bemerken.

»Gut Nacht, Jack.«

»Schlaf schön, David. Bis morgen.«

Jack räumte die klebrigen Eisschälchen weg und stellte sie in die Geschirrspülmaschine. Er ging kurz hinaus, um ein paar feuchte Geschirrtücher in der Waschküche aufzuhängen. Als er zurückkam, wartete zu seiner Überraschung Anna auf ihn.

Sie sah müde und erschöpft aus, seelisch und körperlich am Ende. Ihre Sandalen hatte sie abgestreift und ihre Bluse aus dem Rock gezogen. Von der Schminke in ihrem Gesicht waren nur noch Spuren übrig, ihre Augen blickten trübe.

»Delray ...?«

Kaum wahrnehmbar nickte sie und ging zu einem der Küchenschränke. Jack hielt sie auf.

»Setzen Sie sich. Sagen Sie mir, was Sie wollen. Ich mach das schon.«

Die Bereitwilligkeit, mit der sie sich seinem Vorschlag fügte, bewies ihren Schwächezustand. Sie setzte sich an den Küchentisch und griff nach Block und Stift.

»Was möchten Sie haben?«

Als sie auf die Teedose wies, füllte Jack den Elektrokessel mit Wasser und steckte ihn ein. Er stellte Tasse und Untertasse vor sie und setzte sich ihr gegenüber.

»Haben Sie es David schon gesagt?«

Mit einem Seufzer schüttelte sie den Kopf und deutete durch eine Gebärde an, daß sie ihn schlafen lassen wollte.

»Ich glaube, das war richtig. Morgen ist noch früh genug.«

Sie schrieb, David werde enttäuscht sein, daß die Reise nach Six Flags nun ins Wasser fallen würde.

Jack verzog einen Mundwinkel. »Kinder…«
»Danke, daß Sie heute bei ihm geblieben sind.«
»War doch selbstverständlich.«
»Ich hatte keine Ahnung, daß ich so lang wegbleiben würde. Es…«
Jack griff über den Tisch und nahm ihr den Stift aus der Hand.
»Ich mag David und bin gern mit ihm zusammen. Es freut mich, daß ich einspringen konnte.«
»Danke«, bedeutete sie ihm.
»Keine Ursache«, gab Jack in Zeichensprache zurück.
Das Telefon läutete. Er fragte, ob er hingehen solle. Sie nickte.
»Hallo?«
»Spreche ich mit Mr. Sawyer?«
»Ja.«
»Marjorie Baker hier. Ich wollte nur wissen, ob Anna gut nach Hause gekommen ist.«
»Vor ein paar Minuten.«
»Wie geht es ihr?«
»Wie zu erwarten. Sie ist sehr müde.«
»Würden Sie ihr etwas ausrichten? Sagen Sie ihr, daß ich mit einem Bestattungsinstitut telefoniert habe. Wir haben morgen früh um neun einen Termin.«
»Das ist sehr nett von Ihnen, Mrs. Baker.«
»Es war das mindeste, was ich tun konnte. Haben Sie Papier und Stift da?«
Er schrieb sich ihre Angaben auf und sagte dann: »Darf ich noch etwas fragen? Ich möchte Anna jetzt nicht damit belästigen. Sie ist schon müde genug. Aber ich würde doch gern wissen, was geschehen ist. Eigentlich sollte Delray doch nach Dallas geflogen werden?«
»Er hatte noch einmal einen Infarkt. Alle Bemühungen, ihn am Leben zu erhalten, waren vergeblich.«
Jack hörte ihrem kurzen Bericht aufmerksam zu. »Arme

Anna!« sagte er, als sie verstummte. »Vielen Dank. Ich werde ihr den Termin mitteilen.«

»Und sagen Sie ihr, daß sie mich jederzeit anrufen kann, wenn sie mich braucht.«

»Nochmals vielen Dank!«

Als er auflegte, begann der Kessel zu pfeifen. Er trug ihn zum Tisch und goß Wasser über den Teebeutel, den Anna sich ausgesucht hatte. Dann setzte er sich wieder an seinen Platz ihr gegenüber.

»Möchten Sie was essen?«

Sie schüttelte den Kopf, rührte geistesabwesend ihren Tee um und trank ein paar Schlucke, bevor sie ihn wieder ansah. Er schob ihr den Zettel mit den Angaben für den vereinbarten Termin beim Bestattungsinstitut hinüber. Sie las ihn und nickte kurz.

»Mrs. Baker hat berichtet, daß sie fast eine halbe Stunde lang versucht haben, Delray zurückzuholen.«

Sie schrieb: »Ja, sie haben getan, was sie konnten. Aber sie haben es nicht geschafft.«

»Ach Anna, es tut mir so leid.«

Ihr Gesicht zuckte. Sie begann zu weinen. Jack schob seinen Stuhl zurück, um zu ihr zu gehen, aber sie wehrte ihn mit erhobenen Händen ab.

Er setzte sich wieder. »Was war die Ursache für den Infarkt? Cecils Besuch?«

Sie trocknete ihre Tränen und schrieb: »Vielleicht.«

»Ist die Geschichte von dem Banküberfall heute morgen im Krankenhaus bekanntgeworden?« Als sie müde nickte, fragte Jack: »Glauben Sie, Delray hat davon gehört?«

Sie zog die Schultern hoch und schrieb dann: »Ich glaube nicht. Aber er machte sich ohnehin schon große Sorgen. Er ist nicht friedlich gestorben.«

Jack sah sie fragend an.

Dem schon Geschriebenen fügte sie hinzu: »Ich glaube nicht, daß er von dem Raubüberfall wußte – aber er hatte

Angst davor, was Cecil und Carl vielleicht anstellen würden. Als er starb, hatte er noch keine Ruhe gefunden. Er sorgte sich wegen der Herbolds, und er sorgte sich um die Ranch, um den Kredit, den er aufgenommen hatte, und um Davids Zukunft.«

Als sie aufblickte, sagte Jack: »Ganz gewiß auch um Sie.«

»Wieso um mich? Hat Delray mit Ihnen über *mich* gesprochen?«

Plötzlich war sie erregt. Er sah es an dem dicken Strich, den sie unter das »Mich« gesetzt hatte.

»Nicht ausführlich, Anna. Er hat nur angedeutet, daß er Ihnen gegenüber vielleicht nicht fair war.«

Mit gerunzelter Stirn schrieb sie: »Inwiefern?«

»Äh…« Er hatte sich selbst in die Ecke gedrängt und wußte nun nicht, was er sagen sollte. Delray hatte ihm gegenüber ja nicht mit Worten gesprochen, daß seine Art, Anna so ganz mit Beschlag zu belegen, unfair gewesen war. Er hatte es durchblicken lassen, aber Jack konnte einem Toten nicht einfach irgendwelche Worte in den Mund legen.

Anna kritzelte auf den Block und drehte ihn herum. »Sie wissen überhaupt nichts darüber.«

»Ich weiß, daß er Sie liebte!«

Blitzartig sprang sie auf und lief aus der Küche. Jack warf beinahe seinen Stuhl um, als er ihr nacheilte. Sie rannte zur Haustür hinaus und schlug sie hinter sich zu. Ohne sich davon abschrecken zu lassen, folgte Jack ihr auf die Veranda. Sie stand an einen der Pfosten gelehnt, die Wange an das Holz gedrückt.

Jack umfaßte ihre Schultern und drehte sie herum. Sie wehrte sich, aber er ließ nicht los. »Natürlich hat er Sie geliebt, Anna. Das brauchte er mir gar nicht zu sagen. Jeder Blinde konnte es sehen.«

Sie antwortete mit einer kurzen, brüsken Gebärde.

Hilflos zuckte Jack die Achseln. Sie buchstabierte. »Woher?«

»Woher ich weiß, daß er Sie geliebt hat? Weil er Ihre Situation hätte ausnützen können, es aber unterließ.«

Jetzt war Anna diejenige, die nicht verstand.

»Okay, dann werde ich eben deutlicher. Sie mußten nicht mit ihm dafür schlafen, daß er Ihnen hier ein Zuhause bot. Das kann alle möglichen Gründe gehabt haben, Schüchternheit, moralische Grundsätze, weiß der Himmel, was. Aber ich glaube, daß Delray Sie zu sehr geliebt hat, um mit einem derartigen Antrag Ihre Ehre zu verletzen. Und schütteln Sie jetzt nicht den Kopf, als verstünden Sie nicht, was ich sage. Sie begreifen ganz genau, worum es geht.«

Anna wandte sich ab und schloß die Augen. Jack schob seine Hand unter ihr Kinn und drehte behutsam ihren Kopf. Sie öffnete die Augen wieder – aber der Blick, mit dem sie ihn ansah, war kalt und unzugänglich.

»Sie haben ja recht, das alles geht mich nichts an. Aber ich sehe doch Ihre Reaktion.«

Ihr zorniger Blick sagte: welche bitte?

»Sie sind dabei, sich Riesenvorwürfe zu machen, weil Sie Delray nicht auf die gleiche Weise geliebt haben, wie er Sie.« Er drückte ihre Schultern. »Tun Sie das nicht, Anna. Sie haben überhaupt keinen Grund, sich schuldig zu fühlen. Schließlich haben Sie ihm vieles geopfert. Ihre Ausbildung. Die Fotografie. Ein Leben unter Menschen. Sogar die Sprache. Delrays Liebe konnten Sie nicht erwidern. Er hat das gewußt. Und gerade deshalb hat er es um so mehr zu schätzen gewußt, daß Sie bei ihm geblieben sind.«

Im ersten Moment machte sie ein Gesicht, als wollte sie mit ihm streiten, aber dann löste sich ihre Anspannung. Er spürte es. Ihre Gesichtszüge wurden weich, Kälte und Unzugänglichkeit wichen einer tiefen Traurigkeit.

Es war ganz sicher nicht ihre Absicht; aber dieser sanfte Gesichtsausdruck hatte etwas ungeheuer Erotisches, und er veranlaßte Jack, sich das Bild vor Augen zu rufen, das er den ganzen Tag in den Hintergrund gedrängt hatte.

Er sah sie, wie sie am Morgen beim Wecken vor ihm gestanden hatte. Ihr Nachthemd hatte nur schmale Träger gehabt, aber es war gewiß nicht entworfen worden, um zu verführen. Anna trug keine raffinierten Negligés.

Aber es hatte zart und duftig gewirkt, ätherisch beinahe, als würde es einem in der Hand zerfließen. Und darunter hatte sie nichts angehabt.

Es war ihm nicht vergönnt gewesen, sich den Gedanken an dieses Bild hinzugeben. Zuviel anderes ereignete sich den Tag über – das Gespräch mit der Intensivstation, Davids Tränen über die verschüttete Milch, Annas Hetze, so schnell wie möglich ins Krankenhaus zu gelangen. Danach hatten die Arbeit auf der Ranch und die Beschäftigung mit David es Jack verwehrt, die Erinnerung an Anna auszukosten.

Jetzt aber ließ er seine Phantasie schweifen und rief sich die Form ihres Körpers ins Gedächtnis, wie sie sich ihm unter dem dünnen Stoff, der feucht vom Morgentau an ihren Beinen haftete, gezeigt hatte. Sie hatte sehr zart gewirkt, schutzbedürftig.

Genauso empfand er sie jetzt. Er stand ihr so nahe, daß er bei jedem ihrer Atemzüge die sachten rhythmischen Bewegungen ihrer Brust spürte. Nur der Hauch einer Bewegung von ihr oder von ihm, und ihre Körper würden einander berühren.

Bei keiner anderen Frau pflegte er lange nachzudenken. Normalerweise leitete ihn der Instinkt. Da hätte er gewußt, wie sie zu berühren, wo sie zu liebkosen, wann sie zu küssen, wann ihr die Kleider abzustreifen. Mit seinen Zufallsbekanntschaften war der Verlauf immer der gleiche. Er schlief eine Nacht mit ihnen und verließ sie am Morgen, körperlich erfrischt, aber emotional unberührt.

Doch bei Anna funktionierte das nicht. Anna kannte er. Er kannte ihre Lebensverhältnisse und ihre Familie; er wußte, wie schwach sie in diesem Moment war und wie sehr sie ihn später hassen würde, wenn er das ausnutzte.

Außerdem hatte es ihn nicht plötzlich überkommen. Das war kein spontanes Aufflammen triebhafter Lust. Bei ihrer ersten Begegnung hatte es angefangen, und das Gefühl war seither beständig gewachsen. Tagelang hatte er sich geweigert, es zur Kenntnis zu nehmen, auch dann noch, als ihm bewußt geworden war, was der Moment im Pferdestall für sie beide enthüllte. Es hatte ihm geschmeichelt, o ja, aber er hatte es auf sich beruhen lassen, weil… nun, weil er nicht lange hier sein würde.

Und weil er nicht wie sein Vater war.

Vor allem aber Delrays wegen. Nachdem er einmal Delrays Liebe zu Anna erkannt hatte, war eine Annäherung überhaupt nicht mehr in Frage gekommen. Er hätte sie nicht einmal zugelassen, wenn die Initiative von Anna ausgegangen wäre.

Aber Delray war tot, und Jack sehnte sich danach, sie zu berühren. Doch er tat es nicht. Es war zu riskant. Sie würde ihm entweder entgegenkommen, dann würden sie miteinander ins Bett fallen. Oder sie würde ihn zum Teufel schicken.

So oder so wäre er der Dumme.

Deshalb nahm er seine Hände von ihren Schultern; genauer gesagt, er ließ sie an ihren Armen herabgleiten bis zu ihren Handgelenken und trat dann einen Schritt zurück. Sie hob den Kopf. Die Zunge war ihm schwer, aber er schaffte es trotzdem zu sagen: »Sie sollten jetzt besser reingehen, Anna.«

Sie spürte wohl, daß etwas Entscheidendes auf dem Spiel stand, daß sein Rat gut war und sie ihn unbedingt befolgen sollte – ihrem inneren Gleichgewicht zuliebe.

Nur einen Moment zögerte sie, dann ging sie rasch um ihn herum und verschwand im Haus.

Jack sah ihr nach und flüsterte in die Dunkelheit: »Delray, ich bewundere Sie.«

30

Was ist eigentlich mit dem los?« Connie Skaggs, die hinten im Wagen saß, hielt sich tunlichst auf ihrer Seite.

Myron hockte zusammengekrümmt in der anderen Ecke. Der Raum zwischen den vorderen und hinteren Sitzen reichte kaum aus, seinen langen Beinen Platz zu bieten. Seine Knie waren fast bis zu seinem Kinn hochgeschoben.

»Ist bei dem was nicht in Ordnung, oder schaut er nur so gruselig aus?«

Cecil sah sie im Rückspiegel an und sagte: »Er ist ein bißchen anders, Schatz, weiter nichts. Carl sagt, wenn man sich erst mal an ihn gewöhnt hat, fällt's einem gar nicht mehr auf. Stimmt's, Carl?«

»Stimmt, das hab ich gesagt.« Carl lümmelte vorn auf dem Beifahrersitz, die Schultern fast bis zu den Ohren hochgezogen, das Gesicht halb unter dem Hemdkragen, so daß sein Genuschel kaum zu verstehen war.

»Also, ich krieg die Gänsehaut, wenn ich den bloß anschau«, erklärte Connie unumwunden, als wäre Myron gar nicht da, um sie zu hören. »Der soll mich bloß nicht anlangen mit seinen weißen Spinnefingern.«

»Keine Angst, er kommt dir schon nicht zu nah«, beruhigte Cecil sie.

»Eins sag ich euch…« Sie sprach die Drohung nicht aus, sondern schloß wie schützend ihre Arme um ihren Oberkörper, wandte sich von Myron ab und starrte zum Fenster hinaus, obwohl es dunkel und nicht viel zu sehen war.

Myron döste während des kurzen Austausches mit hängendem Kopf vor sich hin. Ein Speicheltropfen hing an seiner Unterlippe und drohte jeden Moment herabzufallen.

Cecil wünschte, Connie würde Myron nicht so heftig ablehnen, oder wenigstens ihre Meinung über ihn für sich behalten. Die Situation war schwierig genug, da brauchte es keine zusätzlichen Probleme. Über längere Zeit zu viert auf engem Raum zusammengepfercht, würden sie Spannungen gar nicht vermeiden können; aber wenn sie nicht bereit waren, die jeweiligen Eigenheiten zu tolerieren, konnten sich die Aversionen im Nu zur Katastrophe auswachsen. Carl hatte schon jetzt wieder mal eine Laune zum Fürchten.

Die Krawatte und das Jackett des Nadelstreifenanzugs, Teile seines Outfits für den Bankbesuch, lagen neben ihm. Die Anzughose und die gewichsten Straßenschuhe trug er noch. Cecil fragte sich, wo er die Montur geklaut hatte. Gekauft war sie bestimmt nicht!

In der Bank hatte Cecil seinen Bruder, der sich die Koteletten abrasiert und das Haar mit Gel an den Kopf geklatscht hatte, beinahe nicht erkannt. Aber ihr Zusammentreffen war geplant. Carls Verkleidung hatte Cecil im Moment irre gemacht, aber dann schnell überzeugt. Kein zufälliger Beobachter hätte den schnieken Yuppie mit dem geflohenen Sträfling in Verbindung gebracht. Genau das war das Besondere an Carl: seine unheimliche Cleverneß.

Aber dafür, daß er soeben einen tollkühnen Bankraub gelandet hatte, der ihm mehrere Hunderttausend gebracht hatte, wirkte Carl nicht sehr glücklich. Eigentlich müßte er jetzt doch auf Wolke sieben sein, ein Riesenhigh haben, den Erfolg feiern. Statt dessen hing er hier mit Leichenbittermiene rum. Cecil fühlte sich mulmig – er wußte aus Erfahrung, daß nie was Gutes dabei rauskam, wenn Carl in eines seiner schwarzen Löcher fiel.

In der Hoffnung, eine Katastrophe abzuwenden, versuchte er die Stimmung aufzulockern, indem er Carl in ein

Gespräch zog. »Wart ihr das, die neulich nacht das Ding in der Tankstelle gedreht haben?«

»Was glaubst denn du?« knurrte Carl.

»Hab ich mir doch gleich gedacht.« Cecil versetzte ihm einen freundschaftlichen Puff mit dem Ellbogen. »Hat mir ganz nach meinem kleinen Bruder ausgesehen!« Weniger gutmütig fügte er hinzu: »Das mit der Kleinen mußte wohl sein, hm?«

Carl drehte den Kopf. Seine Augen schienen sich an Cecils Gesicht festzusaugen.

Cecil lächelte nervös. »Na, du wirst zugeben, daß das ziemlich fies war, was ihr mit der Kleinen gemacht habt. Ich mein, ich versteh's ja. Ehrlich. Weil, es heißt ja jetzt, daß es bei Vergewaltigung gar nicht um Sex geht, sondern um Beherrschung.«

Carl streckte seinen Arm auf der Rücklehne aus. »Ach was? Tatsächlich?«

»Ja, ich hab's in *America Undercover* gehört. Du weißt schon, auf HBO.«

»Nein, weiß ich nicht. Da wo ich war, haben wir HBO nicht reingekriegt.«

Cecil wünschte verzweifelt, er hätte dieses Thema niemals aufs Tapet gebracht. »Die haben da eine Sendung über Vergewaltigung gebracht, und da haben sie das gesagt.«

»Tja, da sind sie aber ganz schön auf dem Holzweg. Ich hab in jedes Loch geschossen, das ich finden konnte, und keinen Moment dran gedacht, mich zu beherrschen.«

»Mensch, das ist ja widerlich.«

Die Worte kamen von Connie. Carl drehte sich nach ihr um. »Hat mit dir jemand geredet? Nein. Ich hab nicht gehört, daß irgend jemand was zu dir gesagt hat.«

»Connie, bitte«, flehte Cecil, um einen Streit zwischen Connie und seinem Bruder abzuwenden. »Sei still. Carl und ich unterhalten uns.«

»Bin ich vielleicht ein Phantom?« fragte sie gereizt.

»Nein, aber ...«

Sie unterbrach ihn. »Solang ich hier bin, hab ich ein Recht auf eine eigene Meinung.«

»Was, zum Teufel, hast du dir bei der eigentlich gedacht, Cecil?«

Obwohl der wütende Ausbruch, der Myron weckte und Connie erbitterte, Cecil so sehr erschreckte, daß er beinahe das Steuer losgelassen hätte, war er doch froh über Carls Explosion. Jetzt brauchte er den Wutanfall nicht länger zu fürchten. Das hier würde reinigend wirken. Trotzdem gefiel ihm Carls Ton nicht besonders.

»Wie meinst du das?«

»Wie meinst du das?« äffte Carl ihn nach. »Ich möcht wissen, wann du auf die Scheißidee gekommen bist, die da hinten mitzunehmen.«

»Warum fragst du nicht mich?« meldete Connie sich zu Wort.

»Weil ich meinen Bruder frag.«

»Ich kann für mich selbst sprechen.«

»Halt die Klappe!« fuhren beide Brüder sie gleichzeitig an.

Myron, der jetzt ganz wach geworden war, bohrte mit Andacht in der Nase.

»Ich hab Connie in der Bank kennengelernt«, begann Cecil. »Freitags – mit meinem Lohnscheck jede Woche. Wir haben immer bißchen miteinander gequatscht. Jeden Freitag hab ich mich drauf gefreut, sie zu sehen. Dann taucht sie eines Tages in der Werkstatt auf und fragt, ob ich ihren Wagen richten kann. Na ja, so ist halt eins zum andern gekommen. Wir mochten uns, und ab ging die Post.«

»Dein Liebesleben interessiert mich einen Scheiß«, sagte Carl verächtlich. »Ich will wissen, warum du sie mit reingenommen hast. Ein gottverdammtes Weib! Bist du total meschugge? Mir paßt das nicht. Ich find's absolut beschissen.«

Wenn Carl diesen gemeinen Blick kriegte, wenn er eine

ganze Litanei runterrasseln konnte, ohne praktisch die Lippen zu bewegen, dann wurde es brenzlig. Nervös meinte Cecil: »Connie hat oft gesagt, wie ihr dieser Bankjob auf den Keks geht. Und ihre Kollegen dazu. Lauter Schleimer, hat sie gesagt, und eingebildet wie die Hölle. Daß sie sie wie Dreck behandeln und sie's ihnen liebend gern mal heimzahlen würde. Na ja, und da ist's mir eben eines Abends gekommen.«

»Wie'ne Erleuchtung ungefähr?« fragte Carl sarkastisch.

»Ja, so ähnlich.« Ohne auf Carls verächtliches Prusten zu achten, fuhr Cecil zu sprechen fort. »Erst hab ich nur Witze gemacht und hab so aus Jux gesagt: ›Wir sollten die Bank ausrauben. Da würden die sich umschauen.‹ Solches Zeug eben. Aber nach 'ner Weile war's kein Witz mehr, und sie hat das sofort kapiert und gesagt, genau, das sollten wir tun.«

»Zufrieden?«

Wieder warf Carl einen Blick nach hinten auf Connie. Dann sagte er zu seinem Bruder: »Du blöder Hund, die hat dich doch reingelegt. Die hat dich gevögelt, damit du sie mitmachen läßt.«

»Also wirklich, Carl, ein bißchen was kannst du mir schon auch zutrauen«, gab Cecil ärgerlich zurück. »So war's überhaupt nicht. Sie war eine Riesenhilfe. Glaubst du vielleicht, wir hätten diese Nummer so glatt abziehen können, wenn sie nicht gewesen wär? Wir haben einen Insider gebraucht. Du hast doch selbst gesehen, wie sie den Bullen umgelegt hat.«

»Klar, und jetzt haben wir erst recht die ganze Meute am Hals!«

»Dadurch ist dein Kopf und Kragen gerettet!« fauchte Connie vom Rücksitz. »Der Kerl hat auf dich gezielt, du Blödmann. Gib jetzt bloß nicht mir die Schuld dran, daß die ganze Bande hinter uns her ist. Du warst der erste, der einen umgelegt hat, nämlich den Biker! Und dieser Popelfresser hier neben mir hat auch nicht schlecht rumgeballert.«

Carl sah seinen Bruder an. »Tja, scheint, du bist mal wieder der einzige Unschuldsengel hier, großer Bruder. Aber so läuft's immer, hm?«

Wütend trat Cecil die Bremse durch und brachte den Wagen mitten auf der Straße mit quietschenden Reifen zum Stehen. Es war nicht weiter gefährlich. Auf diesem schmalen Streifen Asphalt, der sich durch dichten Nadelwald wand, gab es keinen Verkehr. Wenn die Straße einen Namen oder eine Nummer hatte, so wußte Cecil nichts davon. Wahrscheinlich war sie nicht mal auf einer Karte eingezeichnet. Er hatte sich Carl gegenüber damit gebrüstet, daß der Unterschlupf, den er ausbaldowert hatte, so gut versteckt im Busch lag, daß man das Tageslicht durch Rohre herleiten müßte.

Aber ihm war nicht mehr nach Witzen zumute, als er sich jetzt Carl zuwandte und aufgebracht fragte, was er mit dieser abfälligen Bemerkung meine.

»Das kann ich dir sagen: Jedesmal wenn's brenzlig wird, bin ich derjenige, der uns raushauen muß«, antwortete Carl höhnisch, bevor er sich wieder Connie zuwandte: »Hat dieser Don Juan dir mal erzählt, wie er in Arkadelphia gekniffen hat?«

»Meine Kanone hatte Ladehemmung, Himmel noch mal!« Cecils Stimme überschlug sich förmlich.

»Ja, das hast du mir damals auch erzählt, aber vor Gericht hat sich's anders angehört. Da hast du behauptet, als es hart auf hart ging, hättest du's nicht fertiggebracht, abzudrücken und diesen Typen umzulegen.«

»Das hat mir doch mein Anwalt geraten. Er hat gesagt, daß ich das aussagen soll, Carl. Du hattest diesen blindwütigen Liberalen, diesen Yankee mit dem Pferdeschwanz, und was haben seine tollen Ideale dir eingebracht, hä? Mein Anwalt hat gesagt, ich soll Reue zeigen, und das hab ich getan.«

»Kann schon sein – aber ich glaub trotzdem, daß du vor

Gericht die Wahrheit gesagt hast. Und das heißt, großer Bruder, daß du ein feiger Hosenscheißer bist!«

Cecil warf sich über den Sitz und packte Carl bei der Kehle.

Carl rammte Cecil seine Pistole in den Bauch.

Connie schrie: »Hört auf, ihr Idioten!«

Cecil fiel keuchend nach rückwärts und drückte die Hände auf seinen Bauch.

Carl fing an zu lachen. Er steckte die Waffe wieder in seinen Hosenbund, dann beugte er sich zu seinem Bruder hinüber und umfaßte dessen rotes Gesicht mit seinen Händen. »Ich wollt dich nur mal auf die Probe stellen, großer Bruder! Wollte sehen, ob du endlich ein bißchen Mumm in die Knochen gekriegt hast. Echt, ich glaub, du hast ganz schön zugelegt. Wau! Wie du auf mich losgegangen bist! Hast du das gesehen, Myron?«

»Ja, Carl.«

»Den hätten wir in Tucker gegen diese fiesen Nigger brauchen können, was, Myron?«

»Klar, Carl.«

»Ihr seid alle miteinander total durchgeknallt«, sagte Connie. Aber sie lachte auch, erleichtert, daß die Spannung sich entladen hatte.

Carl gab Cecil einen Klaps auf die Wange. »Alles okay, Cec?«

Cecil rang immer noch nach Atem; aber um Carl nicht erneut aufzubringen, bedeutete er ihm, es gehe ihm gut.

»Dann mach die Kiste mal wieder flott und fahr, großer Bruder, fahr! Damit wir endlich dahinkommen, wo wir hin wollen, und ich diese beschissenen Klamotten ausziehen kann. Ich und der gute G.R. Bailey, Gott hab ihn selig, haben leider nicht denselben Geschmack.«

»Wer ist G.R. Bailey?«

»Schnee von gestern. Genauso wie seine Alte und ihre fette Schwester«, antwortete Carl. »Alles Schnee von gestern. Ich konzentrier mich nur noch auf die Zukunft. Wir müssen planen, Cec. Je eher, desto besser. Mann, tut das gut, wieder im Geschäft zu sein!«

»Du sagst es, Carl«, röchelte Cecil. »Geht doch nichts über die vereinigten Gebrüder Herbold.«

Carl drehte sich nach Connie um. »Ich hab Hunger. Kannst du kochen?«

»Meinetwegen kannst du Scheiße fressen.«

Wieder lachte er und schlug Cecil auf die Schulter. »Clever und frech. Kein Wunder, daß du auf sie stehst.«

Nie besann man sich bereitwilliger auf Tradition als im Angesicht des Todes. Selbst wenn der Verstorbene bei Gott und den Menschen in Ungnade gefallen war, hielt man unerschütterlich an den überlieferten Gebräuchen fest. Delray Corbetts Tod ging an der Gemeinde, in der er gelebt hatte, nicht unbemerkt und auch nicht ungeachtet vorüber.

Am Morgen nach seinem Ableben erschien in der Zeitung ein Nachruf auf ihn, in aller Eile nach den Angaben geschrieben, die Marjorie Baker im Namen Annas geliefert hatte. Der Wohltätigkeitsausschuß der Kirche war für den Leichenschmaus zuständig, dessen Lieferung den Frauen zufiel, die, wie Anna vermutete, die kurzen Hölzchen gezogen hatten. Mit Aufläufen, Kuchen, Brathähnchen und geschmortem Schinken rückten sie im Hause an, fühlten sich unwohl in Gegenwart einer Gehörlosen, mit der man nicht richtig reden konnte, und suchten das Weite, sobald es die Höflichkeit gestattete.

Delray wurde ohne Pomp zwischen seiner Ehefrau und seinem Sohn begraben. Die Alten waren es, die an den Trauerritualen festhielten; aber sie waren es auch, die sich an die Sache mit Patsy McCorkle erinnerten und an die zweifelhafte Rolle von Delrays mißratenen Stiefsöhnen dabei. Immer hatte diese indirekte Verbindung zu der unglückseligen Geschichte wie ein Makel an Delray gehaftet – der ihn nun sogar bis ins Grab begleitete.

Zu seinen Lebzeiten hatte er nur eine kleine Zahl echter Freunde gehabt. In den letzten Jahren hatte er auch sie fallen gelassen, um sich ganz in sein selbstgewähltes Exil zurückzuziehen. Daher nahmen nur die wenigen, die sich ihm noch irgendwie verpflichtet fühlten, an dem Trauergottesdienst teil. Und noch weniger folgten dem Sarg auf den Friedhof.

Anna, die mit David im Schatten einer Markise saß, ließ ihren Blick über die Handvoll Menschen gleiten, die heute an der Beerdigung teilnahm. Einige der Männer, mit denen Delray früher regelmäßig Domino gespielt hatte, waren unter ihnen. Und sie erkannte überrascht einen von Deans Freunden, der bei ihrer Hochzeit gewesen war, den sie aber seit Deans Begräbnis nicht mehr gesehen hatte.

Damals verstand sie nicht, warum Delray nach Deans Tod jeden Kontakt zu den jungen Männern, die trauerten wie er, abbrach. Erst später war ihr klargeworden, daß Delray sich von ihnen bedroht gefühlt hatte. Abgesehen davon, daß er sie nicht sehen wollte, weil sie ihn an Dean erinnerten, lehnte er ihretwegen diese Verbindungen ab. Er hatte in jedem Mann einen möglichen Verehrer gesehen und die Konkurrenz gefürchtet.

Marjorie Baker war der einzige, ihr freundschaftlich verbundene Mensch am Grab. Nicht einmal Jack Sawyer erwies Delray die letzte Ehre. Er hatte sich mit der Begründung entschuldigt, daß er auf der Ranch nützlicher wäre als auf einer Beerdigung und im übrigen nicht die passende Kleidung habe. Aber Anna fragte sich, ob er diese Gründe nur vorschob.

Nachdem der Geistliche seine kurze Ansprache beendet hatte, klappte er die Bibel zu und wandte sich an Anna. »Meine Gebete werden Sie und David begleiten, Anna.« Mit Marjories Übersetzungshilfe dankte sie ihm, und er ging seiner Wege.

David war während der beiden Trauerfeiern sehr ernst und ungewöhnlich still gewesen, vermutlich überwältigt von der Fremdheit der gedämpften Stimmen und der feierlichen Orgelmusik, vom Anblick der Blumen und des mit gelben Chrysanthemen geschmückten Sargs.

Jetzt kniete Anna vor ihm nieder, um ihm zu sagen, daß es vorbei sei. Sie fragte, ob er seinem Großvater noch Lebwohl sagen wolle. Er sah zu dem Sarg hinunter und schien zum erstenmal die Verbindung zwischen den Feierlichkeiten, die er soeben erlebt hatte, und seinem Großvater herzustellen. Überkommen von der Realität des Abschieds, drückte er sein Gesicht an Annas Schulter und begann zu weinen. Innig umarmte sie ihn. Sie drängte ihn nicht – sondern ließ ihn sich ausweinen.

Nach einer Weile hob er den Kopf und wischte sich mit dem Handrücken die Nase.

»Möchtest du jetzt gehen?« fragte sie mit kurzen Zeichen.

»Fahren wir zu McDonald's?«

Anna lächelte unter Tränen und nickte. Hand in Hand gingen sie zu der schwarzen Limousine, die das Bestattungsinstitut der Familie zur Verfügung gestellt hatte. Aber ehe sie sie erreichten, trat Emory Lomax auf sie zu.

Er war doch ein echtes Sonntagskind. Anders konnte er sich diesen unglaublichen Glücksfall nicht erklären. Er war ein Liebling der Götter, des Schicksals, der guten Feen oder wer sonst eben seinen Segen über die Menschen ausschüttete.

Als der Geistliche an Delray Corbetts Grab das letzte Gebet zu sprechen begann, senkte Emory den Kopf. Aber die Augen hielt er offen und sah in sich hineingrinsend zum grünen Friedhofsrasen hinunter. Corbett war tot. Besser hätte es nicht laufen können. Genau in dem Moment, als Connaught und Genossen drüben bei EastPark kribbelig geworden waren und Ergebnisse sehen wollten, hatte Emory ihnen triumphierend mitteilen können, daß das größte Hindernis auf ihrem Weg zum Erwerb des begehrten Stück Lands an diesem Morgen zu Grabe getragen würde.

Sofort setzte man für den übernächsten Tag eine Besprechung an.

»Amen«, sagte er im Chor mit dem Geistlichen und den anderen Trauergästen.

Der Junge flennte. Anna Corbett hielt ihn im Arm. Ehrerbietig entfernte sich Emory zusammen mit den anderen, um der Familie noch einige ungestörte Augenblicke des Gedenkens zu gönnen. Den Kopf leicht geneigt, schritt er langsam und feierlich zu den geparkten Autos, ganz Respekt und Schicklichkeit – obwohl er am liebsten auf den Gräbern getanzt hätte.

Er würde der Held von EastPark sein. Der Kopf schwamm ihm, wenn er nur daran dachte, welchen Kick das seiner Karriere versetzen würde. Mit einem Riesensatz landete er demnächst ganz oben! Die ganze Bande von Möchtegerns, die sich in den unteren Etagen abrackerten und Emory Lomax nicht das Wasser reichen konnten, würde er überflügeln.

Die Bank von Blewer samt ihrem spießigen Präsidenten und dessen Erben, diesem Geizhals, konnte ihm gestohlen bleiben. Er war schon weg. Nichts würde ihn jetzt mehr aufhalten.

Allerdings mußte noch eine Kleinigkeit geklärt, ein Steinchen, das unter Umständen zum dicken Stolperstein werden konnte, beseitigt werden.

Emory kniff hinter seiner Ray Ban die Augen zusammen. Noch wußte er nicht recht, wie er die Sache anpacken sollte. Konnte verdammt heikel werden. Da würde man Fingerspitzengefühl …

Er war so heftig mit seinen Überlegungen beschäftigt, daß er Anna beinahe übersehen hätte, als sie ihm, von einer großen grauhaarigen Frau und dem Jungen flankiert, entgegenkam. Rasch trat er dem Trio in den Weg.

»Mrs. Corbett.« Er ergriff Annas Hand, tätschelte und streichelte sie. »Es tut mir so leid. Wirklich, unendlich leid!«

In übertrieben deutlicher Aussprache, damit ihr ja keines seiner mitfühlenden Worte entginge, drückte er ihr seinen Schock und seine Bekümmerung über den plötzlichen Tod ihres Schwiegervaters aus. »Worte sind in einer solchen Situation ja leider immer völlig unzulänglich.«

Sie nickte kühl und versuchte, ihm ihre Hand zu entziehen. Er hielt sie fest, drückte ihr eine Geschäftskarte hinein und schloß ihre Finger darum. »Sie müssen mich unbedingt anrufen, sobald es Ihnen paßt. Sie stehen jetzt vor schwierigen finanziellen Entscheidungen, die nicht aufgeschoben werden sollten. Da werden Sie gewiß Beratung brauchen.«

Ärgerlich entriß sie ihm ihre Hand und machte irgendwelche Zeichen, die die große Grauhaarige ihm übersetzte. »Anna dankt Ihnen. Sie weiß Ihr Angebot zu schätzen, aber Delray hat seine finanziellen Angelegenheiten in bester Ordnung hinterlassen.«

Emorys Lächeln wurde unsicher. »Ja, Ihr Schwiegervater war ein gewissenhafter Mann. Deshalb habe ich ihn immer so sehr bewundert.«

Sie bedachte ihn mit einem weiteren hochmütigen Nicken.

Der Bengel von Sohn zerrte an ihrer Hand. »Ich hab Hunger, Mama. Können wir jetzt gehen?«

Emory hätte den kleinen Teufel erwürgen mögen, aber er sah lächelnd zu ihm hinunter. »Immer mit der Ruhe, mein Junge. Deine Mutter und ich unterhalten uns.«

Nein, falsch! Anna verabschiedete sich mit kurzer Gebärde und wandte sich der schwarzen Limousine zu, wo ein Chauffeur bereits den Schlag geöffnet hatte.

Connaughts finsteres Gesicht stieg vor Emory auf, so real wie die flirrenden Hitzewellen, die ihm vom Asphalt unter seinen Füßen entgegenkamen. Er begann in seinem dunklen Anzug zu schwitzen.

»Äh – Mrs. Corbett«, sagte er, um sie aufzuhalten. Als sie nicht reagierte und er begriff, daß sie seine Mundbewegungen ja von hinten nicht sehen konnte, packte er sie beim Arm.

Augenblicklich schüttelte sie ihn ab.

»Verzeihen Sie, wenn ich Sie noch einen Moment aufhalte«, säuselte er. »Ich weiß, es ist heiß hier draußen, und Ihr Kleiner hat Hunger, und es ist ein schwerer Tag für Sie, aber – na ja, manche Dinge haben einfach Vorrang, sogar … äh … « Er wies mit dem Kopf zurück in Richtung des Grabs.

Annas Miene verriet äußerste Ungeduld.

»Ich weiß, wer Ihre Kühe vergiftet hat«, platzte Emory heraus.

31

Jack war dabei, sich auf dem kleinen Butankocher im Wohnwagen eine Dose Tamales heiß zu machen, als David bei ihm klopfte. »Mama hat gesagt, wir haben genug Essen da, um ein ganzes Regiment zu füttern, und es wird schlecht, wenn wir nichts damit anfangen, und ob du uns helfen willst. Du kommst doch, oder, Jack?«

Jack nahm die Tamales vom Kocher. »Gern, vielen Dank. Sag deiner Mama, ich bin in ein paar Minuten da.«

»Kommst du nicht gleich mit?«

»Fünf Minuten, David.«

Jack bürstete sich die Haare und wechselte das Hemd. Er tupfte sich sogar ein paar Spritzer Rasierwasser ins Gesicht. Das war albern, aber trotzdem – er konnte sich nicht erinnern, wann ihn das letztemal jemand zum Essen eingeladen hatte. – Bei Annas Rückkehr von der Beerdigung stand Jack auf der Leiter und entfernte die alten Vogelnester unter dem Dachvorsprung des Hauses. David, der sich beneidenswert schnell von seinem Kummer über den Tod seines Großvaters erholt zu haben schien, sprang aus dem Wagen, sobald er hielt.

»Jack, Jack, was machst du da? Darf ich dir helfen? Wir waren bei McDonald's.«

Jack kam die Leiter herunter. »War's gut?«

»Ja. Darf ich auch mal raufsteigen?«

»Aber nur ein paar Sprossen. Nicht zu hoch. Und sei vorsichtig.«

Anna zeigte sich nicht so munter wie ihr Sohn. Sie stieg langsam aus, jede ihrer Bewegungen so schwerfällig, als trüge sie statt des schwarzen Trauerkleids ein Kettenhemd. Ihre Augen versteckten sich hinter einer dunklen Brille, das Gesicht darunter war blaß und abgespannt.

»Wie geht es Ihnen?« fragte er.

Okay, gab sie ihm zu verstehen.

»Sie haben praktisch keinen Moment Ruhe gehabt, seit Sie vor zwei Tagen ins Krankenhaus gefahren sind. Warum gehen Sie nicht rein und legen sich hin? Nehmen Sie sich den Nachmittag frei. Ich paß schon auf David auf.«

Sie antwortete mit Zeichen, die Jack nicht verstand. Er bat David, sie ihm zu übersetzen. Mit einer Hand an der Leiter hängend, schirmte der Junge mit der anderen seine Augen gegen die grelle Sonne ab. »Sie sagt, das ist nett von dir, aber als erstes muß ich rein und mich umziehen.«

»Richtig.« Jack packte den Jungen um die Körpermitte und schwang ihn von der Leiter. »Okay, rein mit dir! Und wenn du fertig bist, treffen wir uns hier. Dann kannst du mir helfen. In Ordnung?«

»In Ordnung, Jack.«

»Und laß deine Sachen nicht im ganzen Zimmer rumliegen. Räum sie weg, deiner Mama zuliebe.«

»Mach ich.« Er rannte ins Haus und schlug krachend die Tür hinter sich zu.

»Herrlich, so viel Energie zu haben«, bemerkte Jack, als er sich wieder Anna zuwandte.

Abwesend nickte sie.

Er lüftete seinen Hut und wischte sich die Stirn mit einem Taschentuch. »Diese Hitze ist unglaublich, nicht? Wär schön, wenn's wieder mal regnen würde.«

Banalitäten. Aber er wußte nicht, was er sonst sagen sollte. Wie gern hätte er sie getröstet – aber jegliche Form von Nähe war leider gefährlich. Eigentlich wollte er fragen, wie die Beerdigung gewesen sei; aber dann würde sie vielleicht antworten, wenn ihn das so sehr interessiere, hätte er ja teilnehmen können. Besser, es nicht darauf ankommen zu lassen… blieben also nur lahme Bemerkungen über das Wetter. –

Den ganzen Morgen bei der Arbeit hatte er sich den Kopf zerbrochen, was er tun sollte, und war schließlich zu dem Ergebnis gelangt, daß er weg sein sollte, wenn Anna und David von der Beerdigung heimkämen. Das wäre das Beste. Einen klaren Schlußstrich ziehen. Kein großer Abschied. Keine Erklärungen, warum er ging oder warum er überhaupt gekommen war. Vielleicht ein kurzer Brief, um ihnen alles Gute zu wünschen und Lebwohl!

Ja, so wollte er es handhaben. Aber zum Kuckuck, er konnte nicht gerade in dem Moment verschwinden, in dem sie Delray begruben. Die Herbolds hatten ihren Schwiegervater gehaßt – aber das hieß nicht unbedingt, daß Anna und David nun außer Gefahr waren. Nein, einfach abhauen kam nicht in Frage. Jedenfalls nicht, bevor Cecil und Carl wieder in sicherem Gewahrsam waren.

Trotzdem hättest du dich nicht gleich mit Old Spice einsalben und ihre Einladung zum Essen annehmen müssen, sagte er sich, als er durch die Hintertür ins Haus trat und sich beinahe das Genick brach, als er über die Schwelle stolperte…

In der Küche deckte David gerade den Tisch. Anna, die selbst ein wenig nervös schien, lief hin und her, um Schüsseln und Platten auf der altmodischen Kredenz aufzubauen. Sie bedeutete Jack, daß er sich einfach bedienen solle, und reichte ihm einen Teller.

Die Großzügigkeit der Leute, mit denen Delray nicht einmal befreundet gewesen war, verblüffte ihn. So viel nachbarliche Großmut und Gebefreudigkeit hatte er noch nie erlebt. Während er sich vom Kartoffelsalat und von den eingelegten Gurken nahm, vom Brathuhn und geschmorten Schinken mit Nelken, dachte er an den Tod seiner Mutter. –

Er war in Baytown aufgewachsen, einem Städtchen an der Bucht, gegenüber von Galveston. Seine Mutter hatte jeden

Tag zehn Stunden oder länger in einer Reinigung gearbeitet, um den Lebensunterhalt für sich und ihren Sohn zu verdienen. Wenn sie abends nach Hause gekommen war, hatte sie meist nur in aller Eile etwas gegessen, um dann sofort zu Bett zu gehen. Manchmal hatte sie sich in den Schlaf geweint. Das Gefühl der Hilflosigkeit, das er angesichts des offenkundigen Elends seiner Mutter stets empfunden hatte, gehörte zu Jacks frühesten Erinnerungen.

Am Sonntag, ihrem einzigen freien Tag in der Woche, pflegte sie auszuschlafen. Nach dem Aufstehen erledigte sie die liegengebliebenen Hausarbeiten und kaufte für die kommende Woche ein. Immer ging sie früh zu Bett, um für den nächsten Tag frisch zu sein. Der zermürbende Alltag ließ kaum Zeit für andere Dinge. Nur selten unternahm sie mit ihrem Sohn etwas rein zum Vergnügen. Der Kampf ums Überleben kostete sie ihre gesamte Kraft und Zeit.

Eines Morgens hatte Jack sie tot in ihrem Bett gefunden. Er hatte die Polizei gerufen, die ihrerseits den Coroner benachrichtigte. Seine Mutter war in die Pathologie gebracht worden. Bei der routinemäßigen Obduktion zeigte sich, daß eine krankhaft erweiterte Arterie in ihrem Gehirn geplatzt war. Sie war sofort tot gewesen und wurde einige Tage darauf ohne Brimborium beerdigt.

Eine Woche später war sein Vater eingetroffen.

Jack hatte nicht gewußt, wo er ihn erreichen konnte, um ihn vom Tod seiner Frau in Kenntnis zu setzen. An der letzten Adresse, die Jacks Mutter von ihm hatte, war er nicht mehr gewesen. Rein zufällig erschien er zu einem seiner sporadischen Besuche.

Jacks Vater war nur fünfzehn Jahre älter als sein Sohn, zehn Jahre jünger als seine Frau und weit attraktiver als sie, wie er ihr häufig mit grausamem Vergnügen zu sagen pflegte. Jack erklärte er, daß er ein »Ausrutscher« sei. »Ist mir an einem Samstagabend passiert, als ich sturzbesoffen war und sie durch die Whiskybrille gesehen hab.« Als Jacks Mutter ihm ihre Schwangerschaft gestand, hatte er sie geheiratet – aber zu mehr hatte er sich nicht verpflichtet gefühlt.

Immer wenn er sich einmal zu einem Besuch bei ihnen herabließ, hoffte Jack mit kindlichem Optimismus, er würde bleiben. Er machte Ausflüge mit Jack. Er lachte. Er brachte Jacks Mutter zum Lächeln. Jack konnte sie nachts kichern hören und wußte, sie war glücklich, seinen Vater bei sich im Bett zu haben.

Aber die Freude war stets von kurzer Dauer. Schon nach ein paar Tagen pflegten die unvermeidlichen Streitereien anzufangen. Sein Vater gab mit den Frauen an, mit denen er querbeet schlief. Es war keine leere Schaumschlägerei. Er hatte auch unter den Frauen im Ort Freundinnen. Sie riefen bei Jacks Mutter an und fragten nach ihm, wenn er wieder weg war.

Manchmal betrank er sich und brüllte herum. Ein paarmal benachrichtigten erboste Nachbarn die Polizei, die dann vorbeikam, um ihn zur Ruhe zu ermahnen. Jack wünschte, er hätte einen Vater wie andere Kinder. Er vermißte seinen Dad, wenn er weg war. Aber das Leben lief friedlicher und überschaubarer ohne ihn ab.

Obwohl seine Mutter jung und unglücklich starb, war Jack der einzige, der um sie weinte. Wenn sein Vater ihr Grab je besuchte, so wußte Jack nichts davon. Als er nach Hause kam und Jack verwaist vorfand, erklärte er seinem Sohn, der sich alle Mühe gab, tapfer zu sein und nicht zu weinen, er habe noch Geschäfte – und machte sich aus dem Staub. »Aber danach komm ich für immer zurück, das versprech ich dir.«

Sechs Monate lang ließ er nichts von sich hören. Das Jugendamt hatte Jack inzwischen bei einer Pflegefamilie untergebracht.

Als seine Mutter gestorben war, hatte ihnen niemand Plätzchen und Kokosnußtörtchen gebacken wie die, die auf der Kredenz der Corbetts aufgetischt waren. Niemand hatte

Jack die Hand gereicht, um ihm zu helfen. Nur der Hauswirt hatte seine Hand aufgehalten und die Miete verlangt, die Jack nicht bezahlen konnte – weil sein Vater alles Geld im Haus mitgenommen hatte, bevor er wieder abzog … –

»Mir schmeckt am besten der Wackelpudding mit den Orangen und den Ananas drin«, sagte David. »Probier mal, Jack.«

Jack probierte den gelierten Obstsalat und fand ihn gut.

Es war überhaupt alles gut – das selbstgemachte Essen, die heimelige Atmosphäre, diese ganze verdammte heile Welt. Nur er paßte nicht ins Bild. Und wenn er sich noch so sehr in Schale warf – er gehörte nicht hierher, und es war albern, auch nur eine Stunde lang so zu tun, als wäre es anders.

Dies war nicht sein Haus! Dies war nicht sein Sohn! Er würde ihn nicht zu Bett bringen und mit ihm zusammen das Abendgebet sprechen, um dann mit dessen Mutter schlafen zu gehen. Denn sie war nicht seine Frau und würde es niemals sein. Das stand absolut fest.

Und trotzdem mußte er sie immer ansehen. Sein Blick zog den ihren an wie ein Magnet, bis David, der mehrmals auf den Tisch klopfen mußte, um sie auf sich aufmerksam zu machen, am Ende ungeduldig wurde und quengelnd sagte: »Mama, ich rede mit dir.«

Der Nachmittagsschlaf hatte ihr gutgetan. Die vorher müden, verweinten Augen zeigten wieder ihren blauen Glanz, ins Gesicht war die Farbe zurückgekehrt. Statt des strengen Trauerkleids trug sie Jeans und einen dünnen Rippenpulli ohne Ärmel, der eng saß, und das Haar fiel ihr offen auf die Schultern.

»Darf ich aufstehen, Jack?«

»Hm?« Zerstreut wandte er sich David zu, der seine Frage wiederholte. »Solltest du das nicht deine Mama fragen?«

»Ich habe immer Opa gefragt.«

Jack sah Anna an, die David erlaubte, den Tisch zu verlassen. Er ging ins Wohnzimmer, um fernzusehen. Jack half Anna trotz ihrer Proteste beim Aufräumen der Küche, und als sie fertig waren und er schon zur Hintertür gehen wollte, bat sie ihn zu seiner Überraschung, sie ins Arbeitszimmer zu begleiten.

Sie lud den Computer. Jack setzte sich wieder schräg neben sie, so daß er den Bildschirm und Anna sein Gesicht sehen konnte.

Als erstes tippte sie: »Ich brauche Ihren Rat.«

»Okay. Schießen Sie los.«

»Bitte lesen Sie das, und sagen Sie mir, was Sie darüber denken«, meldete der Bildschirm.

Nach dem Tippen nahm Anna einen Brief aus einem Hefter und reichte ihn ihm.

Das Schreiben trug den Briefkopf einer regionalen Holzverwertungsgesellschaft, die daran interessiert war, einen Teil des Waldes, der zur Corbett Ranch gehörte, abzuholzen. Die Firma bot an, für das Holz den gängigen Marktpreis zu bezahlen – einen Betrag, der sich ihrer Berechnung nach auf insgesamt etwa fünfzehntausend Dollar belaufen würde. Jack pfiff lautlos durch die Zähne, als er diesen Teil las.

Während er sich mit dem Brief befaßte, fuhr Anna schon mit ihrem Bericht fort.

»Delray hat überhaupt nicht daran gedacht, das Angebot anzunehmen. Er wollte hier nichts verändern. Er wollte den Wald nicht lichten lassen, schon gar nicht von Fremden. Was meinen Sie?«

Nachdenklich rieb sich Jack den Nacken. »Na ja, hier steht, daß sie bereit sind, für jeden gefällten Baum einen Heister zu pflanzen – das ist gut für die Ökologie. Für das Holz zahlen sie und machen außerdem die ganze Arbeit. Sie sollten den Vertrag einem Anwalt zeigen, bevor Sie ihn unterschreiben. Aber was haben Sie schon zu verlieren außer Bäumen?«

Sie schrieb: »Ich kann ohne die Bäume leben – aber nicht ohne Geld. Lomax war auf der Beerdigung.«

»Dieser Aasgeier!«

»Genau«, tippte sie. »Ich habe Angst, er wird den Kredit kündigen, wenn ich mich weigere, an EastPark zu verkaufen. Deshalb muß ich anfangen, ihn zurückzuzahlen. Aber bei den derzeitigen Preisen für Rinder…« Sie blickte auf, um zu sehen, ob Jack ihren Überlegungen folgte.

»Es reicht zum Leben, aber übrig bleibt nichts.«

»Der Holzverkauf würde mir etwas zusätzliches Bargeld bringen«, tippte sie. »Delray hat alle derartigen Angebote ausgeschlagen. Aber wenn ich nicht einen Teil des Holzes verkaufe, verliere ich vielleicht die ganze Ranch. Das ist doch eine vernünftige Überlegung, finde ich.«

Jack sah sie lächelnd an. »Anna, Sie brauchen meinen Rat nicht. Im Gegenteil, *Sie* sollten mich bei meinen Finanzen beraten.«

Ihr Lachen hatte einen wunderschönen Klang. »Ich ruf die Leute gleich morgen an«, tippte sie. Dann trübte sich ihr Blick, und sie schrieb: »Kaum liegt Delray unter der Erde, da mißachte ich schon seine Wünsche. Finden Sie das schlimm? Der Brief ist schon Wochen alt. Wenn ich nicht schnell antworte, ziehen sie ihr Angebot vielleicht zurück.«

»Sie haben jetzt die Verantwortung, Anna. Ihre Entscheidungen über den Betrieb der Ranch brauchen Sie nicht zu rechtfertigen. Schon gar nicht vor mir. Es steht mir nicht zu, anderen zu raten, wie sie sich verhalten sollen.«

Sie sah ihm lange in die Augen, dann kehrte sie zur Tastatur zurück. »Erzählen Sie mir Ihre Geschichte, Jack?«

Er lächelte mit leichter Bitterkeit. »Ich habe keine Geschichte.«

»Jeder hat eine.«

»Ich nicht. Außerdem ist sie nicht sehr interessant.«

Ihre Miene sagte ihm, daß sie das nicht glaubte. Und es sagte ihm noch etwas anderes – daß sie ihn ziemlich gut kannte, obwohl sie einander vor noch nicht einmal zwei Wochen das erstemal begegnet waren. Sie war taub – aber sie kompensierte diesen Mangel durch eine ungewöhnlich fein ausgebildete Wahrnehmungsgabe auf anderem Gebiet. Sie verstand es wie nur wenige, in den Gesichtern der Menschen zu lesen.

Jack folgte den Worten, die auf dem blauen Computerschirm erschienen. »Sie werden wieder gehen, nicht wahr?«

»Ja«, bedeutete er ihr mit Handzeichen.

Ihr Blick glitt von seiner Hand zu seinen Lippen, dann zu seinen Augen.

Es würde vielleicht nur noch Stunden dauern, vielleicht ein, zwei Tage, höchstens eine Woche, bis die Herbolds gefaßt oder getötet wurden. Wenn es soweit war, würde Jack gehen. Das hatte von vornherein festgestanden. Er konnte nicht bleiben.

Diesem Moment sah er nicht mit Freude entgegen. Als er hierhergekommen war, hatte er nicht damit gerechnet, daß sich so rasch eine persönliche Beziehung zu den Menschen auf der Ranch entwickeln würde. Gegen nichts würde er die Erfahrung eintauschen, Delray, Anna und David kennengelernt zu haben. Diese Bekanntschaft hatte sich tief in ihm eingegraben, das war nicht zu leugnen. Er hatte ihnen einige glückselige Erinnerungen zu verdanken, die er mitnehmen konnte. Für die meisten Menschen wäre das wahrscheinlich nicht viel, aber für Jack Sawyer war es eine Menge… das Beste in seinem bisherigen Leben.

Anna machte ein kurzes Zeichen. Er verstand es nicht, aber erriet, was sie meinte. »Wann? Bald, Anna.«

Sie senkte die Lider, aber nur kurz. Um ihren Mundwinkel zuckte es ein wenig, er nahm es als ein Zeichen des Bedauerns. Dann hob sie den Blick wieder zur Tastatur und schrieb: »Würden Sie noch etwas für mich tun, bevor Sie gehen?«

»Aber natürlich. Ich habe nicht vor, Sie einfach im Stich

zu lassen. Stellen Sie eine Liste der Arbeiten zusammen, die Sie erledigt haben möchten, und ich …«

Sie unterbrach ihn mit einer Handbewegung. »Nein«, schrieb sie, »ich möchte Sie um einen Gefallen bitten. Einen persönlichen.«

32

Also, paß auf.« Cecil spießte mit seinem Taschenmesser eine Dillgurke auf und lavierte sie aus dem Glase. »Ich denke, wir sollten so lange wie möglich unsichtbar bleiben.«

»Für wie lange, meinst du?«

»Mehrere Tage. Vielleicht sogar eine Woche.«

»Eine Woche? Du spinnst wohl?«

»Hör mir doch erst mal zu, Carl. Wir sollten warten, bis sich die Lage beruhigt hat, ehe wir uns rauswagen. Magst du eine?«

Cecil bot seinem Bruder die aufgespießte Gurke an. Der fuhr angewidert zurück. »Pfui Teufel, nein! Die riecht wie eingeschlafene Füße. Wer hat überhaupt unseren Proviant zusammengestellt?«

»Connie und ich haben regelmäßig eingekauft, was gerade im Angebot war. Natürlich nur haltbares Zeug. Weil wir nicht wußten, wie lang wir hier sein würden – wo es keinen Kühlschrank gibt.«

»Was du nicht sagst«, knurrte Carl und nahm einen Schluck lauwarmes Budweiser aus der Dose.

Im Laufe des Tages war seine Stimmung stetig gesunken. Die Hütte, die ihnen als Versteck diente, gehörte irgend jemandem aus Connies Bekanntschaft, dem Schwager einer Cousine oder irgend so ein Quatsch. Carl hatte innerlich abgeschaltet, als sie ihm die Zusammenhänge erklärte.

Ihre Beschreibung der Hütte hatte wenig verheißungsvoll geklungen, und er stellte sich nicht gerade ein Luxusquartier vor. Aber er hatte doch einen kleinen Funken Hoffnung gehegt, angenehm überrascht zu werden. Leider entsprach die Hütte jedoch seinen schlimmsten Befürchtungen – ach was, sie war noch viel übler. Gestern trafen sie spätabends ein, aber selbst die Dunkelheit hatte die Mängel der Hütte nicht verbergen können. Sie war kaum gastlicher als der Schuppen, in dem er die letzten Tage vor dem Banküberfall mit Myron gehaust hatte.

Das war das einzige, was ihn noch ein bißchen aufmöbelte – der Bankjob. In der Hinsicht hatte Cecils Planung wenigstens geklappt. Das Geld war noch nicht bis auf den letzten Schein gezählt – aber sie hatten die Bank mit mehr Barem verlassen, als Carl sich ausgerechnet hatte.

Mist, daß es durch vier ging.

Es juckte ihn in den Fingern, was von der Kohle unter die Leute zu bringen. Jetzt war er ein reicher Mann. Wer Geld hatte, besaß Macht – den respektierten und fürchteten die Leute. Von jetzt an würde keiner mehr Carl Herbold übersehen. Seine Feinde würden zittern, wenn sie nur seinen Namen hörten. Bares Geld war so gut wie ein Schwert. Und Carl hatte vor, es gnadenlos zu gebrauchen und jeden niederzumähen, der sich ihm in den Weg stellte. Sein Leben lang hatte er sich von anderen rumkommandieren lassen müssen – Arschlöcher, die meisten! Das war jetzt vorbei.

Aber es fiel ihm schwer zu glauben, daß er, Carl Herbold, tatsächlich ein reicher Mann war, vor dem die Leute zitternd in die Knie gingen. Da hockte er in dieser stickig heißen Bretterhütte, in der vor kurzem irgendein ekliges Tier verendet war und einen Gestank hinterlassen hatte, der nicht mehr wegging – und fraß Bohnen aus der Dose. War das vielleicht ein Leben? Nein, da mußte so schnell wie möglich eine Änderung her!

Er zerdrückte die leere Bierdose in seiner Hand. »Warum sollen wir so lange warten, Cec?«

»Weil uns jeder Bulle in einem Umkreis von fünfhundert Kilometern erledigen will.«

»Der Wagen ist sauber«, entgegnete Carl. Sie hatten, zwanzig Kilometer von der Bank entfernt, das Fahrzeug gewechselt. Connie hatte den zweiten Wagen an einer LKW-Raststätte abgestellt, wo Tag und Nacht Verkehr war, er also eigentlich nicht auffallen dürfte. »Nach diesem Wagen suchen sie nicht, Cec. Außer du hast mich angelogen.«

»Laß ihn doch endlich mal in Frieden«, fuhr Connie ihn an.

»Leck mich doch endlich mal am Arsch«, gab Carl zurück.

»Natürlich ist der Wagen sauber«, mischte sich Cecil hastig ein. »Mit dem Nummernschild stimmt auch alles. Aber auf der Straße sind wir für jeden sichtbar. Da kann uns leicht jemand erkennen. Wir müssen versuchen, den Risikofaktor so klein wie möglich zu halten.«

»Tolles Wort, Risikofaktor. Du hast wohl 'ne Menge HBO gesehen.« Carl wies mit dem Daumen auf Connie. »Oder bringt sie dir solche hochtrabenden Wörter bei?«

»Ich sag doch nur, daß wir hier bleiben sollten, bis die nicht mehr jede Stunde unsere Bilder im Fernsehen zeigen«, beschwichtigte Cecil. »Möchtest du auch einen Pfirsich, Schatz?«

Er hielt Connie eine Dose Pfirsiche hin. Sie fischte sich mit einem Plastiklöffel einen heraus und nahm ihn dann in die Finger. Mit einem anzüglichen Lächeln zu Carl, biß sie von der Frucht ab und lutschte schmatzend das weiche Fleisch vom Stein. Saft rann ihr über das Kinn. Die Symbolik entging ihm nicht, und er erkannte, daß das genau ihre Absicht war.

Lachend wischte sie sich den klebrigen Sirup mit dem Handrücken vom Mund und stach Cecil mit einem langen Fingernagel, der auberginefarben lackiert war, scherzhaft in den Bauch. »Seit ich dich kenne, sind meine Tischmanieren rapide den Bach runtergegangen. Meine Mama würde einen Anfall kriegen, wenn sie mich sähe.«

Carl starrte finster in seine Dose Schweinefleisch mit Bohnen. Er hatte den Anschiß, den er Cecil verpaßt hatte, ins Scherzhafte gezogen – aber es war ihm mit jedem Wort ernst gewesen. Dieses Luder hatte sich ja bei dem Überfall als ganz nützlich erwiesen… und wie sie den Bullen umgelegt hatte, das war auch nicht von schlechten Eltern gewesen. So weit, so gut.

Aber das letzte, was eine Gruppe auf der Flucht brauchte, war ein Weib wie Connie Skaggs, die sich einbildete, sie müßte zu allem ihren Senf dazugeben. Und die hier hatte ein größeres Mundwerk als die meisten und war offensichtlich nicht bereit, sich ein Blatt vors Maul zu nehmen. Das Ärgerlichste war jedoch, daß sie auch vor ihm nicht zurückschreckte.

Fluchend rammte Carl den Plastiklöffel in die Bohnendose und stellte diese krachend auf den Tisch.

»Ißt du die nicht auf, Carl?«

Er bedeutete Myron, sich zu bedienen. Der hatte gerade eine Dose Ravioli verdrückt und leckte begierig die letzten Reste von seinem Löffel. Vorher hatte er sich schon eine Portion Sardinen zu Gemüte geführt. Jetzt griff er zu den Bohnen.

Zum Kotzen! dachte Carl erbittert. Statt sich in der Sonne Mexikos von einer feurigen Señorita mit Riesentitten verwöhnen zu lassen, Tequila zu schlürfen und eine dicke Zigarre zu rauchen, war er dazu verdammt, in dieser stinkenden Bruchbude irgendwo in der Prärie rumzuhängen und sich mit Leuten wie diesem Waschlappen von Bruder, einer Tussi mit unverschämter Klappe und einem verfressenen Vollidioten abzugeben.

Und wie Cecil das Kommando an sich gerissen hatte, das paßte ihm auch nicht. Wer hatte ihn denn zum Herrn und Meister ausgerufen? Connie natürlich. Genau, sie hatte Cecil mit allem möglichen Scheiß darüber, wer das Sagen haben sollte, die Ohren vollgeblasen.

Carl wußte, wie leicht Cecil zu beeinflussen war. Eindeutig bestimmte Connie, wo es langging. Er hatte sich nur zu gern einreden lassen, er wäre mutiger und schlauer, als er tatsächlich war.

Na ja, demnächst würde er es den beiden schon zeigen!

Inzwischen spielte er eben mit. Carl riß mit den Zähnen einen Beutel gesalzene Erdnüsse auf, spie den Fetzen Zellophan aus und schüttete die Nüsse in seine offene Hand.

»Weißt du, was ich an deinem Plan auch nicht verstehe, Cecil, ist die Route. Wir halten uns genau südlich. Aber wenn man im Nordosten von Texas startet, müßte man sich doch südwestlich halten, um nach Mexiko zu kommen, oder täusch ich mich da?«

»Da draußen gibt's nicht genug Möglichkeiten, sich zu verstecken«, nuschelte Cecil, dem Connie gerade einen der glitschigen Pfirsiche in den Mund praktiziert hatte.

»Kann ich auch einen haben?« fragte Myron.

Connie zögerte einen Moment, dann schob sie ihm die Dose über den Tisch. Er tauchte seine langen dünnen Finger hinein und grapschte sich eine Frucht.

»Ach, verdammt!« schrie sie. »Du Ekel mit deinen Leichenfingern! Jetzt kann sie kein Mensch mehr essen. Ich mag jedenfalls nichts mehr davon.«

»Schnauze!« brüllte Carl. »Wie soll bei dem Gekreische ein Mensch nachdenken. Was hast du da eben von Versteckmöglichkeiten gesagt?«

»Wenn wir durch West-Texas fahren, können die uns vom Flugzeug oder vom Hubschrauber aus leicht orten.«

»Da gibt's aber viel weniger Ortschaften und folglich weniger Bullen.«

»Kann sein, aber es gibt auch keine Deckung. Alles offenes plattes Land mit nichts als Staub und Karnickeln. Außerdem erwarten die garantiert, daß wir genau diese Route nehmen.«

Carl ließ sich auf seinem Stuhl zurückfallen, als wäre er

tief beeindruckt. »Mann, schmeißt mit den hochgestochensten Wörtern rum und weiß auch noch genau, was die Bullen denken! Hey, Cec, ich bin echt von den Socken. Du nicht auch, Myron? Ist das nicht toll, was mein Bruder alles auf dem Kasten hat?»

»Klar, Carl.«

»Jetzt hör mal auf, Carl. Ich mein ja nur.«

»Laß ihn doch endlich mal ausreden!« brauste Connie auf. »Er könnte es dir leicht erklären, wenn du bloß eine Minute den Mund halten würdest.«

In Carl brodelte es. Er hätte dieser Kröte am liebsten den Hals umgedreht; aber er bezwang den mörderischen Impuls und sprach bewußt leise und ruhig. »Mir sagt niemand, wann ich den Mund zu halten habe. Schon gar nicht eine Fotze! Und erst recht nicht, wenn ich mit meinem Bruder rede.«

Unbeeindruckt verschränkte Connie die Arme und räusperte sich geräuschvoll. »Das könnte doch alles ein Mordsspaß sein. Ein Abenteuer! Ich versteh nicht, warum du dauernd so stinksauer sein mußt.«

»Ich bin nicht sauer«, widersprach Carl ruhig. »Myron hat mich oft genug erlebt, wenn ich sauer war, und jetzt bin ich nicht sauer. Was sagst du, Myron, bin ich sauer?»

Myron spie einen Pfirsichkern auf den Tisch. Carls Frage ernst nehmend, sah er seinem Partner nachdenklich ins Gesicht. »Na ja, irgendwie schon, Carl.«

Abermals mischte Cecil sich ein. »Laßt jetzt diesen Bockmist! Alle beide. Connie, reg dich ab. Carl, hör mir doch bloß mal 'ne Minute zu. Wenn dir mein Plan nicht gefällt, können wir ja drüber reden. Das ist doch fair, oder?«

»Klar. So fair wie bei der beschissenen UNO.« Carl breitete die Arme aus, zum Zeichen, daß er seinem Bruder das Wort überlasse.

»Ich schlage vor, wir fahren schnurgerade nach Süden bis zur Küste. Dann die Küste entlang bis nach Corpus Christi.

Da schwenken wir rechts ab und machen uns irgendwo in der Nähe von Laredo über die Grenze.«

»Du willst durch Ost-Texas fahren?«

»Vielleicht auch ein Stück durch Louisiana.«

»Ost-Texas mag ich nicht, großer Bruder! Das müßtest du eigentlich wissen.«

»Wegen unserem Stiefvater und dem McCorkle-Scheiß?« Lachend sah Cecil seine Freundin an und zwinkerte. »Sollen wir ihn in unser kleines Geheimnis einweihen?«

Carl wappnete sich innerlich. Er wußte schon jetzt, daß das, was kommen würde, ihm nicht gefallen würde. »Geheimnis? Was für ein Geheimnis?«

»Delray liegt im Krankenhaus. Geht ihm dreckig. Kann jede Minute verrecken – wenn er nicht schon tot ist.« Cecil grinste von einem Ohr zum anderen.

»Woher weißt du das?«

»Ich hab ihn besucht.«

»Du hast was? Wann denn?«

»Am Tag vor dem Überfall.«

»Warum?«

»War 'n Ablenkungsmanöver. Und es hat prima geklappt!«

Er berichtete Carl von seinem Streich und malte ihm die Szene, die er im Krankenhaus hingelegt hatte, in allen Einzelheiten aus. »Du hättest mich sehen sollen. Die haben alles geschluckt. Anstandslos. Sogar eine Bewährungshelferin hab ich ihnen präsentiert.« Wieder zwinkerte er Connie zu. »Der Bulle hat die Nummer auf der Karte angerufen, die ich ihm gegeben hab, und rat mal, wen er an der Strippe hatte? Connie. Die hat ihm dann erzählt, was für ein braver Junge ich bin. Na, inzwischen ist er wohl um einiges klüger, was, Schatz? Er wird wahrscheinlich ...«

»Du Idiot!«

»Was?« Cecil fuhr herum und sah Carl in die wutverzerrte Front.

»Ich hab dir gleich gesagt, daß er sauer werden würde«, bemerkte Connie, während sie angelegentlich einen abgebrochenen Fingernagel inspizierte.

»Es ist gelaufen wie am Schnürchen, Carl.«

»Damit hast du sämtliche Bullen zwischen hier und Brownsville auf Trab gebracht«, brüllte Carl. »Die sollten glauben, Blewer und Delray und den ganzen Scheiß gäb's für uns nicht mehr. Und du – verdammt noch mal, bist du blöd!«

»Nenn ihn nicht blöd.«

»Halt den Mund, Connie«, rief Cecil erregt. Dann fuhr er Carl an: »Ich bin dein älterer Bruder, und ich hab restlos die Nase voll davon, mich von dir wie ein Idiot behandeln zu lassen. Es war ein großartiger Plan, und er hat hingehauen.«

»Na klar. Mit deinem großartigen Plan hast du nur erreicht, daß alle sich auf die Seite von Delray und Dean …«

»Dean ist tot.«

»Was?«

»'ne ganze Weile schon. Seine Witwe und sein Sohn leben bei Delray.«

»Eine Taubstumme.« Carl warf Connie einen scharfen Blick zu. »Du kannst mir's schon glauben«, sagte sie so von oben herab, daß er ihr am liebsten eine runtergehauen hätte. »Sie ist behindert.«

Carl kaute einen Moment an dieser Neuigkeit. Dann fragte er: »Was ist mit Hardge? Hast du von dem was gesehen oder gehört?«

»Nichts. Wahrscheinlich auch längst hinüber! Also, beruhig dich wieder. Es ist nichts passiert.«

»Du hast den Undercover-Typen vergessen.« Cecil sah sie an, als teilte er jetzt das Verlangen seines Bruders, ihr eine runterzuhauen. Zu ihrer Verteidigung fügte sie hinzu: »Na ja, ist doch am besten, wenn er alles weiß, Cecil!«

»Was für ein Undercover-Typ?« hakte Carl nach.

»Er war auf der Ranch. Wollte mir weismachen, er wäre da als Cowboy angestellt.«

»Und woher weißt du, daß das nicht stimmt?«

»Nur so 'n Gefühl«, antwortete Cecil. »Er hatte diese Art, du weißt schon. Die hatten nach eurem Ausbruch vielleicht Angst, du würdest da aufkreuzen, und die Bullen haben jemanden rausgeschickt, um aufzupassen.«

»FBI?«

»Keine Ahnung, kann schon sein. Er ist mir gefolgt, als ich wieder losgebrettert bin, aber ich hab ihm keinen Anlaß zu irgendeinem Verdacht gegeben. Am Ende ist er umgekehrt und wieder nach Blewer zurückgefahren. Ich schwör's, Carl, wir brauchen uns keine Sorgen zu machen!«

Carl gab sich etwas freundlicher. »Wahrscheinlich hast du recht, Cec. Tut mir leid, daß ich so hochgegangen bin.«

Cecil war sichtlich erleichtert. Er lachte kurz. »Wir sind alle ein bißchen nervös und angespannt – aber du mußt echt schauen, daß du dich ein bißchen besser in den Griff kriegst, Brüderchen.«

Carl lächelte entwaffnend. »Tja, das ist mir immer schon schwergefallen. Bis auf den heutigen Tag.«

»Also, soll ich dir jetzt weitererklären, wie ich mir unsere Fahrt vorgestellt hab?«

»Ich bin ganz Ohr.«

Erneut kam Cecil auf seinen Plan zurück. »Wenn wir hier abhauen, haben wir vielleicht zwei Tage harte Fahrerei vor uns. Maximum.«

»Zwei Tage?«

Cecil, der sein Selbstvertrauen wiedergefunden hatte, langte über den Tisch und boxte Carl scherzhaft in die Schulter. »Mexiko läuft uns nicht davon, ich versprech's dir.«

Nichts haßte Carl mehr, als wenn andere ihn mit Herablassung behandelten. Er empfand es als doppelten Affront, sich von einem ausgemachten Feigling wie seinem Bruder wie ein dummer kleiner Junge anreden lassen zu müssen. Aber er zwang sich zu einem Lächeln.

In dem Glauben, ein Zugeständnis erreicht zu haben, streckte Cecil sich wollüstig. »Mach's dir bis dahin einfach gemütlich und freu dich, daß du den Knast hinter dir hast. Wir haben hier doch alles, was wir brauchen.«

Er legte den Arm um Connie und zog sie dicht an seine Seite. Mit einem spöttischen Blick auf Carl kuschelte sie sich an Cecil und schob ihre Hand über seine Brust hinunter zu seinem Gürtel. Mit ihren tieflila Fingernägeln klopfte sie kokett auf seine Gürtelschließe, bevor sie ihre Finger daruntergleiten ließ.

Cecil wurde rot. »Entschuldige uns«, sagte er zu Carl und ging mit Connie nach draußen.

Der Jüngere starrte ihnen finster nach und murmelte: »Klar, du hast hier alles, was du brauchst, großer Bruder!«

33

Jack las noch einmal, was auf dem Computerbildschirm stand. »Einen Gefallen?«

Einen persönlichen Gefallen, hatte sie geschrieben. Es ging also nicht um irgendeine Arbeit auf der Ranch. Das, was sie von ihm wollte, fiel in eine andere Kategorie, war Privatsache.

Dann fuhr er sich durchs Haar. »Ja, klar, wenn ich Ihnen behilflich sein kann…«

Sie begann wieder zu tippen.

»Ich würde Sie gern fotografieren«, las Jack und lachte. Erleichtert oder enttäuscht? Er konnte es selbst nicht sagen. »Sie wollen mich fotografieren?« fragte er. »Aber warum denn? Wozu?«

Jetzt stand sie von ihrem Stuhl auf und holte aus dem Regal ein Album – aber nicht das, welches er schon kannte. Sie legte es vor ihn hin und wartete ungeduldig, daß er den Ledereinband aufschlug.

Das erste Bild zeigte eine Gruppe von Kindern, die ausgelassen unter den Wasserstrahlen eines Rasensprengers auf und ab hüpften. Sonnenlicht fiel durch die sprühenden Fontänen und funkelte in den Pfützen, in denen die Kinder umherpatschten. Wie bei ihren anderen Fotografien leitete sich das Element der Spannung aus dem Kontrast von Hell und Dunkel her. Vorne die unbeschwerte Freude, die nur ganz jungen Menschen vergönnt ist, rückwärtig die Schatten, die bereits vorprogrammiert waren…

Den Hintergrund der nächsten Fotografie bildete eine rohe Holzschindelwand. Vor ihr saßen sich zwei alte Männer an einem umgedrehten Faß gegenüber, auf dem sie Domino spielten. Die weißen Punkte hoben sich scharf von der schwarzen Grundfarbe der Steine ab. Einer der Spieler war ein Schwarzer, der andere ein Weißer.

Als nächstes die Hände eines Arbeiters. Nur seine Hände. In Großaufnahme. Schmutzverkrustet. Dunkle Erde unter rissigen Fingernägeln und in den Fältchen der schwieligen Finger. In diesen Händen eine weiße Rose von vollkommener Schönheit.

Eine Frau in einem Schaukelstuhl, dunkel umrissen vor einem offenen Fenster. Dünne Vorhänge, die sich im Wind bauschten. An ihrer Brust ein trinkender Säugling. Der Kopf gesenkt. Dunkles Haar, das das Gesicht verbarg und auf die helle Brust herabfiel. Annas Haar. Annas Kind. Annas Brust.

»Mein Gott, Anna! Warum machen Sie – Warum haben Sie ...« Jack schüttelte den Kopf, weil ihm die Worte fehlten. »Warum machen Sie nicht einen Beruf daraus? Ich verstehe überhaupt nichts von Fotografie, aber diese Bilder sind *gut*. Haben Sie sie mal jemandem gezeigt, der mit ihnen was anfangen könnte?«

Er blätterte das Album noch einmal durch, betrachtete jede Aufnahme ein zweitesmal. »Sie sind unheimlich stark in ihrer Aussage. Jedes von ihnen sagt etwas. Etwas Wichtiges und – und Erfaßbares. Sie sind viel zu gut, um in einem Album dahinzudämmern. Andere sollten sie sehen – sich von ihnen beeindrucken lassen.«

Unverkennbar erfreut über seine Kommentare, wandte sie sich wieder dem Computer zu. »Ich wollte versuchen, sie für Poster zu verkaufen. Oder Grußkarten. So etwas in der Richtung.«

»Genau! Warum haben Sie es nicht getan?«

Mit einem wehmütigen Lächeln zuckte sie die Achseln. »Es kam zuviel dazwischen. Deans Krankheit. Dann David. Dann ...«

Jack legte seine Hände auf die ihren, so daß sie nicht weiterschreiben konnte. »Delray hat Sie nicht ermutigt. Da haben Sie die Fotoausrüstung auf den Speicher gepackt und versucht, Ihre Ausbildung zu vergessen.«

»Ja«, bedeutete sie ihm und begann dann wieder zu tippen. »Ich habe *versucht*, sie zu vergessen. Aber es ging nicht. Ich trage sie immer noch hier.« Sie drückte die geballte Faust auf ihr Herz. »Wenn ich nicht taub wäre und mich auf andere Art ausdrücken könnte, wäre sie mir vielleicht nicht so wichtig. Aber ich habe vieles zu sagen, und die Fotografie ist für mich das beste Medium. Ich möchte wieder anfangen. Und diesmal werde ich versuchen, meine Arbeiten zu verkaufen. Sie wenigstens mit anderen zu teilen.«

»Dann packen Sie es an!«

»Zuerst ist eine größere Kollektion nötig. Ich werde vielleicht Monate oder sogar ein ganzes Jahr brauchen, um eine Mappe zusammenzustellen, die für einen Käufer von Interesse sein könnte. Das Bild von David und mir war das letzte, das ich gemacht habe – vor fünf Jahren. Vorläufig sollte ich eine Menge üben. Es wird nicht leicht werden, aber wenn ich es noch einmal versuchen will, muß ich jetzt anfangen. Und zwar mit Ihnen – wenn Sie nichts dagegen haben.«

»Ich bin in allem, was Sie sagen, Ihrer Meinung, Anna. Wenn Sie wieder anfangen wollen, dann am besten gleich. Sie haben ein großes Talent. Das liegt auf der Hand. Sie würden es vergeuden, wenn Sie nicht mit ihm arbeiteten. Aber wenn diese Kollektion so wichtig ist, warum, zum Teufel, wollen Sie dann ausgerechnet Bilder von mir dafür haben?«

»Sie haben ein interessantes Gesicht«, tippte sie.

»Interessante Konterfeis gibt's wie Sand am Meer.«

»Es ist mir *ernst*«, schrieb sie. »Sie wirken so lebendig.«

Er lachte. »Ich glaube, Sie sollten sich mal die Augen untersuchen lassen, Anna.«

Aber sie sah ihn weiter unverwandt an, aufmerksam und forschend. Bald hörte er auf zu lachen. Er hörte sogar auf zu lächeln. Sie drehte ihren Stuhl und rutschte ganz nach vorn bis zur Kante. Sie hob die Hände und legte sie beidseitig an sein Gesicht. Die Berührung war so leicht wie ein Hauch, aber er spürte glühende Brandeisen an seinen Wangen.

Sein Blick folgte der Bewegung ihrer Augen, die jeden einzelnen seiner Gesichtszüge betrachteten. Wenn sie den Kopf bald auf die eine, bald auf die andere Seite neigte, strich ihr Haar über seine Handrücken. Er hielt die Lehne des Stuhls, auf dem er rittlings saß, so fest umklammert, daß seine Finger gefühllos wurden; wahrscheinlich waren seine Knöchel schon ganz weiß, aber er sah nicht zu ihnen hinunter. Jack wagte keine Bewegung aus Angst, er könnte den Zauber brechen, der in ihr den Wunsch hervorgerufen hatte, ihn zu berühren. Er sah sich in ihren Pupillen gespiegelt und fragte sich, was, zum Teufel, sie an seiner verwitterten Visage so faszinierend fand.

Aber er ließ sie schauen, verstummte selber. Er zog sich nicht von ihr zurück, sondern blieb völlig bewegungslos. Ja, er hätte sich nicht einmal gerührt, wenn plötzlich Elvis aus der Wand hinter ihr getreten wäre.

Noch näher heranrückend, so daß sie kaum noch die Stuhlkante berührte, hob sie die Finger zu seinen Schläfen. Bei den feinen Linien beginnend, die aus den Augenwinkeln abstrahlten, erforschte sie jeden Zentimeter ringsum mit den Fingerspitzen. Als sie seine Brauen und die steile Falte zwischen ihnen erreichten, wanderten sie abwärts, um seine Wangenknochen zu ertasten. Mit dem Zeigefinger zog sie die Linie seines Nasenrückens von der Wurzel bis zur Spitze nach.

Dann umschloß sie wieder mit beiden Händen seinen Kopf, aber jetzt übte sie Druck aus. Ihre Daumen trafen sich in der Mitte seines Kinns gleich unter seiner Unterlippe. Einer strich nach außen, dann der andere; schließlich trafen sie in der Mitte wieder zusammen, wo sie nur einen Moment liegen blieben, ehe sie ihre Hände zurückzog und sie, zu Fäusten geballt, unter ihr Kinn bettete wie ein Kind, das bei einer Ungezogenheit ertappt worden ist.

Jack hatte heftiges Herzklopfen. Nicht weil ungewöhnliche erotische Erlebnisse für ihn etwas Neues waren – im Gegenteil. Seine Unschuld hatte er ziemlich zu Beginn seiner High-School-Karriere beim ersten und einzigen Schultanzabend seines Lebens verloren, als das Klassenflittchen ihn aus dem dekorierten Turnsaal in einen dunklen Korridor schleppte. Bis die Bee Gees ihr Lied vom knapper werdenden Himmelreich abgesungen hatten, war Jack dort und wieder zurück gewesen.

Einmal arbeitete er bei einem Debütantinnenball in Fort Worth als Barkeeper, und die Tochter eines Multimillionärs hatte ihm einen geblasen – so gekonnt, daß sie eine Goldmedaille verdient hätte, wenn Fellatio eine Olympiadisziplin gewesen wäre.

In Kansas City, bei einem Pink-Floyd-Laserspektakel, hatte ihm ein Mädchen, das ihm noch nie über den Weg gelaufen war, die Jeans aufgeknöpft und ihn mit einer Hand bis zum Erguß hochgekitzelt, während sie lässig einen Joint rauchte, den sie in der anderen hielt.

In Billings hatte er es mit einer Frau, die immer schon davon träumte, hoch zu Roß bei Schneefall getrieben.

Diese Erlebnisse hafteten in seinem Gedächtnis, weil sie nicht alltäglich gewesen waren – jedenfalls im Vergleich zu anderen Begegnungen. Meistens praktizierte er jedoch einen Sex ohne Schnörkel, mit normalen Frauen, die sich mit denselben Problemen herumschlugen: Einsamkeit und körperliche Begierde.

Aber keines seiner Erlebnisse war so hocherotisch gewesen wie dieser Moment, als Anna sein Gesicht erforschte. Und das kam daher, daß es mit tiefer Wißbegier und echtem Interesse – und vielleicht einer Spur persönlicher Anteilnahme geschah.

Jack Sawyer hatte in seinem Leben selten Anteilnahme von anderen erfahren. Sicher, es hatte nette und freundliche Leute gegeben; aber im allgemeinen handelte es sich um

Menschen, die zu jedem nett und freundlich waren. An ihm persönlich hatte im Grunde nie jemand Interesse gehabt.

Nicht seine Mutter, die ihn nur bei sich behalten hatte, um ihn als Druckmittel gegen den Mann einzusetzen, der sie ständig mit anderen Frauen betrog. Nicht sein Vater, der reden konnte wie geschmiert, sich aber in Wirklichkeit nie um jemanden anders scherte als um sich selbst.

Anna jedoch ... Ihr war er immerhin so viel wert, daß sie ihm ihre Überlegungen mitteilte. Sie vertraute seinem Urteil, sonst hätte sie ihn wegen des möglichen Holzverkaufs nicht um Rat gefragt. Ihr persönliches Interesse an ihm ging immerhin soweit, daß sie sich hübsch gemacht hatte, bevor sie ihn zum Essen einlud. Ihr Interesse ging so weit, daß sie ihn überhaupt einlud ...

Sekunden waren verstrichen, seit sie von ihm abgerückt war; aber ihr Blick lag weiterhin auf seinem Mund, und es sah nicht so aus, als wollte sie von seinen Lippen lesen – sondern ihn eher küssen. Sie senkte ihre Hände und legte sie auf die seinen, die immer noch die Rückenlehne des Stuhls umklammerten. In stummer, doch erregender Aufforderung hob sie ihren Blick zu seinen Augen und ließ ihn dann wieder zu seinem Mund herabgleiten.

Leise sprach er ihren Namen, als er sich ihr zuneigte, fürchtete, sie würde aufspringen und davonlaufen – fürchtete beinahe noch mehr, daß sie es nicht täte.

Sie neigte ihren Kopf leicht nach rückwärts. Ihre Lippen öffneten sich.

Lieber Gott, hilf mir, dachte er, als er sich über sie beugte, in Gedanken schon ihre Lippen und ihre Zunge fühlte, ihren Kuß schmeckte.

Ezzy kam sich wie ein Idiot vor. Er hoffte, sie würde nicht zu Hause sein. Dann könnte er sich sagen, er habe es wenigstens versucht, und reinen Gewissens wieder abziehen.

Da sich auf sein Läuten nicht gleich etwas rührte, trat er

zwei Schritte nach rechts und spähte durch das Wohnzimmerfenster. Der Fernseher lief. Nur Delrays Enkel saß davor. Bei genauerem Hinsehen allerdings stellte Ezzy fest, daß der Kleine schlief. Das Läuten der Türglocke hatte ihn nicht geweckt.

Als er von drinnen Schritte hörte, trat er wieder vor die Haustür, unter das Licht der Verandalampe, damit sie ihn mühelos sehen und erkennen konnte. Die Tür wurde einen Spalt geöffnet, Anna Corbetts Gesicht erschien in der schmalen Öffnung.

Ezzy erinnerte sich nicht genau, wann er sie zuletzt gesehen hatte – es mußte eine ganze Weile her sein. Donnerwetter, war diese junge Dame hübsch, und besonders jetzt, mit dem leicht erhitzten Gesicht! Seinem Gedächtnis nach handelte es sich um ein junges Ding mit spillerigen Beinen und großen blauen Augen. Die Augen waren immer noch groß und blau, aber die Beine nicht mehr dünn.

»'n Abend Mrs. Corbett«, sagte er mit einer angedeuteten Verbeugung.

Sobald sie ihn erkannte, machte sie die Tür ganz auf und trat zur Seite, um ihn einzulassen.

»Danke.« Ezzy nahm seinen Hut ab und hielt die Auflaufform mit dem Gericht, das er mitgebracht hatte, geschickt auf dem Teller der anderen Hand. »Meine Frau und ich wollten Ihnen unser Beileid zu Delrays Tod aussprechen. Es hat uns sehr leid getan, davon zu hören.«

Sie nickte. »Danke«, sagten ihre Lippen stumm, begleitet von der entsprechenden Gebärde.

»Entschuldigen Sie bitte, daß ich heute morgen nicht bei der Beerdigung zugegen war. Ich hatte dienstlich zu tun.«

Niedergeschmettert von Fosters Zurückweisung, unfähig, die Leere des Hauses, die ihm wie ein Spiegel seines eigenen Lebens schien, zu ertragen, hatte er sich noch zusätzlich bestraft, indem er an den Ort von Patsy McCorkles Tragödie zurückgekehrt war.

Die gleiche Hitze, die gleichen Mückenschwärme, der gleiche träge Fluß, der gleiche Frust. Lange Zeit hatte er auf dem ausgehöhlten Stamm des umgestürzten Baums gesessen, mit Ameisen und Stechmücken gekämpft, Dr. Peppers getrunken, das in seiner Hand warm geworden war, und gewünscht, er könnte die Uhr zweiundzwanzig Jahre zurückdrehen.

Er wollte endlich wissen, was dem Mädchen zugestoßen war. Nur das.

Mehr wollte er gar nicht.

Ihm ging es nicht um Bestrafung, wobei Strafe vielleicht ohnehin nicht zur Debatte stand. Ihr Tod könnte ja ein Unglücksfall gewesen sein. Er wurde nicht von Rachegelüsten getrieben, obwohl solche angesichts dessen, was diese Geschichte ihm und seiner Familie abverlangt hatte, sogar verständlich gewesen wären. Nein, er verzichtete gern auf Vergeltung, wenn er nur herausbekäme, unter welchen Umständen sie den Tod gefunden hatte und wer letztlich die Schuld trug.

Nur wissen wollte er es, um in Frieden sterben zu können.

»Also«, sagte er jetzt zu Anna Corbett, »ich hab Ihnen die Lasagne hier mitgebracht.« Verlegen reichte er ihr die Form. »Meine Frau wäre selbst gekommen, aber sie ist gerade mit ihrer Schwester in Abilene. Ich soll Ihnen von ihr ausrichten, wie sehr sie Delrays Tod bedauert.«

Er hatte keine Ahnung, wieviel von dem, was er da brabbelte, sie überhaupt verstand. Ihre Eltern hatten damals entschieden, sie nicht in die Sonderschule für gehörlose Kinder zu schicken, sondern sie die öffentliche Schule von Blewer besuchen zu lassen – wo sie mit einer Dolmetscherin am normalen Unterricht teilgenommen hatte. Ezzy hatte gehört, sie sei blitzgescheit; ihr einziges Handicap sei die Gehörlosigkeit.

Selber hatte er keinerlei Erfahrung mit Gehörlosen, außer

daß er sonntags dem Mann in der Baptistenkirche zuzusehen pflegte, der den Gottesdienst für die Gruppe Taubstummer, die aus verschiedenen protestantischen Gemeinden des Landkreises hier zusammenkamen, in die Gebärdensprache übertrug. Manchmal wurde die Predigt dadurch kurzweiliger.

Soweit er es beurteilen konnte, waren Gehörlose Menschen wie alle anderen, und darum verstand er nicht, wieso er jetzt so verlegen hier in Anna Corbetts Haus herumstand. Hatte sein Unbehagen nun mit der Situation oder der Behinderung der jungen Frau zu tun?

Vielleicht lag es tatsächlich an der Situation. Im allgemeinen nämlich übernahm Cora soziale Pflichten dieser Art. Er hatte unzählige Male dabei geholfen, auf dem Highway Blutspuren vom Asphalt zu kratzen und die sterblichen Überreste eines Henry oder einer Suzy – eines Menschen, der von anderen geliebt worden war – in einen Leichensack zu befördern. Anschließend verständigte er die Angehörigen. Damit war die Sache für ihn erledigt – wenn der amtlichen Pflicht Genüge getan war. Um das Weitere kümmerte sich Cora. Sie war für die menschlichen Beziehungen zuständig, sie ging mit bei den Trauerzügen.

Bei der Nachricht von Delrays Tod heute morgen hatte sie gefragt: »Waren viele Leute bei der Beerdigung?«

»Ich war nicht dort.«

»Wieso nicht? Hast du wenigstens was vorbeigebracht?«

»Was vorbeigebracht?« wiederholte er verständnislos.

Er hatte Delray Corbetts Tod nur erwähnt, um das eisige Schweigen zwischen ihnen zu brechen. Damit hatte er einen Vorwand, sie anzurufen. Aber in Wirklichkeit hatte er nur ihre Stimme hören und sie, falls das Barometer günstig gestanden wäre, bitten wollen, wieder nach Hause zu kommen. Sie hatte die Gelegenheit, über etwas anderes als ihre Trennung zu sprechen, sofort ergriffen.

»Ojemine, Ezzy, da mußt du was vorbeibringen.«

»Aber Delray war doch kein enger Freund von uns, Cora. Nicht mal ein guter Bekannter.«

»Immerhin haben wir ihn praktisch unser Leben lang gekannt. Und jetzt muß das arme Ding ihren Sohn ganz allein großziehen. Ich bezweifle, daß jemand ihr beisteht. Das haben diese bösen Gerüchte über sie und Delray sicher verhindert. Manche Frauen, und oft gerade so Betschwestern vornherum, können hintenrum bodenlos gemein sein.«

»Was für Gerüchte?«

»Meine Güte, Ezzy! Hast du eigentlich jemals weit genug über den Rand deiner McCorkle-Akte rausgeschaut, um zu sehen, was um dich herum vorgeht?«

»Vielleicht hab ich's gehört und nur vergessen. Ich achte im allgemeinen nicht auf Klatsch«, entgegnete er und versuchte, einen Hauch von selbstgerechter Tugendhaftigkeit in seine Stimme zu legen.

»Also wirklich!« Cora seufzte abgrundtief. »Seit Jahren reden die Leute darüber.«

»Daß die beiden ...?«

»Genau. Daß sich nach Deans Tod die Beziehung zwischen den beiden geändert hätte und enger geworden wäre, als sich gehört. Aber ich bin der Meinung, das geht niemanden was an. Ob sie nun mit ihm geschlafen hat oder nicht – sie hat ihn verloren. Du mußt was vorbeibringen.«

Ezzy konnte es nicht fassen. Delray Corbett und seine Schwiegertochter? Sie sollten nicht nur unter demselben Dach gelebt, sondern auch unter derselben Decke geschlafen haben? War Delray denn zu Leidenschaft überhaupt fähig gewesen? Vermochte ein so kalter und unzugänglicher, so strenger und rigider Mann wie er überhaupt romantische Liebe zu empfinden?

»Also, ehrlich, ich kann mir nicht vorstellen, daß Delray jemals seinen Panzer abgelegt hat, geschweige denn zu einer Frau ins Bett gehüpft ist.«

»Willst du mich provozieren, Ezzy?«

»Nein.« Ja.

Ein weiterer gequälter Seufzer. »Die vorgekochten Sachen für Beerdigungen liegen rechts in der Tiefkühltruhe.«

»Die was?«

Er hatte keine Ahnung gehabt, daß Cora auf jegliche Katastrophen, die über Freunde oder Nachbarn hereinbrechen konnten, so gut vorbereitet war. Nachdem sie aufgelegt hatten – ohne daß Versöhnung zur Sprache kam –, hatte er die Gefriertruhe inspiziert und auf der rechten Seite tatsächlich mehrere ordentlich verpackte, fertige Gerichte gefunden: gewissenhaft mit Etiketten versehen, die Auskunft über Inhalt und Menge sowie Zubereitungsanweisungen gaben.

Eines dieser Gerichte hielt Anna Corbett jetzt in den Händen.

»Wenn es aufgetaut ist«, sagte er, »brauchen Sie es nur eine halbe Stunde bei hundertfünfundsiebzig Grad heiß zu machen. Verstehen Sie mich?« fragte er zweifelnd.

Sie nickte kurz, stellte die kalte, feuchte Form auf den Tisch in der Diele und wischte sich die Hände an ihren Bluejeans ab. Ezzy bemerkte, was für eine hübsche Figur sie hatte. Er bemühte sich, nicht tiefer als bis zu ihrem Halsansatz zu blicken, weil er den Verdacht hatte, daß sie keinen Büstenhalter trug. Sie zog und zerrte ständig am Saum ihres T-Shirts, rieb die Hände aneinander, sog die Lippen ein wie ein verlegener Teenager, als wäre ihr der überraschende Besuch irgendwie peinlich.

Ja, sie war ein hübsches Exemplar. Aber das Gerücht, daß Delray mit ihr ins Bett gegangen sein sollte – nein, ausgeschlossen. Delray hätte nicht einmal an einem einsamen, kalten Winterabend mit irgend jemandem gekuschelt. Die Klatschbasen von Blewer täuschten sich. Oder seine Menschenkenntnis trog ihn.

»Tja, dann werd ich mich mal wieder auf den Weg machen, Mrs. Corbett. Brauchen Sie irgendwas?«

Sie schüttelte den Kopf.

»Wenn Ihnen was einfällt, rufen Sie einfach an.« In der verspäteten Befürchtung, einen Fauxpas begangen zu haben, fragte er. »*Können* Sie telefonieren?«

Nachdrücklich nickte sie.

»Okay. Gut. Dann brauchen Sie dem Betreffenden ja nur zu sagen, daß ich jederzeit für Sie da bin.«

Wieder nickte sie und öffnete ihm dabei die Tür. Er trat auf die Veranda hinaus, doch dann zögerte er. Natürlich wollte er ihr keine Angst machen; aber er hielt es für seine Pflicht, mit ihr über die Herbolds zu sprechen. So drehte er sich noch mal um.

»Mrs. Corbett, ich habe gehört, daß Cecil Herbold Sie neulich hier aufsuchte. Hat er Ihnen oder Ihrem kleinen Sohn gedroht?«

Sie schüttelte den Kopf und bildete mit den Lippen ein ›Nein‹.

»Ich weiß nicht, ob Sie die Nachrichten mitbekommen haben – ich meine, wegen der Beerdigung und so –, aber er und Carl haben sich zusammengetan und eine Bank überfallen. Sie sind bis jetzt noch auf freiem Fuß. Wußten Sie das?«

Was sie bejahte.

»Es wundert mich, daß Sie hier niemanden haben, der die Ranch bewacht.«

Sie hielt einen Finger in die Höhe, zum Zeichen, daß er einen Moment warten solle, und lief ins Haus zurück. Als sie wiederkam, schrieb sie etwas auf einen kleinen Block und zeigte ihm ihre Mitteilung.

»Die Behörden haben uns angeboten, das Haus zu überwachen«, las er, »aber Delray hat abgelehnt.«

»Vielleicht sollten sie sich das noch mal überlegen.«

Sie schrieb: »Ich habe keine Angst. Hierher würden sie bestimmt zuletzt kommen.«

»Wahrscheinlich haben Sie recht«, meinte Ezzy, obwohl

er es nicht unbedingt glaubte. Seiner Erfahrung nach wandten sich Kriminelle in einer Notlage häufig an Freunde und Verwandte. Je heißer der Boden unter ihren Füßen, desto eher konnte man damit rechnen, daß sie an einem vertrauten Ort Zuflucht suchten.

Wenn sie seine Tochter wäre, würde er sie nicht mutterseelenallein hier draußen lassen, selbst wenn sie nicht gehörlos wäre. Aber er hatte kein Recht, weder dienstlich noch persönlich, ihr Vorschriften zu machen. Deshalb sagte er nur: »Wenn Ihnen irgendwas Verdächtiges auffällt, rufen Sie sofort jemanden an. Haben Sie verstanden? Sie müssen an Ihren Kleinen denken.«

Sie lächelte und schrieb: »Wir sind gut aufgehoben. Jack ist ja da.«

»Jack?«

Nun wies sie mit dem Kopf in Richtung Stall. Ezzy drehte sich um und sah einen Mann, der gerade das Stalltor zuschob. Er sperrte ab und ging mit langen Schritten auf einen Wohnwagen zu, der etwa hundert Meter vom Haus entfernt stand.

»Ach ja, Ihr Ranchhelfer«, sagte er mehr zu sich selbst. Er erinnerte sich, daß Delray ihn im *Dairy Queen* mit ihm bekannt gemacht hatte, einem Mann mit Cowboyhut, der in der Ecke der Nische gesessen hatte. Ein höflicher Bursche. Weit schlanker, jünger und kräftiger als Delray. Der Typ, auf den Frauen flogen…

Ezzy räusperte sich. »Nehmen Sie's mir nicht übel, daß ich frage, Mrs. Corbett – aber fühlen Sie sich wirklich sicher, ganz allein hier draußen mit einem Mann, der erst seit so kurzer Zeit für Sie arbeitet? Trauen Sie ihm?«

Ihr Nicken fiel höchst entschieden aus.

Ezzy fragte sich, ob der Bursche dieses Vertrauen tatsächlich verdiente, oder ob sie naiv war oder die Klatschmäuler vielleicht doch recht hatten. Konnte ja sein, daß die junge Witwe eine ganz heiße Nummer war, die den alten

Delray hergenommen hatte, bis er es nicht mehr schaffte – und seinen Platz jetzt dieser flotte Knabe einnahm.

Eigentlich machte sie nicht den Eindruck – aber es wäre nicht das erstemal, daß Ezzy sich irrte.

34

Sie kamen kurz nach Tagesanbruch, zu zweit. In knappsitzenden braunen Uniformen und glänzend gewichsten Stiefeln. Breitkrempige Hüte und Sonnenbrillen mit Spiegelgläsern ließen kaum etwas von ihren Gesichtern sehen. Bis auf die strengen schmalen Münder.

»Mr. Sawyer?«

Jack hatte den Wagen gehört und seine Arbeit niedergelegt, um sie zu empfangen.

»Ja?« Er lehnte sich auf den Griff des Spatens, mit dem er ein Loch für eine neue Befestigung der Futterraufe in der Pferdekoppel ausgehoben hatte.

Schon jetzt war cs sengend heiß, und der Schweiß rann ihm über das Gesicht. Als er zur Gesäßtasche seiner Jeans griff, um ein Taschentuch herauszuholen, fuhr beiden Polizisten die Nervosität in die Glieder. Der eine senkte gar die Hand zu der Pistole, die er an der Hüfte trug. Jack tat so, als bemerkte er nichts. Er schüttelte das Taschentuch aus und wischte sich über die Stirn.

»Was kann ich für Sie tun, meine Herren?«

»Wir kommen vom Sheriff's Office Blewer County.«

»Ja?«

»Und hätten Ihnen gern ein paar Fragen gestellt.«

»Worüber?«

»Wir haben gehört, daß bei dem verstorbenen Mr. Corbett letzte Woche ein paar Rinder vergiftet worden sind.«

»Ja, ich war bei ihm, als er sie gefunden hat«, gab Jack Auskunft. »Drei waren es. Und am nächsten Tag sind noch zwei eingegangen.«

»Dr. Andersen sagte, es habe sich um ein Gift gehandelt, das man überall ohne Rezept kaufen kann.« Der eine Deputy schob einen Klumpen Kautabak von einer Backentasche in die andere. »Leicht erhältlich also. Nichts Raffiniertes. Aber stark, wenn's jemand drauf anlegt, Schaden anzurichten.«

»Und Ihre Behörde ermittelt in der Sache?«

»Stört Sie das, Mr. Sawyer?«

»Nein. Ich habe Delray damals geraten, Anzeige zu erstatten. Er war anderer Meinung.«

»Gab es Zeugen, wie Sie ihm das geraten haben?«

»Nein, wir waren allein.«

»Hm.«

»Was, meinen Sie, war der Grund, daß es unter allen Betrieben hier einzig Mr. Corbetts Ranch erwischt hat?«

»Keine Ahnung.«

»Was würden Sie denn vermuten?«

Jack lehnte den Spaten an die Futterraufe. »Ich würde vermuten, daß jemand Delray eins auswischen wollte.«

»Wer zum Beispiel.«

»Ich bin nicht von hier und auch noch nicht lange in der Gegend.»

»Und deshalb haben Sie keine Ahnung?«

Jack schwieg.

Der Jüngere der beiden musterte ihn argwöhnisch und lupfte sein Holster. »Erst gestern haben wir die Ermittlungen aufgenommen. Corbett hat uns nicht geholt. Wir hätten gar nichts von der Sache erfahren, wenn nicht von jemandem ein Tip gekommen wäre. Einem besorgten Bürger. Auf seine Meldung hin haben wir den Tierarzt angerufen, und von ihm stammen unsere Informationen.«

Jack sah verwundert von einem zum anderen, obwohl er genau wußte, warum sie hier waren. »Und?« fragte er.

»Und –« der Tabakskauer machte eine kurze Pause, um einen Strahl Saft auszuspeien – »wir möchten Sie bitten, mit uns in die Stadt zu fahren, damit wir uns eingehender über die Sache unterhalten können.«

»Bin ich verdächtig?«

»Sie genau wie jeder andere.«

»Aber mich nehmen Sie fest!«

»Das ist keine Festnahme.«

»Was ist es dann?«

»Wir bitten lediglich um Ihre Mitarbeit, sonst nichts.«

»Aber mir wäre wohler«, fügte sein Kollege hinzu, »wenn Sie das Messer abnehmen und mir geben würden.«

Mit langsamen Bewegungen löste Jack die Messerscheide von seinem Gürtel. Einer der beiden Beamten trat vor und nahm sie ihm ab.

»Sie machen einen Fehler«, bemerkte Jack.

»Kann sein, aber Sie werden uns trotzdem begleiten, Mr. Sawyer!«

»Wie steht es mit meinem Pick-up?«

»Wir haben genug Platz in unserem Wagen!«

»Bitte. Es kann ja einer von Ihnen zu mir einsteigen. Ich würd gern mein eigenes Fahrzeug nehmen. Dann brauch ich Sie später, wenn die Sache aufgeklärt ist, nicht zu bemühen.«

Sie tauschten einen Blick. Der Ältere mit dem Kautabak nickte. »Okay. Ich fahr mit Ihnen.«

Es war demütigend genug, sich von zwei grimmig dreinblickenden Deputies abführen lassen zu müssen; das Schlimmste aber war, daß Anna es von der Veranda aus beobachtete.

»Haben Sie mit Mrs. Corbett gesprochen?« fragte Jack, als sie nach vorn kamen und er sie mit ernstem Gesicht auf der Veranda stehen sah.

»Ja, wir haben sie ins Bild gesetzt. Ich weiß nur nicht genau, ob sie's verstanden hat.«

»Das hat sie«, gab Jack gereizt zurück. Dann schaute er zu ihr hinauf und sagte: »Ich war's nicht, Anna. Ich schwöre es. Ich war's nicht!«

Doch sie sah verletzt und ernüchtert aus, ihr Blick war wie erloschen.

»Jack?«

David schlüpfte zur Haustür heraus. Jack war froh gewesen, daß wenigstens der Junge nichts mitbekommen würde. Es fiel ihm schwer genug, Anna ins Gesicht sehen zu müssen. Aber das Schicksal war ein boshaftes Ding. Jetzt stand David da, mit nackten Füßen, in seinem Superman-Pyjama, noch ein wenig verschlafen und zerzaust – ein niedliches Kerlchen, dessen Blick unruhig von dem Streifenwagen zu den beiden ernsten Männern flog, die rechts und links von Jack standen.

Vor ein paar Wochen noch hätte Jack wahrscheinlich so getan, als hörte und sähe er ihn nicht. Er hätte sich abgewandt, ohne von ihm Notiz zu nehmen. Was bedeutete ihm schließlich ein kleiner David? Nichts.

Aber er schaffte es nicht. Nicht mehr. Er erinnerte sich, wie es gewesen war, von einem Menschen verraten zu werden, den er unbedingt hatte lieben wollen. Da regte sich wieder der Schmerz, als sein Vater ihm den Rücken gekehrt hatte und davongegangen war und er nicht gewußt hatte, wann er wiederkommen würde. *Ob* er wiederkommen würde. Und während er David lächelnd ansah, verwünschte er im stillen die Corbetts dafür, daß sie diese schmerzhaften Erinnerungen heraufbeschworen – daß sie ihn zwangen, wieder zu *fühlen*.

»Hey!« sagte er mit falscher Munterheit. »Du bist ja mächtig früh auf heute.«

»Was wollen die Polizisten, Jack?«

Jack schob mit dem Daumen seine Hutkrempe aufwärts und sah erst den einen Deputy an, dann den anderen, als bemerkte er die beiden erst jetzt. »Sie wollen nur mal mit mir reden.«

»Und jetzt fährst du mit ihnen weg?«

»Hm.«

»Wohin?«

»In den Ort.«

»Wie lange?«

»Ich weiß es nicht.«

Davids Gesichts wurde ängstlich. »Kommst du wieder?«

»Ich hoffe es.«

»Heute?«

»Kann sein, daß ich länger wegbleibe.«

»*Willst* du mit denen wegfahren?«

»Aber ja«, antwortete Jack, »Ich freu mich schon drauf.« Er hatte gehofft, David davon zu überzeugen, daß alles seine Ordnung hatte; aber vielleicht war er in seinem Eifer zu weit gegangen.

Davids Unterlippe bebte. »Bist du böse auf mich?«

»Aber nein, natürlich nicht.«

»Hab ich dir gestern nicht richtig geholfen?«

»Du hast alles ganz prima gemacht, David. Ich hätte mir keinen besseren Helfer wünschen können. Aber jetzt...« Himmel, war das schwer! »Jetzt muß ich weg.«

»Darf ich mit?«

»Das geht leider nicht.«

David begann zu weinen. »Wann kommst du wieder?«

Ein falsches Versprechen wäre auf lange Sicht schlimmer als die Wahrheit. ›Komm, mein Junge, heul nicht. Ich hab dir doch gesagt, ich hab nur schnell was zu erledigen, dann bin ich wieder da. Und dann für immer. Wir bleiben für alle Zeit zusammen. Ich versprech es dir.‹

Die verlogenen Worte seines Vaters im Kopf, sagte Jack: »Es kann sein, daß ich gar nicht wiederkomme, David.«

Der Junge weinte heftiger. Seine Schultern zuckten. »Dann fahr doch!« schrie er. »Ich hasse dich.« Anna kniete nieder, sie zog ihren Sohn an sich. Er schlang die Arme um ihren Hals und drückte sein Gesicht an ihre Schulter.

Jack wollte zu ihnen gehen, aber die Beamten traten ihm in den Weg.

»Es wird Zeit«, meinte der eine gedämpft.

Sie führten ihn zu seinem Pick-up, dann schwenkte der Jüngere zum Streifenwagen ab.

Der Zündschlüssel des Pick-up steckte. Als Jack den Motor anließ, sagte sein Begleiter: »Ich verlaß mich auf Sie, Sawyer. Machen Sie jetzt bloß keine Dummheiten.«

»Mir liegt mindestens soviel wie Ihnen daran, diese Geschichte aufzuklären. Keine Angst.«

»Ich hab keine Angst.« Er machte eine kurze Kopfbewegung. »Fahren Sie los.«

Jack warf einen letzten Blick zur Veranda, wo Anna immer noch David im Arm hielt. Niedergeschlagen legte er den Gang ein und fuhr, dicht gefolgt von dem Streifenwagen, zum Tor hinaus.

35

Tut mir leid, Mrs. Corbett, Sie können ihn jetzt nicht sprechen. Er ist bei Sheriff Foster.«

»Haben Sie Jack gesagt, daß ich auch hier bin?«

»Nein, mein Junge«, antwortete der diensthabende Beamte und sah David mit einem freundlichen Lächeln an. »Er hat im Moment sehr viel zu tun, weißt du.«

»Aber bestimmt nicht so viel, daß er mich nicht sehen will.«

»Im Moment, junger Mann, geht es nicht.«

David wandte sich Anna zu. »Ich will Jack aber sagen, daß es mir leid tut.«

Der Kleine, der im allgemeinen leicht zu haben war, hatte seit seinem Tränenausbruch auf der Veranda unentwegt vor sich hingeschnieft. Er bereute es, Jack gesagt zu haben, er hasse ihn, und wollte dafür um Verzeihung bitten. Mit tausend Fragen hatte er sie bombardiert, auf die sie keine Antwort gewußt hatte.

Wann Jack zurückkomme?

Würde er überhaupt zurückkommen?

Ob Jack wisse, daß er ihn in Wirklichkeit gar nicht hassen würde?

Ob sie zu Jack böse gewesen sei? Ob er sich deshalb gefreut habe, wegzufahren?

Warum er mit den Polizisten mitgefahren sei?

Ob sie Jack ins Gefängnis stecken wollten?

Und so ging es fort und fort, bis Anna meinte, aus der Haut fahren zu müssen. Was sollte sie ihm sagen? Daß Jack aus freien Stücken und ganz selbstverständlich mitgegangen sei? Oder daß man ihn verhaftet hatte und ihm gar nichts anderes übriggeblieben war, als den Polizisten zu folgen?

So oder so, David würde furchtbar niedergeschlagen sein. Sie versuchte, ihn zu trösten, aber nichts half. Er ließ sich nicht ablenken. Als seine Verzweiflung unerträglich wurde, schimpfte sie ihn aus. Er weine ja über Jacks Fortgehen mehr als über den Tod seines Großvaters, sagte sie – und bekam sogleich heftige Gewissensbisse. Sie selbst hatte jahrelang mit Delray unter einem Dach gelebt; aber ihr Schmerz, als sie mit ansehen mußte, wie Jack unter dem Verdacht, ein Verbrechen begangen zu haben, von den Polizisten abgeführt wurde, war weit intensiver gewesen als die Gefühle, tags zuvor an Delrays Grab.

Nicht bereit, einfach abzuwarten, was weiter geschehen würde, hatte sie beschlossen, den Sheriff aufzusuchen und zu versuchen, konkrete Auskünfte zu erhalten. Zur Beruhigung ihres Gemütes war sie vorher auf dem Friedhof vorbeigefahren. Delrays Grab sah noch schmerzhaft frisch aus, wenn auch die Blumen in der glühenden Hitze bereits zu welken begannen. Sie schlug David vor, sie auf den Gräbern seines Opas, Großmutter Marys und seines Daddys zu verteilen. »Meinst du nicht, daß Opa auch den anderen seine Blumen gern gönnen würde?« hatte sie gefragt, und David hatte mißmutig genickt.

Den Jungen hatte das Hin- und Herschleppen der Kränze vorübergehend abgelenkt; Annas Gedanken jedoch kreisten beständig um die Frage, ob Jack wirklich getan haben konnte, wessen ihn die Polizei offensichtlich verdächtigte.

Sie hätten ihn nicht abgeholt, wenn sie nicht von seiner Schuld überzeugt wären. Gab es Beweise dafür, daß er bei der Vergiftung der Kühe beteiligt war? Wie hatte er so etwas tun können? Und aus welchem Grund?

Krampfhaft suchte sie nach einem Motiv und fand keines.

Jack hatte ihr offen ins Gesicht gesehen und die Beschuldigung zurückgewiesen, aber vielleicht log er. Normalerweise konnte sie sehr gut in den Gesichtern der Menschen lesen. Hatte ihre Zuneigung zu Jack sie blind gemacht? War ihr irgend etwas in seinen Zügen, seinen Augen, seinem Verhalten entgangen, das auf einen nichtswürdigen Charakter hinwies?

Wenn er wirklich unschuldig war, warum hatte er dann so nervös reagiert, als gestern abend Ezzy Hardge vorbeigekommen war? Kaum hörte er, wer an der Tür war, da hatte er erklärt, er habe noch zu tun, und sich durch die Hintertür verdrückt.

Sie hatte gehofft, er würde nach Ezzys Besuch wiederkommen. Liebend gerne wollte sie da weitermachen, wo sie durch den ungelegenen Besuch des früheren Sheriffs unterbrochen worden waren. Jack sollte sie noch mehr küssen.

Als schließlich all ihre Hoffnung auf Jacks Rückkehr erlosch, hatte sich ihr ganzer Zorn gegen Ezzy gerichtet. Oder war sein Besuch ein Segen gewesen? Vielleicht hatte er es verhindert, daß sie einem Mann auf den Leim ging, der grausam und herzlos war und hinterlistig genug, einem Rancher die Herde zu vergiften.

Das mochte sie indessen von Jack Sawyer einfach nicht glauben. Erst dann würde sie es glauben, wenn sie ihm persönlich gegenübertrat. Sie wollte ihn direkt fragen, ob er diese Gemeinheit begangen hatte, und wenn ja, warum. Sie wollte ihm in die Augen sehen, wenn sie die Frage stellte. Es ging ihr um nichts anderes als die Wahrheit!

Aber der Beamte, der vorne in der Zentrale saß, ließ sich nicht erweichen. Höflich, aber entschieden lehnte er ihre und Davids Bitte um eine Unterredung mit Jack ab und verriet ihnen lediglich, daß Jack Sawyer nicht zu sprechen sei und er selbst nicht wisse, wie lange man ihn festhalten werde.

Zudem hatte sie den deutlichen Eindruck, daß er sie wegen ihrer Behinderung nicht für voll nahm. Sie hatte alles auf ihren Block geschrieben, weil sie sich in einer so wichtigen Sache nicht allein auf Davids Hilfe verlassen wollte. Der Mann redete mit ihr wie mit einem Kind – mit einem etwas beschränkten.

»Ich möchte keine Anzeige gegen Mr. Sawyer erstatten«, schrieb sie auf ihren Block. »Erst möchte ich persönlich mit ihm sprechen, um zu sehen, ob er wirklich schuldig ist.«

»Sie können das gar nicht entscheiden, Mrs. Corbett.«

»Aber es waren *meine* Rinder«, schrieb sie. »Mein Schwiegervater hatte beschlossen, die Sache selbst zu bereinigen.«

»Das spielt keine Rolle. Wenn Sawyer was Kriminelles angestellt hat, sind persönliche Beschlüsse irrelevant. Der Staat leitet auf jeden Fall ein Strafverfahren ein.«

Er nutzte einen Anruf, der gerade hereinkam, als Vorwand, um sie abzuwimmeln. Man werde sie benachrichtigen, wenn sich in dem Fall etwas Neues ergeben sollte, sagte er und schlug vor, sie solle jetzt ›mal lieber nach Hause fahren‹, wobei das Wörtchen ›brav‹ in seinem Ton mitschwang. Dann wandte er sich dem Telefon zu und nahm keine Notiz mehr von ihr.

Anna ging. Sie hatte Mühe, den wild protestierenden David zur Tür hinauszubugsieren. Draußen, in der drückenden Hitze, blieb sie stehen und überlegte ihren nächsten Schritt. In bezug auf Jack Sawyer schien sie im Moment gar nichts tun zu können. David verharrte in Trotz und Jammer. Die Aussicht auf einen langen Nachmittag verzweifelter Bemühungen, ihn von seinem Kummer abzulenken, hatte wenig Verlockendes. Kino? Sie sah auf ihre Uhr. Selbst für die Vormittagsvorstellung war es noch zu früh. Mittagessen? Auch das kam erst später in Frage.

Unschlüssig sah Anna die Straße hinauf und hinunter, da fiel ihr Blick auf den Laden. Natürlich war sie schon oft an ihm vorbeigekommen, aber in diesem Moment sprang sein Name sie an wie ein grelleuchtendes Neonschild. Die Anziehung war unwiderstehlich. Entschlossen nahm sie

David bei der Hand und ging raschen Schritts die Straße hinunter.

Das Geschäft bot Kühle und Stille. Die Waren lagen übersichtlich geordnet in Regalen und Vitrinen. Immer ein waches Auge auf David gerichtet, damit er nicht etwa ein Unheil anrichtete, sah Anna sich mit fachmännischem Blick die neue Generation von Fotoapparaten und Objektiven an.

Der Laden hatte schon vor einigen Jahren aufgemacht. Anna war von Anfang an neugierig gewesen, hatte sich aber bis zu diesem Tag nicht hineingewagt. Ja, sie gestattete sich kaum mal einen Blick ins Schaufenster zu werfen, weil sie stets fürchtete, die Versuchung würde sie überwältigen.

Da dies das einzige Fotogeschäft in Blewer war, zeichnete es sich durch ein sehr breitgefächertes Warensortiment aus. Das Angebot von raffinierten technischen Spielereien und Zubehörteilen war verwirrend. Zu gern hätte sie die Apparate ausprobiert, die in den Glasvitrinen eingeschlossen waren; aber sclbstverständlich überstiegen die Preise ihr Budget bei weitem. Solange sie nicht mit ihren Fotos etwas Geld verdiente, würde sie sich mit ihrer altmodischen Ausrüstung begnügen müssen.

Lediglich einige Rollen Schwarzweißfilm und eine Neuerscheinung über die Technik des Fotografierens kaufte sie.

»... diesen Film zum Entwickeln wegschicken«, sagte der Mann an der Kasse. »In Blewer gibt es kein Schwarzweißlabor mehr.«

Sie nickte.

»Sind sie zum erstenmal hier? Ich kenne eigentlich alle meine Kunden.«

Jetzt winkte sie David zu sich und bedeutete ihm, dem Mann an der Kasse zu erklären, daß sie taub war. Der Mann reagierte weder verlegen noch irritiert, wie die meisten Leute sonst. Statt eine Entschuldigung zu stammeln, lächelte er voller Interesse.

»Darf ich Sie nach Ihrem Namen fragen? Sie sind nicht zufällig Anna Corbett?«

Ganz spontan reichte sie ihm über den Verkaufstisch hinweg die Hand.

»Pete Nolen«, sagte er und lachte erfreut, als er ihre Rechte schüttelte. »Das ist ja wirklich eine tolle Überraschung… muß ich meiner Frau erzählen. Ich habe immer gehofft, ich würde Sie mal kennenlernen. Kommen Sie, ich zeig Ihnen was.«

Er kam um die Theke herum und führte sie zu einer Wand, an der Dutzende gerahmter Fotografien ausgestellt waren.

»Da! Schauen Sie!« Pete tippte auf eine Vergrößerung einer Schwarzweißfotografie, die Anna augenblicklich als eine ihrer frühen Arbeiten erkannte.

Dann wandte er sich ihr zu, so daß sie seine Lippen sehen konnte, und erklärte: »Vor ungefähr einem Jahr wollte ich den Leuten von der Fotoschule am College ein paar Neuheiten vorstellen, und da hab ich Ihr Werk an der Wand hängen sehen. Es gefiel mir ausgezeichnet. Ich fragte den Dozenten, ob er wüßte, wer die Aufnahme gemacht hätte, und er nannte mir Ihren Namen. Außerdem berichtete er, daß Sie gehörlos sind, und sagte, es sei ein Jammer, daß Sie das Studium aufgegeben hätten. Sie hätten mehr Talent als die meisten seiner Studenten. Ich mußte mir beinahe den Mund fusselig reden, aber am Ende hatte ich das Bild.«

Er betrachtete die Aufnahme mit unverkennbarem Wohlgefallen. Dabei handelte es sich um ein altes Haus. Es stand als dunkle Silhouette vor dem überbelichteten westlichen Abendhimmel. Das Ganze hätte unheilverkündend aussehen können, wäre nicht das Licht gewesen, das aus den erleuchteten Fenstern in hellen Flecken auf die Veranda fiel.

»Für mich ist das ›zu Hause‹. Ich bin auf einem Bauernhof aufgewachsen, der so ähnlich aussah. Das Bild hängt seit dem Tag, an dem ich es ergattert habe, hier an der Wand.

Und die Leute reagieren darauf. Es berührt sie. Ich hätte es bestimmt schon hundertmal verkaufen können, aber es ist mein einziges ›Anna Corbett‹, von dem trenne ich mich nicht. Sie sollten mehr machen.«

Sie hob die Tüten mit ihren Erwerbungen und schüttelte sie ein wenig.

Als er begriffen hatte, lächelte er noch breiter. »Wunderbar. Ich würd sie gern sehen, wenn sie fertig sind.« Er zog eine Visitenkarte aus seiner Brieftasche. »Hier sind meine Nummern – Geschäft und Privat. Wenn Sie irgendwas brauchen, rufen Sie mich ruhig an! Oder auch, wenn Sie nur mal über Fotografie quasseln wollen. Das Thema langweilt mich nie. Ich kann Ihnen gar nicht sagen, wie sehr ich mich freue, Sie endlich kennengelernt zu haben, Mrs. Corbett.«

Emory Lomax rülpste in seine weiße Papierserviette, knüllte sie zusammen und packte sie zu dem Knochenhaufen auf seinem Teller.

»Na, hab ich zuviel versprochen? Waren die Spareribs nicht allererste Sahne?«

Mit dreien hatte er es zu tun: Connaught und zwei Vizepräsidenten. Connaught und der eine seiner Wasserträger saßen Lomax in der Nische gegenüber. Der dritte Mann teilte die Bank mit Lomax.

So steif und verklemmt, daß sie kaum den Mund aufbrachten, murmelten sie zustimmend, das Essen sei in der Tat ausgezeichnet gewesen. Emory, ganz der großzügige Gastgeber, winkte der Bedienung und bestellte noch eine Runde Bier. Normalerweise trank er zum Lunch nichts Stärkeres als Eistee – aber der paßte heute nicht. Bier war kein sehr elegantes Getränk im Vergleich mit den Martinis und alten Whiskys, die sie wahrscheinlich zu trinken pflegten. Aber Bier gehörte zum Barbecue, und er hatte die Bande in den besten Barbecue-Schuppen in Ost-Texas geführt. In einem schnittigen Firmenjet, worin man sich bestens einen

James-Bond-Bösewicht hätte vorstellen können, waren sie von Houston hergeflogen. Emory holte sie am Blewer-County-Flughafen ab, der nichts weiter war als ein holperiger Betonstreifen mit einem Wellblechhangar und zwei Zapfsäulen auf einer ehemaligen Kuhweide.

»Als erstes muß der Flughafen gründlich auf Vordermann gebracht werden«, bemerkte Emory, als er sie zu seinem Wagen brachte – dem Jaguar, der sein ganzer Stolz war. »Sobald Phase eins auf dem Weg ist, sollten wir hier mit den Modernisierungsarbeiten anfangen, damit die Wochenendgäste bequem einfliegen können. Was meinen Sie?«

Nach einem Blick zu Connaught nickten die beiden Wasserträger einmütig wie zwei Marionetten. Sie waren zugeknöpft und unverbindlich, aber Emory konnte das nicht schrecken. Er ahnte, was es damit auf sich hatte. Es gehörte zur Inszenierung. So machten die Bosse ihre Geschäfte. Man konnte von ihnen nur lernen.

Emory spürte jetzt, da sie mit dem Essen fertig waren, ihre Ungeduld. Connaught warf von Zeit zu Zeit einen angewiderten Blick auf die Jukebox, die während ihrer Mahlzeit unaufhörlich gedudelt hatte, und sah in regelmäßigen Abständen auf die brillantenbesetzte goldene Uhr, die er am linken Handgelenk trug. Sobald die Kellnerin die vier Bierflaschen auf den Tisch gestellt hatte, kam Emory zur Sache.

»Der Deal ist im Sack. Die Corbett-Ranch gehört uns praktisch schon. Delray hätte sich keinen besseren Zeitpunkt für sein Ableben aussuchen können.« Er warf einen triumphierenden Blick in die Runde. »Mit allem Respekt gesagt natürlich.«

»Was ist mit Mrs. Corbett?« fragte eine der Marionetten. »Hat sie geerbt?«

»Alles, ja.«

»Und da wird's keine Probleme geben?« fragte Connaught. »Sie sagten mir doch, sie sei genauso gegen den Verkauf wie ihr Schwiegervater?«

Emory lehnte sich zurück. »Das war vielleicht vor seinem Tod der Fall. Sie wollte ihrem Schwiegervater nicht in den Rücken fallen.«

»Aber Sie glauben, daß sie jetzt einem Verkauf zustimmen wird?«

»Ich bin sicher«, antwortete er lässig. »Wie soll sie ganz allein die Ranch betreiben? Das schafft sie nie im Leben. Sie ist taubstumm und wird bestimmt nicht lang brauchen, um zu dieser Einsicht zu gelangen. Ich würde ihr eine Woche geben, allerhöchstens zwei – dann wird ihr klar sein, daß sie dem Job nicht gewachsen ist. Und selbstverständlich ...« – er machte eine Pause, um ein kleines glucksendes Lachen einfließen zu lassen – »werde ich zur Stelle sein, um ihr zu verdeutlichen, was an Schwierigkeiten auf sie zukommt, wenn sie einen Alleingang versuchen sollte. Ich werd sie zum Verkauf überreden, bevor Sie sich's überlegen und sich woanders nach einem passenden Stück Land umsehen kann.«

Der Mann, der ihm gegenüber saß, schob sein unberührtes Bier zur Seite. »Wieso sind Sie so überzeugt, daß Sie auf die Frau Einfluß haben?«

»Na ja, da ist immerhin der Kredit, den die Bank ihnen eingeräumt hat. Den kann ich zur Not als Druckmittel benutzen. Außerdem hat's mit der Herde ja schon einen kleinen Schrecken gegeben.« Grinsend fügte er hinzu: »Einen weiteren unerfreulichen Zwischenfall sollte man nie ausschließen.«

»Können Sie sich denn auf diesen Mexikaner, den Sie da an der Hand haben, verlassen?« fragte der Mann, der neben ihm saß.

»Solang Jesse Garcia sein Geld bekommt, würde er seiner eigenen Großmutter den Kragen umdrehen.«

»Und auf Sie kann keinerlei Verdacht fallen?«

»Absolut nicht. Die Sache ist sogar die, daß man bereits jemand anderen unter dem Verdacht festgenommen hat, die Rinder auf Corbetts Ranch vergiftet zu haben.«

Emory hielt es nicht für sinnvoll, ihnen von diesem lästigen Ranchhelfer zu berichten, der ihm ganz und gar nicht geheuer war. Auf den ersten Blick hatte er den Cowboy als einen arroganten Mistkerl eingeschätzt, der mit Vorliebe seine Nase in anderer Leute Angelegenheiten steckte. Emory konnte es nicht riskieren, daß sich jemand in Anna Corbetts Nähe aufhielt, der die vernünftigen Ratschläge, die er ihr zu erteilen gedachte, untergraben würde. Ihm war klar gewesen, daß er den Typen aktionsunfähig machen mußte.

Garcia war ein ähnlicher Fall. Entgegen seiner Behauptung Connaught und dessen Leuten gegenüber, war er sich nämlich der Zuverlässigkeit des Mexikaners durchaus nicht sicher. Mal angenommen, jemand bot ihm fünfzig Dollar dafür, daß er denjenigen verriet, der ihn angestiftet hatte, Corbetts Rinder zu vergiften? Es war zwar nicht die Gewohnheit des Mexikaners, seine Auftraggeber zu verpfeifen, aber sicher sein konnte man sich nie. Er brauchte nur ein schlechtes Jahr zu haben und knapp bei Kasse zu sein.

Was also hatte Emory getan? In seiner Raffinesse zwei Fliegen mit einer Klappe geschlagen! In seiner Eigenschaft als Banker, der um sein Geld fürchtete, hatte er den Sheriff angerufen und ihm seine Besorgnis über die sinnlose Vernichtung wertvollen Viehbestands mitgeteilt, die fast genau auf den Tag mit der Anstellung eines neuen Helfers auf der Ranch zusammengefallen war. Man hatte ihm versprochen, der Sache nachzugehen.

So leicht hatte er jeden Verdacht, irgend etwas mit dem Anschlag auf die Corbett Ranch zu tun zu haben, von sich abgelenkt. Der Sheriff und seine Leute würden den Cowboy auf Trab halten, während sie ihre Ermittlungen betrieben. Das dauerte bestimmt lange. Und in dieser Zeit würde Emory ungestört Anna Corbett bearbeiten können.

Einfach genial, das mußte er sich selber bescheinigen.

»Verlassen Sie sich auf mich«, fuhr er fort. »Ich hab alles im Griff. Und Garcia hat viele Ideen. Es wäre denkbar, ihn noch mal zu beauftragen. Anna Corbetts ganzer Lebensinhalt ist ihr kleiner Sohn. Da eröffneten sich gleich mehrere Möglichkeiten. Wenn der Preis stimmt, würde Garcia sich da sicher was einfallen lassen.«

Die drei Manager von EastPark tauschten unbehagliche Blicke.

Emory, der das bemerkte, fügte hastig hinzu: »Natürlich würde ich lieber nicht zu solchen Mitteln greifen. Das wäre höchstens ein allerletzter Ausweg. Ich würde lediglich im Notfall davon Gebrauch machen und auch dann selbstverständlich nur nach vorheriger Absprache mit Ihnen.«

»Eines ist Ihnen sicher klar, Mr. Lomax«, sagte einer der Wasserträger. »Wenn Ihr Name jemals mit einem Verbrechen in Verbindung gerät, wird die EastPark jegliche Kenntnis davon bestreiten. Kriminelle Aktivitäten können wir nicht dulden.«

Quatsch mit Soße. Connaught widmete sich wahrscheinlich schon vor dem Frühstück jeder Menge krimineller Aktivitäten. Emory wußte es, und Connaught wußte, daß er es wußte. Dennoch nickte Emory zustimmend. »Genau. Ich hab jetzt nur mal so ins Blaue hinein geredet. Die meisten dieser Optionen werden nicht wahrgenommen werden. Vor allem zähle ich auf unsere persönliche Beziehung.«

Das weckte, wie er gehofft hatte, augenblickliches Interesse. Man konnte förmlich sehen, wie Connaught die Ohren spitzte.

»Was für eine persönliche Beziehung?«

»Zu Mrs. Corbett.«

»Ich wußte gar nicht, daß da eine besteht.«

Emory zog seinen Arm von der Rückenlehne der Sitzbank und zuckte wie verlegen die Achseln. »Ich hielt es für besser, das für mich zu behalten. Sie sollten mein Interesse an dem Projekt nicht falsch auffassen. Normalerweise achte ich immer darauf, Geschäftliches und Privates strikt getrennt zu halten. Aber in diesem Fall bin ich sowohl als geschäftlicher

Berater Mrs. Corbetts – Annas – wie auch als ihr Freund davon überzeugt, daß sie einen Riesenfehler machen würde, wenn sie Ihr Angebot ausschlüge. Das werde ich ihr mit allem Nachdruck erklären. Und wenn sie nicht auf den Finanzberater hört«, fügte er augenzwinkernd hinzu, »muß ich sie eben auf andere Weise überzeugen.«

Wieder tauschten die drei Männer besorgte Blicke. »Mr. Lomax, die Gesetze für diese Art des Landerwerbs sind sehr streng. Und die Bundesbehörden achten auf genaue Einhaltung.«

»Das weiß ich natürlich«, beteuerte Emory mit ernster Miene.

Der Mann neben Connaught sagte: »Wir fordern unbedingt, daß Sie Ihre Beziehung zu unserem Unternehmen nicht vermengen mit Ihrer Tätigkeit an der Bank, bei der Sie angestellt sind.«

Wofür hielten ihn diese Arschlöcher eigentlich? Emory Lomax kannte die Regeln des Spiels; er spielte es seit Jahren. Aber obwohl ihn die Beleidigung seiner Intelligenz, die in der Bemerkung steckte, ärgerte, behielt er seine devote Haltung bei. »Richtig« versicherte er. »Das war von Anfang an klar.«

»Noch wichtiger ist, daß nichts Sittenwidriges oder Unmoralisches ...«

»Hey, Moment mal!« Emory hob abwehrend beide Hände. »Sie brauchen sich keine Sorgen zu machen.«

Er beugte sich über den Tisch und senkte die Stimme. »Es ist nicht so, daß ich die Frau erst verführen müßte. Anna ist ... lassen Sie mich überlegen, wie drücke ich das am taktvollsten aus? – Sie kann sich über Sprache nicht verständigen und hat sich ein anderes Kommunikationsmittel ausgesucht. Verstehen Sie?«

»Sie wollen sagen, daß Sie beide bereits eine intime Beziehung unterhalten?«

Emory hatte genug von dem hochtrabenden Geschwätz.

»Nein, ich will sagen, daß ich seit ungefähr zwei Jahren mit ihr schlafe.

Angefangen hat's fast genau an dem Tag, an dem ich die Corbett-Konten übernahm. Zuerst hab ich gedacht, der Alte treibt's mit ihr. Das haben die Leute hier getuschelt, und es kann gut sein, daß sie recht hatten. Wie auch immer! Bei mir ist sie jedenfalls so scharf rangegangen, daß ich mir gedacht hab, zum Teufel, warum nicht? Ich bin nicht verheiratet. Sie ist eine klasse Frau. Und ...« Er beugte sich so weit vor, wie die Tischkante es zuließ. »Wissen Sie, was das Beste ist? Sie kann nicht reden. Na, ist das ein Traumfick?«

Sogar Connaught, dieser sture Bock, mußte grinsen.

Emory sagte: »Alles Weitere folgt, meine Herren. Die Sache müßte in ein paar Tagen im Sack sein.«

Damit war die Besprechung zu Ende. Emory ließ genug Bargeld auf dem Tisch liegen für Essen und Bier. Das Trinkgeld, das übrigblieb, war mickrig. Während er unter viel Schulterklopfen und Händeschütteln seine Gäste zur Tür begleitete, versicherte er ihnen immer wieder, er habe alles im Griff, obwohl ihm gleichzeitig Schweißströme aus den Achselhöhlen flossen und er sich hektisch fragte, wie, um alles in der Welt, er seine prahlerischen Ankündigungen erfüllen sollte.

In seinem Dilemma bemerkte er gar nicht den Mann, der die ganze Zeit Rücken an Rücken mit ihm in der Nachbarnische gesessen hatte.

36

Wenn Freunde und Angehörige ihre fotografischen Arbeiten gelobt hatten, hatte Anna diese Komplimente stets als unsachlich abgetan. Aber Pete Nolens Meinung über ihre Arbeit war fachlich begründet. Er war Experte und konnte gute Qualität von schlechter unterscheiden. Der Mann hatte genau verstanden, was sie mit dem Foto von dem Bauernhaus hatte sagen wollen. Jack natürlich…

Ach, Schluß damit – es machte sie traurig, an Jack zu denken, und diesen Moment wollte sie sich durch nichts trüben lassen. So unwahrscheinlich es schien, sie hatte einen Fan. Und genoß das begeisterte Lob Nolens. Nur gab es leider niemanden, dem man davon erzählen, mit dem man die Freude teilen konnte.

Zu Hause angekommen, war sie so aufgedreht, daß sie sofort einen Film in ihren Apparat einlegte, ihre Ausrüstung nahm und mit David nach draußen ging, um ihn auf der Schaukel, Jacks Geschenk an ihn, zu fotografieren.

Aber die Hitze war mörderisch, die Luft so feucht, daß man das Gefühl hatte, sie klebte einem auf der Haut. David wurde schnell quengelig und verlor alle Lust an dem Unternehmen. Schließlich kapitulierte sie vor der Witterung und der Widerspenstigkeit ihres Sohnes. Als sie zum Haus zurücktrotteten, sah sie am nordwestlichen Horizont bauschige weiße Gewitterwolken und dachte, wie gut ein erfrischender Regenguß täte.

Zum Mittagessen machte sie David einen Käsetoast und erlaubte ihm, sich einen Videofilm über Dinosaurier anzusehen, während er im Wohnzimmer auf dem Boden hockte und seinen Toast vertilgte. Sie selbst ging nach oben in ihr Zimmer, um einen Moment allein sein zu können.

Nach Deans Tod hatte sie den Raum neu eingerichtet – sie wollte nicht jedesmal, wenn sie es betrat, an die Tage und Nächte erinnert werden, als ihr Mann hier im Bett gelegen und in ständiger Todesangst um jeden Atemzug gerungen hatte.

Die sanften Farben, Apricot- und Elfenbeintöne, waren freundlich und beruhigend. Babyfotos von David standen auf Nachttisch und Kommode. Ein paar Bilder von Dean und ihr. Eines von Delray und Mary. Ihre Lieblingsbücher versammelten sich im Regal in der Ecke; zwischen Bett und Fenster, mit einem Schaukelstuhl davor, lag eine helle Brücke. Das Zimmer war sehr persönlich, aber nicht überladen. Es hatte nichts Verspieltes und wirkte trotzdem feminin.

Fast zu feminin, zu keusch.

Manchmal überfiel sie des Abends ein Gefühl der Einsamkeit, so dicht, daß sie meinte, es greifen zu können. Sie schlief nicht gern allein – sehnte sich danach, einen Menschen an ihrer Seite zu wissen, den sie berühren konnte. Wie würde sie sich freuen über den Hauch eines anderen Atems auf ihrer Haut, die Wärme eines anderen, die Gewißheit, daß sie nicht allein war in der dunklen Stille.

An anderen Abenden waren ihre Sehnsüchte eher sexueller Art. Erregende erotische Träume suchten sie heim und weckten sie manchmal mitten in der Ekstase des Orgasmus auf. Wenn die Erfüllung ihr in ihren Träumen jedoch versagt blieb, war sie den Rest der Nacht fiebrig und ruhelos.

Ja, die körperliche Liebe fehlte ihr.

Jack Sawyer hatte ihr zu Bewußtsein gebracht, wie sehr.

Sie schüttelte die Gedanken ab und setzte sich an ihren Toilettentisch. Aufmerksam sah sie sich im Spiegel an, und was ihr da entgegenblickte, erschreckte sie: eine Frau, die sechs Jahre lang freiwilllig stumm geblieben war.

Nach Deans Tod hatte sie keinen Sinn mehr darin gesehen, ihre Sprechfertigkeit zu üben – schade! Alles, was sie gelernt hatte, war ihr jetzt wahrscheinlich abhanden gekommen und würde vielleicht nicht wiedererworben werden können. Aber sie mußte es versuchen.

Das Gespräch heute morgen mit dem Beamten im Sheriff's Office war ärgerlich und demütigend gewesen, aber heilsam. Es hatte ihr eines klar vor Augen geführt: Wenn sie die Ranch allein betreiben, wenn sie Verträge mit Holzverwertungsgesellschaften und anderen Firmen aushandeln und landgierige Opportunisten wie Emory Lomax abwimmeln wollte, wenn sie ihre Fotografien verkaufen und der Ignoranz und Voreingenommenheit von Leuten begegnen wollte, die sie wegen ihrer Behinderung herablassend behandelten, mußte sie wieder sprechen lernen.

Sie unterschätzte nicht die Schwierigkeit der Aufgabe, die sie sich da stellte. Über die Grenzen, die ihr gesetzt waren, wußte sie Bescheid und akzeptierte sie. Niemals würde sie sich bei einem Gespräch auf die gesprochene Sprache allein verlassen können. Die Tatsache, daß sie taub geboren war, schränkte ihre Möglichkeiten ein – aber sie verurteilte sie nicht zur Stummheit.

Zu lange hatte sie andere, sogar ihren kleinen Sohn, für sich sprechen lassen. Das mußte ein Ende haben. Sie mußte lernen, für sich selbst zu sprechen. Unbedingt.

Augenblicklich öffnete sie ihren Mund und probierte zum erstenmal seit Jahren wieder ihre Stimmbänder aus. Sie spürte die Vibration, als die Luft über sie hinstrich, und wußte, daß sie einen Laut geformt hatte. Gut, daß sie das Geräusch, das dabei herausgekommen war, nicht hören konnte – sonst hätte sie wahrscheinlich sofort die Flinte ins Korn geworfen.

Zögernd rief sie sich ins Gedächtnis, daß Tausende Gehörlose sich ausschließlich auf die Gebärden- und Zeichensprache verließen und niemals versuchten, das Sprechen zu erlernen. Und sie lebten gut damit.

Aber in ihrer Kindheit hatten sie und ihre Eltern gemeinsam entschieden, daß sie die Gebärdensprache mit Lippenlesen und gesprochener Sprache verbinden würde. Taubstummenlehrer und Privatlehrer hatten ihr Unterrricht gegeben. Stundenlang hatte sie, wie jetzt, vor dem Spiegel gesessen und sich bemüht, die Anweisungen geduldiger, verständnisvoller Therapeuten umzusetzen.

Sie hatte rasche Fortschritte gemacht und sich eine beachtliche Ausdrucksweise angeeignet. Dann war Dean gestorben. Aus Ängstlichkeit und Selbstmitleid hatte sie die Fertigkeiten brachliegen lassen, die sie sich mit soviel harter Arbeit erworben hatte. Anna hatte sich gegen Delrays egoistischen Wunsch, sie in einer Gefangenschaft des Schweigens zu halten, nicht aufgelehnt. Das erkannte sie jetzt. Sie war den Weg des geringsten Widerstands gegangen.

Es brauchte eine Menge Mut, sich das einzugestehen. Und es brauchte noch mehr Mut, sofort in den Spiegel zu blicken und sich nicht nur der unmöglich scheinenden Aufgabe zu stellen, die vor ihr lag – sondern auch ihrer Besorgnis vor dem Scheitern.

Mit tiefem Einatmen zwang sie sich, aufrechter zu sitzen. Fang mit dem Grundlegenden an, sagte sie sich. Zuerst die bilabialen Verschlußlaute. P und B. Der erste Laut war stimmlos, der zweite stimmhaft.

P. Wie bildete man ein P? Unterkiefer abwärtsziehen und Mundhöhle erweitern, ohne die Lippen zu öffnen. Dann die Lippen mit einem Ausatmen aufspringen lassen. Sie versuchte es. Im Spiegel sah es richtig aus. Beim zweitenmal hielt sie ihre Finger etwa zwei Zentimeter vor die Lippen, um den Luftstrom zu spüren. Ja, das fühlte sich richtig an. Aber klang es auch so?

Jetzt ein B. Dieser Laut verlangte die gleiche Lippenbewegung, aber gleichzeitig mußten die Stimmbänder aktiviert werden.

Konzentrier dich, Anna. Du kannst es. Du weißt, wie es geht.

Sie legte eine Hand an ihren Kehlkopf, wo sich die Schwingungen ertasten ließen; versuchte es noch einmal und bewegte beim dritten Versuch gleichzeitig die Lippen. Zuviel Luft? Dann wiederholte sie das ganze, hielt dabei die Fingerspitzen nahe an ihre Lippen und verminderte den Luftausstoß. Ja, diesmal hatte es sich besser angefühlt. Aber war es auch richtig?

Ihre Hand schien ihr unendlich schwer zu sein. Sie ließ sie in den Schoß fallen und dort liegen. Ihre Schultern erschlafften. Plötzlich fühlte sie sich tief erschöpft, gewiß mehr durch emotionale Anspannung als körperliche Anstrengung. Auch für die kleinste Bewegung war sie einfach zu müde.

Unverwandt starrte sie in den Spiegel, und plötzlich kamen ihr die Tränen. Würde es ihr je gelingen, sich verständlich zu machen? Oder gäbe sie sich doch der Lächerlichkeit preis? Würde sie den Menschen, mit denen sie zu sprechen versuchte, Unbehagen einflößen, so daß sie sich verlegen und mitleidig von ihr abwandten?

Schlimmer noch, würde ihr Sohn sich eines Tages ihretwegen genieren?

David nahm ihre Behinderung als etwas Selbstverständliches hin, weil er nichts anderes kannte. Aber was würde geschehen, wenn er nächstes Jahr in die Vorschule kam? Ihretwegen würden die anderen Kinder ihn verspotten. Sie würden über seine Mutter lachen und sagen, die kann ja nicht mal reden.

Anfangs würde er wahrscheinlich hitzig für sie in die Bresche springen. Aber ganz sicher würde der Tag kommen, an dem er sich schämen und ihr grollen würde, weil sie anders war; an dem er wünschen würde, seine Mutter wäre wie alle Mütter!

Auf jeden Fall würde ihre Stummheit seine Entwicklung

beeinflussen. Vielleicht würde er deswegen einen Minderwertigkeitskomplex entwickeln und aggressiv und feindselig werden. Oder er würde introvertiert und unnahbar werden in dem Bemühen, seine Ängste und Zweifel in sich zu verschließen. Ganz gleich, die Auswirkungen gingen bestimmt tief und veränderten die Persönlichkeit ihres Sohnes am Ende radikal. Wie traurig wäre es, wenn aus dem aufgeschlossenen, lebensfrohen kleinen Jungen ein komplexbeladener Mensch würde – nur wegen ihrer Feigheit....

Dazu durfte es nicht kommen. Wenn schon nicht für sich, mußte sie für David alle Anstrengungen unternehmen, das Sprechen wiederzuerlernen.

Mit neuer Entschlossenheit wischte sie sich die Tränen weg und sah tapfer in den Spiegel. Sie legte die Fingerspitzen an die Lippen und versuchte einen anderen Konsonanten. Einen schwierigeren. Ein J.

Wie bei Jack.

37

»Mr. Lomax, ich bin froh, daß Sie zurück sind. In Ihrem …«

»Später, Mrs. Presley. Sind das die Anrufe für mich?« Im Vorübergehen fegte er das Bündel rosaroter Zettelchen vom Schreibtisch

»Ja, Sir, aber …«

»Ich sagte doch – später. Bringen Sie mir bitte ein Alka-Seltzer, ja?«

Er hatte Magenschmerzen von dem ungewohnt schweren Essen und einen Brummschädel vom Bier. Außerdem hatten Connaught und Konsorten ihn elend genervt.

Nach dem Mittagessen mußten sie unbedingt noch zur Corbett-Ranch hinausfahren. Natürlich mit ihm als Chauffeur. Eine halbe Stunde Fahrt hin, eine halbe Stunde Inspektion, eine halbe Stunde Fahrt zurück. Erst nachdem er sie in ihrem ultramodernen Privatjet abgesetzt hatte, konnte er wieder frei atmen. Die Kerle waren zunächst einmal beschwichtigt. Sie glaubten, das Geschäft sei am Laufen.

Aber Emory fühlte sich wie durch den Wolf gedreht.

Und nach dem sauren Blick, den er sich mit seiner mehr als einstündigen Verspätung nach der Mittagspause eingehandelt hatte, wünschte er jetzt nur noch, sich in die kühle Stille seines Büros zurückziehen zu können. Er brauchte eine Denkpause, bevor er den nächsten Schritt plante.

Nachdem er also seiner Sekretärin den Auftrag hinterlassen hatte, ihm ein Alka-Seltzer zu bringen, verschwand er in seine vier Wände, zog sein schweißfeuchtes Jackett aus und hängte es zum Trocknen an den Türhaken. Die Zettel in seiner Hand überfliegend, ging er um seinen Schreibtisch herum. Der hohe lederne Ohrensessel stand zum Fenster gedreht. Er schwang auf ihn zu.

»Hallo, Emory!«

Der Cowboy sprang aus dem Sessel wie der Teufel aus der Schachtel, packte Emory beim Schlips, wirbelte ihn herum und stieß ihn in den Sitz, der von seinem Körper noch warm war.

Ehe Emory wußte, wie ihm geschah, saß ihm die Spitze eines höchst bedrohlich aussehenden Messers an der Kehle. In Panik umklammerte er die Armlehnen seines feudalen Untersatzes.

»Na, hat das Mittagessen geschmeckt?« erkundigte sich der Cowboy in wohlwollendem Ton. »Die Soße war eine Spur zu lahm für meinen Geschmack und die sauren Gurken ein bißchen zu salzig – aber sonst ging's einigermaßen. Ich hatte einen Hamburger. Sie und Ihre piekfeinen Freunde haben Spareribs gegessen, wie ich bemerkte.«

Die Tür wurde geöffnet. »Mr. Lomax ...«

»Rufen Sie sofort den Sicherheitsdienst.«

»Ja, Sir.«

»Moment mal!«

In der einen Hand das Alka-Seltzer, in der anderen ein Glas Wasser, blieb Mrs. Presley zu Emorys Bestürzung wie angewurzelt stehen, als der Cowboy sie stoppte.

In umgänglicherem Ton fuhr er fort: »Wenn Sie schon dabei sind, Mrs. Presley – das ist doch Ihr Name, nicht wahr? –, dann bringen Sie netterweise die Leute vom Vorstand mit. Es wird sie ganz sicher interessieren zu hören, was Mr. Lomax über einen ihrer besten Kunden zu sagen hat. Sie können sich das auch gleich mit anhören. Ach was, trommeln Sie ruhig die ganze Belegschaft zusammen. Ich könnte mir denken, daß alle, die mit Emory zusammenarbeiten, die Ohren spitzen werden, wenn sie hören, was ich zu erzählen habe.«

Emory lachte nervös. »Na, hör mal, du alter Ganove. Seit wann bist du überhaupt in Blewer?« Heldenhaft nahm er allen Mut zusammen, schob das Messer auf die Seite und versetzte dem Cowboy einen freundschaftlichen Klaps auf die Schulter. »Mrs. Presley, dieser Witzbold hier, der Ihnen so einen Schrecken eingejagt hat, ist ein alter Clubbruder von mir. Äh …«

»Jack.«

Emory ließ sein angestautes Entsetzen in einem künstlichen Kichern heraus. »Jack hat ständig solche Nummern abgezogen, als wir noch zusammen auf der Stephen F. waren.«

Abgesehen davon, daß er über den Namen gestolpert war, klang es übezeugend. Sein Diplom von der Stephen-F.-Austin-Universität hing an der Wand seines Büros. Er hatte Mrs. Presley schon des öfteren mit Schwänken aus seinem Clubleben unterhalten, die alle erlogen waren. In Wirklichkeit war er nie aufgefordert worden, einem Studentenclub beizutreten.

Zu seiner Erleichterung steckte der Cowboy sein Messer weg. »Ich hoffe, ich habe Sie nicht zu sehr erschreckt, Madam … konnte der Versuchung einfach nicht widerstehen, meinen alten Kumpel hier mal wieder kräftig auf den Arm zu nehmen!« Seine Hand knallte auf Emorys Schulter wie ein Holzhammer. Emory krümmte sich beinahe unter dem Zugriff des kräftigen Hiebs.

Die Sekretärin lächelte zaghaft. »Was ist mit dem …« Sie hielt das Päckchen Alka-Seltzer hoch.

»Lassen Sie's. Aber trotzdem vielen Dank.«

Immer noch unsicher, schob sie sich zur Tür hinaus und zog diese hinter sich zu.

Der Cowboy blieb leider.

Er zog das Messer wieder aus der Scheide und ließ sich Emory gegenüber auf der Schreibtischkante nieder.

»Sind Sie wahnsinnig geworden?« zischte Emory ihn an,

obwohl sein Mund so trocken war, daß er glaubte, das Wort würde ihm im Hals steckenbleiben.

»Wenn ich wahnsinnig wäre, hätte ich Ihnen die Gurgel durchgeschnitten. Nur ein letzter Funke Vernunft hat mich davon abgehalten. Seien Sie froh und dankbar dafür, Emory! Sie gestatten, daß ich Sie Emory nenne? Aber natürlich, wir sind ja Clubbrüder.«

»Verschwinden Sie auf der Stelle aus meinem Büro, oder ich …«

»Immer mit der Ruhe, Emory, Sie sind nicht in der Position, hier den starken Mann zu markieren. Ehrlich gesagt, nichts wäre mir lieber, als daß sie den Sicherheitsmenschen reinrufen und eine Szene machen. Dann könnte ich nämlich allen, die es hören wollen, von dem Gespräch erzählen, das ich heute beim Mittagessen zufällig mitbekommen habe. Meine Wenigkeit saß gleich in der nächsten Nische direkt hinter Ihnen und vernahm all Ihre unverschämten Lügen.«

Emory sah den stahlharten Blick und zweifelte keinen Moment daran, daß der Cowboy seine Drohung in die Tat umsetzen würde.

»Überlegen Sie, Emory. Was glauben Sie wohl, wie das Märchen von Ihrer intimen Beziehung zu Mrs. Corbett beim Präsidenten der Bank ankäme? Und bei den anderen Vorstandsmitgliedern. Besonders bei den weiblichen. Na? Was denken sie, was dabei herauskommen würde, Emory?«

Eine Katastrophe, das war Emory klar. An eine Bankkarriere wäre dann nicht mehr zu denken. Er konnte aber seine Stellung hier nicht aufgeben, bevor er die Leute von East-Park in der Tasche hatte. Zudem fehlte noch ein Riesenbetrag zur Bezahlung des Jaguars. Den Wagen zurückgeben zu müssen war undenkbar.

»Da stünde mein Wort gegen Ihres.« Er zwang sich zu einem Lachen, das allerdings ziemlich brüchig klang. »Wer würde Ihnen schon glauben?«

»Oh, ich bin sicher, daß ich die meisten Frauen auf meiner Seite hätte. Anna Corbett ist bestimmt nicht die einzige Dame, die Sie mit Ihrem Machogehabe und Ihren Aufdringlichkeiten belästigt haben.«

»Sie bluffen doch nur. Wenn Sie es ernst meinten, hätten sie mir nicht in meinem Büro aufgelauert. Sie hätten mich draußen im Schalterraum gestellt, wo es jeder hören konnte.«

»Das hab ich nur deshalb nicht getan, weil ich Mrs. Corbett die Peinlichkeit ersparen wollte, in eine so gemeine Lügengeschichte hineingezogen zu werden.«

»Ach, so ist das! Sie haben selbst ein Auge auf die taubstumme Witwe geworfen. Wie rührend! Na, dann nur munter zu!« Er prustete spöttisch. »Haben Sie den Teil über sie und Delray nicht gehört? Wollen sie da weitermachen, wo der Alte schon jahrelang gefummelt hat?«

Der Cowboy kniff die Augen zusammen, und Emory fürchtete, zu weit gegangen zu sein. Wer war dieser Kerl überhaupt? Woher war er plötzlich gekommen? Emory wußte nichts über ihn. Total blöde von ihm, einen Typen zu provozieren, der ein offenes Messer in der Hand hielt – ein Messer, das vielleicht schon anderen an den Kragen gegangen war. Es würde ihn nicht wundern, wenn dieser Jack oder wie immer er heißen mochte, seine Drohung wahrmachte und ihm die Kehle aufschlitzte.

Ein Glück, dachte Emory, daß er mich nicht mit seiner Verhaftung heute morgen in Verbindung gebracht hat. Sonst wäre ich jetzt bestimmt schon eine Leiche. Aber der Kerl hockte bloß hier, um Anna Corbetts Ehre zu verteidigen. Na, da konnte Emory Lomax doch mal wieder von Glück reden, was?

Jack starrte ihn ein paar Sekunden lang schweigend an, dann entspannte er sich. »Ich will Ihnen die Bemerkung ausnahmsweise durchgehen lassen, Emory. Sie sind's nicht wert, daß ich mir an Ihnen die Hände dreckig mache. Aber einen guten Rat möchte ich Ihnen trotzdem geben. Sie sollten sich an die gesellschaftlichen Regeln halten. Männer reden über Frauen nur streng vertraulich.«

»Ich war unter Freunden. Sie sind doch derjenige, der gelauscht hat!«

»Hm, das stimmt. Und Sie haben natürlich nie damit gerechnet, daß ich in der Nähe sein könnte. Sie dachten, ich säße sicher hinter Gittern.«

Ach, Scheiße! Emory wurde plötzlich der Kragen zu eng. »Ich hab keine Ahnung, wovon Sie da reden.«

»Emory, Emory.« Der Cowboy schüttelte den Kopf. »Ihre gemeine Intrige hat nicht funktioniert. Der Sheriff besaß keinerlei Beweise gegen mich, und nachdem man mich nach allen Regeln der Kunst vernommen hatte, war allen klar, daß ich überhaupt kein Motiv hatte, Corbett so was anzutun. Worauf ich verlangte, mich entweder unter Anklage zu stellen oder auf freien Fuß zu setzen.« Er breitete die Arme aus. »Und wie Sie sehen... aber das wirklich Witzige ist«, fügte er hinzu, »daß Jesse Garcia und ich uns auf Anhieb gut verstanden.«

Mist! So ein Mist!

»Ich hab ihn nach dem Mittagessen besucht. Hab mich mit ihm unterhalten. Nach einer halben Flasche Tequila fällt sein Blick zufällig auf meine Stiefel. Er ist sofort hellauf begeistert, erzählt mir, daß sein Lieblingsonkel in Mexiko ein ziemlich renommierter Stiefelmacher war. Ob ich meine Stiefel zufällig in Chihuahua von einem Schuhmacher namens Julio hätte anfertigen lassen?« Der Cowboy grinste. »Tja, Zufälle gibt's!«

Emroy lachte verächtlich. »Und das soll ich Ihnen abnehmen?«

»Oh, ich hab geschwindelt« bekannte der Cowboy. »Aber Garcia hat mir geglaubt, sehr zu Ihrem Schaden, Emory. Er war natürlich schon ein bißchen angesäuselt und wurde ganz rührselig bei der Erinnerung an Onkel Julio, der im letzten Winter gestorben ist.

Eine Geschichte nach der anderen hat er mir erzählt, und ich hab brav zugehört. Es war ein bißchen früh am Tag für Tequila, aber wir sind trotzdem zum Kernpunkt vorgedrungen, und ich hab einen Freund fürs Leben gewonnen.«

Emory war erledigt....

Als könnte er seine Gedanken lesen, lächelte der Cowboy zu ihm hinunter. Nicht freundlich. Ausgesprochen fies. »Wenn Garcia Sie hinhängen würde...«

»Das würde er nie tun.«

»Auch nicht, um sich selbst damit vor dem Gefängnis zu bewahren? Was meinen Sie? Oder wenn er zwischen Ihnen und mir wählen müßte? Was denken Sie, wen würde er der Polizei ausliefern?« Er tippte Emory mit der Messerspitze auf die Brust. »Sie, Emory. Sie würde er ausliefern. Und zwar ruck, zuck! Was meinen sie, wie lange Ihre Geschäftspartner Ihnen dann noch die Stange halten würden? Die lassen Sie fallen wie eine heiße Kartoffel! Das haben sie Ihnen ja beim gemütlichen Mittagessen bereits angekündigt.«

Von allen Drohungen des Cowboys ängstigte diese Emory am meisten. Connaught pokerte jeden Tag um hohe Einsätze und spielte mit gezinkten Karten. Aber jeden anderen, der das auch tat und sich dabei erwischen ließ, würde er auf der Stelle abservieren. Loyalität war für Connaught ein Fremdwort, da machte Emory sich keine Illusionen.

»Okay, okay«, sagte er, als begänne das Gespräch, ihn zu langweilen, »lassen Sie's gut sein, John Wayne!«

Wieder kniff der Cowboy die Augen zusammen und maß ihn mit dem gleichen taxierenden Blick wie an jenem Tag, als Emory ihm auf der Corbett Ranch das erstemal begegnet war. »Wissen Sie, was mich beunruhigt, Emory? Daß sie glauben, ich beschränke mich auf Worte.«

Er rutschte von der Schreibtischkante und beugte sich über den Sessel, so daß sein Gesicht auf gleicher Höhe mit dem Emorys war. Mit der Messerspitze ritzte er die Haut über dessen Adamsapfel.

»Wenn Sie Anna Corbett noch einmal zu nahe treten, bring ich Sie um. Mir war's ernst mit dem, was ich vorhin gesagt habe. Ich schneid Ihnen die Gurgel durch. Also, haben wir uns verstanden?«

Aber ja, aber ja. Emory war in seinem ganzen Leben noch nie von irgend etwas so überzeugt gewesen wie davon, daß dieser Mann ihn kaltmachen würde.

Er wagte nicht zu nicken, weil er fürchtete, daß das Messer sich dann tiefer in seine Kehle bohrte. Also krächzte er nur heiser: »Jaha.«

»Gut. Gut.« Jack zog das Messer zurück und wischte ein Tröpfchen Blut am Hosenbein seiner Jeans ab, ehe er es in die lederne Scheide schob. »Bis bald!«

38

Für eine Cola mit Zitrone gäb ich jetzt so ziemlich alles.«

Connie Skaggs hockte im offenen Fenster, das eine Bein hochgezogen auf den Sims, das andere träge über dem Boden hin und her schwingend. Ihre Füße waren nackt, die Zehennägel in der gleichen abscheulichen Farbe lackiert wie die Fingernägel.

Sie hatte die zwei obersten Knöpfe ihrer Bluse geöffnet und tupfte sich den Ausschnitt hin und wieder mit einem feuchten Papiertuch. Ihr Rock war über ihren drallen Oberschenkeln hochgeschoben, aufreizend weit übrigens, aber nicht weit genug, um den Hauptgewinn zu zeigen.

Carl sah ihr an, wie ihr die Aufmerksamkeit der drei Männer schmeckte.

»Du weißt, was ich meine, Cecil«, sagte sie seufzend. »So wie es die Cola im Drugstore immer gibt.«

»Vor dem Überfall hab ich noch eine getrunken.«

»Viel Eis. Zwei Schnitze frische Zitrone.« Sie holte tief Luft. Ihre Brust wölbte sich kräftig, große Brustwarzen, so dunkel wie ihre Zehennägel, drückten sich unter dem feuchten Stoff ihrer Bluse ab.

Na klar, die weiß genau, was sie tut, dachte Carl. Myron war dabei, sich einen runterzuholen. Er hatte seinen Reißverschluß nicht aufgemacht; aber er hockte mit schlaff hängenden Lippen und gespreizten Beinen auf dem Boden in der Ecke und starrte Connie mit glasigem Blick an, während er wie besessen massierte.

Cecil hatte Myrons selbstvergessenes Tun wohl auch bemerkt, denn er trat zu Connie ans Fenster, stellte sich vor sie und zog ihren Rock ein Stück herunter. Dann legte er seine Arme um sie, neigte den Kopf und drückte seinen Mund an ihren Hals.

»Ich würd dir eine Zitronencola machen, wenn ich könnte, Schatz. Wenn wir erst in Mexiko sind, kannst du so viele Zitronencola trinken, wie du willst.«

Sie stieß ihn weg. »Hör auf«, sagte sie ungnädig. »Zum Knutschen ist es viel zu heiß.«

»Zum Knutschen ist es nie zu heiß.« Leise lachend drückte er sie wieder an sich.

»Hey, ich mein's ernst. Hau ab!« Sie schlug nach ihm, und er ließ sie los.

»Okay, okay«, knurrte er gekränkt.

Carl verzog verächtlich den Mund. So sollte ihm mal eine kommen! Die würde ihr blaues Wunder erleben. Aber Cecil war eben ein Weichei. War immer schon eines gewesen, würde anscheinend immer eines bleiben. Schade, daß der Knast ihm nicht ein bißchen Härte beigebracht hatte. Aber sollte in der Richtung überhaupt was passiert sein, dann war das alles seit Connie Skaggs' Regie wieder futsch. Dieses Luder hatte aus Cecil das reinste Weib gemacht. Er war jetzt noch erbärmlicher als damals in Arkadelphia, als er es nicht schaffte, den Typen umzulegen, der den Überfall auf den Lebensmittelladen verhindern wollte.

»Tut mir leid, daß ich so eklig bin, Cecil.« Connie rutschte von ihrem Sitz und stellte sich vor das offene Fenster, um sich, die Hände auf den Sims gestützt, hinauszulehnen und in die staubige Landschaft hinauszuschauen. Den Männern bot sie dabei eine prächtige Aussicht auf ihr rundes Gesäß. »Es ist nur so verdammt stickig. Das macht mich total gereizt.«

In der Hinsicht mußte Carl ihr recht geben. Die Hitze machte auch ihn ganz kribbelig. Die Luft war so schwer und dicht, daß sie wie ein leichtes Laken auf einem lag. Jeder

Atemzug brauchte bewußte Anstrengung. Der Schweiß rann ihm aus allen Poren. Er sickerte über seine Rippen, sein Rückgrat hinunter in seine Spalte. Die Haare an seinen Armen und seiner Brust klebten an der Haut.

Die Hitze erstickte jede Bewegung. Mittlerweile brummten sogar die Fliegen nicht mehr – die ihn vorher fast verrückt gemacht hatten: als sie wie Miniraketen durch die Gegend geschossen, an die Wände geknallt waren und gemein in die nackte Haut gebissen hatten. Jetzt krochen sie nur noch lethargisch herum, wo sie zuletzt gelandet waren – auf leeren Dosen und Verpackungen, auf Essensresten, wo Myron gekleckert hatte.

Connie wandte sich wieder ins Zimmer und ging träge zum Tisch, wo sie aus einer Dose Orangensaft trank, auf der bis vor kurzem eine der Fliegen herumgekrabbelt war, die Carl beobachtet hatte. »Meine Mutter hat immer gesagt, wenn's so heiß und stickig ist, gibt's Regen.«

»Und?«

Es war seit einer Stunde das erste Wort, das Carl äußerte. Die anderen schien der Klang seiner Stimme zu überraschen. Wie auf Kommando drehten alle drei die Köpfe nach ihm um.

Lässig lümmelte er in seinem Sessel, den er gegen die Wand gekippt hatte. Cecil, der vom Fenster weggegangen war, hatte sich wieder rittlings auf einen Stuhl am Tisch gesetzt, das Kinn auf die oberste Querleiste gestützt. Myron hing immer noch mit gespreizten Beinen in seiner Ecke, ein vages Lächeln um den Mund, der Blick leer wie immer. Vorn auf seiner Hose war ein feuchter Fleck.

»Und was?« wandte sich Connie an Carl.

»Hat's Regen gegeben?«

»Manchmal«, antwortete sie. »Manchmal auch nicht. Meine Mutter hat nicht immer recht gehabt.«

Sie stellte sich auf Zehenspitzen und manövrierte ihren Hintern auf die Tischkante. Carl fragte sich, ob die Tussi mal was davon gehört hatte, daß es Stühle gab. Überall schien sie sich lieber niederzulassen als auf einem normalen Sitzplatz.

»Mit mir, zum Beispiel!« Sie tauchte mit der Hand in einen Beutel Chips, schob sich ein paar von den Dingern in den Mund und sprach weiter, während sie knackend kaute. »Ich hab immer brutale Strafen abgekriegt, wenn ich meiner Mutter nicht gefolgt hab. Mein Vater hat mich mit seinem Ledergürtel vertrimmt, das könnt ihr euch überhaupt nicht vorstellen. Andauernd mußte ich die scheußlichsten Klamotten anziehen – so kotzig brav und langweilig –, und wenn ich in der Schule was angestellt hatte, mußte ich den Lehrern praktisch in den Hintern kriechen, um mich zu entschuldigen.« Connie zuckte die Achseln.

»Jeden Sonntag hat sie mich zweimal in ihre beschissene Kirche geschleppt, und mittwochs abends auch noch – da mußte ich dann mit den anderen Idioten mit den Armen in der Luft rumwedeln und ›Gelobt sei Jesus Christus‹ schreien. Sie hat sich eingebildet, auf diese Weise würde sie ein braves Mädchen aus mir machen.« Sie knickte ihren Körper in der Taille ab, wackelte mit den Brüsten und zwinkerte frech. »Aber Mama hat sich getäuscht.«

Cecil lachte, doch sein Blick zeigte Unbehagen angesichts ihrer Vorstellung.

Carl grinste sie an und deutete auf eine Sechserpackung Bier. »Bring mir doch mal eines.«

»Die sind aber heiß.«

»Das bin ich auch.«

Eine clevere Braut wie Connie, sagte er sich, würde die Doppeldeutigkeit der Bemerkung schon verstehen, und sie enttäuschte ihn nicht. Ohne ihn aus den Augen zu lassen, riß sie eine Bierdose aus dem Plastikträger, hopste vom Tisch und näherte sich ihm mit wackelndem Hintern, daß ihr Rock übermütig wippte.

Er zog seine ausgestreckten Beine nicht zurück, als sie

seinen Sessel erreichte, senkte vielmehr herausfordernd zur Hälfte seine Lider. Sollte sie nur tun, worauf sie ja offensichtlich ganz scharf war.

Da er sie so leicht durchschaute, fehlte der Sache beinahe jeglicher Pfeffer.

Und prompt schwang sie ein Bein über seine ausgestreckten Beine und pflanzte ihre Füße fest rechts und links von seinen Oberschenkeln auf den Boden.

»Soll ich dir's aufmachen?«

»Ja. Das wär nett.«

»Ich glaub, ich nehm auch eines«, meldete sich Cecil von der anderen Seite des Raums.

Connie achtete nicht auf ihn. Carl genausowenig. Sie schüttelte die Dose mit dem warmen Bier, bevor sie sie öffnete. Natürlich sprudelte das Bier über. Schaum ergoß sich auf ihre Brust, rann über ihre Hände, tropfte in Carls Schoß. Quietschend und lachend schlürfte sie das schäumende Bier aus der Dose.

Carl packte sie beim Handgelenk. »Hey, das ist meins!«

Sie schob ihm die Dose hin, hielt sie ihm dicht an die Lippen. Als er zu trinken begann, kippte sie die Dose plötzlich und goß ihm das Bier direkt in den geöffneten Mund. Er schluckte hastig, aber der Strom hörte nicht auf zu fließen.

»Na komm schon, mach, zieh's dir richtig rein«, drängte sie im Singsang. »Geht's noch? Brauchst du Hilfe?«

Sie quetschte ihren Mund neben den seinen und ließ die Dosenöffnung hin und her wandern, goß erst ihm Bier in den Mund, dann sich selbst, machte ein Spiel daraus wie Würstchenschnappen. Das meiste verschüttete sie, aber durch die Panscherei wurde das Spielchen nur lustiger.

»Hey, ihr verschwendet da einen Haufen gutes Bier«, bemerkte Cecil.

Als das Bier ausging, schob Carl seine Hand unter Connies Rockbund und riß einmal kurz und hart daran. Mit einem Plumps landete sie auf seinem Schoß. Sie warf die leere Bierdose weg, krallte ihre Finger in sein Haar und umfaßte seinen Kopf. Ihr offener Mund legte sich naß und glitschig auf den seinen. »Was zum...«

Cecil sprang von seinem Stuhl auf wie von der Tarantel gestochen und stürzte wütend auf die beiden los.

Connies Mund hatte sich an Carls festgesogen wie ein Egel – aber Carl schaffte es dennoch, sich lang genug loszureißen, um laut »Myron« zu rufen.

Der kam ungefähr mit der Behendigkeit einer Dampfwalze auf die Beine; aber mit zwei Riesenschritten hatte er Cecil erreicht, der noch ein paar Meter von dem treulosen Paar entfernt war. Er streckte nur sein Bein aus, um Cecil aufzuhalten. Carl spürte den krachenden Aufprall, als Cecil zu Boden stürzte, und hörte die Zähne seines Bruders zu Bruch gehen.

»Was, zum Teufel, treibt ihr da?« röchelte Cecil. »Was soll das? Carl? Connie?«

Aber Connie schien vergessen zu haben, daß Cecil überhaupt existierte. Und auch Carl ignorierte ihn. Solange Myron ihn in Schach hielt, war er außer Gefecht. Der arme Cecil wußte es noch nicht, aber er war so hilflos wie ein neugeborenes Mäuschen in den Fängen eines abgebrühten Straßenkaters. Myron konnte sich tagelang mit einem geschwächten Opfer amüsieren.

Connie rieb sich an Carl wie eine rollige Katze. Er riß ihre Bluse auf. Ihre schweren Brüste fielen ihm entgegen und erstickten ihn beinahe. Sie stieß ihm eine Brustwarze in den Mund. »Fest! Er macht's mir nie fest genug.«

Carl biß zu. »Hey!« Sie schlug ihm ins Gesicht.

Er schlug zurück, so hart, daß ihre Lippe aufplatzte. Offenen Mundes starrte sie ihn an. Sie tastete mit der Zunge nach der offenen Wunde und leckte etwas Blut auf. »Du Mistkerl!«

Dann fiel sie wie eine Rasende über ihn her. Er stöhnte, halb vor Lust und halb vor Schmerz, als sie seinen steifen

Schwanz herauszog und in ihren schweißfeuchten Händen drückte.

Mit einem Griff unter ihren Rock riß er an ihrem dünnen Schlüpfer, bis er herabfiel. Sie stellte sich auf Zehenspitzen, blieb einen Moment so und begann dann mit ihrer Nummer.

Carl ließ sie die ganze Arbeit tun und spähte derweilen zu seinem Bruder hinunter, der wie ein Blinder, der seinen Stock verloren hat, im Zimmer herumtappte. Blut, Schleim und Speichel troffen ihm aus dem Mund. Sein Gesicht war tränenüberströmt, und die ganze Zeit gab er die scheußlichsten Wimmergeräusche von sich. Sein Anblick ekelte Carl, und er schämte sich, daß sie denselben Namen trugen.

Cecil sah auf und bemerkte, daß Carl ihn beobachtete. »Wie kannst du mir so was antun?«

»Jetzt gib bloß mir nicht die Schuld daran, daß sie nichts weiter als 'ne beschissene Hure ist. Du hast sie doch mitgebracht, Bruderherz.« Er packte Connies Rock und zog ihn hoch, so daß Cecil ihren nackten Hintern bei der Arbeit sehen konnte.

Brüllend wie ein wildes Tier, wollte Cecil sich auf die beiden stürzen. Das einzige, was es ihm einbrachte, war ein Faustschlag von Myron, der ihn mitten am Kopf traf. Er torkelte nach rückwärts und ging in die Knie. Mit hängender Birne begann er zu schluchzen und spie dabei blutigen Schleim auf seine Brust.

»Hey, wen nennst du da eine beschissene Hure?« keuchte Connie.

»Bin ich dir lieber als er?«

»Du bist besser als er, das steht fest.«

»Ehrlich?« sagte er mit gespielter Bescheidenheit.

Sie warf den Kopf zurück, schloß die Augen und begann ihn härter zu reiten. »Oh, oh, hör jetzt nicht auf, hör nicht auf!«

»Ich denk gar nicht dran aufzuhören... wollte unserem Cecil hier mal richtig was vormachen.«

Connie war so weg, daß es sie wie eine kalte Dusche traf, als er sie von sich herunterschob, sie umdrehte und zu Boden stieß, wo sie auf allen vieren landete. »Hey, was soll das?«

»Halt die Klappe.« Als er in sie eindrang, legte er seine Hand auf ihren Kopf und stieß ihn abwärts. Ihr Gesicht schlug krachend auf den Holzboden, Knochen splitterten. Sie schrie.

Cecil wollte zu ihr kriechen, um ihr zu Hilfe zu kommen. Myron trat ihm in die Rippen, daß er laut aufheulte.

Carl grinste zu Myron hinüber. »Wenn ich mit ihr fertig bin, kannst du sie haben, Myron.«

Und Myron bohrte wiehernd Cecil seinen Stiefelabsatz in die Niere.

39

Den Rückspiegel im Auge behaltend, fuhr Jack vom Parkplatz der Bank auf die Straße hinaus. Er bezweifelte, daß Emory Lomax ihn wegen tätlichen Angriffs mit einer tödlichen Waffe anzeigen würde. Angesichts der unerquicklichen Aussicht, von Garcia verraten und daraufhin von seinen Freunden bei der EastPark fallengelassen zu werden, würde er allen Kontakt mit der Polizei oder anderen Vollstreckungsbehörden tunlichst vermeiden. Natürlich würde er Jack Sawyer gern kaltstellen – aber er konnte es nicht riskieren, noch einmal eine Falle auszulegen, in der er sich dann womöglich selbst verfinge.

Trotzdem traute Jack ihm nicht über den Weg.

Bei hinterhältigen Schlitzohren wie Lomax wußte man nie, was ihnen einfiel. Solche Leute besaßen ein ungewöhnliches Talent, immer wieder Oberwasser zu bekommen – auch wenn man glaubte, sie pfiffen schon aus dem letzten Loch. Da sie weder Skrupel noch Loyalität kannten, taten sie genau das, was sie wollten – ohne auf irgend etwas außer ihre eigenen Ambitionen Rücksicht zu nehmen. Treu waren sie einzig ihrer Gier. Von Gewissen hatten sie keinen blassen Schimmer.

Dessen Stelle nahm allenfalls ihr Selbsterhaltungstrieb ein. Und darauf setzte Jack in Lomax' Fall. Er zählte darauf, daß Lomax die eigene Haut mehr galt als Rache. Er war ziemlich sicher, daß er mit seinen Drohungen Lomax' Pläne, sich die Corbett-Ranch unter den Nagel zu reißen, durchkreuzt hatte. Zumindest befand sich jetzt gehörig Sand im Getriebe.

Er hielt an einer Tankstelle mit Bedienung. »Kann sein, daß er Öl braucht«, sagte er dem Gehilfen, nachdem er ihn gebeten hatte, den Tank zu füllen.

»Scharfer Schlitten, Mister.«

»Danke.«

Der Junge war dem Aussehen nach noch keine zwanzig. Während er die Windschutzscheibe wusch, musterte er mit anerkennender Miene den Pick-up. Nachdem er den Zapfhahn aus dem Tank gezogen und die Klappe geschlossen hatte, machte er die Motorhaube auf, prüfte den Ölstand und bestätigte Jack, daß er zu niedrig sei. Er lief hinein, um eine Dose Öl zu holen, und im selben Moment bemerkte Jack in seinem Seitenspiegel einen Streifenwagen. Er hielt die Luft an. Hatte er sich in Lomax getäuscht?

Aber das Polizeifahrzeug fuhr vorüber, ohne daß der Beamte, der allein darin saß, auch nur einen Blick an ihn verschwendete.

Mit seinem Überraschungsangriff auf Lomax hatte er diesen wenigstens eingeschüchtert – aber genau besehen war es ein unbesonnenes und leichtsinniges Manöver gewesen, zum Teil von seiner persönlichen Eitelkeit motiviert. Jetzt erschien es ihm wie ein kindisches Kräftemessen unter Jugendlichen.

Er hätte die Konfrontation weit undramatischer gestalten können. Gewiß, sein theatralischer Auftritt hatte Lomax einen Riesenschrecken eingejagt, aber für wie lange? Die Wirkung konnte schnell verpuffen. Wenn Lomax erst Zeit gehabt hatte, sich zu erholen und in Ruhe zu überlegen, würde sein Stolz ihn vielleicht veranlassen, seine Anstrengungen zu verdoppeln. Möglicherweise hatte Jacks Effekthascherei für Anna alles nur schlimmer statt besser gemacht.

Wieso bildete er sich außerdem ein, sie wünschte seine Hilfe? Delray hatte ihn verdächtigt, den Anschlag auf die Herde verübt zu haben. Die Deputies, die ihn heute morgen abgeholt hatten, hegten den gleichen Verdacht. Vielleicht war auch Anna von seiner Schuld überzeugt. Die stundenlange Vernehmung, die er über sich hatte ergehen lassen müssen, hatte ihn bei weitem nicht so gequält wie der Vorwurf in ihrem Blick, als er sich bemühte, David zu erklären, warum die Deputies ihn mitnahmen.

Alles in allem und aus vielerlei Gründen wäre es für sie und ihren Sohn nur von Vorteil, wenn Jack Sawyer von der Bildfläche verschwände. Er sollte sein Benzin bezahlen und abhauen – weg von Blewer und allen, die hier lebten. Mit reinem Gewissen könnte er abdampfen, nachdem er es geschafft hatte, Lomax wenigstens vorläufig matt zu setzen – nun bestand für Anna immerhin die Chance, sich einen anderen Finanzberater zu nehmen.

Voll arroganter Selbstzufriedenheit war er aus der Bank hinausmarschiert. Jetzt verwünschte er sich dafür, so kindisch gehandelt zu haben. Gewiß, er hatte das Sheriff's Office heute ungeschoren wieder verlassen; aber wenn diese Freunde ihn das nächstemal abholten, würde es vielleicht kein so glimpfliches Ende nehmen. Es war verrückt gewesen, Lomax zu drohen. Noch dazu mit dem Messer. Dümmer hätte er sich nicht anstellen können. Ja, je eher er das Weite suchte, desto besser.

Der halbwüchsige Tankwart kehrte mit einer Dose Öl zurück. »Ist Ihnen die Marke recht?«

»Ja, ja. In Ordnung.«

Während das Öl langsam in den Motor floß, kam der Junge vorn um den Wagen herum und blieb neben Jacks offenem Fenster stehen. »Mögen Sie einen Kaugummi?« Er bot Jack eine Stange an.

»Danke.«

Dann bemerkte er: »So einen Boliden sieht man selten. Sie sind nicht von hier?«

»Nein.«

»Kommen Sie oder fahren Sie?«

»Das weiß ich selbst noch nicht.«

Der Junge blickte die Straße hinauf und hinunter. »Ich an Ihrer Stelle würd machen, daß ich wegkomm.«

»Warum?«

»Hier ist doch nichts los.«

»Ja, stimmt – ein ziemlich verschlafener Ort!«

»Höchstens wenn die Herbolds hier aufkreuzen, dann könnt's ein bißchen Action geben.« Er schnalzte mit seinem Kaugummi, als behagte ihm diese Möglichkeit sehr. »Mein Vater hat sie gekannt, als sie noch hier gewohnt haben.«

»Ach was?«

»Üble Typen, sagt er. Er meint, es könnte sein, daß sie auf dem Weg hierher sind, aber das glaub ich nicht. Wer kommt schon freiwillig nach Blewer – noch dazu direkt aus dem Knast? Ich, wenn ausgebrochen wär, würd irgendwo in eine Großstadt abzischen und mir 'nen schönen Lenz machen.« Er zwinkerte. »Verstehen Sie, was ich meine?«

»Ja, ja, durchaus.« Jack griff in seine Hosentasche. »Was schulde ich Ihnen?«

Auf diesen freundlichen Wink hin ging der junge Mann nach vorn zum Wagen, warf die leere Öldose in einen Mülleimer und klappte die Motorhaube zu. »Bar oder Kreditkarte? Wenn Sie bar zahlen, kriegen Sie fünf Prozent Rabatt und einen kostenlosen Bierdeckel.«

Jack reichte ihm zwei Zwanzigdollarscheine durch das offene Fenster. »Den Rabatt nehm ich. Den Bierdeckel können Sie behalten.«

»Echt? Meine Freundin und ich sammeln die.«

»Na bitte!«

»Cool. Ich bring Ihnen gleich Ihr Wechselgeld.«

Während des Gesprächs war Jack zu einem Entschluß gelangt: Er würde bleiben. Bis die Herbolds entweder gefaßt oder unschädlich gemacht waren. Anna würde ihn vielleicht vom Hof jagen – er könnte es verstehen, wenn sie ihn nicht mehr bei sich duldete. Aber er konnte Blewer nicht verlassen, solange Carl und Cecil noch auf freiem Fuß waren und damit eine Gefahr für sie und David.

»Bitte.« Der Junge gab ihm das Kleingeld. »War 'ne gute Bedienung!« sagte Jack.

»Schon in Ordnung. Danke für den Bierdeckel.« Mit einer Kopfbewegung zum Horizont hinter der Tankstelle fügte er hinzu: »Ganz gleich, wohin Sie wollen, Mister, *da*vor würd ich schleunigst abhauen.«

Jack sah durch das Rückfenster und bemerkte zum erstenmal die dunklen Gewitterwolken, die sich am Horizont zusammenbrauten.

»Lauter Idioten!«

Lucy, die mit einer Kanne frischen Kaffees an den Tresen kam, fragte: »Wer, Ezzy?«

»Entschuldige die harten Worte, Lucy. Ich schau mir hier die Nachrichten an.« Er wies auf den Fernseher.

Die Kaffeepause hatte er eingelegt, um sich von Nichtstun und Langeweile zu erholen. Für die arbeitende Bevölkerung war es kurz vor Feierabend – die Kaffeepausenzeit lang vorbei, für das Abendessen noch zu früh. Ezzy befand sich als einziger Gast im *Busy Bee.*

Er und Lucy hatten sich über die Chancen des Footballteams von Blewer in der neuen Spielsaison unterhalten; aber er hatte immer wieder einmal einen Blick zu dem kleinen Fernsehapparat geworfen, der auf ihrem Arbeitstisch zwischen dem Mixer und der Mikrowelle stand. Seine Aufmerksamkeit nahm zu, als Oprah sich von den Zuschauern verabschiedete und die erste Ausgabe der regionalen Abendnachrichten folgte.

Zentrales Thema war die Großfahndung nach den entflohenen Häftlingen geblieben, die nun seit mehr als einer Woche durchs Land flüchteten. Aber es gab ein neues Kapitel zu der Geschichte. In Nordwest-Louisiana hatte man auf dem Grund eines Brunnenschachtes in einer Farm die Leichen zweier alter Frauen gefunden. Carl Herbold und Myron Hutts wurden verdächtigt, die beiden getötet zu haben; ihre Fingerabdrücke überzogen das ganze Haus. Jetzt koordinierten die Polizeibehörden von drei Staaten ihre Bemühungen, die Flüchtigen zu fassen, und mit ihnen Cecil Herbold und Connie Skaggs.

Der Sender brachte Liveaufnahmen einer Straßensperre, wo uniformierte Beamte, bis an die Zähne bewaffnet, hinter ihren Streifenwagen lauerten. Die Kamera fing einen ein, der gerade gähnte. Das war Ezzys Anlaß zu seiner Beschimpfung gewesen.

Nachdem Lucy seine Tasse aufgefüllt hatte, stemmte sie eine Hand in die Hüfte und sah sich mit Ezzy zusammen die Reportage an, bis die Sendung zum nächsten Thema überging.

»Wer sind die Idioten, Ezzy?«

»Na, jedenfalls nicht die Herbolds.«

»Du meinst, die Polizei macht das nicht richtig mit der Fahndung?«

Er warf ihr einen ironischen Blick zu. »Wenn du aus dem Knast ausgebrochen wärst, vier Menschen umgebracht und eine Bank ausgeraubt hättest – und dabei gleich noch einmal ein paar Leute dran glauben mußten –, würdest du dich dann auf großen Straßen rumtreiben?«

»Keine Ahnung, Ezzy. Du bist der Experte.«

Vielsagend räusperte er sich. Diese Meinung hegte einzig die gute Lucy. »Solche Straßensperren sind nichts als Zeit- und Geldverschwendung.«

»Und was meinst du?«

Nachdenklich nahm er einen Schluck. »Wenn ich an ihrer Stelle wäre – an der Stelle der Herbolds, mein ich –, würde ich mich irgendwo verkriechen und warten, bis der Sturm sich legt. Früher oder später werden die Behörden keine Lust mehr haben, Beamte zu bezahlen, die rumsitzen, Däumchen drehen und in die Kameras gähnen. Sie werden die Truppe drastisch verkleinern. Irgend was Neues wird sie ablenken um das sie sich kümmern müssen.« Er klopfte mit dem Zeigefinger auf den Tresen. »Genau dann würd ich handeln, und keine Minute früher.«

Sie stellte ihm ein Stück Apfelkuchen hin, das er nicht bestellt hatte. »Möchtest du Eis dazu oder Schlagsahne?«

»Nein, danke, so ist es gut.« Er wollte den Kuchen gar nicht; aber um sie nicht zu enttäuschen, griff er zur Gabel und begann zu essen. Das Gebäck schmeckte hervorragend, auch wenn die Kruste nicht so mürbe war wie Coras. »Ich hab die Burschen gekannt, Lucy! Bildung hatten sie keine, aber verdammt schlau waren sie immer schon. Die wissen ganz genau, wie die Polizei vorgeht. Anstatt den Herbolds Fallen zu stellen, in die sie garantiert nicht reinstolpern werden, weil sie viel zu clever sind, sollten diese Beamten zu Fuß und mit Hunden querfeldein nach ihnen suchen.«

»Aber bedenk dieses Riesengebiet, Ezzy!«

»Ich weiß. Es ist undurchführbar. Trotzdem wäre das meiner Ansicht nach die einzige Möglichkeit, sie zu schnappen. Wenn überhaupt …«

»Du meinst, sie könnten tatsächlich entkommen?«

»Würde mich nicht wundern. Besonders wenn Carl das Kommando hat, wie's früher meistens war.«

»Was für eine Schande, wenn sie davonkämen! Stell dir das mal vor – diese hilflosen alten Frauen kaltblütig umzubringen! Und so ein junges Mädchen!« Sie schüttelte den Kopf darüber, daß irgendwie die ganze Welt rapide den Bach runterginge. »Vielleicht solltest du mal mit jemandem über deine Theorie reden, Ezzy.«

»Die würden doch nicht auf mich hören«, brummte er mißmutig.

»Vielleicht schon …«

Aber er wußte es ja. Er hatte Sheriff Ron Foster seine Dienste angeboten und war abgewiesen worden. Noch einmal würde er sich nicht demütigen lassen.

»Kein Mensch ist auf meine weisen Ratschläge scharf, Lucy. Die denken, mein Hirn funktioniert nicht mehr, bloß weil ich alt und abgewirtschaftet ausschau.«

»Jetzt kokettierst du aber, Ezzy!« Sie langte über den Tresen und gab ihm einen scherzhaften Klaps auf den Arm. »Du bist doch noch lange nicht abgewirtschaftet!«

»Erleb mich bloß mal, wenn ich mich morgens aus dem Bett wälze.«

Erst nachdem er die Worte ausgesprochen hatte, kam ihm der Gedanke, sie könnte etwas in sie hineinlesen. Und als er aufsah, begegnete er tatsächlich einem wehmütig schmachtenden Blick.

Seine Hand zitterte ein wenig, als er nach seiner Kaffeetasse griff. »Du kannst es mir glauben, schön ist das nicht. Cora neckt mich immer und sagt, sie könne meine Gedanken knarren hören.«

Er hatte den Blick von Lucy abgewandt, aber spürte ihre Enttäuschung. Eine Zeitlang sagte sie nichts, dann bemerkte sie leise: »Sie bleibt wirklich lange weg.«

»Hm.«

»Wann kommt sie denn heim?«

»Kann jeden Tag sein«, log er.

»Hm.« Wieder Schweigen – das sich in die Länge zog. Dann räusperte Lucy sich. »Na ja, solange sie nicht da ist, koch ich gern für dich. Jederzeit.«

Erleichtert, daß die Grenzen zurechtgerückt waren, sah er sie an und lächelte. »Das ist wirklich nett von dir, Lucy. Vielen Dank.« Er schob das letzte Stück Kuchen in den Mund, trank seinen Kaffee aus und rutschte vom Hocker.

Lucy begleitete ihn zur Tür. Er merkte gleich, daß das Wetter umgeschlagen hatte. Der Himmel sah düster aus. Ein starker Wind schüttelte die *Busy-Bee*-Markise, so daß sie knatterte wie ein Segel.

»Jetzt kriegen wir vielleicht endlich Regen«, sagte Lucy.

»Sieht ganz danach aus.«

»Paß auf dich auf da draußen, Ezzy!«

»Danke noch mal für den Kuchen.«

»Ezzy?« Er blieb stehen und drehte sich um. Lucy knetete ein Geschirrtuch in ihren Händen. »Neulich, nachdem du gegangen warst, haben die alten Knacker da…« Sie wies zu dem Tisch, an dem sich jeden Morgen die Altmännerliga versammelte. »Sie haben gesagt, Carl Herbold hätte geschworen, er würde Delray Corbett umbringen.«

»Tja, die Gefahr besteht ja jetzt nicht mehr. Delrays Herzinfarkt ist ihm zuvorgekommen.«

»Aber was sollte das überhaupt bedeuten?«

»Nach seiner Verurteilung wegen des Mordes in Arkadelphia ist Carl in die Berufung gegangen. Er hat seinen Anwalt gefeuert und Delray gebeten, ihm das Geld für einen anderen zu spendieren. Delray hat das abgelehnt. Er sagte, Carl habe das Verbrechen begangen, also solle er auch die Konsequenzen tragen. Zudem solle er froh sein, daß er nicht hier in Blewer vor Gericht gestellt werde. Wegen des Mordes an Patsy McCorkle. Carl hat damals Stein und Bein geschworen, daß er mit ihrem Tod nichts zu tun hätte. Delray schimpfte ihn in aller Öffentlichkeit einen Lügner. Der Junge hat völlig durchgedreht und die wildesten Drohungen ausgestoßen. Obendrein verlor er den Berufungsprozeß, wofür er die Schuld seinem Stiefvater in die Schuhe schob: weil der ihm nicht einen besseren Anwalt besorgt hätte! Außerdem behauptete er, wenn Delray ihm und seinem Bruder auch nur einen Funken Liebe entgegengebracht hätte, wären sie andere Menschen geworden.«

»Glaubst du auch, daß Delray an ihrer schlimmen Entwicklung schuld war?«

»Vielleicht. Zum Teil. Aber bestimmt nicht allein. Diese Knaben hatten es schon in sich, als er ihre Mutter heiratete.«

Sie sah noch einmal zu dem leeren Tisch hinüber, ehe sie ihren Blick wieder auf ihn richtete. »Und dann haben sie noch erwähnt, daß – daß Carl geschworen hätte, *dich* zu töten.«

»Ach, das ist doch nur Gewäsch von einem Haufen alter Knacker, die nichts Besseres zu tun haben, als sich über andere die Mäuler zu zerreißen.«

»Aber hat er's geschworen?« fragte sie hartnäckig.

»Ja, so was in der Richtung ungefähr«, antwortete Ezzy widerstrebend. »Er sagte, er gälte nur deshalb als Wiederholungstäter, weil ich ihn so oft wegen Lappalien eingesperrt hätte, als er fast noch ein Kind war. Nur meinetwegen hätte er so eine lange Vorstrafenliste, und nur deshalb hätte das Gericht in Arkansas ihn so hart verknackt.«

»Dir macht das immer noch zu schaffen, nicht?«

»Ach wo! Solches Gerede braucht man nicht ernst zu nehmen, Lucy.«

»Nein, ich meine den Tod von Patsy McCorkle. Der beschäftigt dich permanent?«

Ihr Scharfblick erstaunte ihn. Oder sah man es ihm an? Trug er es mit sich herum wie eine Tätowierung? Der Gedanke, daß es für andere so offenkundig sein könnte, ärgerte ihn; aber er antwortete halbwegs ehrlich: »Ja, ab und zu geht es mir tatsächlich durch den Kopf.«

Unter den dick getuschten Wimpern hervor sah sie ihn unverwandt an. Sie nahm ihm seine allzu glatte Antwort nicht ab. Wieso waren ausgerechnet die Frauen in seinem Leben mit so scharfer Intuition gesegnet? »Ja, Lucy, du hast recht, diese Geschichte macht mir heute noch zu schaffen. Sie spukt häufig in mir rum.«

»Dafür sind die Jungs nie zur Verantwortung gezogen worden.« Mitfühlend sah sie ihn an. »Und das quält dich, weil du überzeugt bist, daß sie es waren.«

»Nein, Lucy – allmählich glaube ich eher, Patsy geht nicht auf ihr Konto ...«

Der Wind blies noch stärker, als es von innen ausgesehen hatte. Die Augen zusammengekniffen gegen Dreck und Staub, die der Sturm aus den Rinnsteinen aufwirbelte, kämpfte Ezzy sich den Bürgersteig entlang. Während er mit der einen Hand seinen Hut festhielt, kramte er mit der anderen in seiner Hosentasche nach den Autoschlüsseln. Flugblätter, die am Nachmittag irgend jemand unter die Scheibenwischer sämtlicher Autos in der Innenstadt geklemmt hatte, tanzten, vom Sturm losgerissen, wie ein Schwarm leuchtendrosaroter Schmetterlinge durch die Luft. Drüben, auf der anderen Seite, fegte der Sturm ein aufblasbares Kinderschwimmbecken, das am Straßenrand des Supermarkts als Sonderangebot angepriesen worden war, über den Bordstein auf die Fahrbahn. Ein daherkommender Lieferwagen mußte einen plötzlichen Schlenker machen, um ihm auszuweichen.

Ezzy setzte sich in seinen Wagen und schaltete die Scheinwerfer ein. Es waren noch Stunden bis zum Sonnenuntergang; aber unter den tief dahintreibenden Wolken herrschte so eine Dunkelheit wie kurz vor Einbruch der Nacht. Die Autofahrer auf den Straßen fuhren schnell und rücksichtslos, bestrebt, an ihr Ziel zu gelangen, bevor das Gewitter losbrach. Er beobachtete mehrere brenzlige Situationen, bei denen es beinahe Unfälle gegeben hätte.

Deshalb zwang er sich, vorsichtig zu fahren, obwohl er es eilig hatte, nach Hause zu kommen und über die Worte nachzudenken, die er, auch für sich selbst ganz unerwartet, zu Lucy gesagt hatte. Die ersten paar Minuten auf der Straße war ihm der Sturm nur lästig. Aber dann meldete sich die jahrelange Gewohnheit zurück, und er begann zu denken wie ein verantwortungsvoller Staatsdiener im Angesicht einer bevorstehenden Katastrophe, die die Sicherheit der Bürger bedrohte. Es bestand die Gefahr plötzlicher Überschwemmungen. Unverzüglich müßten Vorkehrungen getroffen werden, um an tiefliegenden Brücken über den Fluß Sperren zu errichten – bevor irgendein Narr versuchte, das reißende Wasser zu durchqueren und mitsamt seinem Wagen davongespült wurde. Die Feuerwehr müßte in Bereitschaft versetzt werden, um augenblicklich Notalarm auszulösen, wenn eine Trombe gesichtet wurde. Jeder Deputy der Behörde sollte zum Dienst herangezogen werden.

Plötzlich wurde er sich bewußt, daß er auf dem Weg zum Sheriff's Office war. Aber nein, dort brauchten sie ihn nicht mehr. Er würde diesen Orkan und auch alle zukünftigen daheim aussitzen.

Als er den Eingang aufsperrte, vernahm er erstes fernes Donnergrollen. Im Haus war es beinahe stockfinster. Nachdem er unten überall Licht gemacht hatte, ging er hinten auf die Terrasse und trug die Gartenmöbel und Coras Hibiskuspflanzen unter das Vordach.

Er dachte daran, seine Frau anzurufen und zu fragen, ob das Wetter in West-Texas auch so miserabel sei; ihr vielleicht ein schlechtes Gewissen einzuimpfen, daß sie an diesem düsteren, stürmischen Abend nicht an seiner Seite ausharrte.

Aber er wollte sich nicht neuer Zurückweisung aussetzen. Noch nicht. Früher oder später würde er betteln, wenn sonst nichts half – Versprechen abgeben, die er wahrscheinlich nicht halten konnte, nichts unversucht lassen, um sie dazu zu bewegen, heimzukehren. Aber heute abend war er noch nicht soweit.

Bei seinem letzten Anruf hatte sie all seine zaghaften Versuche, das Gespräch auf die Möglichkeit einer Versöhnung zu lenken, zurückgewiesen. Schlimmer noch, sie hatte überhaupt nicht darauf reagiert, sondern nur kalt das Thema gewechselt, sobald er etwas Persönliches bemerkte.

Vielleicht hatte er von Anfang an nicht genug Distanz zu der Sache gehabt. Die Entdeckung des toten Mädchens in seinem Zuständigkeitsbereich hatte ihn zu einer schnellen Schlußfolgerung verleitet, die allerdings auch logisch gewesen war. Unter Umständen hatte er die Brüder Herbold als die Schuldigen sehen wollen, weil die kommende Tragödie bereits in der Luft lag. Weil er gewußt hatte, daß es nur eine Frage der Zeit war, wann jemand, der mit ihnen zu tun bekam, tot enden würde. Ezzy war damals lediglich ein paar Kapitel vorausgeeilt – mehr nicht.

Sie hatten ein ziemlich gutes Alibi vorweisen können. Die beiden hatten behauptet, zur fraglichen Zeit auf der Fahrt nach Arkadelphia gewesen zu sein, und das konnte stimmen. Es gab Videoaufnahmen, die bestätigten, daß sie dort am frühen Morgen ein Lebensmittelgeschäft überfallen hatten. Aber Ezzy, der von ihrer Schuld überzeugt gewesen war, hatte sich die Fakten so zurechtgebogen, daß sie in sein Konzept paßten. Nicht perfekt, aber doch recht gut. Alles ein bißchen eng, aber es hatte hingehauen.

Doch Carls Unschuldsbeteuerungen erhoben sich immer wieder in ihm. Weshalb leugnete seinerzeit dieser Kerl, der sich, ohne mit der Wimper zu zucken, zu all seinen anderen Missetaten bekannt hatte, so heftig, daß er an jenem Abend nach dem *Wagon Wheel* mit Patsy weitergezogen war? Ezzy hatte sich immer gesagt, er sei einfach bockig. Aber vielleicht stimmte das nicht. Womöglich hatte Carl Herbold ausnahmsweise einmal die Wahrheit gesprochen.

Aber wenn nicht Carl und Cecil die Kneipe mit dem Mädchen zusammen verlassen hatten zwecks Fortsetzung, mußte es jemand anderes gewesen sein. Jemand anderes war mit ihr zum Fluß gefahren, hatte seine Spielchen mit ihr getrieben und sie dann tot im Gras liegenlassen. Einer wußte die Antworten auf die Fragen, die Ezzy nun seit fast einem Vierteljahrhundert quälten.

Wenn das zutraf, war er die ganze Zeit schiefgewickelt gewesen und hatte den wahren Schuldigen unbehelligt gelassen.

40

Ist doch eigentlich viel besser so, was, Myron?«

»Klar, Carl.«

»Wir haben nur getan, was nötig war.«

»Genau.«

Myron aß Wiener Würstchen aus der Dose. Der Saft rann ihm schneller von den Fingern, als er ihn auflecken konnte.

»Hab ich dir mal von unserem Stiefvater erzählt, Myron?«

»Du hast gesagt, daß er ein dreckiger Mistkerl war.«

»Milde ausgedrückt, Myron! Milde ausgedrückt. Da kommt doch unsere Mutter eines Abends mit dieser Flasche im Schlepptau nach Hause und verkündet uns, daß er unser neuer Vater wird. Ein echter Witz! Ich und Cecil haben den Typen von Anfang an gehaßt und kein Geheimnis daraus gemacht. Von dem Tag an, als die zwei geheiratet haben, gab's Krieg zwischen denen und uns. Cecil und ich, wir haben keinen gebraucht. Wir waren ein gutes Team.«

Er seufzte schwer. »Aber Delray hat Cecil verpfuscht, wenn du mich fragst. Ich glaub, Cecil hat tatsächlich hin und wieder auf seine Predigten gehört. Verstehst du, der ist mit jedem Tag zimperlicher geworden. Es hat gar nicht lang gedauert, da hat er seinen ganzen Humor und Unternehmungsgeist verloren. So richtig rausgekommen ist das an dem Morgen in Arkadelphia. Da hat er solchen Schiß gekriegt, daß ich diesen Bullen umlegen mußte. So was ist doch kein Bruder, oder?« fragte er angewidert.

»Danach konnte ich ihm nicht mehr trauen, Myron. Nicht mal bei dieser Riesensache hier. Er hat mir doch dauernd widersprochen, stimmt's? Du warst dabei. Du hast's gehört.« Er sah Myron an und fügte mit ernster Miene hinzu: »Wenn ich mich nach Cecil gerichtet hätte, säßen wir jetzt schon in der Scheiße.«

»Genau. In der Scheiße.« Myron kratzte an einem Pickel an seinem Kinn und trank Bier aus der Dose, allem Anschein nach völlig unberührt von Carls Vortrag und den beiden Leichen, mit denen sie jetzt die Hütte teilen mußten.

In mancher Hinsicht beneidete Carl den anderen. Er hätte nichts dagegen, vorübergehend in Myrons Welt gähnender Leere zu schlüpfen, wo nichts wichtiger war als die Befriedigung des jeweils gerade erwachten Triebes. Nur eine kleine Weile. Nur lang genug, um aus diesem Loch wieder rauszukommen. Myron schien es völlig egal zu sein, ja, er schien sich nicht einmal an seine Grausamkeiten zu erinnern, so daß Cecil um den Tod gebettelt und Carl ihm schließlich die Pistole an den Hinterkopf gesetzt hatte.

Wenn man es mal so betrachtete, hatte er seinem Bruder einen Riesengefallen getan. Er hatte ihm den Gnadenstoß versetzt – das war einfach kein Mord!

Trotzdem hatte er irgendwie einen üblen Nachgeschmack. Und jetzt die Leichen da rumliegen zu sehen tat seinem Nervenkostüm nicht gerade gut. Er wünschte, er und Myron hätten sie rausgeschafft, oder sie würden schneller verrotten, damit er sie nicht dauernd vor sich sähe. Noch stanken sie nicht – aber wenn's soweit war, was dann?

So gleichgültig, als handelte es sich um zwei Kartoffelsäcke, hatte Myron die Leichen in eine Ecke gezerrt, damit man nicht ständig über sie stolperte. Und da bildeten sie jetzt einen Haufen, wie er sie hingeworfen hatte: zwei Bündel blutiger Kleidung und lebloser Glieder.

Es machte Myron anscheinend nichts aus, Cecils im Tod verzerrtes Gesicht zu sehen, Connies blutüberströmte Beine, die Kette dunkler Male rund um ihren Hals. Myron war ein stürmischer Liebhaber, ohne Raffinesse. Connie hatte sich bis zum letzten Atemzug gegen ihn gewehrt. Aber sie war eine Hure gewesen. Für niemanden ein Verlust.

Carl bemühte sich nach Kräften, wenigstens einen Funken Traurigkeit über das Ende seines Bruders aufzubringen; aber das einzige, was er empfand, war Bedauern darüber, daß Cecil so gestorben war, wie er gelebt hatte – feige und schißrig. Wenn er nur ein bißchen Mumm gezeigt hätte, wäre er vielleicht noch da. Statt dessen kratzte er flennend ab wie ein altes Weib – da konnte man nur ausspucken, aber nicht trauern.

»Der hat nie durchgehalten«, sagte Carl, seine Gedanken laut aussprechend. »Ich könnt dir hundert Beispiele nennen, wie er im letzten Moment jedesmal den Schwanz eingezogen hat. Immer hat er gekniffen, wenn's brenzlig wurde, und hat mich die Dreckarbeit machen lassen. Aber er war mein Bruder. Er wird mir furchtbar fehlen.«

Myron, dieser Idiot, nickte, obwohl er von den echten Beziehungen zwischen Geschwistern garantiert null Ahnung hatte.

Sich aus seiner trüben Stimmung reißend, sagte er: »Dein Anteil an der Knete hat sich soeben verdoppelt, Myron.«

Dieser bleckte grinsend die Zähne.

Carl schauderte es. »Mensch, Myron, hast du noch nie was von 'ner Zahnbürste gehört?«

Das Krachen des Schusses klang wie ein Peitschenknall. Carl und Myron warfen sich zu Boden.

David zielte mit den Fingern zur Zimmerdecke hinauf und feuerte mit Lasergeschützen auf die herabschwebenden Außerirdischen. Es waren schleimige, eklige Wesen mit triefenden Rotznasen und Hexenwarzen auf den Köpfen. Sie hatten Hände mit Schwimmhäuten und lange Zungen – die töten konnten, weil sie giftig waren. Nicht einmal die Rocket Rangers waren vor ihnen sicher. Also auch er selber nicht, Rocket Ranger XT3. Er als Anführer mußte natürlich der mutigste von allen sein. Die Außerirdischen fürchteten ihn.

»Peng! Peng!« Er feuerte aus seiner Laserwaffe und zerriß den warzenbedeckten Schädel des feindlichen Befehlshabers. Jetzt waren sie alle tot. Er hatte sie weggeblasen!

›Rocket Ranger XT3, hier Basis Zero, Zero, Neun. Geben Sie Ihre Position durch. Rocket Ranger XT3, hören Sie?‹

David stellte seine imaginären Kopfhörer ein. ›Zero, Zero, Neun, hier Rocket Ranger XT3. Auftrag ausgeführt.‹

Er warf einen Blick auf seine Mutter, die mit dem Rücken zu ihm auf der Seite lag. Sie war nach unten gekommen und hatte gesagt, er müsse einen Mittagsschlaf halten. Heftig hatte er widersprochen, er sei nicht müde. Nur Babys müßten Mittagsschlaf halten. Die Kinder im Fernsehen müßten nie mittags ins Bett. Und Rocket Rangers schon gleich gar nicht. Aber ein Rocket Ranger hatte auch keine Mama, die ihn böse anschaute und ihm drohte, daß es Ärger geben würde, wenn er nicht auf der Stelle gehorchte.

Also war David hinter ihr die Treppe hinaufgetrottet und hatte dabei lauter häßliche Worte wie verdammt und Scheiße gesagt, die sie nicht hören konnte.

Wenigstens ein Vorteil, wenn man eine Mutter hatte, die taub war: Man konnte freche Bemerkungen machen, ohne daß sie es mitkriegte. Und man konnte tun, als schliefe man, bis sie selbst eingeschlafen war – dann konnte man Raketen abfeuern und Krieg spielen, und der Krach weckte sie nicht, weil sie eben nichts hörte.

Aber er hatte die angreifenden Außerirdischen getötet, und jetzt war ihm langweilig.

Er begann, Zungenschnalzen zu üben. Mal sehen, wie laut er es schaffte. Opa hatte immer geschimpft, wenn er das gemacht hatte, und gesagt, es gehöre sich nicht und ginge anderen auf die Nerven. Aber Jack hatte es nichts ausgemacht. Jack und er hatten sogar gewettet, wer besser war im Schnalzen. Jack konnte es wahnsinnig laut. Lauter als jeder, den er kannte.

Bei dem Gedanken an Jack wurde er wieder traurig. Am liebsten hätte er geheult, aber er verkniff es sich, schließlich war er ja kein Baby. Er wälzte sich auf die Seite und starrte über den Rand seines Kopfkissens ins Leere. Mama hatte gesagt, Jack würde vielleicht nicht wiederkommen – lieber Gott, mach, daß das nicht stimmt! Wenn nämlich die Polizisten im Fernsehen jemanden mitnahmen, kam der fast nie zurück. Entweder wurde er getötet oder ins Gefängnis gesteckt oder so was.

Wenn Jack nicht zurückkäme, würde es überhaupt nie mehr lustig sein. Dann würde alles so weitergehen wie immer, nur Opa wäre auch nicht mehr da. Bloß noch er und Mama …

Mama war in Ordnung. Sie konnte leckeres Essen kochen. Außerdem gewann er meistens, und trotzdem spielte sie mit ihm. Wenn es ihm nicht gutging, nahm sie ihn auf den Schoß und wiegte ihn, obwohl sie sagte, er wäre ja beinahe schon so groß wie sie. Oder wenn er Angst hatte – und manchmal auch einfach so, ohne Grund –, gefiel es ihm, sich von Mama in den Arm nehmen zu lassen und den Kopf an ihre Brust zu legen.

Aber Mama war eine Frau. Sie hatte dauernd Angst, daß er ertrinken oder sich verlaufen oder was brechen würde, so ein Quatsch! Wenn sie dabei war, durfte er nicht mal draußen pinkeln.

Als er heute geweint hatte, weil Jack fortgegangen war, hatte sie ihm erklärt, er würde Jack sicher nicht mehr vermissen, wenn er erst zur Schule ginge. Sie hatte gesagt, es wäre aufregend, jeden Tag dort zu sein.

Sie hatte gelächelt und ihm bedeutet: »Da lernst du lesen.«

Er hatte sie daran erinnert, daß er schon lesen konnte.

»Ja, aber da lernst du es besser. Und du wirst ganz schnell viele Freunde haben.«

Insgeheim wünschte er sich schon lange einen Freund. Einmal hatten Mama und Opa darüber gestritten, ob er in den Kindergarten gehen sollte oder nicht. Er hatte die Zeichen und Gebärden nicht alle verstanden, aber doch die meisten – und falls seine Mama siegen würde, würde er in den Kindergarten gehen dürfen. Aber sein Opa hatte gesagt, Mama könne ihm auch zu Hause alles beibringen, was er wissen müßte – die Schule beginne für ihn noch früh genug. Und er war nicht in den Kindergarten gekommen.

Aber wenn er mit der Vorschule anfing, würden sie ihn vielleicht im Schlagballteam aufnehmen oder in der Fußballmannschaft. Er wäre sicher gut, konnte schnell laufen und so. Vielleicht würde er dann zu Geburtstagspartys eingeladen werden wie die Kinder im Fernsehen. Bloß wußte er nicht, was man da eigentlich machte. Wenn die anderen Kinder ihn nicht mochten? Und ihn auch nicht in ihrer Schlagballmannschaft haben wollten? Oder sie würden ihn blöd finden…

Ach, wenn doch Jack da wäre. Mit Jack konnte man richtig reden. Wenn er mit Mama sprach, sagte sie immer nur so doofes Mamazeug. Sie sagte, daß ganz bestimmt alle ihn nett finden würden und die Lehrerin ihn am liebsten von allen haben würde. Aber woher wollte Mama das wissen?

Jack verstand das alles besser. Aber er war nicht hier. Er war in seinen Pick-up gestiegen und mit einem der Polizisten davongefahren. Und wenn er nun nicht wiederkam? Nie mehr?

Moment mal.

Jack hatte seine Sachen dagelassen! Wie konnte er ohne seine Sachen für immer fortgehen? Er würde zurückkommen, um sie zu holen, richtig?

Und da hatte David eine großartige Idee.

Mit einem vorsichtigen Blick auf seine Mutter stellte er fest, daß sie immer noch fest schlief. Ganz behutsam kroch er bis zur Bettkante und ließ sich zum Boden hinunter. Eine der Dielen knarrte unter seinem Gewicht, und er erstarrte, bis ihm einfiel, daß seine Mutter das ja nicht hörte. Sie würde nur die Schwingungen spüren, deshalb schlich er auf Zehenspitzen durch das Zimmer zur Tür. Dort sah er sich noch einmal nach Anna um. Sie hatte sich nicht gerührt. Er schlüpfte hinaus und zog die Tür hinter sich zu.

Als er oben durch den Flur lief, fiel ihm auf, wie dunkel es war. Mama schlief aber wirklich lang. Es war doch bestimmt schon Zeit fürs Abendessen. Vielleicht sogar später.

Auf dem Weg die Treppe hinunter fürchtete er ständig, sie hinter sich kommen zu hören. Wenn er für dieses Unternehmen lange um Erlaubnis bettelte, würde sie wahrscheinlich nein sagen; darum war es besser, das sofort zu erledigen. Er konnte rasch hinüberrennen und wieder zurück sein, ehe sie überhaupt was merkte.

Anschließend würde er sich nach oben schmuggeln und die Sachen unter seinem Bett verstecken. Dann würde er Mama wecken und sagen, sie wäre eine alte Schlafmütze und er hätte jetzt Hunger, ob's nicht bald Abendbrot gäbe. Sie hätte keine Ahnung, daß er weggewesen war, und das wäre gut so – weil sie und Opa ihm immer streng verboten hatten, sich allein weiter vom Haus zu entfernen als bis zum Gartenzaun.

So was Blödes! Wo er doch schon bald alt genug war für die Vorschule.

Er sperrte die Haustür auf und trat auf die Veranda hinaus. Dort blieb er einen Moment stehen. Alles sah so komisch aus. Irgendwie grün und unheimlich. Der Himmel war auch ganz gruselig. Rundherum blitzte es, und er hörte das Donnern, das folgte.

Vielleicht wäre es besser zu warten und ein andermal rüberzulaufen?

Aber so eine gute Chance würde er vielleicht nie wieder kriegen.

Ehe er sich sein Vorhaben ausreden konnte, sprang er die

Verandastufen hinunter und rannte durch den Garten. Er kroch unter dem Zaun hindurch und schwenkte zum Stall ab. Als er an der Koppel vorbeihuschte, fiel ihm die Unruhe der Pferde auf. Sie schnaubten und stampften, warfen die Köpfe und rollten mit den Augen. Heute würde er keines von ihnen reiten wollen, nicht mal, wenn Jack die Zügel hielte.

Wieder hielt er an. Vielleicht war er doch eingeschlafen… und träumte? Aber als erneut ein zackiger Blitz über den Himmel schoß, wußte er, daß er wach war.

Er lief schneller. Wenn er sich nicht beeilte, würde der Regen ihn durchnässen, und dann würde Mama gleich merken, daß er ohne ihre Erlaubnis draußen gewesen war.

Trotz des Sicherheitsgurts lupfte es Jack vom Sitz, als der Pick-up durch ein Schlagloch rumpelte. Er haute sich den Kopf am Verdeck an. »Verdammt noch mal!« Nicht wegen dem Schlagloch und dem unsanften Zusammenprall mit dem Verdeck schimpfte er, sondern ihn ärgerte der Wagen, der – obwohl er das letzte aus ihm herausholte – überhaupt nicht vorwärtszukommen schien.

Er war in dem Schlagloch gelandet, weil er zum Himmel hinaufblickte und nicht auf die Straße. Den Warnzeichen dort war er früher schon ein paarmal begegnet: einmal in Altus, Oklahoma; einmal in einem kleinen Ort in Missouri, an dessen Namen er sich nicht erinnerte. Wenn der Himmel ein solches Gesicht bekam und die ganze Welt aussah wie grün verschleiert, dann war ein Tornado im Anzug.

An seiner Umgebung erkannte er, daß er nur noch wenige Kilometer vor sich hatte. »Komm schon, komm«, sagte er, das Gaspedal durchdrückend. Ein Glück, daß das Motoröl nachgefüllt worden war.

Die ersten dicken Regentropfen klatschten an die Windschutzscheibe. Ein plötzlicher Wirbel fegte durch die unnatürliche Stille. Dann noch einer, stärker als der erste. Und keine Minute später begann es in den Bäumen, die den Highway säumten, zu toben. Abgerissene Äste und Blätter verfingen sich in den Scheibenwischern. Der Regen wurde stärker. Er sah zum brodelnden Himmel hinauf und fluchte wieder.

Diese Wasserfluten nach monatelanger Trockenheit machten die Straße gefährlich glitschig. Als er endlich das Zufahrtstor der Ranch erreichte und auf die Bremse trat, geriet der Pick-up ins Schleudern. Erst dreißig Meter hinter der Einfahrt schaffte er es, ihn zum Stehen zu bringen. Er legte den Rückwärtsgang ein, fuhr zurück, schaltete und schoß durch den eisernen Torbogen.

Als erstes fiel ihm auf, daß das ganze Haus im Dunkeln lag. Wieso brannte nirgends Licht? Wo waren sie? Hielten sie sich hier auf? Oder war Anna aus Besorgnis und Angst vor den drohenden Gewittern in die Stadt gefahren, um dort abzuwarten? Vielleicht bei Marjorie Baker?

Jack nahm sich nicht einmal die Zeit, die Wagentür zu schließen. Sobald er den Motor ausgeschaltet hatte, sprang er aus dem Pick-up und rannte die Treppe zur Veranda hinauf. Ohne lange zu läuten, stieß er die Haustür auf. Der Wind riß sie ihm aus der Hand und schlug sie krachend an die Wand.

Obwohl der Lärm gereicht hätte, Tote zu wecken, schrie er laut: »Anna? David?« und hechtete ins Wohnzimmer. Leer. Der Fernseher aus. Von Zimmer zu Zimmer laufend, rief er immer wieder nach David. Er riß die Kellertür auf und brüllte hinunter, aber er konnte in der Finsternis nicht einmal das Ende der Treppe erkennen. Außerdem hätte David sich gemeldet, wenn er dort Schutz gesucht hätte.

»Wo, zum Teufel, seid ihr?«

Von der Diele aus nahm er in großen Sätzen die Stufen treppauf. Davids Kammer war leer. Er lief weiter und öffnete Annas Tür. Sie lag auf dem Bett. »Hallo!« Mit drei Schritten war er bei ihr und rüttelte sie wach.

Erschrocken fuhr sie in die Höhe, offensichtlich aus tiefem Schlaf gerissen, verwirrt, ihn in ihrem Schlafzimmer zu sehen.

Da er zweifellos wie ein Wilder aussah, hielt er beschwichtigend beide Hände hoch. »Wo ist David?«

Sie blickte auf die zerknautschten Laken an ihrer Seite und schüttelte beunruhigt den Kopf.

»Gleich kommt ein Riesengewitter«, sagte Jack. »Wir müssen David finden. Schnell!«

Auch wenn sie nicht alles mitbekam, weil er so hastig sprach, spürte sie die Dringlichkeit seiner Worte. Mit einem Satz war sie aus dem Bett und eilte mit ihm los. Sie sahen in Delrays Zimmer nach, auf dem Speicher, noch einmal in Davids kleinem Raum. Nirgends gab es eine Spur von dem Jungen.

Jack packte sie bei den Schultern. »Wo kann er sein?«

Verzweifelt schüttelte Anna den Kopf.

Sie stürzten die Treppe hinunter. »Hier unten hab ich schon nachgesehen, aber tun wir's sicherheitshalber noch mal!« Er nahm sich die Zeit, ihr ins Gesicht zu sehen, damit sie jedes seiner Worte lesen konnte. »Ich suche auf dieser Seite und komme gleich hierher zurück.«

Keine sechzig Sekunden später standen sie wieder in der Diele. Anna war der Hysterie nahe. Jack stürmte zur Haustür hinaus, lief zum Ende der Veranda und blickte nach Nordwesten.

Und da sah er es.

Einen gewaltigen Finger der Zerstörung, der aus einem Wolkenwirbel Richtung Erde drohte!

»Scheiße!«

Er packte Anna bei der Hand und sprang, sie mit sich ziehend, von der Veranda. Sie schaffte es, auf den Füßen zu landen. Schon rannte er zum Schutzkeller, der sich, wie er wußte, auf der anderen Seite der Koppel befand. Delray hatte ihn ihm am Anfang des Arbeitsverhältnisses gezeigt.

Jack sah, daß die Pferde stark verängstigt waren, und bedauerte es, nichts für sie tun zu können; aber sie waren auf der Koppel sicherer als im Stall, der möglicherweise über ihnen einstürzen konnte. Und selbst wenn das nicht zutraf, bestand seine erste Pflicht darin, für die Sicherheit Annas und Davids zu sorgen.

Aber Anna spielte nicht mit. Störrisch blieb sie stehen, als sie sich dem Keller näherten. Er hielt an und drehte sich nach ihr um. »Gehen Sie dort runter«, schrie er in das Brausen des Windes. »Ich suche David.«

Sie entwand sich ihm und begann in der anderen Richtung davonzulaufen.

»Verdammt noch mal!« Jack setzte ihr nach.

Sekunden vor ihm erreichte sie den Stall und kämpfte mit dem schweren Tor. Der Wind zerrte an ihren Haaren und ihren Kleidern. Regentropfen stachen wie Nadeln, aber das berührte sie alles nicht. Sie wollte nur ihren Sohn finden.

Jack stieß sie zur Seite und packte die Klinke des Stalltors. »David!« Er legte die Hände um den Mund. »David!« Er stampfte den Mittelgang hinunter, schaute in jede Box und die Sattelkammer, rief ständig Davids Namen – aber fand den Jungen nicht. Am anderen Ende des Stalls angekommen, zog er das hintere Tor auf.

»Oh, mein Gott!«

Die Worte klangen wie ein Gebet.

41

Die Wirbelwolke hatte sich zu einem vollentwickelten Tornado ausgewachsen; aber noch war ungewiß, ob er in der Luft bleiben oder dicht am Boden dahinfegen würde. Mit jeder Sekunde gewann er an Geschwindigkeit und Stärke. Die Ranch lag direkt in seinem Weg. Wenn er nicht abschwenkte, blieben ihnen vielleicht noch zwei Minuten. Eher weniger.

Während Jack versuchte, die Gefahr für sie abzuschätzen, stieß Anna ihn zur Seite und wich ihm behende aus, als er sie festhalten wollte. Sie rannte über das freie Feld auf den Wohnwagen zu.

Jack preschte ihr nach, überholte sie, rannte weiter. Am Wohnwagen trommelte er an die Aluminiumwand und riß dann in seiner Hast, in den Wagen hineinzukommen, beinahe die Tür aus den Angeln.

»David! David!«

Der Junge kauerte in der Ecke des eingebauten Sofas. Mit angstbebenden Lippen flüsterte er: »Ist Mama böse?«

Jack nahm ihn auf den Arm. »Wir sind nur froh, daß wir dich gefunden haben, kleiner Frosch!«

Anna traf gerade vor der Tür des Wohnwagens ein, als Jack mit dem Jungen auf dem Arm heraussprang. »In den Keller!«

Diesmal gab es kein Zögern und keine Widerrede, sie machte augenblicklich kehrt. Über das Feld hetzten sie zurück, am Stall vorbei. Die Strecke schien endlos. Obwohl sie rannten, was ihre Beine hergaben, hatte Jack den Eindruck, sie kämen überhaupt nicht von der Stelle. Bis sie plötzlich doch am Ziel waren.

David klammerte sich so fest an seinen Hals, daß Anna die Kellerklappe öffnen mußte. Sie hatte Mühe, sie hochzuziehen, dann riß der Wind ihr das Brett aus der Hand und schleuderte es krachend zurück. Jack warf einen Blick über seine Schulter. Der Tornado war tiefer gegangen und schnitt eine Schneise in das Feld, das sie soeben überquert hatten. Schneller als Jacks Auge es wahrnehmen konnte, riß der Wirbelsturm Zaunpfähle aus der Erde und sog sie in seinen sich wie rasend drehenden Trichter. Das Brausen war ohrenbetäubend.

Anna stieg vor ihm und David die Treppe hinunter. Jack reichte ihr den Jungen und mühte sich dann mit aller Kraft, die Klappe wieder anzuheben, um sie schließen zu können. Eine Ewigkeit, wie ihm schien, focht er ein erbittertes Tauziehen mit Mutter Natur aus. Das Wellblechdach des Stalls wurde Platte um Platte abgerissen. Eine sauste nahe an ihm vorbei. Ein paar Meter näher, und sie hätte ihn in der Mitte durchtrennt.

Nach hartem Kampf schaffte er es schließlich, das Brett über sich zuzuziehen, und duckte sich gerade noch rechtzeitig, als es mit einem Knall direkt über ihm zuschlug. Dann betätigte er den Riegel.

Plötzlich in Grabesstille und ägyptische Finsternis getaucht, schwankend noch vom wütenden Ringen mit den Naturgewalten, verlor er auf der Betontreppe das Gleichgewicht und fiel stolpernd abwärts.

»Jack?«

Er folgte Davids zitterndem Stimmchen. Aber es war Annas Hand, die er fand, als er suchend in der undurchdringlichen Finsternis umhertastete. Als ihre Hände einander berührten, faßten sie beide fest zu. Vorsichtig tappte er weiter, bis er vor ihnen kauerte und sie berühren konnte: Davids Beine, Annas Schulter, ihr Haar, die Wange des Jungen.

Er schloß die Arme um sie. Während draußen der Sturm tobte, hielt er sie schützend umschlossen. Anna drückte ihr

Gesicht auf der einen Seite an seine Schulter, David auf der anderen. Seine Hände lagen an ihren Hinterköpfen und stützten sie liebevoll. Gegenstände wurden mit solcher Wucht gegen die Kellerklappe geschleudert, daß David angstvoll wimmerte; Anna, die die Erschütterungen spürte, zuckte zusammen.

Jack flüsterte Beruhigendes. Er wußte, daß David seine Worte hören konnte, und hoffte, daß Anna, die sie nicht hören konnte, der Hauch seines Atems in ihrem Haar trösten würde. Ihre Hand lag vertrauensvoll auf seinem Oberschenkel. David hatte sich mit seinen kleinen Fingern in sein Hemd gekrallt.

Auf einmal wußte er, daß einzig und allein dies zählte: David und Anna. Sie waren ihm wichtig. Er war ihnen wichtig. Alles andere – *alles* – versank in Bedeutungslosigkeit.

In seinem Innersten herrschte Gewißheit. Um die Einsamkeit der vergangenen Jahre auszublenden, schloß er seine Augen und zog Anna und David noch fester an sich, glücklich über ihre Nähe. Ihre Wärme durchdrang ihn. Niemals würde er diesen Moment vergessen. Niemand konnte ihn ihm nehmen. Zum erstenmal, in diesem Moment, erlebte er Liebe.

Jack hätte ewig so bleiben können, aber nach einer Weile wurde David unruhig. Er entwand sich Jacks Arm. »War das ein Tornado, Jack?«

Widerstrebend ließ Jack beide los. »Und was für einer!«

»Wau, genau wie in dem Film.« Inzwischen der Gefahr entronnen, war David wie aufgedreht. »Glaubst du, daß er unser Haus weggerissen hat? Oder die Kühe fortgetragen?«

Jack lachte. »Hoffentlich nicht.«

Anna suchte in der Dunkelheit seine Hand. Sie bog seine Finger gerade und zeichnete Buchstaben in seine Handfläche. L… i… c… h… t… Er klopfte ihr aufs Knie zum Zeichen, daß er verstanden hatte. »David, gibt's hier irgendwo Licht?«

»Es hängt von der Decke runter.«

Jack stand auf und schwenkte die Arme, bis seine Hand eine Glühbirne traf. Er zog an der kurzen Kette und kniff, von der plötzlichen Helligkeit geblendet, die Augen zusammen.

»O Mann! Schau mal, die Spinne da!« rief David.

Aber Jack sah Anna an, und Anna sah ihn an, und obwohl sie naß und zerzaust war, meinte er, sie nie schöner gesehen zu haben. Und etwas in ihrem Blick sagte ihm, daß auch er, mitgenommen und zerfleddert vom Sturm, keineswegs abstoßend auf sie wirkte.

»Hey, Jack! Jack?«

»Ach, laß doch die Spinne, David«, sagte er zerstreut. »Das ist ihr Zuhause, nicht unseres.«

»Ja, aber sie kriecht doch direkt zu Mama hin.«

Seinen Blick von Anna losreißend, fegte Jack die Spinne von der Wand hinter Anna, dann sah er sich um. Die Kellerdecke befand sich nur ungefähr zehn Zentimeter über seinem Kopf. Der ganze Raum war seiner Schätzung nach etwa vier Meter lang und zweieinhalb Meter breit. An jeder Wand standen Feldbetten. Auf einem davon saß Anna immer noch. David war aufgestanden, um Ausschau zu halten.

An der hinteren Wand befanden sich mehrere Regale mit Kerzen, Zündhölzern, Glühbirnen, Konserven, einem Dosenöffner, einem Glas Erdnußbutter, einem verschlossenen Glasbehälter mit Kräckerkartons darin, etlichen Flaschen Mineralwasser und einer großen Taschenlampe.

Vorn war die Treppe zur Tür, in einem Fünfundvierzig-Grad-Winkel eingelassen. Jack stieg hinauf und legte sein Ohr an die Klappe. »Ich glaube, das Schlimmste haben wir überstanden«, sagte er, sich nach Anna umdrehend. »Aber es gießt in Strömen und donnert weiter. Ich finde, wir sollten noch eine Weile hier unten bleiben.«

David übersetzte ihre Gebärden. »Mama sagt, ganz wie du meinst, Jack.«

»Okay, dann machen wir es uns gemütlich!«

»Ich find das prima hier unten«, sagte David, von einem Fuß auf den anderen hüpfend. »Können wir nicht hier übernachten?«

»Das wird wahrscheinlich nicht notwendig sein.«

»Ach, Mist!« Aber gleich erholte er sich von seiner Enttäuschung und fragte: »Bleibst du jetzt wieder bei uns, Jack? Warum bist du mit den Polizisten weggefahren? Hast du Sehnsucht nach uns gehabt?«

Anna klatschte in die Hände und winkte David zu sich. Ihre strenge Miene dämpfte schlagartig Davids Überschwang. Plötzlich niedergedrückt trottete er zu dem Feldbett und blieb vor seiner Mutter stehen.

Anna schob ihre Finger unter sein Kinn, hob seinen Kopf an und begann mit beiden Händen, ihm Vorhaltungen zu machen. Tränen traten ihr in die Augen, während sie gestikulierte.

»Ich wollte dir doch gar keine angst machen, Mama! Aber ich war überhaupt nicht müde, da braucht man doch nicht zu schlafen, und immerzu mußte ich an Jack denken und daß ich mir so sehr wünsche, daß er wieder da ist. Und dann hab ich mir gedacht, wenn ich zum Wohnwagen laufe und seine Sachen hole und bei mir im Zimmer verstecke, dann muß er zurückkommen und sie suchen! Derweil sehe ich ihn wieder und kann ihn fragen, ob er nicht bei uns bleiben will.«

Anna wartete, bis er fertig war; schließlich begann sie von neuem zu gestikulieren.

Jetzt bebte Davids Stimme noch mehr. »Ja, ich weiß ja, daß ich nicht aus dem Garten rausgehen soll, aber ich mußte doch, Mama! Ich wollte nur zum Wohnwagen. Da war ja noch kein Tornado da. Ich hab nicht gewußt, daß Jack dich wecken würde und du dann denken würdest, ich wäre verschwunden oder vielleicht entführt worden. Krieg ich jetzt Haue? Es tut mir doch so leid.« Er hob den Arm vor seine Augen und begann zu schluchzen.

Anna zog ihn an sich und wiegte ihn stumm weinend sachte in ihren Armen, bis ihrer beider Tränen versiegten. Dann schob sie ihn von sich und machte ihm wieder ein paar Zeichen.

»Drei Tage!« jammerte David.

Jack fragte, was los sei.

»Ich darf drei Tage nicht fernsehen.«

»Da bist du noch gut davongekommen, wenn du mich fragst.« Verblüfft, daß Jack sich nicht auf seine Seite stellte, hob David unsicher den Kopf. »Du hast dich nicht an die Regeln gehalten. Aber das Schlimmste ist, daß du deiner Mama schreckliche Angst eingejagt hast. Mütter müssen wissen, wo ihre Kinder sind. Immer. Das ist eine Hauptregel!«

»Ich weiß«, murmelte David zerknirscht. »Sie wird ganz wild, wenn sie mich nicht sehen kann.«

»Dann hätte dir klar sein müssen, daß du dich nicht einfach davonschleichen darfst.«

»Ja, Jack.«

»Tu's nicht wieder!«

»Nein.«

»Versprochen?«

»Versprochen.«

»Dann sag das jetzt auch deiner Mama.«

David gab ihr mit Zeichen sein großes Ehrenwort. Sie wischte ihm lächelnd die Tränenspuren von den Wangen.

»Wann gibt's denn Abendbrot?« fragte er.

Jack und Anna lachten.

Während sie Kräcker mit Erdnußbutter verspeisten, ging das Licht aus.

Ezzy tastete sich wie ein Blinder durch das Haus und wünschte, während er von Zimmer zu Zimmer kroch, er könnte sich erinnern, wo Cora für Notfälle wie heute eine Taschenlampe aufbewahrte. Eine Schande, daß ausgerechnet er, der ehemalige Sheriff, so völlig unvorbereitet war. Er hätte wirklich gescheiter sein müssen.

Wirklich überraschend an dem Stromausfall fand er die Tatsache, daß die Lichter nicht schon viel früher gestreikt hatten. Auf ihrem Südostkurs quer durch den Osten von Texas war die Kaltfront mit den wärmeren, feuchteren Luftmassen vom Golf von Mexiko zusammengestoßen – was zu heftigen Gewittern geführt hatte, aus deren unteren Wolkenschichten sich Schlauchwirbel und Tornados entwickelten. Warnungen vor Hagelstürmen, orkanartigen Winden und schweren Regenfällen liefen in so rascher Folge ein, daß die Leute vom Wetterdienst kaum Schritt halten konnten.

Er fluchte laut, als er mit dem Oberschenkel die Ecke des Küchentisches rammte. Ein Blitz erhellte den Raum wenigstens so lange, daß er den Weg zur Vorratskammer erkennen konnte, und gerade hatte er auf einem der Borde eine Taschenlampe entdeckt, als das Telefon zu läuten begann. Die Batterie in der Taschenlampe war leer.

»Verdammter Mist!« schimpfte er und griff zum Hörer. »Ja?«

Eine Frau sagte: »Ich versuche, einen Sheriff Hardge ausfindig zu machen.«

»Der bin ich.« Er war zwar nicht mehr Sheriff, aber so genau brauchte man es ja nicht zu nehmen.

»Mein Vater war Parker Gee. Er ist heute morgen gestorben.«

Ezzy, der da frustriert in seiner stockfinsteren Küche stand, die nur hin und wieder von einem grellen Blitz in surreales Licht getaucht wurde, brauchte einen Moment, um sich an Parker Gee zu erinnern.

Dann fiel es ihm ein: Der Mann in Krankenhaus. Der ehemalige Wirt von *Wagon Wheel,* ein ekelhafter Zeitgenosse mit nikotingelben Fingern und einem abscheulichen Husten. Es wunderte ihn, daß Gee so lange durchgehalten hatte.

»Das tut mir leid, Madam.«

»War seine eigene Schuld! Bis zum Schluß hat er die Hände nicht von den Zigaretten gelassen.« Offenbar hatte zwischen Vater und Tochter nicht gerade ein herzliches Verhältnis bestanden. In ihrer Stimme schwang mehr Bitterkeit als Trauer.

»Was kann ich für Sie tun?« fragte Ezzy, während er sich den angeschlagenen Oberschenkel rieb.

»Er bat mich, Ihnen etwas auszurichten; aber ich mache Sie gleich darauf aufmerksam – es ergibt überhaupt keinen Sinn.«

»Sagen Sie's mir einfach.«

»Kennen Sie jemanden namens Flint?«

Ezzy steckte einen Finger in sein freies Ohr, als ein krachender Donnerschlag das Haus erschütterte. »Flint, sagen Sie? Ist das der Vor- oder der Nachname?«

»Das weiß ich nicht. Mein Vater hat mich nur gebeten: ›Richte Hardge aus, er soll nach Flint suchen.‹ Das war alles. In den letzten Tagen hat er sehr hohe Dosen Schmerzmittel bekommen. Er war völlig verwirrt, hat mich und die Kinder nicht mehr erkannt. Ich würd mir an Ihrer Stelle kein Kopfzerbrechen darüber machen, was das zu bedeuten hat. Wahrscheinlich ist es nur ungereimtes Zeug. Die Beerdigung findet übermorgen statt, falls es Sie interessiert.«

Sie nannte Ezzy noch Zeit und Ort, dann verabschiedete sie sich und legte auf. Ezzy würde nicht zu der Trauerfeier gehen. Er hatte den Mann nicht gemocht. Die einzige Verbindung zu ihm war der Fall McCorkle gewesen. Diese merkwürdige Nachricht mußte sich darauf beziehen. War in seinen Unterlagen irgendwo von einer Person namens Flint die Rede? Soweit er sich erinnerte, nicht. War Gee kurz vor seinem Tod eingefallen, daß es an dem Abend noch einen anderen Gast in der Kneipe gegeben hatte? Einen Mann namens Flint?

Zumindest vermutete Ezzy, daß es sich um einen Mann handelte. Könnte allerdings auch eine Frau sein.

Schon wieder läutete das Telefon. »Hallo?«

»Ezzy?«

Er konnte kaum etwas hören bei dem Rauschen in der Leitung, aber es war nicht Parker Gees Tochter, die etwas vergessen hatte. »Ja, wer ist denn da?«

»Ron Foster. Steht Ihr Hilfsangebot noch? Wir könnten Sie heute wirklich gebrauchen hier. Könnten Sie…«

Der neue Sheriff verstummte mitten im Satz. Die Leitung war tot. Aber das machte nichts. Sie brauchten ihn nicht zweimal zu bitten.

Als wäre er plötzlich mit vortrefflicher Nachtsicht begabt, fand Ezzy ohne Probleme seinen Weg ins Arbeitszimmer und sperrte den Waffenschrank auf. Er nahm ein Gewehr heraus, seine Pistole und das Holster sowie für beide Waffen Munition.

Sein Ölmantel hing in der Garage. Er warf ihn auf den vorderen Sitz des Lincoln zu den Waffen. Erst stellte er die Automatik für das Garagentor ab, dann hob er es mit der Hand an. Rasender Wind und peitschender Regen warfen ihn beinahe um.

Während er den Wagen auf die Straße hinausfuhr und in Richtung Ortsmitte steuerte, begann es zu hageln. Körner so groß wie Steine prasselten auf sein Dach und machten unter ohrenbetäubendem Krachen und Scheppern im Nu ein pockennarbiges Monster aus dem Lincoln. Ezzy schaltete die Scheibenwischer gar nicht erst ein. Sie hätten gegen solches Wüten sowieso nichts ausgerichtet.

Als er die Scheinwerfer anwarf, schien die Welt mit grellleuchtenden Schleiern verhangen, durch die nichts zu sehen war. Dann fuhr er ohne Lichter, kaum fähig, über die Motorhaube hinauszusehen, im Schneckentempo los – immer auf dem Mittelstreifen, weil die Ränder überschwemmt waren.

Er war noch mehrere Straßen vom Sheriff's Office entfernt, als er die Sirenen hörte. Zuerst konnte er ihr Heulen nicht von dem des Windes unterscheiden; aber als er das durchdringende Geräusch identifizierte, hielt er seinen Wagen mitten auf der Straße an. Die Feuerwehr setzte diese Warnsirenen nur ein, wenn ein Tornado gesichtet wurde.

»Mensch, Cora, jetzt solltest du deinen Alten mal sehen!«

Ezzy zog den Ölmantel über, der bei der Gewalt des Sturms etwa so wirkungsvoll sein würde wie ein Kondom mit Loch. Dann holte er tief Luft, öffnete den Schlag und wagte sich hinaus ins Toben der Elemente.

Schützend hob er die Arme über seine Augen. Hagelbrocken schlugen auf ihn ein. Einer traf ihn an der Schläfe, und er schrie auf vor Schmerz. Halb stolpernd, halb laufend hielt er auf den Straßengraben zu. In seiner Senke trieb das Wasser schon wie in einem Fluß, aber er war noch nicht überflutet. Ezzy brauchte nur eine kleine Mulde...

Weiter gab es nichts zu überlegen. In den zweiundsiebzig Jahren seines Lebens hatte er nie einen Tornado erlebt; aber er hatte Dokumentarfilme über Wirbelstürme gesehen. Und kannte dieses Brausen.

Er warf sich in den Graben und bedeckte seinen Kopf, den er mit knapper Not über dem reißenden Wasser halten konnte, mit beiden Händen.

Die nächsten Minuten schienen hundert Jahre zu dauern.

Anfangs hielt Ezzy den Kopf gesenkt, aber dann gewann Neugier die Oberhand. Gerade als er aufsah, flog der Turm der Kirche am Ende der Straße in einer Million Splitter aus Holz und Stahl auseinander. Die Glocke wurde in den Trichter der Schlauchwolke gezogen und läutete, als wollte sie das Ende der Welt ankündigen.

Das Finanzamt zerbarst vor seinen Augen auf dem Erdboden.

Ein Auto hob ab in die Lüfte und drehte sich mehrmals segelnd im Wind, ehe es wieder auf die Straße hinunterkrachte und sich, zerdrückt wie eine Blechdose, überschlug.

Bäume wurden aus der Erde gerissen, als jätete ein Riese seinen Garten.

Fenster zersprangen mit explosionsartiger Gewalt, und Ezzy hoffte aus tiefstem Herzen, daß die fliegenden Scherben keine Menschen trafen, falls sich noch welche in den Häusern befanden.

Dann sah er den Müllcontainer, einen von der Art, wie sie an Baustellen zu stehen pflegten. Er kam die Straße heruntergerumpelt. Ezzys erster Gedanke war: so eine absolut blödsinnige Weise zu sterben! Groß wie ein Güterwagen, kollerte der Container mit der Geschwindigkeit eines Expreßzugs auf ihn zu.

Der Ex-Sheriff stieß einen höchst unmännlichen Angstschrei aus und tauchte mit dem Kopf ins Wasser.

Das verdammte Biest rollte direkt über ihn hinweg. Seine kleine Mulde hatte sich bewährt.

Aber erst nach einigen Minuten glaubte er wirklich an seine Rettung. Nachdem der Tornado nun den Streifen der Zerstörung durch seinen Heimatort gezogen hatte, kroch er wie ein vorsintflutliches Geschöpf aus dem Graben und hockte sich an der Böschung nieder, um das Vernichtungswerk zu betrachten.

Der Container war etwa zwanzig Meter entfernt gegen eine Eiche geprallt und hatte sich fest um den Baum gewickelt. Wo vorher Häuser gestanden hatten, ragten jetzt nur noch Trümmerhaufen. Schöne alte Bäume lagen gefällt da, die nackten Wurzeln gen Himmel gereckt. Die Kirchenglocke war auf dem Parkplatz vor einer Blumenhandlung niedergegangen und hatte das Ladenschild mitgenommen.

Langsam erhob Ezzy sich. Seine Beine wackelten fürchterlich. Er stemmte die Hände auf die Knie und schöpfte vornübergebeugt mehrmals tief Luft. Vorsichtig berührte er die schmerzende Stelle an seiner Schläfe und hatte Blut an den Fingern, als er sie wegzog. Aber bis auf die dicke Beule, die der Hagelbrocken hinterlassen hatte, war er unversehrt.

Angesichts der Schäden allein in dieser Straße stand fest, daß die Gemeinde jetzt jeden Mann brauchte. Je schneller er sich beim Sheriff meldete, desto besser. Er ging zu seinem Wagen, der mit einem herausgeschlagenen Hinterfenster davongekommen war, und setzte sich hinters Steuer. Bevor er die Tür zuschlug, sah er noch einmal zu dem Müllcontainer zurück und schüttelte den Kopf.

Eigentlich müßte er tot sein…

Er dankte Gott, daß er noch am Leben war, und fragte sich, warum er ihn verschont hatte.

Ein religiöser Mensch war er nicht. Im Gegenteil, er brachte Cora mit seinen theologischen Zweifeln oft zur Verzweiflung, so daß sie es für nötig hielt, allabendlich um sein Seelenheil zu beten.

Doch in diesem Fall glaubte er, die Antwort zu wissen. Wer oder was auch immer Gott sein mochte, er war gnädig. Heute abend hatte er Ezzy vor dem Tod bewahrt. Und der wußte, warum – er hatte seine Aufgabe hier unten noch nicht erfüllt. Seine Zeit war noch nicht abgelaufen, weil er auf Erden noch etwas erledigen wollte.

Die Katastrophe heute abend sah deutlich nach einer zweiten Chance für ihn aus.

42

Jack zog seine Füße aus den nassen, mit Schlamm und Mist bedeckten Stiefeln und ließ sie neben seinen Socken in der Waschküche liegen.

Als im Keller das Licht ausgegangen war, hatte er sich zu dem Regal getastet, auf dem er zuvor eine Taschenlampe hatte liegen sehen. In ihrem Licht hatte er Kerzen angezündet, und sie waren eine weitere halbe Stunde im Keller geblieben, bis er feststellte, daß der Wind merklich nachgelassen hatte und durch die Klappe nur noch das Prasseln des Regens zu hören war.

Als er diese hochgehievt hatte, war er im Nu klatschnaß gewesen. Draußen war die Temperatur um mindestens zehn Grad gefallen. Die Luft roch frisch und sauber. Der Sturm hatte sich Richtung Louisiana getrollt. Am östlichen Himmel wetterleuchtete es stark.

Aufatmend sahen er und Anna, als sie aus dem Keller stiegen, daß das Haus noch stand.

»Scheint alles in Ordnung zu sein. Sehen wir nach.«

Er nahm David auf den Arm, und dann sprinteten sie, die tiefsten Pfützen überspringend, durch den strömenden Regen. Unterwegs überkam alle drei plötzlich eine unwiderstehliche Lachlust – Reaktion auf die ausgestandenen Ängste, und so stolperten sie schließlich, naß bis auf die Haut und lachend wie die Verrückten, die Treppe zur Veranda hinauf.

Drinnen nahmen sie zunächst eine schnelle Inspektion sämtlicher Räume vor. Ein Ast von einem Baum hatte eines der Wohnzimmerfenster zertrümmert, und die Möbel waren naß geworden. Über dem oberen Flur hatte der Wind mehrere Schindeln vom Dach gerissen, und jetzt tropfte Wasser durch die Decke. Der Strom war noch nicht wieder da, und das Telefon funktionierte auch nicht – aber das Haus schien keinen schwereren Schaden genommen zu haben.

Oben im Flur stellten sie ein paar Eimer in eine Reihe, um das Wasser aufzufangen, und Jack klebte Pappe über die zerbrochene Fensterscheibe im Wohnzimmer, um zu verhindern, daß noch mehr Nässe eindrang. Dann ließ er Anna und David bei Kerzenlicht zurück und ging noch einmal hinaus zur Koppel, um nach den Pferden zu schauen. Eines von ihnen hatte sich an der Flanke verletzt, aber die Wunde schien nicht tief zu sein. Die anderen waren wundersamerweise unversehrt geblieben. Wie es um die Rinder und den Rest des Anwesens stand, würde er erst bei Tageslicht prüfen können.

Jetzt ging er in die Küche und zündete die Kerze wieder an, die er beim Hinausgehen auf dem Tisch stehenlassen hatte. Oben sah er flackerndes Kerzenlicht hinter der angelehnten Badezimmertür und hörte Davids Stimme. Er klopfte an den Türrahmen und schob den Kopf durch den Spalt.

»Komm doch rein, Jack.«

Der Junge war gerade aus der Wanne gestiegen. Nasse Handtücher lagen auf dem Boden. Er schlüpfte in seinen Schlafanzug.

»Ha, ich hab bei Kerzenlicht geduscht.« Zwei standen auf dem Frisiertisch, eine auf dem Wasserkasten der Toilette. »Das war cool. Da kommt man sich vor wie in einer Höhle, findest du nicht, Jack?«

David würde sich dieses Abends als eines aufregenden Abenteuers erinnern. Er hatte keine Ahnung von der ihm im Wohnwagen drohenden Gefahr gehabt. Jack wagte nicht daran zu denken, was hätte geschehen können, wenn er und Anna nur eine Minute später gekommen wären.

»Wo ist denn deine Mama?«

»In meinem Zimmer. Sie will mit mir beten.«

»Na, dann lauf mal los.«

»Kommst du mit?«

»Wenn du willst.«

Gemeinsam begaben sie sich in Davids Zimmer. Anna war dabei, das Bett aufzuschlagen, und sah Jack fragend an, als er hinter David eintrat. Auch sie hatte offensichtlich geduscht. Sie war angekleidet, hatte aber nasses Haar. Nicht vom Regen. Blumenduft umgab sie, wodurch der Pferdegeruch, der ihm anhaftete, um so penetranter wirkte.

Mit einem verlegenen Achselzucken wies er auf David. »Er – äh – wollte gern, daß ich mitkomme.«

David kletterte in sein Bett, schob sich sein Kopfkissen zurecht, versammelte seine Stofftiere um sich, vergewisserte sich, daß sein Dinosaurierbuch in Reichweite auf dem Nachttisch lag und faltete dann die Hände unter dem Kinn; mit geschlossenen Augen begann er, sein Gebet zu sprechen.

Jack senkte den Kopf und entspannte sich. Er wünschte, Anna könnte die klare Stimme ihres Kindes hören, als es für all jene, die es liebte, Gottes Segen erbat. Von all den Tönen und Klängen, die zu hören ihr versagt war – Musik, das Rauschen des Meeres, das Wispern des Windes in Balsampappeln –, hätte sie diesen reinen Klang vielleicht am liebsten erlebt. Ihr Schicksal bedauerte Jack tief.

»Lieber Gott, behüte Jack und mach, daß er nicht fortgeht.« Jack hob den Kopf. Erst sah er David an, dann Anna. Sie mußte es David von den Lippen abgelesen haben, denn ihr Blick flog im selben Moment zu Jack; als sich ihre Augen trafen, sah sie hastig weg. Sie beugte sich über den Jungen, gab ihm einen Gutenachtkuß und sagte ihm mit Handzeichen, daß sie ihn lieb habe.

»Ich hab dich auch lieb, Mama.«

»Nacht, David!«

»Jack, bist du morgen früh da, wenn ich aufwache?«

»Aber ja. Du mußt morgen mit mir auf Inspektion gehen, damit wir feststellen, was für Schäden der Sturm angerichtet hat.«

»Oh, cool!«

Anna blies die Kerze auf dem Nachttisch aus. David kuschelte sich in sein Kissen und schloß die Augen. Er schlief schon fast, als Anna und Jack zur Tür hinausgingen.

Draußen im Flur blieben sie stehen, jeder mit seiner brennenden Kerze in der Hand. Er trat von einem Fuß auf den anderen. »Ich weiß, es ist sehr unverschämt«, sagte er dann, »aber hätten Sie was dagegen, wenn ich ihre Dusche benutze?«

Auffordernd wies sie zum Bad.

»Der Wohnwagen ist nämlich… der Wohnwagen…«

Sie neigte leicht den Kopf zur Seite, wie hörende Menschen, wenn sie genau verstehen wollen. Aber ihr Blick lag auf seinen Lippen, und das brachte ihn etwas aus dem Konzept.

»Äh, soweit ich sehen konnte, hat der Stall praktisch kein Dach mehr. Aber für den Schaden müßte die Versicherung aufkommen. Ein Teil der Umzäunung ist hinüber. Der Sturm hat die Pfosten einfach rausgerissen. Der Geräteschuppen existiert nicht mehr. Morgen kontrolliere ich mal alles. In der Dunkelheit und bei diesem Regen läßt sich noch nichts Genaues feststellen. Es kann sein, daß ich was übersehen habe.«

Aufmerksam folgte er ihren Fingern, als sie das Wort ›Wohnwagen‹ buchstabierte.

Einen Moment zögerte er, aber er wußte, daß sie es am Morgen selbst sehen würde. »Der ist total plattgedrückt«, gab er deshalb Auskunft. »Wie eine Blechdose, auf der jemand rumgetrampelt ist.«

Sie starrte auf seinen Mund, während er erklärte. Und noch ein wenig länger. Dann senkte sie den Blick. Das Wasser, das von der lecken Decke in die Eimer tropfte, erzeugte dumpf hallende Mißtöne, die sie nicht hören konnte.

Beinahe hätte Jack sie berührt, aber im letzten Moment zog er seine Hand zurück. Doch sie sah die Bewegung und blickte wieder zu ihm auf.

»Wir haben Glück gehabt, Anna!«

Sie drehte den Kopf zu Davids Zimmertür. Er sah das Zucken ihres Halses, als sie krampfhaft schluckte. Dann wandte sie sich wieder ihm zu, den Tränen nahe.

»Um noch mal auf das zurückzukommen, worüber wir vorhin gesprochen haben«, wiederholte er jetzt. »Ich würde gern bei Ihnen duschen, wenn es Ihnen recht ist. Aber wenn es Ihnen nicht…« Er war so fasziniert von Kerzenschein und Schatten auf ihrem Gesicht, daß er vergaß, was er sagen wollte.

Als er verstummte, sah sie ihn fragend an.

»…aber wenn es Ihnen nicht paßt, lasse ich es.«

»Bitte«, bedeutete sie ihm.

»Okay. Danke. Und ich – äh – ich schlaf in meinem Wagen. Es ist nicht das erstemal und gar nicht so unbequem.«

Noch ehe er zu Ende gesprochen hatte, winkte sie ab.

»Ja?«

Mit einer Gebärde deutete sie ›schlafen‹ an und zeigte hinunter ins Erdgeschoß.

»Auf dem Sofa? Haben Sie wirklich nichts dagegen?«

Sie nickte.

Er trat von einem nackten Fuß auf den anderen. »Ja, wahrscheinlich ist das gar kein so schlechter Gedanke. So ohne Strom und Telefon…«

Diesmal nickte sie noch nachdrücklicher und ein wenig ungeduldig.

Jack ließ es gut sein.

»Okay, dann geh ich mal…« Aber er blieb stehen, unschlüssig und verlegen, einzig gewiß, daß er sich jetzt noch nicht von ihr trennen wollte. »Tja, also, dann geh ich mal duschen und halte Sie nicht länger auf. Sie sind bestimmt todmüde. Gute Nacht!«

»Gute Nacht«, bedeutete sie ihm und ging im Schein ihrer Kerze um die Eimer herum, die schon eine ganze Menge Regenwasser aufgefangen hatten, in ihr Zimmer.

Gedankenverloren stand Jack unter der Dusche. Er ließ das Wasser auf seinen Kopf und seine Schultern hinunterströmen, bis er spürte, wie es ihn erfrischte und säuberte.

Nachdem er sich abgetrocknet hatte, zog er saubere Jeans und das frische T-Shirt an, die er aus seinem Auto, wo er die Sachen für Notfälle aufbewahrte, mit heraufgenommen hatte. Er säuberte die Wanne, nahm seine und Davids feuchte Handtücher, um sie zusammen mit seiner nassen Kleidung in die Waschküche hinunterzutragen.

Aber im Flur hörte er unterdrücktes Schluchzen. Es kam aus Annas Zimmer. Unschlüssig blieb er stehen. Nur ungefähr eine halbe Sekunde.

Dann ließ er das feuchte Bündel auf den Boden fallen, eilte durch den Flur und öffnete ihre Tür. Sie hatte die Kerze auf den Nachttisch gestellt und ihr Bett aufgeschlagen; aber sie saß in einem Schaukelstuhl vor dem Fenster und starrte stumm weinend in den Regen hinaus.

Sie wurde erst auf ihn aufmerksam, als sie ihn in der Fensterscheibe gespiegelt sah. Hastig wischte sie sich die Tränen ab und sprang auf.

»Ich wollte Sie nicht stören, Anna, sondern nur nachsehen, ob alles in Ordnung ist.«

Eine ganze Weile stand sie einfach da und sah ihn an. Dann hob sie ihre rechte Hand zu den Lippen und machte eine Bewegung, als wollte sie ihm einen Kuß zuwerfen. »Danke.«

»Wofür?«

Sie bildete die Buchstaben von Davids Namen.

»Mein Gott, Anna«, sagte Jack rauh, »dafür brauchen Sie mir doch nicht zu danken.«

Eigensinnig schüttelte sie den Kopf und hob wieder die

Hand an die Lippen, die zu zittern begonnen hatten. Unversehens begann sie wieder zu weinen.

»Hey. Hey!« Mit ein paar Schritten war er bei ihr und legte ihr die Hände auf die Schultern. »Jetzt ist ja alles gut. Sie hatten Angst. Natürlich. Ich auch! Aber wir haben Glück gehabt. Und Hauptsache, David ist heil und gesund!«

Es schien ganz natürlich, sie an sich zu ziehen und ihren Kopf an seine Brust zu drücken. Ihre Tränen flossen in sein T-Shirt. Unbeholfen klopfte er ihr den Rücken. »Keine Sorge mehr! Das ist nur die Reaktion auf den Schrecken. Weinen Sie sich ruhig aus, wenn es Ihnen guttut. Ich bleibe hier, solange Sie wollen.«

Wie zuvor im Keller las sie nicht von seinen Lippen, aber eine Übersetzung der einzelnen Wörter brauchte sie auch nicht. Es war klar, was sie bedeuteten. Sie legte ihre Fingerspitzen an seinen Kehlkopf und lauschte über die Berührung seinen Erklärungen. Er sprach weiter, mit leiser Stimme, Tröstendes, das sie mit ihren Fingerspitzen aufnahm.

»Sie hatten Todesangst, als David plötzlich verschwunden war, nicht wahr? Und dann auch noch der Tornado. Aber es hat ja alles ein gutes Ende genommen.«

Anna hielt den Kopf gesenkt, aber ihre Finger glitten zu seinen Lippen hinauf und blieben dort, leicht wie ein Hauch nur.

»Ich kann's verstehen, daß Sie weinen. Mir war heute abend auch ein paarmal danach zumute. Mir kamen fast die Tränen, als er gebetet hat. Also kann ich mir ungefähr vorstellen, wie Sie sich fühlen.« Er rieb ihren Rücken. »Lassen Sie's raus. Ich bin ja hier.«

Obwohl er aufhörte zu sprechen, blieben ihre Fingerspitzen an seinen Lippen. Er küßte sie zart. Dann noch einmal. Sie drehte ihre Hand und legte sie quer über seinen Mund. Er küßte ihre Handfläche. Als sie die Hand wegzog und an sein Kinn legte, küßte er sie leicht auf die Schläfe und dann die Wange. Dort blieben seine Lippen.

Für immer.

Und sein Herz galoppierte wie ein wildgewordener Gaul dahin.

Er senkte den Kopf zu ihr hinunter, und sie hob ihr Gesicht zu ihm auf. Ihre Lippen streiften einander. Sie vollzogen die Bewegung in umgekehrter Richtung und begegneten einander ein zweitesmal, aber nun nicht mehr so flüchtig. Zärtlich nahm er sie in die Arme. Und dann küßte er sie.

O Gott, o Gott, dachte er, weil ihr Mund so weich war und so süß und so verlockend empfänglich.

Alles andere, was Jack je bewegt hatte, rückte in weite Ferne. Ängste und Bedauern fielen von ihm ab wie aufgeschlossene Fußeisen. Ein Vorhang fiel über seine Vergangenheit. Er existierte nur in diesem einen Moment, versunken in Anna. Seine Sinne waren voll von ihr. Von dem leichten Blumenduft ihrer Haut und ihres Haares; der Wahrnehmung ihres Körpers, der sich an seinen lehnte; dem Geschmack ihres Mundes. Nichts, was er je erlebt hatte, war mit diesem vergleichbar.

Und als es ihm entglitt, taumelte er unter dem jähen Verlust.

Er öffnete die Augen und sah, daß sie vor ihm zurückwich, heftig atmend, mit zusammengepreßtem Mund. Und er schimpfte sich einen gottverdammten Narren. Ja, er war gefangen, war verrückt vor Lust. Das hieß nicht, daß es ihr genauso ging. Wieso auch? Man brauchte sie beide ja nur anzusehen. Sie war hinreißend, und er war – na ja, bestimmt kein Adonis. Trotz ihrer vormaligen Ehe hatte sie etwas an sich, das beinahe unschuldig war – er konnte das nicht von sich behaupten. Mit der Intuition einer Frau würde Anna wissen, daß er das letzte war, was sie in ihrem ohnehin schon komplizierten Leben gebrauchen konnte.

Beschwörend hob er eine Hand. »Anna, verzeihen Sie, ich…«

Er brach ab, als sie ihre Bluse aus ihren Jeans zog und sie

schnell aufzuknöpfen begann. Im ersten Moment war er vor Schock wie erstarrt, dann vom Anblick dieses Streifens nackter glatter Haut. Ihr Busen war bedeckt – aber sie hielt den Stoff von ihrem Körper ab, und das war erregender, als wenn sie nichts anhätte. Vielleicht. Trotzdem wollte er sie gern nackt sehen.

Sie stand angespannt von Kopf bis Fuß da. Ohne zu atmen. Voller Erwartung.

Jack trat zu ihr und schob seine Hände unter ihre Bluse, umschloß mit seinen Fingern einige Sekunden lang ihren Körper, während er ihr forschend in die Augen sah, dann zog er sie an sich zu einem erneuten Kuß.

Ihre Haut war so weich, wie er es sich vorgestellt hatte, ihr Körper so entgegenkommend wie erhofft, ihre Begierde nach ihm so stark wie seine nach ihr. Sie schlang die Arme um seinen Hals, und so von ihr festgehalten, begann er, sich vorwärts zu bewegen, bis die Wand sie aufhielt. Er senkte den Kopf, küßte ihren Hals, ihren Brustansatz, ihren Busen. Sie stieß einen gedämpften Laut aus, der tief aus ihrer Kehle kam, und er küßte ihren gewölbten Hals, ehe er zu ihrem Mund zurückkehrte.

Sie drängte sich an ihn. Er ließ seine Hände zu den Gesäßtaschen ihrer Jeans hinuntergleiten und hob sie höher, drückte sie fester an sich. Die Hände auf seinen Schultern, schob sie ihn energisch herum, bis seine Schulterblätter auf die Wand trafen. Als sie sein T-Shirt hochgeschoben hatte, küßte sie seine Brust und seinen Bauch. Er spürte ihre Zunge auf seiner Haut und fühlte sich dem Wahnsinn nahe.

Hastig nestelte er an den Knöpfen seiner Hose; aber als er sie aufhatte, war es Anna, die ihre Hand hineinschob. Heiser rief er ihren Namen, ein Laut, der ein Lachen oder ein Seufzen hätte sein können, hervorgerufen von dem Zauber ihrer sanften Berührung.

»Himmel«, stöhnte er.

Seine Vernunft schien auf tausend rasch aufsteigenden Schwingen davonzuflattern, und da er wußte, daß er nahe daran war, alle Beherrschung zu verlieren, zog er ihre Hand weg. »Ich will das nicht verpatzen«, keuchte er. »Wir sollten zusammen sein.«

Sie schien zu verstehen, was er sagte, zumindest den Sinn seiner Worte; denn sie führte ihn zum Bett, wo sie ihre Jeans auszog und dann auch ihre Bluse. Er konnte keinen Makel an ihr entdecken, und diese Vollkommenheit schüchterte ihn ein.

Er fühlte sich linkisch und unbeholfen, aber sie schien nicht befallen von Zaghaftigkeit. Sie schob ihre Hände in seine Hose und streifte sie ihm ab, wobei sie ihre Hände langsam über sein Gesäß gleiten ließ. Sein Geschlecht lag schwer und voll in ihren kleinen Händen, und der Anblick seiner kraftvollen Männlichkeit stellte sein Selbstvertrauen wieder her. Ja, plötzlich war er berauscht von Eitelkeit.

Sie hatte einen wunderschönen Busen. Vollkommen. Die Brustwarzen richteten sich auf unter den Liebkosungen seiner Finger und seiner Zunge. Er umspielte sie mit seinen Lippen, während seine Finger über ihren Bauch streiften und über ihren Nabel abwärts wanderten.

Reglos lag sie unter ihm – sehr lange, wie ihr schien, und doch nicht lange genug. Das konnte es nie sein. Es hätte ihr nichts ausgemacht, wenn er eingeschlafen wäre und sich bis zum Morgen nicht mehr gerührt hätte. So sehr genoß sie es, ihn zu spüren, auf sich und in sich.

Aber er schlief nicht. Ab und zu bewegten sich seine Finger in ihrem Haar, liebkosten sachte ihren Kopf. Seine rauhe Wange rieb an ihrem Ohrläppchen. Seine Zähne kitzelten ihren Hals mit kleinen Bissen. Sie hoffte, daß er, wie sie, ganz diesem Moment der Intimität hingegeben war.

Aber nach einer Weile löste er sich von ihr und drehte sich auf die Seite. Sie legte sich so, daß sie ihm ins Gesicht sehen konnte. Bei den Bewegungen seiner Lippen an ihrer Wange zog sie den Kopf zurück, um sehen zu können, was er sagte.

»Hab ich dir weh getan?«

Anna schüttelte den Kopf.

»Ich hatte den Eindruck, du – du weißt schon, als hättest du dich ein bißchen verkrampft, als...«

Sie lächelte und legte ihm die Finger auf die Lippen. Ja, im ersten Moment hatte es ein klein wenig weh getan. Schon lange war sie nicht mehr mit einem Mann zusammen gewesen. Wie typisch für Jack, ihre feine Reaktion wahrzunehmen...

Aber der kleine Schmerz war nur flüchtig gewesen. Dann hatte sie ihre Beine an seine Hüften gedrückt und ihn schamlos gedrängt, tiefer in sie einzudringen. Jetzt errötete sie, als sie daran dachte, mit welcher Lust sie sich hingegeben hatte. Genaugenommen hatte sie es ihm unmöglich gemacht, nicht mit ihr zu schlafen. Befürchtend, daß er es bei jenem ersten Kuß bewenden lassen würde, hatte sie die Initiative ergriffen.

Sie wollte ihn! Wenn dieser Abend nicht so geendet hätte, hätte sie es ihr Leben lang bedauert. Ganz gleich, was morgen geschah – jetzt war er bei ihr und betrachtete sie mit dem gleichen traumverlorenen Blick, der, wie sie wußte, in ihren eigenen Augen lag.

Mit dem Zeigefinger streichelte er ihre Wange. »Du bist so schön, Anna«

Sie buchstabierte: »Du auch.«

Er lachte. »Ich? Schön? Na, das ist wirklich komisch.«

»Doch!« bedeutete sie ihm mit Nachdruck.

»Ich dachte, mein Gesicht erzählt nur viel.«

Sie wußte, daß er sie neckte. »Das auch.«

Vergnügt sah er sie an und fragte: »Und was erzählt es dir gerade?«

Gewissenhaft bildete sie mit den Fingern die Buchstaben ihrer Antwort. »Daß du es schön findest, hier zu sein, und glücklich bist.«

»Das ist nicht gelogen«, bestätigte er.

»Was hast du gesagt?«

»Ich denke, das ist nicht …«

Sie winkte ab. »Das hab ich mitbekommen. Aber was hast du vorhin gesagt, als …«

»Als was?« Fragend hob er die Brauen.

Ihr Blick prüfte ihn.

»Ach so, du meinst, als ich, als du, als wir – kamen?«

Sie nickte.

»Jemine, Anna, das weiß ich gar nicht mehr. Spielt es denn eine Rolle?

»Nur wenn du den Namen einer anderen Frau gerufen hast.«

»Das bestimmt nicht … niemals!«

»Gut.«

Er strich mit dem Daumen über ihre Lippen. Sein Lächeln war liebevoll und ein wenig traurig. »Ich kann mich wirklich nicht erinnern, was ich gesagt habe, Anna – aber ganz gleich, was es war, es reichte sicher nicht aus, um meine Gefühle zu beschreiben.«

Sie drückte ihren Kopf an seine Brust, hielt aber ihre Hand hoch, so daß er die Wörter, die sie buchstabierte, leicht zusammenfügen konnte. »Ich wollte, ich hätte es hören können.«

Er hob ihren Kopf ein wenig an. »Ja, das wünschte ich auch.«

Sie war versucht, ihm zu erzählen, daß sie wieder begonnen hatte, das Sprechen zu üben – aber sie zögerte. Was, wenn sie es für immer verlernt hatte? Es war möglich, daß diese Fertigkeit, die sie sich mit soviel Fleiß angeeignet hatte, für immer verloren war. Dann würde sie ihm jetzt nur Hoffnungen machen, die sie später enttäuschen müßte. Es würde schlimm genug sein, wenn sie selbst darunter litt. Aber ihn zu bekümmern, würde sie völlig fertigmachen.

Nein, sie sagte ihm besser noch nichts davon. Wenn sie

das erstemal seinen Namen aussprach, wollte sie es gut und richtig machen. Bis dahin würde sie nichts verraten und heimlich üben. Also benutzte sie wieder ihre Fingersprache: »Ich weiß, wie deine Stimme klingt.«

»Ach ja?«

Sie nickte. Mit beiden Händen an seinen Wangen rieb sie über die Bartstoppeln hinauf und hinunter.

Er dachte einen Moment darüber nach und sagte dann: »Das ist keine schlechte Beschreibung. Meine Stimme ist nicht sehr kultiviert – eher kratzig.«

Anna war entzückt über sein törichtes Lächeln – weil sie wußte, daß sie selbst genauso töricht lächelte. Sie tauschten einen flüchtigen Kuß und küßten sich noch einmal, tiefer, inniger. Und sie konnten die Hände nicht voneinander lassen. Sie strich über seine Brust, seine Schultern, schloß ihre Hand um seinen muskulösen Oberarm.

»Ich habe zwei Fragen«, bedeutete sie ihm.»

»Ja, ich weiß, daß ich sexy bin. Und nein, ich laß es mir nicht zu Kopf steigen!«

Dafür erntete er einen Klaps.

»Tut mir leid, ich konnte nicht widerstehen.« Rasch küßte er sie und legte den Kopf aufs Kissen zurück. »Schieß los.«

Sie hielt einen Finger hoch. »Was war heute morgen los?«

»Beim Sheriff? Sie mußten mich wieder gehen lassen. Keinerlei Beweise. Ich war's nicht, Anna.«

»Ist mir klar! Ich habe nicht geglaubt, daß du unsere Herde vergiftet hast, aber …«

Er nahm ihre Hände. »Du hattest jedes Recht, mißtrauisch zu sein. Aber ich kann dir sagen, wer's war: Emory Lomax.«

Das überraschte sie nicht, aber sie wollte wissen, woher er das habe.

Er erzählte ihr von Jesse Garcia und seinem Treffen mit Lomax in der Bank. Sie lachte über seine bildhafte Beschreibung der Szene. Dann umschloß sie sein Gesicht mit ihren Händen und bedeckte es mit Küssen, ehe sie seinen Mund suchte. Sie wollte den Kuß vertiefen, aber er bog den Kopf zurück und sah ihr ernst in die Augen.

»Anna, ich möchte nicht, daß dir durch meine Anwesenheit hier irgendwelche Unannehmlichkeiten entstehen.«

Seine Worte verwunderten sie, und gleichzeitig beunruhigte sie seine ernste Miene. Unsicher schüttelte sie den Kopf.

»Doch, das könnte passieren«, erklärte er. »Im Grunde genommen weißt du doch überhaupt nichts von mir. Hat Delray dir erzählt, was ich zu ihm gesagt habe? Daß ich immer auf Achse bin und nirgends lange bleibe? Daß ich ein …«

»Daß du ein Vagabund bist«, buchstabierte sie.

»Richtig!« Er sah sie forschend an. »Du hast mich nicht gefragt, warum ich so ein Leben führe.«

Nein, das hatte sie nicht getan. Und es spielte auch keine Rolle für sie. Was sie wissen mußte, wußte sie über ihn – daß er gutherzig und zart war, stolz, fürsorglich, stark und intelligent. Wichtig war der Mann jetzt vor ihr – nicht seine Vergangenheit, die ihm offensichtlich zu schaffen machte. Welche Umstände auch immer ihn in ihr Leben geführt hatten, sie war froh darum. Aber es hätte zu lange gedauert, ihm das Buchstabe für Buchstabe klarzumachen, darum sagte sie nur: »Ich weiß das, was wichtig ist, Jack.«

»Da könnte ich widersprechen«, versetzte er und runzelte die Stirn, als überlegte er, ob er es tun solle. Dann sagte er: »Und du solltest auch noch etwas anderes bedenken. Die Menschen sind boshaft. Das ist nun mal ihre Natur. Du eignest dich hervorragend als Zielscheibe für Klatsch der schlimmsten Sorte. Es geht niemanden was an, wen du zum Partner nimmst – aber vielleicht weil du Witwe bist und taubstumm dazu, genießen die Leute die böse Nachrede noch mehr.«

Gern nahm sie das nicht zur Kenntnis, aber es stimmte nun einmal.

»Hast du Geschichten über Delray und mich gehört?«

»Ja.« Er sah ihre Bekümmerung und fügte eilig hinzu: »Allerdings habe ich sie nie geglaubt. Ich wußte gleich, daß das alles Lüge war. Aber wenn sie sich die Mäuler darüber zerreißen, daß du mit deinem Ranchhelfer schläfst, wird es den Tatsachen entsprechen.«

»Ja, und ich bin froh darüber.«

»Ich auch.« Er legte seine Hand an ihre Wange. Sein Blick sagte ihr mehr als die Worte, die sie ihm von den Lippen las. »Gott strafe mich für meinen Egoismus, wenn du meinetwegen verletzt wirst, Anna, aber ich wollte mit dir zusammen sein. Ich habe es seit unserer ersten Begegnung gewollt.«

Sie sah ihn vor sich, wie er an jenem ersten Tag in seinem zerfledderten Strohhut, den abgewetzten Stiefeln und der Sonnenbrille zu ihr gekommen war und seine Hilfe angeboten hatte. Die Erinnerung würde ihr bis zum letzten Tag ihres Lebens bleiben. Vielleicht hatte auch sie schon in diesem Moment begonnen, ihn zu lieben.

Jedenfalls liebte sie ihn jetzt.

Sie drängte sich näher an ihn und küßte ihn ohne Hemmung in der Hoffnung, der Kuß würde wenigstens ein geringes Maß der Gefühle übermitteln, die er in ihr geweckt hatte. Sie schob ihre Hand hinunter und begann, ihn zu streicheln. Seine Augen wurden dunkel mit der wachsenden Erregung, sein Gesicht spannte sich vor Lust. Als sie ihren Mund auf ihn senkte, spürte sie die Schwingungen seines Stöhnens. Immer wieder las sie ihren Namen auf seinen Lippen, spürte, wann er ihn leise und mit Inbrunst flüsterte, spürte, wann er ihn in besinnungsloser Leidenschaft hinausschrie.

Ihre Liebe war ganz und vollkommen.

Sie erschauerte in dem Gefühl, ihn warm umschlossen in sich zu haben, während sein Blick über ihren Körper schweifte und sich an jeder Rundung, jeder Vertiefung erfreute. Sie sah, wie seine Lippen sich um ihre Brüste schlossen, und machte die Augen zu, als sie den süßen Sog spürte. Seine Zunge folgte den Furchen am Ansatz ihrer Oberschenkel. Er drückte sein Gesicht in ihren weichen Bauch und küßte ihren Nabel. Zuletzt drehte er sie herum und küßte sich ihren Rücken hinunter, bettete seinen Kopf in die Mulde ihrer Wirbelsäule und blieb so.

Das Maß ihrer eigenen Sinnlichkeit überraschte sie. Sie und Dean hatten sich sexuell gut verstanden, aber so frei und ungehemmt hatte sie sich nie gefühlt. Vielleicht wegen Delrays Schlafzimmer am anderen Ende des Flurs. Oder Dean waren als Liebhaber nicht so phantasievolle Berührungen eingefallen. Was auch immer die Gründe sein mochten, bei Jack kannte sie keine Scham.

Anna konnte es rückhaltlos genießen, als er sachte ihre Schenkel auseinanderdrückte und sie mit Mund und Zunge liebkoste, bis sie, von Welle zu Welle getragen, schließlich in einem Meer der Ekstase versank. Als sie die Augen öffnete, blickte sie in Jacks Gesicht. Er strich ihr das feuchte Haar aus der Stirn und lächelte voll Zärtlichkeit.

»Bist du nie so geliebt worden?«

Sie sah ihm an, daß es ihn freute, als sie benommen den Kopf schüttelte.

»Das ist gut. Ich meine, ich bin froh, daß ich das für dich tun konnte.«

Hingerissen küßte sie ihn erneut. Dann schloß sie wohlig die Augen und ließ sich vom Schlaf davontreiben.

Später liebten sie sich noch einmal, diesmal von Angesicht zu Angesicht, langsamer, weniger leidenschaftlich, aber inniger, mit tiefem Gefühl. Dann hüllte Jack sie beide in das Laken ein und trug sie zum Schaukelstuhl, wo er sich niedersetzte und sie auf dem Schoß hielt. Sie waren einander durch jeden Atemzug, jeden Herzschlag verbunden, brauchten kein Gespräch. Gemeinsam schwiegen sie.

Als es Morgen wurde, sagte ihm Anna, ohne den Kopf von

seiner Brust zu heben, was ihr Herz bewegte. Und Jack verstand ihre Gebärden. Er hob ihre Hand an seine Lippen, küßte sie und sprach dann in ihre geöffnete Rechte. Sie spürte die Worte.

»Ich liebe dich auch.«

43

Carl hatte sich halbtot gelacht. Tatsächlich war es ein Donnerschlag und kein Schuß gewesen, so daß er sich erleichtert auf den schmutzigen Boden der Hütte geworfen und gewiehert hatte, bis ihm die Tränen kamen.

»Scheiße, Myron, es sah aus, als wären wir im Arsch«, sagte er, sich die Augen wischend. »Ich dachte schon, irgend so 'n jämmerlicher Dorfbulle wär aus Versehen in unser Versteck gestolpert.«

Myron hatte das Witzige daran nicht kapiert, aber lachte trotzdem mit.

Doch der Donner war Vorbote eines Sturms, bei dem es nichts zu lachen gab. In manchen Momenten der folgenden Nacht verfluchte Carl das Schicksal dafür, daß es ihm auch noch diesen letzten gemeinen Streich spielen mußte. Aus dem Knast war er abgehauen, ohne einen Kratzer abzukriegen. Er hatte mit einer Frechheit ohnegleichen einen Bankraub abgezogen und war nicht erwischt worden. Ein Leben in Reichtum und Luxus lag zum Greifen nahe.

Und da sollte ihn in letzter Minute so ein beschissener Tornado erledigen?

Den ganzen Abend standen er und Myron an den Fenstern und beobachteten das jagende Gewölk. Das grüne Licht war Carl unheimlich. Mit der Dunkelheit wurde es noch schlimmer. Donner und Blitze, wie Carl sie in seinem Leben nicht gesehen hatte. Regen, Hagel und heulende Winde fielen stundenlang über die Hütte her. Das Dach leckte wie ein Sieb. Man konnte kaum ein trockenes Eckchen finden, um eine Weile zu verschnaufen.

Insgeheim quälte Carl die Angst, Gott wäre stinksauer auf ihn und hätte diesen Sturm zur Strafe für alle seine Missetaten geschickt. Diese Angst, das Heulen und Brüllen des Sturms, das Prasseln des Regens, der durch das Dach strömte, und die erstarrenden Leichname in der Ecke – kein Wunder, daß er da elende Stunden verbrachte.

Aber heute morgen war alles anders.

Vogelgezwitscher, angenehme Kühle und ein blauer Himmel erwarteten ihn, als er erwachte. Nachdem er draußen vor der Hütte seine Blase entleert hatte, setzte er sich in den Wagen und ließ den Motor an. »Na, komm schon«, sagte er ungeduldig, während er auf der Suche nach einem Regionalsender am Radio fummelte.

Myron erschien in der offenen Tür der Hütte. Seine roten Augen waren noch röter vom Schlaf, und das weiße Haar bildete ein krause Wolke um seinen Kopf. »Was machst'n da, Carl?« Er kratzte sich die Hoden, während er in eine Regenpfütze pinkelte.

»Bring mir doch mal 'ne Cola.«

Für eine Tasse starken schwarzen Kaffee hätte er einen der Hundertdollarscheine aus dem Matchsack gegeben; aber die lauwarme Limonade war die einzige verfügbare Coffeinquelle. Fast eine halbe Stunde lang blieb er im Wagen sitzen, schlürfte die Cola und hörte Radio. Als er wieder ausstieg, fühlte er sich erfrischt und voller Energie – was nicht nur vom Coffein kam.

Er warf die Dose weg und rieb sich die Hände. »Myron?«

»Ja?« Myron war dabei, sich mit Doughnuts vollzustopfen. An seinen Lippen klebte der weiße Puderzucker, so daß er noch gespenstischer aussah als sonst.

»Wir verschwinden hier.«

»Okay, Carl.«

»Ich meine, jetzt.« Als hätte Myron widersprochen, begann Carl zu argumentieren. »Weißt du, wovon sie im Radio andauernd reden?«

»Von was?«

»Von dem Sturm. Beinah alle Straßen und Brücken sind überschwemmt, die Schäden gehen in die Millionen. Dutzende von Menschen sollen umgekommen sein, viele werden vermißt, und man fürchtet, daß sie tot sind. Du weißt doch, wie diese Nachrichtensprecher reden, immer so salbungsvoll und bierernst. Tja, und jetzt quasseln sie tatsächlich von nichts anderem als dem Sturm. Ost-Texas hat's schwer erwischt. Der Wetterdienst konnte nicht mal sagen, wie viele Tornados es waren. Massenhaft Überschwemmungen. Ganze Dächer sind weggeflogen. Häuser in Trümmern. Autos von Wasserfluten mitgerissen. Fast nirgends funktioniert der Strom. Und die Telefonleitungen sind auch gestört. Der Gouverneur hat den Präsidenten gebeten, die Gegend zum Katastrophengebiet zu erklären. Heute morgen ist jedermann damit beschäftigt, wieder Ordnung zu schaffen. Weißt du, was das heißt?«

Myron verschlang einen ganzen Doughnut auf einmal. »Was?«

»Es heißt, daß keiner nach uns sucht.« Er wies nach draußen, zum Wagen. »Nicht ein einziges Wort über uns in den Nachrichten. Nicht *eines!* Glaubst du vielleicht, die interessieren sich noch für uns, wenn irgendwo eine alte Oma mit ihrer Miezekatze in ihrem abgetriebenen Wohnwagen um Hilfe schreit? Nie im Leben. Die werden heute den ganzen Tag mit Rettungsarbeiten zu tun haben. Und wahrscheinlich morgen und übermorgen auch noch. Jetzt ist der Moment, wo wir uns auf die Socken machen müssen.« Er lachte. »So was nennt man Vorsehung, Myron! Verdammt noch mal, das hätten wir nicht besser planen können.«

»Cecil hat gesagt, wir sollten 'ne Woche hier bleiben.«

»Klar hat Cecil das gesagt«, wiederholte Carl verächtlich. »Mein Bruder hatte keine Ahnung. Der wär wahrscheinlich nicht einverstanden mit meiner Entscheidung, aber ich hab

’nen Riecher für günstige Gelegenheiten – und diese hier kommt so schnell nicht wieder. Also, nichts wie weg!«

Sie schnappten sich alle Lebensmittel, die noch übrig waren, um unterwegs nicht einkehren zu müssen. Außerdem nahmen sie eine Packung Klopapier mit, Dosengetränke, Mineralwasser und alles, was Carl sonst noch für nützlich hielt. Während Myron die Sachen hinten auf dem Rücksitz des Wagens verstaute, machte Carl den Kofferraum auf, um sich zu vergewissern, daß der Matchsack mit dem Geld noch da war. Er glaubte nicht, daß Cecil ihn übers Ohr gehauen hätte – aber diese Connie sicherlich!

Der Sack war noch da, und soweit er feststellen konnte, hatte sich auch niemand daran zu schaffen gemacht. Da es sich nun mal ergab, steckte er gleich ein paar Hundertdollarscheine ein. Reisespesen, sagte er sich. Myron würde den Betrag bestimmt nicht vermissen, wenn er seinen Anteil bekam.

Carl beobachtete seinen Partner, der mit einem Kasten Limonade unter jedem Arm aus der Hütte schlurfte. Myron war immer gleich. Er regte sich nie auf, hatte nie Angst. Auch wütend wurde er nie oder geriet außer Fassung. Sein Schwachsinn schützte ihn vor normalen menschlichen Reaktionen und Emotionen.

Es war eine Affenschande, daß so ein Batzen Geld an einen Idioten verschwendet werden sollte, der seinen Wert so wenig würdigen konnte wie die Möglichkeiten, die er eröffnete. Vielleicht sollte er Myron zukünftiges Kopfzerbrechen über die Verwaltung seines Anteils ersparen. Das wäre einfach zuviel verlangt von ihm. Es würde ihn nur durcheinanderbringen.

Außerdem – sauberer ging’s doch nicht, als ihn hier mit Cecil und Connie zurückzulassen. Er – Carl – konnte sozusagen sein gesamtes Gepäck hier deponieren. Dann wäre er nur noch sich selbst verantwortlich und keinem anderen Rechenschaft schuldig.

Ah, herrlich, diese Aussicht auf uneingeschränkte Freiheit!

Myron stellte die beiden Kästen hinten auf den Rücksitz und machte sich wieder auf den Weg zur Hütte. Carl zog die Pistole aus seinem Hosenbund, entsicherte sie und zielte auf Myrons weiß umwölkten Hinterkopf.

Doch bevor er abdrückte, überlegte er es sich anders. Sie hatten noch eine Riesenfahrt vor sich bis zur mexikanischen Grenze. Myron war zwar dumm wie Bohnenstroh, aber besaß ein zusätzliches Paar Hände und einen kräftigen Rücken. Ohne Widerspruch führte er alles aus, was man ihm sagte. Er war nützlich für harte Arbeiten, wie ein Maultier. Niemand erschoß einen guten Esel, nur weil er häßlich und dumm war.

Daher beschloß er, Myron vorläufig am Leben zu lassen, schob die Pistole wieder ein und schlug den Kofferraumdeckel zu.

Keine fünfzehn Minuten später waren sie startbereit. Myron setzte sich auf den Beifahrersitz. Carl ging noch einmal in die Hütte, um zu prüfen, ob sie auch nichts vergessen hatten, was sie später vielleicht brauchen würden.

Sein Blick flog zu den beiden Leichen. Im Morgenlicht sahen sie grotesk aus. Sie begannen, sich aufzublähen. Fliegen krabbelten in ihren offenen Wunden herum. Sehr bald würden sie anfangen zu stinken.

Er verspürte einen Stich des Bedauerns, verdrängte ihn aber so rasch, wie er seine Furcht vor Gottes Zorn nach dem Abklingen des Sturms verdrängt hatte.

Nur den einen Gedanken gestattete er sich, daß nämlich Cecil und Connie bekommen hatten, was sie verdienten. Sie war eine billige Nutte gewesen, die sich mit Fick und Tücke in eine Sache reingemauschelt hatte, die sie nichts anging. Auf Dauer hätte sie nur Ärger gemacht. Das stand von Anfang an fest.

Den Mord an seinem Bruder zu rechtfertigen gelang ihm nicht so mühelos. Aber trotzdem… Cecil war ein hoffnungsloser Feigling gewesen. Und stur dazu. Er hatte die Überlegenheit seines kleinen Bruders einfach nicht anerkennen wollen.

Überleben des Tüchtigsten, das war ein fundamentales Naturgesetz! Carl hatte die Menschlichkeit lediglich von zwei Versagern befreit, so schaute es aus.

Er winkte ihnen spöttisch zu. »*Adios,* Freunde!«

»Wenn's stimmt, was ich an meinem Autoradio gehört hab, ist fast überall der Strom weg«, berichtete Jack Anna beim Frühstück, das nur aus Brot und Marmelade bestand. Die Nahrungsmittel im Kühlschrank hatten schon begonnen, schlecht zu werden. »Es heißt, daß es noch Tage dauern kann, ehe die Elektrizitätswerke die Schäden behoben haben. Überall herrscht Chaos. Im Moment sind wir auf uns selbst gestellt.«

Nach dem Frühstück kletterte er aufs Hausdach, um die Zerstörungen des Tornados zu begutachten. Er würde neue Schindeln brauchen, aber fürs erste verschloß er die undichten Stellen mit Teerpappe. Den Geräteschuppen würde er wiederaufbauen können, sobald er das notwendige Material beisammen hatte; aber das Stalldach mußten Fachleute reparieren. Sobald das Telefon wieder funktionierte, würde er den Tierarzt wegen der Verletzung des Pferdes anrufen; er hatte sie sich noch einmal angesehen, sie schien nicht allzu ernst zu sein.

Nachdem er mit alldem fertig war, schlug er Anna vor, gemeinsam die Herde in Augenschein zu nehmen. Ohne Telefon wollte er Anna und David nicht im Haus zurücklassen.

Anna packte einen Picknickkorb und dann David, der nicht davon abzubringen gewesen war, seinen eigenen kleinen Ranzen zu füllen. Außerdem nahm sie ihren Fotoapparat mit, weil sie meinte, es könne nur nützlich sein, den Leuten von der Versicherung Aufnahmen vorzulegen, die von unmittelbar nach dem Sturm stammten.

Die Spuren des Tornados reichten bis weit über den eisernen Torbogen hinaus, der die Corbett-Ranch begrenzte. Jack mußte beinahe im Slalom zwischen Trümmern und abgerissenen Ästen hindurchjonglieren, die der Sturm auf die Straße geschleudert hatte. Stromleitungen waren aus den umgestürzten Masten gerissen. Sie sahen einen genau in der Mitte abgeknickten Wegweiser. Eine Wellblechplatte vom Dach des Pferdestalls, die einem Stück zerknitterter Alufolie ähnelte, war an die achthundert Meter weit fortgetragen worden. Mitten auf der Weide lag eine alte Windmühle, rundherum verstreut ihre abgebrochenen Flügel.

Als Jack um eine Kurve fuhr, wäre er beinahe mit einer Kuh zusammengestoßen. Im letzten Moment konnte er den Wagen zum Stehen bringen. Mehrere Tiere hatten die Straße überquert und grasten seelenruhig im Graben auf der anderen Seite.

»Na, ist das nicht mal wieder typisch für die schlauen Corbett-Kühe? Finden genau die Stelle, wo es eine Zaunlücke gibt.«

Damit stieg er aus und trieb die Streuner mit wedelnden Armen und lauten Kommandos zurück auf ihre Weide. Zum Glück hatte er einen Werkzeugkasten und ein paar Bretter mitgenommen; so konnte er den Zaun notdürftig flicken.

Er stellte den Pick-up außerhalb des Viehgeheges ab. »Von hier aus gehen wir besser zu Fuß. Ich möchte nicht, daß uns die Kutsche irgendwo im Schlamm steckenbleibt.«

Anna steckte in einem Paar Stiefel von Delray. Sie waren ihr viel zu groß, aber schützten ihre Füße vor dem Schlamm und dem Wasser, das überall stand. Auch David hatte Stiefel angezogen, aber Jack trug den Jungen den größten Teil des Wegs rings um die Weide. Die Herde hatte das Unwetter gut überstanden. Soweit Jack feststellen konnte, fehlte nicht ein einziges Tier.

Das hielt er beinahe für ein Wunder, obwohl er schon davon gehört hatte, daß diese Wirbelstürme sich häufig höchst seltsam verhielten. So konnten sie beispielsweise eine Straßenseite in Trümmer legen, während sie die andere völlig unberührt ließen. Manchmal fegten sie über Kilometer dicht am Boden dahin und machten alles, was sich in ihrer Bahn befand, dem Erdboden gleich. Dann wieder sprangen sie auf und nieder wie ein flacher Stein auf glattem Wasser und hinterließen ein Lochmuster der Zerstörung. Dieser Tornado mußte unversehens scharf nach Osten abgeschwenkt sein und so die Weide verfehlt haben, wo ihre Herde graste.

Während des Rundgangs hielt Jack Anna die ganze Zeit bei der Hand, und auf dem Rückweg zum Wagen fragte er sich, was David darüber dachte. Wenn er es überhaupt bemerkte, so sagte er wenigstens nichts dazu. Tatsächlich schien er gar nicht wahrzunehmen, daß ihre Beziehung sich verändert hatte; aber sie verhielten sich natürlich auch rücksichtsvoll im Hinblick auf das Kind. Jack war zur Wohnzimmercouch hinuntergeschlichen, bevor der Junge aufgewacht war – obwohl ihm das sehr leid tat.

Auch jetzt mußte er sich beherrschen, die Finger von ihr zu lassen. Jedesmal, wenn er sie ansah, wollte er sie auch berühren. Und er schaute sie dauernd an.

Das war es, was David schließlich doch auffiel.

Jack hatte eine dicke Decke im Laderaum seines Wagens ausgebreitet, weil der Boden für ein richtiges Picknick viel zu naß war. Sie aßen Erdnußbutterbrote, frisches Obst und tranken Fruchtsaft dazu. Jacks Blick begegnete Annas und hielt ihn fest. Sie bedachte ihn mit dem besonderen Lächeln, das eine Frau einem Mann nach einer erfüllten Nacht schenkt.

Es war ein kleines, kaum merkliches Lächeln, das folgendes verriet: Sie kenne all seine Geheimnisse und wünschte, er kenne die ihren. Jedesmal, wenn Anna ihn mit diesem Lächeln ansah, hätte er sich am liebsten in den Arm gekniffen, um sicher zu sein, daß die vergangene Nacht nicht ein Traum gewesen war.

Aber im Gegenteil! Sie hatte sich wirklich ereignet. Anna

hatte ihm sogar gesagt, daß sie ihn liebte – nicht etwa im Drogen- oder Alkoholrausch, und auch nicht wegen seiner Brieftasche. So märchenhaft es klang, sie hatte ihm gesagt, daß sie ihn liebte, und er glaubte ihr.

Ihre Blicke blieben so lange ineinander versunken, daß David aufmerksam wurde. »Hey, warum redet ihr überhaupt nichts? Ist irgendwas los? Seid ihr böse?«

Jack zauste dem Jungen das Haar. »Gar nichts ist los. Ich schaue nur deine Mutter an.«

»Warum denn?«

Jack faßte wieder Anna ins Auge und richtete seine Worte genauso an sie wie an David. »Weil sie wunderhübsch ist.«

»Du findest die hübsch?«

»Hm!«

Ihr Sohn musterte Anna, als versuchte er, sie mit Jacks Augen zu sehen. »Na ja, sie ist wahrscheinlich ganz okay«, befand er und biß in sein Brot.

»David?« Jack zögerte einen Moment, dann sagte er: »Wär's dir recht, wenn deine Mutter und ich zusammen wären?«

Der Kleine krauste die Stirn. »Wieso? Wir sind doch schon zusammen, Jack.«

»Ich meine, weißt du, wenn deine Mutter und ich Freund und Freundin wären.«

David machte ein enttäuschtes Gesicht. Soeben war sein Idol vom Sockel gestürzt. »Ich hab nicht gewußt, daß du Mädchen magst, Jack«, sagte er in einem Ton, als wäre ihm schwerer Verrat geschehen.

»In deinem Alter hab ich sie wahrscheinlich auch nicht gemocht. Aber das ändert sich, wenn man älter wird.«

»Bei mir nicht.«

»Sei da mal nicht so sicher.«

»Bestimmt nicht«, erklärte David mit Nachdruck. Verwirrt sah er von einem zum anderen. »Du willst, daß meine Mama mit dir geht?« fragte er Jack dann.

»Ja. Das möchte ich sehr gern.«

»Du willst sie küssen und so?«

»Ja.«

Genervt verdrehte David die Augen. »Na ja, wenn du's unbedingt willst ... okay.«

»Danke«, sagte Jack feierlich.

»Aber mich magst du doch auch noch, oder?«

»Absolut. Du bist mein bester Freund.« Jack hob die Hand zum männlichen Abklatschen.

Beruhigt machte sich David über die Chips her. »Können wir nach dem Essen schwimmen gehen?«

Jack lachte über die Lässigkeit, mit der der Junge ihre Liebe hinnahm – fühlte sich aber auch erleichtert. Und er sah Anna an, daß sie dem Gespräch gefolgt war und ebenso empfand wie er. Sie hätten beide nicht glücklich sein können, wenn ihre Beziehung bei David auf Widerstand gestoßen wäre.

Jetzt überzeugte er David davon, daß es nicht ratsam war, schwimmen zu gehen während des Hochwassers. Doch um den enttäuschten Jungen zu trösten und sich selbst diesen ersten Familienausflug zu verlängern, fuhr er mit Anna und David zu dem Wald, der zur Corbett-Ranch gehörte.

»David, weißt du eigentlich, daß deine Mama eine sehr kluge Frau ist? Sie hat beschlossen, einen Teil der Bäume hier zu verkaufen und von den Holzfällern junge Bäume setzen zu lassen.«

»Cool!« rief David. »Darf ich zuschauen, wenn sie die Bäume umhauen?«

»Warten wir's ab! Jetzt kannst du erst mal ein paar von ihnen markieren.«

Der Teppich aus Unterholz und Fichtennadeln hatte wie ein Filter gewirkt, durch den das Regenwasser abgeflossen war; auf diese Weise gelangten sie beinahe trockenen Fußes vorwärts. Wenn sie einen Baum sahen, von dem Jack meinte, daß er die Holzverwertungsgesellschaft interessieren könnte, zog er sein Messer heraus, reichte es David und ließ den Jungen ein X in die Borke ritzen.

Einmal, als David durch seine Aufgabe abgelenkt war, legte Anna Jack den Arm um die Taille und hob ihm ihr Gesicht zum Kuß entgegen. Er ließ sich nicht zweimal bitten und küßte sie leidenschaftlich.

Während ihrer ganzen Wanderung experimentierte sie mit ihrem Fotoapparat und verschiedenen Objektiven. Immer wieder bat sie ihn und David, sich von ihr knipsen zu lassen – bis David sich beschwerte, er sähe vor lauter Blitzlicht nur noch rote Punkte. Jack hatte den Verdacht, daß sie gelegentlich auch Schnappschüsse bei natürlichem Licht von ihnen machte, wenn sie sich unbeobachtet glaubten. Einmal nämlich, als er und David nach der Inspektion eines hohlen Baums aufstanden, ertappte er sie, wie sie schnell den Apparat senkte und hochbefriedigt lächelte.

Mit der Nachmittagssonne begann es wieder heiß zu werden. Der feuchte Boden dampfte, und sie fanden, es wäre an der Zeit, nach Hause zu fahren. Jack kurbelte beide Wagenfenster herunter. Anna setzte sich in die Mitte und überließ es David – dem das großen Spaß machte –, vor den Gattern, die sie durchfahren mußten, aus dem Pick-up zu springen, sie zu öffnen und hinter ihnen wieder zu schließen.

Annas Hand lag auf Jacks Oberschenkel, während sie fuhren – vertrauensvoll und besitzergreifend –, eine Geste, derer sie sich gar nicht bewußt war. Jack legte seine Hand auf die ihre; sie sah zu ihm auf und rückte näher, bis er ihre Brust unter seinem Arm fühlte, ihre Hüfte an der seinen. Vertrautheit. Mit einer Frau. Mit dieser einen. Auch etwas Neues für ihn.

Ihr Haar strich flatternd über seine Wange und seinen Hals. Ihr Duft erinnerte ihn an die vergangene Nacht. David plapperte unaufhörlich; aber anstatt Jack auf die Nerven zu gehen, erhöhte es nur sein glückliches Behagen.

Er wußte nicht, ob er weinen oder jubeln sollte.

Bis dahin hatte er nicht gewußt, daß das Leben so schön sein konnte.

Es war zu schön, um wahr zu sein.

So etwas Schönes dauerte nie lange.

Irgendwann endet es.

Er hatte Angst davor, wie es enden würde.

44

Der Pick-up rollte langsam aus. »Wieviel Uhr ist es, Jack?«

»Bald drei.«

»Gut, dann hab ich *Gilligan's Island* nicht verpaßt.« David stieß die Wagentür auf und wäre in seiner Hast, zum Fernsehen zu kommen, beinahe hinausgepurzelt. Er rannte die Treppe hinauf und flitzte über die Veranda.

»Du hast vergessen, daß wir keinen Strom haben«, rief Jack ihm nach.

Aber die Haustür war schon hinter ihm zugekracht.

Jack half Anna aus dem Wagen. »Der Junge hat eine Energie!« Er zog sie an sich und fügte hinzu: »Dagegen bin ich völlig schlapp nach dem, was du mir gestern nacht zugemutet hast.«

Sie produzierte eine gekränkte Miene, konnte sich aber das Lächeln nicht verkneifen. Noch einmal drückte er sie fest an sich, dann ging er nach hinten, um die Sachen abzuladen. Sie nahm den Fotoapparat und ihre Tasche, griff nach der Decke und dem Picknickkorb.

»Wenn wir das Zeug reingebracht haben, sollten wir mal in den Ort fahren und sehen, was da los ist; vielleicht können wir rauskriegen, wann wieder mit Strom zu rechnen ist. Was meinst du?«

Anna bedeutete ihm, daß sie Nahrungsmittel einkaufen wollte.

»Genau«, sagte Jack. »Wenn überhaupt noch Geschäfte stehen, sind die Regale wahrscheinlich schon leergefegt; hoffentlich finden wir ein paar Sachen, die nicht in den

Kühlschrank müssen. Ein Glück, daß der Herd auch mit Gas funktioniert.«

Er langte um sie herum, öffnete die Haustür und stieß sie auf. Anna trat vor ihm ein, Jack folgte.

Der Schlag war mit unglaublicher Wucht geführt.

Einmal hatte er einen Pferdehuf an den Kopf bekommen. Damals arbeitete er vorübergehend auf einer Ferienranch in Südkalifornien, wo reiche Leute einen Haufen Geld bezahlten, um mal eine Woche lang den Cowboy zu spielen. Der Wallach war bekannt gewesen für seine Unberechenbarkeit. Jack hatte ihn nach einem Ausritt abgerieben, als er sah, wie das Tier die Nüstern blähte. Wissend, was kommen würde, hatte er auszuweichen versucht, war aber nicht schnell genug gewesen. Der Huf hatte ihn am Kopf erwischt.

Dies hier traf ihn allerdings schlimmer.

Bei dem Pferd hatte er einen Sekundenbruchteil Zeit gehabt, sich zu wappnen. Diesmal war er völlig unvorbereitet. Der Schlag kam aus dem Nichts, von einem unsichtbaren Feind geführt. Er traf ihn mit voller Wucht und der ganzen Kraft, die dahinter stand, seitlich am Kopf, und riß ihn von den Füßen. Es schien, als hinge er eine Ewigkeit in der Luft, ehe er gegen die Wand krachte. Ein brennender Schmerz schoß durch seinen Oberkörper, also hatte er sich beim Aufprall mindestens eine Rippe gebrochen.

Wie ein Sack landete er auf dem Fußboden und würgte die emporsteigende Übelkeit krampfhaft hinunter. Zitternd faßte er sich an den Kopf und schloß die Augen. Er fühlte sich wie von einem Vorschlaghammer getroffen, nichts anderes hätte solch einen betäubenden Schmerz hervorrufen können.

Ihm kam es vor, als spränge sein Gehirn hinter seinen Schädelwänden herum wie eine Roulettekugel auf der Scheibe. Erst als es sich endlich beruhigte, konnte er die Augen wieder öffnen, erstaunt, daß er dazu überhaupt imstande war – daß der Schlag ihn nicht bewußtlos gemacht oder getötet hatte.

Instinktiv versuchte er aufzustehen, schaffte es aber nur bis auf alle viere. Als er den Kopf hob, tanzten die Wände Boogie-Woogie, und der Boden schlingerte. Ihm wurde speiübel. Er ließ seinen Kopf herabfallen und übergab sich.

»Mensch! Hör bloß auf!«

Jacks Arme knickten unter ihm ein, und er stürzte zur Seite. Neuer Schmerz, so heiß wie von einem Brandeisen, schoß durch seinen Oberkörper...

Er biß die Zähne zusammen, um nicht laut aufzuschreien.

»Jetzt schau dir mal an, was du da für eine Sauerei veranstaltet hast! Na, wie ist es, Süße? Willst du ihn nicht dafür zusammenstauchen, daß er auf deinen frischgewachsten Boden gekotzt hat?«

Jack machte die Augen wieder auf. Der Schwindel hatte ein wenig nachgelassen. Wenigstens war das Tempo des Tanzes, den Wände und Boden vollführten, etwas gemächlicher geworden. Dennoch mußte er sich durch Wellen von Übelkeit kämpfen, ehe es ihm gelang, halbwegs scharf zu sehen.

Der Mann war groß, gutaussehend, mörderisch.

Das erkannte Jack sofort, und bei dieser Erkenntnis drohte neue Übelkeit ihn zu übermannen, die er nur mit äußerster Willenskraft niederzukämpfen vermochte.

Der Eindringling drückte David eine Hand auf den Mund, so fest, daß der Junge wie an ihn gefesselt war. In der anderen Hand hielt er eine Pistole, die auf Davids Kopf zielte. Anna stand flach an die gegenüberliegende Wand gepreßt und starrte den Unhold mit vor Todesangst aufgerissenen Augen an. In ihrem Gesicht befand sich kein Blutstropfen mehr.

Der Mann sagte zu ihr: »Hat deine Mutter dir nicht beigebracht, daß es unhöflich ist, Leuten nicht zu antworten, wenn sie mit einem reden?«

Anna fuhr fort, ihn anzustarren.

David vor sich her stoßend, trat er näher an sie heran.

»Hey, was ist los mit dir, Schätzchen? Hat's dir die Sprache verschlagen?«

Sie stand wie versteinert da.

Der Mann puffte sie mit dem Pistolenlauf leicht in den Bauch. »Na los, mach schon, sag was!« Er schob den Pistolenlauf abwärts und drückte ihn ihr zwischen die Beine. »Wetten, daß ich dich zum Reden bringen kann?« Die Stimme zu einem obszönen Flüstern senkend, setzte er hinzu: »Wetten, daß ich dich zum Schreien bringe?«

»Taubstumm...«

Jacks Stimme war kaum mehr als ein Krächzen, aber der Mann hörte es und drehte den Kopf. Er sah Jack mit einem Blick an, der von Jahren der Gefangenschaft zu gleißender Schärfe geschliffen war.

»Sie... ist... taubstumm... kann nicht... sprechen.«

Die kalten Augen verengten sich mißtrauisch, aber das entwaffnende Lächeln blieb. »Du würdest mich doch nicht anlügen, oder? Raten würd ich's dir auf keinen Fall.«

»...taubstumm!«

Zu Jacks Überraschung warf er den Kopf zurück und lachte mit blitzenden weißen Zähnen. »Ich hab nicht gewußt, ob ich's glauben soll oder nicht. Aber dann ist es tatsächlich wahr. Mein Bruder sagte – Aua!« schrie er plötzlich auf und schleuderte David von sich. Mit einer Grimasse des Schmerzes inspizierte er den roten Abdruck kleiner Zähne auf seinem Handballen. »Du widerliches Arschloch, du! Dir werd ich's zeigen, mich zu beißen!« Drohend ging er auf David zu.

»Nein!« brüllte Jack.

Anna keuchte auf in höchster Not.

»Du sollst meine Mama in Frieden lassen«, rief David weinend, als der Mann ihn vorn am T-Shirt packte und in die Höhe riß. Der Junge strampelte mit Armen und Beinen. Ein paar Sekunden lang hatte der Mann alle Hände voll damit zu tun, den Kleinen zu bändigen.

Jack, der fürchtete, daß in dem Handgemenge die Pistole losgehen würde, rappelte sich mühsam hoch und tappte schwankend vorwärts.

»Keinen Schritt näher!« Der Mann richtete die Pistole auf Jacks Brust und stieß gleichzeitig David zu Anna hin, die den schluchzenden Jungen an sich drückte.

So wie Jack es sah, hatte er zwei Möglichkeiten. Er konnte als mutiger Narr sterben oder auf seinen Verstand hören: Der sagte ihm, daß er Anna und David nicht half, indem er sich von diesem Kerl umlegen ließ. Alles trieb ihn, sich auf den gemeinen Schweinehund zu stürzen. Aber welchen Sinn machte ein solcher Angriff, wenn er sich damit nur den Tod holte?

Er gehorchte also und blieb stehen.

Der Mann grinste und rollte die Schultern, als wollte er sie entspannen. »Das ist schon viel besser. Aufregung schadet nur.«

»Ich bin nicht aufgeregt«, erwiderte Jack ruhig.

»Na prima. Es gibt ja auch keine Probleme, oder? Ich mein, es sollte keine geben. Wir sind eine Familie. Und da ich gerade auf dem Weg nach Süden war, hab ich mir gedacht – hey, du kannst doch diese Gelegenheit nicht verstreichen lassen, deinen Neffen und deine Schwägerin kennenzulernen.« Anna erhielt ein breites Grinsen. »Keine Blutsverwandtschaft zum Glück!« Sein Blick glitt über sie hin. »Dean hat immer schon ein gesegnetes Händchen gehabt. Ich schwör's, alles, was der Bursche angefaßt hat, ist zu Gold geworden – das gilt auch für dich, Schätzchen!«

»Was wollen Sie, Herbold?«

Er wandte sich Jack zu. »Das geht dich einen Scheißdreck an.« Aber dann siegte die Eitelkeit, und er neigte beinahe kokett den Kopf zur Seite. »Du hast mich bei meinem Namen genannt. Kennst du mich?«

»Soll das Ihr Ernst sein?«

Carl lachte und verneigte sich leicht. »Ja, ich bin eine

echte Fernsehgröße, was? Und du – laß mich raten –, du bist der angebliche Ranchhelfer?«

Jack schwieg.

»Ja, ja, Cecil hat mir schon von dir erzählt.«

»Hat er Ihnen auch von Delray erzählt?«

»Daß er am Abkratzen ist?«

»Er ist tot.«

»Ehrlich?« Carl sah ihn skeptisch an.

»Ich kann Ihnen den Nachruf in der Zeitung zeigen«, bot Jack an.

»Nicht nötig.« Nachdenklich rieb er sich mit dem Pistolenlauf die Wange. »Tut mir richtig gut, die Vorstellung, daß der alte Scheißkerl jetzt in der Hölle schmort.« Er genoß das Bild einen Moment, dann wandte er sich wieder Jack zu. »Und – was ist mit dir, hm?«

»Nichts ist mit mir.«

»Cecil hat's mir anders erzählt. Er hat gesagt, daß du ein Bulle bist. FBI möglicherweise!«

Beinahe hätte Jack gelacht, aber der Schmerz in seiner Seite hinderte ihn daran. »Irrtum.«

Es war offensichtlich, daß Carl ihm nicht glaubte. »Du bist also nur ein Helfer.«

»Richtig.«

»Und jetzt, wo Delray ins Gras gebissen hat, übernimmst du den Laden hier?«

»Nein. Ich bleibe nur so lange, bis Mrs. Corbett alles im Griff hat.«

Carl grinste. Er maß Jack mit einem bedächtigen Blick von oben bis unten, musterte Anna auf ähnliche Weise und konzentrierte sich dann wieder auf Jack. »Es macht aber einen etwas anderen Eindruck. Ihr seid doch ganz dicke miteinander! Ich mein, Picknickausflüge und so.« Er deutete auf den Korb, den Jack bei der jähen Attacke fallenlassen hatte. Carl bückte sich und hob einen Apfel auf, der herausgerollt war, und biß krachend hinein. »Hast du sie schon gevögelt?«

Jack sagte nichts. Eindeutig versuchte Carl, ihn zu reizen, um einen Vorwand zu bekommen, ihn aus dem Weg zu räumen. Wahrscheinlich wollte er ihn ohnehin umbringen, aber solange er – Jack – das hinauszögern konnte, hatten sie noch eine Chance, sich zu retten.

Anna beobachtete ihn, bemüht, seinem Dialog mit Carl soweit wie möglich zu folgen. Er hoffte, sie sähe auch seine rechte Hand, die er am Gürtel bewegte. Jeden einzelnen Buchstaben bildete er langsam und vorsichtig, damit er ja nicht Carl Herbolds Aufmerksamkeit erregte.

Um Zeit zu gewinnen und Carl abzulenken, bemerkte er: »Ihr Bruder ist ja gar nicht bei Ihnen.« Seine Finger formten den Buchstaben ›M‹.

»Nein, Cecil konnte heut nicht.«

»Wo ist er denn?« ›E‹.

Carls Lächeln trübte sich. »Und du willst mir weismachen, daß du kein Bulle bist? Dafür stellst du aber einen Haufen Fragen über Dinge, die dich nichts angehen.«

Jack hoffte, er würde Carl in Schach halten können, bis Anna bemerkte, was er tat, und seine Zeichen las. ›S‹. »Ich würde sagen, Cecil ist tot.«

»Halt's Maul!«

»Na so was, Carl«, höhnte Jack. »Warum denn so empfindlich?« ›S‹. »Was haben Sie getan? Haben Sie ihn umgebracht, damit Sie das ganze Geld von dem Überfall für sich behalten können?«

Carl drohte Jack mit der Pistole. »Ich warne dich! Halt jetzt endlich die Klappe!«

›E‹. Jack machte sich über die Gefährlichkeit Carl Herbolds keine Illusionen. Aber selbst der hartgesottenste Kriminelle besaß gewöhnlich eine Achillesferse. Carls hatte er auf Anhieb gefunden. Brudermord war eine schwere Gewissenslast, selbst für einen abgebrühten Killer.

›R‹, signalisierte er Anna. Er hatte keine Ahnung, ob sie sah, was er tat. Reagiert hatte sie bisher nicht. Deshalb begann er noch einmal von vorn. ›M‹. »Was ist mit der Frau? Wie heißt sie gleich wieder, die Bankangestellte, die bei dem Überfall mitgemacht hat?« ›E‹. »Wo ist sie, Carl? Oder haben Sie die auch –«

Carl schlug Anna mit dem Handrücken ins Gesicht.

Der Angriff war so bösartig und unerwartet, daß sie einen Moment lang alle erstarrten. Dann begann David Carl anzuschreien, Carl lachte, und Jack konnte nichts anderes tun, als Haß und Wut zu unterdrücken, weil dieser Totschläger noch immer die Pistole auf ihn gerichtet hielt.

»Ja, da schaust du, was, du arrogantes Arschloch? Mach ruhig weiter mit deinem superklugen Gequatsche, dann kriegt sie gleich noch eine in die Fresse. Für den Anfang!« Anna preßte die Hand auf ihre blutende Lippe; aber ihre Haltung und ihr Blick, als sie ihren Peiniger anstarrte, drückten nur eisigen Hochmut aus. »Oder vielleicht mach ich's ihr von hinten und laß dich und den Jungen zuschauen. Hm, gefällt mir eigentlich gut, der Gedanke.«

Jack war machtlos. Wenn er Carl Herbold nur den geringsten Vorwand lieferte, würde dieser ihn töten und in der kommenden Nacht trotzdem gut schlafen. Er konnte es sich nicht leisten, die Beherrschung zu verlieren – aber es kostete ihn seine ganze Willenskraft, ruhig stehenzubleiben und nichts zu tun.

Bei jedem Atemzug durchfuhr ihn brennender Schmerz. Jedes Wort, das er sprach, war eine Qual; aber er hatte nur seine Stimme als Waffe. »Hut ab, Carl, soviel Mut hab ich selten erlebt. Wen haben Sie sich denn im Knast vorgenommen? Da waren doch sicher keine Frauen und Kinder?«

Herbold stieß einen tiefen Seufzer aus und schüttelte den Kopf. »Das hat man davon, wenn man sich bemüht, nett zu sein.« Er packte Anna bei den Haaren und stieß sie auf die Knie hinunter.

Myron schwitzte. Es hatte überhaupt nichts geholfen, die Wagenfenster zu öffnen, weil kein Wind ging. Die Sonne brannte durch die Windschutzscheibe. Er hatte schon drei Cola getrunken. Carl hatte ihm befohlen, im Wagen zu bleiben. Wenn er nicht mal rauskonnte, um zu pinkeln, trank er jetzt besser nichts mehr, auch wenn er fast am Verdursten war.

Und obendrein langweilte er sich. Die Langeweile machte ihn schläfrig. Zweimal war er eingenickt und nervös wieder hochgefahren.

Wenn er einschlief und nicht auf das Geld aufpaßte, würde Carl wütend werden und ihn anschreien, er wäre ein Kretin. Er wollte Carl nicht wütend machen. Carl war sein Freund. Er durfte Carl nicht enttäuschen.

Aber er schwitzte und ihm war langweilig. Und ein bißchen Schiß hatte er auch.

Carl war schon unheimlich lange weg. Er hatte gesagt, er hätte was zu erledigen. »Weißt du noch, was ich zu dir gesagt hab, Myron? Was ich tu, sobald ich raus bin?«

»Daß du die Scheißkerle umlegst, die dich in den Knast gebracht haben.«

»Richtig. Einen hat's schon erwischt. Cecil. Zwei stehen noch auf der Liste.« Carl hatte seine Pistole lässig um einen Finger gedreht. Myron mochte es, wenn Carl das tat – dann sah er aus wie die Cowboys im Film.

»Wird nicht lang dauern, Myron.«

Aber das tat es doch. Carl müßte längst zurück sein. Was, wenn ihm was Schlimmes passiert war? Wenn er zum Beispiel geschnappt worden war? Was, wenn er überhaupt nicht zurückkam?

Diese Möglichkeit versetzte Myron in Panik. Er wußte den Weg nach Mexiko nicht. Was sollte er mit dem Geld anfangen, das sie gestohlen hatten? Wo würde er heute nacht schlafen?

Der Angstschweiß brach ihm aus allen Poren. Er wischte sich das Gesicht mit dem Hemdsärmel. Sein Hemd klebte an seinem Körper. Er konnte nicht stillsitzen. Dauernd juckte es ihn irgendwo. Sein Körper war voller Hitzepickel. Seine Hände schwitzten. Er legte die Pistole neben sich auf den Sitz und wischte sich die Handflächen an den Hosenbeinen trocken.

Was sollte er tun, wenn Carl nicht zurückkam?

Aber wenn er nicht genau die Anweisungen befolgte, würde Carl wütend werden. Er erinnerte sich, was Carl gesagt hatte.

»Also, paß auf, Myron. Hey, hörst du mir zu? Okay, gut. Ich laß das Geld hier bei dir. Das Geld, das wir aus der Bank mitgenommen haben, weißt du noch?«

»Ja, ich weiß, Carl.«

»Gut. Es liegt im Kofferraum, okay?«

»Okay.«

»Ich kann's nicht mitnehmen, weil ich mit dem Riesenmatchsack auffallen würde. Drum muß ich es hier lassen. Verstehst du?«

»Klar, Carl.«

»Schlaf nicht ein.«

»Nein, Carl.«

»Du bist der Wachposten. Du darfst dich von niemandem überraschen lassen. Hast du deine Kanonen?«

»Hier, Carl.« Er hob die Pistole in seiner Hand. Eine geladene Flinte lag quer über seinen Knien.

»Bestens«, hatte Carl ihn gelobt, und Myron war stolz gewesen. »Also, wenn jemand dem Wagen in die Nähe kommt, dann leg ihn um.«

»Okay, Carl.«

»Ich mein's ernst, Myron. Das ist wichtig. Sag nichts, tu nichts, leg einfach jeden um, der sich ranschleicht.«

»Okay, Carl. Kann ich eine Cola haben?«

»Klar.«

Carl hatte eine ganze Sechserpackung Cola neben ihn auf den Sitz gestellt.

»Wo gehst du hin, Carl?«

»Hab ich dir doch gesagt, Myron. Ich hab was zu erledigen.«

»Kann ich mitkommen?«

»Verdammt noch mal!«

Und er hatte geschnaubt, wie er das immer tat, wenn er kurz vor einem Wutanfall war. Dann hatte er was davon gesagt, daß Myron aussähe wie ein wandelndes Horrorkabinett – statt ihn mitzunehmen, könnte er sich gleich eine Uzi unter den Arm klemmen.

Myron hatte nicht verstanden, was das heißen sollte; aber das hatte Carl gesagt, und deshalb mußte er im Auto bleiben und das Geld bewachen und jeden umlegen, der kam.

Aber Carl war jetzt schon so lange weg. Myron kriegte langsam Muffensausen. Mit klebrigem Zeigefinger spielte er am Abzug der Schrotflinte, die auf seinen Knien lag. Er wimmerte vor Furcht, allein gelassen zu werden. Was würde aus ihm, wenn Carl nicht wiederkam? Er wußte nicht, wie er allein die mexikanische Grenze erreichen sollte.

Nun fixierte er die Stelle am Horizont, wo er Carl zuletzt gesehen hatte, und wünschte aus tiefstem Herzen, er würde wiedererscheinen. Er biß auf seine Unterlippe und nagte an der Innenwand seiner Wange. Noch einmal wischte er sich den Schweiß von der Stirn. Er drehte den Kopf und schaute durch das Rückfenster.

Was er sah, erschreckte ihn zutiefst.

Es war ein Auto, das abbremste und neben ihm anhielt.

45

Wie sich doch innerhalb von vierundzwanzig Stunden alles ändern konnte, dachte Emory Lomax.

Gestern hatte er die Minuten bis Feierabend gezählt, einzig darauf bedacht, sich zu verkriechen und die Wunden zu lecken, die ihm der Mann namens Jack beigebracht hatte. Mit eingekniffenem Schwanz war er nach Hause geschlichen, wo er mehrere Aspirin gegen die Kopfschmerzen genommen hatte, die ihn seit dem Mittagessen quälten. Dummerweise hatte er sie später mit mehreren Gläsern Bourbon wieder aktiviert. Er vertrug nicht viel Alkohol; der Bourbon hatte ihn besoffen gemacht.

Sonst jedoch hatte er von dem Sturm kaum etwas mitbekommen. Er merkte es nicht, als die tobenden Winde seine Fensterläden abrissen und seine Mülltonnen die Straße hinuntertrieben. Hagel und Regen, die seine Garage bis zu den Achsen des Jaguars überschwemmten, verpennte er. Erst am Morgen erfuhr er von dem Tornado, als sein Radiowecker ihn mit den Nachrichten aus dem Schlaf riß.

Während der Sturm seine Heimatgemeinde verwüstete, hatte er sich bis zur Besinnungslosigkeit betrunken, sich bald in Selbstmitleid gesuhlt, bald mit der Angst gekämpft, daß seine betrügerischen Machenschaften ihn in Teufels Küche bringen würden – und die ganze Zeit gekocht vor Wut über die Frechheiten des dahergelaufenen Cowboys.

Als er jetzt im klimatisierten Komfort seines Wagens auf der Straße dahinbrauste, die zur Corbett-Ranch führte, fragte er sich bestimmt zum hundertstenmal, was dieser Typ sich einbildete, ihn mit solcher Geringschätzung zu behandeln. Unaufgefordert war er in sein Büro eingedrungen. Er hatte ihn bedroht, hatte ihm tatsächlich ein Messer an die Kehle gedrückt. Unglaublich, diese Dreistigkeit!

Dabei konnte ihm doch so eine Null nicht das Wasser reichen! Ein Muskelprotz mit einem Gesicht wie der Marlboro-Mann, der große Töne spuckte und in Wirklichkeit nichts weiter war als ein Landstreicher, ein Taugenichts, der es nie zu etwas bringen würde.

Warum, zum Teufel, er sich von dem Angeber hatte ins Bockshorn jagen lassen, war ihm immer noch ein Rätsel. Sicher wegen dem Überraschungsangriff! Der Typ hatte ihm aufgelauert und ihn aus dem Hinterhalt überfallen. Das war zweifellos ein Grund, warum er mit so schändlicher Hast klein beigegeben hatte.

Ein zweiter Grund war seine Nervosität nach dem Stelldichein mit Connaught und Genossen gewesen – Leuten, die um hohe Einsätze spielten und denen er Versprechungen gemacht hatte, die schwer zu erfüllen sein würden.

Auch der Gedanke, Jesse Garcia gegen sich zu haben, steigerte insgesamt seine Unsicherheit; aber dieser Jack hatte ja selbst zugegeben, Garcia bei ihrem Zusammentreffen belogen zu haben. Wahrscheinlich hatte er ihm nur ein Lügenmärchen aufgetischt. Eine solche Begegnung war ja nicht bewiesen. Und bisher hatte Garcia noch nie einen seiner Auftraggeber hängenlassen. Es schien höchst unwahrscheinlich, daß er jetzt plötzlich damit anfangen sollte. Immerhin stand seine Zuverlässigkeit auf dem Spiel.

Emorys Kleinmut konnte jedem oder allen dieser mildernden Umstände zugeschrieben werden. Oder dem ungewohnten Alkoholgenuß beim Mittagessen. Oder der drückenden Hitze am gestrigen Nachmittag. Oder einem geistigen Aussetzer. Ganz gleich.

Hauptsache, er durchschaute endlich das Theater des Cowboys! Anna Corbetts Rinderhirte war eifersüchtig auf ihn, deshalb hatte er seine Muskeln spielen lassen. Na toll!

Aber es ging immer noch um das große Geschäft, den Erwerb der Corbett-Ranch. Er würde sich ganz sicher nicht durch ein paar plumpe Drohungen aus dem Mund eines Mannes, der es nicht mal wert war, ihm die Stiefel zu putzen, von seinem Ziel abbringen lassen.

Heute morgen war er zwar mit einem elenden Kater erwacht, aber mit klarem Kopf und Verstand für die Aufgabe, die ihn erwartete. Die Eroberung Anna Corbetts konnte nicht aufgeschoben werden. Sie mußte heute in Angriff genommen werden.

Möglicherweise zeigte sie ihm zunächst weiterhin die kalte Schulter – aber wenn sie ihn erst kennenlernte, würde sie schon weich werden. Und dafür war es erforderlich, ihr Zeit zu widmen. Genau das hatte er vor. Heute würde er ihr einen Anstandsbesuch machen. Er wollte ihr seine Dienste offerieren und sie im Lauf der kommenden Wochen mit Gefälligkeiten geschäftlicher und persönlicher Natur überschütten.

Wenn sie sich dann an seine Großzügigkeit und Herzensgüte gewöhnt hatte, würde er seinen Charme zur Hochform auflaufen lassen und sie glauben machen, sie würde heiß umworben – aber nur bis das Geschäft abgeschlossen war. Natürlich hätte er nichts dagegen, von der Ware zu kosten – aber nie im Leben würde er sich eine Taubstumme und ihren verwöhnten Fratz aufhalsen.

Cowboy Jack hatte ihn gewarnt, ihr fernzubleiben. »Ach du liebe Güte, hab ich eine Angst!« höhnte er laut. Was wollte der Kerl denn groß tun? Ihm die Kehle durchschneiden? Ihn verprügeln? Emory lachte verächtlich. Nichts als Einschüchterungstaktik. Darauf würde ein Mr. Lomax bestimmt nicht reinfallen.

»Drück so einem Cowboy ein abgefahrenes Messer in die Hand, und er bildet sich ein, er wär Jack Bowie«, murmelte er und bremste gleichzeitig ab.

Da vorn am Straßenrand stand ein Wagen. Soweit er

sehen konnte, saß nur eine Person darin, auf der Beifahrerseite. Der Himmel wußte, daß Emory nicht am Helfersyndrom litt – aber er war schlau und berechnend. Er bildete sich einiges darauf ein, sich stets nach allen Seiten abzusichern. Wenn der Wagen eine Panne hatte und der Mann darin ein Bankkunde war, der später erzählte, Emory Lomax sei vorbeigeprescht, ohne seine Hilfe anzubieten, würde sich das schlecht machen. Zumal seine Beziehung zum Präsidenten des Hauses ohnehin schon gespannt war.

Wenn dieser Herr aber als barmherziger Samariter gepriesen wurde, der keine Unbequemlichkeit gescheut hatte, um einem Mitbürger Beistand zu leisten, würde ihm das einige dringend benötigte Sternchen einbringen.

Mit einem gütigen Lächeln auf den Lippen hielt er neben dem geparkten Wagen an.

»Du hättest anrufen können.«

Coras Stimme klang eisig, aber in seiner derzeitigen Gemütsverfassung traf Ezzy das nicht im mindesten. Am liebsten hätte er gesagt ›Laß deinen Ärger woanders aus‹ und dann aufgelegt.

»Schließlich hast du gewußt, daß ich mir Sorgen machen würde«, sagte sie vorwurfsvoll.

»Hab ich das?«

Die Bemerkung saß, sie seufzte tief gekränkt. »Ich hab nicht angerufen, um mich mit dir zu streiten, Ezzy. Sogar hier draußen haben wir von den fürchterlichen Stürmen in Ost-Texas gehört. Im Fernsehen hieß es, daß ein Tornado Blewer parktisch dem Erdboden gleichgemacht hat. Seit Stunden versuche ich, dich anzurufen, und bin erst in der Nacht durchgekommen. Dann hast du dich zu Hause nicht gemeldet – Herrgott noch mal, versetz dich doch mal in meine Lage! Würde es dich unter solchen Umständen nicht beunruhigen, nichts von mir zu hören? Ich habe mir schon die gräßlichsten Dinge vorgestellt.«

»Der Sheriff hat gestern abend mit mir telefoniert und gefragt, ob ich aushelfen könnte.«

»Und da hast du alles stehen- und liegengelassen und bist sofort losgefahren!«

Ihr Ton war so sarkastisch, als hielte sie ihn für ein erbärmliches Würstchen, das ohne Stolz und Selbstachtung jede Gelegenheit ergriff, sich selbst zu beweisen, daß er noch etwas wert war.

»Stimmt«, antwortete er. »Es hat gutgetan, zur Abwechslung mal gebraucht zu werden. Ganz gleich, von wem.«

Es war sonst nicht seine Absicht, bei einem Streit mit Cora unbedingt die Oberhand zu behalten; aber verdammt noch mal, um Haaresbreite wäre er von einem Tornado weggefegt worden! Außerdem hatte er sich die ganze Nacht mit widerlich schmeckendem Kaffee und Automatenfraß über Wasser gehalten, während er in der Funkzentrale saß und die Einsätze jüngerer Deputies dirigierte, die die Aufgaben erledigten, für die er zu alt geworden war.

In die Einsatzzentrale hatten sie ihn abkommandiert, als er seinen freiwilligen Dienst antrat. Nicht zum Such- und Rettungsdienst. Nicht zum Hochwasserschutz. Das war Männersache. Er taugte nur noch für Tätigkeiten, die jede alte Schachtel erledigen konnte. Und das einem Polizeibeamten, der fünfzig Jahre Erfahrung auf dem Buckel hatte!

Das Schlimmste daran war, daß er nicht gesagt hatte, sie könnten ihn mal, und schnurstracks wieder rausmaschiert war. Nein, er hatte sich brav hingesetzt. Und als heute morgen die Telefonverbindungen wiederhergestellt waren, hatte er eine weitere Demütigung hinnehmen müssen. Sie hatten ihn von der Einsatzzentrale ans Telefon versetzt, wo seine ganze Arbeit darin bestand, Anrufe entgegenzunehmen und gegebenenfalls weiterzuleiten.

Unter diesen Umständen hatte er ja wohl ein Recht darauf, ein bißchen gereizt zu sein – gerade der Frau gegenüber, die keine Skrupel gehabt hatte, ihn zu verlassen.

Sie fragte: »Wann hast du das letztemal gegessen?«

»Keine Sorge. Lucy versorgt mich gut.«

»Lucy vom *Busy Bee*?«

»Kennst du sonst noch Lucys?«

»War ja nur 'ne Frage.«

»Genau die *Busy-Bee*-Lucy«, wiederholte er bissig. »Ich hab regelmäßig dort gegessen.«

Das verschlug ihr denn doch die Sprache. Lange sagte sie gar nichts, und Ezzy genoß es, sie schmoren zu lassen.

Schließlich knurrte sie: »Du bist zwar ein ausgesprochenes Ekelpaket, aber trotzdem freut es mich, daß dir nichts passiert ist.«

Das stimmte nicht ganz, aber er korrigierte sie nicht. Die Beule an seiner Schläfe mußte man nicht unbedingt erwähnen. Er war nicht tot, schwer verletzt oder unter eingestürzten Wänden verschüttet – das meinte sie damit.

»Hat das Haus was abbekommen?«

»Keine Ahnung. Ich war noch nicht daheim.« Er spielte den Gleichgültigen. »Im ganzen Landkreis ist der Strom weg. Wir arbeiten hier im Office mit Notgeneratoren. Die Mannschaften schuften rund um die Uhr; aber in der Stadt schaut's schlimm aus, und da sind die Haupttransformatoren. Eines muß man der Telefongesellschaft lassen, die Leute haben mit Vollgas gearbeitet. Was ich jetzt hier zu spüren kriege. Ich muß Schluß machen, Cora, die Telefone spielen verrückt.«

»Na dann – und dir geht's wirklich gut?«

»Könnte nicht besser gehen.«

»Ruf mich an, wenn du mal Pause machst.«

Als bemerkte er ihren bekümmerten Ton nicht, sagte er nur kurz: »Also, tschüs!« und beendete das Gespräch. Wenn sie sich so fürchterliche Sorgen um ihn machte, brauchte sie sich nur in ihren Buick zu setzen und nach Hause zu kommen. Schon läutete das Telefon wieder. »Sheriff's Office!«

»Äh – entschuldigen Sie, ich hab ein ganzes Rudel Schlangen auf dem Hof. Es war alles überschwemmt, wissen Sie, und jetzt, wo das Wasser wieder weg ist, wimmelt's von den Biestern. Überall kriechen sie rum. Meine Frau dreht durch, und einer von den Hunden ist schon gebissen worden.«

Im Hintergrund konnte Ezzy Hundegekläff hören, das Kreischen einer Frau und ein undefinierbares Dröhnen. Er stellte die Routinefragen und trug die Antworten des Mannes in das Standardformular ein. Als er die ländliche Adresse hörte, sagte er: »Bei Ihnen draußen funktionieren also die Telefone schon wieder?«

»Nein. Alles tot. Ich ruf von meinem Handy aus an.«

Ezzy versprach, daß ein Beamter so bald wie möglich vorbeikommen würde, fügte aber hinzu, daß es eine Weile dauern könne. Er ermahnte den Mann, vorsichtig zu sein, bis Hilfe einträfe, sagte ihm jedoch nicht, daß er wahrscheinlich noch monatelang immer wieder Schlangen in seinem Haus finden würde. Das wußte er von früheren Überschwemmungen.

Als nächstes rief ein Mann an, der sich über seinen Nachbarn beschweren wollte. »Wenn er seinen miserablen Zaun besser instand gehalten hätte, wär er nicht in mein Schwimmbecken geblasen worden.«

Ezzy riet ihm, sich mit dem Nachbarn gütlich zu einigen und nicht mit solchen Lappalien das Telefon zu blockieren. Das kam bei dem Mann, der sowieso schon in Rage war, nicht gut an. Als er anfing, Ezzy zu beschimpfen, legte der einfach auf.

Sein Wohlwollen war erschöpft, seine Toleranzgrenze längst überschritten. Er hatte die Nase gestrichen voll. Gleich der nächste Anrufer bekam seine Übellaunigkeit zu spüren.

»Sheriff's Office«, belferte er unwirsch.

»Wer spricht da bitte?«

»Ezzy Hardge.«

Pause. »Sind Sie nicht im Ruhestand?«

»Was kann ich für Sie tun, Madam?«

»Das weiß ich selbst nicht genau. Natürlich haben Sie alle furchtbar viel zu tun, und wahrscheinlich ist es albern von mir anzurufen. Aber es…«

»Darf ich nach Ihrem Namen fragen, Madam?«

»Oh, entschuldigen Sie. Ella Presley – von der Bank. Ich bin die Sekretärin von Emory Lomax.«

Du Ärmste, dachte Ezzy. »Hat die Bank denn heute offen?«

»Nein, nein. Wir haben ja keinen Strom, und außerdem sind mehrere Fenster kaputt. Aber wenigstens funktioniert das Telefon wieder. Nein, wir sind heute nur reingekommen, um bei den Aufräumungsarbeiten zu helfen.«

»Sie sind doch nicht etwa ausgeraubt worden?« fragte er mehr aus Jux.

»Nein, nein, nichts dergleichen. Ich rufe wegen Mr. Lomax an. Er ist vor einer Weile gegangen, und jetzt will der Präsident heute nachmittag um vier eine Besprechung mit allen Angestellten abhalten – bloß ich kann Mr. Lomax nirgends erreichen, um ihm Bescheid zu geben.«

Ezzys Geduldsfaden würde gleich reißen. Was war nur heute mit den Leuten los? Hatte ihnen der Tornado allen gesunden Menschenverstand aus dem Hirn gesogen?

»Mrs. Presley, ich wüßte nicht, wie…«

»Ich hätte Sie wirklich nicht belästigt, aber hören Sie, normalerweise ist Mr. Lomax immer erreichbar. Zu jeder Tages- und Nachtzeit. Entweder über sein Handy oder seinen Piepser. Aber er hat sich auf keinen meiner Anrufe gerührt.«

»Vielleicht hat er die Apparate abgestellt?«

»Das würde er nie tun. Ich bin vor allem deshalb besorgt, weil er zur Corbett-Ranch hinaus wollte. Mrs. Corbett – Sie wissen schon, die junge Frau, die taubstumm ist? –, also sie ist bei uns Kundin, und Mr. Lomax betreut ihr Konto. Er wollte nach ihr sehen, weil er meinte, sie würde sich ohne Strom und Telefon besonders schwer tun.«

Ezzy mußte lächeln über Ella Presleys Naivität. Lomax hatte Handy und Pager abgestellt, weil er bei Anna Corbett nicht gestört werden wollte. Und Ezzy konnte es ihm nicht verübeln, wenn es ihm auch rätselhaft erschien, wieso eine Frau mit soviel Klasse sich für eine Pfeife wie Lomax interessierte.

»Bestimmt wird er bald wieder auftauchen«, sagte er unbekümmert. »Ich würde mir an Ihrer Stelle kein Kopfzerbrechen machen.«

»Das würde ich auch nicht tun, wenn nicht der Vorfall von gestern wäre.«

Ezzy unterdrückte ein Gähnen. »Was denn für ein Vorfall?« Er stützte den Kopf in die Hand und schloß die Augen.

»Am Nachmittag kam ein Mann in die Bank und wollte zu Mr. Lomax. Als ich ihm erklärte, daß Mr. Lomax noch nicht aus der Mittagspause zurück sei, sagte er, er würde warten, und marschierte einfach an mir vorbei in Mr. Lomax' Büro.«

»Und wer war der Besucher?«

»Er und Mr. Lomax behaupteten, sie wären Studienfreunde – aber eine der Schalterangestellten erklärte mir später – wir waren in der Kaffeepause –, wenn der ein Studienfreund von Mr. Lomax sei, würde sie einen Besen fressen. Sie sagte, er helfe draußen auf der Corbett-Ranch mit und hätte wahrscheinlich noch nie eine Universität von innen gesehen.«

Ezzy machte die Augen wieder auf und spitzte die Ohren. Das klang schon interessanter. »Und warum sollen die beiden so getan haben, als wären sie alte Kommilitonen?«

»Das ist es ja, Sheriff. Ich hatte den Eindruck, daß sie ganz und gar nicht befreundet waren. Im Gegenteil! Ihre Stimmen drangen durch die Tür, so laut und heftig, als würden sie streiten. Mir wollten sie weismachen, das Ganze wäre nur ein Spaß, aber die Sache mit dem Messer…«

»Was für ein Messer?«

»Hab ich das noch gar nicht gesagt?«

»Nein.« Ezzy griff nach Block und Stift. »Aber ich wäre Ihnen dankbar, wenn Sie jetzt noch mal von vorne anfingen.«

46

Ezzy hatte für Emory Lomax nichts als Verachtung übrig. Es war absurd, an diesen Schleimer auch nur einen Gedanken zu verschwenden, geschweige denn, ihm eine ganze Stunde kostbarer Zeit zu opfern. So lange würde er brauchen, um zur Corbett-Ranch rauszufahren und wieder zurück. Noch eine Viertelstunde nachdem er losgebraust war, überlegte er, ob es nicht gescheiter wäre umzukehren.

Vor Müdigkeit konnte er kaum die Augen offenhalten. Entgegen dem, was er Cora erzählt hatte, quälte ihn ein Bärenhunger. Seit dem Stück Apfelkuchen, das Lucy ihm gestern nachmittag hingestellt hatte, hatte er nichts Ordentliches mehr zu sich genommen.

Der Rücken tat ihm so weh, daß er ihn kaum geradehalten konnte, weil er die ganze Nacht über dem Schreibtisch gehangen hatte, um Deputies, die sich auf der Suche nach steckengebliebenen Autofahrern und anderen Opfern des Sturms selbst verfahren hatten, mit Hilfe seiner Karte wieder auf den rechten Weg zu helfen.

Seine Glieder waren steif vom langen Sitzen. Die Arthritis zwickte und zwackte in allen Gelenken. Sein Atem stank von den zahllosen Tassen widerlichen Kaffees so fürchterlich, daß selbst ein Ziegenbock die Flucht vor ihm ergriffen hätte. Er brauchte dringend eine Rasur und eine Dusche.

Kurz, er fühlte sich rundum wie ein Wrack.

Sheriff Foster mußte es ihm angesehen haben, denn er hatte ihm eine zweistündige Pause verordnet. Und er war verrückt genug, die Hälfte davon an Emory Lomax zu verschwenden. Bloß gut, daß Cora nichts von seiner neuesten

Fahndungsexpedition wußte, die einzig auf einem vagen Instinkt basierte. Sie würde ihm ganz schön die Hölle heiß machen.

Aber im Grund trieb ihn gar nicht die Sorge um Emory Lomax' Wohl zu diesem hirnverbrannten Unternehmen, sondern die Neugier, was mit diesem Gehilfen der Corbetts los war. Der Mann mußte Lomax ja wahrhaftig hassen, wenn er ihn sogar mit dem Messer bedrohte. Oder hatte vielleicht Anna Corbett derart heftige Emotionen bei ihm geweckt? Hatte er es hier mit einer schlichten, altmodischen Eifersuchtsklamotte zu tun? Wenn ja, dann hatte sich das Drama mit Expreßtempo entwickelt. Aber so was sollte es geben. Das beste Beispiel waren er und Cora.

Genau, ein erstklassiges Beispiel.

Am Telefon war er absichtlich widerborstig gewesen. Und jetzt tat es ihm leid. Nur um es ihr heimzuzahlen, hatte er sie so kurz abgefertigt. Er sollte sie anrufen und um Verzeihung bitten. Ja, er würde anrufen, sobald er wieder in der Stadt war. Und dann sofort.

Zum Anlaß seiner Fahrt zurückkehrend, rief er sich den Tag ins Gedächtnis, an dem Delray ihn im *Dairy Queen* mit seinem neuen Ranchhelfer bekannt gemacht hatte. Übermäßig umgänglich hatte er damals auf Ezzy nicht gewirkt. Aber den Eindruck eines jähzornigen Hitzkopfs hatte er auch nicht gemacht.

Emory Lomax konnte allerdings sogar einen Heiligen zur Weißglut bringen. Wie damals zum Beispiel, als er schnaubend in Ezzys Büro gestürmt war und verlangt hatte, daß sofort etwas gegen die Vögel unternommen werde, die seine englische Luxuskarosse, wenn sie auf dem für Bankangestellte reservierten Parkplatz stand, mit ›ihrem Kot verunreinigten‹.

Ezzy hatte sich die ganze hitzige Tirade ruhig angehört, und als Lomax endlich der Dampf ausgegangen war, hatte er sich freundlich erkundigt, ob Lomax im Ernst glaube, daß der Sheriff und seine Leute den Spatzen das Scheißen abgewöhnen könnten. Lomax war, Gift und Galle speiend, wieder abgezogen, und das ganze Office hatte Tränen gelacht.

Es war gar nicht verwunderlich, daß der Neuling am Ort Lomax nicht mochte. Wenige konnten ihn leiden. Viele, die irgendwann einmal bei Lomax einen Kredit beantragt hatten, würden ihm wahrscheinlich mit Wonne den Hals umdrehen. Nur hatte, soweit Ezzy bekannt war, noch keiner so heftig reagiert wie dieser Mann.

Aber wieso war Lomax nicht mit einer Anzeige vorbeigekommen nach einer so haarsträubenden Situation? Ezzy hatte in den Unterlagen nachgesehen und keine Eintragung gefunden. Vielleicht war die ganze Szene wirklich nur ein Jux unter alten Freunden gewesen, und die Sekretärin hatte es falsch aufgefaßt?

Trotzdem, was immer auch dahintersteckte – so mir nichts dir nichts das Messer zu ziehen, das ging nicht an. Sogar im Scherz gehörte sich dergleichen nicht. Und deshalb war er jetzt auf dem Weg zur Corbett-Ranch. Wenn Lomax bei seinem Besuch bei Anna Corbett mit dem Helfer zusammenstieß und einer von beiden oder beide in die Frau verliebt waren, konnte es leicht zu einem Zweikampf kommen.

Außerdem hatte er, verdammt noch mal, so ein Gefühl, daß mehr hinter der Sache steckte. Mochte man ihn verrückt, senil und verstiegen nennen – er hatte in solchen Dingen fünfzig Jahre Erfahrung, und hier stimmte etwas nicht. Man konnte wenigstens versuchen, der Sache auf den Grund zu gehen.

Gestern abend, als er sich zum Dienst gemeldet hatte, ernannte Foster ihn in der allgemeinen Hektik kurz und bündig zum Deputy. Rein rechtlich gesehen, war Ezzy also in amtlicher Eigenschaft unterwegs – obwohl er bezweifelte, daß Foster ihn beauftragt hätte, einer Vermißtenmeldung nachzugehen. Aber Foster machten die Nachwirkungen des

Sturms noch genug zu schaffen … warum ihn dann mit einer solchen Bagatelle belästigen?

Obwohl er sich wie durch die Mangel gedreht fühlte, genoß er es, wieder einen Dienstwagen zu fahren. Der Lincoln war von einem anderen Wagen blockiert gewesen, der in zweiter Reihe geparkt hatte. Auf seine Anfrage hin, ob er während seiner Pause einen Streifenwagen nehmen könne, hatte ihm der Deputy, der Telefondienst machte, wortlos einen Schlüsselbund zugeworfen.

In dem Wagen fühlte er sich so wohl wie in seinem alten Flanellmorgenrock, den er zu Coras Entsetzen bestimmt schon zehnmal aus der Tüte für die Altkleidersammlung gerettet hatte. Allein die Chance, wieder einmal am Steuer eines Streifenwagens zu sitzen, war ihm Grund genug gewesen, die Fahrt zur Corbett-Ranch zu unternehmen, um nach Emory Lomax Ausschau zu halten. Weit besser, Ella Presleys Anruf nachzugehen, als sich eine Stunde aufs Ohr zu legen und dann womöglich noch mißlauniger als vorher wieder aufzuwachen – oder sein Haus nach Schäden zu prüfen, die er selbst doch nicht würde richten können, oder über dem rätselhaften Hinweis im Fall McCorkle zu brüten, den ein Sterbender ihm hinterlassen hatte.

Myron brach fast in Tränen aus.

Carl war immer noch nicht wieder da, und er kriegte es jetzt richtig mit der Angst.

Dazu kam die Sorge, etwas falsch gemacht zu haben.

Carl hatte ihm befohlen, jeden zu erschießen, der in die Nähe des Wagens kam. Aber er hatte den Mann im Auto weiterfahren lassen und ihn nicht erschossen. Der Wagen war bis neben ihm gerollt. Der Mann darin hatte sich vorgebeugt und zu ihm rübergeschaut. Dann war er plötzlich aufs Gaspedal gestiegen und abgezischt, ehe Myron feuern konnte.

Der Gedanke, daß Carl von dieser Panne erfahren würde,

versetzte ihn in nackte Panik. Aber noch größer war seine Angst, daß Carl nicht wiederkommen würde; dann wäre er ganz allein, und keiner sagte ihm, was er tun sollte. Nein, da war's ihm schon lieber, wenn Carl ihn anbrüllte und einen Kretin nannte.

Er dachte daran, hinters Steuer zu rutschen und in der Richtung zu fahren, in die Carl verschwunden war. Eigentlich könnte er versuchen, Carl zu finden. Aber er wußte ja den Weg nicht. Was, wenn er ihn verfehlte? Was, wenn Carl zurückkam und er nicht da war? Dann würde Carl wirklich wild werden.

Deshalb blieb er, wo er war, schwitzte und hütete das Geld.

Aber wenn noch mal jemand vorbeikam, würde er schießen. Dann würde Carl nicht so böse werden, wenn er von dem anderen erfuhr.

Dies beschlossen, blieb Myron beinahe gelassen, als er das Auto bemerkte. Er sah es im Seitenspiegel und drehte sich nicht nach ihm um, sondern richtete den Blick weiter nach vorn. Der Wagen bremste ab und hielt hinter seinem am Straßenrand. Myron fand es sehr gut, daß er angehalten hatte – denn er wollte jemanden erschießen, damit Carl stolz auf ihn sein konnte.

Es war ein Streifenwagen … weiß mit blauer Schrift auf der Seite. Quer über dem Dach thronte unübersehbar die Lichtanlage. Die Lichter blinkten nicht, aber ein Auto mit Schrift auf der Seite und Scheinwerfern obendrauf war der Feind. Carl haßte Bullen wie die Pest. Er würde sich halbtot freuen, wenn er hörte, daß Myron einen Bullen umgelegt hatte.

Der Fahrer öffnete die Tür und stieg aus.

»Hallo, haben Sie Schwierigkeiten mit ihrem Wagen?«

Myron beobachtete ihn im Spiegel, als er sich vorwärts beugte, hörte seine Schritte auf dem Kies.

Er krümmte seine schweißnassen Finger um den Abzug.

»Brauchen Sie Hilfe?«

Als der Polizist sich herunterbeugte und lächelnd durch das offene Fenster sah, hob er die Flinte und feuerte.

Emory Lomax zog die kleine Dose mit dem Atemspray aus der Brusttasche seines Jacketts und verpaßte sich einen ordentlichen Schuß Pfefferminzessenz. Er prüfte sein Aussehen im Rückspiegel und stellte erleichtert fest, daß ihm von dem soeben überstandenen Schrecken nichts mehr anzusehen war.

Er hatte abgebremst, um dem Mann in dem liegengebliebenen Wagen seine Hilfe anzubieten – aber als er neben dem Fahrzeug zum Halten kam, war ihm der Schreck in alle Glieder gefahren. Albinoaugen hatten ihn angestarrt, farblos und rot umrandet. Und das blutleere Gesicht unter dem krausen weißen Haar – wie ein Spuk aus der Geisterbahn. So etwas Gruseliges hatte er nie zuvor gesehen.

Zur Hölle mit den guten Vorsätzen und Public Relations! Selbst wenn das Gespenst ein Bankkunde war – was er nicht glaubte; wer würde eine solche Fratze je vergessen? –, konnte ihn keine Macht der Welt mehr zum Bleiben bewegen. Mit Vollgas war er davongejagt und hatte den Fuß erst vom Pedal genommen, als er das Tor zur Corbett-Ranch erreichte.

Bevor er ausstieg, glättete er sein Haar und übte vor dem Rückspiegel sein Lächeln. Haus und Hof schienen unnatürlich still. Nirgends war ein Mensch zu sehen. Nichts rührte sich. Als Emory die Treppe zur vorderen Veranda hinaufstieg, vermerkte er mit Unwillen, daß das Objekt, das der Bank als Sicherheit für den gewährten Kredit diente, bei dem Sturm einigen Schaden genommen hatte. Vor allem das Stallgebäude sah übel aus. Das Haus selbst jedoch schien, abgesehen von einem zerbrochenen Fenster, glimpflich davongekommen zu sein.

Gerade wollte er läuten, als ihm einfiel, daß hier draußen wahrscheinlich auch der Strom ausgefallen war. Er klopfte also dreimal nachdrücklich an die Tür. Sie wurde augenblicklich geöffnet, und ausgerechnet von dem Mann, den er nicht riechen konnte.

»Was haben Sie hier zu suchen, Lomax?« schnauzte der Cowboy unverschämt.

»Es geht Sie zwar nichts an, aber ich möchte zu Mrs. Corbett. Würden Sie sie bitte holen?«

»Sie ist jetzt nicht zu sprechen.«

»Was soll das heißen, sie ist nicht zu sprechen?«

»Das heißt, daß sie nicht zu sprechen ist. Ich werd ihr ausrichten, daß Sie hier waren.«

Die Frechheit dieses Menschen war wohl kaum zu überbieten. Er hatte nicht einmal den Anstand, ihm ins Gesicht zu sehen, sondern schaute einfach an ihm vorbei in den Hof, als suchte er etwas.

»Wiedersehen!«

Er wollte die Tür zumachen, aber Emory trat einen Schritt vor und stemmte die Hand dagegen. »Hören Sie mal, Jack«, forderte er herrisch, »Sie werden jetzt Mrs. Corbett herholen!«

»Sie kann Sie im Moment nicht sprechen. Und sie will es auch gar nicht.«

Aufgebracht fragte Emory: »Woher wissen Sie denn, was sie will und was nicht? Ich finde, das sollte sie mir schon selbst sagen.«

»Ich sag's für sie. Und jetzt hauen Sie ab!«

Der Kerl wollte ihn verjagen wie einen streunenden Hund. Aber das ließ Emory sich nicht gefallen. »Was bilden Sie sich ein, in diesem Ton mit mir zu reden!«

»Hören Sie, Lomax, wir können uns ja gelegentlich mal auf ein Bier zusammensetzen – dann erklär ich Ihnen genau, warum Sie für mich ein Arschloch sind. Aber das ist nicht der Grund, warum ich Ihnen rate zu gehen. Ich rate es Ihnen, weil es in Ihrem eigenen Interesse liegt.«

»Ach was?«

»Glauben Sie mir.«

»O nein, keineswegs. In *Ihrem* Interesse liegt es, daß ich gehe.«

»Okay. Und Mrs. Corbett möchte es auch.«

»Mrs. Corbett!« äffte Emory ihn spöttisch nach. »Wie förmlich! Und wie heuchlerisch. Jeder am Ort weiß doch, was hier draußen läuft. Kaum war der Alte tot, da sind Sie in die Bresche gesprungen. Haben Sie wenigstens die Laken gewechselt, bevor Sie mit ihr ...«

»Halten Sie den Mund!«

»Sonst passiert was?«

»Gehen Sie einfach.«

»Erst wenn ich mit Mrs. Corbett gesprochen habe.« Er versuchte, den Mann wegzustoßen, aber es gelang ihm nicht. »Ich komme jetzt rein.«

»Das tun Sie nicht!«

»Sie können machen, was Sie wollen, ich komme rein.« Emory war es leid, von Anna Corbett und ihrem Ranchhelfer wie ein Dummkopf behandelt zu werden. So etwas brauchte er sich nicht bieten zu lassen. Wenn sie sich nicht zu gut war, mit Kerlen wie diesem Viehhirten zu schlafen, konnte sie auch nicht erwarten, mit Samthandschuhen angefaßt zu werden.

Schluß mit der Süßholzraspelei! Er ließ sich doch nicht für blöd verkaufen. Ein Mr. Lomax würde zurückschlagen, und zwar ohne Rücksicht auf Verluste: erstens ihr den Kredit kündigen, zweitens ihr den Hof wegnehmen, ihn Connaught überreichen und der Held des Tages werden!

Dieser affigen Ziege würde er es schon zeigen.

Das alles wollte er ihr ins Gesicht sagen, solange er noch richtig in Fahrt war. Er würde sich ihr schon verständlich machen, da konnte sie so taub sein, wie sie wollte.

Aber erst mußte er an diesem Typen vorbei. Noch einmal versuchte er, den Cowboy auf die Seite zu drängen, und als der nicht nachgab, gerieten sie in eine alberne Rangelei.

»Ich laß mich doch nicht von einem Gehilfen abweisen«, keuchte Emory empört.

Mit aller Kraft stieß er den Cowboy vor die Brust und sah mit Genugtuung, wie dessen Gesicht vor Schmerz kreidebleich wurde. Er taumelte nach rückwärts, also nutzte Emory die Gelegenheit und stürmte ins Haus.

Wo er verblüfft stehenblieb.

Anna Corbett kniete auf dem Boden.

Der Junge stand an die Wand gedrückt, und an seinem Kopf lag eine Pistole.

Der Kerl mit der Pistole…

Pistole?!

47

David schlotterte vor Angst. Er hatte zugesehen, wie nur ein paar Schritte von ihm entfernt ein Mann erschossen wurde. Jetzt weinte er, zu laut offenbar, denn Carl packte ihn bei der Schulter und schüttelte ihn. »Hör auf zu flennen, Junge. Hast du mich verstanden? Sei still.«

Anna streckte die Arme nach ihrem Sohn aus, und Carl stieß ihn zu ihr hin. »Los, sieh zu, daß diese Rotznase aufhört mit der Heulerei.«

Sie wußte nicht, was Carl Herbold mit ihr vorgehabt hatte, als er sie zu Boden stieß – denn genau in dem Moment war Lomax hereingeplatzt. Jack hatte mit dem Rücken zu ihr gestanden, so daß sie nicht mitbekommen hatte, was er sagte; aber an seiner Haltung, seinem Bemühen, die halbgeöffnete Tür zu versperren, hatte sie gesehen, daß er Lomax schützen wollte, vermutlich indem er versuchte, ihn wegzuschicken. Aber Lomax in seiner Arroganz hatte nicht klein beigeben wollen. Er war zur Tür hereingestürmt und wurde von Carl Herbold augenblicklich niedergemäht.

David klammerte sich schluchzend an seine Mutter. Jack legte den Zeigefinger an die Lippen, um David zu bedeuten, daß er still sein solle. David nickte und gab sich alle Mühe, tapfer zu sein; aber ganz unterdrücken konnte er das Schluchzen nicht.

Wie schnell im Leben sich die Prioritäten ändern, dachte Anna. Seit Davids Geburt hatte sie sich Gedanken darüber gemacht, welche negativen Auswirkungen ihre Behinderung auf die Entwicklung ihres Sohnes haben würde. Diese Sorgen erschienen ihr jetzt trivial. Wenn ihnen der Tod erspart bliebe, wenn sie weiterleben dürften – was spielte es dann noch für eine Rolle, daß sie nicht hören konnte?

Sie wünschte inständig, sie könne die Uhr zurückdrehen. Vor Minuten noch hatte die Zukunft hell und freundlich vor ihnen gelegen. Jetzt schwebten sie in Todesgefahr. Warum mußte das ausgerechnet in dem Moment geschehen, da sie und Jack einander gefunden hatten?

Jack hatte deutlich quälende Schmerzen. Er mußte sich eine Rippe gebrochen haben, als er gegen die Wand gestürzt war. Ständig hielt er eine Hand auf seine Seite gedrückt, und sein Gesicht war leichenblaß. Offensichtlich stellte jeder Atemzug eine keuchende Anstrengung dar, den Schmerz zu überwinden. Seine Lippen waren angespannt, unnatürlich in ihren Bewegungen; dennoch konnte sie alles lesen, was er sprach. Er bemühte sich ihretwegen, so deutlich zu artikulieren, daß sie seinem Gespräch mit Herbold folgen konnte.

Sie hatte gesehen, wie er mit den Fingern das Wort ›Messer‹ buchstabiert hatte, und hatte sich, wie er, daran erinnert, daß sein Messer sich immer noch in Davids kleinem Rucksack befand. Nachdem David die Bäume damit gekennzeichnet hatte, hatte er gefragt, ob er es eine Weile behalten dürfe. Jack hatte es ihm erlaubt, allerdings unter der Bedingung, daß er es mitsamt dem Futteral in seinem Rucksack trage. Und dort, in dem kleinen Ranzen mit dem 101-Dalmatiner-Muster, steckte es auch jetzt noch.

Aber wie sollte sie an das Messer herankommen, ohne daß Herbold es bemerkte?

David mußte den Rucksack fallen gelassen haben, als Herbold ihn beim Hereinkommen gepackt hatte. Er bildete zusammen mit ihren Fotosachen und dem Picknickkorb in einer Ecke einen unordentlichen Haufen. Zwischen ihm und Jack stand Herbold. Sie war dem Rucksack näher, aber ihre Chance, ihn zu erreichen, war so gering wie die von Jack. Zweifellos würde Herbold sie kaltblütig umlegen, wenn einer von ihnen es auch nur versuchte.

Allem Anschein nach völlig unberührt davon, daß er soeben einen Menschen getötet hatte, stieß Herbold den Toten, der noch blutete, mit der Schuhspitze an. »Wer war das?«

Lomax lag rücklings hingestreckt auf dem Boden. Seine blinden Augen starrten zur Decke hinauf, in seinen Zügen spiegelte sich noch Verblüffung.

»Er ist tot«, sagte Jack. »Es kann Ihnen doch egal sein, wer er war.«

»Wahrscheinlich, ja.« Finster starrte er Jack an. »Du weißt, daß ich dich gewarnt habe, mich nicht anzulügen.«

»Und?«

»Und der Kerl da unten hat mir die Augen geöffnet. Jetzt weiß ich, in was für einer Beziehung du zu meiner Schwägerin stehst.«

Anna gestikulierte zornig: »Ich bin nicht Ihre Schwägerin, Sie Schwein!«

»Hoppla, hoppla! Was war denn das?« Lachend ahmte er ihre Handzeichen nach. »Was hat sie gesagt?«

»Ich kann die Gebärdensprache nicht« antwortete Jack.

Herbold verzog skeptisch seine Lippen, aber dann zuckte er gleichgültig die Achseln. »Ist ja auch egal. Ich seh ihr ja an, was sie gesagt hat.«

Dieser Ausbund von Gemeinheit machte sich auch noch über sie lustig. Es erbitterte sie, daß er sie nachäffte, wie früher die grausamen Kinder in der Schule. Aber wenn sie ihrer Wut in der Gebärdensprache Ausdruck verliehe, würde sie ihm nur zusätzliche Munition liefern, sie zu verspotten.

Er sprach wieder mit Jack. »Du hast gelogen, um die Frau und den Kleinen zu schützen. Rührend. Echt rührend!«

»Tun Sie mit mir, was Sie wollen«, wiederholte Jack. »Ich werd mich nicht mal wehren, wenn Sie die beiden dafür gehen lassen.«

»Nein!« Anna sprang auf und wollte zu Jack laufen. Herbold packte sie am Arm und zerrte sie brutal zurück.

»Hey, wo willst du denn hin? Wenn du so scharf auf einen Kerl bist, bitte sehr, nimm mich!« Und er zog sie eng an sich. Sie zuckte nicht zurück, starrte ihm nur mit eisiger Verachtung ins Gesicht.

»Würd mich mal interessieren, was an dir so toll ist. Der eine rennt dir praktisch die Haustür ein, der andere will sich sogar für dich umlegen lassen. Du bist wahrscheinlich so heiß wie 'ne läufige Hündin. Drum hecheln sie dir hinterher.«

Er sah ihr scharf in die Augen. »Kannst du verstehen, was ich sag? Du kannst doch von den Lippen lesen, oder, Schätzchen?«

Ihre Miene blieb steinern.

»Na, *das* verstehst du bestimmt.« Er fuhr ihr grapschend über die Brust und griff ihr zwischen die Beine. Instinktiv drückte sie die Schenkel zusammen und schlug ihm auf die Hand. Er lachte nur. Seine verzerrte Visage sah obszön aus.

Sie spürte seinen Atem in ihrem Gesicht, aber sie gab ihm nicht die Genugtuung, sich abzuwenden, nicht einmal, als er seine Finger unter seine Nase hob und an ihnen schnüffelte. Er zwinkerte anzüglich. »Gut.«

Anna hörte Jack nicht kommen, aber sie spürte seine Nähe einen Herzschlag lang, bevor er sich auf Herbold stürzte, der ihm den Pistolenkolben an die Schläfe schlug. Jack brach zusammen. Sie kauerte neben ihm nieder. Er hatte eine fünf Zentimeter lange Platzwunde am Kopf, die stark blutete. David begann wieder zu weinen.

Trotz seiner Schmerzen zog Jack David zu sich und versuchte, ihn zu beruhigen. Aber während er auf David einsprach und seinen Kopf streichelte, sah er immer nur sie an. Nie hatte sie ein Lächeln gesehen, das so zärtlich war, so traurig. Es war, als sähe Jack sein ganzes Leben in diesem einen Moment zusammengefaßt – als hätte er sich damit abgefunden, daß dies die letzten Sekunden vor seinem Ende waren –, genau wie von ihm erwartet. Die Vergeblichkeit, die in diesem Lächeln lag, brach ihr fast das Herz.

Sie wünschte, sie könnte ihm Hoffnung machen – könnte glauben, daß alles gut werden würde. Aber da das nicht möglich war, legte sie ihm nur die Fingerspitzen auf die Lippen, und er hauchte lautlos: »Ich liebe dich« – wie er das heute morgen getan hatte – in einem anderen Leben.

Herbold schlug ihre Hand weg und riß sie in die Höhe. »Es fällt mir ja schwer, diese rührende Szene zu stören, ehrlich, aber ich bin nur aus einem Grund hierhergekommen – um mich an meinem alten Stiefvater zu rächen.«

»Da sind Sie zu spät gekommen«, keuchte Jack.

»Um ihn verrecken zu sehen, ja. Aber das heißt noch lange nicht, daß ich mich nicht trotzdem schadlos halten werde. Wenn mir schon Delray entwischt ist, muß ich mich eben mit denen begnügen, die noch da sind.«

»Wenn Sie hergekommen sind, um uns zu töten, warum haben sie es dann nicht längst getan?«

»Bist du so erpicht drauf zu sterben, Mann?«

»Nur neugierig.«

Herbold zuckte die Achseln. »Okay, das verstehe ich direkt. Aber ich möcht's gern genießen, kapiert? Über zwanzig Jahre lang hab ich im Knast auf diesen Tag gewartet, und jetzt will ich was davon haben. Genau wie bei Cecil. Der war so ein gottverdammter Feigling, daß er einen qualvollen Tod verdient hatte. Und den hat er gekriegt. Verdammtes Pech, daß ich es Delray nicht mehr heimzahlen kann. Den hätt' ich gern leiden lassen für den Ruin meines halben Lebens. Die gute Nachricht ist, daß er tot ist.« Er richtete die Pistole auf Jack. »Die schlechte …«

»Die schlechte Nachricht ist, daß sich Ihr Partner offenbar in Schwierigkeiten befindet.«

Jack wies mit dem Kopf zur offenen Haustür. Anna und Herbold drehten sich gleichzeitig um.

Der Mann mit dem weißen Gesicht und dem weißen Haar grinste unter Blutströmen hervor. »Hallo, Carl.«

»Scheiße, Myron!«

Carl packte Myron an dem blutgetränkten Hemd und riß ihn ins Haus. Er schaute zur Tür hinaus, sah aber nur einen verbeulten orangefarbenen Pick-up und einen blitzenden Jaguar, der dem Toten gehört haben mußte.

»Wo ist der Wagen, Myron?« brüllte er.

»Der Wagen?«

Carl schlug krachend die Tür zu und schüttelte Myron. »Was ist passiert? Wo hast du den Wagen gelassen? Wo ist das Geld?«

Myrons Idiotengrinsen erlosch. »Das Geld?«

»Das Geld aus der Bank, Myron. Verdammt noch mal! Was hast du dir bloß dabei gedacht, einfach abzuhauen und die Kohle liegenzulassen?«

Erregt wischte sich Myron mit dem Hemdsärmel über das Gesicht, Blut und Schweiß verunstalteten ihn noch mehr. »Ich hab den Mann umgelegt, wie du mir gesagt hast.«

Am liebsten hätte Carl ihn auf der Stelle erwürgt. Er stellte sich vor, wie er seine Hände um Myrons langen, sehnigen Hals legte und zudrückte, bis die farblosen Augen ihm aus dem Kopf sprangen. Am besten, er schoß ihn immer wieder mitten ins Gesicht, bis dieser schwachsinnige Ausdruck und die Häßlichkeit sich in einem blutroten Brei auflösten.

Aber solange er nicht wußte, wo das Geld war, mußte er Myron am Leben lassen. Er zwang sich, ein paarmal ruhig und tief durchzuatmen. Nach einer Weile ließ das Pochen sämtlicher Adern in seinem Kopf nach. In ruhigerem Ton fragte er: »Wo ist das Geld, Myron? Was hast du damit gemacht?«

»Es liegt im Kofferraum.«

»Und wo ist der Wagen?«

»Das weißt du doch, Carl.«

»Er steht immer noch an derselben Stelle?«

»Jaha.«

»Wo sind deine Kanonen?«

Myron starrte ihn verständnislos an.

»Die Kanonen!« kreischte Carl. »Die Waffen!«

Sein Komplize war den Tränen nahe. »Die hab ich anscheinend liegengelassen.«

Wieder überkam Carl ein beinahe unbezähmbarer Impuls, ihn mit bloßen Händen zu töten. Außer seiner Pistole hatte er alle Waffen bei Myron im Wagen gelassen. Er hatte nicht die ganze Flak mitschleppen wollen, für den Fall, daß unterwegs ein neugieriger Wichtigtuer anhalten und ihm anbieten sollte, ihn mitzunehmen. So verfügte er nun über nichts weiter als eine lumpige Pistole und ein paar zusätzliche Patronen – woran nur Myron schuld war.

Innerlich schäumend vor Wut, riß er sich zusammen, um wenigstens die Situation zu klären. »Jetzt erzähl mal, was eigentlich passiert ist, Myron.«

Myron fand sein Grinsen wieder. »Ich hab den Mann umgelegt.«

»Welchen Mann?«

»Einen Bullen. Er ist zum Auto gekommen, und du hast doch gesagt, daß ich jeden Schnüffler umlegen soll.«

»Gut gemacht, Myron.«

»Ich hab ihn mit der Schrotflinte ausgepustet.«

Der blöde Fratz heulte schon wieder los. Es ging ihm unheimlich auf die Nerven. Er hatte gute Lust, ihm mal richtig eins aufs Maul zu geben. Aber zuerst mußte er rauskriegen, wie Myron zu der Verletzung an der Schulter gekommen war, die wie eine Schußverletzung aussah, und zu dem langen blutenden Riß über seinem rechten Ohr.

»Wer hat auf dich geschossen, Myron?«

»Der Bulle.«

»Der, den du erschossen hast?«

»Nein, der andere.«

Carl schluckte. »Es waren zwei?«

»Ja. Der eine ist im Auto geblieben. Wie ich den ersten umgelegt hab, ist er rausgesprungen und hat auf mich geschossen.« Er drehte den Kopf, um sich die Verletzung an seiner Schulter anzusehen. »Es tut sauweh.«

»Wir besorgen später was zum Verbinden und so. Was ist mit dem anderen Bullen? Ist der auch tot?«

»Ich glaub schon. Getroffen hab ich ihn jedenfalls.«

»Du hast auf ihn geschossen, aber du weißt nicht, ob er tot ist? Hast du's nicht nachgeprüft? Du bist einfach abgehauen und hast nicht mal geschaut, ob beide erledigt sind?«

In Myrons Gesicht arbeitete es. »Er hat geschrien.«

»Geschrien«, wiederholte Carl und prustete verächtlich. »Und du hast das Geld liegengelassen!«

»Ich hab Schiß gehabt, Carl. Mein Arm tut weh. Ich hab dich gesucht. Es tut mir leid, daß ich das Geld vergessen hab. Bist du wütend auf mich?«

»Halt die Schnauze!« Carl raste vor Zorn. »Halt bloß mal deine beschissene Schnauze und laß mich nachdenken.«

So eine Scheiße! Was sollte er jetzt tun?

Er konnte seine Racheaktion vergessen und auf der Stelle zum Wagen, dem Geld, Schlüssel zu seiner Zukunft, zurückkehren. Aber was, wenn inzwischen jemand vorbeigekommen war und die toten Bullen entdeckt hatte? Oder *den* toten Bullen? Einer war ja vielleicht noch am Leben. Bei einer Schießerei würde er, mit nur einer Pistole bewaffnet, den kürzeren ziehen. Nein, diese Möglichkeit kam nicht in Frage.

Außerdem konnte er sich nicht drauf verlassen, daß Myron hier die Festung lange genug halten würde, um ihm die Gelegenheit zu einem sauberen Abgang zu verschaffen. Myron war ein totaler Idiot. Sobald er – Carl – verschwände, würde dieser sogenannte Ranchhelfer, wer immer er in Wirklichkeit war, Myron kaltstellen. Der Kerl hatte Grips. Der würde Myron ohne Schwierigkeiten überlisten. Und dann würde er Carl die Bullen auf den Hals hetzen oder sonstwie seine Pläne durchkreuzen.

Wenn er hier jetzt kurzen Prozeß machte und die ganze

Bande zusammen erschösse, könnten er und Myron zum Wagen zurückpreschen. Das änderte allerdings nichts daran, daß sie nicht wußten, was sie dort erwartete, und daß nur einer von ihnen bewaffnet war.

Und wenn sie hier alle umlegten, hätten sie keine Geiseln, um vielleicht zu verhandeln.

Mensch, was sollte er tun?

Er mußte nachdenken. Es galt, einen kühlen Kopf zu bewahren und alles logisch anzugehen. Darin war er gut, im logischen Überlegen. Im Planen. Aber so tief hatte er echt noch nie in der Scheiße gesessen. Cecil hätte jetzt vielleicht eine Idee. Aber Cecil war tot. Er hatte Cecil auf dem Gewissen.

Am besten nicht daran denken, das blockierte ihm nur das Hirn.

Aber wer zum Teufel konnte bei dem Geheul von dem Fratzen überhaupt denken? Das machte einen ja verrückt. Wütend fuhr er herum und richtete die Pistole auf das schluchzende Kind.

»Officer niedergeschossen!«

Ezzy war so in Gedanken vertieft, daß er den Verzweiflungsruf, der über den Polizeisender kam, zunächst gar nicht recht wahrnahm. Dann aber fuhr er mit einem Ruck in die Höhe und drehte das Gerät lauter.

»Officer niedergeschossen!«

Ezzy griff nach dem Mikrofon. »BC-Vier hier. Wer spricht da?«

Statt einer Antwort hörte Ezzy nur ein leises Stöhnen. Er wiederholte seine Worte lauter und drängender. »Können Sie mich hören?«

»Ich glaub, Jim ist tot.«

Ezzy überlegte hastig. Jim Clark war der einzige Jim in der Truppe und sein Partner ein relativ neuer Mann, ein grüner Junge namens Steve Jones. Wahrscheinlich auch verletzt, auf jeden Fall in großer Not.

Betont ruhig fragte Ezzy: »Steve, sind Sie das?«

Ein stöhnendes ›Ja‹.

»Ezzy?« tönte es knisternd aus dem Funkgerät. »Ezzy Hardge?«

»Gehen Sie aus der Leitung«, schrie er. »Ich muß mit dem Jungen reden.«

»Wo sind Sie?«

»Auf der Vierzehn-Zwanzig«, antwortete er ungeduldig. »In östlicher Richtung fahrend. Machen Sie die Leitung frei.«

Eine andere Stimme. »Jim hat sich vor ein paar Minuten gemeldet, Ezzy. Er sagte, auf der Vierzehn-Zwanzig südlich der River Road stünde ein Wagen, der offenbar eine Panne hätte. Sie wollten anhalten und überprüfen, was los ist. Honda Civic neueren Modells mit texanischem Kennzeichen – H-G-R – fünf-fünf-drei.«

»Ich bin praktisch schon dort«, sagte Ezzy.

»Ezzy, Sie werden nicht …«

»Steve Jones?« sagte Ezzy, den anderen unterbrechend. »Hören Sie, mein Junge, ich bin unterwegs. Halten Sie durch, gleich kriegen Sie Hilfe!«

Er bekam keine Antwort. Fluchend drückte er das Gaspedal durch, überfuhr in vollem Tempo das Stoppschild an der Kreuzung mit der River Road. Augenblicke später sah er den Streifenwagen, der am Straßenrand hinter einem grauen Honda stand. Beide Türen des Streifenfahrzeugs standen offen. Auf der Straße lag eine Gestalt. Oben kreisten schon die Bussarde.

Ezzy hielt mit quietschenden Bremsen hinter dem Streifenwagen an, drückte seine Tür auf, duckte sich hinter ihr und zog seine Pistole. Er musterte den Mann, der reglos auf der Straße lag. Ja, es war Jim. Von seinem Gesicht gab es nichts mehr. Aber an seinen Stiefeln war er zu erkennen. Teure Lucches-Stiefel, die er Tag für Tag zu tragen pflegte, immer auf Hochglanz poliert. Die spitzen Kappen, jetzt gen Himmel gerichtet, waren mit Blut bespritzt.

Ezzy kroch aus seiner Deckung und rannte geduckt zum Heck des anderen Streifenwagens. Er schlich auf die rechte Seite hinüber und schob den Kopf um die Ecke, um nach vorn sehen zu können. Halb in der offenen Tür hing der jüngere Deputy.

Der alte Sheriff rannte zu ihm. Das Mikrofon lag in seiner leblosen Hand. Unter ihm hatte sich eine Menge Blut gesammelt, das aus seinem Bein geströmt war. Offenbar hatte ihm eine Schrotladung das Knie zerschmettert. Er war kaum bei Bewußtsein. Ezzy klopfte ihn leicht auf die Wangen.

»Steve! Ich bin's, Ezzy. Hilfe ist schon unterwegs, mein Junge. In welche Richtung ist er abgehauen?«

In all den Jahren als Deputy und später als Sheriff hatte Ezzy nie davon gehört, daß jemand einen Polizisten erschossen hatte und dann zu Fuß geflohen war, obwohl ein Auto zur Verfügung stand. Selbst angenommen, der Wagen des Täters war nicht mehr fahrtüchtig, wieso hatte der Kerl sich nicht einfach in den Streifenwagen gesetzt? Wenigstens für ein paar Kilometer. Sehr sonderbar, diese Geschichte.

Der junge Jones schien im Schock zu sein. Sein Gesicht war bleich und schweißnaß. Er biß die Zähne zusammen, um zu verhindern, daß sie aufeinanderschlugen.

»Hat er Jim erwischt?«

»Leider, ja.«

»Diese Mißgeburt. Wie ein – ein Gespenst!«

Ezzys Herz schien einen Schlag auszusetzen. »Groß und schlaksig?«

Jones nickte. »Was ist mit meinem Bein?«

»Ach, das wird schon wieder«, versicherte Ezzy, obwohl er dessen gar nicht so sicher war. »War der Kerl allein?«

»Ja. Sie müssen ihn schnappen, Ezzy.«

Ezzy hatte gehofft, daß der Junge das sagen würde. »Soll ich nicht warten, bis ...«

»Nein, nein. Schnappen Sie ihn. Er ist da rübergegangen.« Er zeigte die Richtung mit einer Kopfbewegung an.

»Zu Fuß?«

»Ja. Und geblutet hat er. Ich glaub, ich hab ihn getroffen.«

Ezzy klopfte ihm auf die Schulter. »Gut gemacht, mein Junge.«

Dem jungen Deputy schossen die Tränen in die Augen. »Aber Jim hab ich im Stich gelassen.«

»Sie hätten nichts anderes tun können.«

Nachdem er dem Jungen noch einmal versichert hatte, daß der Rettungswagen in Kürze eintreffen würde, lief Ezzy zu seinem Auto zurück, obwohl seine arthritischen Knie bei jedem Schritt schmerzten, als würden sie mit einem Eispickel malträtiert. Aber wenigstens hatte er diese Gelenke noch.

Über Funk teilte er anderen Einheiten den genauen Ort der Schießerei mit. »Der Rettungswagen ist unterwegs«, sagte man ihm.

»Den Coroner brauchen Sie auch. Gehen Sie mit äußerster Vorsicht ran! Die Verdächtigen müssen noch in der Nähe sein, zu Fuß zwar, aber bewaffnet. Es könnte sich um die entflohenen Sträflinge Myron Hutts und Carl Herbold handeln.«

»Ezzy, hier spricht Sheriff Foster«, meldete sich der neue Sheriff in strengem Ton. »Sind Sie am Tatort?«

Die Antwort blieb Ezzy schuldig; auch noch, als der Sheriff seine Frage wiederholte. Er schaltete das Funkgerät aus und brauste los. Jedoch wollte er nicht zu schnell fahren, um keine Spur zu übersehen – aber auch nicht zu langsam, und die Kerle womöglich entkommen lassen.

Unablässig drehte er den Kopf von einer Seite zur anderen, in der Hoffnung, Myron Hutts zu sichten – und in der Hoffnung, ihn zu entdecken, bevor er von ihm entdeckt wurde. Weder Hutts noch Herbold würden jetzt irgendwelche Skrupel haben, den nächsten Polizisten abzuknallen.

Wär das nicht ein Ding, wenn Carl Herbold es schaffte, seine Drohung wahrzumachen? Welch ein Triumph für die gesamte kriminelle Gemeinde, wenn es Herbold gelang, den Bullen umzulegen, der ihn als erster ins Gefängnis gebracht hatte. Herbold würde das leuchtende Vorbild aller Sträflinge werden.

Ezzy lachte, aber große Heiterkeit lag nicht in seinem Ausbruch. Cora würde es ihm nie verzeihen, wenn er sich von Carl Herbold killen ließe.

Er fuhr eine kleine Anhöhe hinauf und sah vor sich auf der rechten Seite die Corbett-Ranch liegen. Vorn in der Einfahrt standen ein Pick-up und ein Jaguar, Emory Lomax' teures Stück. Der Überfall auf die Kollegen hatte ihn dieses Problem ganz vergessen lassen. Er …

Ezzy trat so hart auf die Bremse, daß sein Wagen sich drehte und in den Graben hinter der Einfahrt rutschte. Beinahe hätte er es übersehen – eine Blutspur, die aus dem hochstehenden Unkraut im Graben direkt zur Ranch führte.

Mit der Pistole im Anschlag stieg er aus dem Wagen, kauerte neben dem Masten nieder, der den schmiedeeisernen Torbogen trug.

Und in dem Moment hörte er das unverkennbare Krachen eines Schusses.

48

Die nächste ist für den Fratzen, wenn er nicht auf der Stelle mit dem Geflenne aufhört.« Carl hatte eine Kugel in die Wand gejagt, absichtlich um Haaresbreite an David vorbei.

Das war der Moment, in dem Jack die Wahrheit erkannte. Er würde diesen Mann töten müssen.

Natürlich würde er versuchen, eine gewaltlose Lösung herbeizuführen, und Blutvergießen irgendwie vermeiden. Zuerst würde er alle anderen Möglichkeiten ausschöpfen. Aber er wußte mit untrüglicher Gewißheit, daß ihm nichts anderes übrigbliebe, als diesen Menschen unschädlich zu machen.

Plötzlich fühlte er sich sehr alt. Sehr müde. Zutiefst niedergeschlagen. Ihm war, als müßte er die Faust gegen Gott erheben und zornig fragen, warum.

Aber den Luxus innerer Betrachtung konnte er sich jetzt nicht erlauben. Es blieb keine Zeit dazu. Carl war außer sich vor Wut über Davids Weinen.

Jack versuchte es mit gutem Zureden. »Der Junge ist fünf Jahre alt und hat Angst. Eben hat er mit ansehen müssen, wie Sie kaltblütig einen Menschen niedergeschossen haben. Ihr Kumpel hier ist auch nicht gerade eine beruhigende Erscheinung. Was erwarten Sie unter solchen Umständen von einem Kind?«

»Daß es sich ruhig verhält«, brüllte Carl Herbold.

»Sie machen mehr Krach als er.«

»Wer hat dich um deine Meinung gebeten?«

»Warum erlauben Sie seiner Mutter nicht, ihn nach oben zu bringen und hinzulegen?«

»Du hältst mich wohl für total dämlich? Die bleibt schön hier, wo ich sie sehen kann.«

»Das Telefon funktioniert nicht. Es gibt keinen Strom. Was könnte sie schon tun?«

»Ich hab nein gesagt.«

»Vielleicht hilft ein Schluck zu trinken. In der Küche ...«

»Alle bleiben, wo sie sind!«

Jack sah zur Ecke hinüber. »Vielleicht, wenn er was zum Spielen hätte ... in seinem Rucksack sind ein paar Spielsachen.«

Genervt von Jacks Beharrlichkeit, ließ Herbold es sich durch den Kopf gehen. Dann wies er zu dem Haufen in der Ecke und sagte zu Myron Hutts: »Gib dem Jungen seinen Rucksack.«

Hutts bückte sich, hob den Rucksack auf und trug ihn zu Jack hinüber. David starrte Hutts bänglich an. Jack war froh, daß der Junge für den Moment abgelenkt war – so schien es unverfänglicher, als er Anna den Rucksack reichte, anstatt ihn David selbst zu geben.

Ihr Blick hielt seinen fest, dann zog sie den Reißverschluß des Rucksacks auf und schob ihre Hand hinein.

Jack sagte: »Macht es Ihre Situation irgendwie besser, wenn Sie uns terrorisieren?«

»Du weißt 'nen Scheißdreck über meine Situation!« Dann: »Was für eine Situation überhaupt?«

Anna zog aus dem Rucksack die Figur eines Wilden im Lendenschurz, der in der einen Hand einen Schild hielt, in der anderen ein Schwert. Sie hielt sie hoch und wiegte sie vor David hin und her. Der lächelte und griff nach der Figur.

Jedes Wort war eine schmerzhafte Anstrengung für Jack; aber er wußte, daß sie mit Reden kostbare Zeit gewinnen konnten. »Sie sitzen doch in der Klemme, Carl. Ich seh Ihnen an, was in Ihnen vorgeht.«

Herbold starrte ihn feindselig an, aber er hörte zu. »Gar nichts siehst du. Du weißt überhaupt nichts von mir.«

»Ich weiß, daß Sie Ihren Partner hier am liebsten umbringen würden.«

Hutts lehnte zusammengesunken an der Wand, die Hände auf der Wunde in seiner Schulter, und sah mit leerem Blick David zu, der seinen wilden Krieger über den Boden hüpfen ließ. Er schien Jacks Worte weder zu hören noch zu begreifen. Ebensowenig Interesse hatte er an Lomax' Leiche gezeigt, über die er zweimal hinwegsteigen mußte, um den Rucksack weiterzureichen.

Jack sagte: »Myron hat Mist gebaut und alle Ihre Pläne umgeschmissen, deshalb sind Sie wütend auf ihn. Aber Sie können ihn nicht aus dem Weg räumen. Er ist zwar verletzt, aber Sie werden ihn vielleicht noch brauchen, damit er das Geld holt.«

Als Herbolds Blick zu Hutts flog, wußte Jack, daß er ins Schwarze getroffen hatte. »Sie hätten uns schon vorher töten sollen.«

Herbold packte seine Pistole fester. »Von allem, was du bis jetzt rausgelassen hast, ist das das einzig Vernünftige.«

»Denn jetzt ist es zu spät.«

»Okay, Klugscheißer. Dann laß mal hören. Warum ist es zu spät?«

»Ganz einfach. Wenn der zweite Bulle noch am Leben ist ...«

»Ist er nicht.«

»Aber das fürchten Sie doch, nicht wahr, Carl? Zumindest wissen Sie, daß die Möglichkeit besteht.«

Er ließ Herbold eine Weile Zeit, darüber nachzudenken.

Anna schob ihre Hand in den Rucksack und zog einen Klumpen Knetmasse heraus, den sie spielerisch über Davids Knie drückte.

Jack fuhr fort: »Wenn der zweite Bulle noch am Leben ist, hat er inzwischen Hilfe herbeigerufen. In ein paar Minuten wird es hier von Polizei wimmeln, und dann brauchen Sie Geiseln. Ohne Geisel haben Sie überhaupt keine Chance, hier rauszukommen. Tot nützen wir Ihnen nichts. Hoffentlich hat's Ihnen Spaß gemacht, uns zu quälen, Carl, jetzt ist nämlich der Spaß vorbei.« Hier legte er eine vielsagende Pause ein.

»Am liebsten würden Sie Lomax' Wagen nehmen, das Geld holen und türmen, ohne sich weiter um Ihren Kumpel zu kümmern. Soll der doch sehen, wie er fertig wird.« Jack runzelte die Stirn. »Aber die Sache hat einen Haken. Sie fürchten sich, das Risiko einzugehen. Sie haben Angst, daß Sie direkt in eine Falle marschieren, wenn Sie zu Ihrem Wagen zurückkehren. Ziemlich brenzlige Angelegenheit, wenn man nur eine Pistole hat.«

»Diese Hinterwäldler mach ich mit links fertig«, zischte Herbold geringschätzig.

»Das glaube ich nicht, Carl. Und Sie auch nicht.«

»Spar dir's, für mich zu denken.«

»Wenn Sie sich darüber keine Sorgen machten, wären Sie schon längst zur Tür raus. Irgendwas hält Sie zurück.«

»Wenn du so schlau bist, wieso liegst du dann hilflos da unten am Boden, hm, und läßt dich von mir terrorisieren, wie du's ausdrückst?«

»Soll ich Ihnen sagen, was ich denke, Carl?«

»Ist mir scheißegal.«

»Sie haben David nicht getötet, als er weinte. Auch mich haben Sie nicht getötet, obwohl ich Sie ständig provoziere. Ich denke, Sie wissen, daß Sie am Ende sind. Sie haben Angst vor der Zukunft. Vor dem, was davon noch übrig ist. Oder vielleicht haben Sie auch vor dem Jenseits Angst. Kurz und gut, meiner Meinung nach sind Sie ein Feigling ohne jeden Mumm.«

Herbold holte Schwung, um ihm einen Fußtritt zu geben, aber Jack war auf den Angriff vorbereitet. Er packte den Absatz von Herbolds Schuh. Im selben Moment stieß Anna Herbold das Messer in den Oberschenkel, hoch oben und auf der Innenseite. Sie zog es gleich wieder heraus; Blut stieg in einem roten Bogen in die Höhe und spritze an die Wand.

Herbold schrie.

Jack riß ihm den Fuß in die Höhe, so daß er nach rückwärts stürzte. »Lauf, Anna!« rief er.

Sie konnte ihn nicht hören, aber reagierte blitzschnell. Mit David in ihren Armen sprang sie über Lomax' Leiche hinweg und rannte zur Haustür. Jack machte sie ihr auf und stieß sie hinaus.

»Myron!« schrie Herbold.

Wie elektrisiert von Herbolds schrillem Schrei, stürzte sich Hutts auf Jack. Dem war, als wäre ein Sack Zement auf ihm gelandet. Mit dem Gesicht voraus schlug er zu Boden, Hutts im Rücken.

»Schnapp dir die Kanone, Myron.«

Herbold, der verzweifelt versuchte, die Blutfontäne zum Stillstand zu bringen, die aus seiner durchschnittenen Schlagader in die Höhe schoß, schubste die Pistole über die Eichenbohlen seinem Komplizen zu. Als der danach griff, gelang es Jack, ihn abzuwerfen. Er katapultierte sich in die Ecke hinüber, ergriff die einzig verfügbare Waffe und rollte sich auf den Rücken.

Hutts schwenkte die Pistole in seine Ecke.

Jack drückte den Knopf des Blitzgeräts an Annas Fotoapparat und hielt ihn heruntergedrückt. Schnell wie ein Maschinengewehr feuerte das Gerät Garben von grellem Licht ab.

Geblendet kniff Hutts die Augen zusammen und schoß daneben. Sein zweiter Schuß, den er wie im Reflex abfeuerte, als er den Arm in die Höhe riß, um seine Augen vor der Helligkeit zu schützen, traf den Dielenleuchter. Es regnete Glassplitter.

Jack vergeudete keine Sekunde. Er sprang auf. Hutts hatte die Pistole, und er mußte versuchen, ihn außer Gefecht zu setzen. Wie ein gereizter Stier senkte er den Kopf und rammte ihn Hutts in den Magen. Der Albino stolperte rückwärts und schlug mit dem Kopf krachend gegen die Wand. Jack packte ihn beim Handgelenk und schüttelte es mit aller Kraft, um Hutts die Pistole zu entwinden. Die Schwäche ausnutzend, die Hutts infolge der Schulterverletzung zeigte, schlug Jack ihm die Hand mehrmals gegen die Wand.

Den Cowboy verließen bereits die Kräfte, als die langen, bleichen Finger sich endlich öffneten und die Pistole zu Boden fiel. Er stieß sie mit dem Fuß zur Tür hinaus und schlug dann Hutts mit aller Kraft, die ihm noch zu Gebote stand, ins Gesicht. Mit einem Handkantenschlag gegen den Hals schickte er Hutts endgültig zu Boden.

Als er sich rumdrehte, sah er, daß Herbold, auf eine Hand gestützt, keuchend über den Boden kroch. Seine andere Hand hielt er fest auf die offene Wunde in seinem Oberschenkel gepreßt. Jack wollte nur noch fliehen, fort aus dieser Hölle; aber da erkannte er, worauf Herbold es abgesehen hatte.

Auf das Messer. Anna hatte es in ihrer Hast, aus dem Haus zu entkommen, offensichtlich fallen lassen. Jetzt lag es nur Zentimeter von Herbolds grabschenden Fingern entfernt. Jack stürzte sich mit einem Satz darauf und kam Herbold in letzter Sekunde zuvor.

Er wälzte Herbold auf den Rücken, setzte ihm das eine Knie auf die Brust, das andere auf den Oberarm. Die blauschimmernde Messerspitze fand eine weiche, verwundbare Stelle hinter Herbolds Kieferknochen.

»Nein, bitte nicht«, winselte Herbold. »Nicht!«

Blut und Schweiß tropften auf Herbold herab, als Jack sich über ihn beugte. Er atmete nach seinem Kampf mit Hutts in heftigen Stößen. Aber er war sich seiner körperlichen Erschöpfung so wenig bewußt wie der Schmerzen, die ihm die gebrochene Rippe und die zahlreichen anderen Verletzungen verursachten, die er bei dem Kampf davongetragen hatte.

Er fühlte sich ungeheuer lebendig, energiegeladen, blutdürstig.

Für all die Verbrechen, die Carl Herbold an unschuldigen Menschen und nicht so unschuldigen begangen hatte, sollte er nun bezahlen.

»Sie haben den Tod verdient.«

Jack drückte das Messer tiefer in das weiche Fleisch unter dem Kinn des Mannes. Die Spitze ritzte die Haut, und Blut rann die Klinge entlang. Herbold strampelte wie wild mit seinem unversehrten Bein. Wimmernd flehte er wieder um Gnade.

Die Versuchung war überwältigend. Der Drang beinahe unwiderstehlich. Und beides schien Jack so berechtigt, daß er Herbold die gewellte Klinge tiefer in den Hals stieß.

»Gehen Sie zum Teufel, Sie Schweinehund!«

Die Entfernung vom schmiedeeisernen Torbogen zum Haus betrug mindestens fünfundsiebzig Meter, und Deckung gab es fast keine. Die Blutspur kennzeichnete den Weg. Ezzy sprintete von Baum zu Busch und blieb, noch etwa zwanzig Meter Wegs vor sich, hinter einem großen Pekanbaum stehen, von dem eine Kinderschaukel herabhing. Aus dem Haus konnte er laute Stimmen hören, aber zu verstehen war nichts.

Er prüfte seine Pistole, um sich zu vergewissern, daß alle Kammern geladen waren, dann umrundete er vorsichtig den Baum. Im selben Moment erscholl aus dem Haus ein grauenhafter Schrei, dem ein heiserer Ruf folgte. »Lauf, Anna!«

Eine Sekunde später stürzte Anna Corbett mit ihrem Kind in den Armen auf die Veranda hinaus und rannte die Treppe hinunter, als ginge es um ihr Leben – was, dachte Ezzy, vermutlich auch der Fall war. Sie flog durch den Vorgarten, und Ezzy fing sie etwa auf halbem Weg zwischen den geparkten Autos und dem Haus ab. Nur unter Anwendung von Gewalt schaffte er es, sie hinter den alten orangefarbenen Pick-up zu schleppen. Sie wehrte sich wie eine Wahnsinnige, bis sie ihn erkannte und begriff, daß er sie schützen wollte.

»Ist ja gut, ist ja gut«, sagte er immer wieder.

Der Kleine schluchzte. Sie hielt ihn fest an sich gedrückt und tätschelte seinen Rücken, doch ihr Blick war voll Entsetzen auf das Haus gerichtet; Ezzy fragte sich, wer sich dort drinnen aufhielt. Der Ranchhelfer? Lomax? Hutts und wer noch? Die Herbolds? Waren sie nach Hause gekommen? Würde sie überhaupt fähig sein, ihm darüber Auskunft zu geben?

»Mein Gott«, murmelte Ezzy. Keine Zeit für Fragen.

Statt dessen umfaßte er Annas Kinn mit einer Hand und drehte ihren Kopf, so daß sie ihn ansehen mußte. »Bleiben Sie hier!« befahl er kurz. Er schlich sich hinten um den Pickup herum, hechtete von dort aus zur Veranda und kauerte neben der Vordertreppe nieder. So konnte ihn von drinnen niemand sehen.

Ezzy lehnte sich an das hölzerne Gitter, das den Raum unter der Veranda umgab. Ein Wunder, daß er es bis hierher geschafft hatte, ohne niedergeschossen zu werden. Widerstrebend mußte er seinen Kritikern recht geben. Er war zu alt für solche Geschichten. Mit tiefen ruhigen Atemzügen versuchte er, sein jagendes Herz zu beschwichtigen.

Aus der offenen Haustür hörte er Kampfgeräusche – dumpfe Schläge, Stöhnen, Keuchen. Er hob den Kopf, um über den Rand der Veranda zu spähen. Eine Pistole flog scheppernd zur Haustür hinaus und schlitterte über die Veranda. Nicht weit von seiner Nasenspitze entfernt, blieb sie liegen. Verwundert starrte er die Waffe an.

Sie war knapp außer Reichweite. Er hätte seine Deckung verlassen müssen, um sie zu ergreifen, und das wollte er nicht. Anna Corbetts Gehilfe wäre vielleicht froh und erleichtert zu sehen, daß er Unterstützung hatte; aber solange die Verbrecher im Haus nichts von Ezzys Anwesenheit ahnten, hatte der einen kleinen Vorteil.

Während er noch überlegte, wie er weiter vorgehen sollte, torkelte der Mann, dessen Name, wie ihm plötzlich einfiel, Jack war, aus dem Haus. Zusammengekrümmt wie unter Schmerzen, schleppte er sich mit schlurfendem Schritt über die Veranda und stolperte die Treppe hinunter. Die linke Hand auf seine rechte Seite gedrückt, taumelte er durch den Vorgarten, als würde er jeden Moment zusammenbrechen.

49

Gott sei Dank, Gott sei Dank, dachte Anna, als Jack in ihrem Blickfeld auftauchte. Offensichtlich peinigten ihn heftige Schmerzen. Aus der Kopfwunde, die Carl Herbold ihm beigebracht hatte, strömte Blut. Sein Gesicht war verschwollen und übel zugerichtet. Aber er lebte.

Laß ihn jetzt nicht stolpern und stürzen, betete sie, während sie voller Angst jeden seiner unsicheren Schritte über die Veranda und die Treppe hinunter beobachtete. Nur noch ein paar Meter, Jack, dann bist du bei uns. Dann bist du in Sicherheit!

Beinahe hatte er Lomax' Wagen erreicht, da erschien Herbold in der Haustür.

Mit blutiger Hand stützte er sich am Rahmen ab. Das rechte Hosenbein war blutdurchtränkt, und aus der Wunde in seinem Oberschenkel strömte es immer noch rot. Schon war sein Gesicht so bleich wie das eines Toten. Dunkle Ringe lagen um die tief in die Höhlen gesunkenen Augen. Seine Lippen bildeten einen fahlen Strich. Das Leben entströmte buchstäblich seinem Körper.

Aber er war noch nicht tot. Noch besaß er genug Kraft, sich vorwärtszuschieben, sich zu bücken und die Pistole aufzuheben, die auf der Veranda lag. Er war noch lebendig genug, um den Arm zu heben.

Anna sprang hinter dem Pick-up in die Höhe. Sie streckte sich über die Motorhaube, als wollte sie Jack ein Rettungsseil zuwerfen.

Er lächelte sie an.

Warne ihn, Anna, warne ihn!

Sein Name schien ihren Stimmbändern so vertraut, als hätte sie ihn tausendmal gesprochen. Ihre Zunge fand die richtige Stellung am Gaumen. Ihre Lippen bewegten sich wie von selbst.

Jahre des Unterrichts und der Übung taten natürlich das ihrige dazu. Die Geduld der Lehrer zählte mit. Nie gehörte Laute, die unendlich oft wiederholt worden waren, fanden jetzt, da sie sie brauchte, ihren Weg aus ihrem Gedächtnis und wurden Sprache.

Aber ohne den von Liebe und Angst befeuerten Willen, seinen Namen zu rufen, wäre sie stumm geblieben.

»Jack!«

Die Zeit blieb stehen. Alle Bewegung gefror. Sie sah die ungläubige Überraschung in seinen Zügen. Seine Augen leuchteten auf. Die Fältchen um sie herum vertieften sich, als er lächelte. Sein Bild prägte sich ihr weit klarer ein, als jeder Fotoapparat es hätte aufnehmen können. Und dieses Bild von ihm würde sie für immer in sich tragen.

Dann begann die Zeit wieder zu laufen, rasend schnell, als wollte sie die verlorenen Momente aufholen. Sein Ausdruck der Freude und des Glücks wich einer Grimasse tödlichen Schmerzes, als die Kugel aus Carl Herbolds Pistole ihn in den Rücken traf. Seine Arme flogen in die Höhe wie in einer Geste der Kapitulation. Er neigte sich vorwärts, fiel auf die Knie, schlug dann mit dem Gesicht auf die Erde.

Anna röchelte und wollte um den Wagen herum zu ihm laufen, als sie Ezzy Hardge entdeckte, der am Rand der Veranda hockte und ihr wild winkend bedeutete zurückzubleiben.

Herbold hob die Pistole ein zweitesmal. Diesmal zielte er auf sie.

Carl sah Anna Corbetts Viehtreiber zum Eingang hinausstolpern. Er schämte sich seines jämmerlichen Gewinsels, schämte sich, um sein Leben gebettelt zu haben. So wie er sich aufgeführt hatte, war er nicht besser als Cecil…

Bis zum Kragen saß er in der Scheiße! Er blutete wie ein angestochenes Schwein, und wenn die Blutungen nicht bald gestillt würden, würde er verrecken. Mal hatte er zugesehen, wie ein Typ, dem einer ein Messer in die Leber gerammt hatte, verblutete. Carl war an der Sache unbeteiligt gewesen, drum hatte er nichts unternommen, um den Kampf zu beenden oder dem Verlierer zu helfen. Er hatte nur dagestanden wie alle anderen, und während sie zugeschaut hatten, wie das Blut sprudelnd in den Abfluß der Dusche rann, hatten sie Wetten abgeschlossen, wie lange es dauern würde.

So wollte er nicht krepieren – wollte überhaupt nicht krepieren. Und das würde er auch garantiert nicht, ohne diesen Scheißkerl mitzunehmen.

Deswegen kroch er zur Tür. Myron lag da wie ein nasser Sack, Speichel troff ihm aus dem offenen Mund. Carl wünschte, es hätte sich eine Gelegenheit geboten, ihn dafür umzulegen, daß er so dämlich war und alles vermasselt hatte. Aber jetzt wollte er keine Zeit an Myron verschwenden. Jetzt zählte jede Sekunde.

Er wollte es diesem Klugscheißer zeigen, der sich einbildete, er hätte ihm einen Riesengefallen getan, indem er ihn am Leben gelassen hatte. Carl wäre es lieber gewesen, er hätte ihm die Kehle durchgeschnitten, anstatt ihn gnädig zu verschonen. Als brauchte ein Carl Herbold Gnade!

Verbissen robbte er über die Leiche des Kerls hinweg, der hier mit seinem dicken Jaguar angerauscht war. Nächster Stopp die Haustür. Der Weg war eine Qual – wie ein Versuch, die Niagarafälle zu durchschwimmen. Jede Sekunde ein Jahrtausend. Mehrmals war er nahe daran, das Bewußtsein zu verlieren. Nur der mörderische Haß hielt ihn aufrecht.

Und dann war er endlich am Ziel.

Seine ganze Kraft zusammenraffend, zog er sich Hand um Hand am Türpfosten hoch, zwang seine Beine, die schon kalt und tot am Körper hingen, in den Dienst. Als er endlich stand, sah er die Pistole. Sie schien kilometerweit entfernt, obwohl sie nur ein paar Schritte von der Haustür weg auf der Veranda lag.

Zum Nachladen würden ihm Zeit und Kraft fehlen. Wie viele Schüsse waren abgegeben worden? Drei? Vier? Es mußten noch mindestens zwei Kugeln übrig sein. Vielleicht auch drei.

Allein sein aufgepeitschter Wille half ihm über die Schwelle. Das Adrenalin, das durch seine Blutbahn schoß, erlaubte ihm, sich zu bücken und die Waffe zu ergreifen. Das Heben des Arms brauchte tausendmal mehr Kraft, als er hatte – aber er schaffte es und richtete die Pistole auf den Rücken dieses Affenarschs.

Aus dem Augenwinkel sah er die Frau hinter dem Pick-up aufspringen.

»Jack!«

Sie hatten ihn angelogen! Ihn und Cecil. Er und Cecil hatten sich von denen verscheißern lassen und ihnen die Taubstummheit der dummen Gans geglaubt. Cecil, dieser blöde Hund! Er hatte das Märchen gefressen und brühwarm an ihn – Carl – weitergegeben. Und er war genauso drauf reingefallen. Wie ein echter Idiot.

Aber wer zuletzt lacht, lacht am besten. Grinsend drückte Carl ab.

Der Klugscheißer brach zusammen. Carl schwenkte den Arm leicht nach rechts und richtete die Pistole auf das Luder, das ihn reingelegt hatte.

Ezzy sprang auf. Die plötzliche Bewegung erschreckte Herbold und lenkte seine Aufmerksamkeit von Anna Corbett ab. »Hallo, Carl, erinnern Sie sich an mich?«

Herbold fiel die Kinnlade herunter. Er hatte nicht geahnt, daß noch jemand hier war. Und ausgerechnet einer seiner Erzfeinde!

»Werfen Sie die Waffe weg«, sagte Ezzy ruhig und hoffte, er würde es nicht tun.

Er tat es nicht. Er schoß.

Ezzy feuerte zu gleicher Zeit.

Aber im selben Moment zuckte sein Arm zurück. Die Pistole flog ihm aus der Hand und landete im Blumenbeet.

Die Kugel schlug in eine der Tragsäulen der Veranda. Das Holz splitterte. Carl Herbold wurde kein Härchen gekrümmt.

Herbold lachte. Ezzy blickte in die Mündung seiner Pistole.

Genau in dem Augenblick, als Ezzy Hardge und Carl Herbold feuerten, warf Jack sich auf die Seite und blickte hinter sich. Er überlegte nicht. Er zögerte nicht. Er rief weder Gott noch den Teufel an. Er fragte nicht, warum es ihm überlassen blieb, und er fragte nicht nach den Konsequenzen. Er handelte instinktiv. Er warf sein Messer.

Das Messer traf, als Carl Herbold abdrückte.

Es drang bis zum Griff in Herbolds Brustkorb ein und blieb dort, von der Wucht des Wurfs zitternd, stecken.

Ezzy verstand nicht, wieso er nicht tot war.

Nach Herbolds Gesicht zu urteilen, war auch der ganz verdattert.

Töricht starrte Ezzy auf das Messer.

Herbold senkte den Kopf und sah den geschnitzten Griff, der aus seiner Brust ragte. Er riß den Mund auf, um zu schreien, aber nur Blut quoll über seine Lippen.

Taumelnd fiel er nach rückwärts – eine Leiche, noch ehe er auf dem Boden aufschlug.

Der ehemalige Gesetzeshüter, dem Tod gerade noch einmal von der Schippe gesprungen, drehte sich um. Im Vorgarten kniete Anna Corbett neben ihrem Cowboy und hielt seinen Kopf im Schoß. Der kleine Junge hockte neben ihr und weinte. Aber die Beine des Mannes bewegten sich. Er war am Leben.

Nachdem Ezzy seine Pistole aus dem Petunienbeet geholt hatte, schleppte er sich auf die Veranda und sah zu Carl Herbold hinunter. Der Mann, der im Leben so eitel gewesen war, sah im Tod gar nicht beeindruckend aus. Es würde ihn schön fuchsen, wenn er wüßte, was für ein jämmerliches Schlußbild er abgab, dachte Ezzy.

Dann ging er weiter und trat vorsichtig ins Haus. In Anna Corbetts Diele sah es aus wie in einem Schlachthaus. Und es roch auch so. Lomax lag lang hingestreckt auf dem Boden, die toten Augen zur Decke gerichtet.

Myron Hutts lag zusammengerollt wie ein Fötus an der Wand und brabbelte leise vor sich hin.

Ezzy näherte sich ihm ungern; aber der Mann leistete keinen Widerstand, als er neben ihm niederkniete.

»Geben Sie mir Ihre Hände, Hutts!«

Gehorsam streckte Hutts ihm seine Pranken entgegen. Ezzy legte ihm Handschellen an und steckte dann seine Pistole ein.

»Ist Carl böse auf mich?«

»Carl ist tot.«

»Oh.«

»Sie bluten ziemlich stark, Hutts.«

»Es tut weh.«

»Was meinen Sie, können Sie aufstehen?«

»Okay.«

Ezzy half ihm auf die Füße und führte ihn an Lomax vorbei. Er beachtete den Toten überhaupt nicht. Und auch von Carl Herbold nahm er keine Notiz, als er über die Schwelle schlurfte und auf die Veranda trat.

»Kann ich ein PayDay haben?«

»Natürlich.«

»Und ein Eis?«

»Sobald wir im Krankenhaus sind, kümmere ich mich darum.«

Rettungsfahrzeuge und Streifenwagen brausten mit heulenden Sirenen in den Hof. Wie aus einem bösen Traum erwacht, mochte Ezzy kaum glauben, daß seit seiner Ankunft am Tor nur wenige Minuten vergangen waren. Genausogut könnten eine Million Jahre verstrichen sein. So lang war es ihm erschienen.

Er reichte Myron Hutts an zwei Polizeibeamte weiter, die ihn auf seine Rechte hinwiesen, während gleichzeitig ein Team von Sanitätern sich um ihn kümmerte. Myron wollte nur wissen, wann er sein PayDay und das versprochene Eis bekäme.

Eine junge Notärztin befahl Ezzy, sich auf der Veranda niederzulegen, bis die Leute mit der Trage kämen.

»Wozu denn?« fragte er unwillig.

Die junge Frau sah ihn verblüfft an. »Sie sind angeschossen worden, Sir.«

Erst da nahm er den pulsenden Schmerz in seinem rechten Arm wahr. »Das darf doch nicht wahr sein!« Tatsächlich empfand er eine gewisse Genugtuung, daß Carl Herbold ihn getroffen hatte. Denn es war ihm schon peinlich gewesen, seine Waffe aus Unachtsamkeit oder reiner Tatterigkeit fallen gelassen zu haben.

Sein Lachen geriet ein wenig schief. Die junge Ärztin machte ein erschrockenes Gesicht.

»Nein, junge Frau, ich bin nicht im Delirium«, beruhigte er sie und lehnte es ab, sich das kurze Stück bis zum Rettungswagen auf eine Trage zu legen. »Das schaff ich noch aus eigener Kraft.«

»Hey, Ezzy!« Sheriff Ron Foster lief ihm entgegen und begleitete ihn zum Wagen. »Alles in Ordnung?«

»Ich kann nicht klagen.«

»Das haben Sie verdammt gut gemacht, Ezzy. Verdammt gut!«

Ohne sich weiter in dem Lob zu sonnen, fragte er: »Wie geht's Steve Jones?«

»Er wird lange physikalische Therapie brauchen, wenn sie sein Knie einigermaßen wieder hingekriegt haben – aber er kann es schaffen.«

»Ein tüchtiger Mann! Schrecklich, daß es Jim erwischt hat.«

Diesem stimmte Foster grimmig zu.

»Und der da?« Der Mann, der ihm das Leben gerettet hatte, wurde in die Ambulanz gehoben. Anna Corbett und ihr kleiner Sohn kletterten hinter der Trage her.

»Da muß man abwarten. Er kann innere Verletzungen haben.«

Ezzy nickte bedrückt. »Wenn er nicht gewesen wäre, wär ich tot.«

»Sobald die Ärzte Ihren Arm geflickt haben und Sie halbwegs wieder auf dem Damm sind, brauch ich einen genauen Bericht über die Ereignisse.«

»Was drinnen los war, weiß ich nicht«, gab er Auskunft. »Aber das Ganze muß schlimm gewesen sein. Ein Wunder, daß sie überlebt haben!«

Es war nicht mehr weit bis zum Rettungswagen. Er würde sich jetzt nicht blamieren, indem er um die Trage bat, die er vorher abgelehnt hatte – aber er fühlte sich tatsächlich etwas flau. Wahrscheinlich hatte er mehr Blut verloren als gedacht. Er mußte sich richtig konzentrieren, um sich auf den Beinen zu halten.

»Ich kann Mrs. Corbett erst vernehmen, wenn wir einen Dolmetscher haben«, erklärte Foster; »aber als ich den Kleinen fragte, was passiert sei, sagte er, der böse Mann hätte Mr. Lomax erschossen und Jack niedergeschlagen – und seine Mutter hätte den bösen Mann ins Bein gestochen.«

»Anna Corbett hat das getan?«

»Ja, mit Jacks Messer.«

»Das ominöse Messer«, murmelte Ezzy.

»Was?«

»Ach, nichts.« Ezzy hielt es für überflüssig, die Auseinandersetzung zwischen Anna Corbetts Ranchhelfer und Emory Lomax zu erwähnen. Die Rivalität zwischen den beiden

Männern – wenn denn eine bestanden hatte – war jetzt nicht mehr von Belang.

»Sheriff Foster?«

Ein Deputy trat zu ihnen. »Der Coroner hat gesagt, ich soll Ihnen das hier geben. Es hat so fest in Herbolds Brust gesteckt wie ein Korken in einer Flasche.« Er reichte Foster einen durchsichtigen Plastikbeutel, in dem das blutverschmierte Messer lag.

»Danke.« Foster hielt den Beutel hoch und musterte die Waffe. »Das Ding sieht ja wirklich gefährlich aus.«

»Darf ich mal sehen?«

Der Sheriff gab Ezzy den Beutel. Das Messer war so ungewöhnlich, wie Lomax' Sekretärin es geschildert hatte. Ella Presley hatte gesagt, es habe einen beinernen Griff. Ezzy sah das Material allerdings mehr nach Hirschhorn aus. Er hatte geglaubt, sie phantasiere, als sie sich bemühte, ihm eine genaue Beschreibung zu liefern; aber die Klinge war tatsächlich schimmernd schwarzblau und gewellt wie die Oberfläche eines eisigen Bergsees im Wind.

»Hm! Ein alltägliches Messer ist das nicht.«

»Jedenfalls möchte ich keine nähere Bekanntschaft mit ihm machen«, meinte Foster.

»Bisher habe ich nur ein einziges anderes solches Messer gesehen«, bemerkte Ezzy. »Es ist Jahre her. Ein Mann hier am Ort hatte eines. John…« Plötzlich verschlug es Ezzy den Atem, und er stolperte.

Foster stützte ihn. »Doktor, ich glaube, er wird ohnmächtig.«

Die junge Ärztin schob Ezzy den Arm um die Taille. »Ich hätte Sie doch nicht zu Fuß gehen lassen sollen.«

Aber Ezzy schüttelte ihren Arm ab. »Wie nennt man das hier?« fragte er heiser und fuhr mit dem Finger über die gewellte Klinge des Messers in dem Plastikbeutel.

»Nun kommen Sie schon, Ezzy! Ab in den Wagen«, sagte der junge Sheriff in einem Ton, den Ezzy ihm zu jeder Zeit übelgenommen hätte, aber ganz besonders in diesem Moment.

Während die Ärztin und der Sheriff sich mühten, ihn vorwärtszuschieben, stemmte er die Füße in den Boden wie ein störrischer Esel. »Dafür gibt es doch unter Fachleuten ein ganz bestimmtes Wort? Wie heißt es?« Er wollte sich nicht Hoffnungen hingeben, nur um dann zu hören, daß er auf dem Holzweg war. Jemand anderes sollte ihm bestätigen, daß er recht hatte.

Natürlich hatte er recht.

»Ezzy …«

»Antworten Sie mir, verdammt noch mal!«

»Äh … äh …« Fingerschnalzend suchte Foster nach dem Wort. »Flinting. Es heißt Flinting. Weil die Indianer früher solche Messer aus Flint hergestellt haben.«

50

Sie dürfen doch gar nicht aufstehen, Mr. Hardge«, sagte die junge Lernschwester gleich beim Hereinkommen, als sie ihn auf der Kante des Krankenhausbetts sitzen sah.

»Kann schon sein, aber ich tu's trotzdem.«

»Dann ruf ich die Stationsschwester!«

»Kümmern Sie sich gefälligst um Ihre eigenen Angelegenheiten«, fuhr Ezzy sie an. »Ich bin am Arm verletzt. Nicht an den Beinen.«

»Aber Sie sind operiert worden. Und sie hängen am Tropf.«

»Mir geht's prächtig.« Er ließ die Füße zum Boden hinunter und stellte sich aufrecht. »Sehen Sie? Bestens. Ich möchte nur einen kleinen Spaziergang machen. Ehe jemand was merkt, bin ich zurück. Halten Sie einfach dicht, okay?«

Der mit Rollen versehene Ständer, von dem der Tropf herabhing, diente ihm auf dem Weg zur Tür als Stütze. Der geflieste Boden war kalt unter seinen bloßen Füßen. Mit der freien Hand griff er nach hinten, um das alberne Krankenhaushemd zusammenzuhalten.

Auf dem Korridor wandte er sich nach links, nachdem er der Lernschwester, die händeringend in der offenen Tür stand, einen letzten Blick zugeworfen und aufmunternd einen Daumen in die Höhe gereckt hatte.

Als er am vergangenen Nachmittag mit der Ambulanz im Hospital angekommen war, fühlte er sich von dem Zeug, das sie ihm unterwegs gespritzt hatten, richtig high. Cora sagte immer, er könne nicht mal ein halbes Aspirin nehmen, ohne gleich einen in der Krone zu haben. Ezzy erinnerte sich undeutlich, daß man ihn in der Notaufnahme untersucht, geröntgt und ihm dann mitgeteilt hatte, die Kugel sei völlig glatt durch die Armmuskeln gedrungen. Dennoch, hatte man ihm erklärt, müsse man operieren, um eventuelle Knochensplitter zu entfernen, mögliche Schäden an den Muskeln zu beheben und so weiter und so fort. Etwa zu gleicher Zeit hatte Ezzy das Interesse und das Bewußtsein verloren.

Heute morgen war er mit einem dicken Verband um den Arm, einem Brummschädel und dem brennenden Verlangen erwacht, unverzüglich mit dem Patienten zu sprechen, der in einem anderen Zimmer auf derselben Station lag wie er. Und er war entschlossen, sich durch nichts, sei es Tropf oder Lernschwester, von dieser Unterredung abhalten zu lassen.

Er schaffte es den Korridor hinunter, ohne aufgehalten zu werden. Als er die Tür erreicht hatte, die er suchte, stieß er sie auf und schob sich mit seinem Infusionsgestell, dessen eine Rolle quietschte, ins Zimmer. Der Patient wendete den Kopf nach dem Geräusch. Er sah arg ramponiert aus, aber Ezzy hatte den Eindruck, daß er schon seit einiger Zeit wach war, trotz geschlossener Augen. Ferner hatte Ezzy den Eindruck, daß er nicht überrascht war, ihn jetzt zu sehen.

»Hallo, Sheriff Hardge«, sagte er.

»Hallo, Johnny.«

Jack Sawyer lächelte wehmütig. »So hat mich lange niemand mehr genannt.«

»Wann haben Sie Ihren Namen geändert?«

Er blickte zur Decke hinauf. Ezzy betrachtete sein Profil und fragte sich, wie ihm diese unverkennbare Ähnlichkeit bloß entgehen konnte. Nun, er hatte eben nicht richtig gesucht.

Sawyer schaute noch eine Weile zur Zimmerdecke hinauf, dann wandte er sich wieder Ezzy zu. »Ich habe mich seit der Nacht damals nicht mehr Johnny genannt.« Nach einer kurzen Pause fügte er hinzu: »Mit dieser Nacht hat sich vieles verändert.«

Die beiden Männer tauschten einen langen Blick schweigenden Verstehens.

Dann kam Anna Corbett mit einem Becher Kaffee herein. Im Gegensatz zu Jack Sawyer schien sie beinahe perplex, Ezzy hier anzutreffen.

»Guten Morgen, Anna«, sagte er.

Lächelnd stellte sie den Kaffeebecher auf den Nachttisch neben dem Bett und schrieb etwas auf einen Block, den sie ihm hinhielt.

»Sie brauchen mir nicht zu danken«, sagte Ezzy, nachdem er es gelesen hatte. »Ich bin froh, daß Ihnen und Ihrem kleinen Sohn nichts passiert ist. Das ist doch die Hauptsache. Wie geht es dem Kleinen?«

»Er ist bei Marjorie Baker«, berichtete Jack. »Anna hat sie gebeten, mit einem Kinderpsychologen zu sprechen. David wird wahrscheinlich eine Zeitlang Therapie brauchen.

Mit der Zeit wird er das sicher alles überwinden. Kinder haben eine Menge Widerstandskraft.«

Anna schrieb wieder etwas für Ezzy auf. »Er macht sich Sorgen um Jack und ist mir böse, weil ich ihm nicht erlaube, ihn zu besuchen.«

Ezzy sah Jack an. »Er mag Sie, hm?«

»Und ich mag ihn. Er ist eine tolle kleine Persönlichkeit. Ich find's furchtbar, daß er das gestern alles miterleben mußte.« Sein Bedauern war ebenso offenkundig wie seine Sorge um den Jungen. »Anna sollte bei ihm sein, anstatt mit mir hier Händchen zu halten.« Er sah sie an. »Aber sie weigert sich zu gehen.«

Die beiden betrachteten einander mit soviel Liebe und Verlangen, daß Ezzy rot wurde. Jack nahm ihre Hand und drückte sie an seine Lippen. Lange hielt er sie so, die Augen geschlossen. Als er sie wieder öffnete, sah Ezzy die Tränen.

»Das kommt wahrscheinlich von der Narkose«, sagte er beinahe schroff. »Die Schwester hat mir erklärt, daß manche Leute hinterher rührselig werden. Aber – jedesmal, wenn ich mir vorstelle, wie das gestern hätte enden können…«

Mehr brauchte er nicht zu sagen. Anna neigte sich über ihn und küßte ihn zart. Dann holte sie einen Stuhl und schob ihn Ezzy hin. Dankbar setzte er sich. Er stand doch nicht so fest auf den Beinen, wie er sich eingebildet hatte. Außerdem legte Anna ihm eine Decke um die Schultern.

»Danke.«

Sie deutete mit fragendem Blick auf seinen Arm.

»Alles in Ordnung. Ich werd vielleicht beim Hufeisenwerfen nicht mehr ganz so zielsicher sein, aber abgesehen davon…« Er zuckte die Achseln.

Sie setzte sich aufs Bett und nahm Jacks Hand.

Ezzy sagte: »Ich hab noch gar nicht gefragt, wie es Ihnen geht. Was macht der Rücken?«

»Tut elend weh, aber der Arzt sagte mir, daß ich ein Glückspilz bin. Die Kugel hat das Rückgrat und lebenswichtige Organe verfehlt. Es war anscheinend eine Sache von Millimetern. Ich hätte leicht für immer gelähmt oder auch tot sein können.«

»Ja, da haben Sie Schwein gehabt! Das freut mich.«

Danach folgte ein unbehagliches Schweigen. Anna spürte es und sah etwas ratlos von einem zum anderen. Sie schrieb für Jack einige Worte auf.

Er sagte: »Nein, du brauchst nicht zu gehen. Es ist vielleicht sogar das Beste, wenn du die ganze Geschichte jetzt mitbekommst. Wenn du dann gehen willst, werde ich es verstehen.«

Eine steile Falte bildete sich zwischen ihren Augenbrauen, als sie wieder zu schreiben begann.

Als sie Jack den Block hinhielt, sagte dieser: »Nein, es hat nichts mit den vergifteten Kühen zu tun, sondern ist etwas viel Schlimmeres.«

»Da komm ich nicht mehr mit«, sagte Ezzy. »Was ist das für eine Geschichte von vergifteten Kühen?«

»Ach, die hat keine Bedeutung mehr«, winkte Jack ab.

Dieser kurze Dialog erhöhte nur Annas Verwirrung und Besorgnis.

Jack Sawyer drückte ihre Hand. »Mach dir keine Sorgen, Anna.« Er sah Ezzy an, zögerte einen Moment und sagte dann: »An dem Tag, als Sie ins *Dairy Queen* kamen und mit Delray sprachen, hab ich mir beinahe in die Hosen geschissen.«

»Ich hab Sie nicht erkannt, Johnny. Sie waren ein Mann geworden. Aber selbst wenn ich Sie erkannt hätte, hätte es keine Rolle gespielt. Ich hab die Verbindung erst gestern hergestellt.«

»Und ich dachte, Sie trügen seit zweiundzwanzig Jahren einen Haftbefehl gegen mich rum.«

»Nein.«

Jack sah Anna an und berührte ihre Wange. »Ich hab eine Menge riskiert, als ich nach Blewer zurückkam, aber ich – mußte einfach. Solange Carl im Gefängnis war, hat mein Gewissen keinen Mucks getan. Er hatte die Strafe verdient, die er für den Mord an dem Polizisten bei dem Überfall in Arkadelphia absaß. Aber als ich hörte, daß er aus dem Gefängnis ausgebrochen war, wußte ich, daß ich nach Blewer zurückkommen mußte für den Fall, daß er versuchen sollte, seine Drohung gegen Delray in die Tat umzusetzen.«

Anna machte ein schnelles Handzeichen.

»Warum?« sagte Jack. »Weil es meine Schuld war, daß Carl diese Drohung ausstieß. Delray lastete Carl etwas an, was er nicht getan hatte. Er glaubte, seine Stiefsöhne wären für den Tod eines Mädchens namens Patsy McCorkle verantwortlich. Aber das stimmte nicht. Und ich wußte es.«

Erschrocken schaute sie hoch. Dann flog ihr Blick zu Ezzy. Der senkte die Augen auf seine Hände, die locker gefaltet in seinem Schoß lagen. Der schreckliche Druck, der ihn beinahe ein Vierteljahrhundert lang belastet hatte, begann zu weichen.

»Weißt du, Anna«, begann Jack, »meine Mutter hat mich praktisch allein großgezogen. Mein Vater gab nur gelegentlich mal ein kurzes Gastspiel, und immer, wenn er auftauchte, krachte es. Er kam volltrunken nach Hause, und sie machte ihm Vorwürfe. Gelegentlich ließ er sich mit der Frau eines anderen erwischen. Dann folgten Prügeleien. Sie weinte. Er protzte vor ihr mit seinen Erfogen bei anderen Frauen. Es gab fürchterliche Szenen.«

Jack schwieg einen Moment. Ezzy sah die Qual in seinen Augen bei der Erinnerung an diese unglücklichen Zeiten. »Ich will dich nicht mit Einzelheiten langweilen. Der langen Rede kurzer Sinn: Mein Vater war ein Taugenichts. Ein lausiger Ehemann und ein Rabenvater. Aber du solltest kein Mitleid mit meiner Mutter haben. Sie hat es sich gefallen lassen, hat sich für dieses Leben entschieden. Ihr Unglück hat sie noch mehr geliebt als ihn oder mich...« Nachdenklich kaute Jack auf seinen Lippen.

»Nach ihrem Tod kam ich in eine Pflegefamilie. Mein Vater kümmerte sich nicht weiter um mich, bis er eines Tages beschloß, mich zu sich zu nehmen. Aber nicht etwa aus Herzensgüte oder Sorge um mich. Ach wo, er wollte einen Kumpel haben, einen Laufburschen. Er erhielt Arbeit bei einer Ölgesellschaft und wurde hierher, nach Blewer, geschickt. Dabei verdiente er ziemlich gut. Das Leben war nicht schlecht.« Wieder hielt er inne.

»Es wurde sogar richtig lustig. Das Leben mit meiner Mutter war nichts als Trübsal und Plackerei gewesen. Bei meinem Vater hörten die Partys gar nicht mehr auf. Die meisten Leute hielten uns für Brüder. Er wirkte zu jung, um mein Vater zu sein – er *war* zu jung, ein Vater zu sein, außer biologisch.« Anna und Ezzy lauschten aufmerksam.

»Das Wort ›Disziplin‹ kannte er nicht. Ich konnte tun und lassen, was ich wollte, und nachdem ich bei ein paar Pflegefamilien gelebt hatte, genoß ich diese Freiheit. Er hat mich nie gezwungen, zur Schule zu gehen. Die Schulbeauftragte, die einmal zu uns kam, weil ich ständig schwänzte, hat er so eingewickelt, daß sie noch am selben Nachmittag bei ihm im Bett landete.« Jack gab eine Art Grunzen von sich.

»Jeden Abend ist er losgezogen und hat mich fast immer mitgenommen. Zum fünfzehnten Geburtstag schenkte er mir eine Nacht mit einer seiner Freundinnen. Danach teilten wir uns die Frauen ungefähr mit der gleichen Selbstverständlichkeit wie eine Tafel Schokolade. Mit sechzehn ging ich von der Schule ab und bekam eine Stelle bei der Ölgesellschaft, bei der auch mein Vater arbeitete.«

»Um diese Zeit ungefähr hab ich euch kennengelernt«, warf Ezzy ein.

Jack nickte. »Mein Vater war nicht besser geworden. Im Suff schlug er immer noch über die Stränge. Sie haben ihn mehr als einmal nach Hause gebracht, Ezzy, erinnern Sie sich?«

Natürlich tat Ezzy das.

»Einmal hatte er in einer Kneipe wegen einer Frau eine Prügelei angefangen. Da haben Sie bei mir angerufen und gesagt, ich solle kommen und ihn holen, sonst würden Sie ihn ins Gefängnis stecken.«

»Sie trugen eine Menge Verantwortung für Ihr Alter.«

»Wie gesagt, es war ein Heidenspaß. Eine Zeitlang. Aber dann passierte irgendwas, ich weiß nicht genau, was. Ich kann mich nicht an ein besonderes Ereignis erinnern, das mir plötzlich die Augen über unser Drecksleben öffnete. Wahrscheinlich hat sich die Erkenntnis langsam eingeschlichen. Ich fand unser Dasein nicht mehr so lustig, es bekam einen ziemlich miesen Geschmack... Je älter mein Vater wurde, desto jünger waren die Frauen, denen er nachlief. Ich fand seine Anmache und Art, wie er die Mädchen bedrängte, überhaupt nicht mehr frech und raffiniert, sondern nur noch ekelhaft. Und er wurde immer unersättlicher in seiner Gier.« Jetzt stöhnte der Cowboy regelrecht.

»Eines Abends brachte er so ein junges Ding mit zu uns

nach Hause und wurde gewalttätig. Sie bekam eine Heidenangst. Ich sagte, mit solchem perversen Zeug wollte ich nichts zu tun haben. Er beschimpfte mich, ich wär ein feiger Waschlappen und so weiter, und während er rumtobte, packte das Mädchen ihre Sachen und haute ab. Ich glaube, als er wieder nüchtern war, wußte er nicht einmal mehr was davon.«

Er hielt erneut inne und starrte ins Leere. Ezzy hatte den Eindruck, er schämte sich zu sehr, um ihn oder Anna anzusehen.

»Wir lernten Patsy McCorkle im *Wagon Wheel* kennen. Sie trieb sich mit einer ziemlich üblen Bande rum, zu der auch die Gebrüder Herbold gehörten. Wenn die beiden irgendwo auftauchten, gab's meistens Ärger. Schon damals hatten sie einen Aufenthalt in der Besserungsanstalt hinter sich und waren ein paarmal in Ihrem Gefängnis gelandet, Ezzy. Offensichtlich hatten sie immer noch größere Dinger vor. Ich ging ihnen aus dem Weg… Patsy war kein hübsches Mädchen, aber ausgesprochen unternehmungslustig, und das gefiel meinem Vater. Mit seinem Alter paßte er nicht zu ihr, aber sie fühlte sich durch seine Aufmerksamkeit geschmeichelt. Das erstemal trieben es die beiden auf dem Rücksitz unseres Wagens auf dem Parkplatz vom *Wagon Wheel*. Er hat es mir später in allen Einzelheiten beschrieben und gesagt, ich sollte mich an ihrem Aussehen nicht stören – ich hätte ja keine Ahnung, was ich verpaßte; wenn man die Augen zumachte, spielte es ohnehin keine Rolle mehr, wie sie aussähe und dergleichen mehr. Wenn ich es jetzt rückblickend betrachte, denke ich, daß ihm emotional bedürftige Frauen am liebsten waren, wie meine Mutter oder Patsy. Sie huldigten seiner männlichen Eitelkeit.«

»Was ist in der Nacht damals passiert, Johnny?«

»Mein Vater hatte vergessen, die Raten für unser Auto zu bezahlen, und es war ein paar Tage vorher abgeholt worden. Daher ging es ihm nicht gut – aber er wollte losziehen und feiern, den ganzen Ärger vergessen. Als wir in die Kneipe kamen, war es schon brechend voll. Die Laune meines Vaters wurde nicht besser, als er sah, daß Patsy mit den Herbolds rumflirtete. Er versuchte, sie ihnen auszuspannen, aber sie reagierte nicht.« Jack rückte sein Kissen zurecht.

»Mein Vater trank ein Glas nach dem anderen, bis er das ganze Geld in seinen Taschen ausgegeben hatte. Schließlich bot er einem Typen in der Kneipe sein Messer zum Verkauf an. Gegen Barzahlung. Jeder kannte das Messer, weil es so ungewöhnlich war. Er erzählte mit Vorliebe, daß es schon seit Generationen im Besitz der Sawyers sei und immer vom Vater an den Sohn weitergegeben würde. Ich weiß nicht, ob das stimmte. Wahrscheinlich hat er's gestohlen, aber er besaß es, solange ich denken konnte… Kurz und gut, der Typ hatte kein Interesse an dem Messer, und mein Vater empfand das als eine Beleidigung seiner Familie. Er fing an, mit dem Mann zu streiten. Der Barkeeper – ich glaube, er war der Besitzer vom *Wagon Wheel*…«

»Richtig. Parker Gee«, warf Ezzy ein.

»Er sagte zu mir, ich solle meinen Vater rausbringen, er wolle hier keine Schlägerei. Wir standen noch auf dem Parkplatz, als Patsy mit den Herbolds rausgetorkelt kam. Sie war zwar betrunken, wollte aber nicht einfach abgeschoben werden. Sie wollte mit ihnen irgendwo anders weiterfeiern. Aber sie sagten, sie hätten was zu erledigen, und da könnten sie sie nicht mitnehmen.«

»Ihr Alibi war also in Ordnung.«

»Ja, Ezzy. Sie sind ohne Patsy vom *Wagon Wheel* weggefahren.«

»Und Patsy hat ihnen und Ihrem Vater angeboten, Sie in ihrem Wagen mitzunehmen.«

»So wird's wohl gewesen sein. An Einzelheiten kann ich mich nicht erinnern – jedenfalls waren dann wir mit ihr zusammen. Soviel ich weiß, hat niemand uns in ihr Auto einsteigen sehen.«

»Aber jeder, den ich damals fragte, bestätigte mir, daß sie mit den Herbolds gegangen sei. Auch Sie.«

»Ja«, bekannte er seufzend. »Ich hab Sie angelogen, Ezzy. Sie ist mit Carl und Cecil ins *Wagon Wheel* gegangen. Weggefahren ist sie allerdings mit meinem Vater und mir.«

Ezzy erinnerte sich an sein Gespräch mit Johnny Sawyer zwei Tage nach dem Zwischenfall. Der Junge hatte ihm die gleiche Version serviert wie alle anderen Gäste der Kneipe. Und es gab keinen Grund, an seinen Worten zu zweifeln. »Wie ging es weiter, nachdem Sie abgefahren waren?«

Genauso, wie Ezzy von Anfang an vermutet hatte. Patsy und die beiden Männer waren zum Fluß gefahren und hatten, wie man so schnodderig zu sagen pflegte, ›einen flotten Dreier‹ hingelegt.

Annas Gesicht verriet nicht, was sie dachte; Sawyer jedoch schien Qualen zu leiden, als er sich zu seiner Mitwirkung bekannte. »Ich habe mitgemacht, weil ich ziemlich angetrunken war und meinen Vater nicht wieder durch eine Weigerung wütend machen wollte. Aber dann hab ich nur noch rumgesessen und getrunken, während die beiden sich allem Anschein nach bestens amüsierten. Ich hab mir nicht mal was dabei gedacht, als sie sich hinkniete und er es von hinten mit ihr trieb, weil er mir erklärt hatte, sie möge das.«

Ezzys Gesicht brannte, weil er die Geschichte vor allem Annas wegen so peinlich und widerlich fand. Sie saß unbewegt da, mit stoischer Miene. Aber Ezzy wußte, daß sie jedes Wort mitbekam; er sah die Tränen in ihren Augen.

Jack starrte einen Moment lang ins Leere. »Sie waren ... völlig versunken in das, was sie taten. Patsy so sehr wie mein Vater. Er hielt sie an den Haaren gefaßt und riß ihren Kopf hin und her. Und plötzlich, einfach so ...« – er schnalzte mit den Fingern – »brach ihr Genick. Abgeknickt wie ein Ast. Ich hab's gehört. Mein Vater nicht, glaube ich. Er hörte jedenfalls erst auf, als ... Sie wissen schon.« Wieder folgte ein kurzes Schweigen, dann richtete Jack seinen Blick auf Ezzy. »Ich schwör's Ihnen, er wollte sie nicht töten.«

»Warum, in Gottes Namen, haben Sie's mir dann nicht erzählt?« empörte Ezzy sich. »Verdammt noch mal, Johnny, ist Ihnen klar, wie viele Stunden, ach was, *Jahre*, ich mich gequält habe ...«

»Ich habe genauso bezahlt«, unterbrach Jack mit erhobener Stimme, um sich Gehör zu verschaffen.

Ezzy holte ein paarmal tief Luft, um sein Temperament zu zügeln. »Als ich bei Ihnen war, um Sie zu befragen, warum haben Sie da gelogen? Warum haben Sie nicht gleich reinen Tisch gemacht? Sie wollten Ihren Vater decken, stimmt's? Sie erzählten mir, er wäre versetzt worden und arbeite nicht mehr in Blewer. Und ich habe Ihnen geglaubt und Ihre Aussage nie überprüft. Ich hatte keinen Anlaß, Ihnen zu mißtrauen. John Sawyer war ein Schurke, ein Säufer und ein Schürzenjäger, aber kein Killer. Wenn es sich wirklich um einen Unglücksfall gehandelt hatte, dann wäre er wegen fahrlässigen Totschlags vor Gericht gestellt worden und wahrscheinlich mit einer Bewährungsstrafe davongekommen. Ein stadtbekanntes Flittchen, das sich mit einem wesentlich älteren Mann auf Analverkehr einließ, während sein minderjähriger Sohn dabei zuschaute, hätte bei keinem Gericht Sympathien gefunden. Warum hat er sich nicht gestellt und alles erklärt?«

»Er konnte nicht.«

»Unsinn. Sie sagten doch, daß er sie nicht vorsätzlich getötet hat.«

»Aber ich ihn!«

51

Anna zog hörbar die Luft ein. Aber sie blieb völlig reglos und starrte Jack mit der gleichen ungläubigen Bestürzung an wie Ezzy.

Jacks Gesicht zuckte. »Ich habe genau das gleiche zu ihm gesagt, was Sie eben mir vorgehalten haben, Ezzy. Patsy war ehemündig. Von Vergewaltigung konnte keine Rede sein. Sie war willig und hat mitgemacht. Es war ein Unfall. Ich hab ihn angefleht, die Sache zu melden.« Er stockte kurz in seinem Bericht.

»Mein Vater wollte nichts davon hören. Er weigerte sich in jeder Hinsicht. Wegen einer billigen Hure wollte er sich nicht einen Haufen rechtliche Schwierigkeiten aufladen. So ungefähr drückte er sich aus. Es gab einen Riesenstreit, der in Gewalt endete… Erst haben wir uns geprügelt, dann hab ich ihn in den Fluß gestoßen, weil ich hoffte, das würde ihn ernüchtern – wieder zu Verstand bringen. Aber er riß mich mit sich ins Wasser und hielt mich unten. Ich hab mich gewehrt wie ein Wahnsinniger. Er ließ mich nicht hochkommen, sondern drückte mich unter Wasser. Seinen eigenen Sohn. Ich dachte, Himmel, er will mich umbringen! Jeden Moment drohte mir die Lunge zu platzen, aber er ließ mich nicht an die Oberfläche«, wiederholte Jack mit brüchiger Stimme.

»Ich strampelte und grapschte nach allem, was ich erwischen konnte. Am Ende kriegte ich seine Messerscheide zu fassen. Im Nu hatte ich die Waffe rausgerissen und stach ihn damit in den Arm. Er ließ mich los. Ich kam hoch. Aber mein Angriff hatte ihn nur noch wütender gemacht. Er fing an, meine Mutter und mich aufs gemeinste zu beschimpfen.

Wir hätten sein Leben verpfuscht – er wollte nie was mit uns zu tun haben und hätte mich ständigen Jammerlappen um seinen Hals satt. Dann ging er wieder auf mich los. Er würgte mich und stieß mich unter Wasser. Da habe ich ihn getötet.«

Lange Zeit blieb es still. Wie Fremde in einem Lift vermieden sie Blickkontakt und Sprechen. Jedes Wort hätte jetzt banal geklungen, aber das Schweigen war in der Tat noch schlimmer.

Schließlich räusperte Jack sich geräuschvoll. »Ich hatte Angst, das Messer in den Fluß zu werfen. Vielleicht würde man ihn mit Netzen nach Spuren absuchen. Darum habe ich es behalten. Anfangs aus Furcht, gefaßt zu werden. Später als eine Art Talisman. Es war mir eine ständige Mahnung daran, wozu ich fähig war, und es machte mir angst. Ich könnte nicht sagen, wie oft ich seit dieser Nacht den Wunsch hatte, es wegzuwerfen – aber irgendwo stellte es für mich auch einen Schutz dar vor mir selbst. Sogar gestern schaffte ich es erst, das Messer auf Herbold zu werfen, als ich überhaupt keine Wahl mehr hatte.«

»Damals hatten Sie auch keine Wahl, Johnny«, sagte Ezzy ruhig. »Sie haben in Notwehr gehandelt.«

»Glauben Sie?« Er lachte bitter. »Das würde ich auch gern glauben, aber da bin ich nicht so sicher. Ich war jünger und stärker als er. Vielleicht hätte ich ihn mit der Zeit doch noch niederringen und ihm Vernunft beibringen können. Oder es wäre mir gelungen, vor ihm davonzulaufen. Hatte ich wirklich keine andere Wahl? Ich weiß es nicht. – Aber es vergeht nicht ein Tag, an dem ich mich nicht frage, ob es notwendig war, ihn umzubringen. Nur eines weiß ich mit Sicherheit: Als ich ihm das Messer in die Brust stieß, da wünschte ich seinen Tod.«

»Das wäre bei jedem so, der um sein Leben kämpft.«

Jack sah ihn einen Moment an. Dann senkte er den Blick, ohne etwas zu sagen.

»Was haben Sie mit ihm angefangen?«

»Ich hab ihn flußabwärts gezogen. Stundenlang bin ich den Fluß runter gewatet und hab ihn hinter mir hergeschleppt. Als es fast Tag war, hab ich ihn ans Ufer gezogen, im Wald mit bloßen Händen eine Grube ausgehoben und sie mit großen Steinen und Felsbrocken zugedeckt. Vermutlich liegt er heute noch dort. Den ganzen Tag habe ich gebraucht, um nach Hause zu kommen. Dann schlief ich vierundzwanzig Stunden lang. Ich war beim Packen, als Sie plötzlich aufkreuzten und nach Patsy McCorkle fragten. Merkwürdigerweise haben Sie von meiner Angst nichts bemerkt.«

»Sie waren noch ein Junge, Johnny.«

»Oh, ich war kein Kind mehr. Alt genug, um zu wissen, daß ich schleunigst aus Blewer verschwinden mußte, ehe jemandem die Abwesenheit meines Vaters auffiel. Ich habe alle unsere Rechnungen in der Stadt beglichen, dem Hauswirt die Miete gebracht und ihm erzählt, wir zögen um und wüßten noch nicht wohin – in derselben Nacht hab ich mich auf einen Güterzug geschwungen.« Erschöpft faltete Jack die Hände auf der Bettdecke.

»Seitdem bin ich eigentlich immer auf der Flucht gewesen. Unentwegt saß mir die Angst im Nacken. Sorgfältig achtete ich darauf, nie zu lange an einem Ort zu bleiben. Jeglicher Bindung ging ich aus dem Weg, die mich daran hätte hindern können, von einem Tag auf den anderen meine Sachen zu packen und zu verschwinden.« Er sah Anna an und wandte sich gleich wieder ab, als fürchtete er, in ihren Augen die Reaktion auf seine Geschichte zu lesen. »Als ich hörte, daß Carl ausgebrochen war, mußte ich endlich meine Schuld bezahlen! Ich setzte meine Freiheit aufs Spiel, indem ich zurückkam; aber im Grunde war ich sowieso nie frei gewesen.«

Ezzy saß lange schweigend da und studierte das Muster des Linoleums, ehe er zuletzt aufstand. »Sie haben Carl Herbold geschnappt, Johnny, und das macht Sie zum Helden. Was die andere Sache angeht – ich bin nicht mehr im Dienst. Also bleibt sie unter uns. Sie haben mehr für mich getan, als sie ahnen, Johnny. Es reicht mir zu wissen, was seiner Zeit wirklich geschehen ist. Wie lange ist das schon her! Es spielt keine Rolle mehr, wie es damals dazu kam.«

»Für mich spielt es eine Rolle«, erklärte Jack, und Ezzy sah ihn überrascht an. »Diese Nacht hat mein Leben geprägt, aber *nicht* endgültig. Es sei denn, ich lasse es dabei bewenden. Aber das will ich nicht. Wenn ich gleich die Wahrheit gesagt hätte, dann hätten weder Sie noch Delray den beiden Herbolds den Tod dieses Mädchens angelastet. Das Verhältnis zwischen Delray und den Brüdern hätte sich vielleicht ganz anders entwickelt.«

»Nein, Johnny, die beiden waren von Grund auf verdorben. Ihr Verhältnis zu Delray stand ohnehin unter einem bösen Stern.«

»Aber er hätte jedenfalls nicht mit Carls Drohungen leben müssen«, entgegnete Jack. »Anna und David wären nie in Todesgefahr geraten.« Eigensinnig schüttelte er den Kopf. »Nein, Ezzy, ich habe vielen Menschen das Leben schwergemacht – auch Ihnen –, weil ich damals nicht gleich mit der Wahrheit herausrückte... Ganz egal, wie man's nennt, ich habe meinen Vater getötet. Und möchte diese Schuld ein für allemal loswerden. Mit dieser kleinen Privatbeichte hier ist es nicht getan. Leiten Sie ein Verfahren ein. Veranlassen Sie die üblichen rechtlichen Maßnahmen. Verhaftung. Gefängnis. Prozeß. Was auch immer. Ich will es zum Abschluß bringen.«

»Was soll das heißen, Sie wissen nicht, wo er ist? Kommt es bei Ihnen häufiger vor, daß Patienten verschwinden? Wer ist hier zuständig? Ich will meinen Mann sehen, und zwar auf der Stelle.«

Cora stand im Schwesternzimmer und schimpfte wie ein

Rohrspatz. Die schüchterne kleine Lernschwester, die von Ezzys Flucht aus seinem Zimmer wußte, tat so, als wäre sie in irgendwelche Unterlagen vertieft.

»Cora?«

Beim Klang seiner Stimme wirbelte sie herum. Als sie ihn erblickte, begann ihr Kinn zu zittern. Sie biß die Zähne zusammen, um ihre Erregung zu verbergen, aber die Tränen in ihren Augen verrieten sie.

Er schob sein quietschendes Infusionsgestell durch den Korridor und wünschte, er sähe mehr wie ein gestandener Mann aus und weniger wie ein Tattergreis. Bei diesem Wiedersehen nach so langer Zeit hätte er sich gern in Bestform gezeigt, frisch rasiert, gut gekleidet, stramm und kräftig. Und was zeigte er statt dessen: käseweiße Streichholzbeine, blaugeäderte bleiche Füße mit zu langen Zehennägeln, einen faltigen nackten Hintern, weil das verdammte Anstaltshemd sich nicht schließen ließ.

Trotzdem schien sie überglücklich, ihn zu sehen. Cora stöckelte ihm durch den Korridor entgegen, machte aber dicht vor ihm halt, ohne ihn zu berühren. »Sie haben mich gestern abend angerufen und mir berichtet, was passiert ist.« Mehr konnte sie nicht sagen, weil ihr Kinn schon wieder außer Kontrolle geriet.

»Bist du zurück?« fragte er.

»Wenn du mich haben willst.«

»Das wollte ich immer.«

Er breitete die Arme aus, und schon lag sie an seiner Brust. Über die Herbolds würde sie alles aus Presse und Fernsehen erfahren; die Meldungen überschlugen sich, seit man die Leichen Cecil Herbolds und Connie Skaggs' entdeckt hatte. Über Jack Sawyers Geschichte konnte er ihr später berichten und ihr klarmachen, wie ganz anders ihr Leben sich nun gestalten würde, da das Geheimnis jener Sommernacht gelüftet war.

Sawyers Geständnis würde er an die Behörden weitergeben, so hatte dieser es verlangt. Und wie er Cora kannte, würde sie dazu vorbringen, daß John Sawyer junior doch nur ein hilfloser Junge in einer ausweglosen Situation gewesen sei: daß er Gnade verdiene, nicht Strafe, zumal er den skrupellosen Carl Herbold getötet und Ezzy das Leben gerettet hatte – und daß Ezzy, wenn es zum Prozeß käme, für ihn aussagen müsse, und daß sie ihn und Anna Corbett zum Abendessen einladen sollten, um öffentlich ihre Unterstützung zu demonstrieren.

Es würde sie wahrscheinlich überraschen, wenn er ihr zustimmte.

Aber das alles konnte warten. Jetzt hielt er sie einfach an sich gedrückt, selig in dem Gefühl, endlich wieder ganz zu sein.

Voll Furcht zwang sich Jack, Anna ins Gesicht zu sehen. Er lächelte traurig und zog verlegen eine Schulter hoch. »Du hast mich einmal nach meiner Geschichte gefragt. Jetzt weißt du, warum ich sie nicht erzählen wollte. Ich möchte dir nur eines sagen: Es hat mir ungeheuer viel bedeutet, daß meine Geschichte dir nicht wichtig zu sein schien, als wir – du weißt schon – als wir zusammen waren. Daß du mich einfach so akzeptiert hast. Daß du mich eine kleine Weile geliebt hast.« Er wies mit dem Kopf zur Tür. »Aber du hast mir gegenüber keinerlei Verpflichtung, Anna. Wenn du jetzt gehst, werde ich es verstehen. Du wirst mich nie wiedersehen.«

Anna antwortete ihm in ihrer Sprache.

»Nach deiner Vergangenheit habe ich dich gefragt, weil ich dich kennenlernen wollte, Jack – nicht um dich zu bewerten«, bedeutete sie ihm. »Es ist eine traurige Geschichte, und ich hätte dir eine andere gewünscht. Aber sie ändert nichts an meinen Gefühlen für dich. Im Gegenteil, ich liebe dich um so mehr und möchte dich gern grenzenlos glücklich machen – weil du so wenig Glück gekannt hast.« Ihre Augen schimmerten.

»Ich glaube nicht, daß man dich wegen des Todes deines Vaters unter Anklage stellen wird. Schließlich hast du uns allen gestern das Leben gerettet. Aber wenn es doch dazu kommen sollte, dann bin ich an deiner Seite. Ich werde zu dir stehen, ganz gleich, was geschieht, weil – weil du mich liebst. Mich!« wiederholte sie und drückte die Hand auf ihre Brust.

»Die Liebe meiner Eltern war immer von Schuldgefühlen gefärbt. Zwei Menschen mit normalem Gehör hatten ein gehörloses Kind in die Welt gesetzt. Die Armen suchten die Schuld immer bei sich. Sie fragten sich, welche schlimme Sünde sie begangen hatten, um eine solche Strafe auf ihr Kind herabzurufen … Ich weiß, daß Dean mich liebte. Wenn er am Leben geblieben wäre, hätten wir ein glückliches Leben miteinander gehabt. Aber er hat in meiner Behinderung immer einen Feind gesehen, der bekämpft werden muß. Er war bereit, ihn zu bekämpfen – aus Überzeugung, es sei etwas, das bekämpft werden müsse. Ich weiß, daß es ihm ungeheuer zu schaffen machte.« Jetzt dachte sie eine Weile nach.

»Auch Delray hat mich geliebt. Jedenfalls auf seine Weise. Aber seine Liebe war – war erstickend. Sie ließ mich nicht atmen. Ich konnte nicht sein, was ich sein wollte … Meine Eltern fühlten sich für meine Behinderung verantwortlich. Dean wollte sie besiegen. Delray machte sie sich zunutze. Aber du, Jack, du nimmst sie einfach hin, als einen Teil von mir. Und darum liebe ich dich … das ist der Hauptgrund. Es gibt noch andere Gründe. Ich liebe dich dafür, daß du David so gern hast. Das ist keine Kleinigkeit. Niemals könnte ich mich mit einem Mann verbinden, der nicht auch meinen Sohn mag. Ich weiß, daß deine Zuneigung zu ihm aufrichtig und echt ist.« Hierzu nickte Jack bekräftigend.

»Und ich begehre dich, Jack. Ich denke an uns beide zusammen im Bett. Mir wird ganz heiß bei meinen Phantasien. Es prickelt überall. Vor allem hier.« Sie berührte ihren Busen, ihren Unterleib.

»Ich sehe dich an, und gleich bekomme ich Herzklopfen. Ich denke an dich, und mir stockt der Atem. Wenn du mich anfaßt, steigt dieses wunderbare Gefühl in mir auf, und ich möchte lachen und weinen zugleich. Das alles kann ich gar nicht bändigen. Bestimmt ist es Freude. Eine tiefe Freude. Denn obwohl wir jetzt vielleicht schwierigen Zeiten entgegengehen, bin ich so glücklich wie noch nie. Du hast mich glücklich gemacht, weil du mich liebst.« Anna rückte ihm noch ein bißchen näher.

»Du wirst versuchen, mich davon abzubringen, bei dir zu bleiben. Ich kenne dich. Du meinst, du hättest David und mir nichts als Unglück gebracht. Aber du irrst dich. Ich habe immer gewußt, daß etwas in unserem Leben fehlte, ich wußte nur nicht, was. Bis ich dich gesehen habe. Da wußte ich es. Wir brauchen dich noch mehr, als du uns brauchst. Laß uns die Familie sein, die du nie gehabt hast… Wenn wir dir recht sind – du bist uns auf alle Fälle willkommen. Mit allen Fehlern und Schwächen. Ich liebe dich, Jack.«

Ohne ihren Blick von ihm zu wenden, senkte sie die Hände in ihren Schoß.

Jack hatte ihre Mimik und ihre Gestik nicht einen Moment aus den Augen gelassen. Er las die Worte, die ihre Lippen und Finger formten, suchte in ihrem Blick nach Sinn und Bedeutung, versuchte das Wechselspiel ihrer Züge zu interpretieren.

Auf ihn hatte ihre ›Rede‹ wie ein anmutiger Tanz voller Emotionen gewirkt, der ihre innersten Gedanken und Empfindungen ausdrückte. Er hatte nicht alles exakt mitbekommen, aber wußte, was sie meinte.

Zärtlich ergriff er ihre Hände, küßte erst die eine, dann die andere, hielt sie fest zwischen seinen.

Er sprach kein Wort.

Nach diesem beredten Geständnis durften sie ganz und gar ihrer Liebe vertrauen.